哈佛百年经典

比格尔号上的旅行

[英]查尔斯·罗伯特·达尔文◎著
[美]查尔斯·艾略特◎主编
蒋 櫓◎译

北京理工大学出版社
BEIJING INSTITUTE OF TECHNOLOGY PRESS

版权专有 侵权必究

图书在版编目（CIP）数据

比格尔号上的旅行 /（英）达尔文著；蒋橹译. —北京：北京理工大学出版社，2014.8（2019.9重印）
（哈佛百年经典）
ISBN 978-7-5640-9402-7

Ⅰ. ①比… Ⅱ. ①达… ②蒋… Ⅲ. ①游记 – 作品集 – 英国 – 近代 Ⅳ. ①I564.64

中国版本图书馆CIP数据核字（2014）第133327号

出版发行 / 北京理工大学出版社有限责任公司
社　　址 / 北京市海淀区中关村南大街5号
邮　　编 / 100081
电　　话 /（010）68914775（总编室）
　　　　　82562903（教材售后服务热线）
　　　　　68948351（其他图书服务热线）
网　　址 / http://www.bitpress.com.cn
经　　销 / 全国各地新华书店
印　　刷 / 三河市金元印装有限公司
开　　本 / 700毫米×1000毫米　1/16
印　　张 / 29.75　　　　　　　　　　　责任编辑 / 刘　娟
字　　数 / 500千字　　　　　　　　　　文案编辑 / 李文文
版　　次 / 2014年8月第1版　2019年9月第2次印刷　　责任校对 / 周瑞红
定　　价 / 81.00元　　　　　　　　　　责任印制 / 边心超

图书出现印装质量问题，请拨打售后服务热线，本社负责调换

出版前言

人类对知识的追求是永无止境的，从苏格拉底到亚里士多德，从孔子到释迦摩尼，人类先哲的思想闪烁着智慧的光芒。将这些优秀的文明汇编成书奉献给大家，是一件多么功德无量、造福人类的事情！1901年，哈佛大学第二任校长查尔斯·艾略特，联合哈佛大学及美国其他名校一百多位享誉全球的教授，历时四年整理推出了一系列这样的书——《Harvard Classics》。这套丛书一经推出即引起了西方教育界、文化界的广泛关注和热烈赞扬，并因其庞大的规模，被文化界人士称为The Five-foot Shelf of Books——五尺丛书。

关于这套丛书的出版，我们不得不谈一下与哈佛的渊源。当然，《Harvard Classics》与哈佛的渊源并不仅仅限于主编是哈佛大学的校长，《Harvard Classics》其实是哈佛精神传承的载体，是哈佛学子之所以优秀的底层基因。

哈佛，早已成为一个璀璨夺目的文化名词。就像两千多年前的雅典学院，或者山东曲阜的"杏坛"，哈佛大学已经取得了人类文化史上的"经典"地位。哈佛人以"先有哈佛，后有美国"而自豪。在1775—1783年美国独立战争中，几乎所有著名的革命者都是哈佛大学的毕业生。从1636年建校至今，哈佛大学已培养出了7位美国总统、40位诺贝尔奖得主和30位普利策奖获奖者。这是一个高不可攀的记录。它还培养了数不清的社会精英，其中包括政治家、科学家、企业家、作家、学者和卓有成就的新闻记者。哈佛是美国精神的代表，同时也是世界人文的奇迹。

而将哈佛的魅力承载起来的，正是这套《Harvard Classics》。在本丛书里，你会看到精英文化的本质：崇尚真理。正如哈佛大学的校训："与柏拉图为友，与亚里士多德为友，更与真理为友。"这种求真、求实的精神，正代表了现代文明的本质和方向。

哈佛人相信以柏拉图、亚里士多德为代表的希腊人文传统，相信在伟大的传统中有永恒的智慧，所以哈佛人从来不全盘反传统、反历史。哈佛人强调，追求真理是最高的原则，无论是世俗的权贵，还是神圣的权威都不能代替真理，都不能阻碍人对真理的追求。

对于这套承载着哈佛精神的丛书，丛书主编查尔斯·艾略特说："我选编《Harvard Classics》，旨在为认真、执著的读者提供文学养分，他们将可以从中大致了解人类从古代直至19世纪末观察、记录、发明以及想象的进程。"

"在这50卷书、约22000页的篇幅内，我试图为一个20世纪的文化人提供获取古代和现代知识的手段。"

"作为一个20世纪的文化人，他不仅理所当然的要有开明的理念或思维方法，而且还必须拥有一座人类从蛮荒发展到文明的进程中所积累起来的、有文字记载的关于发现、经历以及思索的宝藏。"

可以说，50卷的《Harvard Classics》忠实记录了人类文明的发展历程，传承了人类探索和发现的精神和勇气。而对于这类书籍的阅读，是每一个时代的人都不可错过的。

这套丛书内容极其丰富。从学科领域来看，涵盖了历史、传记、哲学、宗教、游记、自然科学、政府与政治、教育、评论、戏剧、叙事和抒情诗、散文等各大学科领域。从文化的代表性来看，既展现了希腊、罗马、法国、意大利、西班牙、英国、德国、美国等西方国家古代和近代文明的最优秀成果，也撷取了中国、印度、希伯来、阿拉伯、斯堪的纳维亚、爱尔兰文明最有代表性的作品。从年代来看，从最古老的宗教经典和作为西方文明起源的古希腊和罗马文化，到东方、意大利、法国、斯堪的纳维亚、爱尔兰、英国、德国、拉丁美洲的中世纪文化，其中包括意大利、法国、德国、英国、西班牙等国文艺复兴时期的思想，再到意大利、法国三个世纪、德国两个世纪、英格兰三个世纪和美国两个多世纪的现代文明。从特色来看，纳入了17、18、19世纪科学发展的最权威文献，收集了近代以来最有影响的随笔、历史文献、前言、后记，可为读者进入某一学科领域起到引导的作用。

这套丛书自1901年开始推出至今，已经影响西方百余年。然而，遗憾的是中文版本却因为各种各样的原因，始终未能面市。

2006年，万卷出版公司推出了《Harvard Classics》全套英文版本，这套经典著作才得以和国人见面。但是能够阅读英文著作的中国读者毕竟有限，于是2010年，我社开始酝酿推出这套经典著作的中文版本。

在确定这套丛书的中文出版系列名时，我们考虑到这套丛书已经诞生并畅销百余年，故选用了"哈佛百年经典"这个系列名，以向国内读者传达这套丛书的不朽地位。

同时，根据国情以及国人的阅读习惯，本次出版的中文版做了如下变动：

第一，因这套丛书的工程浩大，考虑到翻译、制作、印刷等各种环节的不可掌控因素，中文版的序号没有按照英文原书的序号排列。

第二，这套丛书原有50卷，由于种种原因，以下几卷暂不能出版：

英文原书第4卷：《弥尔顿诗集》

英文原书第6卷：《彭斯诗集》

英文原书第7卷：《圣奥古斯丁忏悔录 效法基督》

英文原书第27卷：《英国名家随笔》

英文原书第40卷：《英文诗集1：从乔叟到格雷》

英文原书第41卷：《英文诗集2：从科林斯到费兹杰拉德》

英文原书第42卷：《英文诗集3：从丁尼生到惠特曼》

英文原书第44卷：《圣书（卷Ⅰ）：孔子；希伯来书；基督圣经（Ⅰ）》

英文原书第45卷：《圣书（卷Ⅱ）：基督圣经（Ⅱ）；佛陀；印度教；穆罕默德》

英文原书第48卷：《帕斯卡尔文集》

这套丛书的出版，耗费了我社众多工作人员的心血。首先，翻译的工作就非常困难。为了保证译文的质量，我们向全国各大院校的数百位教授发出翻译邀请，从中择优选出了最能体现原书风范的译文。之后，我们又对译文进行了大量的勘校，以确保译文的准确和精炼。

由于这套丛书所使用的英语年代相对比较早，丛书中收录的作品很多还是由其他文字翻译成英文的，翻译的难度非常大。所以，我们的译文还可能存在艰涩、不准确等问题。感谢读者的谅解，同时也欢迎各界人士批评和指正。

我们期待这套丛书能为读者提供一个相对完善的中文读本，也期待这套承载着哈佛精神、影响西方百年的经典图书，可以拨动中国读者的心灵，影响人们的情感、性格、精神与灵魂。

主编序言

哈佛百年经典系列丛书收录了《物种起源论》，已经概述了达尔文的生活，列出了他最重要的发现和观点。

因此本卷不再对达尔文的重大发现、工作及成就做进一步的评论。本卷关注的是这次航行更私人的层面，从他自传中摘录的几段话能大体上体现出来：

"'比格尔'号上的旅行是目前为止我人生中最重大的事件，它决定了我的整个事业的发展方向……我一直觉得多亏了这次航行，我的大脑第一次得到真正的训练和培养。我密切地关注了自然史的几个分支，从而提高了我的观察力，尽管它们一直相当成熟……

"然而，上述种种专门研究的重要性，都比不上坚持不懈的勤奋精神和全神贯注于事业的专注习惯，我已经养成了这种习惯。我所想或所看的种种事情可以直接与我已经见过的或可能要见的关联起来,这种思维习惯在五年的航行期间一直在延续。我敢肯定正是这种训练使我能够完成在科学领域上所做的一切。

"回顾过去,我能感觉到我对科学的热爱逐渐超过所有其他喜好。在最初的两年里我对狩猎的喜好几近耗去我全部的力量。我自己打猎,所有的鸟儿和动物都成了我的收藏品。但是渐渐地,我打猎的次数越来越少,最后完全交给了我的雇工,因为打猎妨碍了我的工作,尤其妨碍了我去弄清楚一个国家的地质结构。我发现——虽然是无意识地,观察和推理的乐趣远高于技能和运动……

"就我自己评价,从调查研究到纯粹的乐趣,从想为自然科学增添些许证据,到想为自然科学增添大堆证据的强烈愿望,在这次航行期间我已经把工作做到了极致。但我的雄心勃勃也使我在科学研究人员中得到了一个不错的地位。而要问我的雄心比同行们多还是少,我没法品评。"

——(《生活信件》第一卷 61~65 页)

即使《航海日记》不是最有趣、最能增长见闻的书,这次探险的重要性和划时代的意义,也使它在科学文献中占有独特的地位。书中令人惊异的大量内容、作者在探索科学真理方面无私的热忱,以及在潜意识下所绘制的图片,使得它在同类著作中被奉为经典。

查尔斯·艾略特

原出版序言

我已经在这本书的第一版序言里，以及《在比格尔舰上的航行期间的动物学成绩》一书里陈述，由于舰长菲茨·罗伊表示要在他的军舰上邀请一位科学工作者参加工作，所以我就自荐，向他提出愿意效劳。同时又承蒙水道测量家、舰长贝福特的友好帮助，获得了海军部的各位长官们的批准。我感到自己能够享有这样的机会去研究我们所访问的不同国度的自然史，应该全部归功于舰长菲茨·罗伊，我希望在这里冒昧地再一次向他表示我的感激。附带说明我们在军舰上一同相处的五年时间里，我从他那里得到了最诚挚的友谊和持续不断的帮助。我将永远真诚地感谢舰长菲茨·罗伊和比格尔舰上的所有军官，[1]因为在长途旅行期间，我总是受到他们坚定不移的友好对待。

---

[1] 在这里我得借此机会向比格尔舰上的外科医生白诺先生表示我的衷心感谢，当我在瓦尔帕莱索生病时，他十分用心地为我诊治。

这本用日记体写成的书包含了我们这一次旅行经历和与此相关的自然史和地质学的观察概要，我认为这些考察资料能让普通读者产生一些兴趣。为了让这本书更适合阅读，我在这个版本里大量地压缩和修改了几个部分，而对其余部分也做了增补。但是我相信自然学家们会记住，要想涉及这方面的细节，他们应该去研读下面几部篇幅更大的作品，那些作品里包含了此次考察期间的科学成果。

在《在比格尔舰上的航行期间的动物学成绩》这部书里，包括有下面的各纲动物的记述：欧文教授所著的哺乳纲化石；沃特豪斯先生所著的现代哺乳纲；古尔德先生所著的鸟纲；牧师L.杰宁斯所著的鱼纲；还有贝尔先生所著的爬行纲。在对每种动物的描述方面，我附写了关于它们的习性和分布区域的说明。这几部著作之所以能够出版，我要感谢上面所说的这几位卓越的科学家的伟大天才和无私奉献。如果没有财政部各位首长们的慷慨相助，能根据财政大臣阁下的提议，欣然拨出1000英镑的款项，来支付部分出版费用的话，这几部著作也不能够出版。

我自己已经发表了下面几部分开的著作：《珊瑚礁的结构和分布》、《在比格尔舰上的航行期间访问的火山岛屿》和《南美洲的地质》，在《地质学报》的第6卷里发表了两篇我所写的"关于南美洲的不稳定岩石和火山现象"的论文。沃特豪斯、沃克尔、纽曼和怀特四位先生，发表了几篇关于他们所采集到的昆虫方面的卓越论文。同时我相信在这些文章以后，一定会有其他论文陆续地发表出来。J.胡克博士在他的《南半球植物学》的巨著里，将讲述美洲南部地区的植物。他已经把加拉帕戈斯群岛的植物区系作为一个单独的专题，发表在《林奈学报》上。牧师亨斯洛教授发表了我在基林群岛上采集到的植物的一览表，还有牧师J.M.伯克利记述了我所采集到的隐花植物。

我很高兴能对几位自然学家的大力帮助表示感谢，在我编著这本书和其他著作期间得到了他们的巨大帮助。但是在这里，我还要冒昧地向牧师亨斯洛教授致以最衷心的感谢：在剑桥大学的学生时代，主要是他引起了我对自然史的兴趣；在我离开大学期间，他还负责照顾我送回去的标本，并且还通过书信指导我尽心工作；在我回国后，他又经常给我种种帮助，这种帮助也只有最亲密的朋友才能够提供。

写于达温，布罗姆利，肯特

1845年6月

目 录 Contents

第一章	圣地亚哥岛——佛得角群岛的主岛	001
第二章	里约热内卢	017
第三章	马尔多纳多	035
第四章	从内格罗河到布兰卡港	056
第五章	布兰卡港	072
第六章	从布兰卡港到布宜诺斯艾利斯	094
第七章	布宜诺斯艾利斯和圣菲	109
第八章	拉普拉塔河东岸区和巴塔哥尼亚	126
第九章	圣克鲁斯河、巴塔哥尼亚和福克兰群岛	157
第十章	火地岛	181
第十一章	麦哲伦海峡以及南部海岸的气候	206
第十二章	中智利	227
第十三章	奇洛埃岛和乔诺斯群岛	246
第十四章	奇洛埃岛和康塞普西翁：大地震	263
第十五章	越过安第斯山脉	283

第十六章	北智利和秘鲁	305
第十七章	加拉帕戈斯群岛	336
第十八章	塔希提岛和新西兰	364
第十九章	澳大利亚	390
第二十章	基林岛：珊瑚岛的形态	409
第二十一章	从毛里求斯岛到英格兰	439

第一章　圣地亚哥岛——佛得角群岛的主岛

　　普拉亚港——大里贝拉——含有浸液虫的大气中的粉尘——海兔和章鱼的习性——圣保罗岩，非火山岩岛屿——罕见的硬壳——昆虫是岛屿上的最初移居者——费尔南多-迪诺罗尼亚岛——巴伊亚——磨光的岩石——刺鲀的习性——海生的丝藻与浸液虫——海水变色的原因

　　英国女王陛下的军舰、十门大炮式的双桅横帆船比格尔号，两次起航皆因西南大风受阻，被迫返航后，又于1831年12月27日，在菲茨·罗伊舰长的指挥下，从德文波特港出发，正式开始了这次远航。这支探险队的任务是去完成从1826年到1830年探险队对巴塔哥尼亚和火地岛的测绘工作，进行智利、秘鲁海岸和太平洋一些岛屿沿岸的测绘工作，还要进行一系列的环球精密时计的测量工作。1832年1月6日，我们到达特内里费岛。由于害怕带来霍乱，当地人拒绝我们上岸。第二天清晨我们远望太阳从大加那利岛崎岖的轮廓后面升起，突然染红了特内里费的顶峰，而特内里费岛低

矮的部分依然笼罩在清晨的薄雾中。这是这次航程中，第一个难忘又愉快的日子。1832年1月16日，我们停靠在佛得角群岛的主岛圣地亚哥岛的普拉亚港。

从海上望去，普拉亚港四围一片荒凉。过往年代的火山喷发和酷热的热带阳光，使大多数地方的土壤不适于植物生长。这里台地层层相连，点缀着一些圆锥形山丘。远处，高耸的山峰犬牙交错。透过薄雾望去，此景极富情致。的确，要是一个人初次登岛，第一次漫步在这里的椰子树林中，定能觉得自己是多么幸运！通常这个岛会被认为难以使人产生兴致，但对于只熟悉英国风景的人来说，这块过去可能有很多植物却遭到破坏的贫瘠的新奇土地拥有别样的壮丽。寸草不生的火山熔岩覆盖的原野，竟然还有成群的山羊和几头牛艰难地维持着它们的生命。这个地方很少下雨，但是每年有一段较短的时间要下暴雨，雨后很快就有浅的植物从各处岩石的裂缝里生长出来。这些植物很快就会枯萎，而动物就靠这些自然形成的干草来维持生活。现在这地方已经一整年没下过雨了。在这座岛屿被发现时，普拉亚港附近区域都有绿树覆盖，①由于这里曾经遭到不顾后果的破坏，就使它也像圣赫勒拿岛和加那利群岛里的一些岛屿一样，几乎变成了不毛之地。宽阔、平坦的谷地覆盖着浓密的不长叶子的灌木丛，很多河谷一季只有几天河道里有水。有极少数的生物栖息在这些河谷里。最常见的鸟是翠鸟，它温驯地坐在蓖麻的枝头，从那里突然飞出，扑向蚱蜢和蜥蜴。它有亮色的羽毛，但没有欧洲的品种那样漂亮。它在飞行、生活方式和居住环境方面，也和欧洲品种有着明显的不同，通常居住在干旱的河谷地带。

一天，我和两个军官一同骑马到一个位于普拉亚港东面几英里②的村镇大里贝拉去。沿路一带呈现出一片毫无生机的景象，在我们到达圣马丁河的河谷时，这里却是一片欣欣向荣。因为有一条小河，沿河两岸就形成

---

① 我是根据第芬巴赫博士所译的《考察日记》的第一版德文本来作的陈述。
② 1英里相当于1.6093千米。

了一块草木繁茂的地带。走了一个小时，我们来到了大里贝拉，令人惊奇的是，在这里我们看到了一个很大的废弃要塞和一座大教堂。在这个小镇的港口还没有淤塞前，它是岛上最重要的地方，现在它显得有些凄凉，但仍有着非常独特的景致。我们找来一个黑人牧师做向导，又请了一个曾参加过伊比利亚半岛独立战争的西班牙人来做翻译，一同去参观当地的一些房屋。其中有一个古老的教堂，那儿是岛上的总督和司令官死后的埋葬之地，有一些墓碑上面还刻着16世纪的日期。[①]在这个幽闭的地方，只有这些纹章的装饰物，才会使我们想起欧洲。这个教堂或称小礼拜堂，构成了庭院房屋的一边，一大丛香蕉树生长在庭院中央。教堂对面是一所医院，收容着十几个面容痛苦的病人。

我们回到当地一家旅馆吃晚饭，这时一大群皮肤极黑的男人、妇女和小孩聚集在一起观望着我们。我们的同伴十分高兴，无论我们讲什么话或做什么事情都会引来他们热烈的笑声。在离开小镇前，我们去参观了那里的大教堂。那个大教堂看起来还没有小教堂那样富裕，却有一台小风琴可以夸耀，它能发出非常不协调的声音。我们赠送黑人神父几个先令[②]，而那个西班牙人则轻拍着他的头，非常直率地说，他认为肤色已经不再使他们之间有什么差别了。随后我们就策马尽情飞奔，返回了普拉亚港。

又有一天，我们骑马来到了圣多明戈村，它位于这个岛的中心地带。在我们经过的一处小平原上，长着几棵矮小的金合欢树。它们的树尖已经被年复一年的信风吹弯了，都向着同一个方向，有些树尖甚至弯曲到和树干成直角了。它们的树枝都朝着东北偏北和西南偏南的方向，这些天然的风向标表明了信风的主导方向。在这块贫瘠的土地上，行人留下的痕迹很少，以至于我们就在这里迷了路，一直走到了芬蒂斯——直到我们到达芬蒂斯后才发觉这件事。但随后，我们反而因为走错了路感到高兴。芬蒂斯是一个漂亮的村庄，周围小河环绕，这里的一切都显示出欣欣向荣的景

---

① 佛得角群岛是1449年被发现的。这里一位主教的墓碑上面刻写着1571年的日期，而手持短剑的顶饰上面则刻着1497年的日期。

② 1英镑等于12先令。

象。事实上也有一个例外，这里的黑人小孩完全赤身裸体，看起来非常可怜。他们正拖曳着一捆捆的木柴，那些木柴捆足有他们半身子大小。事实上，这里的居民应该更加富裕一些。

在靠近芬蒂斯的地方，我们看见一大群珍珠鸡，数目有50-60只。它们是一种非常警觉的鸟，人们无法接近。它们躲着我们，像是松鸡在9月的下雨天那样，仰起头奔跑着，要是我们再继续追赶，它们就会拍着翅膀迅速高飞。

对比全岛其他地方的荒凉，圣多明戈的风景美得出人意料。这个村子位于一个山谷的底部，由层次分明的熔岩围绕着。黑色的岩石和翠绿的植物形成鲜明的对比，植物沿溪流在两岸延伸，溪水清澈。我们碰巧遇到一个盛大的节日，整个村子里都聚满了人。在回去的路上，我们遇上了一群年轻的黑人姑娘，她们约有20个人，穿着别有韵味的衣裳，黑色的皮肤和雪白的衣裳衬托着花头巾和大披巾，显得非常美丽。当我们走近她们身旁时，她们突然转过身来，披巾飞扬，热情奔放地高唱起一支山歌，用手掌在大腿上敲击出拍子。我们掷给她们一些钱，她们就用一阵阵笑声来接受这些铜币。在她们又唱响的悠扬的歌声里，我们离她们远去了。

一天早晨，天空一碧如洗，远处的景物也异常清晰。远处的群山轮廓分明地投映到深蓝色的背景上面，这种景象和英格兰的情形很像，我由此推测这里的空气饱含水分，湿度很大。但是，实际情况截然不同，温湿度的差数是29.6℉①。这个差数要比我在前几天早晨所观测到的数字几乎大一倍。这种不寻常的空气湿度，和接连不断的雷雨有关。在这种天气状况下，能够看到这样的空气明朗度，难道不是一种罕见的现象吗？

通常这里的天气总是多雾，这是难以觉察的细粉尘造成的，有人发现这种微细的粉尘会对天文仪器造成轻微的损伤。在我们到达普拉亚港的前一天早晨，我曾收集了一小包这种褐色的粉尘，这种粉尘显然是随风吹来，被桅杆顶端风向标的薄纱布过滤出来的。赖尔先生曾经送给我四包粉

---

① 华氏温度，与摄氏度的换算公式为℉＝1.8×摄氏度+32。

尘，这种粉尘是降落在离这些岛屿北面几百英里以外的一艘船上的。我把这5包粉尘交给埃伦贝格教授[①]，他观察到这种粉尘主要由一些硅质贝壳的浸液虫[②]和硅质组织的植物所构成。在我送给他的5包粉尘里，他已查明至少有67个不同的有机体类型！除了两个海生种以外，其余全部是淡水生物。我看到过至少有15个不同的粉尘报告，全部来自遥远的大西洋上的舰船。根据这种粉尘降落时的风向和降落时间来判断，我们有把握说这种粉尘全部是热风从非洲吹来的。可是，这里有一个异常的情况，虽然埃伦贝格教授知道很多非洲特有的浸液虫种，却没有从我送给他的粉尘中找出一种非洲的浸液虫来。相反，他却从这种粉尘中找到两个他所知道的迄今只生长在南美洲的浸液虫种。这种粉尘沉积的数量大得把船上的所有物品都弄污了，并且还弄伤了人的眼睛，甚至有船只因为尘雾昏暗而发生过搁浅。在离开非洲海岸几百英里甚至1000多英里的地方，在南北600英里的范围内，也常有粉尘降落到船上。在一艘离非洲大陆300英里的船上所收集到的粉尘里面，我十分惊奇地发现了一些超过千分之一平方英寸[③]的石头颗粒，它们和更细的物质混合在一起。在亲眼见到这个情况后，就不会对隐花植物非常轻小的孢子能够通过空气传播感到惊奇了。

　　这个岛的地质是最有意思的部分。在这个港口入口处的海崖面上，可以看到有一条完全水平的白色带子沿着海岸延伸了好几英里，它位于水面上45英尺[④]的高度。经检测，这个白色地层是由含有石灰质的物质构成的，地层里埋藏着无数软体动物的贝壳，现在它们中的极大部分仍旧生活在附近海边。这个地层覆盖在古老的火山岩上，在它的上面还有玄武岩的岩浆流覆盖着，大概就在白色的贝壳石灰岩层伸入海底时，这种玄武岩层就

---

① 这位著名的自然学家检测了我运回来的很多标本，因此我得借此机会对他的善举表达我对他的感谢。我已在1845年6月把这种粉尘降落的详细报告送交给地质学会了。

② 纤毛虫纲的原虫也称浸液虫。全身被细纤短毛覆盖，有大核和小核。水生，种类极多，部分寄生。

③ 1英寸相当于约0.025米。

④ 1英尺约为0.3米。

流入了海底。追踪这些变化是一件很有趣的事情，当上层极热的火山熔岩覆盖到这种疏松的物质上面时，就使下面的疏松物质发生变化，这种疏松物质有一部分转变为结晶的石灰岩，另外一部分则转变为致密的有斑点的岩石。在石灰岩被岩浆流下面的石渣碎片围住的地方，它就转变成一团团美丽的、呈辐射状分布的纤维，看上去很像霰石。熔岩层抬升成连续的略微倾斜的平地，一直到它的内部，这里正是熔岩的洪流最初流出的地方。在人类历史上，在圣地亚哥岛上还没有火山活动的迹象。在很多红色熔渣山丘罕有火山口的形状，但是在海边还能够辨明一些较近时期流出的熔岩层，它们形成了悬崖，低于较早流出的岩层，但是伸入海里要远一些，因此就可以根据悬崖的高度来粗略估计熔岩流出的年代。

在停泊期间，我观察了几种海生动物的习性。巨大的海参是最常见的海生动物。这种软体动物约有5英寸长，身体是暗淡的黄色，带有紫色的纹理。它的身体两侧和足的边缘，长着宽大的皮质褶襞，它们有时似乎有着换气扇的功用，让水流经背鳃或肺部。它食用柔软的海藻，这些海藻生长在混浊的浅水区的岩礁中。我曾在它的胃腔里发现几粒小鹅卵石，就像在鸟的胃里一样。当这种海参受到惊扰，就会分泌一种很鲜艳的紫红色的液汁，把周围一英尺范围内的水都染上这种颜色。除了这种防护方法，它全身都覆盖着一层辛辣的分泌物，类似僧帽水母所产生的分泌物，能使其他动物产生强烈的刺痛感。

有几次，我带着极大的兴致观察了章鱼或乌贼的习性。尽管这些动物通常陷在那些退潮后所存留下来的水坑里，但要捉住它们并不容易。依靠它们的长触手和吸盘，它们能把身体缩进非常狭窄的岩石缝隙里，一旦它们缩进去固定好身体，就要用很大的力气才能把它们拖曳出来。在其他时候，它们就尾部向前，以箭一样迅速的速度，从水坑的一边窜向另一边，同时立刻释放出黑色的墨汁把水变混浊。这些动物还有一种极不寻常的掩人耳目的能力，就是能够像变色龙一样改变它们身体的颜色。它们似乎能依所经过地方的环境特点改变皮肤颜色：在深水里，它们的色泽一般是褐紫色，但在海底的沙滩上或浅水里，这种暗黑的肤色就变成淡黄绿色了。仔细观察的话，你会发现它们其实是浅灰色，呈黄绿色是因它的身体上有无数细小的鲜黄色斑点；浅灰色的强度在发生着变化，而细小的鲜黄色斑点则交替地出现，有时完全消失，有时又再次显现出来，就像是有很多云块不断地通过它们的身体，这些云块的颜色在从风信子红到栗褐色之间变化着。它们身体的任何部分，在遭受到微弱的电流冲击后，就会变成黑色。在用针去挠划它们的皮肤时，也会有同样的结果，只不过程度要浅一些罢了。换句话说，这些变幻着的云块就好像是脸部的颜色变化一样。据说这是由于经常交替地扩大和收缩那些细小气泡而产生的，气泡中含有各种不同的有色液汁。①

在游动和静伏在海底时，章鱼都表现出和变色龙一样的能力。我对一条章鱼使用不同手段来伪装自己产生了极大的兴趣——它似乎完全意识到了我在观察它。它一段时间一动不动，接着又悄悄地前行一两英寸，就像躲着猫的老鼠一样。它不时地变幻着自己的颜色，慢慢移动，直到到达深一些的水域，就飞一般地逃离，在身后放出一股暗色的"墨汁"来遮掩住它钻进去的洞口。

在观察这些海生动物的时候，我在离水面约两英尺高的岩石海岸边垂下头去，不止一次被喷射出的水流击中，同时还伴有轻微的摩擦声。最初我不清楚那是怎么一回事，但后来我发现原来是那条章鱼在喷射水流。虽然它隐藏在洞里，但它喷射的水流能命中我的脸。毫无疑问，章鱼拥有喷射水流的能力，在我看来它能做出相当准确的瞄准动作，是直接使用了位于身体下侧的管子——虹吸管。这些动物无法做出抬头的动作，也没法在陆地上爬行。我观察了一条我放进船舱里的章鱼，它能够在黑暗中发出微弱的荧光。

圣保罗岩——2月16日早晨，在横渡大西洋的途中，我们停泊在圣保罗岩岛屿附近。这个由岩礁聚集而成的岛位于北纬0°58′、西经29°15′。圣保罗岩离美洲海岸540英里，离费尔南多-迪诺罗尼亚岛350英里。这个岛的

---

① 请参看《解剖学与生理学辞典》里的头足纲这一条目的相关内容。

制高点只有海拔50英尺高，全岛的周长还不到四分之三英里。这一小块陆地是从大洋的深处陡峭地上升到海面上的。它的矿物构成也不单一，有些地方的岩层是石英质的，另一些地方的岩层则是长石质的，包含有蛇纹石的稀疏纹理。一个值得注意的情况就是在太平洋、印度洋和大西洋里所有远离大陆的小岛，除塞舌尔群岛和这个陡峭的小岛外，我认为都是由珊瑚虫或火山喷发物构成的。这些岛屿的火山性质显然是相同的原因所导致，结果绝大多数现存的活火山，或分布在海岸附近，或坐落在大洋之中的岛屿上。

圣保罗岩的岩石从远处看起来呈光亮的白色。部分原因是大群海鸟粪便的反光，部分原因则是有一层坚固地附着在岩石表面上有的涂层，这个涂层有珍珠光泽。用放大镜来检测这一涂层，可以发现它是由无数极薄的层次所构成的，它的总体厚度约为十分之一英寸。涂层里包含很多动物性物质，无疑它的产生是鸟粪受到雨水或水雾作用的结果。在阿森松岛和阿勃罗尔霍斯群岛上的一些海鸟粪下面，我曾发现一些钟乳石状的分支体，它们也像这些岩石上面的白色薄层一样，以相同的方式形成。这些分支体在整体外表上很像珊瑚藻科植物的某几个种（属于坚硬的石灰质海藻的一科），以至于在不久前我草草地查看自己的标本时，都没有觉察到它们之间的差异。分支体的球形端部呈珍珠般的质地，就好像牙齿上的珐琅质一样，但它坚硬到能够划伤玻璃板。

顺便提一下，在阿森松岛海岸上的一处地方，有一个很大的贝壳沙土

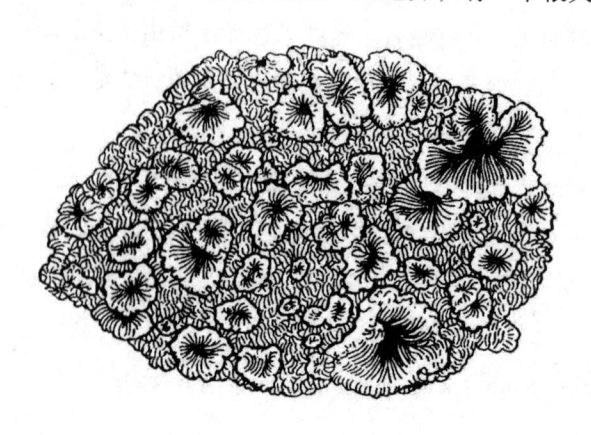

堆积地，在海潮能够达到的崖石上面，海水沉积出一层结壳，它的形态很像木版浮雕呈现出的样子。我们还常常可以在潮湿的崖壁上看到某些隐花植物，它们的叶状体表面美丽光滑，暴露在光照下的部分显现出一种墨黑色，而处在崖石突出部分下面的阴暗部位只是显现出灰色。我曾把这种结壳的样品送给几个地质学家看，他们竟然都认为那是火山喷发出的物质或者是火成的物质！按照这种结壳的硬度与透光性和它的光滑程度来看，它等同于海生榧螺属的最美丽的贝壳。按照它发出的恶臭和在吹管作用下褪色的情形来看，它跟现代海生软体动物的贝壳十分类似。此外，众所周知，在海生贝壳类软体动物的身上那些通常由腹部外套膜覆盖着和遮蔽着光线的贝壳部分，要比完全暴露在光线下的部分苍白一些，这就跟上面所说的结壳的情形一样。当所有动物的坚硬部分，像骨头和贝壳，都含有钙元素，无论是磷酸盐或者是碳酸盐，这是一个十分有趣的生理学上的情况。[①]我发现有一些物质要比牙齿的珐琅质坚硬些，其有色的表面跟活的软体动物的贝壳一样光滑，它们通过无机方法再造了死的有机物，在外形上还模仿了几种低等植物的形态。

我们在圣保罗岩上只发现两种鸟类——海鹅和白顶黑燕鸥。前者是塘鹅的一个个种，而后者是燕鸥的一个个种。这两种鸟性情温驯、脑力迟钝，而且对旅行者没有戒备心，以至于我可以用自己的地质锤轻易打死它们。海鹅直接把蛋产在裸露的岩石上，而白顶黑燕鸥则用海藻筑成很简陋的巢。在很多鸟巢旁边堆放着小飞鱼，我想这些鱼是雄鸟衔来给自己的伴侣吃的。我们把老鸟惊扰走，趁机很快地偷走鸟巢旁边的小鱼，那情形真是有趣。W·西蒙兹爵士是曾来这里旅游过的少数人之一，他告诉我他曾看到那些藏在岩石缝隙里灵活的巨蟹，会把雏鸟从鸟巢里拖曳出来并吞食

[①] 霍纳先生和戴维·布儒斯特爵士曾描述过一种奇异的"类似贝壳的人造物质"。在盛水的容器内侧，当迅速转动一块事先浸有胶水和石灰的布片时，这种物质最后就沉淀下来，呈透明状的、非常光滑的褐色薄层，具有特殊的光学性质。比起阿森松岛上的天然结壳，它更加柔软、透明，含有更多的动物性物质。但是我们在这里又有了新发现，碳酸钙和动物性物质能形成一种固体物质，并结成贝壳。

下去。

没有一株植物、甚至没有地衣生长在这座小岛上，然而这里还是居住着一些昆虫，还有一些蜘蛛。这个岛的陆生动物区系我全部列举了出来：时常飞集在海鹅周围的一种蝇；可能是被鸟类携带到这里来的一种寄生扁虱；属于食羽属的一种褐色小飞蛾；一种甲虫和一种土鳖虫；最后还有无数的蜘蛛，我想它们就是以捕食上面提到的一些昆虫作为食物的。太平洋里的珊瑚岛形成后，起初会有伟岸的棕榈树和其他名贵的热带植物，此后是鸟类，最后是人类来占据这些岛屿——这种说法或许不那么准确。这些食羽毛及粪便的昆虫、寄生虫和蜘蛛应该是大洋里新生陆地上的最初居住者，我很担心我的这种说法会破坏这个故事的诗情画意。

在热带海洋中，最小的一个岩礁也给了无数种海藻以及群栖动物们一个生长的基地，同样地，它也维持了大量鱼类的生活。为保住一大批已经被渔网围住的猎物，我们的水手乘上小船要去和鲨鱼持续战斗。我听说百慕大群岛附近的一块岩礁，位于遥远的深海里，而且位于相当的深度之下，起初就是因为有人观察到很多鱼类栖居在它的周围而被发现的。

费尔南多–迪诺罗尼亚岛，2月20日——我们只在这里停留了几个小时，在此期间我所能观察到的就是这个岛是由火山熔岩形成的，不过它大概不是在近期形成的。它最引人注目的特点就是有一个大约1000英尺高的圆锥形山峰：圆锥的顶部极其陡峭，并且有一个侧面一直向下悬垂到山脚边。它的岩石是响岩，被分成不规则的岩石柱。在看到这些孤立的大岩石的外形时，我起初倾向于认为它是突然以一种半流质的状态从地底被推送出来的。然而在来到圣赫勒拿岛后，我发现有些近似于这种形状和构造的尖塔形岩石，却是由于熔岩灌注进了比较松软的地层所形成的，这些松软地层就成了浇铸这些巨大的方尖柱的模具了。在整个岛上都覆盖着森林，可是由于气候干燥，岛上的植被并不茂盛。在半山坡上，有几个巨大的柱形岩石块被一些月桂树样的树木遮蔽着，还有一些土地上长着盛开的粉红色花朵和没长叶子的树木，这些柱形岩石和这些植被结合起来形成的景色给人一种愉快的感受。

巴西，2月29日——今天过得非常高兴。可是，要用"高兴"这个字眼来表现一个自然学家第一次在巴西的一处森林里独自漫步时所产生的感觉，那就太单薄无力了。绿草的典雅、寄生植物的新奇、花卉的美丽、树叶的青翠，以及植物的繁茂景象，使我对此充满了赞美之情。声响和寂静这最矛盾的混合体弥漫在森林里的浓荫之地。昆虫的喧嚣声如此响亮，以至于在离海岸几百码①远的地方停泊的船上也能听到。然而，在森林的隐秘之处，依然笼罩着普遍的寂静。对一个热爱自然史的人来说，这一天所带来的深切的愉悦心情以后再也难以经历到了。在漫步了几个小时后，我就转身向登岸地点走去。但还没走到登岸地点，就遇到了一场热带暴雨。我设法找到一棵树躲在下面避雨，这棵树的叶盖如此浓密，普通英伦三岛的雨水绝不会穿透的。但在这里，就几分钟的时间，一股小奔流就沿着树干直泻了下来。雨势如此凶猛，正是这里森林茂盛、遍地绿茵的原因。和寒冷的地区相比，这里的雨水大部分会被土壤吸收，或在还没有到达地面之前就被蒸发掉了。目前我不打算描写这个宏伟港湾的华丽风景，因为我们在返航时还要造访这里，那时我还有机会谈论它。

沿着巴西至少有2000英里长的海岸，海岸上也包括相当广阔的内陆地区，坚实的岩石随处可见，它是花岗岩结构的。大多数地质学家认为，这个巨大的区域由那种在高压下受到高温作用而结晶的物质所构成，这种情况引起了科学家们的巨大反响。这种现象是不是也曾在幽深的大洋深处发生过呢？或者是花岗岩先前曾被其他的岩层所覆盖，随后这些岩层又被冲刷去了呢？我们是否可以这样认为，无论有怎样的力量，只要它不是无穷大地长期起作用，就能够在成千上万平方里格②面积的地面上显露出花岗岩来呢？

在离城市不远的地方，有一条小河在此流入大海，我观察到一个情况，这和一个曾被洪堡讨论过的主题相关。在奥里诺科河、尼罗河和刚果

---

① 1码相当于0.9144米。
② 古老的测量单位，相当于4.8千米。

河等巨大河流的急水滩上黑花岗岩的表面覆盖着一层黑色物质，看起来像是被石墨擦亮了一样。这层黑色物质相当薄，据贝尔泽里乌斯分析它是由锰和铁的氧化物所构成的。在奥里诺科河上，它出现在那些受到洪水定期冲刷的岩石上，并且只发生在水流湍急的地方，或如印第安人所说："在河水泛白的地方，岩石是黑色的。"在这里，岩石上的覆盖层是深褐色的，不是黑色的，似乎只是由一些含铁的物质构成。那些采集到的标本没能提出关于这些磨光后能在日光下闪光的褐色岩石的合理的观点来。它们只发生在海潮波浪所能达到的范围内，又因为这种小河是在缓慢地向下流动，这种海潮波浪必须能提供出大河流上激流的冲刷抛光力量。与之相类似的是，海潮的涨落可能也等同于河水的定期泛滥。于是，在这些表面上不同而实际上情况相似的条件下，它们就产生了同样的结果。但是，我们还尚不明白这些看似固结在岩石上的金属氧化物覆盖层是如何形成的，也无法解释为什么它们的厚度总是相同。

有一天，我怀着极大的兴趣观察了刺鲀的习性，它是在游近海岸时被抓住的。众所周知，这种皮肤松软的鱼拥有把自身胀大到近于球形的特异能力。把它从水里捞出来一会儿后，接着又把它放进水里去，它就会用嘴吞吸进大量的水和空气——也说不定是用鳃孔吞吸进的。这个特异能力是通过下面两种方法来实现的：它把吞吸到的空气驱进体腔里去，通过肌肉的收缩运动阻止空气排出体外——这从它的外表就能看出。但是，它却让嘴大张着、一动不动，使水经过嘴像细流一样流进自己的身体里去，因此，后面这个动作是靠吸入完成的。它的腹部皮肤要比背部皮肤松弛得多，所以在身体膨胀时，它的下表面就比上表面膨胀得大得多。因此，这种鱼就以背部倒翻向下的方式来游动。居维叶怀疑刺鲀在这种姿势时是否能游动，可是这种鱼不仅能够用这个方法向前直线游动，而且也能向左右两边转弯。它的转弯动作是单靠胸鳍来完成的，它的尾部软塌无力，不可使用。由于它的身体充满大量空气向上浮起，鳃孔就露出水面，但是用嘴吸进去的水流则不断地经鳃孔流出。

刺鲀在保持胀大状态一会儿后，通常就以相当大的力气把空气和水经过鳃孔和嘴排出体外。它能随意排放一定量的水，因此，很可能它吸进水是为了调节自己的比重。这种刺鲀拥有几种防卫方式。它可以凶猛地撕咬，还能够把水流从嘴里喷射出一段距离，同时磨动自己的双颌发出怪声来。由于身体的膨胀，布满皮肤表面上的乳突也变得竖直和锐利。但是，最古怪的情形是用手去触摸它时，它腹部的皮肤就会分泌出一种漂亮的深红色丝状物质来，这种颜料用来给象牙和纸张染色，能保持鲜艳色泽长久不变。我对这种分泌物的性质和用途知之甚少。我曾从福雷斯城的阿伦博士那里听说他经常在鲨鱼的胃里发现刺鲀，它在鲨鱼的胃里漂浮并活着，让自己的身体膨胀。而且他还知道，有几次刺鲀不仅把鲨鱼的胃壁刺破，还把鲨鱼的腰部咬穿，鲨鱼就这样被咬死了。谁能够想象一条柔弱的小鱼竟能歼灭巨大而凶猛的鲨鱼呢？

3月18日——我们从巴伊亚出发航行。几天以后，我们航行到距离阿勃罗尔霍斯群岛不远的洋面上，海水红褐色的外观引起了我的注意。在用放大镜观察这种海水时，好像全部水面都覆盖着一块块两端呈锯齿形的细碎干草。这些是微小的圆柱形丝藻，它们成捆状或筏状，每小捆或者每小块有20～60个丝藻。伯克利先生告诉我，正是这种海藻布满在红海海面，红海的名字才由此得来。它们的数目多得无穷无尽，我们的船穿过了几个布满着这些藻类的地带。其中有一个地带约有10码宽，而根据略带混浊的水色来判断，至少有两英里半长。几乎每次远航都有这些丝藻的记述，在澳大利亚附近的海域尤为常见。在离开卢因角时，我发现了和这种丝藻同属一个系的海藻，但它的尺寸较小些，明显是不同的个种。舰长库克在他的第三次航行里记述，水手们把此现象叫作海木屑。

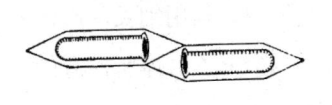

在印度洋里的基林环礁附近，我曾观察到很多面积约几平方英寸的丝藻小团块，它们是由极细的圆柱形长丝构成的，肉眼很难看见。它们和其他尺寸略大、两端呈圆锥形的海藻混合在一起。在上面的附图里，绘出了两个互相连接在一起的丝藻体。它们的长度在0.04～0.06英寸，有的甚至长到0.08英寸，直径则是在0.006～0.008英寸。圆柱形部分的一端通常可以看见绿色的横膈膜，它是由颗粒状物质构成的，中部很粗。我认为它是浆状物质构成的很柔和的无色液囊的末端，这种液囊的外膜在身体里扩展开来，但没有达到圆锥形的尖端。有几个这种标本的体内，一些小小的正球形的淡褐色颗粒物质代替了这些膈膜。我观察到了产生它们的稀奇过程：起先，内膜的浆状物质突然聚合成细丝；有些细丝采取一种从一个公共中心出发的射线形状，此后它们就继续做不规则的、迅速的收缩运动，全部物质在一秒钟以内聚合成为很小的正球体；这个球体就停留在薄膜完全中空一端的横膈膜位置上。任何偶然的伤害，都会加速颗粒状球体的形成。我附带补充一下，这些藻体时常互相连接成为一对，如附图中所绘，它们用有横膈膜一端的圆锥面彼此互相连接起来。

　　这里，我再列举几个由于有机体原因使海水变色的观察结果。一天，在智利的海岸边，离康塞普西翁北部几里格的地方，比格尔舰穿越大片混浊的洋面，极像洪水泛滥时期河流的情形。又有一天，在离瓦尔帕莱索南边一度、离海岸约50英里的洋面上，又遇到了同样的现象，它的范围更大。把这种水盛到玻璃杯里，就会发现海水呈淡红色，在显微镜下面观测，可以看到水里挤满了极小的微生物，它们正向四周翻跳着，身体快速裂变。但是，要仔细地检测它们却很困难，因为几乎没有静止的时候，甚至在它们正通过显微镜的视场时，它们的身体就爆裂开了。有时从身体两端同时爆裂开来，有时则只从一端爆裂开，还喷射出大量粗糙的淡褐色的大颗粒物质。在爆裂发生前的一刹那，这种生物的身体突然膨胀到它正常尺寸的一倍半，它们先是迅速运动，然后停止约15秒，之后就会发生这种爆裂现象。有少数情形，它们的身体在爆裂开之前还发生一种短时间的环绕身体纵轴的自转运动。这些生物靠震动的纤毛的帮助，利用细长的端部向前移动。它们极其细小，肉眼根本看不见，它们每个个体身体所占有的空间只有千分之一平方英寸。它们的数目数不胜数，因为在我能分离出的最小的水滴里就容纳了许许多多。有一天，我们穿越了两片这种染色的水域，单单一处可能就蔓延了几平方英里。这些细小的生物简直多得不可计算！从远处望去，海水的颜色就像流经红土区域的河流的颜色，但是在船身一侧的阴影里它就像巧克力一样黑了。红色和蓝色两种海水交汇的界线轮廓清晰分明。以前几天这里天气平静，所以这种生物就以一种非同寻常的密度塞满了这片大洋。

在火地岛周围的海里，离海岸不太远的地方，我看到一些鲜红色的狭长海水带，这是由于这里汇集了无数的甲壳纲动物，这些动物的形状有点类似大对虾。猎捕海豹的人把它们叫作"鲸食"。鲸是否以它们为食我不清楚，但是在有些沿海地方，燕鸥、鸬鹚和大群巨大而笨拙的海豹的主要食料就是这些浮游蟹。水手们总是把海水变色归咎于鱼卵，但是因为鱼卵而变色的情况我只看到过一次。在离加拉帕戈斯群岛几里格的海面上，我们的军舰通过了三条狭长的呈灰暗的淡黄色或者泥色的水带。这些水带有几英里长，但只有几码宽，它们被一条蜿蜒曲折而又轮廓分明的边缘与周围海水分离。这种颜色是由无数的胶状小球体所引起的，这种小球体的直径约有五分之一英寸，它们的体内育有无数细小的球形卵子。它们有两个不同的品种，一种颜色淡红，形状也和另一个品种不同。我不能推测这两种动物是什么种属。舰长科尔奈特谈论说这种现象在加拉帕戈斯群岛附近十分常见，这种有色水带的方向能指示洋流的方向。但是，上面所描述的情况里，这种水带的方向是由风引起的。我留意到唯一有别于其他情形的就是在海面上有一层油状薄膜，它呈现出虹彩一样的颜色。在巴西沿岸的大洋里，我曾看到一个相当大的水域都被这种薄膜所覆盖，水手们把这归因于可能在不太远的地方有鲸的浮尸腐烂而造成的。在此处我不再谈论这些分散于各处水域的细小胶状颗粒，今后还要再讲到它们，因为它们的数量还不足以丰富到对海水的颜色产生变化。

在上面的报告里有两个情况值得注意：第一，那些构成有色水带的各种小生物怎么会生活在一起呢？上面所讲到的对虾形状的蟹，它们的移动跟一大队兵士一样整齐。但是，卵或丝藻就不能去进行这种有意的动作，这种现象对于浸液虫也同样是不可能发生的。第二，这种有色水带的狭长形状是由什么引起的呢？这种现象类似于我们在每一条激流里所见到的情况，在那里水流把汇集在旋涡处的浮沫拉引成长带，因此我把这种水带也归咎于气流或者洋流的作用而形成的。根据这种推测，我们可以认为这些不同的有机体起初在某些它们适宜的地方发育起来，后来被风或者海水带离了那些地方。但是我承认，很难想象这些亿万数目的微生物和丝藻会在某一个地点生长出来，这些胚芽是从何处降落到这些地点的呢？——它们的母体已在广阔无垠的大洋里被风和海水所分散开了。但是没有别的假设能让我理解它们的线状聚集。我还可以举例斯科斯比的观察，在北冰洋的某一海域，绿色的海水里总是聚集着成群的深海动物。

第二章　里约热内卢

  里约热内卢——游览弗利奥角北面——强烈地蒸发——奴隶制度——波托佛果湾——陆生真涡虫属——科尔科瓦多山上的云层——倾盆大雨——悦耳的蛙鸣声——发出萤光的昆虫——叩头虫和它的跳跃能力——蓝色薄雾——一种蝴蝶发出的杂音——昆虫学——蚂蚁——黄蜂捕杀蜘蛛——寄生的蜘蛛——络新妇蜘蛛的智谋——群居的蜘蛛——织造非对称网的蜘蛛

1832年4月4日到7月5日——到达这里几天后，我认识了一个正要前往自己领地的英国人，而这块领地位于弗利奥角的北面，离京城有一百多英里。我欣然接受了他的盛情邀请，和他一同前往。

  4月8日——我们一行七人抵达目的地，第一次的行程非常有趣。今天的天气非常炎热，当我们穿过树林的时候，万籁俱寂，只有一些彩色大蝴蝶到处懒洋洋地飞来飞去。在途经普拉亚·格兰德郊外的丘陵地带以后，我们面前展现出一幅风景宜人的画面，那里色调鲜明，大部分地区好像着上了深蓝色，蔚蓝的天空与如镜的海湾互相比美。经过几块耕地之后我们走进了一片森林，这片森林宏伟壮观、无与伦比。中午，我们到达伊塔卡雅，这个小村庄坐落在一块平原上，村子中央房屋的四周是黑人的茅屋，这些茅屋有规则的形状和位置，使我想起非洲南部的霍顿托特族人的村落。月亮很早升起，我们决定当晚出发到马利查湖过夜。黄昏时分，我们到达一个巨大的、光秃而峻峭的花岗岩山丘脚下，这种山丘在这一带很常见。这里很长一段时间是逃亡奴隶们的藏身之所，并由此得名。这些逃亡的奴隶曾经在山顶四周耕种小块土地，勉强度日。然而他们还是被发现了，于是一队士兵被派遣到这里把所有的奴隶都捉了回去。只有一位老妇因不愿再被迫为奴，从山顶上奋勇地跳了下去，撞在岩石上粉身碎骨。对于一位古罗马的贵妇来说，这种行为会被认为是高贵的崇尚自由之举，然而对于这个可怜的黑人妇女来说，这种行为不过是野蛮的冥顽不灵而已。我们继续骑马前行了几小时，最后几英里的道路变得错综复杂，这一段路要经过一个有沼泽和浅水湖的荒无人烟的地区，在暗淡的月光的映衬下，景象极为凄凉。萤火虫偶尔飞过身旁，孤独的鹬在空中哀鸣，即便是远处的海水阴森森的咆哮声，也难以打破这黑夜的寂静。

4月9日——在太阳升起以前，我们离开了那个可怜的留宿地。道路经过一块位于大海和内地咸水湖之间的狭长的沙土平原，要不是因为这里生存着无数像白鹭和灰鹤一类的美丽食鱼鸟类和形状奇异的多浆植物，这个地方简直了无生趣。还有一些发育不良的树木浑身长着寄生植物，而在这些树木中有几种兰科植物非常美丽，散发出迷人的芳香，令人陶醉。太阳升起后，天气变得非常炎热，特别是白色沙土反射的光热让人特别难受。我们在芒德替巴吃午饭，温度计在此地荫蔽处显示是84° F[①]。广阔的浅水湖平静无波的水面上倒映着远处树木繁茂的山丘美景，这一幕令我们精神振奋。

这里有一个很好的"文达"，[②]可口的午餐给我留下了愉快又难得的

---

① F：华氏温度，Fahrenheit 的首字母缩写。
② "文达"在葡萄牙语里是"旅店"、"饭店"的意思。

回忆，因此我要向它表示感谢，并且在此把它作为这里的典型饭店描述一番。这种饭店的房屋通常很大，是用粗大的圆木建成的，用树枝将这些木柱彼此编织起来，然后抹上灰泥。这里很少有屋内铺装地板的饭店，也不把玻璃装在窗扉上，然而它们的屋顶却修筑得很美观。房屋的正面部分通常是敞开的，形成一种走廊的式样，桌椅就安放在走廊里。房屋的四周都可以直达卧室，木榻上铺着一张薄草席，旅客可以随心所欲地躺卧在木榻上，舒适地入睡。

"文达"的院子里饲养着一些马匹。我们到达后，按照通常的习惯，要先解下马鞍，用玉米喂马，此后就向一位老先生深深鞠躬，请他帮忙弄点东西吃。通常他的回答总是："先生，您随便挑选好了。"我正想感谢上帝使我们遇到这位善良的人，可接下去的谈话就变得不如意了："您能帮忙给我们弄点鱼吃吗？""啊，先生，没有。""那么汤呢？""没有，先生。""那有面包吗？""啊，没有，先生。""有腊肉吗？""啊，没有，先生。"如果运气好的话，在几个小时以后我们可以吃到野禽、米饭和当地的一种淀粉——"法利那"。还经常会发生这样的事情，我们得亲自动手用石块把家禽打死当作晚餐。当我们又累又饿、快虚脱的时候，我们只好畏怯地暗示他们，我们一定会因为膳食丰盛而高兴，那时候就常常会听到他们骄傲的回答，这个回答虽然看似合理，却难以令人满意："只要来得及准备就会准备好的。"如果我们胆敢再有什么异议的话也许会被撵走，因为我们太不礼貌了。饭店老板们通常言语非常粗鲁且令人厌恶，他们的房屋和他们自己的身体时常是污秽肮脏的，甚至连刀、叉和汤匙这些餐具都没有准备好，我可以十分肯定地说，在英国绝不会找到任何一家缺乏餐具到这种程度的农舍和茅屋。

然而在坎普斯·诺伏斯，我们却吃得非常奢侈，午餐时有米饭、野禽、饼干、葡萄酒和白酒，晚餐有咖啡和茶，早餐有鱼、咖啡和茶。所有这一切连同马的美食，每个人的花费只有2先令6便士。然而这个"文达"的老板，在听到有人向他问起有没有看到我们中间一个人所遗失的马鞭时，非常生气地回答说："我怎么会知道呢？为什么你们不好好保管它呢？我想是狗把它吃掉了。"

我们离开芒德替巴后，又骑马走过一片道路错综又有很多湖泊的荒野之地。有些湖泊里，有淡水的贝壳类动物，另一些湖泊里则有咸水的贝壳类动物。在前一类动物中，我发现一个湖泊里有大量的椎实螺属种类贝壳，当地居民肯定地告诉我说海水每年倒灌一次，有些年份还会倒灌好几次，所以湖水就变得特别咸。我认为在巴西海边绵延着的一连串浅水湖里，一定可以观察到很多关于海生动物入侵淡水动物的有趣现象。盖伊先生[①]曾说，在里约热内卢附近他发现一些海生的贝类竹蛏属和贻贝属，还有淡水动物苹果贝属也生长在同样的略带咸味的水里。我经常亲眼在"植物园"附近的一个浅水湖里观察到牙虫属的一个物种，湖水的咸度比海水略淡一些，这个物种与英国沟渠里的水生甲虫非常相似，唯一居住在这个湖里的贝类物种与通常在河口所见到的贝类是同一个种属。

暂时离开海岸以后，我们又进入森林。和欧洲的树木相比，这个森林里的树木很高大，树干呈白色十分引人注意。我在笔记本里这样写道"开放着让人惊奇的美丽花朵的寄生植物。"这些宏伟的景致里最新奇的花草树木一直吸引着我。随后我们穿过牧场地区，这些牧场被很多大约有12英尺高的圆锥形大蚁巢深深破坏了，它们把平原变成一种佐鲁洛的泥火山，正如洪堡所描绘的那样。我们骑马驰行了十小时以后，到达英吉诺多时天色已经黑了下来。在整段旅程中，我从未停止对当地的马的惊奇之情，它们居然能够忍受如此的劳苦，另外，它们在受到创伤以后也似乎比我们的英国品种更快地恢复。马匹们的伤口通常是由一种叫魑蝠的大蝙蝠咬在它们的项背引起的，这种伤口带来很大的麻烦。它们的害处通常不是因为失血，而是马背被它咬了以后由于马鞍的紧压引起的发炎。前不久，还有英国人对马遭受蝙蝠攻击这件事是否确切产生过怀疑，然而现在我有幸见证了一只魑蝠在马背上被人抓住的情景：一天深夜我们在智利的科金博附近露宿，我的仆人发觉一匹马十分躁动，就走过去想弄个明白，他看到马背

---

① 盖伊：《自然科学年报》，1833年。

上好像有一只什么东西,就迅速举起手打在马背上并捉住了蟊蝠。到第二天早晨根据马背上轻微的浮肿和血迹,我们很容易就辨认出那个被咬的部位。第三天后我们就骑着这匹马上路,并没有任何不良情况发生。

4月13日——三天的旅程之后,我们到达索西果,这块领地属于我的一位同行者的亲戚马尼埃尔·菲盖尔达。此处房屋简陋,形状很像谷仓,与当地气候相宜。客厅里放着的金漆的椅子和沙发,与被粉刷的墙壁、芦席屋顶和无玻璃的窗户形成了奇妙的对比。这种房屋与仓库、马厩以及一些专门为黑人开设的训练黑人从事各种手艺的作坊一起,排列成不规则的四边形,一大堆咖啡豆就晒在这个四边形的中央。这些建筑位于一个小山丘上,站在山丘上可以俯瞰周围的耕地,一道深绿色茂盛树林所构成的围墙环绕在建筑物的四周。咖啡是这一带的主要产物,据估算每株咖啡树平均每年出产2磅咖啡,还有少数咖啡树每年的产量高达8磅左右。木薯也同样在这里大量栽培。木薯的每一部分都有用处,它的茎叶可以喂马,根可以磨成粉浆,把这种粉浆压干并烘烤以后就形成一种淀粉,叫作木薯粉,木薯粉是巴西居民最主要的食粮。咖啡树的液汁含有剧毒,虽然众所周知,但还是令人惊奇,几年以前就在这个牧场上,有一头母牛喝了这种汁液被毒死了。菲盖尔达·先纳尔对我说,去年他播下一袋豆类和三袋稻谷,结果一袋豆子产出了80袋豆子,而三袋谷子则产出了320袋谷子。有一块牧场养着一群良种的家畜,森林里有非常多的野兽可供猎食,在三天前他们每天都可以捕杀到一头鹿。吃午饭时,食物的丰盛情形就显现出来,倘若餐桌上没有摆满美食,食客们就会自己动手,因为人人都想尝尝每一道美食。有一天,我觉得我已经遍尝了这里的美味,但令我感到震惊的是在我面前又摆上了一只烤火鸡和一只烤乳猪。实际吃饭时,经常有一个仆人专门负责把几条老狗和十多个黑人小孩驱逐到食堂外面去,然而他们一有机会就一起溜进屋里来。虽然奴隶制的想法令人厌恶,这种简单的族长制的生活方式却还会令人迷恋,这正是一种完全隐居和脱离其他世界而独立的生活。只要一看到有任何陌生人出现,他们就敲起大钟,同时通常还有几门小炮发出炮声,这仅仅是向山崖和森林宣告有贵客来访,除此以外再无可宣告的对象了。有一天，在黎明前一小时，我出门散步去欣赏这万籁俱寂的景色，然而这种静寂很快被全村黑人朗朗的清晨赞美歌所打破。在这样的歌声中，他们开始了白天的工作。我以为，在这一类牧场上奴隶们的生活一定是快乐和满足的，在星期六和星期日他们专门为自己干活，在这种良好的气候条件下，一个工人两天的劳动就足以维持他全家整整一星期的生活。

4月14日——离开索西果以后，我们骑马来到这次旅行路线上最后开垦的领地。这个领地位于马卡埃河边，有2英里半长，至于它有多宽就连领主自己也记不清楚了。尽管各种热带地区的植物随处可见，但只有一块极小的地区被开垦出来。如果认为巴西的土地面积巨大的话，其耕地面积与原始状态的土地数量相比，就显得微不足道了。如果将来这一大块土地全部开垦出来，那能养活多少人啊！在第二天的行程中，道路遍布杂草，因此我们不得不派一个人拿着刀在前面把那些杂草砍去，为我们开路。森林里遍生着各种美丽的植物，其中有一些树蕨虽然并不高大，它们的鲜绿色叶子和优美的弯曲叶片却让我们叹为观止。晚上，大雨倾盆，虽然温度计上的度数为65°F，我却感觉被冻僵了。雨一停，我就观察到森林地面上有非常强烈的水分蒸腾，高约一百英尺的山丘笼罩在这浓厚的白雾中，好像烟柱一样，从最茂密的森林，特别是从河谷上升到空中。我有好几次观察到这种现象，我认为这是由于日光在下雨前预先加热了大面积的绿色植被表面所造成的。

在这个领地上停留时，我目睹了一桩只有在奴隶制度的国家里才会发生的残暴事件。领地主人因为同人争吵而吃了官司，竟想把他的奴隶中所有妇女与小孩赶到里约热内卢的市场上去公开拍卖，不过后来他停止了这个疯狂的想法，当然不是出于任何怜悯，而是觉得不划算。我简直不能相信领地主人竟然会想拆散30家共处多年的家庭。我认为他有人道观念和善良的心，可是贪婪和私欲却冲昏了他的头脑。我想在这里讲一件微不足道的奇闻逸事，当时我感到它比所有残酷的故事更加令人吃惊，因此这件事深深地打动了我。我曾经和一个极其愚笨的黑人一起渡河，为了尽力使其明白我的意思，我大声说起话来，在他面前做着手势，他一定以为我很生气，想去打他，所以立刻放下双手半闭着眼睛，露出惊恐的表情。看到这种情形，我永远不会忘记内心所交织着的那种惊奇、厌恶和羞惭，一个体格健壮的成年大汉，在他以为就要挨耳光时甚至不敢起来自卫，这个人已经被训练得降低到比最无助的动物还要卑贱的地步。

4月18日——在回程的路上，我们在索西果停留了两天。在这两天的时间里，我和我的仆人到森林里采集昆虫标本。大部分树木虽然都高耸入云，可是树干的周长却不过三四英尺。当然也有少数大得多的树木，马尼埃尔先生就用70英尺长的一整段树干建造了一只独木舟。这根树干的干身很粗，在锯下以前的全部长度为110英尺。棕榈树同其他环绕在它们周围的普通多枝树木相比更显现出热带的气象。森林里点缀着菜棕，它是棕榈科最美丽的一个品种，它的干身非常细，双手就可握住，在离地四五十英尺高处，它的树冠优雅地随风舞动。木本伏地植物又被其他伏地植物所覆盖，它们的干身很粗，我曾经测定了几株，它们的周长为2英尺。很多老龄树木呈现出一种非常奇怪的形状，它们的树枝上挂满了藤本植物，看上去像是成捆的干草一样。如果从高处的树木向地面看，无数蕨属和含羞草属的植物就映入眼帘，我被它们叶子的优美姿态深深地吸引着。有些地方地面上覆盖着含羞草和高度不过几英寸的灌木丛，当有人穿过这片浓密的含羞草地面时，草地顿时会有一道宽大的"裂缝"出现，这是由于含羞草的叶子非常敏感，受到碰触就会闭合的缘故。这里的瑰丽景色令人震撼，我们在内心不住地惊奇、赞叹，虔诚地赞美造物主的鬼斧神工。

4月19日——在离开索西果以后，最初两天我们沿原路返回。这是一件非常令人疲倦的事，因为沿途都是炫目的海滨和炎热的沙土平原。我留意到每当我骑的马踩在细粒硅沙上时，就会发出一种微弱的吱吱声。到第三天，我们走了另一条路线，沿途还经过了一个秀丽的小村落马德雷·德迪奥斯，它是巴西的一条交通要道。然而路况不佳，除了笨重的牛车以外，其他车辆难以通行。我们在路上经过的所有桥都是木桥，没有一座石桥。这些用木料架成的桥，因为年久失修，无法从桥上通过，我们只好从它们的侧边绕行。因为没有里程碑，所有的路程都无法确切知道距离，路上时而有十字架竖立，表明这里曾经发生过命案。4月23日晚上，我们结束了这次愉快的旅行，到达了里约热内卢。

我们在里约热内卢逗留了几日，其余时间都住在波托佛果湾的一个小村庄，没有什么能比在如此壮丽的地方度过几个星期更令人高兴的事了。在英格兰，任何一个爱好博物学的人，在散步时经常会遇见一些吸引他注意的东西。如果他来到这个气候好又生机盎然的小村庄里，就会发现引人注意的东西多得令人无法向前移动脚步。

我的少数观察成果几乎都局限在无脊椎动物方面，这里的一批真涡虫属动物令我十分感兴趣，它们生活在干燥的陆地上。这些动物的构造十分简单，居维叶甚至把它们归入肠寄生虫一类。然而在其他动物身体里却从未发现过它们。无论是在咸水里还是在淡水里，都生活着无数该属动物的物种，甚至他们的踪迹还蔓延到森林的干燥地方和腐朽的树枝下，在我看来它们很可能是以这种腐枝为食的。大体上，它们的形状很像蛞蝓，但要细得多。其他几个物种还有美丽的纵长条纹，它们的构造极其简单，两条细小的横沟位于它们下表面，前端的那条横沟里还有一个漏斗形的构造，能够向外伸出非常敏感的口器。当这种动物受到盐水作用或其他原因而全身完全死去以后，口器还能继续活动一段时间。

我在南半球的不同地方发现了至少12种属于陆生的真涡虫属生物。我曾经在范迪门地上找到了几个标本，用朽木来喂养它们，它们活了大约两个月。我曾经将其中的一条横切成大体相等的两半，两个星期以后这两半又各自长成了完整的一条虫。我又把一条虫分割开来，这次不是从中间分开，而是使其中的一半有两个下表面的孔口，另外一半没有孔口了。这样经过25天后，那个有孔口的一半已经长得和其他完整的虫体完全相同。而没有孔口的另一半虫体的尺寸也增加了很多，它尾端的柔软的组织里形成了一个空隙部位，可以清楚地看出其中有一个还没有发育完全的杯形口器，然而在它的下侧表面仍旧没有相应的沟孔张开。后来我们旅行到赤道附近，越来越炎热的天气把这些虫体全部弄死了，如果不是这样，我想最后一条还没有完全长成的虫体一定会发育完全的。虽然这是一个大家都知道的试验，但是观察一个主要器官从另外一个动物简单的身体中逐渐形成却是一件很有趣的事。要保存好这些真涡虫属生物是非常困难的，因为它们的生命一停止，整个身体就会迅速变成柔软的液体状态，我从来没有见过这么快速的变化。

我第一次陪同一位年长的葡萄牙传教士去一处森林打猎，发现有这样的真涡虫生活在那里。这次打猎采用的方法是先将几条猎狗放到丛薮中去，人们耐心地守候着，一旦有任何野兽出现就放枪射击。有一个邻家的农民儿子跟随我们同去。他是勇猛的巴西青年的代表，穿着一件破烂的旧衬衫，头上没有戴帽子，带着一支老式猎枪和一把大刀。带刀是当地的普遍习惯，穿过茂密的森林时，必须用刀来对付伏地植物，这里频发的杀人案件很可能部分归因于这种带刀习惯。巴西人用刀非常灵巧，他们可以把刀精确地扔到某个距离并且有足够的力量使对方致命。我曾看见一群小孩把这种飞刀技术练习当作游戏，他们能打中一个直立的木棒的技能就预示着他们将来可以去好好地干一番大事业了。昨天我的这个同伴打死了两只大型长须猴。这种动物有可缠绕东西的尾巴，甚至它死了以后它的尾部仍旧能够支撑整个身体的重量。这两只被打死的猴子中有一只就是这样紧紧地吊挂在树枝上的，因此必须把这棵大树砍倒才能得到它。树很快就被砍倒了，在可怕的咔嚓声中死猴子也连同树一起掉了下来。除猴子外，我们一天的打猎所得只有几只不同种类的绿色小鹦鹉和几只巨嘴鸟。我由于认识这位葡萄牙传教士而另有所获，有一次他赠给我一只优良的雅瓜伦第种猫。

大家都听说过波托佛果湾一带的美丽风景，我这次居住的房屋恰巧紧靠在著名的科尔科瓦多山的山脚下。有人认为，险峻的圆锥形山丘是由洪堡所谓的片麻状花岗岩构成的，这非常正确，没有什么能比这些耸立在繁茂植被上的巨大圆形岩体更能打动人了。

我时常满怀兴致地欣赏那一片片从海面上涌过的白云，正好在科尔科瓦多山的峰巅下面一层层相叠起来。这座山也像大多数山峰一样，尽管实际上只有2300英尺高，然而当它的一部分被云块掩蔽时，看上去似乎要高得多。丹尼尔先生在他所著述的气象学论文集里写到，他曾观察到，尽管有风不断地吹总是有一块云却好像总是固定在峰顶上。此处也出现了相同的现象，只是情形略微有些不同，在这里你可以清晰地看到云块盘绕着峰顶又迅速地绕回去，大小既没有减少也没有增加。在太阳落山时，一阵温和的向南的微风吹到岩石的南侧表面，水蒸气因为气流和上层的冷空气相混而凝聚起来。然而当这些轻柔的盘绕山峰的云块通过山脊，与北坡比较温暖的空气相混时，就很快消失得无影无踪了。

五六月间或初冬，天气非常舒适。根据观测可知，在早上9时以及晚上9时，当地的平均气温只有72°F。此间虽常下大雨，但雨停之后接着就有干燥的南风吹来，于是道路不再泥泞，非常适于行走。有一天上午6个小时内就下了1.6英寸的雨，当这阵暴雨掠过科尔科瓦多山周围的森林时，打在无数树叶上的雨滴发出的沙沙声令人陶醉，犹如洪水的奔腾声，远在四分之一英里以外的地方也能听到。炎热的白天过后，静坐在花园里注视着天色由黄昏转为黑夜，使人感到心旷神怡。在这种气候里，蛙类、蝉、蟋蟀等这些大自然挑选出来的歌唱家与欧洲品种相比，表演得更加卖力。有一只雨蛙属的小蛙坐在离水面一英寸的一片草叶上，发出令人愉快的唧唧声。当几只雨蛙集合在一起时，它们用不同的音调演奏出和谐的乐曲。我曾经为捉住一只这种雨蛙费尽了力气。雨蛙四肢的趾端生有小吸盘，我发现这种雨蛙即使在完全垂直的玻璃板上也能爬上去。同时，各种各样的蝉和蟋蟀也不停地发出刺耳的尖厉的鸣叫声，只是因为距离较远，这种嘈杂声也随之减弱，因此还不那么令人讨厌。每晚天黑以后这个大演奏会就开始了，我经常坐在那里倾听这种演奏，有时我的注意力会被身旁飞过的奇异的昆虫吸引。

在这个时节，经常可以看到飞萤从一个树篱飞到另一个树篱，它们在黑暗的夜间发出的萤光大约在200步以外也能看到。值得注意的是我所观察的各种不同的火萤、发光的叩头虫和很多海生动物（比如甲壳纲、水母、沙蚕科、美鳋属的珊瑚动物和火体虫目）所发出的光都带有显眼的绿色。我在这里捕捉的所有飞萤都属于夜萤科（英国的火萤也属于这个科），而且大部分的飞萤标本是欧洲萤属。①我发现当这种昆虫受到刺激时就会发出耀眼闪光，在闪光的间隙，它的腹环却毫无闪光，闪光几乎是同时在两个腹环里一起发出的，然而前面腹环的闪光却总是先变得明亮可见。它的发光物质是液体，并且有很大的黏性。在皮肤被撕开的地方，有一些微小的斑点还会继续闪烁着微光，没有受伤的部位则晦暗无光。当这种昆虫的头部被切去，它的腹环还会连续不断地发光只是没有以前那么明亮。用针局部刺激它时，它的闪光亮度通常会增强。有一次，在昆虫死去大约24小时以后，它的腹环的发光性能依然存在。从这些事实可以判断，大概这种动物间歇明灭萤光的能力只在短时间里具有，而在其余时间里它的发光是不由自主的。在泥泞和潮湿的砾石路上，我发现有大量这种萤的幼虫，它们总体上与英国火萤的雌性成虫很相似。这些幼虫也有发光能力，只是很弱，与成虫的差异很大。受到最轻微的触动，它们也会假死并且停止发光，即使在给予刺激后它们也不会发出任何闪光。我曾经取其中的几条幼虫饲养了一段时间，它们的尾部有一个辅助装置来帮助它们运动，是极为特殊的器官。这种辅助装置很像吸盘或者附着器官，还有一个涎沫或某种相似的液汁贮藏器。我曾多次拿生肉去喂养它们，观察到它们时常用尾端送进嘴里，随即把一滴液汁分泌在生肉上，然后把肉放进嘴里吞食。虫尾的准确性一般，尽管经过多次操作，但还是不能一下就伸到嘴里，每次都要先触及颈部，才能伸到嘴里。

在巴伊亚，大概最普通的发光昆虫就是一种叩头虫或甲虫，当受到刺激时这种昆虫就会发出更加明亮的光。有一天，我研究这种昆虫的跳跃能力以资消遣，事实上也没有人描述过这种昆虫的这项能力。叩头虫在被朝天放着和准备跳起来时，先向后移动自己的头部和胸部，这时它的胸突就挺露出来并抵在翅鞘的边缘上。在继续进行同样的后退动作时，胸突依

---

① 我十分感谢沃特豪斯先生，他替我把这种萤和其他很多昆虫定出了学名，还给我很多宝贵的帮助。

靠肌肉的极度紧张而反弯得像弹簧一样，这时虫体就支在头部顶端和翅鞘上。在这种张力突然松弛时，头部和胸部便向上翘起，翅鞘的基部就用这种力量来拍击它的支撑面，这样虫体在反力的作用下而突然跳起，高度可达1～2英寸，在跳起时它的身体就依靠胸部的突出点和胸突的鞘来稳定。在我阅读过的叙述文字里都没有着重指出胸突的弹性，假如没有某种机械装置的辅助，仅仅依靠肌肉的收缩是不可能发出这样的突然一跳的。

我有几次到附近地区去作短途旅行，这是非常愉快的事情。有一天，我到植物园去参观，那里生长着很多植物，因为用途广泛而著名。樟脑、胡椒、肉桂和丁香树的叶子散发出迷人的芳香，面包树、波罗蜜树和芒果树以它们壮丽的叶丛互相媲美。后面这两种树几乎是巴伊亚附近地区景色的象征，在看到它们以前我无法想象出任何树会在地面上投射出如此大的阴影。正是由于这两种树的繁茂，这一带地区才得以保持常绿，正如在英格兰，落叶树在秋冬已经凋零，大地的美化就得依靠月桂树、冬青树等浅绿色植物一样。我们可以观察到，热带地方的房屋周围都环绕着极美丽的树木，其中有很多植物同时对人类大有益处。谁都不会怀疑，香蕉树、椰子树、棕榈树、甜橙树、面包树等兼具食用和绿化这两种品质。

这一天我特别为洪堡的评论所打动，他经常说："一种薄雾在不改变空气透明度的情况下，却使它的色彩变得更加协调，并且使它的景象变得柔和起来。"这是我在温带地区从未观察到的现象，在半英里或者四分之三英里的短距离内，空气看起来是完全透明的，可是在更远的距离内，所有的颜色就逐渐蒙上了一种非常美丽的、浅灰色而且略带蓝色的薄雾。清晨和将近中午的这段时间，这种薄雾最为显著，变化也不大，除非空气变得干燥，在这一段时间内露点和气温的差数增加到 $7.5°F \sim 7°F$。

还有一次我早早出发散步到加维阿山去，这座山又叫上帆山。山上空气非常凉爽，带有芳香，露珠还闪烁在百合属植物的叶子上，清澈的小溪遮蔽在这些植物下，我坐在一块花岗岩上欣赏着各种各样在我身旁飞来飞去的昆虫和鸟类，甚为惬意。蜂鸟好像特别喜爱如此遮阴的幽静地方，每当我看到这些小动物嗡嗡地环绕着花朵，迅速振动那令人难以看清的翅膀时，我就想起国内的天蛾，它们的飞行方式和习性确实在很多方面都很相似。

我沿着一条小路走进了一片壮丽的森林，在五六百英尺的高处呈现出一片绚丽的景色，这一类景色在里约热内卢附近随处可见。从这高丘望去，风景绚丽夺目，并且每种形态、每种色调的壮丽都远远胜过欧洲的景点。如果有一个欧洲人在他自己的国家里也能看到这样的景色，他将无法形容他的激动。这种景色时常使我回想起歌剧院和大戏院最华美的舞台布景。在这些短途旅行中我从未空手而归，那天我发现了一种叫作粉托鬼笔的奇异真菌。很多人都知道英国的鳖蕈属真菌在秋天会发出令人厌恶的气味，然而昆虫学家知道英国的几种甲虫把这种气味看作一种美好的芬芳。在这里也发生着同样的情形，当我把这种真菌拿在手里带走的时候，有一个小圆线虫受这种气味的引诱落到真菌上来。由此可以看出，在两处彼此远隔的地方，同一科的植物和昆虫之间存在着一种相似的关系，尽管两种昆虫是不同的物种。当一个人作为媒介者把一个新物种引进到一个地区时，这种关系时常会被破坏。我可以用一个事例来加以说明，在英格兰数不胜数的蛞蝓和毛虫吃食甘蓝和莴苣的叶子，然而在里约热内卢附近的菜园里这些动物却不敢吃这两种菜。

在巴西停留期间我采集到了大批昆虫，对于不同"目"的昆虫做了少量的一般性观察，或许能够激发英国昆虫学家的兴趣。巨大的颜色鲜艳的鳞翅目比起其他动物类群来，更能表明它们栖息地的特色。我所指的只是蝶类，因为根据当地植物的茂盛程度可推测飞蛾的种类应当很多，然而事实却相反，其种类比我们温带地区还少了许多。衫凤蝶的习性令我非常惊讶，这种蝴蝶并不罕见，时常在甜橙林里飞来飞去。虽然它是一种高空飞行的昆虫，但时常在树干上停歇，这时它的头部总是朝下，双翅张开形成一个平面，而不像通常所见到的那样把翅部合拢在一起成直立状态。在我所看到的各种蝴蝶中，这是唯一能够用脚奔走的蝴蝶，在我以前不知道这一点的时候，我小心翼翼地用镊子伸近这种昆虫身边，正当镊子快到闭合点时它突然跑到旁边逃走了，这令我非常惊讶。更加奇特的是这个物种具有一种发声能力，①有几次，一对这种蝴蝶，大概是一对雄蝶和雌蝶，彼此沿着不规则的路线互相追逐，在远离我几码的地方飞过去的时候，我清楚地听到一种嗒嗒声，就像是齿轮在通过弹簧掣子时发出的声音，它们可以在短时间里持续发出这种声音，并且能够在20码距离内听到它，我有信心认为我的这个观察没有丝毫错误。

鞘翅目昆虫的外貌使我非常失望，体型微小、颜色晦暗的甲虫的数目非常多。②到现在欧洲的陈列室还只能对热带大型物种的馆藏引以自豪。只要看一看将来可能会完备的甲虫目录表就足以扰乱一位昆虫学家平静的心灵了，肉食的甲虫或者步行虫科在热带地方似乎数目极少，与多肉食的四足动物相比，肉食性甲虫的稀少更值得注意。要知道我刚刚进入巴西的时候，在拉普拉塔的温带平原上时，看到众多的不同种类的地甲科甲虫，曾经令我非常欣喜。在这里是不是蜘蛛和肉食的膜翅目昆虫取代了肉食甲虫呢？但是我观察到埋葬虫科和短鞘翅科甲虫在这里也很稀少，另外所有以植物为生的长吻科和金花虫科甲虫的数目却非常之多，当然在这里我所指的并不是不同物种的数目，而是个体昆虫的数目，正是这一点决定了不同地区昆虫学方面的最显著特征。直翅目和半翅目的昆虫也特别多，膜翅目里的针尾亚目昆虫也同样多，但蜜蜂是个例外。一个人初次走进热带森林就会看到蚂蚁的劳作，那情形令人感到非常惊奇，这些蚂蚁所"开拓"出来的路线向四面八方延伸，你还可以看到接连不断的大批"征粮队

---

① 道勃尔第先生最近（在昆虫学会，1845年3月3日）讲述了这种蝴蝶双翅里的特殊构造，指出可能是这种构造使得它能够发出声音。他说："值得注意的是这种蝴蝶的前翅基部，在前端翅膀和后端翅膀之间，有一种好像是鼓形的东西。另外，在这两个翅膀之间还有一块特殊的薄膜片，或者是一种杯形物。"我在《朗斯多夫游记》里发现下面一段描述，在巴西海岸边的圣凯瑟琳岛上有一种蝴蝶，叫作非布鲁霍夫曼斯基，在飞的时候能发出一种好像是嘎嘎声的声音。

② 我可以举出我在6月23日那天采集时的情形作为一个普通的例子，在我并没有特别注意到鞘翅目时就捕捉到了这一目的甲虫，有68个种。在这些甲虫中，只有2种是步行虫科、4种短鞘翅、15种象甲科和14种金花虫科。被我带回家来的有37种蛛形纲昆虫，这充分证明我并没有对大家所爱好的鞘翅目甲虫做特别关注。

伍"在这些路上来来往往，经常搬运着片片比它们身体还要大的绿叶。

有时，一种暗黑色的小蚂蚁会大量地迁徙。有一天在巴伊亚我观察到很多蜘蛛、蟑螂，还有一些其他昆虫和几只蜥蜴都非常慌张地冲过一块空旷的地面，在其后不远处每一枝草茎和绿叶都被数不胜数的小蚂蚁遮黑了。这个蚂蚁群在穿过这块空地以后就自动分散开来走向一处旧墙，用这种方法蚂蚁团团围住了很多昆虫，然而这些可怜的昆虫用来拯救自己以脱离死亡威胁的力量是巨大惊人的。当这些蚂蚁走到路上时它们分成狭长的纵队改变了自己的方向，之后再爬到墙上，为了切断它们的一个纵队我把一块小石头放在地上，那时整队蚂蚁就向这块小石头进攻，之后它们却放弃了。不久，有另一队蚂蚁来继续向它进攻，当它们第二次进攻这块小石头也不能产生任何改变时，这个行军纵队就完全放弃了。只要这个纵队绕行1英寸的路就可以避开这块小石头，如果这块小石头本来就在这地方毫无疑问它们会这样做的，然而在受到了敌方攻击以后这些勇猛的小战士就不再有避让的想法了。里约热内卢附近有无数与黄蜂相似的昆虫，它们把自己的小泥巢建造在走廊的墙角里作为藏放自己的幼虫之所。它们把这些小泥巢用半死半活的蜘蛛和毛虫装满，看起来它们的本领令人惊叹，因为它们竟然知道把这些猎物刺螫到怎样的程度以便这些猎物变得昏迷不醒但还是活着的，到它们的卵被孵化出来它们的幼虫就可以把这一大堆毫无抵抗力的半死半活的猎物当作食品。一位热心的博物学家曾把这种残忍的景象描写成一种使人感到好奇而高兴的情形。有一天，我兴致勃勃地观察一只蛛蜂属的黄蜂和一只狼蛛属的大蜘蛛之间的致命斗争，黄蜂突然猛冲到猎物身上紧接着又快速飞走了，很明显这只蜘蛛被黄蜂刺伤了，因为它只能沿着一个小斜坡滚下去来逃避，但仍有足够的力量爬进一片茂密的草丛。不一会儿这只黄蜂又飞了回来，看起来好像很惊奇，因为它没有立刻找到它的猎物。紧接着它开始进行一种有规则的搜索，就好像追寻狐狸的猎狗一样，它一直以小半圆的路径搜索并不断快速地振动着膜翅和触须。尽管那只蜘蛛隐蔽得非常好，但还是很快被黄蜂发现了，显然黄蜂对它的那对毒颚感到些许害怕，在多次试探攻势以后就在蜘蛛的胸部下侧刺螫了两下。最后它小心翼翼地用自己的触须去检查这只不再活动的蜘蛛，随后就走近这具死尸，可就在这时我把这个专横的魔王和它的猎物都给捉住了。①

此地蜘蛛数目与其他昆虫相比要比英格兰的蜘蛛数目多得多，说不定还比分节动物的任何其他类群都要多。跳蛛的变种非常多，络新妇属甚至可以说是络新妇科在这里具有很多独特的类型，有一些有带刺的皮革状硬壳，还有一些有宽阔的带刺的足节。森林里的每一条小路都被一种蜘蛛织成的坚韧的黄色丝网阻拦着，这种蜘蛛和锁蜘蛛属于同一种群，据斯隆说后面这种蜘蛛在西印度群岛织造的网坚韧得甚至可以捕鸟。有一种生有很长前足的美丽小蜘蛛，大概属于一个过去没有人记载过的属，它好像寄生动物一样居住在这些坚韧的蛛网上。我想这种小蜘蛛在巨大的络新妇蜘蛛看来太渺小了，不足以引起重视，因此也就可以在它的网上捕捉那些落网的小昆虫，如果不这样这些小昆虫也会被大型蛛瞧不起而浪费掉的。当这些小蜘蛛受惊时，它们要么伸直前足装死，要么突然从蛛网上垂落下去。在这里有一种巨大的络新妇属蜘蛛非常普遍，它和瘤蜘蛛、锥蜘蛛都属于同一类群，在干燥地带尤为常见。它的蛛网一般都设在普通的龙舌兰大叶子之间，有时用一对或者四条锯齿形长带在靠近蛛网的中央部分把网紧绷起来，这些长带与两根相邻的射线连接在一起。当任何一种像蚱蜢或者黄蜂的大型昆虫陷入蛛网时，这种蜘蛛就使用一种灵巧的动作非常迅速地旋转起来，同时从丝囊里分泌出丝带，猎物立刻就被封闭在丝织的袋子中，就如同蚕茧一般。接下来这只蜘蛛就去检查这个无力反抗的牺牲物，然后在它的胸后部留下一道致命咬伤，之后又向后退去耐心地等候毒性发作。半分钟以后，我揭开它的罗网看到这只大黄蜂完全死去了，我认为这是蜘蛛的毒汁的作用。络新妇属蜘蛛经常把自己的头部朝向下方伏在蛛网的中央附近，当这种蜘蛛受到扰动的时候会根据具体的情况采取不同的行动，

---

① 唐·费利克斯·阿扎拉在讲到一种可能是同一属的膜翅目昆虫的时候，他说他看见昆虫怎样把一只死蜘蛛拖过长草地一直到自己的巢穴里，到它巢的距离竟然有163步。他又补充说这只黄蜂为了寻找道路经常进行"三指距左右的半圆"的飞行。

如果下面是植丛它就会突然垂落下去，我曾清楚地看到，当这种动物还安坐在蛛网上的时候就已经从丝囊里拉出一段蛛丝，做好向下垂落的准备。如果蛛网下边是一块空地，它很少采取向下垂落的办法，而是迅速沿着蛛网上的一条中心线从里面跑到外面的一端去。如果不断地遭到扰动，它就会采取一种很奇特的动作，站在中央用力急拉那个固定在柔性枝条上的蛛网，整个蛛网于是发生急速的振动，甚至使蜘蛛身体的外形也变得模糊不清。

众所周知，大多数不列颠蜘蛛在有大型昆虫落入网里时，为避免自己的蛛网不被完全毁坏它们会竭力割断网线，让猎物恢复自由。然而有一次我在士洛普郡的温室里看到一只大型雌黄蜂陷入一个极小的蜘蛛所做的不规则的蛛网里，这时候这只蜘蛛并不割断网丝，反而不挠不挠地用蛛丝缠绕它的猎物，特别是缠绕它的翅。这只黄蜂起初多次无效地去刺螫它的小小的敌人，在这只黄蜂挣扎了一个多小时以后，我觉得有些可怜就把它杀死了，然后把它放回到蛛网上去。那只小蜘蛛不久就回来了，一个小时之后我很惊奇地看到这只蜘蛛在用双颚钻进黄蜂的尾孔里去，这个尾孔就是活黄蜂伸出螫针的孔口。我把蜘蛛拖出了两三次，但是在以后的24小时里我总是看到它又在同样的位置上吮吸着，由于饱餐了比它大很多倍的猎物的体液，这只蜘蛛的身体就胀大起来。

顺便说，我在圣菲巴佳达附近发现了大量有群居习性的背上带有鲜红色半点的大型黑蜘蛛。它们的蛛网呈直立的位置，络新妇属蜘蛛的蛛网永远都是这样。这些蛛网彼此分开，相隔大约2英尺远，所有的网都附着在几根公共的蛛丝上。这些公共蛛丝很长，伸展到整个蜘蛛集团的所有部分，由于它们采取了这种办法，几个巨大的灌木林的顶部都被这种联盟的蛛网团团围住了。阿扎拉描述过巴拉圭的一种群居蜘蛛，瓦尔克尼埃认为这种蜘蛛一定是球腹蛛，然而说不定它也是络新妇属的一个种，甚至还可能与我上面所说的那个物种相同。我曾经看见过一个大得像草帽一样的中央蛛巢，可是具体在哪里看到的我就回忆不起来了，阿扎拉说这种蜘蛛在秋季产卵后就死在它们的蛛巢里。我看到的所有这种蜘蛛大小几乎相同，所以它们的寿命一定也是近于相同的。蜘蛛一般都非常残忍和孤僻，即使是一对异性蜘蛛在一起也要互相攻击，然而像络新妇属这种典型能出现群居的习性应该十分异常了。

  我在安第斯山脉靠近门多萨的一个深谷里发现了另一种可以编织一种形状奇特的网的蜘蛛，坚韧的蛛丝位于直立的面上从一个公共中心辐射开去，蜘蛛就伏坐在这个中心。然而只有两条辐射线彼此被一个对称的蛛网连接着，因此这个蛛网不是一般的圆形，而是有些楔形的圆缺，所有的蜘蛛网都是这种形状的。

第三章　马尔多纳多

蒙得维的亚——马尔多纳多——去坡朗科河去旅行——套索和投石索——鹧鸪——树木缺乏——鹿——水豚——土库土科鼠——牛背黄鸟属，与布谷鸟一样的习性——霸鹟科鸟——反舌鸟——食尸肉鹰——电击所形成的细管——受到电击的房屋

1832年7月5日——今天早上，我们起程离开了美丽的里约热内卢海港。在驶向拉普拉塔河的途中，我们看到一群海豚，多达几百头，除此以外，再没看到别的什么新奇的东西了。那次的景象非常令人震撼，整个海面到处都被这些海豚翻滚成波沟，数百条海豚连续跃出水面，全身显露无遗，划开水面又钻进海里。在我们的军舰以每小时9海里的速度航行的时候，这些海豚还极度安闲地在我们的船头穿来穿去，接着又急冲到我们前面。当我们驶进拉普拉塔河的入海口时，天气就变得变幻莫测。一天夜里，我们陷入了无数海豹和企鹅的重重包围，它们发出奇怪的噪声，值班的军官来报告说他好像听到岸上的牛群也哞哞地叫了起来。在第二天夜

里，我们看到一幅焰火般的华丽景象，桅杆顶和帆桁两端都被圣埃尔莫的光照耀着（过去的水手经常会在雷雨到来前看到桅杆顶端闪烁奇异的光芒，他们将这种光称为"圣埃尔莫之火"），连桅杆顶上的风向标的形状都能看清楚，好像被涂抹了一层黄磷。海面如此的明亮，企鹅游过的路线也像是被抹上了火红的印迹，天空的黑暗随时被异常耀眼的闪电所照亮。

我们的航船进入河口的时候，我满怀兴致地观察着海水和河水缓慢交汇的景象。由于比重较轻，混浊褐色的河水上浮到了海水的面上。船只经过之处，我们可以清楚地看到一条蓝色的水带正在小旋涡里与相邻的浊水混杂在一起。

7月26日——我们在蒙得维的亚港泊船。在随后的两年里，比格尔舰在南美洲的最南和最东的海岸沿线以及拉普拉塔河的南面一带进行测量工作。为避免毫无意义的重复，我以后就把这些关于同一地区的日记精简一番，而不再考虑所访问的这些地区的次序。

马尔多纳多是一个非常寂静、孤独的小镇，位于拉普拉塔河的北岸，离河口不远。像这一带地区的普遍情形一样，这里的街道相交成直角状，十字路口中央有巨大的广场，从它的规模就可以推断出这里人口稀少。这个城市几乎没有任何商业，只有兽皮和牲畜可供出口。这里的居民主要是地主，以及少数小店主和一些必需的手艺工人，比如说铁匠和木匠，他们要为方圆50英里的人家做手工活。这个城市被一个一英里宽的小沙丘和一条河流分隔开，除此以外，城市的四周都是略显波状起伏的旷野，旷野里到处覆盖着青翠整齐的绿草，成群的数不清的牛、绵羊和马正在旷野上啃食着青草。即使是靠近城市的地方也只有很少的耕地，一些用仙人掌和龙舌兰围成的绿篱表明其中种植着小麦或玉米。除了花岗石山丘更陡峭点，其余的都与拉普拉塔河的北岸很相似。这里的景色毫无吸引力，很难看到一所房屋的四周有令人心旷神怡的空地，或者是一棵令人愉快的树。尽管如此，如果一个人在船上被"扣押"一段时间后，再来到这片一望无际的绿草平原上，还是会感到十分惬意的。再者，假如你的视野只局限在一片小小的空间里，那么很多东西都会显得非常美丽，比如一些毛色鲜艳的小鸟、被牛群咬短的翠绿草地上点缀着的矮小花朵，在其间一种看起来像雏菊的植物，像老朋友一样令人亲切。要是种花人看到大片土地都被马鞭草属植物覆盖着，甚至从很远的地方看去它们也显出非常瑰丽的深红色，那他会有什么感慨呢？

我在马尔多纳多停留了10个星期，在这段时间里所进行的动物、鸟类和爬虫类的采集工作差不多可以说是完美的。在没有向读者汇报我对于这些动物的观察以前，先说一下我在坡朗科河的一次短暂旅行，那条河离这里大约70英里，处于此地的北面。那一带的物价非常低，我可以举一个例子，我雇用了两个工人，连同一队马匹，只需每天为此支付西币2元，也就是约8先令就可以了。我的两个同伴都很好地武装了手枪和腰刀，我认为完全没有必要。然而，不久我们就得到一个消息，有人发现昨天有个从蒙得维的亚出发的旅客被人割断喉管死在半路，那件事发生在一个十字架附近，那个十字架是以前一次谋杀事件的纪念物。

第一夜我们在一个幽闭的小村舍借住，很快发现我随身带来的两三件东西，尤其是一个袖珍指南针，引起当地人的好奇。每户人家都想看看这个指南针，我用这个指南针和一张地图指明各个不同地点的方向。当地人对我感到非常惊讶，因为我竟然知道我从没去过的路（这种开阔地带，"方向"的含义就是"道路"），就连一个因生病卧床不起的年轻妇女，也差人来请求我把罗盘给她看看。如果说我的东西使他们感到惊讶，那么一个拥有千百头牛羊和广阔土地的农庄主，竟然对这东西一无所知，就更使我感到惊讶了！这一点只能用下面的情况来解释，就是很少有外国人来访问这个偏僻的村庄。他们还向我请教地球和太阳是否是运动的，北方的气候究竟是更热还是更冷，西班牙在哪里，以及其他诸如此类的问题。大多数这里的居民只有一些模糊的概念，他们认为英格兰、伦敦和北美洲是同一地方的不同名称，但是一些较有知识的人清楚地知道伦敦和北美洲是两个彼此接近的不同国度，英格兰只是伦敦的一个大城市而已！我随身携带着一些"普罗米修斯"牌火柴，用咬破的方法点燃，一个人能用牙齿来生火，让他们感到十分奇妙，有时全家老少集合起来围着观看，甚至有人有一次出价一元要求购买一根火柴。我早晨洗脸又在米纳斯那个村庄引起了诸多猜测，一个出众的商人靠近我反复地盘问我怎么会有如此怪异的举动，还问我们为什么在船上留起胡子现在却剃去了，因为他从我的向导那里听说我们那样做才提出这个问题。他十分疑心地看着我，他也许听说过回教的洗礼仪式，而且了解到我是一个异教徒后可能就得出一个结论，所有的异教徒都是回教徒。这里通行的习俗就是假如有旅客请求借宿，就必须安排他住进最舒适的房间。我让他们摆弄罗盘、给他们表演精巧的"魔术"，还有我的向导们大段大段讲述我如何敲碎岩石、如何区分毒蛇和无毒蛇、如何采集昆虫标本，他们对此很是惊奇，我以此来回报他们的好客。我记述这些好像我就是非洲中部的居民，这些不是我的刻意奉承，而是我当时的感受。

第二天，我们骑马来到米纳斯村。除了有较多的山地，这个地方和其他地区很相似，潘帕斯草原上的居民一定会毫无疑问地认为这是真正的阿尔卑斯山脉。这里人口非常稀少，一整天我们也很难遇见一个人，米纳斯甚至比马尔多纳多还要小许多，它坐落在一小块平原上，四周环绕着低矮的岩石山。街道通常是对称的，村庄中心有一座粉白的小教堂，显得颇为美观。村庄外面的房屋没有花园和院子，孤零零地耸立在平原上，在这一带，这种房屋非常普遍，使人感觉不舒适。我们在一家酒店里安顿下来，晚上一大群高乔人来这家酒店喝白酒、抽雪茄烟，他们的外表引人注目、高大帅气，脸上都充满高傲和放荡的表情。他们经常留着小胡子，长长的黑发卷曲着垂到背上。他们的衣服颜色鲜艳，大型踢马刺在脚后跟叮当着响，还把短刀像匕首一样别在腰际（他们经常把短刀当作匕首使用），这种种情形使他们不像是乡下"高乔"人，倒像另外一族人了。他们礼貌得有些过分，每喝一杯酒必定请你先尝尝，然而当他们非常温雅地向你鞠躬时，好像已经做了充分的准备，机会一到就割断你的喉咙。

第三天，因为我要考察几处大理石矿层，我们走上了一条弯弯曲曲的路。我们在生长着绿草的美丽平原上看见很多鸵鸟，有几个鸵鸟群多达二三十只。站在前面一个小丘上，在明朗的天空映衬下，它们显得特别高贵。我在这个国家的其他地方从来没有遇到过如此驯服的鸵鸟，就是骑着马飞奔也很容易靠近它们，它们张开翅膀像扯满了帆似的乘风而行，很快就把马远远地抛在了身后。

晚上，我们去了唐·约翰·富恩特斯的家。他是一个富有的地主，但我的两个同伴都不认识他。当走近一个陌生人的房屋准备投宿时，在这里通常要注意几个小小的礼节，要慢慢地骑马走近大门，然后问候"圣母马利亚"，直到有人走出门来招呼你下马，你才能跳下自己的马。屋主人通常会回答："想来是无罪的。"在走进房屋后，通常要进行几分钟的日常交谈，直到你的住宿请求被允许为止。接下来，你就和他们一家人同吃晚饭，此后他们就给你指定一个房间住宿，你就把马鞍带（潘帕斯草原一带的马鞍带）上面的马衣铺在床上。相似的环境会产生多么相似的风俗习惯，这太令人奇怪了。在好望角，随处可见同样的热情和几近相同的礼节。但是，西班牙农民和荷兰农民双方性格上的差异还是能看出来，西班牙农民从不会问客人任何超出礼节的问题，他们严守礼节，然而诚实的荷兰人却会不断地询问客人原来在什么地方、要到哪里去、从事什么工作，甚至还会问客人有多少兄弟姐妹和孩子等问题。

我们到唐·约翰·富恩特斯家以后不久，就看到有人驱赶着一大群牛向房屋这边走来，而且他们选出了其中的三头，打算宰掉作为一家人的食物。这些半野性的牛非常活跃，它们完全明白被套上套索意味着什么，于是就奔跑起来，这时便要骑马尽力追赶。在亲眼看到唐·约翰·富恩特斯拥有的众多的牛群、仆人和马匹以后，我不禁对他简陋的房屋感到惊奇。房屋里的地板铺着坚硬的泥块，窗户没有装配玻璃，起居室里能夸耀的东西不过是几只粗陋的椅子和方凳，此外还有两三张桌子。尽管来了好几个客人，晚餐也只有两大堆食物，一堆是烤牛肉，而另一堆则是加了些南瓜的炖牛肉。除南瓜以外没有任何其他的蔬菜和谷类，哪怕是一小块面包都没有。至于饮料，只有一大壶水，供全屋的人饮用，壶是陶制的。而这个人却拥有方圆几平方英里的土地，差不多他拥有的每一英亩土地都能出产五谷，稍微辛苦点的话这些土地也可以出产所有常见的蔬菜。晚上的光阴都消磨在抽烟上，同时他们还举办了一个很小的即兴歌唱会，用六弦琴来伴奏。太太们都坐在房间的一个角落里，没有和男人们一起吃晚饭。

关于这些地方的著述已经很多，再来描写套索或投石索这类东西，就显得太啰唆了。套索是一种用几股非常坚韧而细长的生牛皮编成的绳子，它的一端系在马宽大的腹带上，上腹带又和潘帕斯草原上常用的马鞍带上一个复杂的连接器扣合在一起。套索的另一端有一个铁制或黄铜制的小环，这样就可以制成套圈。高乔人使用这种套索的时候，用拉缰绳的手握住一小圈绳子，用另一只手握住活动的套圈，套圈通常做得很大，直径约有8英尺。他们在自己头顶上急速旋转这个套圈，借助手腕的灵巧动作使套圈保持张开的状态，接着就把套圈抛出去，使它落到一个选定的对象上，不用套索的时候就将它绕成一扎小绳圈拴在马鞍带的后面。

投石索，或称为投球，通常有两种。最简单的一种主要用来捕捉鸵鸟，它由两个用皮革包裹起来的圆石头组成，用一根皮革条编成的绳子把它们连接起来，长约8英尺。另一种投石索，和上面这种的区别在于它有三个石球，由皮革条连接在共同的中心上。高乔人手里握着三个石球中最小的一个，在头顶不断地急旋着其余两个石球，接着对准目标投掷出去，在空中它们像链弹一样旋转着。这两个石球在命中目标时就立刻缠绕在它身上，而且相互交织牢牢地捆住猎物。石球的大小和重量不尽相同，是由它们所要猎取的目标决定的。尽管这种石球还没有苹果大，但在被投掷时它们所附带的力量很大甚至能击断马腿。我看到过木制的投球，这种木球有芜菁般大小，用来捕捉动物又不至于打伤它们。有时也有铁制投球，这些铁球能被抛到极远的距离。用套索或投石索的主要困难在于骑马的技术要娴熟，能够全速飞驰，并且在突然转弯的时候，它们在头顶上仍可安稳地急速旋转来瞄准目标。任何一个人站在地面上都会很快学会这套本领，但到了马背上就没那么容易了。有一天，当我骑马疾驰，把投球在头顶上急旋取乐的时候，一个转动着的石球突然撞上了一棵灌木的树干，这个石球的旋转运动遭到破坏，立刻就掉落到地上，着魔似的缠绕住我的马的后腿，另外一个石球也被它急速地从我的手里拉出，这匹马就被紧紧地捆缚住了。幸好这是一匹久经训练的老马，知道这是怎样回事，否则说不定它会在倒地前乱踢。高乔人都哄堂大笑起来，说他们看到过用投石索捕捉各种各样的动物，却从来没有看到过一个人用它来捕捉自己。

在接下来的两天时间里，我们到达了此次考察的最远地区。这个地方的景色与其他地区大致相同，最后我们到了一片美丽的绿草地，然而它比起满是灰尘的车行大道更让人感到厌烦。我们沿途看到大量的鹧鸪，这些鸟不像英国种的鹧鸪，它们不成群结队，也不躲藏。这种鸟看起来反应非常迟钝，如果有人骑在马背上挥掷绳套，迫近它们，很容易就敲到它们的头，愿意敲击多少只都可以。捕捉鹧鸪最常见的方法就是用活套索，这是一种小套索，它是用鸵鸟的羽毛杆固定在长棍的一端做成的，一个骑着步态蹒跚的老马的小孩，一天里捕捉三四十只鹧鸪也是常有的事。在北美洲靠近北极的地区，印第安人就依靠快速步行绕着螺旋形圈子的方法来捕捉躲藏在巢穴里的变色兔。听说捕捉变色兔最好的时机是在正午，那时太阳当空，猎兔者的身影最短。

返回马尔多纳多的时候，我们选择了一条完全不同的路线。在庞德阿苏卡尔附近，我在一个非常好客的西班牙老人家里停留了一天，所有航行过拉普拉塔河的人都知道这个地方是一处界标。清晨，我们去攀登阿尼玛斯山，太阳冉冉升起，这里的风景在朝阳的映照下像画一样美丽。向西眺望，一片辽阔而平坦的平原延伸到蒙得维的亚附近的绿山之下，东边则是马尔多纳多绵延起伏的丘陵地带。阿尼玛斯山的峰顶有几个小石堆，它们显然已在这里堆积了很多年。我的同伴肯定地告诉我这些石堆是古印第安人的杰作，这些石堆与那些在威尔士的山上经常遇到的石堆在形状上很相似，但体积要小得多。在附近的制高点上用纪念物来标明某件大事的愿望似乎是人类的一种普遍热情。目前不论是开化的或是未开化的印第安人都从这个地区消失了。我不知道除了这些堆积在阿尼玛斯山巅上的毫无意义的小石堆之外，这些古代先民是否还有更久远的纪念物遗留下来。

拉普拉塔河东岸区显著的特点是缺乏树木，有的地方几乎完全没有树木。有些岩石山丘上只有一部分被灌木丛覆盖着。大河的沿岸，特别是在米纳斯村以北地区，柳树是很常见的植物。我听说在泰普斯河附近有一片棕榈林，我在南纬35°处的庞德阿苏卡尔附近还看到一个面积相当大的棕榈林，这些树林和一些西班牙人栽植的树木，在普遍缺少树木的地区，也是少见的例外了。在引进的树种中有白杨、橄榄树、桃树和其他果树，桃树的栽种已经很成熟了，它们也成为布宜诺斯艾利斯城的柴火的主要供应品。那些像潘帕斯草原那样平坦的平原并不适宜树木的生长，原因可能与风力有关，也可能与土壤排水的性质相关。然而马尔多纳多周围一带却无法用土壤排水的性质这种原因来解释，岩石质的山地可以保护土壤不流失，几乎每个河谷底部的小河里都有淡水，土壤的黏土性质也适宜于保持水分。据推测森林的生长状态一般由当地年降雨量的多少所决定，①这种推测有很大的可能性。然而在这个地区，冬季经常下大雨，雨量丰富；而夏季的气候尽管很干燥，却没有超过限度。我们都见过，澳大利亚全境差不多都生长着高大的树木，但是那里的气候要干燥得多，因此我们需要弄清其他未知原因。

假如仅仅根据南美洲的情形来看，那我们当然会倾向于认为树木只有在非常湿润的气候条件下才能生长得很茂盛，因为森林地带的界线十分明显地遵循暖湿风带的分布。在这块大陆的南部，那些由西风控制太平洋水蒸气的地带，从南纬38°到火地岛的最南端，在破碎的西海岸附近的每个岛屿上，都茂密地覆盖着无法穿越的森林。在纬度相同的安第斯山脉东侧的那些地区，蓝色的天空和晴朗的天气证明了天气在翻越过安第斯山脉以后已经失去了它所挟带的水分，于是巴塔哥尼亚干燥的平原只能稀疏地生长着一些植物。在这片大陆偏北的地带，经常有西南信风到达的东部区域生长着高大的林木，然而在南纬4°~32°的西海岸却是不毛之地。这块大陆西海岸南纬4°以北的区域里，信风失去了它的规律性，定期带来丰沛的降水，所以秘鲁完全荒芜的太平洋海岸出乎意料地在勃朗科角附近披上了一片茂盛的植被，瓜亚基尔和巴拿马都因此而声名远播。因此，在大陆

---

① 麦克拉伦：有关"美洲"这个主题的著述，《大英百科全书》。

南部和北部的森林和荒漠地带，正是以安第斯山脉为界，位于彼此相反的两侧位置上，这些位置显然是由盛行风的风向来决定的。在大陆广阔的中部地带，包括中智利和拉普拉塔联邦各省，既不是荒漠也没有森林覆盖，因为那些挟带雨水的风不能越过高耸的山脉。然而，即使只在南美洲范围内，只有在风中挟带雨水的条件下，树木才能茂盛地生长是一条法则，这条法则也完全不适用于福克兰群岛。这个群岛所在的纬度和火地岛相同，与火地岛的距离只有200～300英里，彼此的气候和地质构造也差不多相同，还有更有利的地理位置以及同种类的泥炭土壤，但是这里所能夸耀的不过是少数可以称为灌木的植被而已，而火地岛却不可能找出一英亩没有被茂密森林覆盖的土地。既然这样，大风和洋流的方向都有利于从火地岛传播种子过来，也经常看到火地岛的独木船和树干从那里随海水漂流过来，被海浪抛到西福克兰岛的海岸上，所以这两个地区有很多植物也许是共有的，可是要想把火地岛的树木移植到福克兰群岛上去却行不通。

在马尔多纳多停留期间，我采集了几种四足兽、80种鸟和很多爬行类动物，其中包括9种蛇。关于那里土生土长的哺乳类动物，现存的只有野原鹿最普遍，有大小不一的种群。这种鹿经常成群生活在拉普拉塔省和北巴塔哥尼亚接壤的地区。假如一个人紧贴着地面，匍匐着、缓慢地爬向一个鹿群，它们经常会因为好奇而前来看看他在做什么，在同一地点我用这种方法杀死了一个鹿群中的三只鹿。尽管它们如此温驯又充满好奇心，当人们骑马接近它们的时候，它们却异常机警。这一带没有人步行走路，一个人骑在马背上并携带着投石索，鹿就知道这人是它的敌人。在北巴塔哥尼亚的一个新兴城市布兰卡港附近，我很惊讶地发现这些鹿竟然对枪声毫无畏惧感。有一天，我在80码之内的地方向一只鹿射击了10次，它对投石砸碎地面的恐惧远胜过听到来复枪的枪声所感到的恐惧。那时我的弹药已经耗尽，那件事让我这个能够射中飞鸟的优秀猎手感到很是羞愧，我只好站起来向它打招呼，一直到把它吓跑才停止。

最令人惊奇的是，这种雄鹿的身体会散发出一种强烈的臭味，这种臭味很难用言语来描述。我有几次剥制这种鹿做标本的时候，呕吐不止，这种标本现在还陈列在动物博物馆里。我把这张鹿皮用一块手帕捆好带回家中,认真清洗以后我还在使用这块手帕,当然我重复清洗了好几次。然而,经过了一年零七个月的时间,手帕上的气味还是很明显。这是一个让人吃惊的事例,一些物质虽然从它的性质来看应该是极易淡化和挥发的,但还是有久留不散的情况。每当从离鹿群大约半英里的下风处经过时,都能明显感觉到空气里沾染了这种臭气。我认为当雄鹿的双角完全长成的时候,或是完全伸出有毛的头皮时,它散发出的气味最为浓烈。在这种情况下,它的肉当然是不适合食用的。但是高乔人却声称假如把这种鹿肉在新鲜泥土里埋藏一段时间这种气味就会去除,我曾在一本书上看到过苏格兰北部居住在岛屿上的居民,也用这种方法来处理恶臭的食鱼鸟的尸体。

　　这里啮齿目动物的种数也非常丰富,单就鼠类而言,我就获得了至少8个种。[①]世界上最大的啮齿动物水豚在这里也很常见。我在蒙得维的亚打死的一只水豚重达98磅,从鼻尖到树桩形的尾部,它的体长是3英尺2英寸,而身围是3英尺8英寸。这些大型啮齿动物经常在拉普拉塔河的河口处的岛屿周围游来游去,那里的水非常咸,然而,更多的水豚却生活在淡水湖泊和河流的沿岸一带。马尔多纳多附近的水豚通常都是三四只生活在一起,在白天,它们要么躺卧在水生植物之间,要么就在草原上大胆地寻找食物。[②]远远望去,从它们的走路方式和颜色来看像猪,然而在它们蹲坐在后腿上用一只眼睛注视着目标的时候,便会重现它们的同属豚鼠和家兔的姿态,由于下颌很深它们的头部正面和侧面看上去都很可笑。马尔多纳多的这些动物很是驯顺,我曾经小心翼翼地靠近距离在3码之内的4只老水

[①] 我在南美洲大陆一共收集到27种鼠,这里有13种鼠已在阿扎拉和其他作者的著作里讲述过。沃特豪斯先生在动物学会的会议上曾把我采集到的这些鼠定了学名,还对它们进行了描述。趁此机会,我冒昧地在这里向沃特豪斯先生以及其他和动物学会有关的先生们致以衷心的感谢,他们自始至终给了我亲切的而又慷慨的帮助。

[②] 我在一只被我解剖开的水豚的胃和十二指肠里发现大量的稀薄的浅黄色液汁。在这种液汁里,简直连一根纤维也辨认不出来。欧文先生曾经告诉我说它食道的一部分有这样的构造:只要是比乌鸦的羽毛管大一些的东西就不能通过它而下降到胃里。这种动物具有宽大的齿和强有力的腭,有利于它们把吃下去的水生植物磨细成浆汁。

豚。这种驯顺可能是由于这里的美洲虎已经被驱走好些年了，而且在高乔人看来，也不值得浪费光阴去猎取它们。在我越来越靠近的时候它们频繁地发出怪异的声音，这是一种低沉而生硬的哼哼声，没有真正的声调，倒是很像空气骤然排出时引起的响声。我认为只有一种声音和它相像，就是大狗发出的嘶叫声。我在距离这4只老水豚一臂长的地方观察了它们好几分钟，而它们也在看我，随后它们一边哼叫着一边急切地以最快的速度窜进了水里。跳入水里潜游了一小段距离以后，它们又浮出了水面，但是只露出头的上部。雌水豚带着小水豚在水里游动的时候，据说小水豚都伏在母亲的背上。这些动物很容易就可以捕杀数只，然而它们的皮不值钱，肉也不被看重。在巴拉那河的岛屿上它们极其兴旺，由此也成了美洲豹的猎物。

土库土科鼠是一种古怪的小动物，简略地说，它成是一种具有鼹鼠习性的啮齿动物。在这里，这种动物数量很多，但是很难捕捉，我甚至认为它从来都不会钻出地面。它像鼹鼠那样将小土堆抛在巢穴的洞口，只是土堆小一些而已。这一带大片土地的地下泥土完全被这些动物挖空了，以至于马匹跑在地面上的时候，马蹄就会陷落到球关节上。在某种程度上土库土科鼠似乎过着群居生活，我请一个当地人帮忙，帮我捕捉这些动物做标本，他在一处就捕捉到6只。而且他说这是一种常见现象。从习性来看，它们是夜间出来活动的动物，主要吃植物的根，在它们长而浅的洞穴里可以发现这些食物的残留物。人人皆知这种动物在地下时会发出一种非常怪异的声音，一个人初次听到这声音时会感到十分惊讶，因为很难辨别这声音到底从何处传来，也猜不到可能是哪种动物发出的声音。这种声音短促又不刺耳，似乎是从鼻内哼出来的。这种哼声很单调，很迅速地连续发出大约4次。[①]土库土科鼠的得名就是从它的叫声模仿而来的，这种动物经常出

---

① 在北巴塔哥尼亚的内格罗河一带，有一种习性相同的动物，可能是属于近亲的个种。但是我从没看见过它。它的声音不同于马尔多纳多的这种土库土科鼠的叫声，它只断续发出两次哼声，而不是三次或四次，声音也比较清晰响亮。在远处听到这种声音时，极像是一种在用斧头砍倒小树时发出的声音，因此，我有时会对这种声音是否是它所发出的感到怀疑。

没的那些地方一天到晚都能听到这种声音，有时它就直接从人的脚下发出来。将土库土科鼠放到房间里的时候，它们的移动缓慢而笨拙，看上去是由于它们的后肢经常向外拨土引起的。它们也不能向上跳跃，哪怕是极短的距离，这可能是由于它们的股骨关节缺乏某种韧带。它们试图逃跑的时候显得异常笨拙，发怒或者受到惊吓的时候就会发出"土库—土科"的声音。我曾经养过几只，它们甚至在第一天就相当驯服，不咬坏东西，也不试图逃走，还有几只略微带点野性。

那位捕捉到土库土科鼠的人声称他总能遇到很多眼盲的土库土科鼠，我保存在酒精里的一只标本就是这种状况。里德先生以为那是受瞬膜发炎的影响。我曾经在这只鼠还活着的时候把手指放到它的头部前半英寸之内的地方，它没有半点的察觉，然而在房间里的行走状况与其他眼睛正常的土库土科鼠几乎没有区别。我想，土库土科鼠总在地下生活，这种眼盲的情形即使普遍，也不会让它产生严重的不便。但我还是非常惊异一种动物的器官经常带伤却依然能够生存下来。拉马克猜测（我认为他的这一推测比他做出的其他推测都更准确）生活在地下的啮齿动物鼢鼠和生活在黑暗的有水洞穴里的爬行动物盲螈，都是因为生活的环境而导致眼盲，他要是在那时了解到现在的情况肯定会十分高兴的。这两种动物的眼睛差不多都处于一种退化状态，而且由腱质隔膜和皮肤掩蔽着。常见的鼢鼠的眼睛格外的小，尽管许多解剖学家对这种眼睛是不是同真正的视觉神经连在一起感到怀疑，然而它是完好的，虽然这种动物在离开自己的洞穴后眼睛对它可能有用，但它的视觉是肯定有缺陷的。我想土库土科鼠从来都不会来到地面上，它的眼睛相当大却会变瞎没有用处，虽然对于这种动物来说，眼盲不会引起任何不便，而拉马克毫无疑问会说土库土科鼠正在步入鼢鼠和盲螈那种境况。

十分丰富的众多鸟类生活在马尔多纳多周围的波状草原上，这里有几种同属一科的鸟，根据它们的身体构造和生活方式来看很像英国的欧惊鸟。其中有一种叫作黑色牛背黄鸟的鸟类，它的特殊习性引人注意，经常可以看见几只黑色牛背黄鸟停歇在牛背或马背上。它们栖息在篱笆上或在太阳光下整理羽毛的时候，有时会唱起歌来，或者更准确地说是咝咝地述说着什么。那声音很特别，就像是气泡快速通过水底下的小孔时所发生的啸声。阿扎拉著述称这种鸟也跟杜鹃一样，到别种鸟的巢里去产蛋，当地的居民好几次告诉我这里确实有这种习性的鸟。我有一个帮助采集标本的助手，他非常细心，曾经在当地的一个麻雀窝里发现了一个鸟蛋，这只鸟蛋比别的蛋大一些，颜色和形状也与麻雀蛋不一样。在北美洲，有一种单卵牛鸟，和杜鹃的习性很相似，是牛背黄鸟同属的另一个品种，它生活的地区在各方面都和拉普拉塔省极为相似，也同样有停歇在牛背上的习惯。但是它的体形略微小一些，羽毛和蛋的形状与颜色也有些不同。这两种鸟身体构造和习性如此接近，却是一块大陆南北两个相对半球上的代表鸟类，尽管这是一件司空见惯的事，但仍然引人关注。

斯温森先生曾经十分中肯地评论，除了牛背黄鸟属的牛鸟属和单卵牛鸟外，杜鹃可以说是最典型的巢寄生鸟类了。"它们自身种群的繁衍，完全依赖于其他的动物，小杜鹃的发育生长依赖这些动物的体温，小杜鹃的吃食也靠其他动物来喂饲。喂养小杜鹃的鸟死亡会导致幼年期的小杜鹃也跟着死去。"值得注意的是杜鹃和牛背黄鸟属这两个属的几个种，当然不是所有的种，都有着以寄生的方式繁殖自己后代这一奇特的习性。然而这两个种属的其他习性却截然相反，没有任何相似之处，牛背黄鸟属彼此十分友善，它们生活在开阔的平原上，没什么诡计和伪装；杜鹃却是一种异常怕人的鸟，它们生活在幽闭的密林里，以果实和毛虫为食。在身体结构上这两个种属的鸟也相去甚远。很多科学家曾探讨过是什么使杜鹃形成这种奇怪的习性，他们还假设过骨相学的原因。在我看来普雷沃特先生的观察揭示了这个谜团，他在研究多名观察者的资料后发现雌杜鹃在每个繁殖期至少要下4~6枚蛋，但它每产下1~2枚蛋后就必定去与雄杜鹃交尾。倘若雌杜鹃自己孵育所生的蛋，要么等所有的蛋集齐再开始孵蛋，这样的话因为放置时间太长最初产下的蛋就可能变质；要么分别孵育每次所产下的1~2枚蛋，但杜鹃在繁衍停留的时间比其他候鸟停留的时间短，它势必没有足够的时间来接连不断地孵蛋。依据杜鹃交尾的次数以及它在交尾间隔期间下蛋的实际情况，我们很容易理解它为什么会把自己的蛋下到其他的鸟巢里，把自己的后代交给其他鸟去照顾。我坚定地认为这个观点是正确的，这个观点通向了另一个有关南美洲鸵鸟相似的推论（我们在后面会谈到），我可以这样说，雌鸵鸟是互相寄生的，每只雌鸵鸟经常会在其他几只雌鸵鸟的巢里产下几枚蛋，同杜鹃的陌生的养父母一样，雄鸵鸟承担全部的孵养任务。

我想再谈一谈两种其他的鸟，这两种鸟到处都有，但是它们的特殊习性引起了人们的注意。平特维鸟是凶暴的霸鹟科大美洲族的象征，它的身体结构与真正的百舌鸟非常接近，但它的很多习性和多种其他种属的鸟类非常接近。我曾经经常观察这种鸟，它就像老鹰一样在一个地点上空盘旋来搜寻田野上的猎物，随后又飞到另一个地点的上空去搜寻。看见它这样悬浮在空中的时候，即使是在离它很近的地方也很容易把它误认为猛禽目的一种鸟，可事实上它从空中俯冲下来猎取猎物的时候所施展的力量和速度要比老鹰低劣得多。在其他时候平特维鸟会经常出没于水边，它在水边就像鱼狗一样一动不动地站着，任何游进水边的小鱼都会遭到它的猎食。如果这些鸟被人捉住，剪短翅膀，放在鸟笼里或庭院里饲养，不久后就会变得很驯服。它们狡猾的样子使人感到非常有趣，有人跟我描述说那样子很像常见的喜鹊。它们的飞行姿势因头和嘴与身体比例的巨大悬殊而呈波状起伏。晚上平特维鸟通常栖宿在路边的灌木上面，接连不断地发出尖利却也悦耳的叫声，这种叫声有点类似发音清晰的单词。西班牙人说这种叫声很像"我能够看清你"这几个字，所以西班牙人也用这种叫声来称呼这种鸟。

还有一种是反舌鸟（小嘲鸫属），它被当地的居民称作卡郎德利阿鸟，很引人注目，因为它的歌声比其他鸟的歌声更动听。据我观察，事实上它近乎是南美大陆唯一一种以歌唱为目的而停歇的鸟，它的歌声可以和水蒲苇莺相媲美，但是更加雄浑。这种歌声中还混杂着一些尖锐的音调，一些单独的极高音和愉快的啼啭声。然而这种叫声只有在春天才能听到，它的鸣叫声在其他时候就很刺耳，显得极不和谐。马尔多纳多附近的这些鸟温驯大胆，它们时常结队飞到农舍里去啄食柱子上和墙上挂着的肉，假如有任何其他的小鸟也来享受这顿盛宴，就会被卡郎德利阿鸟立刻轰走。还有一种非常有野性的鸟生活在巴塔哥尼亚荒无人烟的平原上，这种鸟是一个与卡郎德利阿鸟极相似的种，在那些生长着多刺灌木的河谷里经常能看见它们，它们的叫声略为不同。第一次我见到这种鸟的时候，根据这几种鸟类间习性的差异，我就断定它不同于马尔多纳多的那种鸟，这种情况让我感到有些诧异。后来我得到了一只巴塔哥尼亚种的鸟的标本，一眼望去就能断定它们非常类似，这让我改变了看法，这两种鸟应该是同一个种属。然而古尔德先生却不这么认为，他认为它们有着明显的区别，当然这只是根据他没有察觉的习性的细微差异而得到的结论而已。

南美洲食尸鹰的数目之大、反应之迟钝以及令人讨厌的程度都会使任何一个熟悉欧洲北部鸟类的人感到惊讶，卡拉鹰、美洲兀鹰（鹫属）、大兀鹰和康多鹰这四个种可以列入这一张有关鹰的名录里。从身体结构来看，卡拉鹰被归到鹫一类，但是我们很快发现这些鸟是没有这么高的等级的，就它们的习性而言，它们能够很好地对应英国的食尸肉的鸦、鹊和渡鸟。后面这三种鸟在南美洲以外的世界各地都广为分布。我们先来谈巴西卡拉鹰，这种很普通的鸟分布地区也极为广泛，它在拉普拉塔省的草原里数不胜数（它所到之处的居民们称它为卡郎察鹰），也偶尔出没在遥远的巴塔哥尼亚荒芜的平原上。数不清的巴西卡拉鹰经常在内格罗河和科罗拉多河之间的荒漠上沿路巡视，吞食那些由于困乏和干渴而倒下的筋疲力尽的动物。这种鸟的分布范围十分广泛，不仅在这些干燥的广袤平原上它们不仅非常普遍，在寸草不生的太平洋的海岸边也是如此，我甚至发现在巴塔哥尼亚的西部和火地岛潮湿的茂密森林里也有它们的踪迹。卡郎察鹰经常和齐孟哥鹰在一起成群地飞到大牧场和屠宰场去，假如有一只动物死在平原上，大兀鹰就开始了这顿宴席，随后卡拉鹰的两个种就来把兽骨上的肉啄干净。尽管这两种鸟通常在一起猎食关系，却远非能做朋友。卡郎察鹰在树枝上或者地面上安静地栖息的时候，齐孟哥鹰则围绕着卡郎察鹰呈半圆形路线飞翔，每次都企图在半圆形路线的底部袭击那些体形大一些的卡郎察鹰，卡郎察鹰总是很少留意，除非自己的头部受到袭击。尽管卡郎察鹰经常聚集成群，但是它们并不群居在一起，因此在荒漠地区，它们要么形单孤影，要么成双成对。

听说，卡郎察鹰这种鸟非常狡猾，它们大量偷食其他鸟的鸟蛋。有时它们也和齐孟哥鹰在一起去啄食马和骡背上溃烂的疮痂。舰长黑德曾运用他精准的笔法这样描述：一方面，这头可怜的牲口下拉着双耳，弯拱着后背；另一方面，这只盘旋着的鸟在1码远的距离注视着这一块令人作呕的疮痂。这些冒牌的鹫很少会去杀死活的飞鸟或走兽。它们贪婪的食尸习性对任何一个在巴塔哥尼亚的荒凉平原上躺下来睡过觉的人而言都是显而易见的。因为在他一觉醒来后，就会看到，在他周围的每个小山丘上，都有一只卡郎察鹰在耐心地用恶毒的眼神注视着他。这种情景是每一个到过此地的人都公认的特色风景。如果有一群人带着猎狗和马去打猎，那么在这一天里，就会被几只这样的鸟所跟随。饱餐之后，它们裸露的胃向外突出。在这些时候，确实可以这样说，卡郎察鹰是一种懒惰、驯服和胆怯的鸟。它的飞行动作沉重而缓慢，很像英国的称白嘴鸦。它很少在高空里翱翔，但我曾有两次看到有一只卡郎察鹰在极高的空中从容不迫地滑翔。它会奔跑（相对于跳跃而言），但不如同类那么快。有时卡郎察鹰会发出嘈杂的声音，但大多数时候并不会这样。它的叫声很高，非常刺耳又很奇怪，可把它比作西班牙语言的喉音g再加上后面两个强子音rr。它在发出这种叫声时，总是把自己的头逐渐抬高，直到嘴张得很大，头顶羽毛几乎触碰到它背面的下部为止。这个事实虽被怀疑过，但却是完全属实的。我曾有好几次看到这种鸟将头向后完全倒转。根据阿扎拉的权威性证明，我还可以在我的观察上增加这样的内容，那就是：卡郎察鹰以蠕虫、贝壳、蛞蝓、蚱蜢和青蛙为食；它用撕裂脐带的方法来杀死羊羔；它追击大兀鹰，直到大兀鹰把刚才吞下的尸肉吐出来为止。最后，阿扎拉还谈到有些卡郎察鹰，会五六只聚集起来一起去追赶一些大鸟，哪怕像苍鹭这样大型的鸟类。所有这些事实都表明卡郎察鹰是一种有多种习性并且十分机灵的鸟。

齐孟哥鹰比前面的卡郎察鹰要小很多。它什么都吃，哪怕是面包。我确信它在很大程度上损害了奇洛埃岛上的马铃薯，因为它们会把刚种植的马铃薯吃掉。在所有食尸肉的鸟中，它是最后离开的，并且经常被看到钻到死牛或者死马的肋骨中间，就像一只笼中鸟一样。另外一个种称为新西兰鹰，在福克兰群岛上很常见。这些鸟的习性与卡郎察鹰在很多方面类似，它们以动物的尸肉和海里的生物为生，但是它们在拉米烈兹群岛上的所有食物来源都只得依靠海岸方面。它们非常驯顺胆大，常出没于房屋周围寻找残余的食物。假如遇到一支狩猎队在宰割一只野兽，就会有一大群这种鸟迅速地汇集在一起，在周围站着耐心地等待食物。进食以后，它们的外形因裸露的嗉囊向外突出得很大而变得非常难看。它们擅长进攻受伤的鸟：曾有一只鹭鸶，一到达海岸边，就立刻被几只新西兰鹰咬住，很快就结束了生命。比格尔舰只是在夏季才停靠在福克兰群岛岸边，可据曾在冬季到这里来的阿德文丘舰上的军官们所述，他们见证了很多关于这些鸟的大胆和贪婪的惊人实例。它们曾袭击过一只熟睡在军舰上的一个军官身旁的狗；它们当着猎人们的面抓取一只受伤的鹅，而体魄强健的猎人们没法阻止这样的事情发生。据说，有几只这种鸟一起守候在一个兔洞外，只要兔子一出洞，它们就一起去抓住它（这方面很像卡郎察鹰的行动）。它们还常常飞到那些在海港里停靠的船上，因此我们得严密地监视它们，以防它们把索具上的皮革和船尾的腊肉和野味叼走。人们对这些鸟的一些行为感到很好奇，比如，它们会衔走地面上几乎所有的东西，它们将一只抹了油的大黑帽衔带到近1英里开外的地方；甚至还衔走了一对捕家畜用的沉重的投球。尤斯伯恩先生在测量时所遭受到的损失极为严重，它们把他的一个装在红色摩洛哥羊皮匣子里的卡脱尔式小罗盘衔走了，后来就再没有找到它。除此以外，这些鸟时常争吵并非常容易发怒。它们发怒时，就用钩喙把地面上的青草扯断。它们不是真正喜欢群居，它们飞得不高，飞行也是沉重和笨拙的。但是在地面上，它们跑得就像雉一样迅速。它们时常发出一些刺耳的声音，让人觉得很吵；而有时它们的叫声就像英国深山鸦在叫一样，因此水手们总是把它们叫作深山鸦。人们很想知道，为什么它们在大声啼叫时，像卡郎察鹰一样，要把头部抬起向后翻。它们在海边的崖岸上筑巢，但是只筑在邻近的小岛上，而不筑在两个主岛上：这对如此迟钝和胆大的鸟而言，真是一种难得的警惕了。据猎取海豹的人们说，这些鸟的肉在烹饪后非常白，而且吃起来还很鲜美，但我想，尝试这种盛宴的人，一定是很英勇无惧的。

现在我们来谈谈美洲兀鹰（红头美洲鹰）和大兀鹰这两种鹰。湿度适宜的那些地方，前面的那种兀鹰从合恩角到北美洲处处都可以看见。这种鸟与卡郎察鹰和齐孟哥的不同之处，就在于它能够飞到福克兰群岛去。美洲兀鹰这种鸟种性情孤独，至多成对在一起飞翔。由于它在高空翱翔时非常优美的姿势，人们从很远处就可将它分辨出来。它是名副其实的食尸肉的鸟，在巴塔哥尼亚的西部海岸，在森林茂密的小岛屿和半岛上，这种鸟就以被海水冲到沙滩上来的海豹死尸为食。只要在海豹所集居的岩礁附近，就能够看见这种兀鹰。大兀鹰的分布范围不同于美洲兀鹰。在南纬41°以南的地方，就再也遇不到它了。按阿扎拉所说，关于大兀鹰还有一个传说，在征服时期，在蒙得维的亚附近并没有发现它们的踪迹，它们是后来从极北地区随迁居的人们生活于此的。现在在蒙得维的亚的正南方300英里的科罗拉多河的河谷里，它们多得数不清。很可能这些迁徙从阿扎拉时期就已经开始了。大兀鹰一般都喜欢住在气候湿润的地方，或者可以说它们更喜爱居住在淡水河附近，因此大多出现在巴西和拉普拉塔河流域一带，而在北巴塔哥尼亚的荒漠和干燥平原上，除在几条河流附近，就再无其踪迹。这些鸟居住在从潘帕斯草原到安第斯山脉的山脚地区，但是我从来没有看到或听到在智利有一只这样的鸟。在秘鲁，它们被看作清洁员而受到保护。大兀鹰可以说是一种群居的鸟，因为它们看起来乐于群居，而且总是合力猎杀猎物。在晴朗的日子里，人们经常可以看到一大群鸟在高空飞翔，每只鸟都张开双翅不断地旋转，呈现优美的飞行姿势。它们这样表演很明显是因为它们在这样的飞翔中感到快乐，或者还可能是与求偶相关。

除开康多鹰，我已经阐述了全部的食尸肉的鸟。而对康多鹰的描述，我认为在之后介绍更合适些，因为后面我要去的地方比拉普拉塔河一带的平原更适合康多鹰的生活习性。

离开马尔多纳多几英里远的地方，有一条把浅水湖坡特烈罗湖和拉普拉塔河分隔开来的宽阔的沙丘地带。在这个地方，我发现了一些被闪电穿入疏松的沙土而形成的玻璃化的硅质细管。这些细管与曾在《地质学报》里叙述的坎伯兰的德利格附近的细管很相似。这些细管因没有植被保护的沙丘经常变换位置而露出地面，在这些细管旁边还横倒着无数的断管，这证明它们最初深埋在更深的地方。有四根细管直立地插在沙土里，我用双手挖出其中一根，量出有2英尺，加上一些散落在周围的明显属于同一根细管的碎片，其长度则达到了5英尺3英寸。全部细管的直径几乎都是相同的，因此我们可以推测出，它最初深埋在更深的地方。然而，如果与德利格地区的细管相比，它就显得很小了。因为在德利格地区有一根细管，其长度据测量是不低于30英尺的。

这种细管的内表面已完全玻璃化了，有光泽，还很光滑。我以前在显微镜前观察过一根断管，从里面的紧密相连的空气泡（也可能是水蒸气泡）的数量来看，它就好像吹风管前的一块熔化的矿物试样。这种沙土完全是硅质的，或者说大部分是硅质的，但是有些地方显现黑色。它们有光亮的表面，呈现出金属光泽。管壁的厚度在1/30～1/12英寸，甚至有个别达到了1/10英寸。有沙粒环绕着的外表面，略带玻璃光泽，因此分辨不出任何结晶化的迹象。《地质学报》是这样描述的：这些细管一般都受到压缩呈现很深的纵向的深沟，就像枯萎的植物茎秆，或是像榆和黄檗的树干一样。它们周长约2英寸。但一些呈圆柱形没有纵沟的断管，周长则长达4英寸。很明显，当这种细管还处在柔软状态时，在高温作用下被周围疏松沙土的压力推挤而形成这些深沟。从那些没受任何压力的碎片来判断，闪电的横断面（如果可以这样表示的话）或者说它的钻孔直径，一定有1.25英寸左右。在巴黎，阿歇特先生和比奥唐特先生曾用很强烈的电流放电通过细玻璃粉的方法，成功地制成了一些在很多方面与前面描述的相似的细管。细管的尺寸随着增加盐引起的熔度的增加而变得更大。但是他们用长石粉和石英粉却没能做出这样的细管。在巴黎曾有人用电流最强的电池做实验，它的电力只能在像玻璃粉这种容易熔化的物质里形成一个细小的玻璃管。这根由玻璃粉形成的细管，长约一英寸，确切地说是0.982英寸，内直径约0.019英寸。于此对比，再来看闪电的打击力，就免不了会很吃惊的：闪电打击到几处沙土上时，沙土就会形成圆柱形，而其中的一个圆柱形至少有30英尺长，在没有受到压缩处的内孔足足有1.5英寸，可所有这种现象都是在像石英这种十分难熔的物质里发生的。

我在前面已经谈到，这些电管几乎是沿接近直立的方向伸进沙土中的。然而，也有一根电管偏离了它的直线方向，这与这种规则不相符。在弯曲都很大的地方，最大偏角达到了33°。从这根电管身上延伸出两根相距一英尺的小管，一根朝下，另一根朝上。而后者更引人注意，因为电液要回到主流线上，要绕过一个26°的锐角。除了之前我发现的4根直立的电管外，我还发现了几组其他的断管，很显然它们原来的位置和之前的4根电管的位置相距很近。所有这些电管都是在一块流沙的水平地面发现的。这块沙地有60码×20码的面积，位于几个高沙丘之间，并且离一列高400-500英尺的丘陵带大约半英里之远。我认为需要注意的是，在德利格地区以及德国被里宾特洛甫先生所叙述的地方，都在这种面积非常有限的地面上发现了差不多相同数目的电管。曾经观察到在德利格15平方码的面积上有三根电管，在德国也有同样的数目。我在这里发现的情况是，在60码×20码的地面上，存在的电管远不止4根。这显然不是电流连续击打产生的，我认为，这种闪电在没有穿入地下以前的瞬间，自身分成了几股。

拉普拉塔河附近地区，看起来遭受雷电现象比较频繁。在1793年，记录在案的最具毁灭性的大雷雨大概是发生在布宜诺斯艾利斯：在这次雷电中，城市中有37处地方受到电击，有15人死亡。根据几本旅行记里记述到的情况，我倾向于认为大河流的河口附近发生大雷电是很常见的。这可能是因为大块淡水和咸水在混合时会扰动电的平衡吗？甚至在我们到南美洲随意访问期间，我们就听说雷电曾电击了一只船、两座小教堂和一座房屋。之后不久我就见到了那两座教堂和那座房屋：这座房屋是归英国驻蒙得维的亚的总领事胡德先生所有。电击后有一些现象非常令人奇怪：在靠近电铃线两侧各约1英尺的壁纸，都被烧成了黑色；金属被烧熔了；虽然这个房间约有15英尺高，熔液滴落在椅子和家具上后，就穿透到里面，形成一串细孔；有一部分墙壁被击毁了，就好像遭受了火药一样，而且它的碎片所挟带的力量足够让它对面的墙壁凹进去。镜框变成了黑色，它的镀金面一定被挥发了，因为在火炉上的一个香药瓶就有一层发光的金属细粒，这些细粒依附在瓶上如此紧密，就像是被涂上了釉一般。

第四章　从内格罗河到布兰卡港

内格罗河——受到印第安人攻击的庄园——咸水湖——火烈鸟——从内格罗河到科罗拉多河——圣树——巴塔哥尼亚野兔——印第安人的家庭——罗萨斯将军——前行去布兰卡港——沙丘——黑人中尉——布兰卡港——盐的硬壳——阿尔塔角——美洲臭鼬

1833年7月24日——比格尔舰从马尔多纳多起航，8月3日就到了内格罗河的河口。这是一条在麦哲伦海峡和拉普拉塔河之间的最重要的河流，在拉普拉塔河河口以南大约300英里的地方入海。大约50年前，一小块殖民地在旧西班牙政府的统治下在这里建立起来了，现在这个殖民地仍然是南美洲东岸最南面（南纬41°）有文明人居住的地方。

河口附近显得十分荒凉。在河口南边，一长排的垂直峭壁显示了这一带的地质结构。这些地层由砂岩构成，其中一层由坚硬的浮石鹅卵石构成，非常引人注目。这些浮石细砾一定是从400多英里开外的安第斯山搬运来的。这一带地面到处覆盖着一层厚厚的砾石,在开阔的平原上伸展开,遥远而又宽广。这里的淡水非常稀少,能够找到的水都是含盐的。虽然这里有多种灌木,但它们身上全都长满了可怕的刺棘,好像是在告诫陌生人,不要进入这些不适宜居留的地区。

这个殖民地位于河的上游18英里处。道路在倾斜的悬崖脚下,这一道悬崖就成了内格罗河所流经的大河谷北岸的界线。一路上我们经过了几处优良的"大牧场"废墟,但几年前都被印第安人毁灭了。这些"大牧场"经历了多次攻击,有人向我生动形象地描述了事件的过程。当时这里的居民已经做了充分的准备,把所有牛马牲口驱赶到环绕房屋四周的畜栏里去,①而且还在里面安置了几门小炮。这些印第安人都是从智利南部来的阿拉乌康族人,多达几百人且经过良好的训练。起初他们兵分两队,出现在附近的一个山头上,然后从那里下马,脱下毛皮斗篷,赤裸着身子向前攻击。长长的竹竿就是每个印第安人的唯一武器,被称作"丘索"枪。竿上用鸵鸟的羽毛来装饰,锐利的枪尖装在竹竿的顶端。这位讲述者带着很强的恐惧情绪,回忆着印第安人逼近时挥舞"丘索"枪的情形。当他们逼近的时候,酋长潘切拉向被围的人们高呼缴械投降,否则一律格杀勿论。因为印第安人无论在什么情况下闯进农庄以后,都会这样杀人,因此就用一排毛瑟枪子弹来回答他们。然而,印第安人显得十分顽强,依然逼到畜栏边上。令这些野蛮的抢劫者感到惊异的是铁钉把围栏的支柱牢固地钉合在一起,而不是用皮革条子扎起来,当然试图用刀子去割断这些铁钉是徒劳的,这挽救了许多天主教教徒的生命。很多受伤的印第安人被他们的同伴运走了,最后,他们的一个小酋长也受伤了,随后便响起了撤离的号角声。他们撤退到马匹那里,似乎是在开会讨论战术。对西班牙人来说是一个可怕的中途休战,因为所有军火除了剩下少量火药以外,其余都用完了。正在这时,印第安人却上了马扬长而去。不久,

---

① 围栏是一种用又高又坚硬的木桩做成的围栅,每个庄园或者农庄都建造有这种附属的围栏。

他们又来进攻，仍旧被迅速地击退了。当时有一个冷静的法国人施放大炮，他静静地等待印第安人走到最近的地方就用葡萄弹轰击他们，一下子就击倒了39个印第安人，当然这样的打击马上使印第安人全队人马溃逃而去。

这个小镇一般被称为爱尔卡门或巴塔哥尼斯。它建在面向河流的悬崖边上，有很多房屋甚至是在砂岩上挖掘而成的。这条河流约宽200-300码，河水又深又急。有很多生长着柳树的岛屿，还有平坦的岬角，彼此前后排列在宽广的绿色河谷的北边界线上，在明亮阳光的照耀下，呈现出一派如画的风光。那里的居民只有几百人，那些西班牙的殖民地与我们不列颠的殖民地不同，他们自己承担建设责任。有很多纯种血统的印第安人住在那里，酋长卢卡尼的部落住在市郊的遮阳棚里。①当地政府向他们提供一些衰老无力的马匹充作他们的食物，他们靠着织马毡和制造马具为生。这些印第安人被认为是开化的，尽管他们的确不那么凶残，但却在道德方面非常薄弱。也有几个青年人自愿去做工，显得很上进。前不久，他们中的一些人参加猎取海豹的航行，而且表现良好。现在他们正在享用自己的劳动成果，穿着漂亮、干净的衣服，到处游逛。他们对衣服的品位令人赞叹，假如将一个印第安青年做成一座青铜雕像，那么雕像的衣饰一定是十分优雅的。

有一天，我骑马去了萨莱纳的一个大咸水湖，这里是一片盐田，离城区大约15英里。冬天的时候，它是一个低浅的咸水湖，到了夏天它就成了一片雪白的盐田。靠近盐田边缘的盐层有四五英寸厚，越到中央部分越厚。这个咸水湖有2.5英里长，1英里宽。周围还有比它大很多倍的咸水湖，甚至在冬天湖底仍凝结着二三英尺厚的盐层。在一个棕褐色的荒无人烟的平原中央，有一块晶莹的发出白光的平面，景象十分奇特。盐田的年均产盐量极大，一堆堆的食盐，重量达几百吨，正准备运出境去。收盐的季节，正是巴塔哥尼斯这一带的收获季节，当地的繁荣状况也因此而定。

---

① 遮阳棚是当地人们对印第安人住屋的称呼。

在盐田收获季节，几乎全体居民都移居到河边，用牛车把盐运出。这里的盐都是大立方块的晶体，非常纯。蒙特伦哈田·里克斯先生帮我分析了这种盐，发现只有石膏0.26%和泥土物质0.22%的杂质。奇怪的是把这种盐用来腌制肉类却没有佛得角群岛的海盐那样好，一位布宜诺斯艾利斯的商人对我说他认为这种盐的价格比海盐要低50%，因此在这里常把从佛得角群岛进口的海盐和当地盐田的食盐混在一起。巴塔哥尼斯食盐品质非常低是因为纯度高，缺乏海盐的成分，我以为没有人会怀疑下面这个结论，因为最近发现的一个事实更能证明，这种盐对干酪的保藏是最好的，因为其中所含的潮解性氯化物非常多。

咸水湖的边界由淤泥形成，在淤泥中埋藏着无数巨大的石膏晶体，有的长度达3英寸，在淤泥表面还散布着硫酸钠的晶体。高乔人称石膏为"盐父"，称硫酸钠为"盐母"，他们说这些盐父盐母总是在湖水开始蒸发时出现在盐田的周围。湖边的淤泥呈黑色并带有腥臭味，最初我想不出造成这种情况的原因，但是后来我注意到，那些被风吹到岸边来的浮沫呈绿色，好像是被丝藻染了色一样。我本想把这种绿色物质带一些回去研究，但中途发生一点意外没能成功。从近处看一部分湖面像是淡红色的，这大概是水面有一些浸液虫类小动物的原因。很多地方的淤泥长满了几种蠕虫动物，也就是环虫动物。奇怪的是居然有一些生物能在盐水里生存，而且能在硫酸钠和硫酸钙的结晶体中爬来爬去，当湖面在漫长的夏季里变得干硬成为一层固体食盐的时候，这些蠕虫动物又会变成什么呢？有数目相当的火烈鸟栖息在这个咸水湖里，而且在此孵育雏鸟，在巴塔哥尼亚、北智利和加拉帕戈斯群岛，凡是有咸水湖的地方都能看见这些鸟。我看到这种鸟在那里涉水觅食，也许是在寻找那些埋在淤泥里的蠕虫动物，而这些蠕虫动物大概是以浸液虫类或丝藻为食的。这样一来这里就形成了一个适应于这些内地咸水湖而封闭的小生物世界。听人说，在里明顿附近的盐池里生活着无数微小的甲壳纲动物黄道蟹，但是只有在盐水蒸发后而浓度相当大的地方，也就是说大约在1/4磅盐对1品脱水比例的盐池中才有这种动物栖息。无论在咸水湖里，在火山底下隐藏的地下湖里，在温泉里，还是在辽阔无际、不可测量的大洋深处，还是在大气的高层空间，抑或在永久积雪的地面上，我们可以断定的是生物栖息的每一个角落里都有能维持生物生存的有机物。

内格罗河往北，在这条河和布宜诺斯艾利斯附近的居住地之间，西班牙人只有一小块殖民地，是最近在布兰卡港建立的。这里到布宜诺斯艾利斯的直线距离有将近500英里。骑马的印第安人游牧部落时常在这一带大部分地区出没，而且最近又大举抢劫过郊外的农庄，因此不久前布宜诺斯艾利斯政府在罗萨斯将军的指挥下装备了一支军队，目的是去消灭他们。这支部队现在驻扎在位于内格罗河北面约80英里处的科罗拉多河两岸，罗萨斯将军从布宜诺斯艾利斯出发后就以直线方向行军，穿过从未开辟的平原。以此方法彻底清除了印第安人以后，他每经过一段距离就留守一小队士兵和一些马匹（一处驿站），来维持这一带地区与首都的联系。由于比格尔舰预计要开往布兰卡港，所以我决定取道陆路到那里去，后来我又改变了计划，决定沿途走完到布宜诺斯艾利斯的各个驿站。

8月11日——一位侨居在巴塔哥尼斯的英国人哈里斯先生、一个向导和正有事要到驻军地去的五个高乔人与我结伴而行。前面已经提到过，科罗拉多河大约离这里有80英里，因为我们行路缓慢，在路上一共花了两天半。沿途一带都是荒漠。只在两口小井里找到一些饮用水，虽说是淡水，但现在是雨季，水仍带有咸味。这条路现在已经十分荒凉了，若是在夏天一定更令人苦恼。内格罗河的河谷很宽阔，完全是从砂岩平原上冲刷出来的，城镇建在河岸上，四周尽是平原，几处小河谷和洼地杂错其间。到处都呈现出贫瘠的景观，干燥的砾石土上生长着凋零的棕褐色草丛和低矮而稀疏的带刺灌木。

经过第一个泉源不远处，我们就看见一棵有名的树，印第安人把它尊崇为华列奇神坛。这棵树生长在平原的高处，是从很远的地方就可以看到的一个路标。一群印第安人一走近这棵树就会高声呼叫来向它祝拜，树本身很矮，有许多分支和刺棘，离近树根的树干直径大约有3英尺。它傲然挺立，四周没有任何树木，这的确是我们在路上看到的第一棵树，此后我虽然还看到一些同种类的树，但是这些树还是十分少见。冬季树叶脱落时，秃枝上系着许多细线，线端挂着各种各样的祭品，比如雪茄烟、面包、肉、布片。贫穷的印第安人不会随时随身携带比较好的祭品，只能是从土布外套上扯下几根细线把它系在树上。而那些比较富有的印第安人就会按照祭祀的习惯，对着某一个树洞倒下一些白酒和"马太"茶，同时还点燃酒，让火烧旺，向天上冒烟，认为这样才能最大限度地满足华列奇神。除此之外，为完成祝拜，人们把马宰杀作为祭品，因此在这棵树的周围到处都有白花花的马骨。所有的印第安人不管男女老少都要献上自己的祭品，他们认为只有这样才能保佑自己的马匹不会疲乏，诸事也才会顺利。这是一个高乔人告诉我的，他还说在和平时期，他曾经亲眼见过这种祝拜，而且他和另外几个高乔人时常静静地在那里等候，等到印第安人离去就从华列奇神那里偷走祭品。

在高乔人看来印第安人认为这棵树是上帝的化身，但在我看来他们更可能是把这棵树看作祭坛。我有这种想法的唯一原因是我以为它是一个处在危险道路上的路标，从这里能够遥看远处的文塔那山脉。一个高乔人告诉我说有一次他和一个印第安人骑马去科罗拉多河北面几英里的地方，当这个印第安人一看到远处的这棵树时就立即放声呼喊起来，同时双手抱住头，脸朝着文塔那山脉。他问印第安人这样做的原因，印第安人用不标准的西班牙语回答说："我是第一次看到这山啊！"走过这棵神秘的大树约2里格以后，我们停下来露宿。这时，那些目光敏锐的高乔人发现了一头不幸的母牛，就连忙追赶。几分钟后他们就用套索把它拖曳回来，并且把它宰了。我们在这里恰巧碰到了野外生存的四件必需品：喂马的牧草、水（只有一个泥潭）、肉和木柴。这些高乔人都兴致勃勃地去寻找这四件宝物，而我们则立刻动手来收拾这头可怜的母牛。这是我在野外露宿的第一个夜晚，我用马具充当床铺。高乔人自由自在的生活中，十分享受的就是他能在任何时刻勒住他的马说道："我们就在这里过夜吧。" 平原上死一般寂静，几只狗在一旁守夜，吉卜赛式的高乔人把床铺铺在野火周围，这生平第一次露宿过夜的景象在我心中留下了极其鲜活、永生难忘的印象。

第二天，我们经过和上面所说的情形相似的地方。这里栖息着各种数量不多的鸟兽，偶然可以遇见一只鹿或一只羊驼（野生美洲驼），可以时常遇见四足兽中的刺鼠，这种动物就相当于英国野兔。但是，在很多方面它却不同于野兔这个属，比如说它的后脚只有三个趾，此外它的身体约大一倍，重量可达20～25磅。刺鼠是沙漠的真正伴侣，在这儿经常可以看到下面的场景，三三两两的刺鼠紧挨着、不断迅速地跳跃，沿着直线穿过宽广的平原，从这里向北一直到塔巴尔根山脉都能见到它们的身影。在塔巴尔根山脉周围（南纬37°30′），这个平原突然变得很葱郁，气候也变得较为湿润，刺鼠的南方分布界线在希望港和圣尤利安港之间，两地并没有太大的差异。一个奇特的事实是，在圣尤利安港这个南方地区，如今虽然没有刺鼠，但舰长伍德在他1670年著述的《旅行记》里却说他们曾看到那里有大量的刺鼠。到底是什么原因导致了这一属动物在这个广大、荒芜而又人迹罕至的地区内的分布发生了变化呢？并且根据舰长伍德在希望港地区一天之内打死的刺鼠数目，我们可以看出当时的数量明显要比现在多得多。只要是有鼯居住和挖掘洞穴的地方，刺鼠就占穴而居，但是在布兰卡港地区没有鼯分布，因此刺鼠就得亲自挖穴。潘帕斯草原上的小鸮也有这样的习性，经常有人描述说小鸮像哨兵那样站在鼯穴的洞口。在拉普拉塔河东岸区由于没有鼯栖息，小鸮也就只好自己挖掘巢穴了。

第二天早晨，当我们走近科罗拉多河的时候，沿路的景色就发生了变化。不一会儿，我们就到了一片长满绿草的平原上，从这个平原上的花卉、高大的车轴草和小鸮来看，这里与潘帕斯草原很相似。我们接着走过一个相当辽阔的沼泽地带，这个沼泽夏天干枯的时候结了各种盐类的硬壳，因此称为盐壳沼。上面长着低矮的多汁植物，与海边生长的多汁植物同类。在我们渡河的地方，科罗拉多河的河面宽度大约有60码，比它的一般宽度要多一倍左右。河流弯弯曲曲，两岸生长着柳树和芦苇丛。听说从这里到河入海处的直线距离有9里格远，但是沿河乘船航行要走25里格。在我们乘木舟渡河时，正赶上几大群母马过河，跟着大队伍走向内地，因此我们被耽误了一段时间。我从来没有见过几百匹母马一批批都朝向一条路跑去，双耳直竖，鼻孔发出哼哼声，头部刚好露出水面，乍一看好像是大群的某种水陆两栖动物，这种景象真是十分滑稽。母马的肉是士兵们远征时的唯一食物，这有利于他们行军。马匹在平原上能耐得往长途驰驱，有人肯定地向我说一匹没有负重的马平均每天可以跑100英里，而且可连续跑很多天。

罗萨斯将军的营地靠近河边，营地是一个由运货马车、大炮和茅屋等构成的广场。他的士兵们几乎都是骑兵，但我认为我还从没遇到过一支像他们这样令人厌恶的强盗式的军队，其中大部分士兵是混血种，有黑人、印第安人和西班牙人的血统。我不知道到底是什么让我觉得这种人很少有善良的面孔，我曾向书记官出示了我的护照，他以一种十分严肃而神秘的态度盘问我，万幸我随身携带了一封布宜诺斯艾利斯政府[①]写给巴塔哥尼斯地方司令官的介绍信，我交给罗萨斯将军之后，他返给我一份十分亲切的复文，因此书记官的态度也转变了，笑容满面，态度温和。我们在一位古怪的老年西班牙人的茅屋里借宿，这位老人曾加入过拿破仑的军队远征俄国。

我们在科罗拉多停留了两天，这里四周都是沼泽，因此无事可做。夏季（12月）的时候，安第斯山脉山顶上的积雪融化，河水泛滥倒灌进沼泽里。我主要的消遣就是当印第安人来到我们住的茅屋购买一些小商品的时候观察他们的家庭情况，听说罗萨斯将军的印第安人盟友大约有600个，这些人身材高大、面貌英俊。然而之后在火地岛上看到的野蛮人，虽然面貌相同，但由于气候寒冷、食物缺乏、不够开化，样子看起来很可怕。一些作家在鉴定原始人种的时候将这些印第安人分为两类，但这种划分方法绝对是不正确的。这些年轻的妇女中甚至有几个可以称得上是美女，她们的头发粗乱，但乌黑发亮，她们把头发编成辫子下垂到腰际。她们的面色红润，一双双眼睛闪闪发光。她们的腿、脚和双臂要小一些，体态优美。她

[①] 我认为应该在这里非常明确地表示我对布宜诺斯艾利斯政府的感谢，因为它用亲切的态度为我这个在比格尔舰上的自然学家签发了一张可以通行全国各地的护照。

们在踝骨上，有时在腰部装饰着一串串粗大的蓝色珠子。没有什么能比印第安人的家属更令人感兴趣的了，一位印第安母亲经常带着一两个女儿，坐在一匹马上，到我们的茅屋里来。她们也像男人一样骑马，只是双膝抬起稍高一些，这大概是由于她们在旅行时经常骑坐在运货马匹的背上而养成的习惯。妇女们的职责是把货物装上马背或卸下马背，并且搭设晚上用的帐篷。男人们则要作战、打猎、照料马匹和制造马具。另外，他们主要的室内作业是把两块石头互相敲凿，使它们变成圆球，做成投球。印第安人就是靠这种武器去猎捕野兽并擒住自己的马匹，这些马匹时常在平原上自由行走。作战时印第安人首先用投球甩翻敌人的坐马，当敌人被困住倒在地上时就用"丘索"枪把他刺死。假如投球只是缠住了坐骑的头颈或者身体，那它们经常会被坐骑带走而丢失。把一对石头做成圆球要耗费两天的时间和精力，所以投球的生产在这里也就成为日常的工作了。几个男人和女人的脸上涂着红色颜料，但我从来没有看到他们的脸上涂有火地岛土人常见的水平条纹。他们引以为豪的东西是各种银制的器物，我曾经看见一个酋长带着银制的踢马刺、鞍镫、刀柄和马勒。用银丝做成的马络头和缰绳不及细鞭绳粗，所以看到一匹烈性马能够在一根如此轻质的银链下服从指挥的时候，人们就不禁敬佩这种马术的娴熟了。

　　罗萨斯将军说他想见我，对此我十分愉快。他是一个有着非凡性格的人，在这个国家的影响力极大，照此看来他将来很可能用这种影响力来促进国家的繁荣进步。[①]听说他是一个拥有74平方里格土地的地主，此外还有三十万头牲畜。他在庄园产业的管理方面十分得法，令人敬佩，他的庄园远比其他庄园出产的谷物多得多。首先他对自己的大庄园的管理有一套规则，训练了好几百人并成功地击退了印第安人的进攻，因而为自己赢得了声誉。有很多讲到他怎样严厉地推行自己所定规则的说法，其中有一项规定是无论任何人，一律不准在星期日携带佩刀，要是有人违反就要受到拘禁。他们主要是在星期日这天赌博和饮酒，经常发生争吵、拔刀相斗，

---

① 我这个预言可惜已经变成了十分不幸的错误。——1845年

因此常有人命伤亡。总督在一个星期日穿着礼服来参观罗萨斯将军的大庄园，他急忙出来迎接贵宾，腰间像往常一样还带着佩刀。管家便触碰他的手臂提醒他注意这一条规定，他在向总督问候以后表达了他的歉意，因为他一定要依照规定关到拘禁室里去，而且在被释放出来以前甚至无权去处理自己的家务事。不久之后有人劝管家去打开拘禁室让罗萨斯将军出来，管家刚打开门将军就对他说："你现在违反了规定，因此你必须代替我被关进拘禁室里。"这类规定让高乔人感到欣喜，所有的高乔人都具备平等和尊严的理念。

罗萨斯将军也是一个优秀的骑手，这个国家的人都认为骑马是一种相当重要的技能。一支征集起来的军队常用下面的方法来选出它的统帅，他们把一群没有受过训练的马赶到畜栏里以后，就让它们通过一道门跑出去，在门上安装一根横木，谁要是能够从横木上跳下去骑上一匹马，并且在它向外冲出去的时候在没有马鞍或马勒的情形下，不但能骑在马背上，而且还能把这匹马骑回畜栏的门口，那这人就能担当他们的统帅了。能做到这件事的人就被选为统帅，而且也确实能胜任这样一支队伍的统帅，罗萨斯将军也表演了这种卓越的技艺。

罗萨斯将军既精于骑术，又能遵循高乔人的习俗，穿高乔人的服装，因此在国内获得了很高的威望，结果他成了一名豪强。一个英国商人对我肯定地说曾经一个杀人犯在被拘捕以后，在审问他犯罪的动机时他答道："这个人说了不尊敬罗萨斯将军的话，我就把他杀了。"一星期以后这个杀人犯就自由了，这事显然是将军的手下人干的，而不是将军自己要这样做。

他在谈话时，富有热情和见地，同时也很严肃。他严肃到了相当的程度，我听到他的一个装疯卖傻的滑稽戏演员（将军有两个扮演老年男爵的滑稽戏演员）讲过一段趣闻："有一次我非常急切地想去听一支乐曲，我再三地向将军请求，他对我说：'你自己去吧，我正忙着呢。'我又去求他，他说：'要是你再来打扰，我就要惩罚你了。'但当我第三次去求他的时候，他便大笑起来。我看情势不妙就马上冲出帐篷，但太迟了，他命令两个士兵把我抓住绑在刑柱上。我呼喊所有天神的名字，乞求他放了我，然而一点用也没有。当将军大笑的时候，他不管疯子还是健康的人都一律惩罚。"这可怜的神经质的绅士，在回想到这种吊刑的时候看上去还十分悲痛。这种惩罚极其严厉，把四根木柱埋在地面上，将罪犯的双手双脚水平地捆缚在这四根柱上，让他的身体连续几个小时吊悬在空中，这种惩罚显然是受到当地时常见到的暴晒兽皮的启发。这一次会见，他的脸上没有露出一丝笑容，而我得到了护照和一道有权使用政府驿马的命令，当然这表现出他对我非常亲切并乐于帮忙。

清晨，我们动身去布兰卡港，走了两天才到。离开整齐的兵营以后，我们经过了印第安人的遮阳棚。这是一种圆形的帐篷，形状像焦炉，上面覆盖着兽皮，在每个遮阳棚的入口处，地面上都插着一支"丘索"枪。这些遮阳棚分成几组，分别由不同的酋长统领，每组遮阳棚再按照主人的亲属关系分成更小的组。我们沿着科罗拉多河的河谷行走了几英里，河边的冲积平原看上去十分肥沃，人们猜测这些地方很适合栽种谷物。沿这条河向北以后，我们就进入一块平原，那里就与这条河流南岸的情形不同了。那个地方虽然干燥、贫瘠，却还生长着很多不同种类的植物，野草干枯呈棕褐色，很是繁茂，长着刺棘的灌木反而很少。往前走不远，这些灌木就完全没有踪迹了，因此这些平原在没有树木覆盖的情况下变得光秃秃的了。植物的这种变化说明这里已是巨大的石灰黏土质冲积层，它构成了无边无际的潘帕斯草原，并且覆盖在拉普拉塔河东岸区的花岗岩之上。从麦哲伦海峡到科罗拉多河中间相隔大约800英里，这个地区的表面到处都是砾石，主要是斑岩产生的，可能它们是来自安第斯山脉的岩石碎块。在科罗拉多河以北这种砾石层就变薄变小了，所以这里也不再有巴塔哥尼亚特色的植物。

我们骑行约25英里后，来到了一个宽阔的沙丘地带，这些沙丘向东西方向延伸，一直到视线所及的远方。位于黏土层之上的沙丘能将雨水蓄积成小塘，于是这个干燥的地方就成了极其珍贵的淡水供应地。我们往往没有注意到的是土壤层的降低或增高有极大的好处，位于内格罗河和科罗拉多河之间，漫长道路上的两个可怜的水泉就是由于平原上有了稍微高低不平的地形而形成的，倘若没有这种地形，恐怕一滴水也没有办法找到了。这个沙丘大约有8英里宽，它在一段时期之前可能是今天这条科罗拉多河所流经的巨大河口的边缘地带。能证明这个地区是陆地最近上升的结果，只要考虑到当地的自然地理条件，任何人都难以否认这种推测。穿过沙丘地带后，晚上我们到达一处驿馆，一些新生的驿马在不远处吃草，我们决定在这里住宿。

这个驿站建在一条大约一两百英尺高的山岭脚下，这条山岭具有此地最显著的地貌特征。一位出生在非洲的黑人中尉管理着这处驿站，值得表扬的是在科罗拉多河和布宜诺斯艾利斯之间还没有看到过一个"郎乔"像这里的房间那样干净整洁。他为旅客提供了一个小房间，为马匹提供了一个小畜栏，这些全都是用木杆和芦苇做成的。此外，他还在房屋周围挖了一道壕沟，遭到攻击的时候用来防御敌人。但假如印第安人真的要来进攻的话，这种壕沟恐怕就不抵用了，有了这种防御设施也许能让人们觉得不至于白白地送掉性命。不久前，一支印第安人队伍在夜间经过这个地方，要是他们意识到这里有一处驿站，我们的黑人朋友和他的四名士兵一定会遭到杀身之祸。我在哪儿都没有遇到过像他这样文明和有礼貌的黑人，但不知为什么他在我们面前不愿坐下和我们一起吃饭，这令我十分苦恼。

第二天早晨，我们很早就派人去取马，准备另一次愉快的奔驰。我们途经卡韦萨·但耳·布埃，那是一个大沼泽的旧称，那个沼泽一直延伸到布兰卡港。我们在这里更换了最后一次驿马，沿着沼泽和盐泽走了几里格就开始跋涉在泥泞的道路上。我的马跌倒了，我全身都浸在了黑色的泥浆中，如果没有衣服更换那真是一个令人不快的意外了。我们在离开要塞几英里的地方遇到一个人，他告诉我们说此处刚才放过大炮，那表明印第安人已经来到附近。随即我们立刻离开大路沿着沼泽的边缘前行，当受到追击的时候能找到最好的逃生方式。我们很高兴进入了要塞的城围内，那时才知道这是虚惊一场，因为这些印第安人已经向罗萨斯将军投诚，服从他的调遣。

布兰卡港简直连村庄也算不上，这里的几幢房屋和军队的营房被深深的壕沟和坚固的围墙包围着。这是个建立不久（始建于1828年）的殖民地点，它的发展前途面临着一道困难，布宜诺斯艾利斯政府用暴力非法强占了这个地方，从这点来说他们还真不如西班牙总督英明，他们在内格罗河的旧殖民地附近扩张时曾向印第安人购买了土地。因此，必须筑好防御工事，只有少数房屋和小片耕地能设在围墙以外，为了避免印第安人的攻击，甚至连畜群也不敢放出围墙外。

比格尔舰准备停泊的港口离这儿有25英里，指挥官给我派了一个向导和几匹马送我到停船的地方，看看比格尔舰是否到达。我们离开那条小河两岸的平原以后立刻就进入了一片广阔平坦的荒野，地面上一会儿是沙土、盐滩，一会儿是无遮掩的淤泥。一些地方生长着低矮的灌木丛，而另一些地方却生长着只能在富含盐质的土壤上生长的多汁植物。这里的自然条件虽然十分恶劣，但却有大量的鸵鸟、鹿、刺鼠和犰狳。我的向导告诉我说两个月前他逃离了一场灾难，当时他和另外两人一同外出打猎，走到离这个地点不远的地方，突然遇到一队印第安人的追击，很快他的两个朋友被追上杀死了，他的马的脚也被投球的绳索缠住了，他马上跳下马来用刀子割断绳索放开马脚。这时他不得不绕着马走，躲闪敌人的"丘索"枪，但还是受了两处重伤。他跳上马鞍用尽所有力气奋勇奔跑，追敌的长矛幸好没有伤到他，敌人一直追到要塞附近才停止。从那时起上级就发布命令，不允许任何人远离殖民地点。我在出发以前没有听说过这件事，于是很惊奇地观察到我的向导每遇不远处有受惊吓跑出的野鹿时，就显得十分警惕。

当我们得知比格尔舰还没有到达之后，只好原路返回，但是马匹不久就疲劳不堪，只得在平原上安排露宿。第二天早晨我们捉到了一只犰狳，连甲一起烤熟，还是一道非常鲜美的菜肴，只是对我们这两个饥肠辘辘的人来说实在太少，算不上是一顿分量充足的饮食。我们过夜的地方，地面上覆盖着一层硫酸钠的硬壳，很明显这里是没有水源的。但这里竟然还有许多较小的啮齿动物在设法生存下去，而且半夜的时候就在我们下方的泥土层里，竟然有土库土科鼠发出的奇怪而短促的哼叫声。我们的坐骑非常可怜，由于上午没有喝到一点水它们很快就精疲力竭了，因此我们只好下马步行。大约在中午，我们的猎狗咬死了一只小山羊，我们便把它烤熟，吃了一些羊肉，但吃下后就感到难以忍耐的口渴。更加令人苦恼的是虽然这里最近才下过雨，路上到处都有清澈的潭水，但是一滴也不能饮用。我几乎有20小时没有喝上一口水，尽管仅有一段时间在炎热的太阳下行走，然而口渴令我的身体十分虚弱。我无法想象人在这种环境里怎么能够生活两三天，我不得不承认我的向导没有半点儿苦恼，令他惊奇的是一天不喝水就让我如此烦闷。

我曾多次提到过地面上覆被着一层盐类硬壳的现象，这种现象与盐碱滩完全不同，而且更为离奇。南美洲的很多地方，只要是气候中等干燥的地区都会产生这些盐类的硬壳，但我在其他地方都没有看到过盐类硬壳像布兰卡港附近那样大量存在。这里的盐类和巴塔哥尼亚的其他地方的盐类一样主要是由硫酸钠和少量食盐成分所构成，地面上的这些盐壳沼（西班牙人错误地称呼它们，误以为这些物质是硝酸钠）一遇潮湿便让广阔的平原变成了黑色淤泥，上面除了能生长一丛丛稀疏的多汁植物就看不到其他什么东西了。如果有人经过此地，经过一星期的炎热天气以后再回到这里来，他会十分惊奇地发现数平方英里的地面都变成了白色，就像下了一场小雪，到处都被风吹得堆成小堆。之所以产生这种现象，其原因主要是水分缓慢地蒸发后，就会在枯草、残留的树桩和泥土的碎块上面形成一层盐，这与水池底下结晶盐的形成方法是不同的。无论是在那些只高出海平面几英尺的平坦地面上，还是在河流两岸的冲积平原上都可以形成这些盐壳沼。帕尔却普先生曾经发现在离开海边几英里远的平原上的盐类硬壳主要是由硫酸钠构成的，其中仅含有7%的食盐成分，但在接近海岸的盐类硬壳中，食盐的含量就增加到了37%。这种情况诱使人认为硫酸钠是在土壤中由氯化钠生成的，在干燥的大陆缓慢上升的时候硫酸钠就留在了地面上。所有这类现象都很值得博物学家们留意，大家都知道耐盐的多汁植物含有很多硫酸钠，这些植物是不是都具有分解氯化钠的能力呢？那些富含有机质的黑臭泥会不会先产生硫黄，再产生硫酸呢？

两天之后我又骑马去了港口，在距离目的地不远的时候，我的同伴，也就是上次的那个向导，发现了三个骑马打猎的人。他立即下马，仔细地观察后说道："看他们骑马的姿势不像是基督教教徒，现在也没有人敢离开要塞。"这三个猎人结伴而行，一齐跳下马，后来其中一人又跃身上马跑向山背后便消失了。我的同伴说："我们现在必须上马，你把手枪装上子弹。"他也看了看自己的佩刀。我问："他们是印第安人吗？"他回答说："谁知道呢？如果他们不超过三个人，那就问题不大。"随后我产生了一个想法，刚跑到山背后的那个人是不是去召唤他部落里的其余的人呢。我把我的推测提了出来，但是我得到的答案却全都是"谁知道呢？"他的眼睛一刻也没有离开过观望远处的地平线，我觉得他异常冷静的神态十分地好笑，而且我还问他为什么不跑回去。他的回答让我很吃惊："我们现在要想回去，但是只能沿着靠近沼泽的一条路走，进入沼泽之后快马加鞭，直到不能骑马前行时，然后再放开腿跑，这样就不会有危险了。"我觉得这个方法很不可靠，于是便加速步伐前进。他说："不，他们没采取行动之前不用这样做。"在路上有高低不平的地段可以隐蔽我们的时候我们就骑马急驰，在不能遮掩的时候我们则又继续步行。最后我们到了一处河谷，向左方向快速骑马来到一个山丘脚下。他让我牵着他的马，让猎狗伏卧在地面上，他则用双手和双膝爬行前去侦察。他侦察了一会儿，随后却大笑起来喊道："是女人呢！"他认出来她们是少校儿子的妻子和小姨正在寻找鸵鸟蛋。我描写这个人的行为，他之所以如此是因为担心他们是印第安人。但是在发现荒唐的错误之后，他跟我讲了很多理由来说明他们不可能是印第安人的种种原因，此后再也没有谁提起此事。那以后我们就平安无事地到了一处低海岬阿尔塔角，在这里基本上可以完全看到布兰卡港巨大的海港。

一个宽阔的水湖被无数巨大的淤泥滩围住了，当地人把它们叫作蟹场，因为里面生活着数不清的小蟹。这种淤泥非常松软，在上面步行是不可能的。大多数淤泥滩上长着高高的芦苇，涨潮的时候只看得到它们的顶端。一次我们乘一只小船,在这些浅滩中迷了路,后来好不容易才找到一条出路。四周除了平坦的淤泥滩以外,就再没有其他东西了。尽管今天的天气不够晴朗,但光线的反射却十分厉害,或如水手们所表达的:"所有一切都朦朦胧胧。"我们的眼睛所看到的唯一物体不是水平面,而是地平线,芦苇看起来像飘浮在空中的灌木丛,水面看起来像是淤泥滩,而淤泥滩又像是水面。

我们在阿尔塔角过夜,在这里我忙于探寻动物的骨骼化石,此处是一个埋藏绝灭的巨型动物的地下墓穴。晚上天气十分晴朗,景色十分单调,海滩、海鸥、沙丘和孤独的兀鹰也别有一种情调。清晨,我们骑马折回原处,途中见到有美洲狮新踩的足迹,沿迹寻找却不见其踪影。除此之外,我们还看到一对美洲臭鼬,它是一种常见的臭味十足的野兽。通常看来,臭鼬的外形像是臭猫,但是它的体形要大一些,也粗壮一些。它清楚地知道自己的力量,不怕猎狗也不怕人,所以大白天也在空旷的平原上漫游。假如你放一只猎狗去追臭鼬,它就会喷出几滴腐臭的油,让猎狗的勇气顿时消失,这种臭油让猎狗极为恶心,呕吐不止,还流鼻涕。这种臭油无论落到什么东西上都会使其变得毫无用处,阿扎拉说这种臭气在1里格远的地方就能闻到,在驶入蒙得维的亚港的时候,在比格尔舰上我们不止一次从岸上吹来的风中嗅到过这种气味。确实如此,所有动物遇到臭鼬都要远远地避开。

第五章　布兰卡港

> 布兰卡港——地质——众多庞大的四足兽——最近的灭绝——物种的寿命——巨型的动物不需要茂盛的植被——南非洲——西伯利亚的化石——两种鸵鸟——灶巢鸟的习性——犰狳——毒蛇、蟾蜍、蜥蜴——动物的冬眠——海鳗的习性——印第安人的战争和屠杀——箭头古物

比格尔舰于8月24日到达布兰卡港，一星期之后又驶往拉普拉塔河。在舰长菲茨·罗伊的同意下，我留下来，经陆路去布宜诺斯艾利斯，我将在这里补做几次观察工作，尽管这次和上一次到这里访问时，也就是在比格尔舰进行港口测量工作的时候，我已经做过一些观察工作。

离海岸几英里远的地方有一块平原，属于大潘帕斯草原型构造。这种构造由两部分组成，一部分是淡红色的黏土，另一部分则由富钙泥灰岩组成。离海岸较近的地方，有几处由上层平原的碎块所构成的平原，但还有一些平原是在陆地缓慢上升的时候，通过海水扬起的泥浆、砾石和沙土形

成的，大陆的上升可以从上升的河床里存在近代的贝壳类软体动物和浮石的圆砾散布各地这两方面加以证明。我们在阿尔塔角可以发现这种最近形成的一个小平原的断面，这些小平原令人极感兴趣，因为其中埋藏着无数巨大而奇异的陆生动物遗骸。欧文教授在《比格尔舰航行期间的动物学成绩》这部书里详细地描述过这些动物，它们的骨骼现在就保存在外科医学院里，我准备简要叙述一下它们的性质。

第一是大懒兽，从名字就可以体现出他们的巨大体型。第二是巨树懒，与大懒兽同属一系。第三是臀兽，它也与前两种动物同属，我曾获得了它的差不多整套骨骼，从骨骼来判断，它一定和犀牛一般大，就它的头骨结构来说欧文先生说它与好望角食蚁兽最相近，然而从其他几方面比较来看它又类似犰狳科动物。第四是磨齿兽，它与上述一属有密切的亲缘关系，只是身体稍小些。第五是一种巨大的贫齿目四足兽。第六是一种巨大动物并具有一种极像犰狳的背甲的骨质外壳。第七是一种已经绝种的马，我以后再述说它的情况。第八是一颗牙齿，它可能属于厚皮类动物，也可能属于马克鲁兽。马克鲁兽是一种长有与骆驼相似的长颈的巨大动物，我以后再详细叙述它。最后是箭齿兽，它或许是曾发现过的最奇特的动物之一，在尺寸上它接近大象或大懒兽，然而按照欧文先生的观点，它的牙齿构造足以证明它与啮齿目动物有密切的亲缘关系。啮齿目属于现代包括大多数最小四足兽的一个目，它在很多细节上与厚皮类动物类似，从它的眼睛、耳朵和鼻孔的部位加以判断可能是一种水生动物，就如同儒艮（人鱼）和海牛，而且与海牛是同属，令人惊讶的是现代的几个彼此分得很清楚的目所具有的特点，竟在箭齿兽身体结构的不同部位上混合在一起了。

上述九种巨大的四足兽遗骸和那些零散的骨块发掘于一个200平方码面积的海滩上，大量不同的物种竟在一起被发现，这的确是一件值得注意的事，这就证明了古代动物一定曾经大量聚居在这个地方。我在距离阿尔塔角大约30英里的一个红土悬岩里找到了数块兽骨碎片，其中有几片很大，这些碎片还有一种啮齿目动物的牙齿，从尺寸和形状上来看，很接近水豚的牙齿。之前我已经讲过水豚的习性，由此判断它或许是一种水生动物。

除此以外，还包括一部分栉鼠属的头骨，尽管这种物种和土库土科鼠不同，但大体上非常相似。埋藏这些遗骸的红土与潘帕斯草原的红土完全类似，艾伦贝格教授考察这种红土时，从中找出了8种淡水和1种咸水的浸液虫类小动物，由此判断它很可能是河口的冲积层。

这些动物的遗骸在阿尔塔角都埋藏在分层的砂砾和淡红色的淤泥里，正如海水现在可以冲刷那里的海岸表面一样，过去海水可能也是那样冲刷着。这当中包括23个贝类的物种，有13个物种现在还存在，另外还有4个物种和现存的类型十分接近。① 臀兽的骨块，包括它们的膝盖骨，当埋藏在地下的时候都保存在它们原来的位置，那个类似大犰狳的动物骨质甲壳也保存得非常完好，而且与它的一条腿骨还连在一起。② 由此断定，当这些遗骸和贝类沉积在砾石里的时候，它们一定是新鲜的并且还与韧带紧紧相连。由此我们可以证明上述巨大的四足兽和现代四足兽之间的差异，要比和欧洲第三纪最古老的四足兽的差异大，因为后者存活于世时，大部分现代海生动物已经居住在海洋里。我们由此可以相信莱尔先生常常坚持的一条非凡定律，即："哺乳类物种的寿命普遍比介虫类物种的寿命要短一些。"

大懒兽、巨树懒、臀兽和磨齿兽这些大懒兽类动物的骨块巨大得令人惊讶不已，最近欧文教授③用他惊人的智慧解决了这些动物的生活习性问题，博物学家们一直认为这是一个难解之谜。这些构造简单的牙齿表明，大懒兽类动物是以植物性食物为生的，而且很可能是以树叶和小树枝为食

---

① 那以后，阿尔西德·得·道尔比尼先生研究了这些贝类软体动物，他认为这些软体动物都属于现代物种。

② 最近，奥古斯特·勃拉瓦尔德先生在一本西班牙文的著作里，讲述了这个地区的状况（《地质考察》，1857年）。他认为这些古代哺乳动物的骨骼是从下面的潘帕斯草原冲积层里被冲刷出来的，后来就同这些现存的贝类软体动物埋藏在一起了。然而，他的结论难以令我信服，勃拉瓦尔德先生认为巨大的潘帕斯草原冲积层是一种像沙丘那样的地面冲积层，我想这是没有根据的说法。

③ 这个理论先是在《比格尔舰航行期间的动物学成绩》这部书中得到了发展，随后又在欧文教授著述的《磨齿兽记述》里得到了进一步阐释。

的。它们的笨重躯体和巨大坚硬而弯曲的脚爪看起来很不适宜行走，所以有几位杰出的博物学家坚定地认为这些动物一定像与它们有密切亲缘关系的树懒那样，能仰着在树上爬行来吃食树叶。但要是设想大洪水以前的树木有如此坚强的树枝竟然可以支撑像大象般大的巨大动物，那么这种想法就算不荒谬那也太大胆了。欧文教授提出了一个更令人信服的可能性，他认为它们并没有爬上树，而是先把树枝拉下来或者把小树连根拔起然后才吃树上的叶子。在没有看到它们的骨骼以前很难想象它们身体的后部竟然如此宽大和笨重，而这一点对它们而言并不是什么累赘，相反却有明显的好处，因此表面上的笨拙便不复存在了。当它们把自己的大尾巴和一对粗厚的脚后跟呈三脚架状牢牢地固定在地面上时，它们就可以自由地发挥强有力的前肢和巨爪的所有力量，一棵树确实要深深地扎根于地下才能抵抗得住这种力量。另外，磨齿兽还有一条如长颈鹿般可以伸展的长颈，在大自然赐予的长颈的帮助下，长颈鹿才能吃到树上的叶子。我还可以提出，据布罗斯所述，当阿比西尼亚的象在不能用长鼻触到树枝时，它们就用象牙来来回回地在树干周围刻出深深的沟痕直到树干脆弱得可以折断。

　　内含古代动物化石遗骸的那些河床位于高水位以上仅15～20英尺的地方，因而可以看出在这些巨大的四足兽栖居在周围平原上以后，陆地的上升高度到现在也很有限（我们还不能证明这期间穿插着的沉陷期），而且当时该地区的外貌一定也与现在极为相似。自然而然我们会提出这样的问题：在植物界，那个时期的特征到底会是怎样的情况呢？这个地区当时是否也像现在这般贫瘠呢？根据大量被埋藏在土层里的贝类和现在生存在海湾里的贝类相同这一点，起初我认为从前的植物界很可能与现存的植物界类似，然而这可能是一个不太正确的推论，因为有几种相同的贝类也生存在巴西草木茂盛的海岸，通常根据海洋生物的特征来判断陆地上的生物的特征是无效的。尽管如此，只用布兰卡港周围平原上曾经生存过许多巨大四足兽这个简单事实，就去判断这个地区以前也曾有过繁茂的植被，我是不赞同的。当然，我毫不怀疑在内格罗河附近偏南方分布着多刺树木的贫瘠地区能维持大型四足兽的生存。

巨大的动物需要有一个繁茂的植物界这个假设在过去每一部著作里都不断地被提出，可是我可以不假思索地说这种说法完全是毫无依据的，而正是这种说法使地质学家们难以理解世界古代地质史的某些非常重要的问题。这种偏见或许来源于印度和东印度群岛，因为在那里，象群、壮丽的森林和不通行人的丛林紧密结合在一起，印在每个人的脑海里。然而，我们要是查阅任何有关南非洲的旅行方面的书籍，几乎在每页上都会得到一种暗示，这地区具有沙漠的特性并且还有无数的巨大动物曾生活于此，同样地，很多非洲内陆各地的图画也能清楚地证明这一点。在比格尔舰停泊在开普敦的时候，我到这个地区做过一次为期几天的考察旅行，这次考察使我更加深刻地体会了以前阅读过的知识。

最近安德鲁·史密斯博士率领他的探险队在南非洲成功穿越了南回归线，他跟我说与整个南非洲相比那里无疑是一处贫瘠的地方。在南部和东南部的海岸上有几处长势良好的森林，然而除此之外，连续数天，旅行者走过的都是只生长着的一些稀疏植被的空旷平原。要用一个准确的概念来表达此处的肥沃程度，的确是一件困难的事，但是可以稳妥地说，在每年的任何季节里大不列颠单位面积上植物的总数，①大概比南非洲内地的相同面积上的植物总数要多出10倍。这个事实显然可以使人对这个地区植物稀少的程度有更明确的认识，在南非洲除沿海地区以外，牛车能够往任何方向行驶，只是偶尔会遇到灌木丛则需要花费大约半小时去除掉它们。假如我们注意栖居在这些广阔平原上的动物，就会发现它们的数目格外庞大而且体型十分巨大，我们还必须罗列出这个地方的象和犀牛的三个物种（按史密斯博士的说法可能还有犀牛的两个种）、河马、长颈鹿、卡弗尔水牛（它的身体有成年的公牛那样大）、鹿牛（它比成年的公牛要小）、两种斑马、泥马、两种格奴羚（角马）和甚至比格奴羚更大的几种羚羊。我们还可以这样假设，虽然物种数目众多，然而每个物种的数量却很少。史密斯博士的热情帮助使我明白实际情形是完全不同的，他告诉我说有一

---

① 我用这几个词的原因在于并非在此谈论那个可在一定时期里连续产生和消灭的植物总数。

次他乘牛车在南纬24°的地方走了一天，一直没有离开正道，途中他看见了犀牛的三个不同物种，有100～150头，在那天他还看见了总体数量大概有100头的几群长颈鹿。尽管没有遇见象，但象在这个地方栖息是确定的。从他们上一夜的宿营地出发后，大约1个多小时行程中，他们在一条河边竟杀死了8只河马，看到的河马更多，在这条河里他们还发现有鳄鱼。诚然，能看到这么多的巨大动物聚集在一起并不是常事，但它也有力地证明了它们一定是在那个地方大量地存在的。史密斯博士在描写那天的情形时这样说："地面上只有很稀疏的草，灌木丛约有4英尺高，木本的含羞草类植物就更少了。"他们所乘坐的牛车沿着近乎直线的方向前行，并没有遇到阻碍。

除了这些大型动物之外，每个只了解一点好望角自然史情况的人都熟知那里有成群的羚羊，它们可以和候鸟群相比。的确，从狮、豹和鬣狗的数量和数不清的食肉鸟这一方面就可以明白这里生活着十分丰富的小型四足兽，一天晚上就有七头狮子同时潜行在史密斯博士的宿营地周围。这位有才干的博物学家对我说，在南非洲每天动物彼此残杀的情形实在令人恐惧。我承认这么多的动物能够生存在这样一个出产少量食物的地方的确让人吃惊。一些大型四足兽必定要在广阔的平原上到处行走以寻找食物，它们主要以那些下层矮树为食，也许这些体积不大的植物体内含有丰富的营养物质。史密斯博士还告诉我，这些地方的植物能快速生长，在一块地方的矮树还没有被动物吃光之前，就又生长出来新的嫩叶了。可是毫无疑问我们对大型四足兽所需要的食物数量巨大的看法太言过其实了，应该记住身体相当庞大的骆驼却被看作沙漠的象征。

我们应该注意到，凡是大型四足兽生存的地方就必定生长着茂盛的植物这一观念显然离真实情况相去甚远。柏奇尔先生根据他的观察告诉我说，一踏入巴西，他就觉得没有什么比南美洲植物界的壮丽景象更能打动他的了，这种景象和南部非洲植物界的贫瘠状况形成了鲜明对比，可是巴西却缺乏任何大型四足兽。他在《旅行记》里提出，如果把这两个地区相同数目的最大型草食动物的各自体重（如果资料充分的话）比较一番，将令人震惊。假如我们把南部非洲的象、①河马、长颈鹿、卡弗尔水牛、鹿牛、犀牛的三个或五个物种列为一方，再把南美洲的两种貘、羊驼、三种鹿、骆马、西貒、水豚列为另一方（我们在水豚后面还得从猿猴中选出一种来充实这个对比的数目），然后把这两组动物依次排列，难以想象这两列动物的排列与它们的大小是成比例的。根据上面的事实，就迫使我们做出一个和以前所说的可能性相反的结论：②从哺乳类动物来看，各个物种的身体大小与它们栖居地植物的数量多少之间并没有密切的关系。

关于大型四足兽的数目，在地球上没有一个地方比得上南部非洲，根据上述各种记载可以知道，这个地方极其荒凉的地貌是毫无争议的。在世界上的欧洲板块，我们要回到第三纪才能找到其哺乳类动物与好望角现今生存的哺乳类动物相似的状态，因为在某几个地方找到了几个世纪里堆积起来的大型动物遗骸，因此我们很容易得出结论，在第三纪时这些动物的数目大得惊人，然而恐怕我们还不能说在那个时代欧洲的大型四足兽比现代南部非洲的大型四足兽更多。假如我们考虑一下这个时代植物的生存条件，我们至少可以认为那时候的条件和现代的条件是相似的，只是不一定有茂盛的植物界。而我们看到好望角的情形也完全不同，那里呈现一片荒凉的景象，也不必非要有茂盛的植物界这个条件了。

---

① 在埃克塞特城曾经杀死一只象，它的体重（把它分割开以后称重）估计有5.5吨。有人告诉我，母象的重量约比公象少1吨；因此我们可以认为成年象的平均重量是5吨。听说在萨里动物园里，有一只运到英国来的河马，在它被分割成碎块以后称重约有3.5吨重；我们可算为3吨重。从这些资料来看，我们可以把五种犀牛的每头平均体重估计为3.5吨；把长颈鹿的体重估计为1吨，把卡菲尔水牛和鹿牛的体重估计各为半吨（鹿牛是一种巨大的牛、重1200～1500磅）。这10种南美洲最大的草食动物的每头平均重量就是2.7吨（从上面的估计数字来计算）。在南美洲，我们可以把两种貘的体重估计为1200磅，把羊驼和骆马的体重估计为550磅，把三种鹿的体重估计为500磅，把水豚、西貒和猿的体重估计为300磅，于是得出它们的平均重量为250磅；我认为这个数字有些夸大。因此，这两个大陆上的10种最大动物的体重比列为6048∶250，就是24∶1。

② 假如我们认为格陵兰鲸骨骼化石的发现，能够让自然学家知道现在已经没有另一种像鲸那样的巨型海洋动物，那么这个自然学家是否会有胆量说，一个有巨大体躯的动物，能靠那些生存在极北冻寒海域微小的甲壳纲动物和软体动物生存吗？

我们知道，①北美洲的边远地区有几英尺深的永久冻土地带，从那里往北很远的纬度带里都生长着高大的树木。同样的情形在西伯利亚也存在，在北纬64°的地方生长着桦树、冷杉、山杨和落叶松，那里的平均气温比冰点还低，所以泥土被完全冻结，埋藏在其中的动物尸体也被完好地保存下来。根据这些事实，我们必须承认，单就植物界的数量而言，在离现代很近的第三纪，大型四足兽大概可以生活在欧洲和亚洲北部的大部分地区，而这些大型动物的遗骸正是在这些地方被挖掘出来的。在此我不谈论这些动物生存所需要的植物的种类，因为既然已经有了当地物理变化的证据以及这些动物已经绝灭的事实，我们就可以推断植物的种类也同样被改变了。

我还想再谈一下西伯利亚的冰层里的动物，有些人认为大型动物的生活必须依赖茂盛的热带植物来维持，这种顽固的信念不可能与那些动物永久冻结的事实相协调，因而就成为气候突变论和毁灭性灾难理论的主要思想来源，而这些理论又被用来解释这些动物被埋葬的情况。我不认为从这些动物所生存的时代到被埋藏在冰层里直到现在这一段时间内气候没有发生什么改变，现在我只是想说明单就食物的数量而言在现在的气候条件之下古代的犀牛也能够在西伯利亚中部的干草原上漫游（那时西伯利亚的北部地区可能还在海水下面），这种情形正像那些现存的犀牛和象在南部非洲的干旱草原里漫游那样。

我现在谈谈在北巴塔哥尼亚荒无人烟的平原上常见的几种比较有趣的鸟的习性，先来谈谈最大的南美鸵鸟。这种鸵鸟的一般习性人人皆知，它们以植物为食，比如植物的根叶和草。在布兰卡港，我曾时常看到有三四只鸵鸟在低水位时走到逐渐变干的宽广的泥岸边，高乔人说这是为了吃食小鱼。尽管鸵鸟胆小，机警，喜欢独居，步速快速敏捷，然而印第安人和

---

① 参见理查森博士著述的《舰长巴克的探险队的动物志》。他在书里写道："北纬56°以北的下层土壤是常年冰冻的。海边地面的解冻深度不超过3英尺；在熊湖附近，也就是在北纬64°地区，解冻的深度还不到20英寸。下层土壤的冻结并不会让植物毁坏。因为在离海岸一段距离处的地面上，依然生长着茂盛的森林。"

高乔人用投石索就可以毫不费力地捉住它。几个骑马的人围成半圆形的时候，鸵鸟就会惊慌失措，不知道朝哪个方向逃跑。通常情况下它们更爱逆风奔跑，然而它们一开始奔跑就把双翼张开，像一只只张满帆的船。我在一个炎热的晴天看到几只鸵鸟走进一片高高的芦苇丛里，它们蹲伏着藏匿在芦苇丛里，直到我非常接近它们时才跑开。鸵鸟爱好游水通常鲜为人知，金先生告诉我，在巴塔哥尼亚的圣勃拉斯湾和发尔得司港，他看到鸵鸟一次又一次从一个岛向另一个岛游去。当它们被迫跑到海岸边，或者是没有受到惊吓而自愿跳入水中，它们能游到200码远的地方。游泳的时候，它们的身体只有很少一部分露出水面，同时略微向前伸长颈部缓慢前行。有两次我看到几只鸵鸟游过圣克鲁斯河，它们游过的那一段河面大约宽400码，而且水流很急，舰长斯特尔特在澳大利亚的马兰比吉河向下游航行的时候，也曾看见两只澳洲鸵鸟游水。

即使隔得很远，当地居民也能轻易辨认出鸵鸟的雌雄。雄鸵鸟体形较大，羽毛的颜色较深，①头部也大一些。我认为是雄性鸵鸟会发出的一种单一的、低沉的咝咝的叫声，第一次听见这种叫声时，我正站立在几个沙丘之间，我判断不出这声音来自何方，也不知离我们有多远，因此误认为是野兽的嗥叫声。在9月、10月我们逗留在布兰卡港期间，鸵鸟蛋随处可见。这些蛋零乱地散布在地面上。这样的蛋绝不可能孵化出来，西班牙人把它们叫作"乌阿乔"。有时鸵鸟也把蛋集中放在自认为是巢的浅穴里，我曾经看到4个鸵鸟巢，其中三个巢各有22枚蛋，第四个巢里却有27枚蛋。有一天，我骑马打猎时曾找到64枚鸵鸟蛋，其中有44枚被鸵鸟分别放在两个巢里，其余的20枚蛋都散乱在地上了。高乔人一致认为只有雄鸵鸟才孵蛋，过了一段时间以后它就和幼鸟一起结伴而行，因此我们没有理由对此持怀疑态度。在孵蛋的时候，雄鸵鸟会全身紧贴在地面上，我一次骑马经过，差点就从一只正在孵蛋的鸵鸟身上跨过去。据说在孵卵期间鸵鸟会变

---

① 一个高乔人向我保证他有一次看到一只羽毛雪白的鸵鸟变种，也就是白化病变种，那是一只非常漂亮的鸟。

得异常凶猛，会不顾危险进攻骑马人，用脚踢他然后越过他的身体。那个对我讲述这些话的人指着一个老年人告诉我说，他看到这个老年人曾被一只鸵鸟追得惊吓不已。我在柏奇尔所著的《南非洲旅行记》里曾看到这样一段记事："曾经杀死了一只雄鸵鸟，它的羽毛很脏，霍顿托特族人说它是一只孵蛋的鸵鸟。" 我知道动物园里的雄鸵鸟是伏在巢中孵蛋的，因此这种习性是鸵科鸟类所共有的。

所有高乔人都毫无异议地断言经常有几只雌鸵鸟在同一个鸟巢里产卵，有人告诉我，中午时，他看见四五只雌鸵鸟接连走到同一个巢里去产卵。我可以补充说明，非洲人都相信经常有两只或者多只雌鸵鸟在一个巢里产卵。尽管起初这种习性看似很奇怪，但我认为一个简单的方法就可以解释它的原因，每个鸵鸟巢里有鸵鸟蛋20～40枚，有的甚至高达50枚，根据阿扎拉所述，有时一个巢里的鸵鸟蛋竟达到七八十枚。这一地区的鸵鸟蛋数量远远超出成年鸵鸟的数量，在产卵期雌鸵鸟有可能要产下大量的蛋，而且所需要的时间一定很长。阿扎拉说，有一只家养雌鸵鸟生下了17枚蛋，其间每隔三天就下一枚蛋。假如雌鸵鸟被迫去孵自己的蛋，在最后一枚蛋生下以前它的第一枚蛋很可能已经腐坏变质了。然而假如每只雌鸵鸟到不同的巢里去连续下几枚蛋，并且像上述的情形那样几只雌鸵鸟联合在一起下蛋，这一个巢里所集合的蛋的产期就近似相同。我以为倘若每个巢里的蛋的数量平均起来还没有每只雌鸵鸟在产卵期中生下的蛋数，那么这时它们的巢数就应该与雌鸵鸟的只数一样多，这样每只雄鸵鸟都会分到一份均等的孵蛋工作，在雌鸵鸟还没有下完蛋的时候它们很可能不能去做孵蛋的工作。在前面我已描述地面上有大量"鸟阿乔"，也就是弃蛋，结果在一天的打猎的时候，我就找到了20枚这样的弃蛋。似乎很奇怪竟有如此多的弃蛋，产生这样的原因是不是因为几只雌鸵鸟很难联合在一起并且难于找到一只雄鸵鸟来担任孵蛋工作呢？很明显最初至少在两只雌鸵鸟之间一定有某种程度的联合，不然它们的蛋就会散落在广阔的平原上，这样的话雄鸵鸟就会很难将彼此距离很远的蛋收集到一个巢里去。几位著作家判断这些散乱的蛋储存在一起是为了充作幼鸵鸟的食物，在美洲这种情况几乎不会发生，因为"乌阿乔"虽然时常腐烂变质，但一般是完整不破的。

在北巴塔哥尼亚的内格罗河边逗留时，我曾多次听到高乔人讲起一种叫作小种鸵鸟的非常稀有的鸟类。据他们所说它的身体比普通鸵鸟小（在这里普通鸵鸟的数目庞大），然而在外形上这两种鸟又很相似。他们说这种鸟的羽毛颜色深暗而且有斑点，双脚较短，其羽毛要比普通鸵鸟的羽毛长得更低些。同普通鸵鸟相比它更加容易被投石索捕获，有少数看到过这两种鸵鸟的当地居民很肯定地说在很远的地方他们也可以把它们区分开来。然而小种鸵鸟的蛋更为人熟知，只要看到过这种蛋的人都会惊讶地说它只比美洲鸵鸟蛋略小些，而且形状略有不同，带有淡青色。这个物种在内格罗河两边沿岸的平原上很少出现，然而离此纬度约1.5°以南的地方却相当繁多。我们在巴塔哥尼亚的希望港（南纬48°）停留期间，马滕斯先生曾射杀一只鸵鸟，我以一种非常粗枝大叶的态度审视一番，把它误认为还没有长大的普通鸵鸟，而那时关于小鸵鸟的知识被我忘得一干二净。在我想起这可能是小鸵鸟时它已被煮熟吃掉了，幸好它的头、颈、双腿、双翼、很多较长的羽毛和一大块皮肤还被保留了下来，随后我东拼西凑用它们做成了一个近于完整的标本，现在还陈列在动物学会的博物馆。古尔德先生描述这个新种时，为表示对我的敬意，就用我的名字给它定名。

我们在麦哲伦海峡的巴塔哥尼亚的印第安人中，曾经遇到一个混血的印第安人，他和当地的部落已经共同生活好几年了，但他却是出生于北方。我曾问他是否了解小种鸵鸟，他回答说："为什么这么问呢？要知道在这里的南方地区，是没有其他物种的。"他还告诉我说，这种鸵鸟巢里的蛋数要比另一种鸵鸟巢里的蛋数少得多，也就是说平均起来这种鸟每个巢里的蛋数不超过15枚。然而他又坚持说每个巢里不止一只鸵鸟产卵。我们在圣克鲁斯河看到过几只这种鸟，它们非常机警，我认为它们能够在遥远的人眼所看不清的地方看见走过去的人。在我们沿着河流向上游骑马驰行的时候，只看到少数几只这种鸟，然而在我们向下游疾驰回去的时候，就看到了很多只这种鸟四五只聚集在一起，我们还注意到这种鸟在开始全速奔跑时并不像北方的鸵鸟那样张开双翼。总体来说，据我观察，普通的南美鸵鸟栖居在拉普拉塔河绵延到内格罗河稍南的南纬41°为止，然而达尔文鸵鸟却选址在南巴塔哥尼亚，因此内格罗河沿岸就成为这两种鸟的中间区域。道尔比尼先生[①]在内格罗河旅行的时候曾奋力去捕捉这种鸟，却没能将其捉住。杜勃利茨霍费尔很早就知道在这里有两种不同的鸵鸟，他说："你还要明白鸵鸟的身体大小和习性在大陆的各个不同地方不尽相同，栖居在布宜诺斯艾利斯附近平原和土库曼的鸵鸟身材高大，有黑色、白色和灰色的羽毛。然而在麦哲伦海峡附近的鸵鸟，身材要小一些，羽毛也更美丽一些，因为它们白色羽毛的尖端带有黑色，而黑色羽毛的尖端又是白色的。"

经常在这里能够看见一种叫作替诺丘鸟的奇特小鸟，从它的习性和一般外貌看来，它差不多兼有鹌鹑和沙锥各一半的特征，虽然这两种鸟并不相似。不管是在荒瘠的平原上还是在开阔的干燥牧场上，在南美洲南部所有地方都可以遇见替诺丘鸟属。它们时常成双成对地或结成小群出没于最荒无人烟的地方，这些地方其他生物几乎无法生存。有人走近它们的时候，它们就紧贴地面蹲伏着，人们则很难把它们与周围地面背景区分开来。觅食的时候，它们行走十分缓慢，双腿也远远地分开。它们时常出没于路上和沙土地面上等特定地点，并在那里逗留许多天，也像鹌鹑一样喜欢结队飞翔。在所有这些方面，易于消化植物性食物的肌肉嗉囊、弯曲的喙、肉质的鼻孔、短腿与脚部形态，都表明替诺丘鸟属和鹑属有密切的亲缘关系。然而当这种鸟飞翔时，其外貌就发生了变化，它的一对端部尖削的长翼与鸡形目的双翼并不相似，它不规则的飞行方式以及起飞时发出的凄婉的叫声让人感觉它好像是沙锥。比格尔舰上的猎手们都一致把它叫作短喙沙锥。事实上它的骨骼表明，它与沙锥这一属有亲缘关系，或者更加确切地说，它与涉水鸟科有亲缘关系。

[①] 当我们停留在内格罗河一带的时候，曾经听到这位自然学家做了许多艰苦卓绝的研究工作。道尔比尼先生曾在1825—1833年，旅行了南美洲的广大地区，去采集标本，并且最近把他的研究结果刊印成专集；这个著作立刻使他在南美洲的旅行家名录中，被列为仅次于洪堡的地位。

替诺丘鸟属和南美洲另外几种鸟有密切的亲缘关系。阿塔其鸟属的两个物种，几乎在所有方面都具有松鸡的习性，其中一个物种生活在火地岛的森林带界线以北的地区，而另一个物种生活在中智利的安第斯山脉，紧靠在雪线以下的地带。另外还有一种亲近属系的白色奇昂鸟，它们栖居在南极地区，以退潮后露出水面的岩礁上的海藻和贝壳类为食，虽然它们不是蹼足动物，然而由于它们有一种无法解释的习性，常常在很远的海洋里能够看到它们。尽管由于这一小科的鸟同其他科的鸟有各种不同的关系，会对现在分类的博物学家们的工作造成一些困难，可是最终会对揭示从古至今所共有的宏伟计划有所帮助，生物群落就是根据这一宏伟计划而创造出来的。

灶巢鸟属包括几个物种，它们都是小鸟，以地面上的食物为生，栖居在开阔的干燥地带。在身体构造上它们不能和任何欧洲类型相比，鸟类学家通常把它们归到旋木雀科里去，但是它们的各种习性都与旋木雀鸟截然不同。普通的拉普拉塔灶巢鸟是其中最有名的一个物种，被西班牙人叫作"卡沙拉"或造屋鸟。灶巢鸟得名于它的巢的形状，它经常把巢筑在最显眼的地方，比如标杆的顶端、裸露的岩石表面上或者仙人球上面。它用淤泥和短藁杆来筑巢，在外形很像炉灶或者是凹陷的蜂巢，鸟巢的四壁坚固而厚实，它的出口巨大呈拱形状。在巢里边正对着出口处筑有一道几乎可以直达巢顶的间壁，这样就形成了一条走廊或是通向真巢的接待室。

另一个更小的灶巢鸟属的物种也像灶巢鸟一样，羽毛大体上呈淡红色，尖叫声特殊而不断重复，起跑的样子也很奇怪。由于它和灶巢鸟相似，西班牙人就把它叫作"卡沙利塔"或是小造屋鸟，但是它的筑巢方式却迥然不同。"卡沙利塔"在一个狭长的圆形洞穴底部筑巢，听说这个洞穴在地面下沿水平方向伸展的长度有6英尺。有几个本地居民告诉我说，在他们还是小孩的时候就曾试图去挖掘出这种鸟巢，然而却从来没有成功地挖掘到洞穴通道的底部，这种鸟可以把巢筑在路旁或者河边的坚硬沙土等任何低矮斜坡上。在布兰卡港，房屋四周的墙壁都是用坚硬的淤泥筑成的，我留意到在我居住的院子周围的一面土墙上，大约有二十个被挖成圆形的洞穴，我问房主这种情形是怎样发生的，他愁眉苦脸地说他这是小"卡沙利塔"的杰作，后来我看到过几只小鸟在做这种钻墙的工作。奇妙的是，我曾发现这些鸟对厚度的概念一定丝毫不知，因为虽然它们经常在钻低矮的墙壁，认为这墙壁是一种筑巢的良好斜坡，因此继续白费心机地钻打墙孔，毫无疑问这些鸟在每次钻透墙壁看见土墙另一面的日光时，必定会对这个不同寻常的事实大为惊诧。

我已经举出了这个地方几乎所有常见的哺乳动物。有三个犰狳科物种生活于此，即小犰狳、软毛犰狳和"阿帕尔"，第一个物种要比所有其他物种向南分布得更远，达到南纬10°的地区。还有第四个物种"茂里塔"，它朝南的分布还达不到布兰卡港。这四个物种具有近乎相似的习性，但软毛犰狳是夜行动物，而其余物种都是白天行走在空旷的平原，它们都以甲虫、毛虫、草根甚至小蛇为食。"阿帕尔"常常又被称为"三绊犰狳"，不同寻常的是它只有三条能使身体弯动的绊带，然而它的镶嵌式覆甲的其余部分几乎不能弯曲。它还像英国的一种海蛆科甲虫那样能把身体蜷曲成圆球形，把身体蜷曲成球形时它就能够安全地躲避猎狗的攻击。猎狗没法将它全部衔在嘴里，在咬它的一边时它就乘机滚走了。三绊犰狳具有平滑而坚硬的背甲，因此在防卫上它比刺猬的尖刺更加有效。小犰狳喜欢很干燥的土壤，它最喜欢的地方是海边的沙丘，可以在没有水的沙丘里过上好几个月，经常紧贴在地面上避免引起注意。在布兰卡港附近骑马驰行的时候，我们在一天里就能遇见好几只小犰狳。我们必须在看到它时就马上跳下马捕捉才能捉住一只，否则这种动物会非常迅速地躲藏到松软的土壤中去，一个人刚刚下马捕捉，它身体的后半部就差不多消失了。实在有些不忍心宰杀这些温驯的动物，正如一个高乔人所说，在他拿刀在小犰狳的背上磨快的时候，"Son tan mansos"（它们还丝毫不动）。

在这里有许多种类的爬行动物。有一种蛇（三角头蛇），[①]根据它毒牙里毒槽的大小来判断，它的毒性一定是致命的。与其他几位博物学家相

---

① 比勃龙先生认为这种蛇是一个独立的种，而且把它叫作Trigonocephalus crepitans。

反，居维叶把它列为响尾蛇科的一个亚属，介于响尾蛇科和蝰蛇科之间。我可以用曾经观察到的一个事实来证实这个看法，在我看来这个事实十分有趣而且具有很大的启发性，因为这能够证明即使每种形状在某种程度上和整个身体的构造没有什么关系，它仍有一种逐渐变异的倾向。这种蛇的尾端略大于身体，在它爬行的时候总是不断地振动它尾部的最后1英寸，当碰触干燥的草地或灌木时，这一英寸尾部就会发出一种嘎嘎的声音，这种声音在6英尺距离内都能清楚地听到。当这种蛇受到刺激或惊吓的时候，它的尾部就摇动起来，而且振动的速度非常快，只要它的身体还保留着这种刺激感应性，尾梢就会习惯性地振动不息。因此从几方面来看，这种三角头蛇兼具蝰蛇的身体构造和响尾蛇的习性，只是发音器官要简单些。这种蛇的面目凶狠可憎，有斑纹的赤铜色虹膜中嵌着成一条纵缝的瞳孔，双颚基部宽大，鼻部呈三角形突出。除了几种魑蝠以外我大概从未见过比这种蛇更丑恶的动物了。我认为这种使人厌恶的印象起源于这种蛇的面部各器官与人的面部各器官的排列部位很相似，因此觉得其狰狞可厌了。

　　关于无尾两栖的爬行类，我只发现了一种小蟾蜍，它的颜色最特别。我们可以这样设想，最初把它浸在最黑的墨水里，待它的身体干燥以后，再让它在一块刚刚涂上最鲜明的朱红色木板上爬行，这时它的脚底和腹部的几处地方就染上了这种朱红色，这样它的外貌就获得了最好的诠释。倘若它还未被命名，那肯定就应该把它叫作恶魔蟾蜍，因为它是一种用于诱惑夏娃的心的蟾蜍。其他蟾蜍爱好夜行，栖居在潮湿、阴暗的偏僻地带，而它却恰好相反，在炎热的白天它常常在干燥的沙丘和寸草不生的平原上爬行，这些地方甚至连一滴水也找不到。因此它只得依赖于晨间的露水以获得水分，它可能是用皮肤来吸收水分的，众所周知这些爬行动物的皮肤具有很强的吸水性。在马尔多纳多，在和布兰卡港差不多一样干燥的地方，我发现了一只这种蟾蜍，我把它送到一个水池里以期给它一次盛大的款待，然而这只小动物不但不能游水，我认为要是没有人来救助它，它立刻就会淹死的。

　　这里有许多种类的蜥蜴，但只有一个物种因其特殊习性而引人注意。

它栖居在海边裸露的沙地上，淡褐色的鳞片上散布着白色、黄红色和晦暗的蓝色斑点，全身呈现斑杂的颜色使得它很难和周围的地面区分开来。当它受到惊吓的时候，就会伸直四肢缩紧身体闭住双眼，假装死去来逃避被发现，倘若未再受到侵扰，它就会非常迅速地藏身在疏松的沙土中。这种蜥蜴躯体扁平四肢较短，因此不能快速奔跑。

有关南美洲动物的冬眠状况我再稍微补充说明一点。1832年9月7日，当初我们次到达布兰卡港的时候以为自然界恐怕不会赐予这片干燥的沙土地任何一种生物，然而在掘开地面以后，我们发现地下埋藏着几种昆虫、大蜘蛛和蜥蜴，它们正处于半蛰伏状态。9月15日开始出现少数动物，春分前3天的9月18日，万物宣告春天来临，粉红色酢浆草、野豌豆、月见草和老鹳草的花朵装饰着平原，与此同时鸟类也开始产卵了。无数的鳃角类角虫和异跗节类甲虫开始缓慢地四处爬行，异跗节类甲虫的身上有深刻的雕纹，特别引人注目，与此同时经常栖居在沙土上的蜥蜴群也四处乱窜起来。最初的11天里，在大自然还在沉睡的时候，比格尔舰上每两小时所做的观察资料表明这里的平均气温是51℉，而温度计的水银柱在正午时刻很少超过55℉。此后的11天里面，万物都变得生气勃勃，这一段时间的平均气温是58℉，正午时刻的气温则在60℉～70℉。所以当这里的气温增高7℉，甚至最高气温还可能更高时，就足以唤醒所有的生命了。不久以前我们驶离蒙得维的亚来到这里，在蒙得维的亚停留的时间是7月26日—8月19日，总共23天，276次观测所测量的平均气温是58.4℉，最热的一天的平均气温是65.5℉，最冷的一天的平均气温是46℉。温度计的水银柱下降到的最低点是41.5℉，可在正午时刻它有时可上升到69℉～70℉，然而即使在这样的温度条件下，差不多全部的甲虫、蜘蛛、蛞蝓属、陆生贝壳类、蟾蜍和蜥蜴都还蛰伏在岩石底下。我们可以看出，在南纬40°的布兰卡港，也就是在气候略微寒冷的地方，一到同样的平均气温甚至在最高温度还比较低的情况下，所有种类的冬眠动物就足以被唤醒了。这就表明那些动物从冬眠状态里苏醒过来所需的刺激因素，并非受限于绝对温度，而是受限于当地的固有气候因素。众所周知，在热带区域内动物的冬眠，或者更加确切地说是夏眠，并不是因气温的高低而变化，而是因干旱期间的长短而变化的。在里约热内卢附近，最初我感到惊奇的是雨水充满了几个小洼地以后没几天，在这些洼地里就可以观察到无数充分成长的贝类和甲虫，它们肯定是从蛰伏状态中苏醒过来的。洪堡曾经转述了一座茅屋倒塌的不幸事件，奇怪的是这座茅屋建造在坚硬的泥土中，泥土中居然有一条幼年的鳄在蛰伏。他又补充说道："印第安人经常发现一些处在同样昏睡状态里的大蟒蛇，把它们叫作'宇治'，也就是水蛇，要使它们清醒过来就必须刺激它们或者用水泼它们。"

我想单独再谈谈另一种动物，这种动物是一种植虫（我以为是一种植物形动物），是海鳃目动物的一个物种。其细长的、笔直的和肉质的躯干内到处都交替排列着水螅体，并且环绕着一根有弹性的石质中轴，中轴的长度在8英寸到2英尺范围内变化。躯干的一端呈截顶形，另一端有肉质的蚓突。石质中轴可以增强干身的支持力，它的一端伸入到一个充满颗粒物质的小囊中。退潮的时候，能够看见成百上千的植虫，如同残株般使其截顶的一端露出泥沙地面达几英寸。然而被触碰或拉起时它们就突然用力缩入泥沙中，几乎全部消失得无影无踪，由这个动作可知，其高弹性的中轴在底端一定是弯曲的，在没有弯曲以前底端本来就略微弯曲着，我设想单单依靠这种弹力这种植虫就能从淤泥中再伸出来。尽管每个水螅体都与自己的同胞们紧密结合在一起，但是依旧具有各自明显的口孔、身体和触手。在一个巨大的植虫体内，一定有成千上万的水螅体，然而我看到它们竟然全部都步调一致。另外，它们具有一根与一个隐蔽的循环系统互相联系着的中轴，而卵子则从分离的个体的不同器官里产生出来。①有人会问

---

① 在那些从底端的肉质分株中引出的腔道里，充满着黄色的柔软物质；在显微镜下观察，可以看出这种物质的形状非常奇特。这种物质是由圆角的、半透明的、不规则形状的细粒所构成；这些细粒又互相聚成各种大小不等的小块。所有这些小块和分离的细粒都具有迅速运动的能力；它们都在围绕着不同的轴旋转，但有时也在前进运动。在低倍率的显微镜下，就可看出这种运动，但即使用放大率最大的显微镜来观察，也看不出它们的运动原委。另外有几次，当我把小的海生动物解剖而且放到显微镜下去观察时，我看到有些柔软物质的小块（有时相当大）从身体里流出后，就立刻开始旋转起来。我以为（我不知是否正确），这种柔软的颗粒物质正处在变成卵子的阶段。在这种植虫的身体里，也一定发生着同样的事。

这个个体到底是什么呢？去探索往日老航行家们的奇怪故事总是使人觉得有趣，我坚信一种沙箸就能解释这些故事的根源。舰长兰开斯特在他著述的1601年的《旅行记》里，讲到他曾经在东印度群岛中的索姆勃烈罗岛的海滩上，"找到一根像幼树一样生长着的小树枝。我用手一拔它它就退缩，陷入地面以下隐藏起来，除非用力把它拽住才不致缩回去，把它拔起以后就发现它的根部是一条巨大的蠕虫。这株树逐渐长大时这条蠕虫就逐渐缩小，当蠕虫全部变成小树时，根部即伸入土中逐渐长大，这种变化真是在所有旅行中我所见到的最称奇的一个奇迹，因为假如把这株还在幼龄期间的树拔起然后剥去树叶和树皮，晒干以后它就变成了坚硬的石块，很像是白珊瑚。因此，这种蠕虫要有两次改变不同的性状，我们采集了很多这种动物带回家乡"。

我们在布兰卡港停留等候比格尔舰时，这个小地方的人由于不断听闻罗萨斯的军队和野蛮的印第安人之间发生了战争并得到胜利的消息而经常处在兴奋之中。一天又传来消息说，在通往布宜诺斯艾利斯的路上，有一个驻守驿站的小队全部被印第安人杀了。第二天，在指挥官米兰达的率领下，300个兵士从科罗拉多启程来到这里，这些兵士大部分是印第安人（顺从的人），他们属于酋长贝南蒂奥的部落。他们在这里宿夜，实在难以想象还有比他们的露营情形更野蛮和原始的了，他们有些人喝得酩酊大醉，一些人畅饮着还冒着热气的牛血，这头牛是刚被宰杀用作晚餐的。之后他们却因喝得太多而感到不舒服，结果又呕吐出来，污秽和血块沾满全身。

　　他在这里酩酊大醉，倒卧于地醉卧不起；
　　战无不胜的睡魔使他无力对抗；
　　无所顾忌地大吃大喝狼吞虎咽，
　　俄顷就张开大嘴吐出了美酒和块块人肉。

第二天早晨，他们启程前往凶杀现场，奉命追查敌人的行踪，哪怕追踪到智利也要追查到底。之后我们听说这些野蛮的印第安人逃到广阔的潘帕斯草原去了，由于某种原因他们却销声匿迹了。只要看一下追踪的方法就可以知晓整件事情了，假设他们仔细检查一千匹马的踪迹，只需观察缓慢行走的马蹄印就马上能够猜出有多少人骑马，根据察看到的蹄痕的深浅就可以知道马匹是否承载着货物，根据地上零乱而不规则的脚印就可以知道这些人马疲惫的程度，根据烧煮食物的方式就可以知道这些被追踪的人是不是慌慌张张的，根据痕迹的总体情形就可以知道这些人离开的时间。他们认为根据最近10~14天的蹄痕就足以搜寻出敌人了。我们还听说，米兰达率领军队从文塔那山脉西端一直走到位于内格罗河以北70里格的乔列切耳岛。这次行军走了200~300英里，期间通过了一个完全未知的地区，他们以太阳为向导，以母马肉为食，以鞍褥为床，只要有一点水喝就能跑到任何地方，世界上的其他军队能不能也这样独立行动呢？

几天以后，我又看到另一队这类匪徒式兵士，在一个被俘的酋长告密下去后，他们得到情报，要一个小盐田里的印第安人部落。领队的那个人是一位非常聪明的西班牙人，他向我讲述了他最近亲眼见到的一次战事。几个被俘的印第安人供出在科罗拉多河北面居住着一个部落，于是就派遣200个兵士去征伐，最初发现那些印第安人是因为他们看到了远处一阵阵被马蹄扬起的灰尘，碰巧此时这个部落正在迁移。这个地方山峦起伏，荒无人烟，深居遥远的内陆，因为安第斯山已经在望。这些兵士见人就杀，这些印第安人男女老少总共110人左右，几乎全部都被俘虏或被杀死。此刻的印第安人恐惧至极来不及起来集体反抗，只好四处奔逃甚至连自己的至亲也顾不上了，然而当追赶到他们身边时，不管来敌有多少他们就像疯狂的野兽一般反扑过来，直至战死。有一个垂死的印第安人用牙齿紧紧咬住了敌人的拇指绝不松口而宁可让敌人挖掉自己的眼睛，还有一个受伤的印第安人手里握着一把刀，假装死去的样子，准备再做最后的反击。这个西班牙人还说，当他在追赶一个印第安人的时候，那个人大呼饶命，但与此同时却悄悄地解开腰间的投石索，在自己的头上绕转起来以反击追敌，"然而，我用自己的佩刀将他砍倒在地，然后跳下马用我的短刀割断了他的喉咙。"这一幕阴森吓人，还有一个千真万确的事实更令人惊悚，所有看上去20岁以上的妇女全都被杀死在血泊里。我惊喊着这未免是太不人道了，他却回答说："要是不这样，又该怎么做呢？她们又会生出这种人来！"

这里的所有人都坚信这是一场最正义的战争，因为这种战争是反对野蛮人的。谁能相信，这类残酷无情的事情竟会发生在这样一个信仰天主教的文明国度里，这些印第安人的孩子们虽逃过死劫，却被出卖或者被赠送给别人做仆人，与其说是仆人倒不如更确切地说是奴隶，因为只要主人经过长期的训练，这些印第安人就会相信自己是奴隶，几乎不会想要报仇。

在这次战争中有四个人联合在一起逃命，在军队追赶他们期间有一个人被杀死，另外三个人被活捉。他们原来是从一大队印第安人那里派出的使者或者说是大使，这一队印第安人集结在安第斯山脉附近以共同防御敌人。派出这些使者的部落此时正在举行一次重大会议，因为大使们明天早晨就要起程回到安第斯山脉了，所以马肉的盛宴已经准备好，跳舞会即将上演。他们都是非常优秀漂亮的，身高都超过6英尺且年纪还不到30岁。这三个被活捉的印第安人一定掌握着非常重要的情报，为了获取这些情报，就把他们排成一行。在起初两个人被盘问时，他们回答："我不知道。"于是一个接一个地被枪杀了。当盘问第三个人时，他也回答"我不知道"，并且还说道："开枪吧！我是一个不怕死的男子汉！"他至死都没有说出损害他们联盟的话，而之前提到的那个酋长却做出完全不同的事情来，他以出卖预定的军事行动计划和安第斯山脉的印第安人联盟的地点为代价才求得赦免。听说在那里已经集结了六七百个印第安人，夏天到来他们的人数将会翻一番。我已经讲到这些使者一定是被派遣到布兰卡港附近小盐田的印第安人部落来的，而这个酋长出卖的正是他们，据此判断印第安人之间的联系已经从安第斯山脉扩展到大西洋沿岸地区。

罗萨斯将军计划要杀光所有残余的印第安人，先将他们驱逐到一个共同的地点去，等到了夏天就联合智利人把他们一网打尽。他接连三年都重复着这种军事行动，我猜测他们之所以选择夏季去大举进攻是因为那时在平原上没有饮水，所以印第安人只能朝着特定的方向行进。对印第安人来说内格罗河南部这个广阔的荒无人烟的地区一定是安全的，然而罗萨斯将军和退卫尔彻人订立了一个条约却阻止了这些印第安人向那个地方逃去。根据条约,退卫尔彻人应该把每一个渡过内格罗河到南方来的印第安人杀死,而罗萨斯则按照他们杀死的人数给予报酬,然而假如他们违背条约就会被西班牙人剿灭。这场战争主要是针对安第斯山脉附近的印第安人而进行的,因此很多居住在安第斯山脉以东地区的部落,就和罗萨斯一起联合作战。然而这个将军也像切斯特·菲尔德爵士一样,认为自己现在的朋友在将来某一天也会变成自己的敌人,所以总是把这些人安排在最前线以此削减他们的人数,我们离开南美洲以后,就听说这个剿灭战争完全失败了。

这次交战所俘获的女孩中有两个非常美丽的西班牙女孩,她们自幼就被印第安人带走,因此现在只会讲印第安土话了。根据她们的谈话来判断,她们一定是来自从萨尔塔,那里到这里的直线距离大约有1000英里。据此,人们就可以得出这样一个概念,印第安人漫游的面积是多么广阔,然而五十年以后,在内格罗河以北将再无任何野蛮的印第安人了。这场战争残酷至极,天主教教徒要杀死每一个印第安人,反之亦然,追溯印第安人怎样把自己的地方让给西班牙的侵略者真令人可悲。席尔德尔[①]说,1535年建立布宜诺斯艾利斯的时候,这里就已经有几个村落了,并且已经有2000~3000人居住在这里。即使在福尔克纳的时代(1750年),印第安人还入侵卢克桑、阿烈科和阿雷西费一带,然而现在他们已经被驱逐到萨拉多河那边去了。不但整个印第安人部落被剿灭,残余的印第安人也越来越野蛮了,现在他们不再居住在大村落里,不再去捕鱼和狩猎,而是在空旷的平原上流浪,没有家也没有固定的职业。

我还听到一些发生在乔列切耳岛的战况,这次战争比上述战争早几个星期。这是一个要站,因为马队必须经过此地,因此有一段时间一个军团总部就设在这里。当军队第一次到达此地时,他们发现了一个印第安人部落,屠杀了其中的20~30个印第安人。酋长逃走的方法令人吃惊,印第安人的首领们总是精选一两匹良马,以备不时之需。那时酋长抱上自己的小

---

① 珀切斯:《旅行记选集》。我认为这个日期实际上是1537年。

儿子，跳上了这样的一匹白色老马，这匹马没有马鞍，也没有马缰。为了避免被击中，这个印第安人采用本族的一种特殊的骑马方法，用一条手臂钩住马颈，只留一条腿搭挂在马背上，悬挂在马的一侧，看上去好像是在轻拍着马头对马讲话一样。追赶的人全力去追捕他，指挥官接连换了三次马，结果还是徒劳。这个年老的印第安人和他的儿子就这样逃脱出去，获得了自由。脑海里印刻的这一幕景象是多么美妙：一个裸体的如青铜般的老年人携带着小孩骑在一匹白马上，就好像马泽帕那样，把一大群追赶他的人远远抛在后面。

  我有一天看见一个兵士在用一块燧石打火，我立刻认出这块燧石曾经是箭头的一部分。他告诉我这种箭头是在乔列切耳岛附近找到的，而且他们在那里经常可以捡到。这个箭头有两三英寸长，是现在火地岛土人所用的箭头的两倍大，它是用不透明的乳酪色燧石做成的，只是尖端和倒钩已经被人故意弄脱了。众所周知，潘帕斯草原上的印第安人现在已经不再使用弓箭，我相信在拉普拉塔河东岸区地区的一个小部落一定是一个例外，然而他们和潘帕斯草原上的印第安人相隔甚远，却和那些居住在森林里步行的部落紧密相邻。由此得出这些箭头乃是印第安人的古代遗物，[①]自从马被引进南美洲以后，印第安人的生活习惯就发生了巨大变化。

[①] 阿扎拉曾甚至对潘帕斯草原的印第安人究竟有没有用过弓持怀疑态度。

第六章　从布兰卡港到布宜诺斯艾利斯

起程去布宜诺斯艾利斯——萨乌西河——文塔那山脉——第三驿站——驱赶马匹——投石索——鹧鸪和狐狸——当地的地貌——长腿的鸻——南美凤头麦鸡——冰雹——塔巴尔根山脉里的天然围墙——美洲狮的肉——肉食——瓜尔基亚·但尔蒙特——牧畜对植被的影响——西班牙蓟——布宜诺斯艾利斯——屠宰牲畜的畜栏

9月8日——我骑马前往布宜诺斯艾利斯，雇了一个高乔人陪同。这件事历经了一些困难，因为有个高乔人的父亲害怕让他去，怕他一去就不回家；还有一个高乔人虽然看上去好像乐意去，然而我却被告知他很胆小因此不敢雇他，听说他胆小到看到远处有一只鸵鸟也会把它当作印第安人，于是就会像一阵风似的溜走。此处距离布宜诺斯艾利斯大约400英里，沿途几乎都是杳无人烟的地方。清晨我们从布兰卡港出发，从绿草如茵的洼地沿坡西上，骑行几百英尺之后，便进入一片宽阔的荒凉平原。这片平原由碎裂的黏土钙质岩构成，由于气候干燥，在这种土层上面只能生长一些零星的枯萎草丛，没有一株灌木或树丛打破这千篇一律的景色。尽管天气晴朗，大气却模糊不清，我以为这种景象预示着大风即将来临，然而高乔人却说这是由于在内地遥远的某处平原上有火在燃烧。我们一路疾驰，换了两次驿马才到达萨乌西河。这条小河水深流急，还不到25英尺宽。通往布宜诺斯艾利斯大道上的第二驿站就位于萨乌西河的两岸，在它的上游很近的地方有一个供马匹渡过的浅滩，浅滩水深还不到马腹，然而从这里一直到它的入海处，再无供马匹通过之处，因此这里构成了一道阻挡印第安人的最有效的天然屏障。

尽管耶稣的崇拜者福尔克纳的报道一般都是正确的，但是这条微不足道的小河却被他描绘成一条大河了。这条河发源于安第斯山脉的山麓，出于对他的尊敬我并没有怀疑这一点是否正确，因为高乔人肯定地告诉我说，在干燥的盛夏时节这条河和科罗拉多河同时发生定期的洪涝，而洪涝则起因于安第斯山的积雪融化。像萨乌西河这种小的河流是不可能横穿整个大陆的，假如它是大河的遗迹，那其中的水应该与其他已查明的古河遗迹的水一样是咸的。我们将冬季文塔那山脉周围的泉水视为这条清澈纯净的小河的水源，我推测巴塔哥尼亚的平原也和澳大利亚平原一样横贯着很多河道，只有在一定的时期这些河道才有水流。很可能那条流入希望港的河以及丘帕特河都是如此情形，在舰上进行测量工作的军官们发现在丘帕特河两岸有大量的多孔火山岩渣。

中午刚过，我们就到了这个地方，在此更换了驿马，还请了一个兵士作为向导，一同启程前往文塔那山脉。在布兰卡港泊船的地方我们就能远望这条山脉，舰长菲茨·罗伊推算它的高度为3340英尺，这种高度在这个大陆的东部是十分显眼的。我不知道在我访问此地之前是否有外国人攀登过这条山脉，驻守在布兰卡港的兵士确实很少有人了解此事。后来我听说这里有煤矿、金矿和银矿，还有洞窟和森林，这一切激起了我的好奇心，而结果却使我大失所望。这一段路离驿站大约有6里格，我们途中所经过的一个平原与中午以前所经过的那个平原类似，然而当这条山脉逐渐呈现在我们眼前时,我们的骑行也就变得有趣起来。到达主岭的山脚之后我们很难找到一滴水,原以为这一次我们得在这里忍渴过夜了,最后到了贴近山边的地方我们发现了几处泉水,这些小溪甚至还没有流到几百码远的距离就完全消失在脆弱的石灰岩和松散的岩屑里去了。在我看来自然界绝不会再创造出一个比这里更单调、更荒凉的岩石堆来,此地名叫"火尔塔多",意思是分散开来的岩石,真是名副其实。这座山山势陡峭,高低不平,山体岩缝众多,山上没有任何树木,甚至连灌木也没有,所以我们没法做出肉串杆来把生肉串起来伸到蓟茎①的火堆上烤。这座山奇特的外貌与平坦得像海面的平原形成鲜明的对比,那个平原不仅紧靠着陡峭的山坡,还把一排排平行的山脉分隔开来。这里均衡一致的色调呈现出一种极度寂静的景象,其他任何明亮的色彩都没有减轻石英岩的灰白色和平原上干枯草类的淡褐色。在突兀峻峭的山脉附近,视线范围内都是凹凸不平覆盖着巨大碎块的地面。这里的自然景象表明,在海底变成干燥的陆地以前,其最后的运动就稳定下来了。在这种情况下,我惊讶地发现,离母岩很远的地方才能觅得鹅卵石,在布兰卡港的海岸边和居民区附近有一些石英石,这些石英石一定是来自此山的,而它们离母岩的距离竟长达45英里。

我们所用的鞍褥被夜间降下的露珠浸湿,到清晨这些露珠便冻结成冰。尽管看起来很平坦,但是这里的平原仍有一种缓缓上升的坡度,高出海平面800~900英尺。9月9日上午,向导告诉我如果攀登上最近的一座山峰,就可到达耸立在山顶上的四个山峰。攀登这样高低不平的山岩着实累人,山岩边缘被切割成锯齿状,有时耗时五分钟才爬上去而下一个五分钟又不得不原路返回。最后我们爬上了这个山峰,却失望地发现眼前正是一个垂直向下的山谷且一直延伸到平原。山脉被这个平原横切为二,而我们也和四个山峰分隔开来。这个山谷非常狭窄但是谷底平坦,因此就成为一条供印第安人通行的良好马道,它将山脉南北两侧的平原连接在一起。下山后我们横穿山谷,看到有两匹马在吃草。我立刻躲藏在长长的草丛里四

---

① 将它们叫作蓟茎是由于没有合适的名称来称呼它们。我认为这是刺芹属的一个种。

下观看，在确定没有印第安人的踪迹后，我才小心翼翼地继续开始第二次攀登。这时已不早了，而这一部分的山岭也是陡峭险峻，崎岖不平。当我到达第二个山峰的顶峰时，已经是下午两点钟了。一路上困难重重，每走20码我的两条大腿上部都要发生一阵痉挛，因此我非常担心这次恐怕不能下山了。返程时，我们必须另走他路，因此不得不爬过一个鞍形峰，我只好放弃攀登另外两个较高的山峰，尽管它们也只是略高一点，但我已掌握了所有的地质情况，不值得耗费心思再做冒险了。我揣测痉挛产生的原因是由于从艰难的骑马动作转变成更加艰难的爬山动作，肌肉运动方式发生了巨大变化，这是一次值得深深牢记的教训，这种痉挛通常会引起很大的麻烦。

我已经谈到这座山是由白色石英岩构成的，而一些有光泽的黏板岩也夹杂其间。在离平原几百英尺高的地方，有一些小块的砾岩黏附在基岩的表面，在硬度和凝结性质方面它们很像是那些在海岸上形成的常见的东西。毫无疑问这些砾岩一定是以同样的方式聚集起来的，而且形成于巨大的石灰沉积层沉积到海底期间，可以这样认为，这种锯齿状高低不平的石英岩显示了浪潮的影响力。

我对这次登山探奇总体说来失望至极，甚至觉得看到的风景也没什么意义，平原如同海洋一般，只是没有海洋的美丽色彩和清晰轮廓，然而这种风景却令人新奇，就好像淡红色的肉上撒了一层盐，呈现一种爽心悦目的景象。可以确定这地方的危险性一定非常小，因为我的两个同伴还燃起了一个大火堆，他们要是怀疑印第安人就在附近是绝不会干这样的事情的。傍晚我们回到了宿营地点，之后喝了很多马太茶，还抽了几支卷烟，最后迅速铺床睡觉。尽管外面的风非常强烈又寒冷，但我从来没有睡得那样舒适。

9月10日——上午，在顺风中我们策马疾驰，中午时分抵达了萨乌西河的驿站。沿途我们看到很多鹿，在山地的附近我们还看到了一只羊驼。那片和山脉紧密相连的平原被几条奇妙的深沟横切开来，这些深沟的深度至少有30英尺，宽度大约有20英尺，因此在找到通道之前我们只得原路返回。我们在驿站借宿，交谈的话题大都是关于印第安人的情况，文塔那山脉曾经是印第安人的集会胜地，三四年前此地曾经发生过多次战斗。我的向导曾经亲眼见证有很多印第安人在这里被屠杀，妇女们逃到山顶上不顾一切地用石头反击，很多人才得以活下来。

9月11日——在驿站的管理者——一名中尉的陪同下我们前往第三驿站。这段路听说有15里格远，然而这仅仅是一种猜测，通常都有点夸大。沿途风景索然无味，其间我们经过了一片干燥的长满草的平原，在我们左侧或远或近的地方有一些低矮的山丘，我们穿过了一个紧靠驿站的丘陵连绵地带。在到达那个驿站之前，我们遇见了一大群牛马，这些牛马被15个兵士护卫着，然而我们却被告知在这样严密的护卫下仍然有很多牲畜跑失。驱赶牲畜过平原真是一件特别困难的事，因为如果在夜间有一只美洲狮或者甚至是一只狐狸向它们靠近时，用任何方法也无法阻止马匹四面八方分散逃命，在暴风雨的时候情况也会如此。不久前，有一个军官从布宜诺斯艾利斯押运500匹马，然而他在到达军队驻地的时候只剩下不到20匹马了。

不久之后，从前面飞扬的尘土我们感觉有一队骑兵正向我们这里奔来，离我们还很远时，我的同伴们根据他们披肩的长发就认出他们是印第安人，因为印第安人通常用一条发带绕缚在头上，从来不戴帽子，他们的黑发飘散在黑油油的脸上，将他们面貌的野蛮程度显示得更加明显。原来，他们属于酋长贝南蒂奥的友好的部落，前往盐田取盐。印第安人要吃很多的盐，他们的孩子吃盐就像吃糖一样，在这种习惯上他们与西班牙属地的高乔人完全不同，虽然高乔人很少吃盐。根据芒戈·帕克的说法，那些靠植物性食物为生的民族，对盐总有一种不可抑制的渴求。这些印第安人全速疾驰而过时，他们愉快地向我们点头示意，在他们前面一群马匹被他们驱赶着，身后则跟随着一连串瘦长的猎狗。

9月12—13日——在这个驿站我停留了两天，等着和一队兵士同行，因为罗萨斯将军友好地派人告诉我，很快就有一队兵士要前往布宜诺斯艾利斯，他建议我抓住这次护送的机会。上午我们骑马到附近的几个丘陵去观赏风景，勘察地质情形，晚饭后兵士们被分成两队，进行投石索技艺的训练。他们在地上插上两支长矛，两支长矛相隔35码，但要投郑四五次才能缠住一次。虽然抛石索可以掷到50～60码远，但命中率很低，然而这个数字并不适用于骑马奔驰的人，据说考虑到臂力加上马的奔跑速度，石索可以被急旋掷出80码远的有效距离。我可以讲一件事来证实一下它们的威力，一次在福克兰群岛上，西班牙人在杀害同胞和英国人时，有一个年轻的、支持英国人的西班牙人试图逃脱，这时一个身材高大，名叫吕西雅诺的人发现后，追赶并大声呼喊着让他停马，并说他只是想和他说几句话。正当那个西班牙人到达上船地点时，吕西雅诺投掷出石索并击中了他的双腿，这一猛拉的动作令他摔倒在地昏迷了一阵，待他苏醒过来之后吕西雅诺和他说了几句话就放他逃走了。这人告诉我说在被石索的革条缠绕的腿部，至今还有深深的索痕，就像是被皮鞭抽打过一样。有两个人在正午时分到达此处，他们是从前面的驿站去送信给将军的，因此那夜除了这两个人以外我们这一队人还有我的向导、我自己、陆军中尉和他的四名兵士。这四名兵士都是相貌奇怪的人，其中一个是位年轻貌美的黑人，另一个兼有印第安人和黑人的血统。而其余两个兵士则更难以言表，一个智利的老矿工皮肤呈现红褐色，另一个则有几分像黑白混血儿，这两个混血兵士的面貌非常令人恶心，我见所未见。晚上，当他们围坐在火堆四周打纸牌时，我就独自离开去欣赏这幅如同萨尔瓦托·罗撒画中的风景。他们在一块低矮的岩石下面打牌，所以我低下头就可看到他们的一举一动，在这伙人的周围几条猎狗躺在地面上，武器以及鹿和鸵鸟的残肢弃放在地，还有几支长矛插在草地上。在较远处，可以看到他们系缚着的马匹，这是准备应付突发事件的。倘若荒漠上的寂静被一只猎狗的吠叫声打破，就会有一个兵士离开火堆边，把头紧贴着地面然后环顾四周，即便是一只喧闹的南美凤头麦鸡尖厉的叫声也会中断他们的谈话，他们每个人都会侧耳倾听一阵。

在我们看来，这些人的生活真是太悲惨了。这两处驿站与萨乌西河驿站的距离至少有10里格，自从印第安人暗杀了中间一个驿站的兵士之后，这两处驿站之间的距离就变成了20里格。他们推测说印第安人大概是那天深夜发动进攻的，因为在暗杀了兵士的第二天上午，他们很早就驰向这个驿站，这一行动幸好被兵士们看到了。然而驻守在这里的整个小队不得不带着马群一起逃命，他们各奔生路，能带多少马匹就带多少马匹。

他们居住在用蓟茎搭盖起来的小茅屋，不能遮风也不能避雨。下雨的时候，屋顶的实际作用只是把雨滴汇集成更大的水滴而已。除了他们所能捕捉到的像鸵鸟、鹿、犰狳等猎物以外，他们的食物再无其他，而他们仅有的燃料就是一些如芦苇般矮小的植物的干茎。这些人能够享受的奢侈品也仅仅是抽点小纸烟，喝点马太茶。我过去常想那些食尸肉的兀鹰就是这些旅行者们永恒的伴侣了，它们停息在附近的峭壁上，似乎极富耐心地说："啊，印第安人一来我们就可以饱餐一顿了。"

清晨，我们所有的人都外出去打猎。虽然这次我们收获不大，可是有几次追捕也算是热烈愉快。出发后不久，我们这队人就分开行动，并相约在这天的某一时刻（大家都很擅长推测时间），从四面八方集中到一处以便将野兽驱赶到一起。有一天，我在布兰卡港参加他们的打猎行动时，他们仅仅相隔大约四分之一英里并成半圆形散开然后骑马前进，那时一只漂亮的雄鸵鸟被领先的骑马者追赶，它试图往另一方向逃跑。几个高乔人毫不犹豫地追过去，用他们绝妙的操纵技术，骑着马左右驰骋，同时每个人都在自己的头上迅速地挥舞着投石索。终于最前面的那个高乔人将投石索投掷出去，投石索在空中飞旋而过，鸵鸟立马就倒地乱窜，双腿被革条紧紧缠住。

平原上聚集着三种数量庞大的鹇鸪，其中有两种和母雉一般大。它们的破坏者，一种漂亮的小狐狸，数量也特别庞大，一天内我们看见的狐狸不少于四五十只。尽管它们大都只在自己的巢穴附近出没，但有一只还是被猎狗咬死了。回到驿站时，我们发现队里另外两个独自去打猎的人也回来了。他们打死了一只美洲狮，而且还在一个鸵鸟巢里找到了27枚鸵鸟蛋。每枚鸵鸟蛋的重量听说与11枚鸡蛋的重量相当，因此我们从这个鸵鸟巢里得到的食物就等同于297枚鸡蛋那么多。

9月14日——由于下一个驿站的兵士打算返回驻地，我们五个人一起就可以组成一个小队，并且人人都有武器，因此我决定不再等候前往布宜诺斯艾利斯的兵士了。陆军中尉再三阻止我,想让我留下来等候。对我照顾得特别周到,不仅为我提供食物,还把他自己的马借给我骑,因此我想给他一些酬劳。我询问向导这样做是否合适,然而他却回答说当然不可以,否则很可能会收到如下回复:"在我们国家,我们都给狗肉吃,因此绝不会对一个天主教教徒如此吝啬的。" 千万不要认为,在这样的一支军队中,一个陆军中尉军阶的军官就能够抵御金钱的诱惑,这只能说明他们非常好客,每个旅行者都承认在这里热情好客的人随处可见。飞驰几里格以后,我们来到一个低洼的沼泽地带,这个地带向北延伸了大约8英里远,一直到塔巴尔根山脉。这里一些区域是被草类覆盖的潮湿的平原地带,有一些地方含有柔软、黑色的泥煤土壤,还有很多广阔而低浅的湖泊以及大片大片的芦苇丛。总的来说这个地区很像剑桥郡沼泽地区,晚上我们在这些沼泽中很难找到一块可以露宿的地方。

9月15日——今天清晨我们早早起程,很快就走过了那个曾经发生印第安人暗杀5个兵士的驿站,有一个军官的身上有18处被丘索枪所刺的伤口。辛苦奔波了一段时间后,我们于中午时分抵达了第五驿站,由于一时难以获取马匹,我们就在此宿夜。在这一段路上,这个地点毫无掩蔽之处,因此这里配置了21个兵士。夕阳西下时,守兵们打猎归来,带回猎获的7头鹿、3只鸵鸟以及不少犰狳和鹧鸪。骑行经过这一片区域时,通常做法是要在平原上放几把野火。那样做部分是为了迷惑离群的印第安人,更主要的是改善牧场,在没有大型的反刍四足兽生活的草原上,用野火烧去多余的植被,为的是来年能长出更多的牧草。

那里的棚屋甚至连屋顶也没有,仅有一道用蓟茎围成的圆形篱笆来挡风。它在一个宽阔而低浅的湖泊岸边,很多野禽聚居在这个湖泊里,其中黑颈天鹅最引人注目。

在这里,有一种看上去好像踩着高跷的鸟,长脚鹬属鸻,它们以相当大的规模成群聚居。曾经有人错误地认为它们是笨拙的,然而它们在自己喜爱的地方——常去的浅水里行进时,它们的步态就不能用笨拙来描述了。这些鸟在成群时发出一种噪声,这种噪声特别像一群小狗全力奔跑时所发出的吠叫声，当我在夜间散步时不止一次被远处那种叫声吓住。南美凤头麦鸡也常常扰乱夜间的静寂，它在外表和习性方面类似英国的凤头麦鸡，然而就像普通鸡的腿上长着刺一样，它的双翼上也长着锋利的刺。英国的凤头麦鸡得名于它的叫声，南美凤头麦鸡也同样因此得名。人们骑马经过草原时经常受到这些鸟的追赶，看起来好像痛恨人类似的。它们这种无休无止的、一成不变的刺耳尖叫声的确令人痛恨，对猎人而言它们的尖叫声更是讨厌至极，听到这样的尖叫声，其他动物都知道有人来打猎了。正如莫利纳所说，或许它们对一个到这里来旅行的人会有所帮助，半夜如果有盗贼，它们能够给予警示。在产卵期它们也像英国的凤头麦鸡一样会假装受伤，让猎狗和其他天敌从它们的巢旁离开，这种鸟所产的蛋被奉为美味佳肴。

9月16日——今天我们抵达了塔巴尔根山脚下的第七驿站。这一带地势非常平坦，牧草粗硬，覆盖着疏松的泥炭土。这里的茅屋非常整洁，都是用兽皮的革条把作为柱子和椽子的十二根蓟茎秆捆扎在一起搭建而成的，在这种很像伊奥尼亚式圆柱的支柱上，还有芦苇搭盖的屋顶和用芦苇筑成的四壁。这里的人告诉我们一件事，如果没有亲眼见证，我绝不会相信。在前一天晚上，这里降下了小苹果般大小的非常坚硬的冰雹，冰雹极具威力，砸死了大量野兽。一个兵士已经找到了13头冰雹砸死的鹿（野生鹿），而且我也看到了新鲜的鹿皮，在我到这里几分钟以后，另有一小队兵士也带回来7头被冰雹砸死的鹿。要是一个人没有带猎狗去打猎，在一个星期里打死7头鹿都是很难的事情。这些人确信他们看到了大约15只死鸵鸟（我们已经用其中一只死鸵鸟的肉做了晚饭），他们说还有几只鸵鸟到处奔跑着，显然是被冰雹打瞎了一只眼。被冰雹击毙的还有无数体型较小的鸟，比如野鸭、鹰和鹧鸪。我看见一只死鹧鸪的背上有一块黑色的痕迹，就好像是被铺路的石块击中的一样。在这个茅屋周围，一道由蓟茎编成的围篱也差点儿被冰雹击倒，那个向我讲述此事的人当时将头伸出去想看看究竟发生了什么事，也被冰雹重重地击伤，现在头部还用绷带包扎着。听说这次冰雹的范围还是有限的，在昨夜的露宿地点我们的确远远地看到这一方乌云密布、雷电交加。真是不可思议，像鹿那样强壮的野兽也能被冰雹砸死，从上面这些证据来看我确信这个故事毫无夸张的成分。耶稣会员杜勃利茨·霍费尔也认为这件事是可信的，他说在很远的北方地区曾经下过硕大的冰雹，砸死过大量的家畜。所以印第安人把那个地方叫作拉列格赖卡瓦尔卡，意思就是"白色的小东西"。马尔科姆森博士也告诉我说，1831年，他在印度亲眼见证过一次夹着大冰雹的暴风雨，无数大鸟死于那场风暴，牛群也遭受了巨大的损失。那些冰雹呈扁平形，有一块冰雹的周长竟达10英寸，还有一块冰雹有2盎司重，它们把一条砾石道击成枪弹球的碎块，把玻璃窗击穿，留下一个个圆孔，却没有把它们震裂。

我们吃完这一顿被冰雹砸死的动物肉大餐以后，骑马继续前行，穿过塔巴尔根山脉。它从科连特斯角开始向西绵延，由不到几百英尺高的山丘构成。此地的岩石是纯石英岩，进一步向东的岩石则是花岗岩。这些山丘形状奇特，由平坦的小块台地构成，低矮的垂直悬崖环绕四周，就像是沉积矿床的外层。我攀登了一个小山丘，直径不到几百码。然而我也看到另外有些比较大的山丘，其中一个山丘叫科拉尔山，据说它的直径有两三英里，环绕它四周的垂直悬崖有30～40英尺高，而且登山的入口只有一处。福尔克纳曾经有一个有趣的叙述，他说印第安人曾经把一群野马赶进这个山口，然后镇守入口使野马们无处可逃。关于石英岩构造的台地，我从没听过其他地方还有类似地貌，并且我考察过的那座山丘上的石英岩没有解理，也没有层理。有人告诉我科拉尔山的岩石是白色的，还可以敲出火花。

天黑以后，我们才抵达塔巴尔根河边的驿站。晚餐时，我以为我吃的是当地受人欢迎的一道菜肴，就是尚未足月的牛胎，但是人们的谈话却令我大吃一惊，我所吃的是美洲狮的肉。美洲狮肉的颜色很白，在味道上明显类似小牛肉。肖博士对此有过描述："人们对狮子肉给予了高度评价，在色泽、口感和风味上，狮子肉与小牛肉都非常相似。"大家都笑了起来，美洲狮的肉的确如此。然而高乔人则有不同的说法，他们不说美洲虎是否好吃，却一致说野猫肉的味道极佳。

9月17日——我们沿着塔巴尔根河前行，经过一个十分肥沃的地带区之后，我们到达了第九驿站。如果可以这样称呼的话，塔巴尔根就是塔巴尔根镇，它在一块非常平坦的平原上，举目四望，在视力所及的地方密布着遮阳棚，就是印第安人的圆顶炉灶形小屋，那些帮助罗萨斯作战的印第安人盟军的家属就居住在这里。我们和很多年轻的印第安妇女擦肩而过，看见她们时常两三个人共骑一匹马，也像很多年轻的印第安男子一样体态优美，而她们美丽的红润肤色就是健康的象征。除了这些遮阳棚以外，还有三座茅屋，其中一座居住着司令官，而另两座则居住着那些开设小店铺的西班牙人。

在这里我们可以买到一些饼干，除肉类外我已经好几天没有尝到任何其他东西。我并不是讨厌这种新的饮食习惯，我觉得这种饮食习惯最适合我的剧烈运动。据说英国的病人们被要求专吃动物性食物，甚至说吃了这些动物性食物他们就有生存的希望，他们简直忍受不了这种吃法。然而生活在潘帕斯草原的高乔人一连数月只吃牛肉。我观察到在他们的饮食中脂肪占了极大比例，而动物质含量却较少，他们尤其讨厌吃干肉，比如那种像刺鼠肉之类的干肉。理查森博士曾经谈道："当人们长期只吃瘦肉之后，他们对脂肪的渴望就会变得贪得无厌，因此大量吃肥肉，甚至吃纯粹的脂油也不觉得恶心。" 在我看来这只是一种奇怪的生理事实，或许高乔人如同其他肉食动物一样，由于他们的这种食肉的习惯可以断食很长时间。有人告诉我说，在汤第尔有几队人马自愿去追赶一队印第安人，三天三夜没有吃过东西，也没有喝过水。

我们在店铺里看到很多印第安妇女编织的日用品，比如鞍褥、腰带和吊袜带。样式非常漂亮，色彩也很绚烂，其中吊袜带的制作工艺十分精细，一位在布宜诺斯艾利斯的英国商人一直坚持认为它们一定是英国出产的，直到他发觉带上的流苏是用劈细的筋腱固定的，才转变了看法。

9月18日——今天我们骑行了很久才到第十二驿站，这个驿站位于萨拉多河以南7里格处。我们第一次见到这样的庄园，庄园里畜养着牛群，有白人妇女居住。之后我们骑行过一个洪水泛滥区，那里的水深过马膝，我们把马镫交叉放置在马背上，按照阿拉伯人的骑马方式双腿弯曲向上，这样也只能勉强不被打湿。我们几近天黑才到达萨拉多河，这条河大约40码宽，河水很深。但是在夏季，这里的河床几乎干涸，所剩的少量河水也几乎像海水那样咸。我们在罗萨斯将军的一个大农庄里宿夜，这个农庄有城堡护卫而且面积宽广，在天黑到达这里的时候，我还以为它是一座城镇要塞。清晨我看见了众多的牛群，将军在这里拥有74平方里格的土地，庄园大约雇了300人，他们击退了印第安人的所有攻击。

9月19日——今天我们经过了瓜尔基亚·但尔蒙特，这是一个美丽的小镇，镇上散布着零星房屋。这里果园众多，种满了桃树和楹梓树。此处很像布宜诺斯艾利斯周围的平原，草类矮短呈鲜绿色，地面上生长着大片车轴草和蓟草，还有绒鼠的洞穴。渡过萨拉多河后我看到沿途景色有明显的变化，感到十分惊奇。我们走过粗草地带进入碧草如茵的地区。起初我以为这种改变是由于土壤性质的改变，可是后来当地居民肯定地对我说这里的土壤之所以肥沃，完全是由于牛类啃食地上的草皮，它们排泄的粪便使草地得到滋养。在拉普拉塔河东岸的蒙得维的亚地区则不如科罗尼亚肥沃，那里人烟稀少。 在北美洲大草原，也可以看到完全相同的情况，那里生长着五六英尺高的粗大草丛，放牧后那里就变成了普通的牧场。我不是植物学家，不能充分说明这种变化是由于新物种的引进，还是由于同类植物的交替生长，或是由于植物的数量比例不同。阿扎拉观察到这种变化后也感到惊奇，在通向新建茅屋的路旁，突然出现了一些附近没有的植物，他也为此感到困惑。他在另一部分写道："这些马（野马）通常要在道路上或道路两侧留下粪便，因此在这些地方经常可以看见成堆的粪肥。"这一段话不是已经解释了这种状况吗？我们看到一条条落下粪便的道路，成为沟通各个广阔地区的交流渠道。

茂密的茴香遍布在布宜诺斯艾利斯、蒙得维的亚以及其他城镇附近的沟缘两侧。西班牙蓟[1]的分布范围在这里要更广阔得多，它分布在安第

---

[1] 阿·道尔比尼先生说，西班牙蓟和朝鲜蓟在这里都成为野生植物了。胡克博士曾经记述了南美洲这个地区的朝鲜蓟属的一个变种，把它命名为无刺帽柱木。他说植物学家现在一般都认为蓟分为西班牙蓟和朝鲜蓟两个变种。我在这里补充一句，有个聪明的农民向我保证他在一个荒废的果园里看到几株朝鲜蓟转变成为普通的西班牙蓟。胡克博士认为黑德关于潘帕斯草原的蓟的生动描述是指西班牙蓟，然而这个看法是错误的。舰长黑德讲到的就是我在下面的正文里举出的一种叫作大蓟的植物。我不知道它究竟是不是真正的蓟，但是它与西班牙蓟完全不同；而更像是真正的蓟。

斯山脉两侧的同纬度地区，跨过整个大陆直到两侧的海岸。在智利、恩特雷·里奥斯和拉普拉塔河东岸人迹罕至的地方，我都看到过这种植物。仅仅在拉普拉塔河东岸区，可能方圆几百平方英里的地面上都生长着大片西班牙蓟，茂密得人兽都无法通过。起伏的平原上，它们生长的地方容不下其它植物。在它们被引进以前，这些地面也一定像其他地方一样覆盖着茂盛的草类，我怀疑是不是还有任何其他类似的记载，解释外来植物如此大规模地排斥当地植物的情形。刚才已经说过，在萨拉多河以南的任何地方，我都没有见过西班牙蓟，但是将来这一带有人居住以后，西班牙蓟也有可能会逐渐扩大其范围。这和潘帕斯草原的大蓟（它有杂色的叶子）的分布情形有所不同，因为我在萨乌西河河谷见过这种蓟。按照莱尔先生所说的，自1535年第一个殖民者携带72匹马在拉普拉塔河登陆以来，已经有好几个地区发生了极为显著的变化。一群群数不胜数的外来物种，马、牛和羊不仅使植物界的全部面目发生了改变，而且羊驼、鹿和鸵鸟也几乎被驱逐出境。当时也一定发生了无数其他的变化，在有些地方野化猪可能取代了西貒，在树木繁茂、人迹罕至的河流两岸可以听到成群的野化狗的嗥叫声，普通的家猫在转变成大型而凶猛的野兽以后，就栖息在这些岩石山丘上。道尔比尼先生评论说，自家畜被引进南美洲之后，食尸肉的兀鹰的数量也一定突飞猛涨起来了，我们有理由相信它们的分布范围已经扩展到了南方。除西班牙蓟和茴香以外，毫无疑问还有很多植物也在这里归化了，比如茂盛的桃树和橘子树就遍布在巴拉那河的河口附近的岛屿上，它们是由河水带来的种子在这里生长出来的。

在瓜尔基亚·但尔蒙特更换驿马的时候，有几个人向我们提了许多有关军队的问题，罗萨斯将军的军队是最受人关注的。因为罗萨斯将军的胜利在他们看来是战争中最正义的，他们战胜的都是野蛮人。坦率地说这种表现是极其自然的，因为直到最近，没有一个男人、女人或者马匹能免遭印第安人的攻击。在富饶的平原上，我们整整骑行了一天，这里生活着各种各样的畜群，到处都零星地散布着独立的庄园和当地独有的商陆树。傍晚时分下起了倾盆大雨，但到达驿站时，站长却对我们说假如我们没有正式护照，就必须继续前行，因为这里窃贼很多，他没法相信任何外人。然而当他查验我的护照，看到上面"博物学家查理士先生"的称呼时，他之前的怀疑态度顿时变得谦恭礼貌了。我猜想无论是他还是他的同胞，恐怕根本不知道博物学家是什么，可能由于这个原因我的头衔没有丧失它的价值。

9月20日——中午，我们到达布宜诺斯艾利斯。城市周围有龙舌兰构成的绿篱，还有齐墩果、桃树和柳树，它们才刚刚抽出新绿嫩叶，所有这一切使这个城市的郊区看起来十分美丽。我骑马前往英国商人伦勃先生家里住宿，在停留期间，我对他的善良友好和热情好客感激不尽。

布宜诺斯艾利斯这座城市很大，①我认为它是世界上最有规划的城市之一。每条街彼此相交成直角，互相平行的街道也都是等距的，房屋汇集的规模相等的方形街区叫作正方形框。而另一方面这些房屋本身也成为一种中空的方形建筑，各个房间的门都朝向一个整洁的小天井。它们普遍都是平房，屋顶上安放着座椅，夏天居民们时常在此乘凉。市中心是一个广场，政府机关、堡垒、大教堂等建筑物都在广场内。革命之前旧总督府就设在这里。总体而言，这些建筑物具有相当水平的建筑审美，然而就单个建筑物而言就没什么可夸耀的了。

在这里，围着准备屠宰的牲畜的大畜栏是非常值得一看的，这里的肉类供应给当地的居民食用。马和阉牛的力量对比着实令人震惊。一个人骑在马背上掷出套索套住牛角以后，牛就会被他拖到任何地方去。这头被缚的牛虽然伸开四肢，挖开地面泥土，企图抵抗马的拉力，却是徒劳。通常当牛全速冲向一边时，马会立刻掉头来承受它的冲力，这时马稳住不动，而阉牛则几乎跌倒在地上，它们的头颈竟然没有因此而折断，真是令人称奇。在这场斗争中，靠的并不仅仅是力气，还有马的肚带与阉牛伸长的脖子之间的抗衡。用同样的方法，一个人如果用套索套住一头烈性马的颈部，也能把它拉走。当阉牛被拖到屠宰地点以后，屠夫就会小心谨慎地割

---

① 听说这个城市有6万人，而拉普拉塔河沿岸的第二个重要城市蒙得维的亚的人口是1.5万人。

断它的蹄筋，紧接着牛就发出了一阵阵垂死的吼叫声，这是我听过的最猛烈的呻吟声了。我经常在很远的地方就能辨别这种哀嚎声，就知道这场生命斗争随后会很快结束。地面上几乎铺满了牛骨，马匹和骑马者的身上也沾满了血迹，所有景象都令人恐惧和作呕。

第七章 布宜诺斯艾利斯和圣菲

去圣菲考察——蓟的丛生地——鼯的习性——小鸭——咸水溪——平坦的平原——乳齿象——圣菲——景色的改变——地质情况——绝灭马的牙齿——南、北南美洲的四足兽的化石与近代物种的关系——大旱灾的影响——巴拉那河——美洲虎的习性——剪嘴鸟——鱼狗、鹦鹉和剪尾鸟——革命——布宜诺斯艾利斯——政府的内情

9月27日——这天傍晚，我开始了圣菲的考察旅行。圣菲位于巴拉那河岸边，离布宜诺斯艾利斯约300英里。下雨之后，布宜诺斯艾利斯郊外的道路格外泥泞，我从来没想过牛车能够在这样的道路上缓慢行驶。事实上，这种车每小时只能走1英里，因为需要一个人走在前面来探查最合适的路线，再让牛车试着通过。拉车的牛筋疲力尽，即使是有路况不错，能提高速率，也未必能减轻它们拉车的痛苦。我们曾遇到往门多萨去的一队牛车，它们所经过的路段大约有580英里；通常需要50天才能到达。这种牛车

的车身又长又狭窄，有芦苇的顶盖，只有两个车轮，车轮的直径有10英尺长。每辆牛车用6头阉牛拖拉，车夫用长度至少有20英尺的刺棒来赶牛，刺棒悬挂在车棚的下方；对于靠近车轮的那对牛则用较短的刺棒驱赶，长棒中段附有凸出的尖刺，与主棒成直角，用来击刺中间的两头牛，整套赶牛的工具看起来就像一种武器。

9月28日——我们经过一个叫作卢克桑的小镇，一座木桥横跨河面，居民带来了极大的便利。之后我们又经过阿烈科，沿途一带的平原看起来十分平坦，然而事实不是这样。这里的牧场彼此距离很远，因为好的牧草不多，不是苦车轴草就是大蓟。大蓟，黑德爵士曾经生动地描述了这种植物，在一年中的这个时候它们仅长到总高度的三分之二，有的已经和马背差不多高了，有的还没有发芽，以致地面裸露着，遍布尘沙，就像收税的关卡一样稀稀拉拉。蓟丛呈极鲜明的绿色，看起很像一块块使人赏心悦目的林地的缩影。在蓟丛生长的旺季，大片蓟丛不能通行，只有几条迂回曲折的小径可以行走，跟迷宫一样。这些小径只有当地的强盗能够辨认，他们常在这个季节栖于蓟丛中，在夜间突袭和抢劫，却能免于惩罚。我探访一户人家，询问强盗出没一事是否属实。他们回答说："蓟还没有长起来呢。"初次听到这句话时并不能完全理解。在这些小径上行走时让人很是疲乏，因为蓟丛当中除了鼹和小枭多一点，其余的就只有少数动物和鸟类了。

众所周知，①在潘帕斯草原的动物区系里，鼹有极为突出的特征。向南到内格罗河一带，也就是在南纬41°的地区还能看见鼹，超越这个界限就看不见它们了。它们不像刺鼠那样能够生活在巴塔哥尼亚砾石遍地的荒凉平原上，却喜欢栖居在生长着各种茂盛植物的黏土或沙土上。在门多萨附近的安第斯山脉山麓一带，鼹和一种有亲缘关系的高山物种紧密相邻，它的地理分布十分奇特，乌拉圭河以东就没有鼹的踪迹。这对拉普拉塔河东

---

① 鼹有些像大兔子，但是长着较大的啮齿和长尾巴，它的后肢也像刺鼠一样只有三趾。在最近的3~4年里，鼹皮被运到英国，作为制衣用的毛皮。

岸区的居民来说是幸运的，因为他们不会受到这种动物的骚扰，尽管这个地区的一些平原似乎很适合它们生存。乌拉圭河构成了一道阻止它迁徙的屏障，但它们可以渡过更宽的巴拉那河，在两条大河之间的恩特·雷里奥斯，它们的存在还是十分普遍的。在布宜诺斯艾利斯附近，鼹更是大量栖居，它最喜栖居的地方是平原上的大蓟生长地带。高乔人肯定鼹以草根为生，从它的啮齿和经常出没的地点来看，这样的推断是正确的。傍晚时分，大量的鼹出来活动，它们静静地蹲坐在洞口，这时它们非常温驯，即使有骑马的人从它们身旁经过，它们也毫不惊惶。它们跑路的时候非常笨拙，在逃离危险时，从它们翘起的尾巴和短小的前肢来看很像大老鼠。它们的肉烹调后呈雪色，味道鲜美，但当地的居民很少食用。

　　鼹有一种非常独特的习性，就是喜欢把坚硬的东西都拖到自己的洞口。因此每一个鼹洞的周围都堆着许多牛骨、石块、蓟茎、干硬土块和干粪，这些硬物被它们堆砌成一个不规则的小堆，数量总计可装满一辆手推车。有人告诉我说，有一位绅士在夜晚骑马时弄丢了他的表，第二天早晨他回去沿附近一带的鼹洞搜寻，果然如他所料，很快就找到了那只表。鼹把洞口附近各处地面上的东西拖走的习性，必定给居民们带来了不少麻烦，至于它们这样做的原因，我实在是一点儿也猜不出来。这绝不是为了防御，因为这些垃圾主要都被堆集在洞口，而这些洞又在很小的斜坡上通入地下。毫无疑问的是其中必有缘故，但当地的居民对此也是一无所知。我只知道有一种生活在澳大利亚的班颈亭巢鸟也有类似的习性，这种鸟用树枝筑成优美的拱形式巢供自己享用，它在这种巢里收集着附近各处的陆生或海生贝类、骨头和鸟类的羽毛，尤其喜欢收集那些颜色鲜艳的羽毛。古尔德先生曾经记述过这些情况，还告诉我说，当地人如果丢失了某种坚硬的物件，就会去这些鸟嬉戏的亭廊里搜寻，他还听说有人就是在这种鸟的巢里找到丢失的烟斗的。

　　我在前面多次提到的小鸮就生活在布宜诺斯艾利斯附近的平原上，专门居住在鼹的洞穴里面，但在拉普拉塔河东岸的小鸮却自己挖掘洞穴居住。它们在白天，尤其是在傍晚会成群结队地站在洞穴附近的小山上。倘若受到惊动，它们或钻入洞中，或发出尖锐的叫声，飞来飞去，有如波浪起伏，然后转身凝视后面的追捕者。偶尔在傍晚，也可以听到它们发出像猫头鹰般的叫声。在解剖两只小鸮的时候，我曾经在它们的胃里发现有老鼠的残骸。一天我还看见小鸮捕捉了一条小蛇并衔走了，听说蛇是它们白天主要捕食的猎物。在此，我还能够列出小鸮如何以各种不同的食物为生的例子来，我曾在乔诺斯群岛打死了一只小鸮，它的胃里塞满了好几只相当大的螃蟹，在印度，有一种食鱼的鸮，同样也以螃蟹为食。

傍晚，我们乘坐一条用浮筒捆在一起做成的小木筏渡过阿雷西费河，当晚就在对岸的驿站里留宿。我按31里格的路程支付了今天的租马费用，尽管路上十分炎热，我只是稍微有些疲惫。当黑德舰长说一天骑马可以行走50里格路时，我怎么也联想不到这段距离相当于150英里远。如果以直线距离计算，31里格路无论怎样都只有76英里，我认为要是在开阔地带的话，还应再加4英里作为行走弯路的距离，这样才符合实际的情况。

9月29—30日——我们继续前行，经过的平原与之前走过的具有相同的特征。我在圣尼古拉斯第一次见到了享誉盛名的巴拉那河。这个镇位于河边的悬崖脚下，那里泊着几艘大船。在到达罗萨利奥之前，我们首先渡过萨拉第洛河，这里河水清澈，但因为太咸不适于饮用。罗萨利奥建在一块平坦却不长草木的荒原上，是一个大城镇，那里形成的峭壁高出巴拉那河大约60英尺。这条河十分宽阔，周围有许多岛屿，这些岛屿又低又平、树木丛生，河对岸也是如此。没有成群的小岛杂错其中，这里平静得像一片大湖，正是有了这些小岛，才让人感觉河水在流动。岸边的峭壁是绝佳的风景，它们有时矗立，呈红色；有时成大碎块状，上面长满了仙人掌和含羞草一类的植物。试想一下，一条像巴拉那河那样从一国流经另一国的大河，在国际交通和商业方面是何等重要，它流经了多远的距离，灌溉了你脚下多少土地，你就可以想象这条河流有多壮观了。

圣尼古拉斯和罗萨利奥两地以南和以北的许多地区都十分平坦，一些旅行家曾描述这里异常平坦，这并不是夸大其词。然而，当你在某处悠闲地转悠时，从不同角度看远处的物体，却不会发生若隐若现的现象，这显然证明了这个平原并不是那么平坦。在海上，在一个人的视线处在离水面6英尺高的位置的时候，他的视力范围在2.8英里的地平线以内。同样的道理，地面越是平坦，看到地平线的远度则越接近这个数值。在我看来，有人也许会想象无限平坦的平原是壮丽的，而事实刚好相反，越是平坦才越会破坏这种壮丽。

10月1日——我们借着月光出发，日出时就抵达了提尔西罗河。这条河也叫萨拉第洛河，因为河水咸味很重，这个命名也就名副其实了。我大半天都待在这里寻找骨化石，除了找到箭齿兽的一颗完整的牙齿以及一些分散的骨块之外，我还找到两副彼此紧靠的巨大骨骸，它们明显地裸露在巴拉那河直立峭壁的表面，但是已经完全腐碎，因此我只能带走其中一颗大臼齿的几块小碎片。但这些碎片足以证明这些骨骸是属于乳齿象的，这种乳齿象大概和那些过去大量栖居在秘鲁安第斯山脉地区的乳齿象是同一个种。那些带我乘坐独木船的人告诉我说，他们对这些骨骸早已有所了解，也时常为它们在这里出现而感到惊奇。他们觉得需要解释这一现象，于是得出结论，乳齿象和鼹一样以前也是一种穴居的动物！傍晚的时候，我们骑马又向前赶了一程，渡过了另一条咸水河——蒙格河，那里的河水挟带着从潘帕斯草原冲刷下来的残渣。

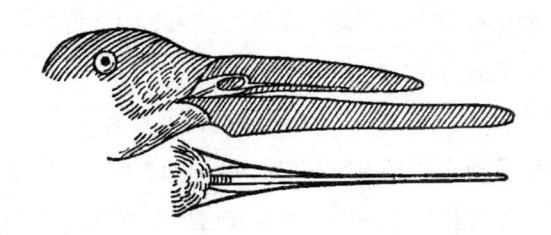

10月2日——我们经科龙达到了圣菲，途中不是很安全，但科龙达果园茂盛，是我见过的最美的村落。在巴拉那河的西岸，圣菲以北的地带就再也没有人居住了，印第安人时常南下到这些地方劫掠行人。乡间的自然条件也适合劫匪行劫，原因在于这里不是草原，而是一片辽阔的由低矮多刺的合欢树构成的森林地带。我们经过几处被洗劫一空而荒废的房屋，此外，我还看见一种让我的向导大为欣赏的奇观，那是一具印第安人的干尸，干缩的皮肤包着骨骼悬挂在一个树枝上。

早晨，我们抵达了圣菲。让我大为惊奇的是这地方和布宜诺斯艾利斯之间的纬度仅仅相差三度，两地的气候却有很大差异。气候的明显差异表现在当地人的着装和肤色上，不同的还有南美商陆树增大的树干，新种仙人掌和其他的新种植物，特别值得一提的是鸟类的差异。我一小时内看到过的六种鸟，都是在布宜诺斯艾利斯没见过的。考虑到这两个地方并无任何天然的界限，而且这两地的性质也极为相似，但差异却如此之大，远在我意料之外。

10月3—4日——我这两天由于头痛不得不卧病在床，由一位慈祥的老妇人看护，她希望我用一些奇怪的药方，常见的做法是在两处太阳穴各贴一片橘叶或一块黑色膏药，另一个更加常用的医法是把一粒豆分成两半加水浸湿，以便贴在两侧太阳穴上。通常认为，在贴好以后不能随便把豆瓣或膏药移去，而是要等它自行脱落。有时候，假如一个人的头上贴有小片东西，你去询问那是怎么回事，他会回答说："我前天感冒了"。当地人所用的许多药方都非常奇怪，有的甚至滑稽可笑，讲出来还令人作呕，不想再提。其中最令人恶心的偏方是把两只小狗崽杀死，把它们的身体剖开，绑扎在折断的肢臂上，因此，需要大量无毛的小狗崽，让它们睡在残废人的脚边，帮他们治病。

圣菲是一个宁静的小镇，镇子里干净而井然有序。镇长洛佩斯曾是革命时期的一位普通士兵，到现在他已经当权17年了。政府之所以能够稳定，正是由于他残暴的镇压手段，因为在这里专制政策似乎比民主政策更加有效。镇长最喜爱的消遣就是猎杀印第安人，他在很短的时间里就屠杀了48个印第安人，并把他们的小孩以每个3～4英镑的价格出售。

10月5日——我们到了巴拉那河对岸的一个城镇——圣菲巴佳达。这一段河流有很多支流，中间被低平多树的小岛隔开，像迷宫似的，所以渡河花费了几个小时。我给当地一位年老的西班牙加泰罗尼亚人带了一封介绍信，他十分殷勤好客。圣菲巴佳达是思特雷里奥斯省的首府，1825年的时候这个城镇有6000人，全省共有30000人，这个省的人口虽然不多，但是在流血苦战的革命中遭受的损失却是最多的。当地居民经常夸耀他们中有国会议员、有内阁总长、有常备军首长和政府首长，难怪他们要发动革命了。在不久的将来，这里定会成为拉普拉塔河流域最富庶的地区之一，这里的土壤种类繁多，出产十分丰富，巴拉那河和乌拉圭河使这个省呈现岛的形状，还提供了两条交通大动脉。

我在这儿耽搁了5天，独自考察了周围地区的地质状况，兴致很高。我在峭壁脚下看到了几种地层，河床中有鲨鱼的牙齿和几种已经绝灭的海生动物的贝壳。这些地层的上面有一层已经硬化了的泥灰岩，在泥灰岩的上面又有一层潘帕斯草原上的黏性红土，其中夹杂着石灰质的结石和陆地四足动物的骨头。这个纵断面明显地告诉我们，这里最初是一个纯粹的咸水湾，后来逐渐被泥土侵入，最后转变成一个泥河口，河面浮尸也随之陷入泥内。在拉普拉塔河东岸区的戈尔达角，我曾经发现潘帕斯草原的河口沉积层发生了改变，成了一种含有绝灭海生贝类的石灰岩；这一点表明要么是以前水道发生过变化，要么更可能是古代河口底层的水平面发生了上下震动。近来我才认为潘帕斯草原的地质构造应该是由远古河口的沉积形成的，因为它的一般形态和它在如今拉普拉塔河河口中的位置，以及其中埋藏的大量陆生四足动物的骨块。但是现在埃伦伯格教授热心地为我分析了靠近乳齿象骨骼处沉积层底层的红土，他发现这种红土中有很多咸水与淡水中生存的纤毛虫类，不过淡水的纤毛虫较多，因此他说那时的水一定是含盐的。多尔比尼先生在巴拉那河两岸高100英尺的地方，发现了一种河口贝类的埋藏层，这种贝类现今还生存在下游100英里处的海域中，我也在乌拉圭河两岸低于100英尺的地方发现了同样的贝类，这就说明在潘帕斯沉积层逐渐上升为干燥的陆地之前地面上的水就是咸的。在布宜诺斯艾利斯河床以下，有上升的现存海生物种的贝壳埋藏层，这一点能说明潘帕斯地区的上升现象是在最近的地质活动之后发生的。

我在圣菲巴佳达周围的潘帕斯沉积层里发现了一个像犰狳的巨大动物

的骨甲，在清理完泥土之后甲壳内部像一口大锅。此外，我还发现了箭齿兽和乳齿象的牙齿，还有马的一颗牙齿，它们都已污损腐朽了。我对这颗马的牙齿十分感兴趣，[①]并对它做了十分仔细的观察，来确定它是否是和其他的遗骸同时被埋藏在泥土里的。过去我曾在布兰卡港发现的化石中找到一颗马的牙齿，但并未引起注意，因此不确定马的遗骸在北美洲是否普遍存在。最近莱尔先生从美国带回来一颗马齿，这是一个有趣的事实，欧文教授发现它不属于任何化石或近代的物种，特征是它有一种微小而特殊的弯度，后来他才想到用我在这里发现的马齿标本同他发现的作比较，于是他把这种美洲马命名为居维叶马。南美洲以前有过一种土种马，后来绝迹了，这之后西班牙殖民者带来了少数马匹，这些马匹继而繁殖成了无数的马群，取代了土种马，这在哺乳动物史上确实是相当不可思议的！

南美洲马化石的存在，乳齿象的存在，还有伦德和克劳森两位先生在巴西洞窟中发现的洞角科反刍动物的存在，都为研究动物的地理分布提供了相当重要的佐证。假如我们将美洲分为南北两部分，不以巴拿马地峡为分界线，而以墨西哥南部[②]的北纬20°作为分界线的话，这里的台地则构成了一道宽阔的屏障，阻止了物种的迁徙，同时也影响着气候。其中只有几个山谷和沿海的边缘低地可以通南通北，南美洲和北美洲的两个动物区域，彼此间也形成了鲜明的对比。只有少数物种能够通过这道屏障，从南方流浪到北方，比如美洲狮、负鼠、蜜熊和西貒。南美洲有很多特殊的啮齿动物，灵长目的有羊驼、西貒、貘和负鼠，特别是还有包括树懒科、食蚁兽科和犰狳科的贫齿目。另一方面，北美洲所特有的动物中（由南方流浪来此的物种除外）有种类繁多的啮齿动物，还有洞角科反刍动物的四个

---

① 在哥伦布发现美洲的时候，美洲就已经没有马了，这一点已经有充分的证据，我就不再提了。
② 这是利希腾斯坦、斯温森、埃里契松和理查森遵循的一种地理分区方法。洪堡在他著述的《关于新西班牙的政治论文集》中曾经提出那个从维拉克鲁斯到阿卡普尔科的断面表明墨西哥台地构成了一道强大的障壁。理查森曾经在不列颠科学协会做了他的卓越报告——《关于北美洲的动物学》，在这个报告里他讲到有一种墨西哥动物是和啮齿动物相同的种，而且说："我不知道这究竟准确到什么程度，如果准确，那这几乎可以说是南、北两美洲都存在的一种啮齿动物的唯一例证。"

属：牛属、绵羊属、山羊属和羚羊属，在南美洲却没有遇到过反刍动物中的任何一个物种。以前，在大多数现今贝类已经生存的时期，北美洲除了洞角科反刍动物以外，还有象、乳齿象、马和贫齿目的三个属：大懒兽属、巨树懒属与磨齿兽属。大概相同时期（可以拿布兰卡港的贝类作为证明），我们已经看到的南美洲也有乳齿象、马、洞角科反刍动物和贫齿目同样的三个属（同时还有其他几个属）。我们因此得知，从南、北美洲最近的地质时期共有的这几个属的动物来看，这两个大洲当时的陆生动物在特征上要比现在接近得多。我越是仔细思考这种情况就越觉得有趣，不知道还有没有其他事例可以作为把美洲大陆分为两个特征显著的动物区域的原因。一位地质学者如果能深刻地认识到根据剧烈的地面震动能够说明最近时期地壳所受的影响，那么他便能大胆地推论墨西哥台地最近上升了，西印度群岛最近下沉了，而且能推论出南、北美洲动物区域分离的原因。西印度群岛的哺乳动物具有南美洲的特征，这一点也许可以说明这个群岛以前和南美洲大陆曾连在一起，后来才成为下陷的区域。

当美洲尤其是北美洲有自己的象、乳齿象、马和洞角科反刍动物的时候，从这些动物特征来看，和欧、亚两洲温带之间的关系比现在更接近。因为在白令海峡两岸[①]和西伯利亚的平原上都已经发现了这几属动物的化石，所以我们认为北美洲的西北侧就是旧大陆和所谓的新大陆之间的通道。而且由于在同样的这几属动物中，有如此多现存的和灭绝的物种，无论过去还是现在它们都居住在旧大陆上，所以北美洲的象、乳齿象、马和洞角科反刍动物极可能是在白令海峡附近还没有下沉之前就由陆地从西伯利亚迁徙到北美洲的，又在西印度群岛还未下沉以前由陆地迁徙到南美洲的。在南美洲大陆上，它们曾经与这个南部大陆所特有的动物类型混杂在一起，后来又灭绝了。

在这一带地区旅行时，我听到若干关于最近大旱所产生的后果的生动

[①] 参见巴克兰博士在比彻著述的《旅行记》的精彩附注；还可参考沙米索在科策布著述的《旅行记》中的相关文章。

描述，这种描述可以解释各种动物被埋藏在一起的问题。1827—1830年，南美洲统称之为大旱时期。在这个时期雨下得非常少，结果植物就全部枯萎，甚至蓟类也枯死了。溪流完全干涸，整个地区看起来就像一条飘扬着尘土的马路。这种情形在布宜诺斯艾利斯北部和圣菲南部一带最为明显，大量的飞鸟、野兽、牛和马都因为食物和饮水缺乏而死亡了。有一个人告诉我说，那时经常有鹿①走到他的院子里，站在井边找水喝，这口井是他为了自己一家人的饮水而不得不挖的。鹧鸪渴得无力飞翔，任人追赶。单单布宜诺斯艾利斯省估计至少有100万头牛因大旱而死。圣佩德罗的一个牧场主这几年有2万头牛，然而大旱以后一头牛也不剩了。圣佩德罗位在这个最肥沃的地区的中心，现在这里又有众多的畜类了。然而在大旱快结束的时候，只能从其他地方用船只运输活牲口供这里的居民消费。每个农场的牲畜那时都四处乱跑，逃往遥远的南方混杂在一起。它们数量众多，布宜诺斯艾利斯政府只好派遣一个委员会专门来处理农场主之间争夺牲畜的纠纷。伍德拜因·帕里什爵士告诉我说还有一个十分有趣的纠纷，由于地面长期干旱尘土到处飞扬，结果在这个辽阔的地方连田地的界牌都看不清楚，人们都弄不清楚自己农场的地界究竟在什么地方。

有人曾告诉我，他亲眼看到成百上千的牛群一队队奔向巴拉那河，它们由于饥饿无力，没爬过淤泥的河滩就淹死在那里了。一个船主告诉我说，那条流经圣佩德罗的河流的支流里船只基本无法通行，因为有无数腐烂的兽尸，臭气冲天。几十万头动物死在这条河流里，人们看到腐烂的尸体顺流而下，许多尸体很有可能就积聚在拉普拉塔河的河口处，所有的河都变得高度含盐，这造成了大量动物在几个特殊地点死亡，因为这些动物

---

① 在舰长欧文著述的《航海勘查记》里有一段讲到旱灾对于本格拉地区的象产生的影响，这段文字很有趣："不久前无数大象因为在野外喝不到水，便成群结队跑到市区里企图占据水井。当地居民们也联合起来，就发生了一场决战，结果有一人被象杀死，数人受伤，最终侵略者因失败而结束了这次斗争。"听说这个城镇有3000个居民。马尔科姆森博士告诉我在印度大旱期间，野兽们跑进埃洛尔地区的几个军营的蓬帐里，有一只野兔就在团队副官手拿的水盆里喝水。

饮用了这种含盐的水以后，并不能恢复体力。阿扎拉曾描述过在大旱时期野马发狂的情况，那些马向沼泽奔去，先达到水边的马被后面跟随的马给挤压或踩死了。他还说他曾经好几次看到有数千匹以上的野马尸体，它们都是相同的死因。我注意到了潘帕斯草原里的小河底部布满了由骨块形成的角砾岩，这也许是由于沉积的骨块逐渐增加造成的，并不一定是在某一时期由于动物的集体死亡而形成的。1827—1832年的大旱灾以后，接踵而至的是洪涝灾害。所以在接下来一年的沉积层里，肯定会埋藏有成千上万具动物骨骸。假如一个地质学家看到由不同种类与年龄的动物骨块所组成的巨大集合体埋藏在一块厚地层里，他会有怎样的看法呢？他是否会认为这并非洪涝扫荡的结果，而只是事物的一般现象呢？①

　　10月12日——我本打算再向前继续旅行，但因身体未完全康复，所以不得不乘船返回，这是一艘载重约一百吨的单桅船，正开往布宜诺斯艾利斯。由于天气不好，当天很早就在一个小岛的树下下锚了。巴拉那河布满了岛屿，这些岛屿经常此起彼伏地出现，据船主回忆，那里曾经有几个大岛消失无踪，而另外有几个岛屿又出现了，那些岛上还生长着茂盛的植物。这些岛屿都是由淤积的泥沙构成的，甚至连一块最小的砾石也没有，高出水面4英尺左右，然而在周期性的洪灾期间，它们全部会被洪水淹没。岛上的动植物都呈现出相同的特征，就是大量的柳树和一些其他树木被各种各样的伏地植物所缠绕，因此构出一片浓密的丛林，为水豚和美洲虎提供了一处休息寓所，由于害怕美洲虎的出现，我不赞成从伏地植物地带穿经森林。今天傍晚，我前进不到100码时就发现了无疑是美洲虎走过的踪迹，于是被迫返回原地。每个岛上都有美洲虎的行踪，就像我在以前旅行时所听到的话题"到处是印第安人的踪迹"一样，而现在的话题就转换成"老虎的踪迹"了。

　　这条大河两岸树木繁多，是美洲虎特别喜爱的栖居地。但有人告诉

---

① 这些大旱灾几乎都是有周期性的。曾经有人告诉我另外几次大旱灾的日期，我据此推算出周期大约是15年。

我，在拉普拉塔河的南方，它们频繁出没在湖泊四周的芦苇丛里，对水的要求是必需的。水豚是它们的一般猎物，所以当地人都说水豚多的地方，美洲虎伤人的危险性就小。福尔克纳说靠近拉普拉塔河河口南侧一带的许多美洲虎主要以鱼类为生，我不止一次听到这种说法。美洲虎在巴拉那河流域咬死过很多伐木工人，甚至有时会在夜间跑到船上来。一个圣菲巴佳达人，晚上从船舱走上甲板，就遇到一只美洲虎，虽然他逃脱了，但失去了一条手臂。在洪水将它们从岛屿上驱走的时候，是它们对人最危险的时候。听说几年前一只很大的美洲虎闯入了圣菲的一个教堂，两位牧师走进去先后被它咬死，第三个牧师进去探看究竟，结果好不容易才逃了出来。后来有人从教堂一个没有屋顶的角落射击才消灭了这只美洲虎。这段时间，它们还大批捕杀牛马，听人说美洲虎经常咬断猎物的颈部让它们毙命，如果遭到驱赶，美洲虎离开猎物的尸体后，很少再回来寻找这具尸体。据高乔人说美洲虎在夜间漫步时，常常受到狐群的困扰，它们跟在美洲虎身后不停嗥叫。有一个类似的例子，东印度群岛的胡狼也总是跟在老虎背后。美洲虎喜欢吵闹，经常在夜间嚎叫，特别是在恶劣天气到来之前，吼叫得尤其厉害。

我一天在乌拉圭河岸边打猎，有人指着几棵树对我说，美洲虎经常到这里来，目的是在树上磨爪子。我看到这三棵树的树干上，明显被摩擦得十分光滑，像是被野兽用胸部磨光滑的，树的两侧也有很深的爪痕，确切地说是凹沟，这些凹沟沿着斜线的方向延长，大约有1码长。这些爪痕是不同时期留下来的。要判断附近是否有老虎盘踞，有一个简单的方法，就是观察这些树干上是否有老虎的新爪痕。美洲虎的这种习性与我们生活中见到的家猫的习性类似，家猫也经常伸直双腿露出爪子，在椅子腿上一阵乱抓。我听说在英格兰的一个果园里，小果树就是这样被猫抓伤的。美洲狮一般也有这样的习性，因为在巴塔哥尼亚裸露的硬土面上，我也发现了美洲狮的爪痕，爪痕的深度不像是其他野兽所能抓成的。我认为它们抓的目的其实是想把指甲高低不平的尖端磨去，而不像高乔人所说的那样，要把它们的爪子磨快。要杀死美洲虎不算难事，就是借助猎狗把它驱赶上树再用子弹打死而已。

由于天气恶劣，我们在停泊处停留了两天，娱乐活动是捕鱼，改善生活伙食。这里好几种鱼的味道都十分鲜美。引人注意的是有一种叫作"阿尔马多"（一个鲇属种）的鱼在上钩的时候，会发出清晰的喳喳声。这种鱼在水里游动时，也能听到这种喳喳声，它还能用胸鳍和背鳍上坚硬的刺牢牢地钩住各种物体，比如桨片和钓丝。傍晚，天气十分炎热，温度计显示的是华氏79度，无数的萤火虫四处乱飞，蚊虫也十分讨厌，我的手露出不到5分钟就布满了黑黑的一层蚊虫，我估计至少有50只，全都在忙着吮血。

10月15日——我们今天出发向戈尔达角驶去，那里有一群被驯服的印第安人，他们是从米西奥涅斯省来的。我们顺流疾驶而下，但在日落之前，由于担心恶劣天气到来，我们转入一条狭窄的小河，在那里停泊。我另外乘一只小船向上游划了一段距离，这条河狭小而迂回曲折，河水很深，两岸有伏地植物缠绕树木所构成的30～40英尺高的绿篱，因而这条河道显得特别阴郁。我在这儿看到一种十分特别的鸟，叫作剪嘴鸟，它长着短腿、蹼足和长而尖的翅膀，大小和燕鸥差不多。它的嘴横向扁平，就是说，若与琵鹭和鸭的嘴相比，似乎成直角。剪嘴鸟的嘴部扁平而有弹性，就像是一把用象牙做的裁纸刀，它不同于别的鸟，下嘴比上嘴长1.5英寸。马尔多纳多附近一个湖泊里的湖水几乎已经枯竭，那里有很多的小鱼，我看到这种鸟结成小群，贴近湖面快速地飞来飞去，它们张大着嘴将下嘴的一半伸进水中，在掠过水面的时候把水面犁开。湖水平静得像面镜子，每只飞过的鸟在如镜的水面上都留下狭长的波澜。它们在飞行的时候常做特别急速的转弯，敏捷地用自己的突出的下嘴把小鱼犁出水面，然后就用剪刀式的较短的上喙夹住小鱼。我经常看到它们像燕子一样靠近我身边，前后飞行来捕食小鱼。偶尔，它们离开水面，杂乱、不规则地快速飞行，还发出响亮的粗嘎的声音。这些鸟在捕鱼的时候，展开长羽毛的明显好处是可以令它们保持干燥，它们这样在水面飞行的样子酷似许多画家所画的海鸟的形态，它们的尾部如同船舵般用来操纵不规则的飞行。

沿着巴拉那河一带到内地，这些鸟都很常见，听说它们整年都待在那里，并在沼泽里繁殖后代。白天它们常成群地在离河不远的草原上歇息。正如前文所提到的，我们曾经在巴拉那河岛屿间的一条小河里停泊，临近夜晚，河面十分平静，许多小鱼都浮到水面上来，突然有一只剪嘴鸟飞来，这只鸟持续在水面上飞掠，以不规则的飞行方式，沿着狭窄的河面上下飞行，河面也渐渐在迫近的夜色和笼罩在水面上的树影里变得越来越暗。我曾经在蒙得维的亚看到它们成天栖息在港口尽头的淤泥浅滩上，和巴拉那河岸边的草原上，剪嘴鸟的习性也一样，晚上会向海边飞去。依据这些情况我认为剪嘴鸟一般都在夜间捕鱼，因为这时候很多处在深水里的鱼常常浮到水面上来。莱生先生说，他曾经在智利的海边看到这些鸟啄开埋在沙滩里的蛤蜊的贝壳，但是它们的嘴很软，下嘴伸得很长，足短而翼长，这样看来这种觅食方法不大符合它们的一般习性。

我在沿着巴拉那河下行的路，只观察到了三种鸟类，值得一提的是它们的习性。其中一种是小美洲鱼狗，它的尾巴比欧洲的鱼狗要长一些，因此尾巴不能竖立向上。此外，在飞行时，它们不像欧洲的鱼狗那样如箭一般迅速，却如软嘴鸟一样一起一伏，飞行缓慢。它们的叫声很低沉，像两块小石头碰击发出的声音。第二种是小绿鹦鹉，这种鸟胸前的毛是灰色的，看起来像是喜爱选择岛屿上的高大树木作为造巢地点。如此多的鹦鹉巢彼此紧贴在一起就像一个大柴堆。这些鹦鹉总是成群而居，对谷物田地造成很大的危害。有人告诉我在科洛尼亚附近，一年内就有2500只鹦鹉遭到捕杀。第三种鸟长着叉形尾巴，在尾端长着两支长羽毛，因此西班牙人叫它剪尾鸟，在布宜诺斯艾利斯周围这种鸟十分常见。它一般在房屋附近的南美商陆树上栖息，做短距离的飞行来捕食昆虫，然后又回到树上栖息。在空中飞行时，从飞行姿势和一般形状来看，像是普通飞燕的动作，它能在空中做急速转弯，这时它会张开或合拢尾巴，间或呈水平或垂直状，一张一合，恰似一把剪刀。

10月16日——在船航行到罗萨利奥下游几里格的地方，巴拉那河西岸尽是直立的峭壁，像长线一般一直伸延到圣尼古拉斯的下游，它更像是一条海岸而不是淡水河的河岸。巴拉那河两岸的土质十分疏松，河中挟带着很多泥土，十分混浊，使这条河流的风景大为减色失色不少。而乌拉圭河流经花岗岩层地区，因此河水十分清澈。当这两条大河在拉普拉塔河源头汇合时，从远处看，就可以清楚地看到红黑两种颜色。傍晚，风向十分不利于船的行驶，我们照以往经验，立刻下锚泊船。第二天风力更猛烈了，尽管是顺风但船主仍迟迟不开船。在圣菲巴佳达，有人在我面前形容这个船主是一个"不随和的人"，而事实上他承受着所有沿途的人对他的责备。他是一个年老的西班牙人，在这一带已经居住多年。他明言自己很喜欢英国人，却坚持认为特拉法尔加角战役的胜利仅仅是由于被收买的西班牙船长的背叛，而交战双方中真正英勇的是西班牙的海军上将。让我感动的是他宁愿让世人认为他的同胞是最恶劣的卖国贼，也不愿世人说自己的同胞是没有本领、不勇敢的人。

  10月18—19日——我们沿着这条著名的河流继续向下游驶去，行驶期间几乎没有遇到别的船只，大自然赋予了这条河良好的条件，而它作为交通要道却没有得到很好的利用。船只可以从一个温带地区行驶到一个热带气候地区，根据著名鉴定家邦普朗先生的看法，这片热带地区土壤的肥沃程度也许是世界上独一无二的。如果英国殖民者能幸运地先到拉普拉塔河占领这片土地，那这条河流的面貌就不会是今天这个模样了，河的两岸该建立了多么宏伟的建筑啊！在巴拉圭的独裁者弗朗西亚还没死之前，这两个国家就互不往来，像是处在世界的两个对立点。将来如果这个专横残暴的独裁者去世了，巴拉圭肯定会发生革命并分裂，那时暴力将盛行于世。在这个国家还没有充满正义和荣誉的集体精神以前，它还得像其他南美洲国家一样去学习这些美德，否则共和政体是无法建立的。

  10月20日——当船到巴拉那河河口的时候，我因急于早日到达布宜诺斯艾利斯，便在康察斯上了岸，打算骑马过去。上岸以后，让我大为吃惊的是我发现自己在某种程度上成了一个囚犯。暴力革命已经爆发，所有港口都被封锁了，我不能再回到船上了，而从陆路去首都也不太可能了。与当地司令官进行了长谈以后，他准许我第二天去见罗洛尔将军，他正在首都这一带指挥革命军。第二天早晨，我骑马来到营地，在我看来，将军、军官和兵士们实际上都是一群恶棍。这个将军在离开首都的前一天晚上亲自去见了总督，并捂住自己的胸口发誓愿意效忠总督。将军告诉我说城市现已完全戒严，他能做的只能是签一张通行证给我，让我去见基尔梅斯的革命军总司令。所以我们不得不环城绕行，却很难雇到马匹前往。在营地，我受到了礼遇，却被告知不能进城。我心里非常焦急，料想比格尔舰会早于预定时间驶离拉普拉塔河。然而，当我提及罗萨斯将军在科罗拉多河驻地对我的礼遇后，这些话神奇般地迅速扭转了局面。有人立刻对我说，即使他们不能给我进城通行证，但是假如我愿意放弃我的向导和马匹，就可以越过他们的警戒线。我欣然接受这个条件，他们派来一名军官指引我，行走时不得在桥上停留。沿途十分荒凉，我遇到一队兵士，他们郑重地看了我的旧护照之后感到很满意，我满心欢喜地进了城。

　　这次革命并非因公愤而起的，原因是在九个月里（从1820年2月到10月）这个政府改组了15次之多。按照宪法每个总督的任期为3年，因此找借口来推翻政府是完全不合理的。在这种情况下，政府中有一个党派忠于罗萨斯将军，反对总督巴尔卡斯，他们中有70人离开了首都，在拥护罗萨斯的口号下发动了全国的武装暴动。随后这个城市就被封锁了，禁止运送食物，禁止牛马进城。此外，每日都有小的暴动和人员伤亡，包围的军队很清楚在断绝居民的肉类供应以后，他们就必胜无疑。罗萨斯将军起初不清楚叛乱的原因，但是这种行动显然是完全符合他那一派的计划的。一年以前，他被选为总督却拒绝接受，除非"萨拉"同时授予他最高特权，他才会接受这个职位。这次他依然拒绝接受这一职位，但他的党派表示除了他以外就再没有其他人能够胜任这个职位了。双方的军事行动在得到罗萨斯的决定之前明显是在拖延，在我离开布宜诺斯艾利斯几天之后，传来一道手谕说将军不赞成破坏和平，但认为反对军的一派人也有公正的一面。接到手谕之后，总督、内阁总长和一部分兵士大约数百人就立马逃离了首都。叛军随后进城改选了新的总督，而且有5500人还受到了嘉奖。根据上述情况罗萨斯将军毫无疑问会成为一个独裁者,因为这个国家的人民也和其他共和国的人民一样对"君王"这个词特别反感,离开南美洲以后,我听说罗萨斯已经当选,并一度违反共和国的宪法原则处理政事。

第八章　拉普拉塔河东岸区和巴塔哥尼亚

到科洛尼亚·但耳·萨克拉明托去旅行——一个农庄的价值——牛群点数法——特殊的牛种——有孔的石子——牧羊狗——训练马匹，高乔人骑马——居民的性格——拉普拉塔河——蝴蝶群——飞行的蜘蛛——海中的磷光——希望港——羊驼——圣尤利安港——巴塔哥尼亚的地质——巨型动物化石——体制型式永恒不变——美洲动物界的变化——物种的绝灭原因

我在首都布宜诺斯艾利斯耽搁了近两个星期，那时刚巧一艘邮船要开往蒙得维的亚，我愉快地乘船逃离了这座城市。待在一个被封锁的城市里，本就非常不舒服，更何况还要担心盗贼的抢劫，站岗的哨兵凭借自己职务上的便利和手里的武器，就随意地抢掠，他们这样不守纪律，真令人难以置信。

我们经过的那段水路长得令人讨厌。在地图上拉普拉塔河看起来像是一个重要的河口，然而实际情况并不完全如此。在这宽阔的河流里，充满

着污泥浊水，既不壮观又不美丽。一天中只有一次能从甲板上望见地势低洼的河岸。到了蒙得维的亚之后，我才知道比格尔舰还要停靠一段时间再出发，于是我准备在拉普拉塔河东岸做短途旅行。前面我曾经说到马尔多纳多附近的情形，那里的情况与蒙得维的亚一带相似。只是这里的陆地要平坦许多，还有一座马尔多纳多所没有的绿山，高度达450英尺，城市也因此山而得名。这周围很少有起伏的草原地区，然而靠近城市的地方有几段用篱笆围起的堤岸，那里生长着龙舌兰、仙人掌和茴香。

11月14日——我们在下午离开了蒙得维的亚，我打算前往位于拉普拉塔河的北岸，与布宜诺斯艾利斯遥遥相对的科洛尼亚·但耳·萨克拉明托城，然后从那里沿乌拉圭河向上，到内格罗河（南美洲有很多河流都是这个名称）沿岸的村落梅塞德斯，再从那里直接回到蒙得维的亚。当天，我们就借宿在我的向导卡内洛内斯家里。第二天早晨，我们很早就动身启程，以期多赶些路，却发现到处水位上涨，想法落空了。我们只有乘船渡过卡内洛内斯河、圣卢西亚河和圣约瑟河等河流，这期间也白白浪费了不少时间。在以前的一次旅行中，在圣卢西亚河的河口附近，我惊讶地发现，我们的马虽然不习惯于游泳，却很轻松地渡过了宽达600码的河面。在蒙得维的亚我一提起这件事，就有人说，以前有一只载有几个卖艺人和一些马匹的船在拉普拉塔河里失事，其中有一匹马居然游了7英里才上岸。今天，我看到一个高乔人驾驭一匹桀骜不驯的马匹时非常敏捷。他脱去衣服，跳上马背，骑着马走进河里，一直走到这匹马能走到的最深处。之后他从马臀上溜下来，紧紧地抓住马尾，在这匹马转身折回时，他就用水泼向马的面部来吓唬它。而当这匹马一接触到对岸的河底，这个高乔人就跃身上马，在这匹马上岸以前，他已经手握缰绳安稳地坐在马背上了。无鞍的马和马背上赤裸的人的组合真是一幅美妙的景观，我完全没想到人能和动物彼此配合得如此密切。马的尾巴真是一件有用的附属品。我曾同四个人坐船渡河，这只船也是那样渡过去的，像高乔人一样。如果一个人要同马一起渡河，最好的办法是一手紧紧抓住马的鞍头或马毛，另一只手臂划水帮忙。

我们在库弗烈的驿站休息了一晚,在此又待了一天。傍晚时分,有一个邮递员来到这里,因为罗萨利奥河的洪灾,他晚来了一天。但是,这并没有多大的影响,因为他虽然走过了拉普拉塔河东岸的几个主要城市,可是他只有两封信在邮包里了!房屋外风景宜人,触目所见的是一片起伏的绿地,远处的拉普拉塔河熠熠闪光。我感觉我这次所看到的与第一次到此地的观感不大一样了。那时我还以为这是片平坦的土地呢!但是现在,在我骑马疾驰过潘帕斯草原以后,我对我自己之前的观感感到很惊讶,我怎么会把此地看作平坦的呢?这一带是连绵起伏的丘陵,或许此处并不大,可是和圣菲附近的那些平原比较起来,却是名副其实的山了。在这连绵起伏的丘陵地带,有很多小河流和碧绿如茵的草地。

11月17日——我们渡过罗萨利奥河,河水很深、水流湍急。经过考拉村以后,我们于中午时分到达科洛尼亚·但耳·萨克拉明托。我们驰经一片约20里格的地区,这里碧草如茵,但牛和人口都十分稀少。当地有人邀请我在科洛尼亚住宿,次日随同一位绅士去他的农庄,那里有一些石灰岩。这个城镇建立在有很多石头的海角上,与蒙得维的亚有些相似。坚固的堡垒遍布四围,可是在巴西战争时期,这些堡垒和城市都受到了很大破坏。这座古老的城堡中,不规则的街道以及四周古老的甜橙林和桃林,却给人一种美妙的感觉。城中的教堂已是一片废墟,却令人十分好奇。这座教堂曾被作为火药库使用,却被沿拉普拉塔河一带的雷电击毁了。这一地区每年要遭受成千上万次雷暴雨。这个教堂房屋的三分之二,直到地基,都被摧毁了,而其余部分则像是被天雷和火药结合在一起的威力击毁的奇特纪念碑,依旧矗立在那里。傍晚的时候,我到那里半毁的城墙边上散步,这是巴西战争中的主要战场。这次战争使这个国家遭到极大创伤,这种损害立竿见影,更严重的是战争使无数将军和其他各级官员开始了明争暗斗。拉普拉塔联邦的将军,比大不列颠王国的将军还要多一些(但他们没有官俸)。这些绅士争权夺势,也不反对出现一些小的冲突。所以,这个地方有许多人伺机暴动并推翻没有稳固基础的政府。但是我注意到,不管是在这里或别的什么地方,都令人感觉他们对下届总统的选举都很感兴趣，这似乎是这个小国趋迈向富强的好兆头。当地居民们对他们的代表人选的学问没什么要求，我听到几个居民在讨论科洛尼亚代表的资格，其中一个人说道，"尽管他们不是什么职业人士，他们都能写自己的名字"。在他们看来，这是任何一个通情达理的人都应该具备的条件。

11月18日——今天我同我借宿的房东骑马去他的农庄，这个农庄在圣约翰河附近。傍晚，我们骑马围着农庄上的土地走了一圈。这块土地的面积有2.5平方里格，位于一个谷地上面；它的一面紧临拉普拉塔河，其余两面却以不通行人的小河作为界线。这里有一个很好的港口，用于停泊小船。除此以外，这里还有很多小树林，有些树木被布宜诺斯艾利斯居民用作燃料，有很不错的利用价值，我想了解这样一个各方面都很完备的农庄能值多少钱。农庄上有3000头牛，然而这里的土地足够饲养三四倍这个数目的牛。农庄上还有800匹母马和600头绵羊，其中150匹母马已经被驯化了。农庄上水源充足，石灰石含量丰富，并且还有一所简陋的房屋、几个完好的畜栏和桃树园。曾经有人拿2000英镑向农庄主购买这里的所有产业，但农场主希望再加500英镑便出售，比这个价钱更低点说不准也可以。经营农庄是一件很难的事情，因为每星期都要把牛驱赶到一个中心地带，便于来驯服它们，清点它们的数量，每周两次。要点清10000～15000头牛，确实是一件使人感到头痛的事。而他们所采用的方法就是平时把牛分成小群，每小群40～100头。每个小群都有几头牛被标上特殊的记号，这样就可以辨认出这一个牛群并且弄清楚它的头数。这样一来，要是在一万头中有一头牛走丢了，就能够从小群中缺失了一头的情形观察出来。有暴风雨的夜晚，各小群的牛常常就混杂在一起了，但是到了第二天，它们仍旧分成小群，像以前一样，所以每头牛都肯定能在一万头的牛群中认出自己那一小群的同伴。

记得有两次，我在该省遇见过几头熊牛，它们属于非常奇特的品种，被叫作"纳塔"或者"尼亚太"。它们外表上看起来与其他牛无异，就像逗牛狗或狮子狗与其他狗一样。它们的前额又短又宽，鼻尖朝上，上唇向后紧缩，下颚比上颚突出，还有一条与之匹配的上扬的曲线。它们走路时，短颈上的头低垂着，后腿相对于其他牛来说要比前腿长。它们露出的牙齿，短短的颈部以及狮子鼻，让人觉得它们是最滑稽可笑的，有种不可一世的自信的表情。

回国以后，在我的朋友皇家军舰舰长沙利文的大力帮助下，我很幸运地得到了这种牛的一个头骨，现在这个头骨就保存在外科医学院。①住在卢克桑的穆尼兹先生曾经盛情帮我收集了他所能收集到的关于这个品种的所有信息。据他描述，这种牛在差不多80年前是很稀少的，作为一种珍品被人收藏。人们普遍认为，这种牛原产于印第安人所居住的拉普拉塔河以南地区，并且当时还是最普通的品种。即使到今天，那些在拉普拉塔河附近各省里培育的这种牛，仍然表现出野性，因为它们比一般的牛更凶猛。比如说，在母牛第一次生小牛后，如果多次去探望它或者是打扰它的话，它就会轻易将小牛抛弃。有一个奇特的事实，就是福尔克纳博士告诉我说，印度有一种已经绝灭的大型反刍动物长颈麋，跟尼亚太牛一样具有几乎相似的独特②构造。这个品种很纯粹，尼亚太的公牛和母牛交配以后，会生出尼亚太小牛。尼亚太公牛和普通母牛杂交，或普通公牛和尼亚太母牛杂交，则会生出一种具有中间特征的后代，但仍然强烈地表现出尼亚太牛的特征。有一种最明显的证据与畜牧学家的普遍观点相反，那就是尼亚太母牛同普通公牛杂交时产生的后代，要比普通母牛同尼亚太公牛所产生的后代，更加强烈地承继了尼亚太母牛的特性。 在牧场上的草类生长得相当高的时候，尼亚太牛也像普通牛一样，善于用舌和颚吃草。但在大旱期间，当有如此众多的动物死亡时，尼亚太牛也处在很不利的情况下，假如不经照料，就会死亡，原因在于普通的牛也像马一样，还能靠着上下两唇去食取树枝上和芦苇上的叶子，勉强地生存下去。但是，尼亚太牛由于双唇不能密接在一起，很难像普通牛那样活下去。我认为这是一个很好的例证，我们很难从日常生活习性去判断，仅在长久间隔期间才发生的条件可

---

① 沃特豪斯先生曾经详细记述了这种牛的头骨；我期望他能够将它在几个杂志上发表出来。
② 我在鲤鱼和恒河鳄鱼身上，也观察到了一种近乎相似的独特构造。但是我不知道这究竟是不是遗传导致的。参见若弗鲁瓦·圣蒂来尔著述的《动物史》，第1卷，第244页。

以决定一个物种稀少或绝灭。

11月19日——我们今天来到瓦卡斯城的河谷,在一个北美洲人的家里借宿,这家主人在维沃拉斯河边的一座石灰窑里烧石灰。第二天上午,我们骑马来到河岸上一块突出的地岬,这个地方叫戈尔达角。走在半路上,我们想去找寻一只美洲虎的踪迹。在地面上能看到无数美洲虎的新脚印,又在附近的树干上看到据说是虎爪留下的痕迹,然而我们并没有亲眼看见一只美洲虎。从此地远望,乌拉圭河的景致尽收眼底,河水清澈,水流迅速,远胜比邻的巴拉那河。对岸有几条支流从巴拉那河注入乌拉圭河,在日光的照耀下,可以十分清晰地分辨这两条不同颜色的河流。

傍晚,我们继续向内格罗河边的梅塞德斯前进。借宿在一个晚上抵达的农庄里。这是一个很大的庄园,拥有10平方里格的土地,农庄主是国内最大的地主之一。他的侄子管理着这个庄园,和他一起的还有一个从布宜诺斯艾利斯城逃亡来的军官。如果与他们的社会地位相比,他们的谈话内容不免显得太幼稚可笑了。他们通常对于地球是圆形的说法,表现出无限的惊讶,简直不敢相信这种说法,如果一个洞足够深的话,洞口的另一边就会在地球的另一边。他们还听到有一个地方,在一年中有连续6个月是白天,6个月是黑夜,而那里的居民却又高又瘦!他们对英国牛马的价格和品性感到惊奇。当他们了解到我们不是用套索来捕捉畜类时,他们大喊道:"那你们一定是使用投石索了。"在他们看来,用篱墙把一块土地圈起来真是闻所未闻。最后,军官说他还想问我一个问题,如果我能如实相告,他将不胜感激。当时我还担心他问的问题太深奥,但问题居然是:"布宜诺斯艾利斯的妇女是否是世界上最美丽的女人?"我违心地回答道:"她们非常迷人。"接着,他又说:"我还想问一个问题,那就是,世界上其他地方的妇女也戴着这样大的梳子吗?"在这个问题上,我严肃地保证:没有。听到我这样回答他们感到非常兴奋。那个军官还大声喊着:"大家快看呀,这位走遍半个世界的人也是这么认为的。我们曾经也是这样想的,现在终于得到了证实。"因为我对梳子和美丽的良好判断力,他们殷勤地款待了我,那个军官甚至还执意让我睡在他床上,而他则情愿在鞍褥上过夜。

11月21日——太阳一升起来，我们就起程出发，整天都在马上缓慢地前进。这个省一部分地区的地质和其余地方不同，却和潘帕斯草原的地质十分相似。因此，这里有一片片极大的蓟丛（飞廉丛）和西班牙蓟丛，实际上，也可以说这片地区布满了这种植物丛。这两种植物各自分离生长，不相混杂。西班牙蓟的株身高达马背，而潘帕斯蓟（飞廉）的株身则常常高出骑马者的头顶。道路两旁，蓟丛极密，即使离开路边向外走一码远的路，也很难办到，甚至还生长在一部分路面上，铺满了好几段路面。当然，这里再也没有牧场了，牛或马一旦走进这些植物丛中，转眼就找不到了。因此，在这个季节驱赶牛群走过这里，真是一件十分冒险的事情，因为他们要时刻防备着牛群跑入蓟丛，感到疲劳不堪，这时牛群冲到其中，很快就消失得无影无踪了。这些地区极少有农庄，只有在低湿的河谷附近，才分布着少数几个农庄，因为此地这两种植物无法生存。当黑幕降临时，我们还没有到达目的地，不得不借宿在一个可怜的小茅屋里，这间茅屋的主人非常贫困。就屋主人和主妇的生活水平而言，他们对我们的郑重的款待已令我们非常感激了。

11月22日——今天我们到达贝尔克洛村的一个农庄，这个农庄的主人是一个很好客的英国人，而我的朋友卢姆先生给他写了一封介绍信，我得以在此借住三天。一天早晨，我和这个英国人一起骑马到位于内格罗河上游约20英里处的佩德罗·弗拉科山脉去。这个地区几乎到处都生长着高达马背的茂盛的杂草。然而在方圆几里格的区域却没有一头牛的踪迹。如果将拉普拉塔河东岸区域好好管理一下，它就能够养活数目惊人的畜类。现在，每年有30万张牛皮从蒙得维的亚出口，当地的日用消耗或废弃无用的牛皮数目也是相当大的。有一个农庄主人告诉我说，他经常赶着大群的牛经过一段很长的路到腌肉场去，而途中那些疲惫无力的牛就不得不被杀死，皮也被剥下来。但是他们从没有劝服过高乔人吃这种牛肉，只好每晚宰杀一头活牛给他们做晚餐！从山上望去，内格罗河的风景是我所见过的这个省最别致的风景。这条河河面宽阔，水深流急，蜿蜒在陡峭的岩石脚下。沿河两岸生长着茂密的树木，地平线则逐渐消失在这起伏的绿色平原上。

当我在此附近闲逛时，曾好数次听人提起库恩塔斯山，它一直向北延伸出好几英里。山名本意是"珠子山"。有人向我保证说，山上有无数个圆形的颜色各异的石子，而且每颗石子上都有一个圆柱形的小孔。以前印第安人常常把它们收集起来做成项链和手镯，在我看来，所有未开化的民族甚至是最文明的民族都有这样的爱好。我不知道从这次耳闻中能了解到什么，但是在好望角，我一提这件事，安德鲁·史密斯博士就告诉我，他想起了在离圣约翰河以东100英里处的非洲东南海岸上，发现一些锐边被磨平的石英石晶体和海滩上的沙砾混合在一起。每颗晶体的直径为5线，长约1~1.5英寸。其中有许多都有延伸到另一端的呈圆柱形的小孔，一根粗线或者弦线就能轻易穿过小孔。它们有的呈现红色，有的呈现灰白色。当地居民对这种晶体非常熟悉了，我之所以提出来，是希望将来的旅行家能够研究一下这些小石子，研究目前还没人知晓的性质。

在这个农庄停留期间，我对牧羊狗的情况感到很有兴趣。当我们骑马经过的时候，时常会遇到这样的情况，一大群羊，远离住宅或牧人，有时相隔几英里，只有一只或两只牧羊狗保卫着它们。我时常在想，狗和羊是怎样建立起如此深厚的感情。而培养这种感情的方法是当狗还很小的时候，就把它与母狗分开，让它慢慢习惯和将来的同伴生活在一起。每天让这只小狗吃母羊奶三四次，并且还在羊圈里为它安置了一个羊毛的狗窝，任何时候都不允许其他狗或者是家里的小孩和这条小狗接触。此外，通常小狗还要被阉割，因此，当它长大后，就不会和自己的同类有任何感情。经过这种培养以后，它就没有离开羊群的愿望，并且也像其他狗保卫主人一样，保卫羊群。时常可以看到这样有趣的场景，当我们走近羊群时，牧羊狗立刻奔到前面吠叫，这时所有的羊就集合在它的背后，好像是环绕着一只最老的公羊一样。这些狗只要再稍加训练，就可以在傍晚的一定时间把羊群带回家。但是它们有一个令人感到麻烦的缺点，那就是它们在幼小时喜爱和羊嬉闹，在做这种游戏时，它们有时会毫不留情地追赶可怜的羊群。

牧羊狗每天回到主人家里吃肉，可是一得到肉，就躲藏起来，好像感到很羞愧一样。在这种情况下，家狗们对它非常凶狠，即便是最小的家狗也会进攻和追赶这只陌生的狗。然而，当牧羊狗一跑进羊群，就转身吠叫起来，所有的家狗就很快溜走了。情况同样如此，当一群羊被一只这样忠心的狗保卫着时，一群饥饿的野狗也不敢贸然攻击（当地人说这样的事情从未发生过）。在我看来，野狗们之所以不敢攻击这样的狗，并不是因为它们惧怕牧羊狗，而是因为无论是野狗还是牧羊狗，都对自己的同类在完成使命时感到尊敬或者说害怕。居维叶通过观察了解到，所有容易被驯养的动物，都把人看作自己社会的一员，因此也就实现了它们的本能。在上述情形中，牧羊狗把羊看作自己的亲密同胞，因此取得了羊群的信任。而野狗们虽然也都知道每只单独的羊并不是狗，却是美味可口的食物，但是由于看到羊群被牧羊狗带领着，在某种程度上只有认同了。

一天晚上，有一个驯马人到这里来训练几匹小马。他使用的方法未曾听过，因此在此略加叙述，与读者分享。首先把未驯服的小马赶进一个畜栏或者是一个宽大的用木栅围起的围场，然后把门关上。我们假想有一个人，独自捉住并飞身骑上一匹还未被安上缰绳或鞍的马。我认为，除了高乔人外，别人是绝对没有这么灵巧的技艺的。高乔人先选出一匹完全成熟的小马，当这匹马沿着畜栏奔跑时，就把套索扔过去以便拴住它的两条前腿。这匹马因沉重的撞击而立刻翻倒在地，当马在地上挣扎着站起来时，高乔人紧紧握住套索，并挥舞着套索来套住紧靠生距毛的关节下面的后腿，并把它拖近两条前腿以便将这三条腿捆在一起。此后他就骑在马颈上，用一条狭小的革条穿过马缰一端的洞孔里，在下颚和马舌上缠绕几次，这样一个没有嚼子的牢固马勒就被固定在马的下颚了。此时它的两条前腿又用一条有活结的牢固的革条紧紧束缚在一起。然后将之前束缚住三条腿的套索放松，这匹马就困难地站立起来。现在高乔人紧紧拉住那个固定在下颚上的马勒，把马牵出畜栏。如果还有第二个人在场（否则就要困难得多），按住马头，那么第一个人就可以把鞍褥和马鞍放在马背上，并且扎好马肚带。在这一系列动作期间，这匹马因腰部四周被束缚着感到恐惧和惊讶，一次又一次地滚到地上，直到被鞭打后方才不情愿地站起来。最后，马鞍被安好之后，这匹马已经被吓得几乎不能呼吸，口吐白沫，满身是汗了。现在这个人用力压紧马镫，使马身不会失去平衡，于是就准备骑上去。当他跨上马背的时候，就拉开那个缚住马前腿的活结，于是马就恢复自由了。有些驯马人在马还卧在地上的时候，就跨在马鞍上，让马在自己的身下站立起来。这匹马起初吓得魂不附体，疯狂地乱跳，接着就用尽全力奔跑起来。到它的力气完全耗尽以后，骑马的人就耐心地把马牵回畜栏，让这匹满身发出热气、半死不活的可怜的马在畜栏里面自由休息。有些马不肯奔跑，却顽强地在地面上打滚，这样就很难驯服了。这种驯马方法非常严格，但是一匹马在受到两三次训练以后就驯服了。然而，接下来的几个星期还不能给它装上铁嚼子和硬环，因为在它还没有学会怎样配合骑马人的心意的时候，就把最强有力的马勒装上去，对骑马人而言是毫无帮助的。

这一片的马数目众多，以至于对马的人道主义和私利主义没有紧密地结合在一起。事实上，我担心这里的人根本不知道什么是人道主义。有一天，我在潘帕斯草原上和一个令人尊敬的农庄主人骑马驰行，我的马由于疲乏，落在后面。那个主人不断地大喊着，要我用踢马刺去刺它。我反对说，这匹马已经筋疲力尽，太可怜了。他高喊着："为什么不呢？别介意，这是我的马，踢刺它。"我很难使他理解我这样做不是为了他而是为了这匹马。他非常惊讶地喊道："啊，查尔斯先生，没有关系呀！"很明显，他从未觉得对马还要人道。

众所周知，高乔人是最完美的骑马者。即便马匹任意奔跑，他们也从不担心从马背上摔下来。他们衡量一个好骑手的标准是他能够控制一匹未经驯化的小马，或者是当马摔倒时，他能双脚着地，或者是有其他类似的技能。我曾听到有一个人和人打赌，他让马摔倒20次，可以保证有19次他不会摔倒在地。我回忆起曾见过一个高乔人骑在一匹非常顽固的马上，这匹马连续三次将后腿高高地直立着，然后奋力向后倒。而这个高乔人以不同寻常的冷静判断出下马的最佳时间，因此他能恰到好处地跳下马背，当这匹马一站立起来，他又跨上马背，飞快地向前奔跑，高乔人看起来似乎从不用蛮力。有一天，我和一位好骑手并排向前疾驰，我默念道："在马背上你如此不小心，要是马受惊一跳，你一定会被摔倒在地的。"就在这时，有一只雄鸵鸟从巢里直冲到马鼻上，这匹年轻的小马就像鹿一样闪到一边，而对那位骑手而言，唯一的影响就是随着自己的马惊跳了一下而已。

在智利和秘鲁境内，马所受到的训练，要比在拉普拉塔省一带所受到的训练艰苦一些。很明显，这是由于那些地方的地形更加复杂。智利境内，这样的马才可以被认为是一匹训练完全的好马，这匹马要训练得在全力奔跑时，能够突然在任何一个特定地点停下来；例如在一件被丢在地上的大衣面前停下来；或者是在墙脚边站住，后腿直立起来，而前蹄恰巧碰在墙面上。我曾看到一匹精神饱满的马，骑马者只用一个食指和一个大拇指拉住缰绳，当它在院子中全力疾驰然后又快速绕着走廊的柱子转圈子时，骑马者伸出手臂，一个手指一直在柱面上擦过，可知打转时和柱子的距离相等。此后，他在空中做了一个半跃的动作，伸出另外一条手臂，做着同样的姿势，用惊人的力量使马转过身来，朝着相反的方向转圈子，而且伸出另一条手臂，做同样的姿势。

这样的一匹马算是受到了良好的训练；最初这种训练看似没有用，其实不然。通过这样的训练，那些日常必须具备的品质就变得完善。当一头阉牛被套索击中套住时，它有时会快速地一圈一圈地奔跑，这时马如果没有受到良好的训练，猛拉套索就会使它们感到惊恐，也就不能像轮轴那样容易转动。很多人因此而死，因为人一旦被套索缠绕上，就会因两只朝相反方向奔跑的动物的力量而被截成两段。训练竞跑马也是采用的同样的原则，训练的路程只有200～300码长，为了使马能够快速猛冲出去。训练竞跑马不仅是让它的前蹄能在起跑线上站住，而且四条腿还要紧靠在一起，以便后腿的力量在最初一跃时就能够全部释放出来。在智利境内，我听到这样一个故事，很好地说明了一匹训练精良的马的用处，我对此深信不疑。一天，一个有地位的人骑马外出时，遇到另外两个骑马的人，他看出其中一个人所骑的就是他家丢失的马。于是他向那两个人索要，他们不答复，拔出刀来追赶他。这个人骑在自己优良的快马上，正好奔跑在他们前面；当他跑过一个茂密的灌木林时，他就绕着转圈子，并突然将马控制在原地不动。那两个追逐者只得从他旁边向他冲去。就在这时他迅速冲到他们背后，用刀直刺其中一人的背部，那人因此而丧命，而另一个人也受到重伤而逃走了。他从死去的偷盗者手中牵回了自己的马，骑着它向家奔去。在这次骑马者的技能展示中，有两件事情是必需的，一件是要配用最重的嚼子，而另一件就是要使用大而钝的踢马刺。前者可以采用马美柳克人的嚼子，虽然这种嚼子很少被使用，但马却很明白。大而钝的踢马刺，轻踢伤及皮肤，重踢则疼痛难耐。我认为，使用英国那种轻轻接触马的皮肤就会刺痛的踢马刺，同时采用南美洲的方法来训练马，绝对不可能训练成功。

在瓦卡斯附近的一个农庄里，每星期都要宰杀大批母马，获取马皮，不过每张马皮革只值纸币5元，就是大约半克郎。[1]起初听到一张母马皮只值这么点钱似乎会感到不可思议，但是对这个地方的人们而言，去训练母马或者骑着它是一件可笑的事情，他们认为母马除了繁育后代再无其他价值了。母马还有一种用处，就是踩踏铺在圆形围栏里的小麦，把麦粒从麦穗里踩出。宰杀母马的那个人，投掷套索的本领很强，备受称赞。他曾站在畜栏门口外12码处投掷套索，自信地说，任何一匹母马只要在他身边跑过，他就一定能丝毫无误地套住马脚。还有一个宰马人说，他自己能够走进畜栏捉住一匹母马，然后把它的前腿扎住让它走出来，再将它摔倒在地，宰杀，剥皮，再把马皮张开在木桩上晒干（张开马皮是一件使人疲累的工作）。他说按照这套程序来操作，他每天能剥制22张马皮，或者每天宰杀并剥取马皮50张。这是一件繁重的工作，因为一个人一天能剥取和晾晒15-16张马皮就已经很厉害了。

11月26日——今天我踏上回程之路，沿直路返回蒙得维的亚。之前曾

---

[1] 克郎：欧洲货币。

听说在一家农舍附近有一些巨大的兽骨，那地方正好在内格罗河的一条小支流萨郎第斯河边，于是在农舍主人的陪伴下，我们骑马前往，在那里用18便士买到了箭齿兽的一个头骨。[①]这个头骨在最初发现时非常完整，但一些孩子用石块敲落了几颗牙齿放在地上，往里面丢石子。这种情况下，我还能找到一颗完整的牙齿，真是幸运之至。这颗牙齿恰巧与这个头骨的一个齿槽相匹配，而这个头骨最初是埋藏在离这里大约180英里的提尔西罗河岸边的。我还在另外两个地方发现过这种怪兽的遗骸，这说明它们曾大量生活在此地。另外在这里我还发现一些类似犰狳的巨兽的大部分甲骨和磨齿兽的一部分头骨。根据T·里克斯先生的分析，这个磨齿兽头骨的骨片还很新鲜，因为它们含有7%的动物性物质，这些物质如果被放到酒精灯上燃烧，就会产生一些小火焰。它们的遗骸大量地埋藏在河口沉积层里。这个沉积层构成了潘帕斯草原和拉普拉塔河东岸区的花岗岩。遗骸的数量十分惊人。我相信，如果由潘帕斯草原向任何方向画一条直线，必定会触碰到下面所埋的遗骸和骨块的。除了那些我在几次短途旅行里发现的遗骸外，我还听说很多地方都有这样的遗骸；从"兽河"和"巨兽山"这些地名，就能很明显地看出来。我还听说有几条河流具有一种能够把小骨变成大骨的奇异特性，还有人坚持认为骨块本身能够在河中生长。据我了解，还没有发现过任何一只这类巨兽，像以前所设想的那样，死在近代陆地的沼泽和淤泥的河床里，它们的骨骼最初都是埋在由水力所造成的沉积层里，之后又被河水冲刷才显现出来。由此我们可以推断整个潘帕斯草原就是一个宽阔的坟场，埋藏着这些绝灭的巨大四足兽。

28日中午，经过两天半的骑行，我们回到了蒙得维的亚。沿途风景千篇一律，只是有几处比拉普拉塔河附近多一些岩石和山地。在离开蒙得维的亚不远的地方，我们走过了彼特拉斯村，这个村得名于拥有几个巨大的圆形黑花岗岩块。这些岩块的表面非常漂亮。房屋四周围绕着一些无花果

[①] 在这里我要向凯安先生（我在贝尔奎洛时就在他的家里住宿）和布宜诺斯艾利斯的兰勃先生表示感谢，多亏他们的盛情帮助，这些宝贵的遗骸才得以运回英国。

树；那里的位置高出一般地面大约100英尺，的确是美丽如画。

在最近这6个月，我有幸研究了这些省居民的性格。高乔人，就是这里的农民，要比城市居民高很多。所有的高乔人都很热情、礼貌而且好客，我从来没有遇到过高乔人粗暴无礼或者不好客的情况。高乔人不仅谦逊、自重、爱国，而且充满精力，英勇无畏。另一方面，由于高乔人有经常佩刀的习惯，抢劫和杀人流血事件也时有发生。当了解到有很多人因为微不足道的争吵而丧生时，我感到非常悲伤。在格斗时，各人都想在对方脸上做出标记，比如割去对方的鼻子或者砍瞎对方的眼睛，因此格斗后人们的脸上常有深深的可怕的疤痕。抢劫是由于当地赌博泛滥、过度饮酒以及极端懒惰造成的。在梅塞德斯，我曾就不去做工的事问过两个人，一个人严肃地说做工的日子太长，而另一个人则说他非常穷困。我以为在这样一个马匹众多、食物丰盛的地方，要兴起任何工业都是不可能的。不仅如此，人们还有太多玩乐的时间，他们持有这样的观点，任何一件事情如果不在上弦月的时候开始做，就不会成功，于是一个月中，就有半个月的时间被白白浪费掉了。

这里的警察和司法都完全失效。如果一个穷人犯罪杀人，他就会被关进监狱甚至被处死。然而要是犯罪杀人的是一个富人，又有朋友们的帮助，那么他就绝对不会被判重刑。令人奇怪的是，这地方最有地位的人总是喜爱帮助杀人犯逃跑，看起来他们认为一个人犯罪只是违背了政府而并没有违背人民。一个旅行者除了携带武器之外别无其他的保护，因此他们总是携带武器以防止遭遇更多的抢劫事件。

那些住在城里的比较上层、比较有知识的居民也同样拥有高乔人的优点，但或许他们比高乔人要逊色些，并且他们还沾染着很多高乔人所没有的恶习。荒淫无度、嘲弄所有宗教和显而易见的腐败是司空见惯的现象。几乎每个官员都能被收买。邮政局局长出卖过伪造的政府免费邮寄的邮戳。总督和总理公开勾结，篡夺国民财富。在能用钱办事的地方，公平是任何人都无法期待的。我听说有一个英国人曾到裁判长那里（据他告诉我说，走进房间的时候，他心里发慌，身体颤抖），这样说道："先生，我到这里来敬献纸币200元（约5英镑），希望您在某某时间以前把那个欺骗我的人逮捕归案。我明知这样做违背法律，但是我的律师（同时提到了他的名字）建议我采用这种方法。"裁判长微笑着表示同意并向他道谢，于是那个欺骗他的人在夜间就被关进监牢里去了。在这样的国度，很多领导者完全缺乏原则，官员们薪金微薄而肆意收受贿赂，人民怎么还能奢望政府的民主政体能够成功呢？！

对一个初入这些地方社会的人来说，有两三件事会令其印象深刻：礼貌待人的态度弥漫在所有各阶层人们的生活中；妇女们用自己的服装来显示自己卓越的鉴赏力。全民平等，在科罗拉多河流域，有几个开小店的人时常和罗萨斯将军共餐。在布兰卡港地区有一个少校的儿子，以卷制纸烟为生，竟然愿意充当向导或仆人陪我去布宜诺斯艾利斯去，但是他的父亲却不同意，担心他独身在外发生危险。尽管很多军官既不识字又不会写字，他们也能适应这个社会，因为这里全民平等。在恩特雷·里奥斯地区只有六个政府代表。其中有一个代表经营着一家普通店铺，而且显然并未因此而降低自己的身份。在一个新兴的国家里，所有这一切都是可以料想到的，然而对一个英国人来说，缺少专门的绅士阶层很奇怪。

在谈到这些地方的时候，脑海里会浮现这样一幕，那就是它们是被一个非天生的母亲"西班牙"抚养长大的。总之，他们大概宁可称赞已做的事，也不愿去责备自己做得不好的事。毋庸置疑这些地方的极端自由主义气氛最后一定会产生良好的结果。所有到过这个被西班牙统治的南美洲的人，都一定会以感激的心情想起，他们宽待异国宗教，重视教育事业，推崇言论自由，乐于给所有外国人提供帮助，尤其是有一件我认为必须提出的事情：他们对于任何一个默默无闻而追求科学的人都给予帮助。

12月6日——今天比格尔舰从拉普拉塔河出发，从此再没有返回这条泥泞的河流。我们一路直奔马塔哥尼亚沿海的希望港。在继续下一次叙述以前，我先谈谈我在海上观察到的情形。

在我们的船离开拉普拉塔河口几英里处，离开北巴塔哥尼亚的海岸之后，有好几次我们都被一群昆虫团团围住。一天晚上，离开圣勃拉斯湾大约10

英里后，便见空中无数的飞蝶成队成群地飞来飞去，在视线范围内到处都有。即便借助望远镜，也看不到飞蝶间有什么空隙。水手们都大喊"下蝴蝶雪了"，事实上表象确实如此。其中有很多蝴蝶种类，但大部分是同种的，它们与英国普通硫黄蝶很相似，却并非完全相同。其中还夹杂着一些蛾类和膜翅目昆虫，有一种美丽的甲虫也飞降到船上。我听说，有好几次这种甲虫曾在遥远的海面上被捉到，这很值得一提，因为步行虫科的极大部分甲虫都不大会飞，或者从来都不会飞。这一天风平浪静，前一天也是如此，只有方向不定的微风。因此，我们不能推测说，这些昆虫是被风从陆地上吹来的，而只能这样推断，它们是自动飞来的。乍一看，这些大队的硫黄蝶，很像是另一种有人记述过的苜蓿蝶的迁徙情形，不过现在由于混杂有其他昆虫，足可证明这不是迁徙，这种现象简直令人费解。日落以前，一阵强风从北面吹来，一定令成千上万只蝴蝶和昆虫葬身在这里。

还有一次，在离开科连特斯角17英里的地方，我撒网捕鱼。渔网一拉起来，我就惊奇地发现网里有很多甲虫；尽管这里是深海，可是它们显然并未因咸水而受到损害。我遗失了其中一些甲虫标本，那些我保存下来的标本则属于下面几个属：水甲虫细纹龙虱、光滑平基龙虱、毛跗牙甲属、斜沟锥须步甲等。最初，我以为这些甲虫是被风从海岸边吹过来的，后来才发现在这7种甲虫中，有4种是水栖动物，另外还有2种也带有这种习性，因此我认为它们很可能是随一条小河流漂浮到这里来的；这条河流把科连特斯角附近的一个湖泊里的水排进海里去。无论是哪种假设，能在离最近的陆地17英里的深海里发现活着的甲虫在游水，这确实是十分有趣的事情。曾经有几个报道说有甲虫从巴塔哥尼亚的海岸上被风吹来。舰长库克见过这种情形，而最近舰长金在阿德文丘舰上也见过这种情形。这是由于岸上缺乏树木和山丘这样的掩蔽处，以致昆虫在飞行时，一遇到离岸的微风，就很容易被吹到海里去，就我所知一个最明显的例子就是，当比格尔舰迎风驶到佛得角群岛的时候，我曾在离岸很远的海里捉到过一种飞到船上来的昆虫，叫作大蚱蜢，那时最近的陆地是非洲岸上的布兰科角，它并不在信风吹来的方向，并且离军舰有370英里。①

在比格尔舰停留在拉普拉塔河口时，有几次船具被罩上了一种薄纱蜘蛛的蛛丝。一天（1832年11月1日），我特别注意去观察这种蜘蛛。这天天气晴朗，万里无云。上午空中就充满了一片片绒毛似的蛛网，好像发生在英格兰秋天的情形一样。那时我们的舰船在离海岸60英里的水面上行进，微风不间断地从岸边吹来。在一片片蛛网上，悬挂着数不清的身长约1/10英寸、颜色暗红的小蜘蛛。据我观察，我估计一定有几千只蜘蛛被吹到船上来。在刚接触到船具的时候，小蜘蛛常常附在一根细丝上，而不是附在绒毛似的块体上，这种块体大概是由很多单独的蛛丝组成的缠结。这些蜘蛛同属一类，有雌有雄还有幼蜘蛛。幼蜘蛛体型较小、颜色偏暗，所以容易辨认出来。我不想对这种蜘蛛做进一步的描述，但要说一说，在我看来这种蜘蛛不属于拉特瑞尔所命名的任何一属。这些小小的航空家一降落到船上就十分活跃，它们到处乱跑，一会儿任自己随丝而下，一会儿原路返回，有时还在角落里的绳索之间编织很不规则的小蛛网。它们能很灵活地在水面上跑来跑去，当被打扰时，就举起前腿以示注意。刚到船上的时候，它们用突出的双颚急切地吸饮着水滴，似乎非常口渴，斯特拉克也观察到同样的情形，这是不是由于这种小昆虫经过了干燥而稀薄的空气而造成的呢？它们的蛛丝储藏量好像无穷无尽。我在观察几只悬挂在单丝上的蜘蛛时，曾多次注意到，最轻微的风就可以把它们朝水平方向吹走不见。还有一次（25日），在同样的情况下我又反复观察了这种小蜘蛛，当把它们放到或者让它们自己爬到一个略为突出的地方时，它们就翘起腹部，释放蛛丝，然后往水平方向远航而去，动作快得惊人。我想我能观察到这种蜘蛛在开始进行上面的几个动作以前，用极细的蛛丝把自己的脚缠绕在一起，但我却没法保证这个观察是完全正确的。

一天，我在圣菲遇到一个更好的观察机会。有一种蜘蛛，长约3/10英

---

① 在船只从一个港口驶向另一个港口时，蝇类经常连续几天飞集到船上来，很快变少，随后就消失殆尽了。

寸，形状酷似跑蜘蛛（因此与游丝蜘蛛截然不同），它站在柱顶上时，就从它的纺绩腺里放出四五根蛛丝。这种在阳光下闪闪发光的蛛丝像极了散射出的光线，可是它们并不是直的，而是起伏不定的，就像那些被风吹动的纤细的蚕丝一样。这些蛛丝有1码多长，从纺绩腺管口向上分散开来。一放出蛛丝，蜘蛛就立刻离开柱子，瞬间消失得无影无踪。这天，天气炎热，风平浪静，尽管如此，空气也并未平静到吹不动像风信旗那样灵敏的蛛网丝。如果在炎热的天气里，我们去看岸上物体投射在水面上的倒影，或者遥望平坦的平原上远处的目标，就可以明显地看出热空气流向上升起的情景，这种上升的气流也可以用肥皂泡的上升来证明，因为肥皂泡在室内就不会上升。因此现在我认为，蜘蛛的纺绩腺所放出的细丝上升和蜘蛛本身也随之上升的原因就不难理解了。根据默里先生的说明，我认为蛛丝的分散现象是由于它们带同种电荷的缘故。有几次在离开陆地很多里格的海面上，我也发现同种而不同性别及年龄的蜘蛛聚集在蛛丝网里，我推测这种蜘蛛的特性就是在空中飘行，好像水蜘蛛的特性就是潜水一样。由此，我们就可以对拉特瑞尔的假定提出反对意见，因为他认为游丝蜘蛛和另几个属的幼蜘蛛在起源上毫无分别，虽然，就像我们观察到的，其他幼蜘蛛也拥有在空中滑行的能力。[1]

在拉普拉塔河向南以不同路线航行期间，我总是在船后放一个用船旗布做成的渔网，也因此捕获了很多奇怪的动物。光是甲壳纲类，这里就有很多奇特的和还没有人叙述过的种类。有一种在某些方面很接近脊足蟹科（这一科的蟹的一对后脚几乎生在背脊上，可以攀附在岩石的下面）的甲壳纲类，它的一对后脚构造奇特，特别引人注意。这一对后脚的末端有三根长短不一的硬毛似的附属物，不是常见的爪，并且其中最长的一根和整条腿的长度是相等的。这些爪毛很细，上面生有极细的锯齿，这些锯齿直直地向后伸着。它们钩形的端部是平滑的，在这个部位上有5个极小的肉质杯状物，就好像乌贼触手上的吸盘一样。这种蟹类居住在深海里，或许是

---

[1] 布莱克沃尔先生在他所著述的《动物学研究》里，叙述了很多关于蜘蛛习性的观察情况。

因为它需要一个休息场所，我猜想它这美丽而异常的构造是为了适应了捕获浮游动物的需要。

在远离陆地的深海里，只生活着极少数目的生物，在南纬35°，除了瓜水母和极小的甲壳纲切甲类动物的几个物种以外，再也没有捕捞到其他动物。离海岸几英里的浅水区，有数不胜数的各种甲壳纲动物，但是它们只在晚上才能被捕获。我在合恩角以南的南纬56°～57°处的海里，曾多次在船尾抛下渔网，但捕获到的只有少数切甲亚纲的两个极小型物种，除此以外毫无收获。然而此处却生活着许多鲸、海豹、海燕和信天翁。信天翁生活在离海岸如此远的地方，它们到底以什么为生对我而言仍是个谜。我猜想它能够绝食很长一段时间，并且在饱食一顿鲸鱼浮尸以后就可以很长时间不进食，就像康多鹰一样。软体动物的翼足类、甲壳纲、辐射动物，和以它们为食的飞鱼，以及吃食飞鱼的鲣鱼与长肩鳍金枪鱼，大量聚居在大西洋的中部和热带地区。我认为无数低等深海动物是以浸液虫类动物为生的，从艾伦贝格的研究得知，在深海中浸液虫类动物数量繁多，然而这些浸液虫在透明的蓝色海水里到底是怎么生存下来的呢？

我们在一个漆黑的夜晚航行到拉普拉塔河稍南的海域的时候，海面上呈现出一种奇妙的无与伦比的美景。清风拂过，海面上到处都闪耀着暗淡的光芒，而在白天我们还将此看作泡沫。当我们向前行驶时，船头前呈现两道波光粼粼的巨浪，而船尾则是一条乳白色的尾波。在视野范围内，每个波浪的波峰都闪闪发光，地平线上的天空，由于这些铅灰色光辉，不像苍穹一样完全昏暗。

我们继续向南方航行的时候，海面上的磷光就很少看到了。军舰离开合恩角以后，在我印象里就只看见过一次磷光，比前几次还要暗淡许多。出现这种情况可能与这部分海洋里生物稀少有着密切的关系。关于海面磷光，艾伦贝格发表过详细的论文，①如果我再对这种现象进一步描述就显得累赘冗余了。可是我想补充说明一点，在南半球和北半球都有这种磷光

---

① 我在《动植物学杂志》第4期中，发表了这个著作的摘要。

现象，据艾伦贝格所叙述，这是由于他们都拥有这种破碎而不规则的粒状胶冻物，这些胶粒很细小，甚至能轻松通过细纱布，然而肉眼还是能清楚地看出很多胶粒。当这种水倒进一只酒杯里并摇晃后，酒杯里就会发出微弱的亮光，可如果只是把少量的水倒在玻璃表面上，就一点光也看不出来了。艾伦贝格还说所有这些胶粒或多或少都具有一种刺激感应性，好几次我直接取出这种海水观察，结果却不相同。除此之外我还注意到一件事，一天晚上，我拉上网并把网晾到半干，12小时之后，当我再次使用它时就发觉网面上到处都在闪光，就像是刚从水里拉起来的一样。胶粒似乎不可能在这种情况下活得这么久，我有一次捉到一只鼓水母属的水母并将其饲养直到死亡，盛放它的水就发出闪闪亮光。对波浪里闪现出鲜绿色火花这种现象，我认为主要是由于海水里存在着微小的甲壳纲动物，但我们也无须怀疑许多其他深水动物活着的时候也会发出磷光来。

  有两次我看到海面以下很深的地方也闪现着亮光。靠近拉普拉塔河河口的地方，就有几个轮廓清晰、直径在2～4码的圆形和椭圆形斑块，发出一种稳定的灰白色光，可那周围的海水只有少量的火星，它们的外形与水中月亮的影子或某种发光体的倒影很相似，由于海水不断波荡，它们的边缘也因此呈弯曲状。那时我们的船底离海面有13英尺，但在驶过这些斑块时并没有使它们受到惊扰，因此我们推测出有几种动物集结在比船底深得多的海水里。

  费尔南多-迪诺罗尼亚岛附近的海面上时常闪现亮光，表面上看起来就像是一条大鱼迅速穿过一种发光的液体。水手们也是这么认为的，但是闪光出现得如此频繁而迅速，因此我当时提出了几点质疑。之前我已说明这种情况在温暖的地方要比在寒冷的地方出现得更加频繁，由此我假想，大气里发生扰动的电流时，就最适于产生这种闪光。我可以很肯定地说，假如有几天的天气比平时平静，那时海里又群集无数的生物，海面上就会呈现非常多的闪光。我观察到充满胶粒的海水是处于混浊状态的，在发光现象是由于这种液体与大气接触时的搅动产生的。于是我倾向于认为这种闪光现象是有机胶粒分解产生的结果，而海洋因这种分解作用（差不多可以把它视为呼吸作用）而被净化了。

12月23日——我们今天到达了位于巴塔哥尼亚的海滨南纬47°处的希望港。这里有一条宽度不一的小河，由此绵延20英里流经内地。比格尔舰停泊在离港口几英里的地方，前面有一个西班牙人的旧殖民地的废墟。

我在这一天晚上走上岸去，在任何一个新地方着陆总是令人好奇的，而这一次更是如此。所有的风景都带有显著的个性特征，在一大片斑岩块体上方高200～300英尺的地方，延伸出一片广阔的巴塔哥尼亚典型的平原地貌，这里十分平坦，混合着很圆的石砾和某种略带白色的泥土。稀疏的、棕褐色的、粗硬的草丛随处可见，更难得的是这里还有一些低矮多刺的灌木。天气晴朗而令人舒适，碧蓝的天空极少被乌云遮盖。当站在这样的荒漠平原中央向内地远眺时，会被一个更高、一样平坦、一样荒凉的平原陡坡遮挡住视线。再往其余方向远眺，由于飘忽不定的气流，地平线也显得模糊不清，这种气流看起来是从受热的地面升起来的。

这种地方立刻决定了西班牙人殖民地的命运，他们被迫放弃那些还没有建造完工的房屋，因为这里每年绝大部分时间气候干旱，游牧的印第安人也时常来进攻。但是，从开始建筑的房屋的式样可以看出曾经的西班牙人强劲而豪迈的建筑风格，在南美洲的南纬41°以南的所有殖民愿望都遭受了悲惨的结局。饥饿港这个地名以诠释了几百个不幸的人长期所遭受的极大苦难，这些移民除一人幸存下来，其余的全都饿死了。位于巴塔哥尼亚海边的圣约瑟湾以前也建了一小块殖民地，但在一个礼拜天他们遭到了印第安人的攻击，除两人外其余所有的居民都被杀死了，这两个人也当了很多年俘虏。我在内格罗河附近和其中一个人交谈过，现在他已经很老了。

巴塔哥尼亚的动物群跟它的植物群一样极为有限。[①]只有少数黑色甲

---

① 我在这里发现一种仙人掌，后来由亨斯洛教授描述，把它命名为达尔文仙人掌，参见《动植物学杂志》，第1卷，第466页；我把一根短棒或我的指尖伸入这种植物的花里的时候，它的雌蕊就明显有一种刺激感应性。花被上的裂片同时向雌蕊靠近，但比雄蕊的速度要慢一些。通常都认为这一科的植物是热带植物，然而在北美洲同纬度的地区，就是在北纬47°一带，也生长着这种植物。

虫在荒芜的平原上缓慢地四处爬动，偶然也可以看到一只蜥蜴从这边一下蹿到那边。至于鸟类，我们看到三种食尸肉的兀鹰以及少数雀科鸣禽和食虫的鸟类栖息在河谷里。听说彩鹳（朱鹭）是在非洲中部地区发现的一个物种，可在这个荒芜之地却很常见，我在它们的胃里发现了蚱蜢、蝉、小蜥蜴，甚至还有蝎。①这些鸟每年有一段时间是成群飞行的，可是在另外一段时间里就成对地飞行，它们的叫声就像羊驼的嘶叫声那样响亮、特别。

羊驼也被叫作野美洲驼，是巴塔哥尼亚平原上特有的四足兽，就如同东方骆驼，是南美洲的代表。在自然状况下它是一种优美的动物，有细长的颈和灵巧的腿。它们普遍生活在南美洲的所有温带地区，向南到合恩角附近的岛屿上，它们常以6～30只的数量群居在一起，可在圣克鲁斯河的岸边，我们曾看到一群为数超过500只的羊驼。

通常羊驼充满野性但又非常谨慎。斯托克斯先生告诉我说，有一天他在望远镜里看见一群羊驼，这些羊驼离他很远，因此用肉眼看得并不清楚，却可以明显看出它们受到了惊吓，正在拼命逃窜，猎人凭借远处羊驼特别尖厉的嘶鸣警报声就知道它们的位置。如果他仔细朝那方向远眺就可看到它们排成一列站在远处的一些山边。如果走近它们，它们会发出几声尖叫然后缓慢地走开，最后便沿着错综的小路飞奔到附近的山里去。但是，如果碰见的是一只或者几只羊驼，通常它们就立着不动并全神贯注地盯着猎人，然后再稍微往后挪动几步，再转过头来回望，究竟是什么引起了这种不同于它们怯懦习性的表现呢？是它们把远处的猎人错认作它们的敌人美洲狮了呢？还是它们的好奇心战胜了它们的怯懦呢？它们确实有这种好奇心，假如有人趴在地上做一些古怪滑稽的动作，比如把自己的双腿抬起，那么它们通常就会慢慢靠近观察起来。那些猎人经常采用这种计策成功地捕获它们，采用这种方法时猎人有时还可以连放几枪，在它们看来放枪也是他滑稽表演的一个部分。我在火地岛的山地上曾经好几次看到这种情形，在靠近一只羊驼的时候，它发出嘶鸣和尖叫声，还以滑稽的方式

---

① 这些昆虫常常隐藏在石块下面。我曾经发现一只食肉性蝎，它在静静地吃着另一只蝎。

欢快地跳跃，显然是在挑战反抗。这些动物很容易被驯养，我在北巴塔哥尼亚看到它们没有受到约束地被养在一所房屋附近。它们在这种情况下显得十分勇猛，用双膝撞人背部的方式来攻击，听人说最初是由于嫉妒雌羊驼而产生的这种攻击。然而野生羊驼并没有防御的意识，即便是一只猎狗也可以看守住一只巨大的羊驼，直到猎人前来捕捉。它们的很多习性和羊群相似，因此，当猎人们骑在马背上从四面八方跑近时，它们立刻就困惑起来，不知道该往哪里跑去。这是印第安人常用的围捕方法，因为这样很容易把它们包围起来，聚在中心地带。

羊驼非常喜爱嬉水，在瓦尔迪斯港，我有好几次看到它们从一个岛游到另一个岛去。拜伦在他的《旅行记》里提到他曾看见羊驼喝咸水，我们船上有几个军官也看到过一群羊驼在布兰科角附近的盐水湖里喝水。我以为，在这个地区的几处地方它们除了咸水外别无其他水可喝。中午，它们时常在盘子状的凹穴的尘土里滚来滚去。雄羊驼时常一起打斗，有一天有两只雄羊驼嘶叫着经过我身边，都想咬住彼此，而在几只被射死的雄羊驼的毛皮里也发现了深深的咬伤疤痕。有的时候羊驼群会一起外出探索，在布兰卡港离海边30英里以内的地区，这种动物很少见，然而我有一天看到地面上有30～40只羊驼的脚印，沿直线通往一条污浊的咸水海湾，之后它们好像感觉离海边太近了又整齐地转过来，如骑兵队一般，而且还像之前一样列成纵队走了回去。我完全不能理解羊驼的一种奇特的习性，它们接连几天都会把粪便排泄到同一个特定的粪堆上，我曾经看到一个羊驼的粪堆含有大量的粪便，直径达到了8英尺。据阿·道尔比尼先生所说，这是所有的羊驼物种都具有的习性，而这个习性对于秘鲁的印第安人大有帮助，因为他们把干粪当作燃料，也因此省去了收集粪便的麻烦。

羊驼似乎有自己喜爱的葬身之所。圣克鲁斯河的岸边有几块界限分明、灌木茂盛、离河很近的地方，上面布满累累白骨。在这样的一块土地上我找出了10～20个头骨。我小心翼翼地检查了这些骨头，它们看起来并不像我以前见过的那些零碎的被其他野兽咬过再被拖到这里来的骨头。多数情况下，这些动物肯定是在快死的时候爬到这些灌木下面或者灌木林里的，拜诺先生曾告诉我说他在以前的一次旅行中在加列哥斯河的岸边也看到过这样的现象。我完全理解不了发生这种现象的缘由，不过我曾观察到在圣克鲁斯克河一带，受伤的羊驼总是一成不变地往河边跑去。我记得在佛得角群岛的圣地亚哥岛上，一个深谷里，山羊骨堆满在一个偏僻的角落，当时我惊呼道简直是这个岛上所有山羊的墓地。我提及这些微不足道的情形，是为了在某些情况下说明那些洞窟里有无数完整的骨骼和埋藏在冲积层下的众多骨骼，而且也可以说明埋藏在沉积物中的某种动物为什么比其他的动物更为普遍。

有一天，在查弗尔斯先生的率领下，我们一队人带着3天食粮，乘小艇出发去测量海港的上部地区。那天上午，在一幅旧西班牙地图上注明的地方，我们去寻找几处淡水水源。我们找到了一个港湾，它的底端有一条咸水小溪正缓缓流淌着（我们第一次见到这样的小溪）。这里由于潮水退去，水面下降，我们只得等候。在等候的几个小时中，我向内地步行了几英里，这里的平原是由砾石混合着一种白垩似的泥土形成的，然而这种泥土同白垩的性质截然不同。这些土质松软的地面上也因此产生了很多沟渠，没有一棵树木，也没有一只飞禽或走兽，只有一只羊驼站立在山顶上为族群担任守望任务。四周一片荒凉寂静，一路的景色毫无鲜明特色，却激起了一种模糊却又强烈的愉快感。有人问：这个平原曾这样经历了多少年代，将来注定还要经历多少年代呢？

    哪有什么答案——
    一切都趋于永恒，
    荒野以她难解的语言，
    启迪着庄重的疑惑。[①]

傍晚，我们沿上游一路航行了几英里之后，在岸边搭起帐篷过夜。到

---

① 雪莱《登勃朗山》里的诗句。

第二天中午，由于河水太浅，小船不能再向上游行驶，只得在这里搁浅，这里的河水已经一部分是淡水了。查弗尔斯先生乘坐小木筏向上游又前进了大约2～3英里之后又搁浅了，然而这一段河流已经完全是淡水了。这里河水混浊，河面非常狭窄，可是还分辨不出它的源头在哪里，我们只能认为这是安第斯山脉的融雪所造成的。裸露的峭壁和陡峻的斑岩尖峰环绕着我们露宿的地点，我想我还从来没有见过一处地点比这块广阔平原上由岩石环绕的罅隙更加与世隔绝了。

在我们回到停船处的第二天，我和一队军官到附近的一个山顶去勘查一座印第安人的古墓，这座古墓正是之前我发现的。两块超过好几吨的巨石放置在大约6英尺高的一块突出的岩石前，在墓底的坚硬岩石面上，铺有一层大约1英尺厚的泥土，这些泥土一定是从平原上挖运来的，泥土的上面铺放着平坦的石块，上面还堆放着石块，用来填充岩石突出的部分和两块巨石之间的空隙。为了修筑这座坟墓，印第安人想办法把一大块岩石突出的部分分开，并在其中填满石块，以便在两块巨石之间安置坟墓。我们从两侧挖开这座坟墓，可是没找到一点遗物，甚至连人骨也没有找到，骨骼可能早就腐烂了（也可以从这一点认定这是一座极度古老的坟墓）。在另一个地点，我在几个小石堆下面发现了极少数的细小碎骨，依稀可以辨认出是人的遗骨。福尔克纳说印第安人先把死人藏在他的死亡之地，然后再从坟墓里小心地把骨骼捡取出来并移葬到海边，不管路途有多远。我认为这个风俗足可证明在马匹未被运到南美洲来以前，这些印第安人一定过着近似现代火地岛人一样的生活，他们大都生活在海边。所有的印第安人都有一个偏见，那就是和祖先共同安葬在一个地方，而这种偏见或许就使现在流浪的印第安人把墓里没有腐化的骨骼移葬到海边的祖坟里。

1834年1月9日——天黑以前，比格尔舰停泊在圣尤利安港，这个海港海水清澈，面积宽广，位于希望港以南110英里处。我们在这里待了8天，这个地方和希望港的情形几乎相同，只是更加贫瘠荒芜。有一天，我们一队人与舰长菲茨·罗伊绕着海港的岬角一路长途旅行，步行了11个小时都没喝到一口水，队员已经疲惫不堪。站在一座山的山顶上远眺（从此我们把这座山叫作渴山）我们找到了一个风景极佳的湖，有两个队员继续前行，然后用规定的信号来表示湖水是否是淡水，结果令我们失望，那是一大片雪白的由巨大的立方形结晶构成的盐层。我们以为空气干燥是导致大家非常口渴的原因，然而不管是什么原因，当我们在傍晚回到小船时，心情大好。尽管在这一次行程里我们没有找到有淡水的地方，但我肯定一定存在有淡水的地方，因为一个偶然的机会，我发现在港湾岬角附近的咸水表面上有一只还没有完全死去的水甲虫细纹龙虱属的甲虫，这种甲虫是以淡水为生的，由此断定此处一定有淡水。除此之外还有三种昆虫（一种是虎甲属，另两种分别是半猛步甲和婓步甲属），它们都生长在满是淤泥的低洼地带，只是偶然被海水冲到这里来。除去上面几种之外，这里的甲虫还有一个物种，但我发现时它已经死在平原上了。有一种身体很大的蝇，数量庞大，一旦被它咬上就疼痛难忍，在英国的阴暗街巷里，烦人的牛虻也属于这种蝇。这里的蚊虫特别多，这个问题让我们十分费解，这些昆虫在平时究竟吮吸哪些动物的血液来生活呢？在这里羊驼几乎是唯一的热血四足动物，然而与数不胜数的蝇类相比数量少得可怜。

巴塔哥尼亚的地质状况很是有趣。这与欧洲的地质不同，欧洲的第三纪地层都堆积在港湾内，但是在这里一片巨大的沉积层沿海岸连绵好几百英里，其中还有很多第三纪的贝壳，很明显这些种类全都灭绝了。最常见的贝类是一种厚重的巨型牡蛎，其中有些直径甚至长达1英尺。这些贝类层的上面被一层特别松软的白色石块覆盖着，石块的主要成分是石膏，表面上像是白垩，而实际上却具有浮石的特性。极不平常的是从它的构成来看，其体积的十分之一为浸液虫，艾伦贝格教授查明这里的浸液虫有30种。这个地层沿着海岸延伸了500英里，或许还要远一些。它的厚度在圣尤利安港居然超过了800英尺，这些白色的厚层被一层砾石紧紧覆盖着，而这个砾石层或许是世界上最大的沙砾层，因为它由科罗拉多河附近向南一直延伸到600～700海里的地方。在圣克鲁斯河（位于圣尤利安港南面一点的河流）流域，砾石层一直延伸到安第斯山脉脚下，沿着这条河流逆流而上一半的位置，砾石层的厚度竟超过了200英尺，各处的沙砾层大概都延伸至这条巨大山脉，这些很圆的斑岩石砾也都在这里产生。据估测这个砾石层的平均宽度在200英里，平均厚度也有50英里。倘若把这个巨型的石砾层堆垒成山（把它们因摩擦形成的沙泥抛开），足以构成一条巨大的山脉！我们可以设想这些砾石多得就像沙漠里的沙粒一样，都是随古时的海岸线和河流两岸的巨大岩石逐渐崩塌而产生的，这些崩塌下来的石块碎片由于风化作用变成更小的石头，而这些小石头慢慢地滚动，逐渐变成圆形，滚到很远的地方。一想到这样的情况，脑海里就浮现出它们必须经过的那一段漫长历史，然而所有的砾石都被四处搬移，在搬移的过程中可能越滚越圆了。随后又有新的白色土层沉积下来，又经过了一段漫长的岁月，才与下面的第三纪贝类一起形成最下面的一层。

这个南部大陆上的所有事物都是大规模出现的，从拉普拉塔河到火地岛之间长达1200英里的陆地，都是在现代海生贝类存在的时期一起抬升形成的（巴塔哥尼亚的陆地抬升了300～400英尺）。古老风化的贝类还残留在已经升高的平原地面上，其中有一部分仍保留着它们的本色。这种陆地的上升运动，由于长久的静止期，至少被中断过8次，这些静止的时期里，海水倒灌，深深地浸入陆地，在各个相连续的海平面上形成了一排排长长的悬崖绝壁，两个高低不同的平原之间都被一列悬崖分隔开来，就好像一级一级的台阶向上升起。在静止期，陆地的上升运动和海水的回浸能力在很长的海岸线上都是均衡的，因为我惊奇地发现这些阶梯状的平原在相距很远的地点几乎都有对应的高度。最低的一处平原有90英尺高，但我在海岸附近所攀登过的一个最高的平原有950英尺，只是这个平原仅剩的遗迹就是几座由砾石形成的顶部平坦的丘陵。圣克鲁斯河的上游平原逐渐向上倾斜，一直延伸到安第斯山脉的山麓，高达3000英尺。我曾经说过巴塔哥尼亚在现代海生贝类生存期间就已经抬升了300～400英尺，还要补充说明一下，在冰川将岩石块挟带到圣克鲁斯河的上游平原期间，那里的陆地至少抬升了1500英尺。然而，不但地质抬升运动影响着巴塔哥尼亚的陆地，而且E·福布斯教授说在圣尤利安港和圣克鲁斯河一带发现的那些第三纪贝类已经绝灭，也不能在40～250英尺以上的深水里生存，可现在它们却覆盖着800~1000英尺厚的沉积物，由此可知这些贝类曾经居住过的海床后来一定下沉了几百英尺，这些沉积物才能在上面堆积起来，这一条构造简单的巴塔哥尼亚海岸向我们揭示了一段多么复杂的地质变化历史。

在圣尤利安港90英尺高的平原上，①在一些砾石堆所覆盖着的红土里，我发掘出马克鲁兽的半副骨骼，它是一种奇异的四足兽，全身有骆驼一般大。它与犀、貘和貘马同属于厚皮类动物，从它长颈的骨块结构来看，它和骆驼有着明显的联系，或者更精确地说与羊驼和美洲驼有明显的联系。一些现代贝类在两个更高的阶梯形平原上被发现，而这两个平原一定形成于埋藏这种马克鲁兽的泥沙沉积之前，并被抬升了起来。有一点是确定的，这种奇特的四足兽是在现代贝类生活在海里很久以后才出现的。最初我对此感到特别惊奇，如此大型的四足兽怎么会在这么近的年代生活在这些荒凉的砾石平原上，而且还是在南纬49°15′的地方？而这荒凉的平原只会生长一些矮小的植被，但是从马克鲁兽与现今生活在最贫瘠地方的羊驼的联系来看，就可以解释这个难题了。

下面这些事实非常有趣：尽管马克鲁兽和羊驼之间以及箭齿兽和水豚之间的关系较远，它们之间却有亲缘关系，和很多已经灭绝的贫齿目动物、现在形成南美洲动物界显著特征的树懒、食蚁兽以及犰狳有着较近的亲缘关系，栉鼠属和水豚属的化石物种与现存物种之间的亲缘关系就更紧密了。最近伦德和克劳森两位先生从巴西的几个洞窟里带回欧洲的大量标本就证实了上述关系，这种关系就如同澳大利亚有袋动物的化石物种和绝灭的物种之间的关系一样令人称奇。他们采集的标本包含了32个属的陆生四足兽灭绝物种，现存的物种现今都生活在洞窟周围的地方，只是绝灭的物种要比现存的物种多得多，在这些标本里有食蚁兽、犰狳、貘、西猯、羊驼、负鼠、无数南美洲的啮齿目与猿猴目以及其他动物的化石。毫无疑问，在同一大陆上的灭绝物种和现存物种之间有着惊人的亲缘关系，对今

---

① 我最近听说英国海军部舰长沙利文曾经在南纬51°4′的加列戈斯河岸边正规分布的地层里，发现了无数骨化石。在这些骨化石里，一些骨块很大，另一些却比较小，它们大概是属于犰狳科的动物，这个发现十分有趣，也是十分重要的发现。

后地球上生物的出现和灭绝这个问题，将阐释得更加清楚明白。

反思美洲大陆的地质变迁着实令人震惊。以前在这个大陆上必定生活着众多的巨型动物，然而现在我们所见到的动物，如果与过去这些同类的巨型动物相比，就显得微不足道了。假如比丰在那时就知道有巨型的树懒、类似犰狳的动物和已经绝灭的厚皮类动物，那他就会用一种更加真实的话来说"创造的力量已经在美洲丧失了它的能力"，而不会说"它从来没有强大的活力"。这些已经绝灭的四足兽如果不是全部的话，至少也有大部分是生存在最近的地质年代里的，并且与大部分现存贝类同时存在。陆地的形状自它们生存以来没有发生过很大的变化，既然这样，那又是什么使这么多物种，甚至有些整个属都消失不见了呢？最初我们会不由自主地认为这是由于巨大的激变导致的，如果是这样的话，我们就必须动摇整个地球的骨架才能毁灭南巴塔哥尼亚、巴西、秘鲁的安第斯山脉、北美洲直到白令海峡这些地方的所有大大小小的动物。另外拉普拉塔河和巴塔哥尼亚一带的地质考察使我们相信，所有地貌特征都是由缓慢而渐进的变化形成的。从欧洲、非洲、澳大利亚、北美洲和南美洲的化石属性能够得出，有助于较大的四足兽的生活条件最近还在向整个地球蔓延，然而到现在还没有哪个人能推测出那时候的生活条件是什么样的。这不大可能是由于气温的变化引起的，因为气温的变化会使地球南北两半球的热带、温带和两极地区的生物几乎同时毁灭。根据莱尔的说法，可以肯定地说大型四足兽在北美洲生活的时期也就是岩石块不能被冰川搬运到的北纬地带之后，在南半球，马克鲁兽也同样地生活在冰川搬运岩石块期间以后的很久年代里。难道如有人推想的那样是人类侵入南美洲导致这些笨重的大懒兽和其他贫齿目动物消灭了吗？然而考虑到布兰卡港的化石小土库土科鼠和巴西的其他化石小四足兽的死亡情形时就只得另寻答案了。没有一个人能想到有这样一种旱灾，它甚至比拉普拉塔省的旱灾造成的巨大损失还要严重，足以消灭从南巴塔哥尼亚到白令海峡的所有物种的每一个个体。关于马的灭绝，我们将说些什么呢？难道当时在这些平原上缺乏牧草，而后来却由于西班牙人运来成千上万匹马的后代而过度繁茂的吗？后来运来的马种是否也吃很早以前的马种所吃的草料呢？我们能否相信水豚吃食箭齿兽的食物、羊驼吃食马克鲁兽的食物、现代贫齿目的小动物吃食无数巨大的原型动物的食物呢？当然，在漫长的历史进程中没有一个事实比生物界的广泛而反复的灭绝情形更令人震惊了。

虽然如此，假如我们以另外的一种思路来看待这个问题，就不那么令人费解了。我们忘记了自己对于每一种动物的生存条件是多么无知啊！我们也时常忘记，各种生存在自然状况下的有机体过分迅速繁殖会时常被一些限制因素所阻碍。食物的供应量，平均来说是恒定不变的，可是各种动物的繁殖倾向却是以几何倍数增加的。近几个世纪以来，这种令人惊讶的效果还没有哪一个地方比欧洲的动物在美洲野化得更令人吃惊的了。在自然状况下每种动物都进行着有规律的繁殖，某一个早已固定的物种，数量显然不可能大量增加，这是因为它受到了某些条件的抑制。然而我们难以断定，对于任何已知的物种，这种抑制作用在哪一个生命期间？或者在哪一个季节？或者是在长久的时间里才不起作用？另外我们也很难弄清楚这种抑制是什么性质的。有时两个习性彼此相似的物种，在同一个地区生活，结果却是一个繁旺一个稀少，对此我们并不惊讶。再者，一个物种在某一个地区会旺盛地繁殖下去，相应地另一个在自然经济中占有同样地位的物种在其他条件近似的相邻地区里也应该能旺盛地繁殖下去，对此我们也不会感到有多惊异。倘若被问及是怎么回事，我们可以立即回答这种现象是由气候、食物或者天敌数目等一些细微差异所决定的。然而我们要指出这种抑制的确切原因及其作用是多么困难啊！所以我们只得这样下结论：某一个物种数目的繁多或稀少一般是一些不明原因所造成的。

有时我们可以追踪出，一个物种由于人类的作用全部消灭了或者在一个限定的区域内部分地消灭了，在这种场合中，我们知道这个物种由多变少直至消亡。我们很难指出物种是由于人类的作用还是由于自然天敌的增加而毁灭的，这两种情形的区别究竟何在？[①]物种稀少的现象显然发生在

---

① 参看赖尔所著述的《地质学原理》里就这个问题的精辟见解。

物种的灭绝现象之前，正如几位有才华的观察家所觉察到的，这种状况在相继的第三纪层里更为突出，在第三纪层里，常常发现某种常见的贝类，现在却变得非常少见，甚至长时间以来被认为已经灭绝了。此外，如果某一物种先是变得稀少而此后就绝灭这种现象可能出现的话，各个物种，甚至是最具先天条件的物种，其过分迅速地繁殖经常受到抑制的话——尽管很难说明这种抑制起着怎样的作用，什么时候起作用，但是我们得承认确实存在这种抑制——还有在同一地区里，要是我们对于一个物种繁盛，同属一系另一个物种却很稀少，即使不能准确说明其原因，也没有什么值得惊奇的。而为什么我们对因物种稀少而导致绝灭的现象，这般大惊小怪呢？有一种一直在周围发生着，却几乎不可感知的进程，也许会再向前推进一步，但这并没有激起我们的观察兴趣。若是有人听到以前巨树懒比大懒兽稀少，或者一种化石猴比现存的一种猴的数目稀少以后，他们会感到惊奇吗？可是，关于一个物种比另一个物种稀少这一点，我们有最明显的证据，可以表明它们拥有的有利的生存条件要少得多。至于物种通常在绝灭以前先变得稀少已被大家所承认，某一物种要比另一个稀少也不足为奇，但当物种灭绝就归咎于某种特殊原因，就对此大惊小怪，在我看来，无异于承认疾病是死亡的预兆，而对于疾病并不感到惊奇，可是当病人死去之后却深感疑惑，甚至相信他是死于暴病的。

第九章　圣克鲁斯河、巴塔哥尼亚和福克兰群岛

圣克鲁斯河——逆流而上的旅行——印第安人——玄武岩的熔岩巨流——河流不能带走的碎块——河谷的形成——康多鹰的习性——安第斯山脉——体积巨大的漂砾——印第安人的遗迹——回到军舰上——福克兰群岛——野性的马、牛和兔——狼形狐——用骨生火——猎捕野牛的方法——地质——石砾之流——地震情景——企鹅——雁属——海牛属的卵——群栖动物

1834年4月13日——比格尔舰在圣克鲁斯河口下锚。这条河流位于圣尤利安港以南大约60英里处。比格尔舰上次航行到这里的时候，舰长斯托克斯曾沿河上溯30英里，此后由于食粮缺乏，不得不退回原地。除了那时收集的一些资料外，我们对于这条大河的情况一无所知。舰长菲茨·罗伊现在决定利用尽可能多的时间，沿着这条河逆流向上行驶。4月18日，三只捕鲸船一同出发，携带了三个星期的粮食；这一队共有25人：实力足以抵抗一大队印第安人。大潮高涨，天气晴朗，航行很顺利，到夜间已大致超

出了潮浪的影响范围。

从这里起一直到我们行程的终点，这条河流的大小和外形几乎没有变化。它的宽度是300～400码，河心深度大约是17英尺。这条河流最显著的特点，就是水流湍急，每小时的流速达到4～6海里。河水颜色纯蓝，略微呈乳白状，不像乍见到所想的那样透明。河水在砾石河床里流动着，这种砾石和那些构成河滩和周围平原的砾石相似。河道蜿蜒曲折，向西伸展成直线的峡谷。峡谷的宽度从5英里到10英里不等，两旁都是梯形的台地，这些台地在大部分是逐层上升的，高达500英尺，它们在河流两侧的形状明显一致。

4月19日——逆着这样湍急的水流，用桨划船或者张帆前进，是完全不可能的。因此只得把三只船首尾相连地系在一起；每只船上各留两个水手，其余的人都上岸拉纤。舰长菲茨·罗伊提出的安排使大家的工作非常方便，人人都有事做，我在这里说一说这种组织的方法。我们这一队人，全员分成两个班，每班轮流拉纤各1.5小时。每只船上的军官和水手都生活在一起，同吃同住，睡在同一个帐篷里，因此各船彼此完全独立。日落以后，选定初次遇到的一块生满灌木的平坦地点，作为宿营地。每个水手轮流做饭。船只一拖到岸边，做饭的人就生起火来，另外两个人搭帐篷，舵手把物品从船舱里取出来，其余的人接着把它们搬到帐篷里去，然后采集柴火。在这种工作顺序下，只需半小时，就把宿夜的一切事宜都办妥了。夜间经常有两个人和一个军官站岗，他们的责任是看守船只、维持火堆不灭和保卫宿营地，防止印第安人偷袭。每人每夜轮流值夜1小时。

今天我们只把船拖行了一小段路程，因为一路上有很多小岛，上面布满多刺的灌木，岛屿之间的河水又很浅。

4月20日——在通过这些岛屿之后，我们便展开了工作。每天的行程，大约是直线距离10英里，但总计起来有15～20英里；这一段路程虽然不长，已使我们感到相当艰苦了。我们昨夜的露宿地点上游一带，完全是"前人未到过的地方"，因为上次舰长斯托克斯就是在这里折回的。我们看到远处有浓烟升起，并发现了一具马的骨骼，所以推测附近有印第安人居住。第二天（21日），我们发觉地面上留有一些马的脚印和丘索枪（就是长矛）在地上拖曳的痕迹。我们都猜想，印第安人夜间到我们这里来侦察过。过了不久，我们走到一个地点，从那里印第安人的大人、小孩和马匹新留下的脚印来看，可以很清楚地知道，这一队人已经在这个地点渡河而去了。

4月22日——这一带地区的景色和以前一样，并没有什么特别之处。巴塔哥尼亚的所有物产完全相似，这是它的一个最显著的特点。在干燥的砾石构成的平原上，生长着同样的发育不良的低矮植物，在河谷里则生长着同样的多刺灌木。到处都可以看到同样的飞鸟和昆虫。甚至在这条河流和清水溪的两岸，也没有鲜明的绿色，这些使人感到死气沉沉。"贫瘠"的诅咒笼罩着陆地，而那条流过砾石河床的水流也受到了同样的诅咒。这里水禽的数目非常稀少，因为这条河流是如此的贫瘠，没有什么东西可以维持它们的生活。

从这几方面看，巴塔哥尼亚虽然土地贫瘠，可是它也因为拥有多种多样的小啮齿动物而自豪。①有几种鼠的特征是长有薄皮大耳和极细的软毛。这些小动物聚居在河谷的密林中；它们在这里除了吮吸露珠以外，可以一连几个月不饮水。它们好像都是同类互相蚕食的动物，因为我在捕鼠夹上刚刚捉住一只鼠以后，就有其他的鼠来吃它了。有一种形状优美的小狐狸，数量也非常多，它们大概专门以这些小动物为食。羊驼占有它的领地，通常是50～100只群集在一起；我在前面也已经讲过，我们曾看到一个羊驼群至少有500只之多。美洲狮，还有追随在它后面的康多鹰和其他食尸肉的鹰，追踪并进攻羊驼。这条河流的两岸，差不多到处都可以看到美洲狮的脚印，有几具羊驼的遗骸，颈断骨碎，足以推测出它们的死法。

4月24日——我们好像古代的航海家一样，每到一处陌生的地方，就去考察和探索任何细微的变化征兆。一段漂流在水面上的树干，或者一块原始岩的漂砾，都会使我们高兴欢呼，好像已经看到了生长在安第斯山两旁

---

① 据沃尔内所说，叙利亚荒漠上的特征是木本灌木、无数的鼠、瞪羚和野兔。但是在巴塔哥尼亚的自然界里，羊驼代替了瞪羚，刺鼠代替了野兔的地位。

的森林似的。我们看到一层浓云的顶部，始终不变地停在同一个位置上，这是最可靠的标记，也是真正的通报者。起初，我们把这些云块误认为是山脉本身，却不知道这是冰雪覆盖的山顶上空的大块水蒸气。

4月26日——关于平原的地质构造，今天我们看到了显著的变化。这次旅行一开始，我就仔细研究这条河里的砾石，在最后两天，我发现它们当中有少数小砾石是由气泡极多的玄武岩构成的。这些砾石的数目和大小逐渐增加，但是我从来没见过人头那么大的砾石。可是今天上午，我看到同样的岩石的砾石，不过较为致密，它们的数目突然增加；在半小时的过程中，我们看到，在5～6英里远的地方，有一个巨大的玄武岩台地的尖角。当我们走到它的基部时，就看到河水在崩倒的乱石块间汩汩地泛着白沫。在此后所经过的一段28英里的河道里，都有这些玄武岩的碎块阻塞着。超过这个界限，有同样多得无数的原始岩的巨大碎块，它们是从周围的漂砾岩层崩裂下来的。任何一个大碎块，都没有从它们掉落的地点被冲到3～4英里远的下游去。考虑到圣克鲁斯河的水流速度特别快，其间又无河湾可以减杀水力使之平静，照理可把石块冲得更远，然而事实却不然，可知河流运送石块的力量并不大。

玄武岩为唯一从海底流过的熔岩，可是它的喷发是大规模进行的。在我们初次遇到这种岩层的地点，它的厚度达到120英尺；在沿着这条河道再向上游行进的时候，地面就不知不觉地升高了，岩层也愈来愈厚，因此在距离起点40英里的地方时，它的厚度竟达320英尺。我完全不知道它在紧靠安第斯山脉处的厚度可以达到多少，但是我知道那里的台地高度是海拔3000英尺。因此，我们就把这条巨大的山脉看作玄武岩层的发源地，这个发源地产出了一些流到100英里之外的熔岩流，一直达到倾斜的海床上。只要看一下河谷两侧的玄武岩峭壁，就可以明显地知道，这个地层一度是连接成一个整体的。那么，究竟是什么样的力量把这么一块平均厚度大约300英尺、宽度在2英里到4英里不等的密实而坚硬的岩块，沿着这个地区移动的呢？虽然这条河甚至连运送不大的石块的能力都很小，但是它在悠长的岁月里，靠着逐渐冲刷的作用，都可以产生出一种难以估量的效果。可是在这种情形下，不管这个因素究竟重要不重要，都可以举出一些确实的论据，使人相信这个河谷以前是被海湾所盘踞的。下面举例证明：这个河谷两侧梯形台地的形状和性质来看；安第斯山脉附近的河谷底部扩展成一个巨大的海口形的平原，而且在平原上还有沙丘；并且这条河流的河床里存在少数海生贝类。如果我有较大的篇幅，我就可以证明，南美洲以前在这里曾被一条海峡分割开；这条海峡也像麦哲伦海峡一样，沟通了大西洋和太平洋。可是有人会问，这个密实的玄武岩层到底是怎样移动的呢？以前的地质学家们认为原因是某些激变的毁灭作用；但是就现在这个情形而言，这样的推测是站不住脚的，因为在圣克鲁斯河的河谷两侧，都伸展着同样的梯形平原，在这些平原表面上又有现代海生贝类，并且这些平原沿着绵长的巴塔哥尼亚的海岸线展开。无论多么大的洪水作用，都不可能在这个河谷里或者沿着这个宽广的海岸把大陆塑造成现在的状况；在这些梯形平原（就是台地）形成的时候，这个河谷本身就被开凿出来了。虽然我们知道，在麦哲伦海峡的狭窄部分，潮汐的推进速度可达每小时8海里，但不得不承认，要使潮汐在没有强烈的拍岸浪相助的情况下，侵蚀这样广大无际的地面和这样深厚密实的玄武岩熔岩，就必须经过一个又一个世纪的冲刷，其年代之悠久，简直令人头晕眼花。即使这样，我们仍应相信，这个被古代海峡的水所掘凿开的地层，曾被击碎成巨大的岩块；而这些散布在海滩上的岩块，起初变成较小的石块，后来成为沙砾，最后成为极细的泥土，在退潮的时候又随着海水漂流到东西两面的大洋里去了。

随着平原的地质结构变化，当地自然界的特点也发生了变化。当我沿着几条狭窄的岩石小径散步时，好像又回到了圣特拉哥岛上荒凉的山谷之中。在玄武岩的峭壁之间，我发现了几种以前没有见过的植物，还有一些植物，我认出是从火地岛漂泊而来的。这些多孔的岩石，好像是积储少量雨水的蓄水池，因此在火山岩和水成岩两种岩层的交接处，就有几股小泉水喷涌而出（这种泉水在巴塔哥尼亚境内很稀少）；泉流四周有碧绿的小草地，所以从远处就可以辨认出它们。

4月27日——今天这一段河流的河床变得比较狭窄，因此水流也比较湍急。这里的水流速度是每小时6海里。由于水流湍急，河流里还有很多巨大的尖角岩块，我们拖拉船只的工作显得既危险又艰苦。

今天我射中了一只康多鹰。测量它的身体后得出数值：两翼张开时翼端之间的宽度是8.5英尺，嘴尖到尾端的长度是4英尺。大家都知道，这种鹰分布的地理范围很广，从麦哲伦海峡沿着安第斯山脉直到赤道以北（北纬8°）的南美洲西部沿海一带都有分布。内格罗河口附近的险峻峭壁，就是它们在巴塔哥尼亚海滨的北方界线；它们的大本营是安第斯山，从此地出外漫游，可以飞出400多英里远。再向南飞，在希望港海角的峭壁之间，也时常可以见到康多鹰；可是只有少数散落的康多鹰才会偶尔飞到海边。这些鹰时常来往于圣克鲁斯河口附近一带的峭壁上，沿河向上大约8英里，由险峻的玄武岩峭壁构成的河谷两岸，也是康多鹰的分布范围。从以上事实可以知道，康多鹰大概喜爱直立的峭壁。在智利境内，它们在一年的大多数时候，都在太平洋沿岸一带的低地栖息，而在夜间就几只歇落在同一棵树上；可是到了初夏，它们就会避居在安第斯山脉里最荒僻的地方静静地孵育小鹰了。

关于它们的繁殖，智利的当地居民和我说过，康多鹰从不筑巢，在11月和12月，它们把两枚白色大蛋生在裸露突出的岩石上。据说，小康多鹰在出生以后的整整一年里，还不会飞行，它们学会飞行以后，仍有很长一段时间要继续和自己的双亲在夜间一同栖宿，在白天则一同猎食。老鸟时常成对地生活在一起，但是在大陆深处圣克鲁斯河的玄武岩峭壁之间，我发现一个地点，它们有20～30只在一起群居。当我们突然走到一个峭壁的斜坡上时，我看到了一幅宏伟的景色：有二三十只大鸟从自己的栖息处振翅高飞，威风凛凛地在天空盘旋，然后飞向远方。从岩石上遗留的鹰粪数量可以判断出，它们一定曾经长久地盘踞在这个峭壁上，并在这里栖宿和孵蛋。它们在饱食了下面平原上的兽尸以后，就飞到这些突出的崖顶上休息，以消化肚子里的食物。从这些事实可以看出，康多鹰也像大兀鹰一样，在某种程度上是群居的。在这一带地区，它们只吃羊驼的尸体，这些羊驼要么是自然死亡，要么是被美洲狮咬死的。就我在巴塔哥尼亚所见，我认为它们通常一定不会远离固定的栖息地,飞往别的更远的地方。

我经常看到,康多鹰以最优美的盘旋姿势在高空飞翔。有几次,我确信它们只是以此为乐,还有几次,听智利的农民说,它们正在监视一只将死的走兽,或者是在等候美洲狮吃食猎物。如果康多鹰向下滑翔,随后又突然全部向上飞起,智利人就知道那里一定有一只美洲狮,它在看守兽尸的时候跳跃起来,赶走这些飞贼。康多鹰除了吃食兽尸以外,也时常进攻小山羊;每当康多鹰飞掠过羊群的时候,牧羊犬就会熟练地奔跑出来,向空中注视,狂吠不停。智利人曾经捕捉并杀死过康多鹰。他们有两种捕捉方法:一种方法是把兽尸放在一块平坦的地面上,四周插植木杆,做成围篱,只留一个入口,当康多鹰正在饱餐的时候,他们就骑马急驰到这个入口处,随即把门关紧,这时这种鸟无处可跑,它便没有足够的力量,从地面向空中飞起。第二个方法是:先看清它们栖宿的树木——通常是五六只同栖在一处,到夜间爬上这些树木,用绳索套缚住它们。我亲眼看到,它们总是在夜间沉睡不醒,因此捕捉起来并不困难。在瓦尔帕莱索,我曾看到一只活的康多鹰,以6便士(半先令)的价格出售,一般来说每只的售价是8-10先令。我看到他们带来的一只康多鹰,被绳索缚住,受伤很重,可是只要把那根紧缚住它的嘴的绳子一割断,它就开始贪婪地撕食一块尸肉,虽然四周围绕着人群,它们却不在意。就在这个地方的一个花园里,饲养着20~30只康多鹰。虽然每星期只喂食一次,但是它们看起来十分壮健。①智利的农民肯定地说,康多鹰可以5~6星期不吃食物,照旧活着,还保持着精力,我不能确定这种说法是否正确,不过这是一种残酷的试验,很可能是已经有人做过了这种饿死它们的试验了。

众所周知,要是在这一带地区有一只走兽被杀死,康多鹰就像其他食尸肉的兀鹰一样,很快就会用一种很微妙的方法获得这个信息,一起飞到那里去。我们应注意到,发现猎物以后大多数情况下这些鸟总在尸体没有

---

① 我曾注意到,在一只康多鹰死亡前的几小时里,所有寄生在它身上的虱子,都会从它的羽毛里爬出来。这是一种常见的现象。

腐败之前，就把它啄得精光，只剩下骨头。奥杜旁先生曾做过一些关于食尸肉的鹰的嗅觉能力薄弱的试验；我也曾在上面提到的花园里做过一个试验：把几只康多鹰分别用绳子缚住，在墙脚边排成一长排，然后用白纸包好一块肉，我拿着这个纸包，在离开它们大约3码远的地方走来走去，可是它们丝毫没有注意到。此后，我就把纸包抛掷在地面上，在离开一只老雄鸟不到1码远的地方；它起初只是对这个纸包凝视了一下，后来就不再去注意它了。于是我用一根棒把纸包向它身旁不断推去，直到纸包最后触碰到鸟嘴为止；白纸立刻被它狂怒地撕破了，同时这一长排的所有鸟都马上用力挣扎，扑动双翼，想来争食。在同样情况下，这件事是绝不可能蒙骗一只狗的。关于证明食尸肉的兀鹰的嗅觉能力是不是敏锐的问题，赞成的和反对的，各执己见，势均力敌。欧文教授曾证明，美洲兀鹰的嗅觉神经特别发达；欧文先生在动物学会宣读这篇论文的那天晚上，有一个听讲的人就指出，他曾两次在西印度群岛看见这些食尸肉的鹰飞集在一座屋顶，那时候在这座房屋里正有一具尸体，因为没有埋葬已经发臭了：这一点证明它们并不是由于视觉而感知尸体的。从相反的方面来看，除了奥杜旁的试验和我自己的这次试验以外，还有巴克曼先生也曾在美国用各种不同的方法做过试验，证明无论是美洲兀鹰（就是欧文教授所解剖的这个物种）或者大兀鹰都不用嗅觉来寻找食物。他用薄帆布包住了几块特别臭的腐肉，在这个包上再散放几片肉；这些食尸肉的兀鹰吃光了上面的肉后，便静立不动，那时它们的嘴虽然已经向腐尸包里伸入了1/8英寸，可还是没有发觉。在把这一包腐肉的布略微割开一些以后，这些鸟就立刻发现了腐肉；此后他又换了一块新的帆布，再把肉包在布里，并且在它的上面又散放几片肉，于是这些兀鹰又来吃肉，且践踏其上，可是仍旧没有发现这块藏在布包里的肉。除了巴克曼以外，还有其他六位先生签字证明了这些事实。①

在空旷的平原上仰卧休息或向上望去的时候，我时常看到食尸肉的

---

① 巴克曼的文章，原载于《伦敦自然杂志》，第7卷。

鹰在很高的天空中翱翔。在旷野平坦的地方，凡超出地平线15度以外的天空，我以为无论步行或者骑马的人都不能够仔细地看到什么东西。如果事实确是如此，则兀鹰翱翔在3000～4000英尺高度，那么在它飞进人类的视线范围内以前，它和观察者眼睛的直线距离应在2英里以上。这时它是否不容易俯瞰到这里呢？当猎人在荒僻的河谷里打死一只野兽时，那些目光敏锐的鸟会不会在空中没有看到他呢？它们飞降的姿态，是不是在向附近地区的所有食尸肉的鸟宣布说，它们的猎物就将到手了呢？

当康多鹰成群地在某一个地点的高空盘旋不停的时候，它们的飞行姿势是很美丽的。我记得，这种鸟除了在向上起飞时外，总是很少拍动它的双翼。在利马附近，我曾在半小时里始终目不转睛地观察几只康多鹰：它们在空中的动作呈巨大的曲线，绕着圆圈，或升或降，毫不拍击双翼。当它们滑翔过我的头顶时，我从斜向的位置目不转睛地注视着每只翅膀上巨大的末端羽毛的轮廓；这些分开的羽毛，要是略微颤动，就会混淆不清，但衬着蓝天的背景我却可以清晰地看见它们。它的头部和颈部频频摇动，显然很有力；展开的双翼就是颈部、身体和尾部运动的支点。这种鸟向下降落时，双翼立即折叠起来；当重新展开双翼采取一种倾斜的姿态，迅速下降时所获得的动量，就会使鸟身像风筝一般平稳地上升起来。当一只鸟在翱翔时，动作必须相当迅速，方才可以使身体的斜面对空气的作用和自己的重力相平衡。维持它在空中做水平方向运动的动量所需的力（空气的摩擦力是很小的），并不是很大，只需有那么一点点力就足够了。我们必须设想，康多鹰的颈部和身体的运动已经足够应付飞翔了。无论如何，看到这样一只大鸟能在空中盘旋数小时，越过群山和河流，往来自如，真是既惊奇又有趣。

4月29日——我们站在某一高地上，遥望安第斯山上白皑皑的峰巅，偶尔从云层中显露出来，不禁高兴地欢呼起来。之后几天，我们继续缓缓前进，因为我们发现这段河道非常迂回曲折，还有大量各种古代的页岩和花岗岩的碎块阻塞其间。贴近河谷的平原，高出河面约1100英尺，性质也有很大的改变。很圆的斑岩的砾石，和大量玄武岩及原生岩的巨大角形碎块混杂在一起。我看到的第一个漂砾，距最近的高山有67英里；还有一个我量过的漂砾，为5平方码，突出砾石地面之上5英尺。它的边缘如此尖锐，体积如此之大，以致我起初误认为它是天然就在这个位置上的，我曾取出罗盘来测定其裂纹的方向。这里的平原完全不像近海平原那么平坦，看不出它有任何巨大激变的痕迹。在这种情况下，我认为除了采用漂浮冰山的推动理论外，再没有其他理论可以用来解释这些巨型的岩块何以能够离开原来的地点这么远，以致达数英里。

最后两天，我们看见马的蹄印和几种印第安人的小用品，例如斗篷的破片和一束鸵鸟毛，不过它们被抛弃在地面上显然已经很久了。此处距离印第安人最近渡河的地点有数英里，这一带地区很少有印第安人的踪迹。起初，当我考虑到这一带有很多羊驼的时候，就对这一点感到惊奇；后来才明白，这是由于这些平原是岩石质的，因此在它们上面骑着没有蹄铁的马去追捕羊驼极不便利。虽然如此，在很深的内陆地区，我仍在两个地点发现有不大的石堆，我认为这些石堆不可能是偶然形成的。它们被堆置在最高的熔岩峭壁边缘的突出部分，看来很像希望港附近的石堆，不过体积比较小罢了。

5月4日——舰长菲茨·罗伊决定不再逆流向上行驶。这一段河道很曲折，水流非常湍急，而且这一带地方的景色并不能引起大家再前进的兴趣。我们所到之处看到的都是同样的东西，同样凄凉的景色。现在我们已经离开大西洋140英里，离开太平洋最近的海湾大约60英里。这个河谷的上游地带扩展成了一块宽广的盆地，盆地的南北两侧和玄武岩台地接壤，面对着绵延的安第斯山脉，山上白雪皑皑。可是，遥望这些庄严的高山，不能攀登到它们的峰顶，徒对峰岚景观以及奇兽珍草空想，此愿难偿，懊丧万分。我们如果再沿河上行，不论多远，都会白白地浪费时间，除此以外，我们这几天的口粮已经减少到每人只能吃半个面包了。虽然这份口粮对于脑力劳动的人的确足够了，但是终日艰苦奔走，仅吃这点食物，就显得很不足了；据说，如果胃里不过分吃饱，那就容易消化——这句话说来容易，可是实行起来就使人很不愉快了。

5月5日——日出以前，我们开始顺流而下，以极大的速度随着流水急驶，通常每小时的速度达到10海里。今天一天所行的路程，相当于上行时耗费五天半的艰苦劳动而达到的距离。经过21天的旅行以后，我们终于在5月8日回到比格尔舰。除了我以外，大家都各有各的懊恼不满的理由，可是这次沿河向上的旅行，却使我认识了巴塔哥尼亚巨大的第三纪地层的有趣断面。

1833年3月1日和1834年3月16日，比格尔舰两次停泊在东福克兰群岛的伯克利海峡。福克兰群岛的位置差不多和麦哲伦海峡进口处的纬度相同，面积为120×60平方千米，略大于爱尔兰的面积的一半。这些不幸的岛屿在被法国、西班牙和英国轮流争夺占有以后，就被遗弃而变得荒无人烟了。此后布宜诺斯艾利斯的政府把它们出售给一个私人，但是沿用了往昔西班牙所采用的办法，用作犯人的流放地。英国曾宣布对这些岛屿的所有权，并且占领该群岛。有一个英国人留守监护英国国旗，结果被人暗杀。后来又有一个英国军官派到这里，但是得不到任何实力支持；当我们到达这里的时候，看到他正在办理户籍工作，这里的居民大半是逃亡的叛国者和暗杀者。

这个舞台配得上在它上面演出的一幕幕戏。在景色荒凉而可怜的丘陵地带，到处布满泥炭土和单调、粗硬的褐色野草。灰色石英岩的尖峰和山脊从各处平坦的泥炭土表面上耸起。此间的气候，人所共晓，我们可以把它和北威尔士1000~2000英尺高地上的气候做对比，既少阳光，又乏霜露，唯有连绵的风雨而已。①

1834年3月16日——我曾环绕这个岛的一部分地方做了一次短期旅行，现将经过情形叙述如下。今日清晨，我带了6匹马和两个高乔人出发，这两个人最能适应旅途生活，不仅能机智应变，且能随遇而安。今日天气非常恶劣，寒冷且有大冰雹。然而，我们还相当顺利地向前行进，不过，

---

① 从当时曾进行该地测量工作的皇家海军舰长沙利文的几封饶有兴味的信件以及我们航行以后所发表的文章里，有人认为我们说这个岛屿气候恶劣这一点，言过其实。但想到这里差不多是一片泥炭覆盖层，小麦也难以成熟时，我就难以相信这里的夏季天气晴朗和干燥。

要是没有地质考察，这一日的旅程可说是最乏味的了。这一带地区到处都是同样单调的丘陵起伏的原野，地面上覆满了淡褐色的憔悴的草类和少数极矮小的灌木，从弹性的泥炭土壤里生长出来。在河谷里，这里或那里都可以看到小的雁群，地上泥土松软，故沙锥鸟容易找食生存。除了这两种飞鸟以外，其他鸟类的数目不多。这里有一条主要的山脉，大约有2000英尺高，是由花岗岩构成的；山脊崎岖不平而且光秃，不易越过。我们沿着这条山脉的南侧山坡，走到一个非常适合于野牛生存的地区，但近来由于受到严重的摧残，沿途所见的已不多了。

傍晚，遇见一小群野牛。我的一位名叫圣杰戈的同伴，立刻选定一头肥牛，把投石索抛掷过去，击中了它的双腿，但没有把它缚住。于是他把帽子抛掷在投石索坠落的位置，接着就全力急驰，取出套索；在激烈的追逐以后，赶上了这头野牛，于是把套索套住牛角而捕到了它。另一个高乔人赶着运粮的马匹走到前面去了，所以圣杰戈在宰杀这头狂暴的野牛时遇到了一些困难。他利用这头野牛向他冲过来的每次机会，设法把它拖到一块平地。它起初不肯移动，我的那匹马，因为受过训练，就慢跑过去，用胸部去猛烈地推撞它。可是，把它拖到了平地以后，要由一个人宰杀这头吓得发狂的野兽，却也不是容易的事。要是这匹马在骑马人离开后，为了自己的安全，它不会很快把套索拉紧，这件事也很困难；因此，如果母牛或公牛向前奔走，马也要迅速地向前奔走；否则马就得略为向侧面偏斜，站立不动。可是，我们这匹马还年轻，不能够站立不动；而当牛在竭力挣扎的时候，它也跟着牛移动位置。我抱着一种敬佩的心情，观察圣杰戈用十分灵敏的动作，在牛背后东躲西闪，最后向野牛后腿的主腱上用刀一刺，终于给了它致命伤；此后，他就不太费力地用刀刺入脊髓的顶端，于是这头牛好像触电似的倒在地上了。他连皮割下了几块不带骨头的牛肉，这些牛肉足够我们这次旅行食用了。此后，我们骑行到宿夜地点，在那里吃晚饭，大吃这种连皮烤熟的牛肉。这种牛肉要比普通牛肉的滋味鲜美，好像鹿肉比羊肉鲜美一样。我们从牛背上剜下一大块圆形牛肉，放在火上烤炙；牛皮朝下，呈盘碟的形状，因此不会有一滴肉汁流失掉。要是在这个晚上有一位高贵的市参议员和我们一起吃晚饭,那么"连皮烤熟的牛肉"无疑会立刻驰名伦敦了。

夜里下雨,第二天(3月17日)又刮起狂风,同时大量雪雹齐下。我们横穿这个岛,骑行到一个地峡;这个地峡把林康·德托罗(西南端的一个大半岛)和岛的其余部分连接在一起。因为这地方的母牛被大量杀死,所以公牛占有很大的比例。它们单独或者两三头在一起漂泊,性情极野。我以前从来没有看见过这样巨大的野兽;从它们头大颈粗的样子来看,可以把它们和希腊的大理石雕刻的石牛相比拟。舰长沙利文告诉我说,中等身材的公牛皮重47磅;而在蒙得维的亚,这么重的而且还没有干透的牛皮就被认为是很重的了。幼小的公牛虽喜奔跑,通常所跑距离不远;老公牛并不爱动,如果有一群人马跑在它们面前,这些牛便向他们猛冲,有许多马就这样被撞死了。有一头老公牛渡过一条泥泞的小河,盘踞在我们的对岸;我们想把它赶走,结果没有办到,只好绕了一个大圈子走过。高乔人为了报复起见,决定把它阉割,使它今后对人无害。看到高乔人的技术能完全制服畜力,真是有趣。当这头野公牛向高乔人的马直冲过来的时候,他把一根套索抛到牛角上,再把另一根套索抛到它的后腿上,庞大的牛体不一会儿就变得无力而横倒在地上。当把拴角的绳拉紧之后,如果不把这头牛杀死,要想解开这根套索绝不是一件容易的事;而且我知道,如果高乔人单独去干这件事,一定很难成功。可是,如果有第二个人的帮助,用套索缚住公牛的两条后腿,就可以完全制服它,因为在把它的后腿紧紧拉住的时候,它就完全无力可用了。这时前面一个人就可以从牛角上解开套索,拉着安稳地骑上马;同时第二个人略微后退一下,使套索的应力减弱,于是套索就从这头挣扎的野兽身上滑开,它便能立刻站立起来,摇动一下身体,又凶猛地冲向它的敌人了。

在全部路程中,我们只看见一群野马。这些动物,也像野牛一样,是在1764年由法国运到这里来的,此后这两种动物就大量繁殖起来。令人奇怪的是,就是这些马从来不离开这个岛的东端,可是在这里并没有什么天然界线阻挡它们漂泊到岛上的其他地区,而且东端部分的水草并不比其余部分优美。我曾问过高乔人这个问题，他们虽然确认这是事实，但不能解释它的原因，只是以为马对它们所习惯的任何地方都有一种强烈的留恋之情。我曾想到，这个岛上的草也较丰富，显然还没有完全被动物所利用，而且在这里也没有肉食的猛兽，因此非常想知道它们本来的迅速繁殖力受到了怎样的限制。在这个有界限的岛上，显然不可避免地迟早会有一些限制；可是，为什么马的繁殖力比牛的繁殖力更早地受到了限制呢？舰长沙利文费了一番努力来帮助我解决这个疑问。那些在当地服务的高乔人认为，主要原因就在于公马经常要到各地去漫游，并且强迫母马做伴同行，却不管年幼的小马能不能追随在它们后面。有一个高乔人告诉舰长沙利文说，他曾观察到公马怎样残酷地把母马乱踢乱咬了1个小时，直到母马被迫抛弃了它的小马为止。舰长沙利文有几次发现死亡的小马，可是从来没有发现一头死亡的小牛。不但这样，还时常可以发现成年马的尸体，好像它们比牛更容易患病或者遇到不幸似的。由于地面的土质松软，马蹄时常生长得不正常，变得太长，这就引起跛脚病。这里的马的毛色主要是栗色和铁灰色。所有出生在这里的马，无论是家养的或野生的，虽然一般都有良好的生长环境，但体躯极小；它们已经丧失了原来的巨大力量，以致不能用来拖拉套索，捕捉野牛，因此不得不以高价从拉普拉塔省运来强健的马匹。不久的将来，南半球大概会产生福兰克矮种马，就像北半球有设得兰群岛产的矮种马一样。

这里的牛不仅不像马那样退化，反而体躯增大，它们的数量比马多得多。舰长沙利文告诉我说，它们在一般体型和角形方面和英国牛差别很小。在毛色方面，这两种牛则有很大差异；值得注意的是，在这个小岛的不同地方，不同的颜色占有不同的优势。在阿斯本山的周围，海拔1000～1500英尺处，大约有一半牛群的颜色是鼠灰色和铅灰色；在这个岛的其他地方，就很难遇见这种毛色。在快乐港附近，以深褐色的毛色占多数，而在舒瓦瑟尔海峡以南（这个海湾差不多把这个岛分成了两部分），则以身体白色和头脚黑色的牛最普遍；在全岛各地都可以遇见黑色的牛和一些杂色的牛。舰长沙利文指出，各地的牛的主要毛色差异非常明显，例如在远处眺望快乐港附近的牛群时，好像那里是一些黑色斑点；而在舒瓦瑟尔海峡以南，看来它们则像是山坡上的一些白色斑点。舰长沙利文认为，各个牛群并不彼此混杂相处；还有一个奇怪的事实，鼠灰色的母牛虽然居住在高地上，但是在怀孕以后要比这个岛的低地上的其他毛色的母牛早一个月生犊。下述情形很有趣：过去一度家养的牛分成了三种不同毛色的野牛，如果在最近几个世纪不去打扰它们，那么某一种颜色的野牛最终极可能比其余两种颜色的野牛占优势。

家兔也是从外地输入的动物，并且繁殖极快，岛上的大部分地方都充满了这种动物。可是，它们也像马一样，有一定的居住界限：它们不仅不越过岛的中央山脉，而且高乔人对我说，要是不把小群家兔运到这条山脉的山脚下，至今那里也不会有家兔。我很难设想，这种原产在北非的动物，怎么能够生存在这样的潮湿气候下，这里的日光很少，甚至连小麦也只能偶尔成熟。有人肯定地说，大家认为瑞典的气候，比较适宜家兔，然而它们却不能在野外生活。除此以外，起初运到这里来的几对家兔，必须和原有的敌害——狐狸和几种大鹰相斗争。法国博物学家们把黑色变种看作一个不同的物种，命名为麦哲伦兔。他们以为，麦哲伦当时所说的麦哲伦海峡有一种叫作"科内霍斯"的动物，就是指黑兔；实际上他说的却是一种小豚鼠，西班牙人到现在仍用"科内霍斯"称呼这种豚鼠。高乔人嘲笑我们把黑种和灰种家兔分得过分清楚，他们说，黑兔的分布无论如何从来没有比灰兔的分布更广，也从来没有看到这两种家兔分开过，它们彼此很愿意互相配对，生育出杂色的后代。我现在有一个黑灰杂色的家兔标本，它的头部和法国人所叙述的那个物种明显不同。这表明，博物学家在确定新种时，多么小心谨慎；即使是居维叶，后来看到了一个这种家兔的头骨，也认为它大概是一个不同的物种！

这个岛上原产的唯一的四足兽是大型狼形狐（即南极狐）。[①]它们广

[①] 可是，我可以推测，这里还有一种田鼠。普通欧洲家鼠和小鼠已远离殖民地的居住区而到处漂泊。普通的猪也在同一个小岛上变成了野猪；所有这些动物都是黑色的；公猪非常凶猛，并生有很大的犬齿。

泛分布在福克兰岛的东西两部。我认为它的确是一个特殊的物种，并且只在福克兰群岛上才有，因为有很多到这些岛屿上来过的猎捕海豹的人、高乔人和印第安人全都坚持说，在南美洲的任何其他地方都没有遇见过这种动物。莫利纳根据习性的相似，认为这种狐和卡尔佩狐相同；①这两种动物我都看到过，但它们完全不同。大家都知道，拜伦曾经讲到这种狼的性情温驯而且好奇，但水手们误认为它们很凶恶，因此见到了它们就跳水逃命。直到现在，它们的习性仍同以前一样。有人看到，它们有一次走进一个帐篷，从熟睡的水手的头下拖走一些肉。高乔人时常在晚上一只手拿着一块肉，另一只手握着一把预备刺狼的刀，时常可以杀死它们。据我所知，在世界的其他地方，都没有像这一块距离大陆很远的小陆地那样，会有这样原产的性情特殊的大型四足兽。它们的数量在迅速减少；在这个岛上位于圣萨尔瓦多湾和伯克利海峡之间的地峡以东的一些地方，这种动物已经完全消失了。如果这些岛完全被移民所占有，不出数年，这种狐极可能和渡渡鸟的命运一样，成为地球上绝迹的动物。

今天夜里（3月17日），我们在舒瓦瑟尔海峡底端的地峡上过夜；这个地峡形成本岛西南部分一个半岛。山谷之内可以很好地遮蔽寒风，只是此处可以用作燃料的灌木极少。可是，高乔人立刻就找来了一些燃料，使我非常惊奇的是，这些燃料所发出的热量竟像煤火一样，原来这是新近被宰杀的一头阉牛的骨骼，牛骨上的残肉已经被食尸肉的鹰啄食光了。他们告诉我说，冬日无柴的时候，他们常捕杀野兽，用小刀把兽骨上的肉剔光，然后就用这些骨块作为燃料，烤炙生肉，当作晚餐。

3月18日——今天差不多整天下雨。可是在夜间，我们用马鞍布裹在身上，仍然可以很好地保持干燥和温暖，但是我们所睡的地面，从各方面看来，几乎和泥沼一样。骑行了一天以后，想找一个可以坐下来憩息的地点，却找不到。我在另外一章曾讲到，在这些岛屿上完全没有树木生长，而在火地岛上则覆盖着大片的森林。这个岛上最大的灌木（属于菊科的植

---

① 卡尔佩狐就是麦哲伦狐，这种由舰长金从麦哲伦海峡携带回国的狐，在智利很普遍。

物）还不及我国的染料木属植物高。有一种绿色小灌木，大约和寻石楠的大小相同，可以作为良好的燃料，它们甚至在鲜绿状态下也能燃烧。在大雨倾盆而下，四周所有东西都被雨水浸湿的时候，高乔人只要在怀里藏有一个打火盒和一块破布，就可以立刻用这种小灌木生火，看到这种情形真令人惊奇。他们在草丛和灌木丛下找来几根干树枝，把它们劈成细丝，然后用较粗的树枝在它们四周搭起来，成为一个鸟巢形状的柴堆，把一块火花燃着的破布放在柴堆中央，并且把它遮盖好。此后，把这个柴堆对着风向放置，它就逐渐地冒出愈来愈浓的烟，最后产生火焰。我真不敢相信，世界上是否还有燃烧这种潮湿燃料的好方法。

3月19日——每日清晨，若非事前骑马片刻，我都会感到周身僵硬。高乔人从婴孩时代起差不多一直过着骑马的生活，可是他们说，如果遇到同样的情形，也常常有这种感觉，我听了很是惊奇。圣杰戈告诉我说，他从前卧病3个月，病愈以后，去猎捕野牛，就在之后的两天里，他的双股酸痛，因此不得不再次躺在床上休养。这一点证明高乔人骑在马上，看来好像不费力气，实际上也要使用相当多的肌肉力量。在目前这样骑行困难的地方猎取野牛，由于到处都是沼泽性的土壤，的确是一件非常艰苦的工作。高乔人说，他们时常在这种土地上全力急驰，如果缓慢骑行就不可能走过去，这和一个人能够在薄冰上滑行过去的情形相同。在猎取野牛时，猎人们要设法尽量接近牛群，而不使它们发觉。每个猎人携带四五根投石索，把投石索一根接着一根地抛掷出去，尽可能缚住更多的野牛，此后就这样让它们留在原地几天，直到它们因饥饿而失去力气，挣扎得筋疲力尽为止。于是，解开它们的绳索，把它们赶到一小群已经驯服的牛群中，这一小群牛是专门为了这个目的被带到这里来的。这些野牛因为过去受到了教训，非常害怕脱离牛群，因此如果它们还有余力，就很容易把它们赶到居民点去。

天气仍然很恶劣，所以我们决定用尽一切力量，在天黑以前赶到船上。沿途的地面，由于雨水过多，变成了一片沼泽。我的马至少滑跌了12次，全部六匹马同时在泥浆里挣扎着赶路。所有小河的两岸，都是松软的泥炭土，要使马跳过河而不滑跌，真是一件非常困难的事。我们被迫从一个小海港的尽头渡涉过去，港里水深可及马背，风激水面，浪花飞溅，全身都被浸湿，遍体凄寒，真是苦恼不堪。经过这次小小的旅行，回到居民点时，甚至久经锻炼的高乔人也为之欢欣万分。

从各方面都可以看出这些岛屿上的地质构造都很简单。低洼地区由黏页岩和砂岩所构成，这些地层里含有化石，它们很接近欧洲志留纪地层里所发现的化石，但并不完全相同；岛屿上的山地则由白色颗粒状石英岩所构成。石英岩层时常被弯曲成完全对称的弓形，因此有些岩体的形状非常奇特。比尔内蒂曾用几页的篇幅专门记述废墟山的情况，他把这座山的一层层彼此相继的地层比拟成古罗马圆形剧场中的一排排座位。石英岩在受到显著的折曲以后，而不破裂成碎块，一定是十分松软的。因为石英岩可以徐徐地转变成砂岩，所以它极可能起源于砂岩；那时砂岩受到高热而变成黏性物质，冷却之后，遂行晶化。石英岩在凝固的过程中，似曾被向上掀动的外力顶出上部覆盖的地层。

在这个岛的大部分地区，河谷之底，覆盖着无数分离的巨大的多角形石英岩碎块，它们形成了"石流"。从比尔内蒂开始，所有航行家都以惊奇的态度谈到这些石流。这些石块的表面还没有被流水磨光，它们的棱角只不过略微被磨钝，大小不等，直径从1～2英尺起到十英尺，甚至还有二十倍的石块。它们没有被抛掷在一起而形成不规则的石堆，只是分布成平坦的层次，或者形成巨大的石流。要测定它们的厚度是不可能的，但可以听到小溪潺潺流水之声是在地面下很深的石块之间。石层的实际厚度很厚，因为下层石块之间的隙缝早就应该被沙子填满了。这些石块层的宽度从几百英尺到一英里不等，可是泥炭土天天从它们的边缘缝隙中向石块层进犯，甚至在只有少数石块偶然密集在一起的各处地方形成小岛屿。在伯克利海峡以南有一个河谷，被我们旅行队的人叫作"大石块河谷"，要走过这条宽半英里的连续不断的石块地带，就必须从一块块尖角石块上跃过去。石块的体积很大，因此在倾盆大雨时，可以很容易地在一个石块下找到避雨的地方。

在这些"石流"里，有一个最显著的特征，就是它们的坡度很小。在山边处，我曾测出它对水平面的倾角是10度；但是在几处平坦而底面宽阔的河谷里，这种倾角更小，刚刚能被肉眼辨认出来的程度。在这种崎岖不平的表面，没有办法测定它的倾角，但是为了提供一个例证，我可以说，这里的坡度绝不可供英国邮车畅行无阻。在有些地方，可以看到一条连续不断的石块河流，不仅沿着整个河谷伸展，甚至直达山脊。在这些山脊上，一块块比小房屋还要大的石块，看上去好像是在它们急速行进时被扣留下来似的；这里还有一块块被折弯呈拱形的页岩片，彼此互相堆叠在一起，好像是古代大寺院的废墟。要描写这些破坏作用的遗迹，则非用"以此例彼"的方法不可。我们可以这样想象，有一条条白色熔岩流从高山流到低地，当冷凝时，突然出现了一种非常可怕的地震激变，把它们崩裂成为无数碎块。这个在大家的头脑里直接产生的"石流"，表达了同样的意义。这种情景，若与邻近的圆形低山作对比，更使人吃惊。

在一条山脉的最高峰上（海拔大约700英尺），我发现一块巨大的拱形石块，它的凸面靠在地上，就是背部向下，使我非常感兴趣。我推测，它曾被抛到相当高的空中而后再降落到这个仰卧位置上，或是以前这条山脉的一部分位置较现在更高，于是由于天然震动，这个石块崩溃落下。因为河谷里的石块还没被摩擦成圆形，在它们的隙缝中间也没有被沙子填满，由此可以推知，这个地震的时间应在陆地上升到超出海面之后。从这些河谷的横断面来看，它们的底部大致平坦，或者只是两侧稍微升高。因此看上去，这些石块好像是从河谷顶部移动下来的；不过实际上它们更可能是从最近处的山坡上滚下来的，以后又由一种巨大无比的力的振动运动，①而使石块平铺成为一个连续的石层。1835年在智利境内发生过一次地震，②毁坏了康塞普西翁城，那时所有体积不大的物体都被向上抛去，离开地面

---

① "无数大小不等的石块互相堆叠在一起，好像是为了要填满谷底而被人乱抛到这里来；我们看到这种景象时，感到很惊奇。自然界的奇异行动真是让人惊诧。"
② 有一个门多萨的居民，对这种情形有很好的判断力，曾对我肯定，在他居住在这个岛屿上的几年里，他一直没有感到这里发生过哪怕是轻微的地震。

几英寸；如果这种情形使人感到惊奇，那么，数吨重的大石块，是否也能由更大的外力而起同样的簸动，宛如细沙在振动板上那样，这实在不用怀疑！在安第斯山脉，我们曾看到一种明显的迹象，就是巨大的高山被地震震破，形成薄壳似的碎块，更将地层掀起成直立的位置。但大山爆烈为"石流"，其爆力的猛烈，实出乎我们的想象之外。在历史记载里，无法找出与此类似的情形，说不定会有一天，由于科学的进展，人类简单地解释这个现象。这就好像散布在欧洲平原上的漂砾的移动过程向来都无法解释，而现在已经清楚地得到了说明。

关于这些岛屿上的动物群，我可以讲述的并不多。以前我已经叙述过一种食尸肉的兀鹰，就是卡拉鹰。这里还有几种其他的鹰、鸮和少数陆栖小鸟。水栖的鸟在这里特别多，根据过去老航海家们的记述可以知道，它们在以前还要多得多。有一天，我看到了一只鹭鸶玩弄一条被它捕到的鱼的情景。它一连八次放走它的猎物，然后又把鱼拖住；虽然在深水里，它每次仍能把鱼捉到水面上来。在动物园里，我曾看到一只水獭用同样的方法捉弄一条鱼，像一只猫在捉弄老鼠一样；"大自然"在这里表现出的极端残忍，我以为是独一无二的例子了。又有一天，我站立在企鹅和海水之间，观察它的习性，感到非常满足。它是一种勇敢的鸟，在走到海边以前，就正式发起进攻，驱我后退。除了给它猛烈的打击以外，无论用什么方法都不能使它停止，它坚定地守住每一寸侵占的土地，果敢而挺直地面对着我。它这样和我对抗时，始终不断地把头部左右摇动，做出非常奇怪的样子，好像其视力仅在每只眼睛的前部底部。通常把这种鸟叫作"驴子企鹅"，因为它有一种习性，在岸上它的头时常后仰，鸣声响亮，极像驴叫。可是当这种鸟在海里而没有什么东西去打扰它时，它发出的声音则非常低沉而庄严，时常可以在夜间听到。它在潜水时用双翼当作鳍来划水，而在陆上时又用它们作前肢。可以说，它是用四条腿向前爬行，它在穿过土索克草或者沿着生有草类的峭壁边坡爬行时，动作非常迅速，以致使人很容易误认它是四足兽。它在海里捕鱼时，只要轻轻一跃，就能上升到水面呼吸空气，随即钻进水里，因此我敢于向任何一个初次看到这种情形的人挑战，问他这是不是一条因游戏而跳跃起来的鱼。

有两种雁经常居住在福克兰群岛。山地物种（麦哲伦雁）在全岛很普遍，时常成对和成群地在一起。这种鸟一向不迁徙，而在这个大岛外围的各小岛上筑巢。据人们推测，大概它们是因为害怕狐狸而避开在大岛上筑巢；这些鸟在白天很驯顺，而在黄昏时则胆小并且会发野性，这大概是由于上面所说的原因。它们完全以植物性食物为生。还有一种是岩礁雁，因为特别喜爱居住在海边而得名（南极雁）；它们不仅居住在这里，也分布在美洲西岸，北达智利。在火地岛的深水和偏僻的水道里，可以看到一只只雪白的雄雁，经常有一只羽色较深暗的配偶伴随着它，彼此紧靠着，一同站立在远处的岩顶上，这是当地自然风光的一个常见的景象。

在这些岛屿上，居住着一种数目极多的巨大的大头鸭，即大头雁（短翼雁）；它的体重有时达到22磅（大约10千克）。因为它们用脚划水和溅起水花的特殊姿态，所以以前把它们叫作赛跑马；不过现在把它们叫作轮船，更为合适。它们的双翼太小，很难飞行，但是可以用它们一边游水，一边拍击水面，因此这些鸟行动非常迅速。这种行动姿势有些像普通家鸭在被狗追赶时的奔逃情形；可是我几乎可以肯定地说，这种轮船的双翼是彼此轮流地扑动的，并不像其他鸟的双翼那样一同扑动。这些笨拙的大头鸭在水里发出的噪叫声和溅水声，让人觉得非常有趣。

我们在南美洲发现了三种鸟，它们的双翼除了用作飞行还有别的用途：企鹅把双翼当作鳍，"轮船"大头鸭把双翼当作桨，鸵鸟则把双翼当作帆。此外，还有新西兰的无翼鸟，它也和自己的巨大原型、已经绝灭的恐鸟一样，双翼只生有残痕来替代双翼。"轮船"大头鸭只能潜行很短的距离。它只以吃食附着在褐藻上和受到潮水冲刷的岩礁上的贝类为生，因此它的嘴和头为了要咬碎贝壳，生得非常笨重和坚硬。它的头骨如此坚强，我甚至用地质锤也很难把它敲破，所以我们猎人很快就发现这些鸟是不容易被打死的。它们每晚集结成群，梳理羽毛，还时常发出同样奇特的嘈杂声音，好像热带地区的牛蛙发出的噪声一样。

在火地岛和福克兰群岛，我对低等海生动物①作过多次观察，但这些观察并不具普遍意义。我只想提一提有关植虫科中较高体制的某些植虫的情形。有几个属，如藻苔虫属、苔藓虫属、分胞苔虫属、栉苔虫属等，都有一种特殊的可移动器官，就像欧洲海域里所发现的鸟咀藻苔虫那样附生在它们的细胞上。这种器官在多数情况下同兀鹰的头部密切相似；但是下颚比真正的鸟嘴张开得更加开阔。它的头部靠着短颈，具有相当的移动能力。有一种植虫的头部本身是固定不动的，但是它的下颚可以移动；还有一种植虫的头部是一个三角形小套壳，并且带有一个显然可以用作下颚的非常适合的活动盖片。在大多数物种中，每个细胞都生有一个头；但是在另外几个物种中，每个细胞则有两个头。

珊瑚动物的枝端幼细胞，含有完全未成熟的水螅体，可已经有兀鹰头状的器官附生在上面。这些器官虽然很小，但已经完全发育了。当我用细针从任何一个细胞上移去水螅体的时候，这些器官显然丝毫没有受到影响。我从细胞上切下一个兀鹰头状的器官，它的下颚仍旧保存着张开和闭合的能力。它们中构造中最奇特的部分大概是：当一个珊瑚上生有两列以上的细胞时，中间的细胞虽然也生有附属器官，但是这些附属器官只有边缘两列细胞上的附属器官的四分之一大小。它们的运动因物种不同而有差异，可是有几个物种，我从来没有看出它们有任何运动。另外几个物种，它们的下颚通常大大张开，前后摆动，这种摆动速度是每五秒钟一次。还有几个物种，则迅速而突发地运动。在用细针触动它们的嘴时，通常会牢

---

① 我在计数到一种巨大的白色海牛属软体动物的卵时（这种海参的身长是3.5英寸），惊异于它们庞大的数量。在每个圆形小胶囊中有2~5个卵（每个卵的直径是0.003英寸）。这些胶囊排列成宽阔的双行，构成一条胶带。这条胶带成卵圆形螺旋图，而把它的边缘黏附在岩礁上。我发现有一条胶带，约有20英寸长，0.5英寸宽。我计数了一行中的0.1英寸长度里的胶囊数目和这一段内有多少行，并且采用最低的估算，得出这条胶带中含有60万个卵。可是这种海牛属软体动物却不常见；我虽然经常在石头下搜索，可是只看到7只这种动物的个体。自然学家们经常犯的错误就是认为任何个别的种的数量都是依据它的繁殖能力来决定的。

牢地咬住针尖不放，整个珊瑚尖都会因此颤动。

它们的躯体早在幼年水螅体出现于生长枝的顶端细胞以前，就已经形成，所以这些附属器官对于卵和幼芽的形成，丝毫没有关系。因为它们的运动不仅不依靠水螅体，而且在任何方面同水螅体都丝毫没有连属关系，因为它们在内列细胞和外列细胞上的大小不同，所以我们深信无疑地认为，从它们的机能来看，与其说它们同细胞内的水螅体互有联系，倒不如说它们同珊瑚枝的角质中轴互有联系。沙箸（在第五章讲到过它）底端的肉质附属物也是形成整个植虫的一部分，正如树根形成全部树木的一部分，而不是形成个别的树叶或花芽。

还有一种美丽的小珊瑚，它的每个细胞都生有一根长齿形的刚毛，这种刚毛具有迅速运动的能力。每根这种刚毛和每个兀鹰头状器官可以独自运动，但这二者有时在枝的两侧同时摆动，有时只在枝的一侧摆动；又有时它们有规律地彼此交替摆动。从这些运动情况来看，我们明显地知道，植虫虽由数千个分离的水螅体所构成，但它传递意志的机能也和任何单体动物一样地完善。这种情形与巴伊亚布兰卡的沙箸的运动情形毫无差别，沙箸当遇到外在物体触碰时，整个身体就会缩入沙土之中。我再举另一个一致运动的例子，虽然性质很不相同，这是与美螅属密切近似的一种植虫，因而它的构造很简单。我采取了一束这种植虫，养在盛有咸水的大盆中。入夜，每当我用手摩擦枝的任何一部分时，整枝都会发出绿色的磷光，它的美丽夺目是我平生所未曾见过的。尤其引人注意的是，磷光的闪动总是从基部开始，沿着枝身向上转移到顶端。

研究这些群栖动物，一向令我感到极大的兴趣。当我们看到一个形似植物的有机体产生一个卵，这个卵在水中游来游去，选择一个适宜的地方，附着其上，发芽生枝，每枝又生满了无数独立的、时常具有复杂构造的动物，难道还有什么比这种情形更令人惊奇的吗？不但如此，正如我们刚才看到的，这些珊瑚枝有时具有能够运动的器官，而不依存于水螅体。令人惊奇的是，各个独立的个体总是集合在一个共同的枝干上，而每株树也表现出同样的事实，因为必须把这些芽看作独立的植物。但是，我们自然把一个水螅体看作具有口、肠和其他器官的独立个体，然而一个叶芽的独立性就不那么容易理解了；所以一些独立个体集合在一个共同主体上的情形，在珊瑚动物方面比在树木方面更为显著。如果对于群栖动物的概念，即关于每一个个体在某些方面的独立性的概念，还不够完善，那么，借助下述事实，或可得到进一步了解，即：取一单体，或用刀将它平分为二，或由大自然担任此平分任务，则由此即可繁衍成两个独立的个体。我们可以把植虫的水螅体或树的芽看作尚未完成分离的个体。在树的场合中，用类推的方法可以知道，也在珊瑚动物的场合中，从芽繁育出来的个体之间的关系，要比卵和种子与其双亲之间的关系更为密切。现已完全证明，从芽繁育出来的植物都享有共同的寿命；众所熟知，芽、压条和接枝可以把单独的无数的特性传递下去，而由种子繁殖，则其特性将永不再重现，或仅偶尔重现。

第十章　火地岛

第一次到达火地岛——大成湾——火地岛人在军舰上的情形——和未开化的人会见——森林景色——合恩角——棚屋港——未开化的人的可怜状况——饥馑——人吃人——杀母风气——宗教感情——猛烈的风暴——比格尔海峡——朋松比海峡——建造棚屋和安置火地岛人——比格尔海峡的两个分股——冰川——回到军舰上——第二次乘军舰访问定居地——当地居民间的平等情形

1832年12月17日——我们对巴塔哥尼亚和福克兰群岛两地的考察情形，如前所述，下面讲讲我们初次到达火地岛的情形。今天午后不久，我们绕过圣地亚哥角，驶进著名的勒美尔海峡。紧靠着火地岛的海岸前进，在云雾中，隐约看到崎岖而荒凉的斯塔腾岛的轮廓。下午，停泊在大成湾。在驶进海湾时，我们受到火地岛人的欢迎，他们以未开化地区居民的方式来欢迎我们。一群火地岛人，他们的一部分身体被茂密的森林遮掩着，高坐在一座突出于海面的悬崖上；当我们驶经他们旁边的时候，他们手舞足蹈，挥舞着自己的破烂衣服，高声喊叫。这些未开化的人随着我们的船前进，天色渐黑以前，我们望见他们的火堆，再次听到他们粗野的喊叫。港内的水面美丽如画，半面环山，各山顶低矮呈圆形，由泥页岩构成。这座山一直到水边都布满了阴郁的密林。一望见这种景色，就能很清楚地看出，它和我过去所看到的各地景色明显不同。夜间刮起大风，一阵阵猛烈的暴风从山上向我们这里疾卷而来。要是在宽阔的大海里，我们就一定凶多吉少了；因此我们像过去其他航海家们一样，有充足的理由把这个港湾叫作大成湾。

翌日清晨，舰长派遣一队人和火地岛人联络。当我们走近可以听见人声的地方，对面来了四个火地岛人，其中的一个迎着我们走来，热烈地高声喊叫起来，表示愿意指点我们登陆地点。我们上岸以后，这些人好像有些惊慌，但仍继续讲话并连忙做手势。这的确是我从来没有见过的奇怪又有趣的情景；我很难想象野蛮人和文明人之间的差异有多大：这种差异要比野生动物和家养动物之间的差异还要大，因为人类具有一种巨大的改进能力。那个主要的讲话者是一个老人，看上去是家族之长；其余三个人则是年轻力壮的人，身高约6英尺。他们的妇女和小孩们都已经被送到别处去了。这些火地岛人完全不像居住在更远的西方一带的瘦弱可怜的人种，他们似乎很接近麦哲伦海峡一带的巴塔哥尼亚人。他们唯一的衣服，就是一种用羊驼皮做成的斗篷，驼毛披露在外面；他们时常把这种斗篷甩到肩旁，因此他们的身体就变得半裸半掩。他们的皮肤呈灰暗的赤铜色。

这个老人的头上，围绕着一条白色羽毛做成的带子，把一部分粗硬的、杂乱的黑发束住。他的脸上画有两条宽阔的横带纹：第一条是鲜红色的，从左耳到右耳，连上嘴唇也涂抹上了；第二条横带纹白得像粉笔一样，就画在第一条的上方，和它平行，甚至连眼睑也被涂成白色。在另外两个人脸上，画着黑炭粉的线条。这四个人活像戏台上演出的《魔箭》剧里的魔鬼。

他们的态度有些卑怯，而面部的表情也显示出猜疑、惊惶和恐惧。我们赠送几段深红的布给他们，他们立刻围在颈上，于是我们结为好友。友情的表示是这样的：老人走过来拍我们的胸口，嘴里发出咯咯声，好像是人们在喂小鸡时发出的声音。我和这个老人一起走着，他又有好几次用这种拍击方法来表明自己的友情，最后则在我的胸部和背部同时用掌重拍三下。此后，他露出胸膛，也要我用同样的方法向他答礼；我照样做了，他好像非常高兴。根据我们的理解来说，这些人的语言不是音节分明的语言。舰长库克把这种语言比作一个人在清理喉咙时发出的声音。不过无论哪一个欧洲人，在清理喉咙时，从来不会发出这样嘶哑的、难听的、咯咯的声音。

他们最善模仿别人：只要我们一咳嗽、打呵欠或者做出任何一种奇怪的动作，他们立刻就模仿起来。我们中间有一个人斜起眼睛，侧着看人，同时就有一个年轻的火地岛人（他的面部涂满了黑炭，只有一条白色线条横过他的双眼）照样成功地做出了更加可怕的怪相来。他们把我们招呼他们的话学得惟妙惟肖，并且还记住了一些时间。可是，我们欧洲人都知道，要清楚地辨别外国语言中的各个语音，是多么的困难。例如，我们中间有谁能够模仿美洲印第安人发出的一句由三个以上的字组成的语句呢？所有未开化的人显然都具有这种特殊的模仿能力。有人差不多也用同样的话告诉我说，卡弗尔人，也有这种滑稽可笑的模仿习惯，澳洲人也以模仿闻名，他们善于模仿和形容他所认识的任何一个人的走路姿势。怎样来说明这种才能呢？这是否因为他们的悟力和敏感性——这几点均比文明人更强——经过长期锻炼而形成习惯呢？

当我们唱起歌来的时候，我想火地岛人一定会大吃一惊而倒地不起。他们在看到我们跳舞时也同样感到惊奇，但是他们当中有一个青年人，并不拒绝我们的邀请，也来参加跳一个小华尔兹舞。看上去，他们对欧洲人很不熟悉，可是他们却知道和害怕我们的武器，没有办法可以诱使他们去拿枪。他们向我们要刀子，并且用西班牙语的"库契拉"这个字来称呼刀子。他们还这样表达他们所需要的东西：他们做着好像在嘴里衔着一块鲸鱼油的样子，并且打着手势，表示用刀去切而不是撕开。

直到现在，我还没有谈到那几个和我们一起在军舰上的火地岛人。1826～1830年，在上一次阿德文丘和比格尔两舰一同航行的时间里，舰长菲茨·罗伊曾因失去一只小船而捉了几个火地岛人做抵，小船被偷致使测量队危险万状，他把几个当地的土人，还有舰长用一颗珍珠纽扣买来的一个小孩，一起带回英格兰，决定自己出钱去教育他们并使他们信奉宗教。舰长菲茨·罗伊这次来火地岛的主要动机之一，就是把这些土人送回故乡。海军部还没有决定派遣我们来这里以前，舰长菲茨·罗伊已经慷慨地雇好了一只船，打算亲自送他们回去。有一个传教士R·马修斯陪伴这些土人一起去；舰长菲茨·罗伊发表过一份详尽而卓越的报告书，说明这个传教士和这些土人的情况。他起初带走两个男人、一个男孩和一个小女孩，当中有一个男人在英国患天花死去了；现在和我们同船的是：约克·明斯特尔、杰米·巴顿（第二个名字巴顿表明是用来购买他的"金钱"：纽扣）和菲吉阿·巴斯克特。约克·明斯特尔是一个成年男人，身材矮小、粗壮有力，沉默寡言，对人不和蔼；如果有人使他激动，他会狂怒起来，他对舰上的少数朋友却有极深厚的感情，他有良好的才能。杰米·巴顿是一个大家所喜爱的人，但也很容易发怒，他的面部表情说明了他的性格和蔼可亲。他是愉快的人，很爱笑，对任何人的痛苦都表示同情，海浪大时，我总是有些晕船；那时他通常会来看我，用悲伤的声调说道："可怜……可怜的人！"可是，他习惯于海上生活，在看到别人晕船时，总觉得非常可笑，这时就要把身子转向一边，设法遮掩住微笑或者大笑，此后又再重复说着："可怜……可怜的人！"他是一个爱国者，喜欢赞美自己的种族和祖国，他说，他的祖国有"茂盛的树木"，他痛骂所有其他种族，他坚定地宣称，他的祖国没有魔鬼。杰米身材矮小、肥胖，他自夸容貌漂亮，一向戴手套，头发修剪得很整齐，皮鞋擦得锃亮，如果弄脏，就会不痛快。他喜欢对着镜子欣赏自己。有一个从内格罗河来的印第安小男孩，性格活泼，在舰上住过几个月。他立刻看出了杰米的这个癖好，时常扮怪相来模仿他。每当别人对这个小男孩表示关心，杰米就会有点嫉妒，他对这种模仿行为很不高兴，时常带着一些轻视的神色把头掉转去说道："不要闹得太过分！"当我想到所有他的优点时，我感到特别惊奇的是，他也是属于我们初次在这里遇见的那些可怜的低等未开化种族，无疑也具有和他们同样的性格。最后，菲吉阿·巴斯克特是一个美丽、温柔又沉静的年轻女孩，她相当活泼，有时也闷闷不乐；她能够十分迅速地学会各种事情，特别是学习语言。她的这种能力，表现在她在里约热内卢和蒙得维的亚上岸短期逗留以后，就学会了一些葡萄牙语和西班牙语，她还通晓英语。约克·明斯特尔看到人家对她有任何关心时，都非常妒忌，很明显，上岸以后，他打算立刻娶她为妻。

虽然他们三个人都会讲英语，并能听懂很多英语，但是要从他们那里得到关于他们本乡人习惯的详细情况，却特别困难，这是由于他们缺少选择的能力，要他们在最简单的两种不相容的概念中选出一种，以答复你的问题是很困难的。每一个熟悉年幼孩童的人都知道，他们甚至很难回答这么简单的问题：一个物体究竟是白的还是黑的，黑和白这两种概念互相交织地充满在他们的意识之中。火地岛人也是如此，因此用反复询问的方法来查明他们说的事情是否属实，大概是不可能办到的。他们的视觉敏锐得惊人；大家都清楚地知道，水手们由于长期地锻炼，能够比陆地上的居民更加清楚地辨认出远方的物体；可是约克和杰米在这方面还远远地超过了舰上的任何一个水手，他们曾多次说明远处隐约出现的物体是什么，虽然大家心存怀疑，但是在用望远镜观察了以后，就证实他们的说法是正确的。他们完全意识到自己的这种能力，杰米如果和值班守望的军官发生任何细小的争论，就会说："我看到了船，我不说。"

我们登陆以后，看到当地未开化的人对待杰米·巴顿的举动，觉得很有趣；他们立刻看出他和我们之间的差别，并且关于这个问题，彼此谈了很多的话。那个老人对杰米高声说了一阵，大概邀请他留下来和他们在一起。可是杰米对他们说的话懂得不多，而且还为自己的同乡人感到十分害羞。此后，约克·明斯特尔上岸以后，他们也同样注意到了他，并且说他应该刮一刮脸，其实他的脸上也不过只有一二十根短胡须，而我们大家的脸上却长满了蓬乱的胡须。他们研究了他的皮肤颜色，把它和我们的皮肤颜色作比较。我们中间有一个人露着一条手臂，他们看见白色的皮肤，表现出极大的惊奇和赞叹，就好像我在动物园里看到猩猩时的神色一样。我们的两三个军官，身材比较矮小，有大胡子，我以为他们一定把这些人误认为是妇女。火地岛人中有一个身材最高的人，当我们注意到他的身长时，他明显非常高兴。大家叫他和我们小船里最高的一个船员背对背站着比较高矮，他无论如何要设法选择一块较高的地方站着，并且还踮着脚尖站起来。他张开了嘴，露出牙齿，掉转自己的脸向一侧探望，所有这些动作都做得如此敏捷，我敢说，他一定认为自己是火地岛上的第一美男子了。我们吃惊以后，就感到这些未开化的人时时刻刻所表现出来的惊奇和模仿我们的独特习惯，是再可笑不过的了。

　　第二天，我想方设法钻入这个地方内部。火地岛可以说是一个山地区域，它的一部分已经下沉到海里，因此在过去是河谷的地方，现在就被深水的海口和海湾占据了。除了空旷的西岸以外，所有山坡上都覆满茂密的森林，延伸到水边。树木一直分布到海拔1000~1500英尺处；再高便是泥炭地带，上面生有极小的高山植物；更高处，是一片常年积雪的地带。舰长金说，在麦哲伦海峡，这一地区高达3000~4000英尺。在这个地方的任何地点找不到一英亩的平坦地面。在我的记忆中只有饥饿港旁一小块土地平坦些，古烈停船场附近还有一块稍大些的平地，然而即便这块土地的表面上也都覆满着一层软湿的泥炭。甚至在林地里也看不到土壤，因为那上面覆盖着厚厚的一层缓慢腐烂、浸透了水的植物性物质，人踏在上面就会陷落。

　　穿过森林的企图几乎毫无希望以后，我就沿着一条山溪前进。起初由于溪边有瀑布和无数倒下的树木，很难向前爬行，可是不久河床就变得较为宽阔了，因为曾经有洪水冲刷过它的两岸。我在1小时里，继续沿着凹凸不平的岩石河岸缓慢地前进，由于风景壮丽，我这一番辛苦总算得到了充分的补偿。峡谷非常深暗，和到处可以看出的地震痕迹完全符合。处处散布着巨大的形状不规则的岩块和倒下的树木；一些树木虽然直立着，但已腐烂到树芯，不久就要倒下去了。欣欣向荣的植物和已经死朽的植物交织在一起，这使我想起热带的森林，可是它们也有差别：在这静寂的密林中，死神的权力似乎比生命之神的权力占有优势。我沿着河流前进，一直走到这样一个地点：那里巨大的山崩在山坡上打开了一条通路。从这条路登山，走到相当高的地方，可以饱览周围树林的秀色。所有树木都属于山毛榉属的一个物种——常绿山毛榉；山毛榉属的其他物种和文特尔玉桂树则十分稀少。这种山毛榉一年四季都生有树叶，但叶子颜色呈一种特殊的淡褐绿色，带有黄的色调。全是这种色调的自然环境，就显得阴郁又凄凉，即使有阳光的照射也没有生气。

12月20日——这个海港的一边，有一座高约1500英尺的山；被舰长菲茨·罗伊命名为班克斯山，以纪念约瑟夫·班克斯先生不幸的考察队，其中有两个队员在这里丧生，索朗德尔博士也险些遇难。造成不幸的原因是暴风雪；大成湾的正月相当于我国的7月，纬度与英国达勒姆相当，在这样条件下，竟会发生暴风雪！因为在较低的地方花卉很少，所以我想攀登到山顶去采集高山植物。我们沿着昨天经过的山溪前进，一直走到它的尽头，此后不得不在树林中盲目地爬行上山。树木由于生在高地上并且受到猛烈的风吹，都很低矮、粗壮而扭曲。最后，到达一处，从远处看，这里好像是一块毛毡似的优美的绿草地，可是使我伤脑筋的是，它原来是一大片密集的4~5英尺高的小山毛榉林。它们彼此紧靠着生长在一起，好像是花园内作为绿篱的冬青树；因此我们不得不竭力设法爬过这一块外表平坦而实际却相反的地面。费了一番力气之后，终于达到了一块泥炭地，再走上去便是光秃的板岩。

有一条山脊把班克斯山和另外一座位于几英里之外的山连接起来，这座山高出班克斯山很多，山上积满了长年不化的白雪。因为天色还早，我决定到那里去看看，沿路采集植物。要是在这里没有一条被羊驼践踏出来的直线道路，这件事简直非常难办；因为这些动物也像绵羊一样，时常沿着同一条道路走来走去，所以会踏出一条路来。走到那座山上以后，我们才发现，它是附近地区的最高点，河水从山的相反两侧流到海里去。四面风光，一览无余；有一片潮湿的沼泽地向北方伸展，而向南方则展现出一幅和火地岛相近的原始的壮丽景色。这里山峦重叠，深深的河谷把它们分割开来，满布着大片茂密的、阴暗的森林，景色既神秘，又宏伟壮观。接连不断的暴风挟带着雨、冰雹和雪，这里的天气好像比其他地方更加阴暗。在麦哲伦海峡，如果从饥饿港向正南方望去，可以见到远处群山间的河流是多么阴沉，好像要流出这个世界以外。

12月21日——今天比格尔舰起锚开航，次日，借助于这里罕见的轻盈东风，驶到巴尔耐维特岛，此后又经过石峰林立的欺诈角；大约在下午3时，绕过那个受到暴风雨摧残的合恩角。傍晚，海面平静，天气转晴，我们欣赏着周围岛屿的优美风景。可是，合恩角好像要勒索一笔买路钱，因此在夜色降临以前就直接朝我们刮来了一阵大风。我们的船又被吹回到大海中，到第二天才又驶近海岸边；那时，我们迎着风向看见了前面这个著名海角的真正面目：它的四周笼罩着一层薄雾，暴风雨正在它模糊的轮廓四周围攻着。大块的乌云在空中旋转着疾驰而过，暴风雨挟带着冰雹非常凶猛地向我们扫荡过来，因此舰长决定去棚屋港躲避。这是一个离合恩角不远的舒适小港，圣诞节前夜，我们在这里的平静水面上下锚。山上不断地刮来暴风，我们的船摆动不止，于是我们想到暴风雨正在港湾四周疯狂地扫荡着。

12月25日——小港附近，有一座尖顶山，名为卡特尔峰，高1700英尺。该峰四周的岛屿都是由圆锥形的绿岩块构成的，有些地方也夹杂着一些形状不规则的、受热而变质的黏板岩的山丘。火地岛的这个部分可以算是我在上面讲过的那条下陷的山脉的终端。这个小港由于有几个火地岛人的棚屋而得到了"棚屋"港的地名；可是附近各个港湾都可以由于同样的理由而被称为棚屋港。这里的居民主要以贝类为生，因此不得不经常变换自己的居住地点，但是经过一段时间，他们又回到原来的地点，从旧的贝壳堆可以明显地看出这一点，这些贝壳堆有时有很多吨重。有几种植物经常生长在这些贝壳堆上，所以从远处可以根据这些植物的鲜绿色而把它们辨认出来。在这些植物中，有野芹菜和坏血病草这两种很有用的植物，但是当地居民还不知道它们的用途。

从大小和形状看来，火地岛人的棚屋很像是田野里的圆锥形干草堆。把几根树枝插进泥土里，在外面一侧很粗劣地覆盖几束干草和芦苇，就建成了棚屋，全部工程用不到1小时即可完成，只不过住上几天，就丢弃不用了。在古烈停船场，我看到有一个裸体的人，在一个小茅棚里睡觉，这个小茅棚的覆盖物还没有兔子洞的多。这个人显然过着孤独的生活，约克·明斯特尔说，他是一个"很坏的人"，大概偷了人家的东西。可是，西海岸一带的棚屋比较好一些，它们外面是用海豹皮来覆盖的。由于天气恶劣，我们在这里滞留了几天。现在的气候的确很恶劣：夏至已经过去了，山上还天天下雪，河谷里则下夹雪的雨。通常温度计上的度数是7℃，夜间的气温会下降到3.5℃～4.5℃。天气潮湿而恶劣，没有一丝阳光，真令人苦恼不堪。

一天，我们划着小船来到伍拉斯顿岛附近的海岸边，半路上和一只坐着六个火地岛人的独木船相向而过。他们是我看到的最卑陋可怜的人。在东部海岸，正像我们已经看到的，那里的居民穿的是羊驼皮的斗篷，而在西部海岸，他们穿的则是海豹皮的斗篷。在岛的中部居住的部落，男人们平常都穿海獭皮，或者只有一小片像手帕那样大小的皮，刚够遮住背部，到腰下为止。这块东西用带子，在胸前打结缚，随风飘动。可是，这只独木船上的火地岛人都是完全赤身裸体的，甚至有一个成年妇女也是这样。这时正下着倾盆大雨，雨水连同海里的浪花从她身上直淌下来。在离开这里不远的另一个港湾里，有一天，一个正在给初生婴孩喂乳的妇女走到船边，仅仅出于好奇而站立在原地不去；当时正下着雨夹雪，就在她裸露的胸部和她裸体的婴孩身上融化！这些最可怜的人都有些发育不全，在他们可怕的脸上，涂着白色颜料；皮肤污秽而且油腻不堪，头发蓬乱，声音嘈杂不清，手势则乱动不明。看到这些人，简直很难使人相信他们就是我们的同类，是这个世界上的居民。时常有人推测，在低等动物的生活中没有什么快乐可言；更加恰当的是，也可以对于这些未开化的人提出同样的问题！五六个人在夜间赤身露体，不蔽风雨，像野兽一般蜷曲着身子，睡在潮湿的地面上。无论冬夏，黑夜或白天，每当海潮后退时，他们就必须起身，走到岩石上去拾取贝类，妇女们或者潜入水中捕捞海胆，或者耐心地坐在独木船上，用装有食饵而没有钩子的钓丝放进水里，不断用急抽的方法钓起小鱼。如果打死一只海豹，或者在海里发现鲸鱼的腐尸，就是他们的盛宴了；除了这种可怜的食物以外，他们还以少数毫无滋味的浆果和蕈子充饥。

他们时常受饥挨饿。我曾听洛先生讲过一个稀奇的故事，他说西岸有150个居民，身体都很瘦弱，生活非常困苦；他是一只捕捉海豹的渔船的船长，一个非常熟悉当地居民的人。由于接连不断的风暴，妇女们无法在岩石上拾取贝类，也无法划着独木船到海里去猎捕海豹。有一天上午，有一小队人出发了，其余的印第安人向洛说道，这些人准备去4天，去找寻食物。当他们回来的时候，洛出去迎接他们，他们显出疲惫不堪的样子；每个人都带来一大块长方形的发臭鲸油，在这块鲸油中央弄一个洞套在颈上，像高乔人披的斗篷似的。把鲸油运进棚屋后，就有一个老人把它切成薄片，低声地祷告，同时烘烤一分钟，然后把它们分派给饥饿的大众，这些人总是静默无声地等候着。洛先生认为，在鲸鱼被海水冲到岸上的时候，当地居民就把它分割成大块，埋藏在沙土里，作为饥饿时期的存粮，有一个当地的男孩在他的渔船上工作，有一次他发现了一批用这种方法埋藏的存粮。不同部落在交战时，就会发生吃人肉的情形。根据洛先生所雇的男孩和杰米·巴顿双方不谋而合的说法，可以认为下面这件事是确实无疑的：在冬天，火地岛人由于饥饿的驱使，就把老年妇女杀死吃掉，反而留下狗到以后再杀。当洛先生询问这个男孩，为什么他们要这样做的时候，他回答道："狗会捕捉海獭，可是老太婆不会。"这个男孩讲述了怎样把她们杀死的情形：先把她们放到浓烟里去熏，直到把她们闷死为止。他还取笑地模仿她们哀叫的声音，并且指出她们身体上哪一部分的肉最有滋味。这种死于自己的朋友和亲戚的手里的情形是多么可怕，可是一想到老年妇女在饥馑来临时所发生的恐怖，就使人感到可怕得多；他们说，那时她们常常逃到山里去，但是男人们紧追不舍，把她们捉回到屠杀的房屋里，就在土灶旁把她们杀死！

舰长菲茨·罗伊不能确定火地岛人是否对于来世有一种明确的信仰。他们有时把死人埋葬在洞窟里，有时埋葬在山林里；可是我们不知道，他们是怎样举行丧葬仪式的。杰米·巴顿不吃陆栖鸟类，因为它们"吃死人"；火地岛人甚至讨厌提起已故的朋友。我们没有理由去相信他们有任何宗教仪式，不过那个老人在他给饥饿的一群人分发臭鲸油之前念念有词，大概带有宗教的性质。在每个家庭或部落里，都有一个男巫或一个念咒语的医生，我们无法清楚地断定他的职务是什么。虽然我已经说过，杰米·巴顿不相信有魔鬼，但是他相信梦境；我认为，我们舰上的火地岛人并不比一些水手更加迷信，因为有一个老舵手认为，我们在合恩角遇到接连不断的猛烈风暴，就是由于舰上有火地岛人的缘故。我听到，约克·明斯特尔的谈话最接近宗教感情；在拜诺先生用枪射死几只小野鸭做标本时，约克·明斯特尔用最严肃的态度表示："啊，拜诺先生，大雨，大雪，大风就要吹来了呀。"这明确地表示，白白地糟蹋人类的食物是要受到报应的。他还狂热而兴奋地说道，有一天，他的兄弟在回家时，拾取了几只他落在海岸上的死鸟，发觉有些羽毛被风吹到空中。他的兄弟就说（约克模仿着他兄弟的姿势）："这是怎么一回事呀？"于是他向前爬去，从悬崖上望下去，看见"一个野人"在拾取他的鸟，他又向前略为爬行一些，接着把一块大石头抛下去，把这个人击毙了。约克宣称，此后在很长的一段时间里有暴风雨袭来，而且下了很多雨和雪。根据我们所能够理解的意义来看，他好像在把自然现象看作复仇的力量，这明显地表明，在一个文化上略为发达的种族里，自然现象会多么自然地拟人化，至于"坏野人"究竟是指什么，至今仍是一个非常难解的疑问；从前几天晚上约克在我们看到一个孤独的人所睡的地方很像兔子洞时所说的话里，我曾以为这种人是被他们的部落驱逐出来的小偷，但是又有另外一些模糊不清的说法，使我对它发生怀疑；有时我这样想象，最合理的解释是，他们是发狂的人。

各个部落没有一个共同的政府，没有一个共同的领袖。相反地，每个部落都受到其他敌对部落包围；这些部落说着不同的土话，彼此只是靠荒无人居的地带（中立地区）互相分离开来。他们的交战原因，大概是为了争夺生存资料。这一带到处是破碎的岩石块，高耸的群山和无用的森林，而且它们都处在大雾和永无休止的暴风雨中。只有在沿岸一带的岩石上才可以居住人类，火地岛人为了找寻食物，不得不经常迁移居住地点，而海岸又是这样的陡峭，因此他们只好划着可怜的独木船前进。他们没有怀念老家的感情，更不知道家庭间的爱情，因为丈夫对待妻子的态度，正像残暴的主人对待勤劳的奴隶一样。拜伦在西海岸上亲眼看到一件从来没有遇到过的可怕举动；他看见一个可怜的母亲扶起她的流血将死的孩子；她的丈夫只是因为这个孩子失手打翻了一篮海胆，竟会这样残酷无情地把他撞死在岩石上！高级精神能力在这里不会发挥多大作用，想象不出他们怎样评断是非决定赏罚。把青螺从岩石上敲击下来，甚至用不到精巧技艺。未开化的人们在某些方面的技能，可以比拟动物的本能，因为它没有靠经验加以改进：独木船是他们的最精巧的手工品，可是它总是这样简陋，正如我们所知道的，从德雷克对它作了记述以来，在250年里始终还是老样子。

　　看到这些未开化的人以后，不禁使人提出这样的问题：他们究竟是从什么地方来的呢？究竟在这里有什么东西能够吸引他们呢？或者是有怎样的变化迫使整个部落的人抛弃了良好的北方地区，沿着安第斯山脉这一条美洲的脊柱南下，发明和建造了那些居住在智利、秘鲁和巴西的部落从来没使用过的独木船，而且最后走到地球上最荒凉的这一块地方来呢？虽然最初不免产生这类想法，但是我们可以确切地说，这类想法也有一部分是错误的。我们毫无理由去相信火地岛的人口正在逐渐减少，所以我们必须假定，他们享受着一份快乐幸福；不管这是什么样的快乐幸福，都足以使他们感到生命的可贵。自然界使习惯变成万能，并且又使习惯的结果遗传下去，这样就使火地岛人可以适应那可怜地方气候和天然产物。

　　由于天气非常恶劣，我们在棚屋港停留了六天，此后，在12月30日方才出海。舰长菲茨·罗伊打算向西航行，以便把约克和菲吉阿送回故乡。当我们驶在大海中时，就遇到了连续不断的风暴，又加上海流逆向着我们，导致我们的船漂流到南纬57°23′的地方。1833年1月11日，我们扯满了帆，顶着风浪抵达险峻的约克·明斯特尔山附近数英里的地方。这个山名是舰长库克命名的，用来纪念一个先进的火地岛人。当时有一阵猛烈的风暴袭来，迫使我们收下一部分帆，停在海面。拍岸浪以可怕的力量向海岸上猛扑过去，粉碎开来，浪花飞溅到悬崖上，飞到大约200英尺的高度。1月12日，风暴非常猛烈，我们不知道自己所处的正确地点，经常可以听到有人反复以一种极不愉快的声音喊道："仔细注意下风！"1月13日，暴风雨十分疯狂地扑来；我们的视线被狂风吹起的一片片浪花水幕隔断了。海面显出一副凶相，真像是一片阴惨的丘陵起伏的平原，点缀着一片片被风吹起的雪堆；当军舰正在竭力挣扎的时候，却看到一只信天翁振翼迎风滑翔而去。正午，一个大浪翻滚到我们的船上，把一只捕鲸船灌满了海水，因此不得不立刻割断它的缆索，把它丢在海中。可怜的比格尔舰因为受到浪击而颤抖起来，有几分钟船舵失去了作用，但是不久，它又像一只完好的船那样安稳，再次和风暴对抗起来。要是在那个巨浪以后接连再来一个巨浪，我们的命运很快就要被解决，并且永远被解决了。过去24天，努力设法向西驶行，结果都失败了，舰上的人员全都疲惫不堪，他们有好多个日日夜夜没有穿上干爽的衣服了。舰长菲茨·罗伊只好放弃这个沿着外海的海边向西驶行的尝试。晚上，我们绕过假合恩角，便下锚停船，该处水深47英寻①，当锚链在绞盘上急转的时候，不断地发出闪闪的火花。大家在洪涛骇浪的嘈杂声里挣扎了很久，今天能够得到这样一个安静的夜晚，多么使人高兴啊！

1833年1月15日——比格尔舰停泊在古烈停船场。舰长菲茨·罗伊根据舰上火地岛人的志愿，决定把他们送到朋松比海峡，在那里登陆，于是装备了4只小船，以便经由比格尔海峡运送他们到那里去。这条河道是舰长菲茨·罗伊在上次航行的时候发现的，无论从此地或其他任何地方的地理来看，它都具有显著的特点，可以把它和苏格兰的洛契纳斯河河谷相比较，后面这条河有一连串的湖泊和河湾。比格尔海峡大约长120英里，宽度

---

① 英寻：海洋测量中的深度单位。1英寻相当于1.852米。

没有很大的变化，平均大约是2英里；河道笔直，望过去两岸的山地各成一列，夹住水道，直到很远的地点才逐渐模糊不清。它以东西方向横穿火地岛南部，在它的中部南侧和一条叫作朋松比海峡的曲折河道垂直相交。这里就是杰米·巴顿的部落和家庭的位处。

1月19日——三只捕鲸船和一只舢板，载着我们28个人，在舰长菲茨·罗伊的率领下出发。下午，我们从比格尔海峡东面进入，随后我们发现了一个舒适的小港湾，隐藏在环绕着的小岛之间。我们就在这里搭起帐篷，燃起篝火。这里的风景真使人感到无比愉快。小港里水平如镜，树木的枝丫高悬在岩石的河岸上，小船泊在河旁，岸上竖起用交叉船桨搭成的帐篷，一缕炊烟盘升到森林密布的河谷上，这一切构成了一幅幽静的图画。第二天（1月20日），我们这个小船队平静地向前驶行，到达一个居民较多的地区。要是这里的居民中没有人见过白种人，那么现在这4只小船的出现，一定会使他们感到无比惊奇。在各个高地上，都有烽火升起（因此这里的地名就叫作火地）；这一面是在吸引我们的注意力，另一面则是要把这些消息传播得更加遥远和广泛。在这些土人中，有几个人沿着河岸跟随我们奔跑了几英里。我永远不会忘记这一群人是多么野性十足和不开化：有四五个人突然跑到高耸的悬崖边沿，全身完全裸露，长发披在脸上，手里握着粗劣的木棍。他们一面从地面上跳起，一面举起双臂在头顶上挥动着，嘴里发出可怕的呼喊声。

午饭时，我们在一群火地岛人中间登陆。起初，他们并没有对我们表示友好的态度，因为在舰长还没有叫其余小船靠岸以前，他们的手里还紧握住投石器。我们立刻拿出一些小赠品，例如缠绕在头上的红色束发带，这就使他们高兴起来。他们喜欢吃我们的饼干，有一个未开化的人，用手指触碰我正在吃的几块罐头肉，由于感到它们是柔软和冰冷的，也像我在遇到臭鲸油时发生的感觉那样，对它们表示出厌恶。杰米·巴顿为他的同乡人有这样的举动而感到害羞，便声明他自己部落里的人们完全不是这样的，可是他在这方面却不幸地发生了错误。这些未开化的人很容易高兴起来，但是也同样很难感到满足。年轻的和年老的，大人和小孩，老是不停地重复喊着"雅密尔舒纳尔",它的意思就是"给我吧"。他们一个接着一个地指点着差不多所有的东西,甚至连我们衣服上的纽扣也在内,并且尽可能用抑扬的声调反复喊出他们最得意的字眼,此后就把它用作中性语,反复地空喊着"雅密尔舒纳尔"。他们在非常急切地对任何一件东西喊了"雅密尔舒纳尔"以后,就采用简单的诡计,指着他们的年轻妇女和小孩子们,意思好像是说:"如果你不愿意把它送给我,你总该送给这些人吧。"

夜间,我们企图寻找一个无人居住的山坳,结果落了空;最后不得不在离开当地居民不远的地方露宿。在他们人数少的时候,他们绝不触犯人,可是在第二天早晨(1月21日),他们却和另外一些人联合在一起,表现出敌意来了,我们以为他们要进攻我们。一个欧洲人在对付这些丝毫不知道武器威力的未开化的人时,就会处在很不利的地位。在这种未开化的人看来,一个用毛瑟枪做瞄准姿势的人,显然要比一个拿着弓箭、长矛、甚至是投石器的人的本领差得远。只有给他们一次歼灭性的扫射,否则就不容易使他们明白我们的优势。他们好像野兽似的,不注意双方人数的对比,因为他们即使受到你的攻击,也决不逃避,反而要用石块来砸破你的脑袋;这确实很像老虎,在相同情况下要把你撕破似的。有一次,舰长菲茨·罗伊由于某些重要理由,很想把一小群未开化的人吓跑,他起初用一把腰刀在他们面前挥舞,可是他们只是朝着他发笑,于是他又用手枪发射了两次,子弹穿过一个土人的身旁。这个土人两次都感到震惊,但只不过迅速地摸摸自己的头;此后又睁圆了眼睛望了一阵,又对他的同伴咕噜了几句含糊不清的话,可是看上去还不想跑开。我简直不能站在未开化人的立场去理解他们的行动。例如在现在这种情况下,这个火地岛人从来没有想到,像这种在他耳边发出的枪声,究竟会发生什么可能的后果。在最初的一刹那,他大概确实不知道,这究竟是声音还是打击,因此十分自然地抚摸起脑袋来了。同样地,在一个未开化人看到子弹留下来的痕迹时,他总是不会迅速地领悟,这种痕迹是怎样产生的,因为在他看来,物体本身由于运动迅速而不易被察觉,大概是完全不可想象的。除此以外,一个子弹穿过坚硬物体而没有把它击碎,虽然它具有强大的力量,这反而会使未开化的人相信,这颗子弹完全没有什么力量。的确我相信,有很多智力发展程度很低的未开化的人,例如这些火地岛人,在看到子弹击穿的东西或者甚至是毛瑟枪打死的小动物时,绝不会领悟这种武器有杀死动物的力量。

1月22日——这个宿夜地大概位于杰米·巴顿的部落和我们昨晚见到的那个部落之间的中立地带,我们平安无事地度过了这一夜以后,很高兴地继续向前行驶。这些宽阔的地界(就是中立地带)最后清楚地表明了不同部落之间的敌对情形。虽然杰米·巴顿清楚地知道我们这一队人的实力,开始他还是不愿意在最接近敌对部落的地方登陆。他时常告诉我们说"当树叶变红的时候",这些野蛮的奥恩人怎样从火地岛东岸翻越过山头,来抢劫这一带的居民。他在讲述这些情形时,双眼闪闪发光,面孔上显出一种新的野性十足的表情;看到这种神色,使人感到非常有趣。当我们沿着比格尔河向前驶行的时候,河面上风景特异,非常壮丽;可是由于在小船上观察,视线所达到的地点太低,并且只能沿着河谷望过去,因此不可能看到山脉连绵不断的全部美景,景色的魅力自然降低不少。这里的山大约有3000英尺高,山顶便是尖削的犬齿形山峰。它们直接在河边向上升起。从河边一直到1400~1500英尺高的山地,都覆满着黑压压的森林。在视力所及的地方,可以非常有趣地看到,山坡上的树林带与全树带之间形成了一条笔直的界线,这条界线极像漂浮的海藻在退潮时遗留在海岸上的高水位标记。

今天夜里,我们住宿在靠近朋松比海峡和比格尔河的交界处。这个小港居住着火地岛人的一个小家族;他们很文静,对我们没有恶意,不久就参加到我们这一群里来,坐在旺盛的火堆旁烤火。我们穿的衣服很厚,虽然靠近火堆坐着,却感觉不到暖和;可是这些裸体的未开化的人,虽然坐得比较远些,反而烤得满身流汗,这使我们感到非常惊奇。他们看来好像很高兴,一起参加水手们的合唱,只是十分可笑地经常要比大家唱得落后一些。

在这个夜间,我们来到这里的消息已经传开。第二天清早(1月23日),新来了一群属于铁凯尼卡部落的火地岛人,这就是杰米·巴顿所属的部落。他们当中,有几个人因为奔跑得太快,以致鼻孔流血;又因为他们讲话太快,口吐白沫;在他们的裸露的身体上,涂抹着黑色、白色①和红色的颜料,看上去他们很像是一个个挨过打的着魔的疯子。于是我们沿着朋松比海峡下行(这时候有12只独木船和我们结伴同行;每只独木船上,各有四五个火地岛人),向着可怜的杰米希望能够找到他的母亲和亲戚的那个地点前进。他听说他的父亲已经死了;可是这件事很早就在他的"头脑里梦见过",所以看上去他并不感到很悲痛,总是用极自然的想法来安慰自己:"我没有办法呀!"因为他的亲戚们都不肯讲他父亲的死亡情形,所以他无法知道关于这件事情的任何细节。

现在杰米·巴顿到了他非常熟悉的地方,他引领小船停泊在一个叫作伏里阿的安静、优美的小港里,它的周围环绕着小岛;每个小岛和每个地点都有着相当的土名。我们在这里遇到杰米部落里的一个家族,但并不是他的亲戚,我们和他们表示友好;晚上,他们派一只独木船,去通知杰米的母亲和兄弟们。这个小港的四周,有几英亩良好的斜坡地,没有(像其他地方那样)被泥炭或者森林树木覆盖。舰长菲茨·罗伊本来想按照他以前说过的话,一直送约克·明斯特尔和菲吉阿到西岸他们的部落去,但是因为他们愿意在这里登陆,并且因为在这个地点登陆也特别适宜,所以舰长菲茨·罗伊决定让这批人全体在这里登陆,其中也包括传教士马修斯在内。大家耗费了五天的劳动,替他们盖起三座大棚屋,把他们的家具用品搬运上岸,开辟了两个菜园,并且播下了种子。

---

① 这种白色颜料在干燥状态时非常紧密,比重很小。艾伦贝格教授曾研究过它;他断定说它是由浸液虫类所组成的,里面含有14种活性泥和4种植硅石。他说道,它们都是淡水生物;因为杰米·巴顿曾告诉我,这种颜料是从山溪的底部挖取的,所以这正好证明艾伦贝格教授的显微镜研究结果正确无误。不但如此,这还说明浸液虫的地理分布范围非常广,这种浸液虫虽然来自火地岛的最南端,可里面含有的种都是旧的、大家已知道的类型。

在我们来到这里的第二天上午（1月24日），火地岛人就川流不息地跑来，杰米的母亲和兄弟们也来了。杰米听出他的一个兄弟在很远的地方发出的响亮声音。他们会面时，毫不激动，还不如一匹马在田野上遇见老同伴时那样亲热。他们丝毫没有表现出彼此的情感，只是惊奇地互相睁眼望了一会儿，而他的母亲也立刻照看独木船去了。可是，我们曾听约克说，杰米的母亲因为失去了这个儿子而感到很悲痛，到处找他，以为他被带上小船后被抛弃在什么地方了。这些妇女都很注意菲吉阿，对她非常亲切。我们看出，杰米差不多忘记了他的本地话。我想，恐怕再也找不到像这样一个记住很少词汇的人了，因为他的英语也讲得很坏。他用英语向他的未开化的兄弟讲话，后来还用西班牙语问着："没有听懂吗？"这真使人感到可笑又可怜。

以后的三天，当我们开辟菜园，盖造棚屋时，一切都平安无事。据我们估计，这里的居民一共大约有120人。妇女们都很辛苦地工作着，而男人们反而整天闲荡无事，站在我们背后张望。他们对看到的各种东西都要问一下，只要一有机会，他们就偷东西。他们很喜欢着我们跳舞，听我们唱歌，并且看到我们在附近的山溪里洗澡，也特别感兴趣，他们对于其他任何东西，甚至对于我们的船只，都没有这样注意。约克在外国各地看到的一切东西中，大概要算是马尔多纳多附近的鸵鸟最使他感到惊奇了，那时，他正和拜诺先生一同外出散步，忽然惊奇得喘着气跑到拜诺身边喊道："啊，拜诺先生，啊！一只鸟大得完全和马一样！"洛先生说，我们的白色皮肤也使这些未开化的人感到惊奇，可是捕海豹的船上的一个黑人伙夫却使他们感到更大的惊奇：在这个可怜的人上岸以后，就有一大群人把他包围了，向他大声喊叫，因此他后来再也不敢上岸了。一切都很安静，有几个军官和我一起到附近的山丘上和森林里做了长途散步。可是到1月27日，所有的妇女和小孩突然都撤离了这里。我们对这件事感到不安，因为约克和杰米也丝毫不知道这是什么原因。有几个人推测，好像是因为我们昨天晚上擦枪和放枪而惊吓了他们，另外一些人则认为，这是因为侮辱了一个老年的未开化人的结果，这个人在哨兵叫他站得远些的时候，就冷淡地吐了一口痰在哨兵的脸上，此后又向一个睡着的火地岛人做手势，据说他明显地表示要来杀掉我们中间的一个人和吃他的肉。舰长菲茨·罗伊为了尽可能避免发生冲突，认为最好是在离开这里几英里远的小港里去过夜，因为一旦冲突起来，就要杀伤很多火地岛人。马修斯的态度镇定如常（他是一个卓越的人，虽然不具有强暴的性格），决定和我们送来的那三个显然不会遇到危险的火地岛人留下来，于是我们只好让他们去度过这恐怖的第一夜了。

我们在第二天早晨（1月28日）回来探望，很高兴地看到他们平安无事，男人们正在自己的独木船上用长叉捕鱼。舰长菲茨·罗伊决定派遣一只舢板和一只捕鲸船返回军舰，另外两只小船则到比格尔河西部去进行测量，以后再回来访问这个居民点：一只小船由菲茨·罗伊亲自指挥（感谢他的好意允许我和他同船前往），另一只小船由哈蒙德先生指挥。这一天使我们吃惊的是，天气炎热难受，我们的皮肤都被灼伤了，幸而比格尔河中部的风景特别美妙，足以怡人。无论向前或者向后望去，都可以毫无阻碍地看到这条夹在两山中间的长长河流的投影点。河流里有几条庞大的鲸鱼，①不时地把水喷向空中，这种情形可以证明这条河流以前曾是一个海湾。有一次，我看到两条大鲸鱼，大概是雌雄一对，缓慢地前后相随地游动着；它们和岸边距离很近，不过只有一投石的距离，岸上山毛榉的枝丫横向四方，有如画境。

我们向前行驶，直到天黑，于是在一个静静的小港岸边搭起帐篷。我们找到石子河滩，把它当作卧铺，这再舒适不过了，因为它们干燥，使身体感到舒适。泥炭土的地面潮湿，岩石地面凹凸不平而且坚硬，沙土地面有沙扬起，在按照船家的方式煮烧和进餐的时候，时常有沙粒飞落到食物上；可是在光滑石子所构成的精美卧铺上，我们睡在毡布袋里，最舒服不过了。

---

① 有一天，我们在离开火地岛东岸时，看见一幅壮丽的景色：有几条抹香鲸从水里跳出来，只剩下尾鳍留在水面下，它们又侧着身体翻下去，把海水飞溅得很高，同时向四面八方传播出一种很像遥远的舷炮齐射的声音。

今天我值班到半夜一点钟。这里的风景很庄严。我在那里无时不感到自己正身处世界上的遥远角落。每一种事物都有产生这种效果的倾向，只有帐篷里水手们的鼾声和有时夜禽的鸣声，才打破黑夜的寂静。远处偶尔传来的狗叫声，才使人想到这是野蛮人居住的地方。

1月29日——今天清早，我们行驶到比格尔河分成两股的地点，此后便驶入向北面的一股。这里的风景比以前更加壮观，北岸的高山构成一条花岗岩轴，也就是这地方的脊柱，险峻地直升到3000～4000英尺的高度，有一个高峰大约有6000英尺高。在这些山顶上，到处覆盖着常年的积雪，还有无数的小瀑布穿经森林，直泻入下面狭窄的河道。在很多地点，有壮丽的冰川从山坡一直通到河边。这些冰川呈现出绿玉般的蓝色，简直美丽得难以形容，尤其衬托着山顶积雪的白色，更加动人。那些从冰川里降落到水里的碎块，正向远处漂浮而去；这一段大约一英里长的、有冰山漂浮的航道，好像是北冰洋的一个缩影。午饭时，我们把船靠近岸边，欣赏半英里远的一个直立的冰块悬崖，我们很希望从它那里再降落几个碎块下来。最后，真的有一个大冰块轰隆隆地落到水里去了，于是我们立刻看到一个个波浪向我们这里冲来。水手们急忙向船跑去，因为这些波浪显然具有把小船击得粉碎的危险性。有一个水手刚好在一个滚滚巨浪达到他身边时，抓住了船头；他受到接连地打击，但没有受伤。这两只船虽然发生了三次高升和下降，却没有丝毫损坏。这真是一件幸事，因为我们离开军舰已有100英里远，要是我们滞留在这里，将会没有粮食和武器的接济。以前我曾观察到，海滩上有几个巨大岩块在不久以前移动过位置；可是直到现在，看见了这种波浪，我才明白它们移动的原因。这个港湾的一边由云母板岩的山脉分支所构成，它的顶部有一个大约40英尺高的冰块悬崖；而另一边则是50英尺高的海角，由花岗岩和云母板岩的巨大磨圆的岩块构成，上面生长着老龄的树木。虽然，这个海角是在冰川体积较大时堆积而成的冰碛。

当我们到达比格尔河北面一股的西端入海口以后，就在很多荒无人烟的岛屿中间穿行，这时天气非常恶劣，我们没有遇到过土人。这里的海岸差不多到处都很险峻，因此我们在找到可以搭起两个帐篷的地点以前，不得不多次划行很多英里的路。有一天夜里，我们睡在巨大的圆形漂砾上，这些漂砾中间都是腐臭的海藻，当海潮升起时，我们就不得不起来，移开我们的睡袋。我们到达的最西面的地点，就是斯图尔特岛，离开我们的军舰大约150英里。于是我们从比格尔河的南面驶回到这条河流，然后再向前走，一路平安地回到朋松比海峡。

2月6日——我们到达伏里阿湾。马修斯描述火地岛人的行为恶劣，因此舰长菲茨·罗伊决定带他回比格尔舰，最后把他送到新西兰，他兄弟是那里的一个传教士。自从上次我们离开这里以后，就开始了经常性打劫，一批又一批的当地土人不断地跑到这里来，约克和杰米失去了很多东西，马修斯的东西除了埋藏在地下的以外，差不多都被抢走了。每一件东西似乎都被土人们撕成碎片，加以平分。马修斯告诉我们说，他为了保存一块怀表，受到了最大的折磨，当地的土人们日日夜夜围住他，在他的头脑旁边不停地乱闹乱叫，企图把他弄得疲乏不堪。有一天，马修斯请一个老头儿走出他的棚屋，可是那个老头儿立刻从外边捡了一块大石头握在手中，转身回到棚屋；又有一天，来了一大队带着石头和木棍的人，当中有几个是青年人，连杰米的兄弟也在内，他们大声呼喊起来，马修斯只得分送给他们一些礼物。另一批人则用手势表示要剥光他的衣服，拔掉他脸上和身体上的所有胡须和毛发。我想，我们回来得正是时候，搭救了他的性命。杰米的亲戚们是多么自负而愚蠢，竟把自己打劫来的东西拿给别人看，还讲述他们用什么方法劫取这些东西。把这三个火地岛人留在他们的未开化的故乡，令人十分忧虑，但是也有一个很大的安慰，就是他们不会有生命危险。约克是一个身强力壮而性格坚强的人，大家确信他一定能够和他的妻子菲吉阿很好地生活下去。可怜的杰米，看来十分忧郁，我可以很肯定地说，他一定很高兴回到我们这里来。他的兄弟偷去了他很多东西，他批评说："这叫什么样子？"并且还怒骂自己的同胞道："全都是坏蛋，什么都不懂得。"虽然我以前从来没有听到他骂过人，可是他现在却在叫骂着："该死的蠢货！"这三个火地岛人只不过和文明人一起过了三年的生活，可是我相信，他们一定很高兴保存他们所得到的新习惯，但显而易见这是不可能的事。我以为他们虽出国一次，毫无疑问没有多大益处。

今天晚上，我们和马修斯同船，张帆出发，回到比格尔舰，但并不是走比格尔河的原路，而是沿着南边海岸绕回去的。这两只小船载重太大，海上又兴起了风浪，所以我们这一次路程很危险。我们在离开比格尔舰20天，坐在无缝的小船上走了300英里以后，在2月7日晚上，又回到了军舰上。2月11日，舰长菲茨·罗伊又自己去探望那三个火地岛人，看到他们的生活过得很好，只不过又略微损失点东西罢了。

翌年（1834年）2月的最后一天，比格尔舰又停泊在比格尔河东口的美丽小港里。舰长菲茨·罗伊决定采取大胆的、据他证明也是成功的路线——沿着我们上次乘坐小船所走的水路，冒着迎面的西风，向伏里阿湾的居民点前进。我们起初遇见的当地居民不多，在行驶到朋松比海峡附近以后，才有10～12只独木船追随在我们后面。这些独木船上的土人完全不了解我们为什么要走Z字形路线，为了不在我们的船转弯时碰上它，他们也走Z字形路线，拼命地追赶我们，结果却失败了。我很高兴地看出，我们在智力方面明显占有绝对的优势，因此使我对这些野蛮人的兴趣有着相当程度的提高。在上次乘坐小船旅行的时候，我很厌恶他们这种叫喊的声音，而且他们也使我们感到很烦恼。他们总是千篇一律地叫喊着"雅密尔舒纳尔"。那时候我们驶进了一条静静的小港，向四面探望了一会儿，认为可以在这里安静地度过一夜，可是从某一个黑暗角落里又传来了刺耳的"雅密尔舒纳尔"的声音，此后就有信号烟盘升到空中，到处传播着我们到来的消息。我们在离开某一个地点时，就彼此说道："感谢上帝，我们总算完全离开了这些可怜的人！"话刚说完，突然又从很远的地方传来了微弱的尖叫声，这使我们清楚地辨别出是"雅密尔舒纳尔"。可是现在就不同了：火地岛人愈多，我们愈快活，而且确实也很高兴。我们相视而笑，互相表示惊奇，彼此张目相看；我们因为用破布去交换他们的好鱼和好蟹而感到他们可怜，可是他们却认为抓住了好机会，找到了一批像我们这样愚笨得用华丽的装饰品来交换仅仅一顿丰盛晚餐的人。一位脸上抹着黑色颜料的年轻女性，带着天真满意的微笑把几条红色的布条和芦苇一起缠在她的头上，这种情景让人觉得很好笑。这地方丈夫普遍享有两个妻子的特权，他对我们对他的年轻的妻子的注视明显产生了嫉妒，就和他的两个裸体美人商量了一会儿后一同划着船离开了。

几个火地岛人曾公开说他们很懂如何进行交易。我曾送给一个火地岛人一只大铁钉（这可是最珍贵的物品），也没有向他表明要东西来交换，然而他却选了两条鱼，挂在长矛尖上递给我。假如我们把一件物品给一只独木船上的人，它却落到了旁边的另一只船上，他们总要把它交给原来的得主。那个曾住在洛先生船上的火地岛男孩在大怒时说道：当人家叫他撒谎者的时候，他觉得很是耻辱，其实他就是一个撒谎者。这次也像以前一样，我们很诧异这些土人对很多东西很少注意，更准确地说是根本不在意，他们应该能清楚地看出这些东西其实是有用的。简单的情况——比如红色的布匹、蓝色的念珠、舰上没有女性、我们关注洗澡，反而要比那些巨大的、复杂的东西更会激起他们的赞赏。布根维尔曾恰如其分地评论这些人，他们认为"最巨大的人工创造物就是自然法则和自然现象"。

3月5日，我们的军舰停泊在伏里阿湾里，但我们在这里没看到一个人。这就使我们警觉起来，因为朋松比海峡里的居民们曾向我们做过手势，表明这里在发生战争。后来我们才知道，可怕的奥恩人已经翻越过山头来。不久，我们看见一只独木船正在驶近，上面有一面小红旗在飘动着，船中有一个人正在洗去他面孔上的颜料。这个人就是可怜的杰米，他现在竟变成了一个消瘦的、憔悴的野蛮人，满头都是长长的乱发，赤身裸体，只有一小块毡布围在他的腰间。直到他靠近我们，我们才认出了他，因为他对自己这种样子感到很害臊，背向着我们的军舰。我们上次离开他的时候，他是一个粗壮、肥胖、清洁和衣服整齐的人，我从来没有见过像他这样使人悲叹的变化。可是当他一穿上衣服，没有了起初的狼狈状态以后，就出现了良好的转变。他和菲茨·罗伊一同吃午饭，和以前一样很有次序地吃着。他告诉我们说，他有"太多的"（就是"足够的"）吃的东西，他不冷，他的亲戚们都是很好的人，并且他不愿再回英国去了。晚上,杰米年轻美貌的妻子也到这里来,于是我们从这一点发现了杰米的感情,所以才会有这样的巨大转变。他带着平常的温和感情,带来了两张漂亮的海獭皮,送给他的两个最好的朋友,还把他亲手做成的几个矛头和箭送给舰长。他说,他已经替自己做了一只独木船,他还吹牛说,他已经会讲一些他的本乡土语了!可是有一件非常奇怪的事,就是他大概已经教给了他的整个部落一些英语,因为有一个老头儿自动地喊出"杰米·巴顿的妻子"这几个英文字来。杰米已经完全失去了他的财产。他告诉我们说,约克·明斯特尔做了一只大独木船,和他的妻子菲吉阿一起①在几个月以前返回自己的家乡去了,并且用非常恶毒的手段和他们告别;他邀请杰米和他的母亲一同到他那里去,后来就在半路上趁黑夜偷光了他们所有的财产而溜走了。

杰米上岸睡觉,第二天上午又到军舰上来,并且一直逗留到军舰起锚的时候;他的妻子看到起锚就吓了一跳,急忙接连不断地乱喊,直到杰米回到独木船上才停止。他满载着宝贵的财产回去。军舰上的每个人都最后一次和他握手告别,内心深感悲伤。我无疑地相信,他将会快乐地生活,要是他从来没有离开过他自己的故乡,说不定还要更加快乐些。每个人一定都诚心地希望舰长菲茨·罗伊的良好愿望会实现:他为了这些火地岛人而不惜重大牺牲,将来一定能够获得好报,如果有船只在这里遇险,那么杰米的子孙和他的部落将会保护失船的水手!杰米在到达岸边以后,他就燃起一个信号火来,浓烟向空中盘旋上升,当我们的军舰向着大海行驶的时候,它向我们做着一次最后的、永久的告别。

火地岛人的文化发展长期受到阻碍的原因,一定在于同一个部落里的每个人都绝对平等。我们知道,有些动物的本能迫使它们过着社会性的生活,并听从领袖的指挥,因此它们也最能进步,人类的种族也同样如此。

---

① 舰长沙利文自从在比格尔舰上航行后,曾去测量福克兰群。在1842年,他听到一个猎捕海豹的人说,当他在麦哲伦海峡西部时,有一个当地妇女到他的船上来,她会说几句英语,使他感到很惊奇。毫无疑问,她就是菲吉阿·巴斯克特。她在船上住了几天(恐怕这种说法带有双关的含义)。

不管我们把它看作原因或者结果，比较文明的种族总有一个最富权威的人领导着所管理的政府。例如，奥塔希提岛的居民在最初发现这个岛的时候是被一个世袭的国王统治着的，他们比同种的另一支派新西兰人达到更高的发展程度，那时候新西兰人虽然由于不得不从事农业而获得比较多的利益，却都是名副其实的共和国人民。在火地岛上，在没有出现一个握有相当权力的领袖去占有任何一份可以获得的财产（例如家畜）以前，大概未必能使这地方的政治状况有所改善。现在甚至在他们当中，只要有人得到了一块布，也会被撕成小片，大家平分，因此就不可能有富人和穷人的分别。另一方面，如果一个人没有某种财产，借以表现他的优越和扩张他的权力，我很难明了怎么会有一个领袖兴起呢。

我确信，南美洲的这个南端部分的居民，比起世界上任何其他地方的居民，处在更加低级的发展阶段。有两个居住在太平洋南海各岛上的种族，还要比他们文明些。爱斯基摩人居住在地下小屋里，享受着某些生活上的舒适，他们把独木船装备得很好，以表现他们的技巧。南非洲有几个部落徘徊各处，搜寻树根充饥，孤独地居住在荒凉干燥的平原上，相当可怜。从简单的生活方式来看，澳洲人同火地岛人极为相近。可是，他可以自夸拥有飞去来器、长矛和投杆，还有自己的一套爬树、追踪野兽和打猎的方法。虽然澳洲人的技艺可能高明一些，但是绝不能就此说，他们在智能方面也同样高明。实际上，根据我对军舰上的火地岛人的观察和我从书本上阅读到的关于澳洲人的情形来看，我认为情形恰恰相反。

第十一章　麦哲伦海峡以及南部海岸的气候

  麦哲伦海峡——饥饿港——登塔恩山——森林——食蕈——动物群——大海藻——离开火地岛——气候——南岸的果树和物产——安第斯山脉上的雪线高度——冰川下降到海中——冰山的形成——漂砾的转移——南极地区各岛屿的气候和天然物产——冻尸的保存——小结

  1834年5月底，我们第二次进入麦哲伦海峡的东口。这一部分海峡的两岸，也像巴塔哥尼亚一样，差不多全是平坦的平原；靠近第二个狭水峡的进口，有内格罗角，由此向西，陆地即开始呈现火地岛的显著特征。麦哲伦海峡以南的东岸，有一个断断续续的公园般的地区，把上面两个完全不同的地带连接在一起。在20英里的距离内，风景变化如此之大，确实令人感到惊奇。如果我们再把距离放大，例如看从饥饿港和格烈高利湾之间大约60英里那一段距离的景色，差别更加惊人。在饥饿港，我们看到一个个圆形的山丘隐藏在不通行人的森林里，这些森林永不停止地受到风吹雨打；而在格烈高利角，则是一块块干燥而荒凉的平原，被无云而明朗的蓝色天空笼罩着。这里的大气流虽然急速狂暴，[①]而且不受任何可见障碍物的限制，可是它们好像河道的流水一样，朝着完全固定的路线不断地流动着。

在上一次访问期间（1834年1月），我们在格烈高利角遇见了当地著名的、有巨人称号的巴塔哥尼亚人，他们很热情地招待了我们。从他们所穿的羊驼皮的大斗篷，飘动着的长发和整个外表来看，他们的身材好像比实际高度还要高些。他们的平均身高大约6英尺，有几个男人还要高些，只有少数稍微低些；妇女也有同样的身高，总之，这的确是我们从来没有见到过的身材高大的人种。从面部的轮廓来看，他们非常像以前我在罗萨斯将军那里看到的居住在偏北部的印第安人，不过他们的外表好像更加粗野和可怕些。他们的脸上，涂抹着红色和黑色的颜料，有一个人还用白粉在脸上画出圆圈和圆点，就像火地岛人一样。舰长菲茨·罗伊提出，要雇三个巴塔哥尼亚人到军舰上来工作，他们好像都愿意承担这项工作。我们好不容易才把随船同行的人赶走，最后，我们带了选定的三个巨人上船。他们和舰长一起吃午饭，使用刀叉和汤匙，一举一动都很像绅士；他们认为蔗糖比任何东西都好吃。这个部落和猎捕海豹和鲸鱼的人有很多往来，所以其中大多数的人都能讲一点英语和西班牙语；他们是半开化的人，相应地在道德上也是半堕落的人。

第二天早晨，我们有一大队人上岸，采取以货易货的方式，购买兽皮和鸵鸟毛，当地居民不要我们的武器，最需要的是烟草；他们对烟草的需要比对斧头和其他工具的需要更迫切。所有帐篷里的居民，不论男女小孩，都排列在岸上，情景极为动人，使我们不能不热爱这些所谓的"巨人"。他们秉性良善，绝无猜忌，要求我们下次再来。他们大概很高兴和

---

① 这里的西南风通常是很干燥的。1月29日，我们停泊在格烈高利角，当时的天气情况是：极猛烈的西南风，有极少积云的明朗天空；气温57° F，露点36° F，相差21° F。1月15日，在圣尤里安港，则是：上午有夹带很多雨水的微风，接着就是很猛烈的暴风雨，此后转变成强风和大量积云；后来又转晴，从西南方（S.S.W）吹来很强烈的风；气温60° F，露点42° F，相差18° F。

欧洲人住在一起。有一个老妇人玛丽亚，是这个部落里有地位的妇女，她有一次向洛先生要求，请他留下任何一个水手和他们住在一起。在每年的大部分时间，他们都住在这里。但是在夏季，他们要到安第斯山脉的山脚下去打猎，有时他们甚至走到离这里750英里远的北方，到内格罗河一带去。他们饲养了很多马，据洛先生说，每个男人有六七匹马；所有妇女，甚至是小孩，都有一匹自己专用的马。在萨米恩托时代（1580年），这些印第安人都使用弓箭，虽然之后长久不再使用弓箭了，但那时候他们已经拥有了一些马匹。这是一个很奇怪的事实，证明马在南美洲繁殖得非常迅速。马在1537年最初被运到布宜诺斯艾利斯，后来这个殖民地有一段时期不养它们，马就野化了。1580年，就是在马被运到南美洲以后不过43年的时间，我们就听到它们已经分布于麦哲伦海峡一带！洛先生告诉我说，附近有一个步行的印第安人部落，现在变成骑马的印第安人了。这个居住在格烈高利湾的部落把一些衰弱的马送给步行的印第安人，到冬天就派出几个最熟练的骑手去猎捕野马。

6月1日——我们在美丽的饥饿港下锚。冬天刚开始，这里的景色显得很乏味，这正是我从来没有见过的：穿过朦胧的一层空气望去，只能隐约地看到一片带有白色雪斑的阴暗的森林。可是，我们却幸运地遇到了两个晴天。其中有一个晴天，高达6800英尺的萨米恩托山遥遥在望，显出一幅壮丽的景色。我时常感到奇怪的是，火地岛的山实际是很高的，但看起来并不显得很高。我怀疑这大概是因为我起初没有想到的一个原因，就是从山顶到水边的景色可以一览无余的缘故。我记得，起初在比格尔河望见一座高山，从山顶到山脚，尽收眼底；后来从朋松比海峡望去，虽然中间横隔着几条彼此相叠的山脉，仍旧可以看到它；我们在后面这种情形下观察它的时候，就感到很有趣，因为每隔一条山脉，就使人断定又增高了一段距离，好像这座山愈升愈高了。

在没有到达饥饿港以前，我们看见两个人沿着岸边奔跑，并向我们的军舰高声叫喊。我们派出一只小船去迎接他们。原来，这两个人是水手，他们以前离开了捕海豹的船，和巴塔哥尼亚人住在一起。这些印第安人用他们平常大公无私的好客行为来招待他们。这一次他们偶然离开印第安人，走到饥饿港来，希望能够遇见一条能救他们脱险的船只。我敢肯定地说，他们是卑劣的无赖，但是从外表看来，也是我从来没有见到过的最可怜的人。他们已经有好几天只靠吃食贝类和浆果来维持生活了，他们的破烂衣服因为太靠近火堆睡觉而被烧焦了。他们日日夜夜都在露天过活，丝毫没有东西遮蔽身体，忍受着最近不断袭来的夹着雨、霰和雪的暴风，可是他们的身体仍很健康。

当我们逗留在饥饿港时，火地岛人两次跑来打扰我们。因为岸上有很多我们的仪器、衣服和人，所以大家都认为一定得把他们吓跑才好。起初在距我们很远的时候，我们向他们发射了几炮。虽然我们的军舰距他们大约有一英里半远，可是每当炮弹打到水面时，他们就勇敢地应战，拿起石头向我们的军舰掷来。从望远镜里看到印第安人的这种行为，真是感觉非常可笑！后来我们又派出一只小船，命令再用毛瑟枪向他们身旁发射几枪。火地岛人立刻躲藏到树木背后去，我们每发一枪，他们跟着就把箭射过来，可是，这些箭射不到我们的小船。船上的军官在看到火地岛人瞄准他发箭的时候，就哈哈大笑起来，这更加激起了火地岛人疯狂的怒火，他们在发怒无效之下，挥动着自己的斗篷。最后，他们看见枪弹穿过树木，把树木击倒，于是吓得逃跑了，这样我们得以安宁。上一次航行到这里的时候，当地的火地岛人就扰乱得很厉害，为了吓唬他们，我们在夜里向他们的棚屋发射火箭，这发生了效力，有一个军官告诉我说，起初他们的大喊声和狗叫声总是不停，可是过了一两分钟以后就鸦雀无声了。前后互相对比，使人感到十分可笑。第二天上午，附近地方就完全没有火地岛人了。

当比格尔舰在2月份停泊在这里的时候，一天清晨4点，我动身登塔恩山。这座山高2600英尺，是附近地区的最高点。我们先坐小船到山脚下（可惜没有划到最适宜的登山地点），此后就开始爬山。从河边的高水位线起，就有森林，起初的两小时，我们都以为没有希望能爬到山顶。树木是这样茂密，以致我们不得不经常用罗盘来辨认方向，因为虽然在山地上，还是完全看不到任何一个路标。在深深的山谷里，笼罩着一片死气沉沉的荒凉景色，这简直无法描写，山谷外面狂风大作，但是在山中低洼的地方甚至一丝微风也没有，连最高的树木上的树叶也不飘动。森林之下，到处阴暗、寒冷、潮湿，甚至连真菌、苔藓或蕨类都不能茂盛地生长。在山谷里，到处是从四面八方倒下来的巨大的腐朽树干，完全阻塞了通路，简直难以爬行。当从这些天然的桥梁走过时，一不小心，就会掉进烂树里去，下陷到膝盖而无法前进；有时如果把身体靠在一棵看起来是坚硬的树身休息，就会大吃一惊地发现，这原来是一段轻轻一碰就倒的腐木。我们最后走到了一片矮树丛中，攀爬着裸露的山脊，到达了山顶。在这里展现了一幅火地岛特有的风景：只见一条条不规则的山脉，点缀着一片片雪斑，下面有淡黄绿色的深深的山谷，还有那些把陆地纵横切开的海湾。猛烈的风寒冷刺骨，大气烟雾迷蒙，因此我们不能长久地停留在这个山顶上。我们下山时并不像上山时那样费力，身体的重力使我们的行动加速起来，即使滑倒跌下，也是朝着正前方。

我已经讲过常绿森林具有阴郁而沉闷的特征，在这种森林里，只生长着两三种树木，其余各类树木都被排挤掉了。在森林地区的上方，有很多低矮的高山植物，它们都是从大片泥炭土里生长出来的，而它们本身又为泥炭土的形成提供了助力。值得注意的是，这些植物和欧洲高山地区的物种，虽然彼此远隔几千英里，却具有密切近似的亲缘关系。在火地岛中部，有泥页岩地层的地方，极适于树木生长；在它的外部沿海一带，则是比较贫瘠的花岗岩土壤，而且更加容易受到狂风的侵袭，所以那里的树木不易生长得高大。在饥饿港附近，我看到一些高大的树木，比其他各地都多。我曾量过一棵文特尔玉桂树，其周长是4英尺6英寸，还有几棵山毛榉树的周长竟达13英尺。舰长金说，有一棵山毛榉树在树根以上17英尺处的直径是7英尺。

在山脚附近的树叶要变颜色，但那些生长在较高地点的树叶却还没有变色。我记得，我曾阅读到几个观察报告，证明在英国境内，树叶在温暖晴朗的秋季里要比在较晚的寒冷的秋季里更早落叶。在这里较高的地点，

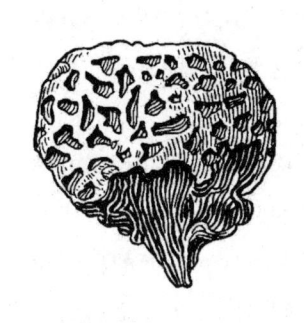

火地岛的"食蕈"图

也是较寒冷的位置，树叶的变色比较晚，一定也是由于上述的植物普遍法则。火地岛上的树木一年四季长青。

这里有一种植物，因为被火地岛人作为重要食物而引人注意。这是一种球形的鲜黄色食蕈，它寄生在山毛榉的树身上，数量很多。它在发育初期富有弹性而饱满，表面光滑，但到成熟时，就皱缩，变得比较坚硬；它的全部表面满布着深孔，形似"蜂窝"，如附图所示。这种食蕈属于一个新的奇特的属。我发现在智利的另一个山毛榉物种的树身上寄生着这个属的另一个物种。胡克博士告诉我说，最近刚发现，在范迪门地的第三个山毛榉物种的树身上，寄生着这一属的第三个物种。寄生菌和它们所寄生的树木在地球上相隔如此遥远的地方竟有这种关系，这是多么奇怪呀！在火地岛，当这种食蕈变得坚硬而成熟时，妇女和孩子们就大量采集它们，可以生吃。它含有黏液，略带甜味，有一种很像蘑菇那样清淡的香味。除了这种蕈以外，当地居民吃的植物性食物主要是一种矮杨梅树的少数浆果。在新西兰，当马铃薯没有被输入以前，当地的居民靠吃食大量蕨类植物的根来维持生活。我相信，现在世界上把隐花植物作为主要食物的地方，只有火地岛了。

由于火地岛的气候和植物的性质特殊，可以推想火地岛的动物也是非常贫乏的。在哺乳动物中，除了鲸和海豹以外，还有一种蝙蝠、一种鼠形啮齿动物、两种真正的鼠、一种和土库土科鼠相近的或者是相同的栉鼠属动物、两种狐、一种海獭、一种羊驼和一种鹿。大多数这些动物只栖居在火地岛东部比较干燥的地方。在麦哲伦海峡以南的地方，从来没有见到过鹿。在看到麦哲伦海峡的相对两岸和海峡里的岛屿上一般都有相同性质柔软的砂岩悬崖、淤泥和砾石的时候，就使人不得不相信这里的陆地一度是连接在一起的，因此像土库土科鼠和火地鼠这类弱小无助的动物就得以通过。可是，两岸悬崖性质的相同绝不能证明陆地的连接，因为这些悬崖通常是由于倾斜的沉积地层被切割而成，而这些沉积地层早在陆地上升以前就在靠近当时存在着的两岸积集起来了。可是，这里有一种显著的相同情形，就是在火地岛上被比格尔河分隔开的两个大岛，其中的一个岛的沿岸山崖，是由一种可以叫作成层的冲积层的物质所构成，这些冲积层的剖面和比格尔河对岸的山崖的剖面相似；而另一个岛的四周全是一种古代的结晶地层；前面的岛叫作纳瓦林岛，上面有狐和羊驼栖居；后面的岛叫作奥斯特岛，虽然在各方面都和前面那个岛相似，其间只隔一条宽度略大于半英里的河道，可是杰米·巴顿对我说，在这个岛上却没有见到过狐和羊驼那两种动物。

有少数的鸟栖居在阴暗的森林里，偶尔可以听到白冠毛的凶恶的鹪的哀叫声，它们藏身于最高大的树木顶部；比较不容易听到的是一种头上有美丽红色冠毛的黑啄木鸟的响亮怪叫声。有一种淡黑色的小鹪鹩，在横七竖八倒下的腐烂的树木堆中躲躲闪闪地跳跃着。这里最常见的是旋木雀。无论在高山上，或在低洼地方的山毛榉林中，或在最阴暗、潮湿和不通行人的深谷里，到处可以遇到旋木雀。这种小鸟有一种习惯，就是对于任何一个走进这些静寂森林里来的人似乎都感到好奇而追随不停，连续不断地发出尖锐的啾啾声，从一棵树飞扑到另一棵树，只离闯进森林里的来客的脸孔几英尺远，所以确实会使人以为这种鸟要比实际数目多得多。这种鸟一点也不像真正的旋木雀那样喜爱躲藏在最隐蔽的地点，而且也不像后者那样沿着树干跑上去，反而很像是欧洲的鹪鹩那样忙碌不停地跳来跳去，在每根大小不一的树枝上搜寻昆虫。在比较空旷的地方，可以遇到三四种雀科的鸣禽、一种鸫、一种欧椋鸟、两种静鸟以及几种鹰和鸦。

火地岛和福克兰群岛的动物区系的显著特点是缺乏整个爬行动物这一纲中的任何一个物种。这个说法并不单单是根据我个人的观察，而是我从福克兰群岛的西班牙居民和熟知火地岛情形的杰米·巴顿那里听到的。在圣克鲁斯河沿岸，南纬50°处，我看到一种蛙，还有蜥蜴，说不定它们可以在保持着巴塔哥尼亚特点的麦哲伦海峡出现，但是在潮湿寒冷的火地岛的地界里，就遇不到任何一只这类动物了。如果说这里的气候对爬行动物的几个目（例如蜥蜴目）不适合，固然可以预料得到，可是此处不适于蛙类生活，就很难使人理解了。

在这里很少遇见甲虫，我很长一段时间都不能相信，在这个像苏格兰一样宽广而充满植物和各种不同的生存环境的地方，甲虫的数量竟然这么少。我在这里只发现过少数甲虫，它们属于高山物种，栖居在石块下面。热带所特有的专门吃草叶的叶虫科的一些甲虫，这里差不多完全没有。①我曾见到极少数的苍蝇、蝴蝶和蜜蜂，并且完全没有遇到过蟋蟀和直翅目昆虫。在池沼中，我只找到少数的水生甲虫，却没有任何淡水贝类。的确，琥珀贝初次看来好像是一种例外，但是在这里应该把它叫作陆生贝类，因为它栖居在离水边很远的潮湿的草地上。只有在甲虫栖居的那些高山地区里，才能采集到陆生贝类。我已把火地岛和巴塔哥尼亚的气候以及一般外貌作了明显的对比，它们的差异在昆虫方面可以得到强有力的例证。我以为，在这两个地方，没有一个物种是相同的，确实昆虫的一般特性相差得特别远。

如果我们把目光从火地岛的陆地转向火地岛附近的海中，就会发现海里的生物特别繁多，恰恰和陆地上生物稀少的情形完全相反。在世界的所有地方，一定面积的、石质的，而且有一部分受到保护的海岸，大概要比同样面积的任何别的地点，更加能够维持大量个体动物的生存。这里有一种海生生物，因为它很重要，所以值得特别详细地讲一讲。这就是巨藻。从退潮时最低水位起，一直到最深的水底，无论是在大洋的海边，还是在海峡，在每个岩礁上都生长着这种植物。我相信，在上次阿德文丘舰和比格尔舰航行期间，一定发现过靠近海面的每个岩礁上都有这种海藻在漂

---

① 据我看来，一定要把金花虫科的一个高山种和鞘翅目叶甲科的唯一代表种除外。沃特豪斯先生曾告诉我，这里的尘芥虫科甲虫有8种或9种，它们当中大部分的形状十分特殊；异节目的甲虫有4种或5种；负鼻目的甲虫有6种或7种；还有下面几科的甲虫各有一种：隐翅虫科、叩头虫科、金龟子科，其他各目的种数在这里更少些。在所有这些目当中，个体的稀少情形甚至比种数的稀少情形更加显著。沃特豪斯先生曾在《自然史年刊》中详细地讲述了多数的翘翅目甲虫。

浮着。①因此，行驶在暴风骤雨中的船只，每每得到这种海藻的帮助，就会免于沉没。的确，它已经救助了很多船只脱离触礁的险境。有一种现象使我看了感到非常惊奇，就是在西方大洋的凶险的巨浪中，无论怎样坚硬的岩石都不能长久抵抗得住它的冲击，可是这种植物竟能在其中生长并繁盛下去。它的茎干是圆的、有黏液的、平滑的，而且很少达到一英寸的直径。如果把这种茎干几根合在一起，就坚强得能够支撑几块分散的大石块的重量；它们正是附着在这些石块上而生长在那些深入内地的海峡里的。舰长库克在他的《第二次航行记》里说到，在凯尔盖朗岛附近，这种植物从深达24英寻以上的海底向上生长到海面来："因为它并不是直立地向上生长，而是和海底成很小的锐角，并且还在海面上伸展很多英寻。所以我有充分理由可以说，有几棵这种海藻生长到60英寻的长度。"照舰长库克的记载，60英寻等于360英尺，我以为，恐怕再没有其他植物比它更长的了。除此以外，舰长菲茨·罗伊还发现这种海藻可以在45英寻以上深度的海底生长。这种海藻的丛生地带，即使宽度不大，也能形成非常良好的防浪排幕。在一个面对着大洋的海港里，人们非常惊奇地看到，当巨浪从大海里滚滚而来，并且经过这些海藻的漂浮不定的茎干的时候，巨浪的高度就会立刻减小，而转成平静的水面。

　　依靠这种褐藻而生活的动物，其"目"数之多，十分惊人。要描述栖居在这种海藻丛生地区的动物，就可以写成一厚本书。差不多所有的这种海藻叶片，除了浮在海面上的以外，都被珊瑚类动物所覆盖而结成一厚层白色的硬壳。我们看到它们的构造非常精美，在它们的表面上，有一部分栖居着简单的水蛇形状的水螅体，而另一部分则栖居着体制比较复杂的类型和美丽的群栖的海鞘纲动物。除此以外，在叶片上还附着有各种各样的

---

① 这种巨藻（或称大昆布）的地理分布范围非常广阔：从合恩角附近的极南岛屿起，东海岸（根据斯多克斯先生送给我的资料）到南纬43°为止；可是在西海岸，据胡克博士说，要一直伸展到加利福尼亚的圣弗朗西斯科河，说不定会一直延伸到堪察加半岛。因此，它的分布范围在纬度方面很宽广，舰长库克也一定很清楚地知道这种海藻的情形。据他所说，他曾在凯尔盖朗岛那里发现它，那次它的分布范围在经度方面也至少有140°。

盘碟形贝类、马蹄螺属、没有贝壳的软体动物和几种双壳贝类。无数甲壳纲动物时常栖居在这种植物的各部分上。在把互相缠结得很厉害的根部摇动一下以后，就有大批小鱼、贝类、乌贼、所有目的甲壳纲动物、海胆、海星、美丽的管海参、真涡虫属和无数形状不同的爬行的沙蚕科动物，同时从它身上纷纷落下。我每次遇到一枝这种海藻，总会发现它的上面有一些构造新奇的动物。在奇洛埃岛海边，这种海藻生长得不是很茂盛，所以大量的贝类、珊瑚类动物和甲壳纲动物都没有在这里遇见，可是这里还生存着少数的藻苔虫科动物和几种群栖的海鞘纲动物，不过，这里的海鞘纲动物和在火地岛遇见的物种不同。因此，我们在这里可以看出，这种墨角藻属褐藻要比借住在它那里的动物有更加宽广的分布范围。我只能把南半球的这些巨大的水中森林和热带地区的陆地森林作比较。要是在陆地上任何一个区域里有一片森林被消灭，那么我认为，那些跟随着它同时被消灭的动物的物种数，绝不会像由于这种褐藻被消灭而发生死亡的动物的物种数多。在这种海藻的叶片之间，栖居着无数的鱼类，它们只有在这里才能找到食物和隐蔽的地方；要是它们都被消灭的话，那么就会有很多鹭鸶、其他食鱼的鸟类、海獭、海豹和海豚也要跟着死亡。最后，火地岛的野蛮人——这块可怜地方的可怜的主人——也会因此加倍地自相蚕食，使人口减少，说不定就会绝种。

6月8日——今天清早，我们拔锚开船，离开饥饿港。舰长菲茨·罗伊决定循不久以前被发现的马格达莱纳海道而离开麦哲伦海峡。我们的航行路线朝向正南方，沿着我上面已经讲过的那条阴暗的通路行驶，这条通路好像把我们引向另一个万恶的世界里去似的。一路遇到顺风，但天气非常不明朗，因此我们看不到很多奇妙的风景。一块块破碎的乌云迅速地奔驶过山岭，从山顶一直降落到山脚附近。我们从乌云的空隙中看到一个个隐现出来的景物，感到非常有趣；这里面有锯齿形的山顶、圆锥形的雪堆、蓝色的冰川，在苍白的天空里勾画出来的鲜明的轮廓，在不同的远近和高低的地方显现出来。在这样景色中，我们下锚在萨米恩托山旁边的特恩角（转弯角），这时萨米恩托山正被乌云遮住。在我们这个小港里的高耸而几乎直立的山坡脚下，有一个没有人住的空棚屋；只有它才能使我们想到，曾经有人漂泊到这荒凉的地区。可是，令人难以想象的情景是，这种人好像只有很低的生活要求和很小的权力。自然界所创造的非生物——岩石、冰、雪、风和水——彼此互相交战，但又联合起来对抗人类，它们都在这里握有绝对的统治权力。

6月9日——今天上午，我们非常高兴地看到，雾幕逐渐从萨米恩托山向上升起，这座山的真面目就显露在我们眼前。这是火地岛上最高的一座山，高达6800英尺。在山的下部，大约它全部高度八分之一的地带，生长着阴暗的森林；在这个地带的上方，是一片雪地，一直伸展到山顶。这些巨大的雪堆，永远不融化，好像注定要随着世界一起存在下去，它们显现出一幅高贵得甚至令人崇敬的景色。这座山的轮廓非常清楚。由于白色的发亮的表面反射出很多光线，所以任何部分都没有暗影，且因只有这座山上的雪线所切断的天空，可以清晰辨识，所以整个山体的浮纹非常显著地凸现出来。有几条冰川迂回曲折地从山上的大片雪地降到海边，真可以把它们比作冰冻的美国尼亚加拉大瀑布，这种蓝色冰块的瀑布和真正流水的瀑布一样美丽。我们在夜里驶到这条海道的西面部分，这里的海水非常深，我们找不到地方下锚，因而不得不在长达14个小时漆黑的夜里，仍旧在这个狭窄的海湾里向前航行。

6月10日——清晨，我们尽量向前急驶，进入宽阔的太平洋。在西面的海岸上，差不多到处都分布着低矮的、圆形的、完全裸露的花岗岩和绿岩的山丘。纳伯勒爵士把这里的一个地方叫作南荒，因为"这块地方看来是那么荒凉"，他所说的，名副其实。在主要的大岛外面的海里，散布着无数岩礁，大洋里险恶的巨浪经常不断地冲击着它们。我们从东符里岛和西符里岛之间驶出，稍向北行，碎浪滔滔，因此那里的海面有银河角之称。一个居住在陆地上的人，只要看一下海边的这种情形，就会在整个星期里都梦见翻船、危急和死亡的景象。我们带着这个印象从此和火地岛永别了。

这一章的以下部分，专门讨论南美洲南部气候与其物产的关系，此外对雪线、冰川下降特别低的现象以及南极各岛屿的永冻地带，附带加以说明。读者如果对于这些奇妙的问题不感兴趣，可以略去不看，或者只看最后简短的结论也可以。可是，我在这里只不过举出一个概要，如果要知道更加详细的情形，可以查看本书初版本的第十三章和附录。

火地岛和西南海岸的气候及天然物产

下表系火地岛和福克兰群岛的平均气温，为了比较，特将都柏林的平均气温一并列入：

℉

地　名	纬　度	夏季的 平均气温	冬季的 平均气温	夏冬两季的 平均气温
火地岛	南纬53°38′	50	33.08	41.54
福克兰群岛	南纬51°30′	51	—	—
都柏林	北纬53°38′	59.54	39.2	49.37

从上表可以看出，火地岛的中部冬季比都柏林要冷些，而在夏季至少要低9.5℉。根据冯·布赫的资料，挪威的萨尔顿福德7月份（并不是一年当中最热的月份）的平均气温竟达到57.8℉，而这个地方的纬度反比饥饿港更近南极13°！[①]不管火地岛的气候在我们的感觉上多么严酷，可是常绿树木仍旧在这种气候下旺盛地生长着。在南纬55°可以看见蜂鸟在吮吸花蜜，鹦鹉在啄食文特尔玉桂树的种子。这里的海洋生物非常繁多，我已经说过。根据索尔比先生的资料，这里的贝类（例如属、漏斗介属、石鳖属

---

① 火地岛上的气温数字，是按照舰长金的观察资料（参见《地理学报》，1830年）和在比格尔舰上所作的气象观察资料换算的。关于福克兰群岛的数字，我应该感谢舰长沙利文，他曾把这地方最热的三个月份(12月、1月和2月)的平均气温告诉我（这些数字是根据每天子夜、上午8时、正午和晚上8时所作的精密观察资料得来的）。都柏林的气温则是借用巴顿著作里的数字。

和茗荷儿属）比北半球的相似物种的个体大得多，而且生长更加迅速。火地岛南部和福克兰群岛一带，有一个巨大的涡螺属大量存在。在南纬39°的布兰卡港大量存在的贝类，是榧螺属的三个物种（其中一个物种的个体巨大）、涡螺属的一个或者两个物种和笋螺属的一个物种。这些贝类是最典型的热带类型。在欧洲南海岸，是不是存在着榧螺属的一个小型物种，还是一个疑问；至于另外两个属（涡螺属和笋螺属），在那里连一个物种也没有。要是有一个地质学家在北纬39°的葡萄牙海边，发现榧螺属的三个物种、涡螺属和笋螺属的各一个物种，那么他大概要确定，在这些贝类的生存期间，这地方的气候一定是热带性气候。可是，根据南美洲的情形判断，这样的推论说不定是错误的。

火地岛的气候均匀、潮湿、多风，大陆西海岸的很大一段纬度的地区大概也如此，不过那个地区的气温稍微增高一些罢了。在合恩角以北600英里的地区，森林的状况完全相同。为了证明甚至更加向北300～400英里的地区也有相当均匀的气候，我可以举出，在奇洛埃岛上（这里的纬度相当于西班牙北部的纬度），桃树极少结果，可是草莓和苹果却生长得非常良好，甚至割下来的大麦和小麦也时常要运到房屋里去，让麦穗干燥和成熟。在智利的瓦尔迪维亚（它的纬度是40°，相当于西班牙马德里的纬度），葡萄和无花果可以成熟，但是在这里栽培不多；齐墩果甚至很难达到部分成熟，而甜橙则完全不能成熟。大家都很清楚地知道，在欧洲相当于这个纬度的地方，这些果实都生长得非常良好；即使在美洲大陆，例如在和瓦尔迪维亚纬度近于相等的内格罗河一带，就栽培着西洋甘薯（旋花属），而葡萄、无花果、甜橙、西瓜和甜瓜这些植物则结有非常丰硕的果实。虽然奇洛埃岛和它的南北两岸一带的潮湿、均匀的气候不适合欧洲的果树生长，但是当地的森林却在南纬45°到南纬38°之间生长得非常茂盛，简直和炎热的热带地区的森林差不多。各种高大的树木，树皮光滑而颜色鲜明，树干挺拔，上面挂满了寄生的单子叶植物；巨大而美丽的蕨类植物非常多，树状的草类和树木互相交织在一起，在地面以上30-40英尺的空间里，形成一个茂密的植物群体。棕榈树生长在南纬37°的地方；有一种树状的草类，很像是竹，生长在南纬40°的地方；还有一种和它极相近的植物，树身很高，但不直立，甚至在南纬45°也生长得很茂盛。

显而易见，均匀的气候是由于海洋比陆地的面积大而形成的，南半球的大部分地区都是如此。因此，这里的植物带有半热带性质。在范迪门地（南纬45°）茂盛地生长着木本的蕨类植物（树蕨），我曾经量过一棵这种植物的干身，周长竟达6英尺多。在南纬46°新西兰的一个地方，福斯特（Forster）发现一种树状蕨类，上面寄生着兰科植物。在奥克兰群岛，蕨类植物的干身又粗又高，根据迪芬巴赫博士的研究资料可以知道，[①]简直可以把它们叫作蕨树或者树蕨了。在这个群岛上，甚至在更南方的南纬55°的麦夸里群岛上，都有无数的鹦鹉栖居着。

南美洲的雪线高度和冰川的低降

几个地方的雪线高度列表如下，如果读者要知道这张表的来源的详细说明，请查阅本书的初版本。

纬　　度	雪线高度/英尺	观测者
赤道地带（平均数字）	15748	洪堡
玻利维亚（南纬16°~18°）	17000	彭特兰
中智利（南纬33°）	14500~15000	吉利斯和本书著者（达尔文）
奇洛埃岛（南纬41°~43°）	6000	比格尔舰上的军官们和本书著者
火地岛（南纬54°）	3500~4000	金

我们应该确定，永久积雪界线的高度主要是由夏季最高气温来确定的，而不是根据一年的平均气温来确定。因此看到麦哲伦海峡一带的雪线高度低降的情形就没什么觉得惊奇的：这一带夏季气候很冷，所以雪线离

[①] 参见我这本《考察日记》的德文译本，还有其他的事实可以参见布朗先生在福林德斯的《旅行记》一书里缩写的附录。

海面只有3500～4000英尺高。然而在挪威境内，到北纬60°～70°离北极大约14°的地方，才会看到这么低的永久积雪线。从这张表可以看出，安第斯山脉上的雪线在奇洛埃岛东面的高度（它的最高点的高度范围只有5600～7500英尺），与它在中智利的高度相差9000英尺左右；①这使人感到非常惊奇（这两个地方的距离，只不过是9°的纬度）。从奇洛埃岛南面向北到康塞普西翁（南纬37°）为止的陆地上，生长着大片茂密的森林，总是很潮湿。天空中时常弥漫着云雾。我们知道，把欧洲的果树种植到这里，会得到很坏的结果。可是，在中智利却恰恰相反，在康塞普西翁以北不远的地方，天空时常晴朗；在一年中，靠近夏季的7个月不下雨。因此，欧洲南部的果树在这里栽植以后，会结出非常好的果实，甚至甘蔗也能在这里栽植了。②显然无疑地，在离开康塞普西翁纬度不远的地方，永久积雪的界线发生了上面讲到的显著转折，突然上升9000英尺，这种转折的情形是世界上任何其他地方都没有的。因此，这一带的陆地，不再有森林生长。可以知道，南美洲的树木正是多雨气候的特征，而多雨则又是多云的天空和寒冷的夏季的特征。

关于冰川下降入海，我认为主要是由于（当然，在山顶区域里，一定要有相当数量的积雪供应给冰川）在靠近海岸边的险峻高山上，永久积雪的界线很低。在火地岛上，雪线的位置很低，所以我们可以推想到，有很多冰川直达入海。可是，当我第一次看到一座高仅3000～4000英尺的山脉，其纬度和英格兰西北的坎伯兰相同，却在它的每个山谷里都有直接下降到海边的冰川时，就感到非常惊奇。有一位测量过这里的军官描写道，不仅是在火地岛，就连在离它650英里的北方，每一条伸进内地的较高的山

---

① 我以为，安第斯山脉上的雪线在中智利的高度年年都不同。我可以肯定，在气候非常干燥、夏季时间很长的情况下，虽然阿空加瓜火山的高度达到23000英尺，它山顶上的积雪却完全消失了。大概，这种高度上的积雪，大都是被蒸发掉的，而不是融化了的。

② 米耶斯：《智利》，第1卷，第415页。根据此书在南纬32°～33°中间的英哲尼奥，生长着甘蔗，但产量不多，不能给制糖业带来利益。在基约塔河谷里，我曾看见几棵高大的海枣树（就是枣椰树，或者叫作战捷木，学名海枣）。

脉下面的海湾尽头,都有"惊人的巨大无比的冰川"。有这些冰块的悬崖上,时常落下庞大的冰块,其碎裂声沿着寂寞的航道传播开来,宛如军舰上偏舷炮齐发的声音。在上一章已经讲到,这些冰块的瀑布降落到水里的时候,会发生巨浪,向附近的河岸冲击。大家都知道,地震时常会引起大块的泥土从海边的悬崖上崩落下来。因此,如果有一个严重的冲击力(在这里也有时会产生这些冲击力),[①]对于一个运动着的和有很多横向裂缝的冰川来说,这种物体发生作用,效果该多么可怕啊!和巴黎有相同纬度的埃利海峡,有几座巨大的冰川,而这一带最高的山仅为6200英尺。在这条海峡里,曾经有人看到,大约同时有50座冰山在向外漂流,其中一座冰山的高度至少有168英尺。有几座冰山,还载运着一些体积不算小的花岗岩和其他岩层的石块,它们和附近山上泥页岩的石块不同。在阿德文丘舰和比格尔舰航行期间,曾经测量过一条离南极最远的冰川,位于南纬46°50′的佩尼亚斯湾。这条冰川的长度是15英里,有一段的宽度是7英里,一直下降到海岸边。甚至在这条冰川以北几英里的圣拉斐尔湖(Laguna de San Rafael),几个西班牙神父也曾经计算过。

这个月22日(相当于欧洲的6月),在一个相当于日内瓦湖的纬度的一条狭窄的海湾里,竟也有"很多的冰山,几座是大的,几座是小的,另外还有几座是中等的"。

根据冯·布赫的资料,在欧洲,最南面直接下降到海里的冰河,是在北纬67°的挪威海岸,这个地方距离北极,要比圣拉斐尔湖距离南极的距离近20°纬度,或者是1230英里。除了这个地方和佩尼亚斯湾冰川的位置不同以外,还有令人感到更加惊奇的一点,就是它们下降到海里的地点,离一个生长着最多贝类(榧螺属的三个物种和涡螺属及笋螺属的各一个物种)的海港不到7.5°,或者是450英里;离棕榈树生长的地方不到9°;离美洲虎和美洲狮驰骋的平原不到4.5°;离木本的禾本科植物生长的地方

---

① 巴尔克利和卡明:《关于惠格尔舰遇难情况的详细报告》。这次地震发生在1741年8月25日。

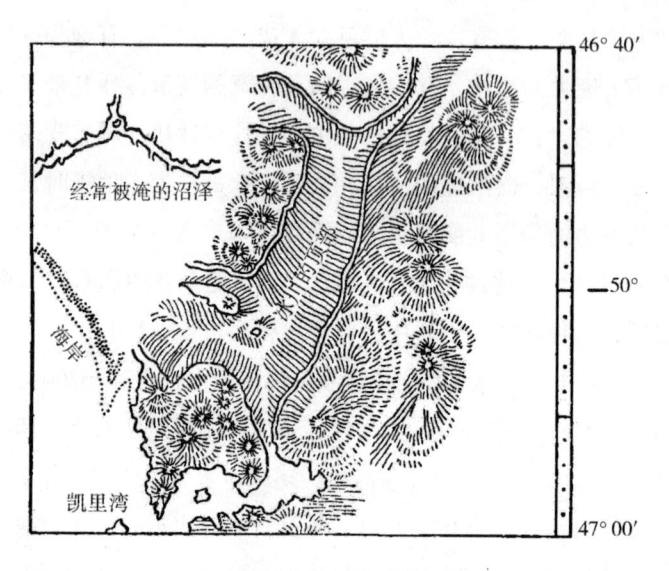

佩尼亚斯湾的冰川

不到2.5°；并且（在相同的半球上向西方看去的时候）离兰科的寄生植物生长的地方不到2°，还有离树蕨生长的地方竟只有1°！

所有这些事实，都在地质学上具有重大意义，它们和北半球在漂砾转移时期的气候有关。在这里，我不详细讲述怎样由冰山移运岩石碎块的理论，去简单地说明火地岛的东部、圣克鲁斯河两岸的高平原和奇洛埃岛一带的大漂砾的来源和分布位置。在火地岛上，大多数的漂砾原来位于过去的海峡一带，这些海峡因为陆地上升，现在已经变成了干燥的河谷。这些漂砾和很厚的没有层次的泥沙地层结合在一起，在这个地层里，含有各种大大小小的被磨圆的和有棱角的岩石碎块，这种地层，是由于那些被海水冲击到岸上去的冰山多次把海底翻掘开来并且把它们所载运的一切东西沉积下来而形成的。现在有少数地质学家还在怀疑这些高山附近的漂砾是不是被冰川运来的，还有那些离山地很远的被埋藏在水底沉积层里的漂砾是不是被冰山载运来的，或者是被那些冻结住它们的海岸冰载运来的。漂砾在地球表面上的地理分布，可以明显地阐明漂砾的转移和这两类冰块之间存在的关系。在南美洲，漂砾的分布范围最远到南极48°，在北美洲，它们的分布范围大概最远达到离北极53.5°的地方，可是在欧洲，它们只达到离北极40°的地方。另一方面，漂砾从来没有到达美洲、亚洲和非洲的南北回归线之间的地区，它们也从来没有到达好望角，更没有到达澳大利亚。①

南极地区的各岛屿的气候和天然物产

如果就火地岛和它北面海岸上植物繁茂情形来看，美洲南面和西南面诸岛屿的状况，确实使人大吃一惊。南桑威奇群岛和苏格兰北部的纬度相当；库克发现，在一年中最热的一个月份里，这个群岛却"覆盖着厚达很多英寻的永久不融的雪层"；这里似乎不会有任何植物生长。南佐治亚岛是一个长96英里、宽10英里的岛，和约克郡的纬度相当；这个岛，"在最炎热的夏季里，也完全覆满冻结的雪层"。在这里，可以用来夸口的植物，只有藓、一些草丛和一种野茴芹；鸟类方面只有一种陆栖的鸟；可是在距离北极只有10°的冰岛，根据麦肯齐的资料，却有15种陆栖鸟类。南设得兰群岛和挪威的南半部的纬度相当；可是在这个群岛上，只有几种地衣、苔藓和一些草类；海军上尉肯德尔曾看到，相当于欧洲9月8日的那一时期，在他停泊军舰的一个海湾里已经开始出现冻结。这里的土壤由冰和火山灰互相堆叠而成；在土壤表面以下不深的地方，一定是永久冻结层，因为海军上尉肯德尔在其中发现过一个已经被埋葬了很久的外国水手的尸体，他的全身肌肉和面部的外形仍完全保持不变。在北半球的两大洲（但是它们中间欧洲破碎的陆地不算在内），我们也可以看到一个特殊的事实，就是在低纬度的地方，有一个底土永久冰冻的地带：在北美洲，这个地带是在北纬56°附近，永久冰冻的底土深度是3英尺。在西伯利亚，它是在北纬62°附近，深度12~15英尺；大概是由于此处的情况和南半球完

---

① 我在这本书初版本的正文和它的附录里，已详细地讲到了这个问题（我相信，这是第一次发表的意见）。漂砾在某些热带地区缺乏一些外表上的例外，是由于观察错误造成的，我后来发现，有很多研究者证明了我发表的几个见解是正确的。

全相反的缘故。在北方大陆，广阔陆地表面的热度都散发到明朗的空中，而且没有温暖的海流来减弱它的冷势，所以格外寒冷；相反地，在短短的夏季，天气却很热。在南方的海洋里，冬季并不特别寒冷，但夏季却不很热，因为多云的天空很少让太阳晒暖海洋，而海洋本身又是一种不容易吸热的物质，所以那个控制底土永久冻结地带的年平均气温，也就很低了。显然可以知道，繁茂的植物对抵抗严寒的需求，高于对热量的需求；所以繁茂的植物能生长在气候均匀而底土永久冻结的南半球，却不能生长在严寒盛暑的北方大陆。

在南设得兰群岛（南纬62°～63°）的冻土里，完好地保存着一个水手的尸体。而那里的纬度，要比帕拉斯在西伯利亚发现冰冻犀牛的地方（北纬64°）低些，这个事实非常有趣。虽然我在前面一章试图证明，那种以为巨大的四足兽好像需要一个茂盛的植物界来维持生活的说法，是错误的。可是，在南设得兰群岛上找到冻结的底土这件事，却是很重要的，这个群岛离合恩角附近有森林覆盖的岛屿还不到360英里；就后面这些岛屿上的大量植物而言，它一定可以维持任何数量的四足兽的生活。西伯利亚的象和犀牛的尸体能够完全保持不变，的确是一个在地质学方面最惊人的事实；可是，我认为，如果对邻近地区供应给它们食物的困难不予过问，那么整个情形就不至于像正常情况下所想的那样复杂了。西伯利亚的平原，大概也像南美洲的潘帕斯草原一样，是在海底形成的；那时候的河流把很多动物的尸体载运到这个海里来；这些尸体的大多数只剩下了骨骼，但也有一些完整的尸体被保存下来。现在大家知道，在北美洲的北极圈海岸边的浅海里，海底也是冻结的，并且在春季要比陆地表面解冻得慢些；还有，在没有冻结的海底较深的地方，表面层以下几英尺深的泥土的温度，甚至在夏季也仍在冰点以下，这好像跟陆地上几英尺深的土壤永久冻结的情形一样。在更加深的海底，泥土和海水的温度，说不定还没有低到足以把尸肉保存不变的程度，因此那些被载运到北极圈海岸附近的浅海里的尸体，就只剩下了骨骼；现在有多得无数的动物骨骼堆积在西伯利亚的最北面，据说甚至有些小岛差不多全是由骨骼构成的；这些小岛的位置，离帕拉斯发现冰冻犀牛的地方以北还不到10°的纬度。另一方面，要是有一个尸体被洪水冲到北冰洋的浅水区，如果它很快被沉积的泥土覆盖，而这层泥土又相当厚，足够防止夏季的海水热量穿入尸体，那么它就会被永久保存下去，要是这个海底上升为陆地，则覆盖的厚泥层足以防御夏季的空气和太阳的热量，它就不至于融解和腐化。

小结：关于南美洲的气候、冰川作用和生物方面的主要事实，我将加以复述。同时因为生活在欧洲，所以熟悉欧洲的情况，现以假想的方式把本章中各个真实的地方搬移到欧洲以为对照。于是，在里斯本附近，最常见的海生贝类，将为榧螺属的三个物种、涡螺属和笋螺属各一个物种，并且具有热带的特征。在法国南部各省，则将有宏伟的森林，其中树状草类和树木互相交织在一起，树上挂满寄生植物，地面全被遮蔽。美洲狮和美洲虎将盘踞在比利牛斯山脉一带。在相当于勃朗峰的纬度、向西达到北美洲中部的一个岛上，将有茂密的森林，其中繁荣地生长着树蕨和兰科的寄生植物，甚至在向北的丹麦中部，也会看到蜂鸟在美丽的花朵周围急促地拍动着双翼，鹦鹉在常绿树林里寻找食物，而且在那里的海中，我们将会看到涡螺属的所有身体巨大而生长迅速的贝类。可是，在丹麦的新合恩角以北只有360英里的几个岛屿上，将有一具埋葬在土壤里的尸体（如果它被冲到浅海里，就会被沉积的泥土所覆盖），因为土壤永久冻结，而被保存得完好无损。要是有一个大胆的航海家，想要深入到这些岛屿的北面去，他就要在巨大的冰山中间遭遇千百次危险，并且他会看到，在几座冰山上，载运着大块的岩石；这些岩石被运到距离它们原来的产地很远的地方。还有一个大岛，相当于苏格兰南部的纬度，但在更西面两倍远的海洋里，将会"几乎全部都被永久不融的积雪所覆盖"；在它的每个海湾的尽头，都是冰块的悬崖，每年有大量的冰块崩落下来；在这个岛上，可以用来夸口的植物，只有一些苔藓、草类和茴芹而已；而且鹩是这个岛上的唯一居住者。从丹麦的新合恩角起，将有一条山脉，笔直地向南伸展；它的高度近于阿尔卑斯山脉的高度的一半；在这条山脉的两侧，每条深深的海港或者峡江的尽头，都有着"惊人的、巨大无比的冰川"。在这些寂寞的河道上，将常常传出冰山崩落的声音，并且经常有巨浪猛冲着两岸；无数像大教堂一样高的冰山，有时载运着"一块块体积不能算小的岩石"，将搁浅在外面的小岛的海滩上；时常还有猛烈的地震，把巨大的冰块投掷到水里去。最后，有几位传教士想要走进一条长长的海湾里，他们会看到在四周不高的山地上，有很多巨大的冰川一直下降到海岸边。当他们坐在小船上向前行驶的时候，就会被无数漂浮着的冰山所阻挡，有几座冰山是小的，有几座冰山是大的。这件事情发生的日期是欧洲的6月22日，而且是在当时的日内瓦湖那个位置！

第十二章　中智利

　　瓦尔帕莱索——旅行到安第斯山脉山脚下——陆地的构造——爬上基约塔河谷的钟山——绿岩的碎块——巨大的河谷——矿山——矿工们的生活——圣地亚哥——考克内斯温泉——金矿——穿孔的石头——美洲狮的习性——土耳其鸟和塔巴科洛鸟——蜂鸟

1834年7月23日——比格尔舰于深夜在瓦尔帕莱索湾下锚，这里是智利的重要海港。第二天早晨到来时，面前的一切，都令人感到高兴。经过火地岛那种荒凉情景，这里的气候就显得十分舒适了：空气是这样干燥，蔚蓝的天空是这样明朗，太阳放射着明亮的光辉，整个自然界到处都显得生气蓬勃。从我们停船的地方望去，景色非常美丽。这个城市建在1600英尺高的山岭脚下。所以它总共只有一条和海岸平行的长长的街道，街道上的房屋星星点点；凡是沟壑的两侧都有一大堆房屋。圆顶的山丘表面，只有一部分覆盖着非常稀疏的植物，这些表面受到雨水冲刷成了无数小溪沟，上面露出一种特别鲜明的红色土壤。由于这种环境，再衬托着那些墙壁刷白、瓦顶低矮的房屋，使我想起特内里费岛上的圣克鲁斯。向东北望去，安第斯山脉的优美姿态清晰可见，不过从附近的山丘望去，这些高山显得更加雄伟；这时，更加容易使人发觉，它们在非常遥远的地方。其中尤以阿空加瓜火山最好雄伟壮观。这座不规则的圆锥形高山，比钦博拉索火山更高，根据比格尔舰上的军官所做的测量，它的高度至少在23000英尺以上。可是，从这里看去，安第斯山脉之所以这样美丽，大部分原因在于我们的视线所穿过的周围环境。当太阳下沉到太平洋里的时候，可以非常清楚地看到这些高山凹凸不平的轮廓，它们的色调如此变化多端，如此细腻柔和，令人赞叹不已。

我很幸运地遇到一位居住在这里的老同学，同时他也是我的老朋友——理查德·科菲尔德先生。当比格尔舰逗留在智利沿岸的时候，他特别替我安排了一个非常舒适的住处，他热情好客、亲切待人，我非常感激。对于一个博物学家，瓦尔帕莱索附近并没有提供什么丰富的研究材料。在很长的夏季期间，南风不断地吹来，又向海岸边吹去，所以这时从不下雨。可是在冬季的3个月份里，雨量相当大。因此，植物很稀少，除了几个深幽的山谷以外，再也没有什么地方生长树木；只有稀少的草类和少数低矮的灌木，散布在山丘上不险峻的地方。距离这里以南350英里，安第斯山脉的东侧山坡上完全被一片茂密的森林所遮蔽，几乎令人难以通过，这两个地方的情况截然相反。我在采集一些博物标本时，曾步行了几段很长的路。在这一带步行是很愉快的。这里生长着很多美丽的花卉，正像在多数其他气候干燥的地方那样，各种草类和灌木都有强烈的特殊的香味，因此，穿过这些草木丛生的地方以后，甚至他的衣服也会变得香气袭人。当我看到每天都是晴天时，真是惊奇不已。天气可以使一个人的情绪发生多么大的变化啊！我们望着深暗的高山半入云霄，又望到其他群山掩映在明朗天空的蓝色雾气中，这时所发出的感触是多么不同啊！前一种景色有时会使人产生崇敬之感，而后一种景色则使人感到生活非常愉快和幸福。

8月14日——今天我骑马出去旅行，目的是要考察安第斯山脉山脚的地质，在这个时节，只有山脚部分还没有被冬雪所覆盖。我们第一天的骑行路线，是沿着海岸向北。天黑以后，我们到达昆特罗的"海新达"（大田庄），这个农庄以前属于科克伦勋爵。我到这里来是要考察广布的贝类层，这些贝类层处于海平面以上几码的地方，并且被挖出来烧成了石灰。显而易见，这就是整个海岸线上升的证据：在距离海面几百英尺高的地方，有无数古代贝类，我还发现在1300英尺高的地方也有一些同样的贝类。它们有些很疏松地散布在地面上，有些被埋藏在淡红的黑色植物性土壤中。我用显微镜观察以后，很惊奇地发现这种植物性土壤正是海里的淤泥，里面充满着微小的有机体的颗粒。

8月15日——我们回头向着基约塔河谷前进。这一带的景色赏心悦目，宛如诗人所赞美的田园风光。一块块宽阔的绿色草地，被流淌着小溪的峡谷所分割，还有一些小屋，大概是牧羊人居住的，散布在山坡的各处。我们不得不爬过契里考昆山的山脊，在这座山的山脚下，有很多美丽的常绿树，不过它们只能在溪水萦回的山谷里繁茂生长。任何人只要看到瓦尔帕莱索附近地区，永远也不会想到智利竟有这般美丽如画的地方。一走到山顶，基约塔河谷的景色就立刻呈现在眼前。那种景色，华丽无比，好似由人工布置成的。这条河谷很宽阔，十分平坦，到处都容易引水灌溉。在各个方形的小果园里，茂盛地生长着甜橙树和齐墩果树，还有各种不同的蔬菜。这里四面八方都是光秃秃的高山，因此从这两方面的对照看来，这一条好像缝补上去的布片一样的河谷，更使人感到愉快。"瓦尔帕莱索"这个地名的意义是"天堂里的河谷"；以前提出这个地名的人，一定是专指这个基约塔河谷而言的。我们越过这座山脊，就到了钟山脚下的圣伊西德罗大农庄。

从地图上可以看到，智利是一块位在安第斯山脉和太平洋之间的狭长的带状土地；这一片地面又横贯着几条和主山脉平行的山脉。在外面的几条山脉和安第斯山的主脉之间，有平坦的盆地连续展开，其间有狭窄的山道，互相连接；主要的城市，例如圣费利佩、圣地亚哥和圣费尔南多都建立在这些盆地上。这些盆地亦可称作平原，有许多平坦的河谷横贯其间

（如基约塔河谷），把它们和海边连接起来，我以为这无疑是古代狭长的海口和深深的海湾底部，正如现在那些纵横切割着火地岛和西海岸的海湾一样。古代智利的陆地和水道的地形，应该是和火地岛相似的。这种相似的情形，有时会十分显著地表现出来：当一片浓雾像斗篷一样披在这片低洼地区的时候，可以看见那些不断旋卷到山谷里去的白色雾团，美丽地描绘出小港和海湾；到处都隐现出孤独的小山丘，表明这些山丘过去就是孤立在那里的小岛。把这些平坦的河谷和盆地同那些参差不齐的高山互相对比，就能感受到这种景色凸显出的新奇和有趣。

由于这些平原都有向海边倾斜的天然坡度，所以很容易引水灌溉，因此特别肥沃。要是不采用人工灌溉的方法，这块土地恐怕不会出产什么东西，因为整个夏天都晴朗无云。不论在高山或在低丘，只有稀疏的灌木和低矮的树木，其他的植物则非常缺乏。河谷里的每个地主，都占有一块面积相当大的山地，让无数半野生的牛在那里设法寻求足够的饲料。在这里每年举行一次盛大的"罗第奥"（清点牛群），把山上所有牛都赶下来清点数目。在牛背上加上标记，选出一定数目的牛，专门在灌溉的田地上放牧，把它们养肥。这里大部分的田地都种植着小麦，也栽培了很多玉米，还有一种豆是这里普通劳动者的粮食。果园里盛产桃子、无花果和葡萄。这一带的居民拥有这么多富源，他们的现实生活应该比目前更富足些。

8月16日——这座大农庄的管理人招待客人很周到，给我们提供了一个向导和几匹壮马。凌晨，攀登坎帕纳山。（又叫钟山，高达6400英尺）上山的小路非常难走，但是沿途的地质和风景很不错，可以大大地补偿爬山的辛苦。傍晚，我们走到一眼泉水处，叫作羊驼泉，在一个地势很高的地方。这一定是古时候的地名，因为自从羊驼在这里饮过水以来，已经不知相隔多少年了。我们爬上山去，看到北面的山坡只长了一些灌木；可是南面的山坡，却长着高约15英尺的竹林，一些地方，生长着棕榈树，并且有一棵棕榈树生在至少有4500英尺高的地方，使我感到非常惊奇。这些棕榈树，如和它们同科植物相比较，丑陋难看。它们的树干很粗大，形状奇怪；它的中段要比上下两端更粗。智利有些地区，这种树非常多；用它们的树汁可以制成一种糖浆，所以有很大的经济价值。在彼托尔卡，曾经有人想点清楚这种树的棵数，但数到几十万棵以后，就没有再数下去了。每年早春，就是8月份时，这种树被砍下很多；当它们倒卧在地面上时，就把它们的树冠割去。这时，立刻就有树汁从顶端流出，并且在几个月里持续不断地流出；可是，必须每天早晨在它们的顶端切去一薄片，露出新鲜的表面。一棵良好的棕榈树，可以流出90加仑（400升）的树汁，所有这些树汁都必须放在用树干做成的、十分干燥的容器里。有人说，在太阳晒得很厉害的时候，树汁会特别迅速地流出来；又有人说，在砍倒这种树的时候，必须注意让树顶向上倒在山坡上；如果它倒向山坡的下面，也许一滴树汁也流不出来；可是，一般人会想象到，树液应由地球引力而流出，不应因地球引力而被阻止不流。树液在煮沸浓缩以后，就叫作糖浆，因为它的味道很甜。

我们在泉水附近下马，准备过夜。晚上天气晴朗，空气透明，瓦尔帕莱索湾虽然距离这里至少有26海里，但远远望去仍能清楚地看见停泊在那里的船只的桅杆，好似一条条细小的黑线。每当一只张满了帆的大船在绕过海角行驶时，就好像是一个发亮的白色斑点在移动。安森在航行时，对于岸上的人能够在这样远的距离发现他的船只，感到非常惊奇；但是他没有考虑到地面的高度和空气的透明度，须知有了这两个因素，虽相隔遥远，也是可以看见的。

落日景色，美妙难言。这时山谷里已经一片漆黑，可是安第斯山脉积雪的高峰还保留着红玉似的光彩。天黑以后，我们在一个小竹棚下生起火堆，烘烤"察尔规"（就是风干的牛肉片），喝马太茶，十分舒适。在旷野里过着这样的生活，真使人感到一种难以形容的美妙。晚上万籁俱寂，偶尔可以听到山鼯的尖叫声和欧夜鹰（蚊母鸟）微弱的啼叫声。除了这两种动物以外，还有少数鸟类甚至昆虫，也经常居住在这些干燥无水、被太阳晒焦的山地上。

8月17日——今天早晨，我们向上爬到一大片覆盖在山顶上的粗糙的绿岩堆。正像时常可以遇见的那样，这个岩层已经破碎得很厉害，很多碎成多角形的大块。可是，据我的观察，有很多露出新鲜表面的碎片好像是昨天才碎裂的，真令人惊奇不已。在另外一些碎片的表面，有的刚刚开始生出地衣，有的早已生长了很久。我过去确信，这是由于经常发生地震的缘故，一想到这点，我就急速离开了那些松松的石堆，深恐发生地震。这种现象很容易使人受骗，所以我总是对自己的想法是不是正确产生怀疑，直到后来登上范迪门地的惠灵顿山才搞明白：那里并没有发生过地震，可是我在山顶看到了同样的岩层构造，同样破碎得很厉害，不过所有这些碎片崩裂成现在的样子，一定在几千年以前就发生了。

整个一天都在山顶上度过，这种享受真是我从来没有遇到过的。在地图上可以看到，智利被安第斯山脉和太平洋两面包围着。从风景本身所得到的愉快，本已很多，再加上坎帕纳山的参差曲折，宽阔的基约塔河峡谷横贯其间，更觉得美不胜收。这种使高山隆起的力量，以及使这一座座高山变成碎块、移走而又变成平地所必须经过的悠悠岁月，都令人感到惊奇之感呢？试想，要是把巴塔哥尼亚广大无边的砾石层和沉积层堆积到安第斯山脉上的话，就可以使它的高度增加好几千英尺。在巴塔哥尼亚，有一个问题使我感到很惊奇，即一条山脉怎么会提供如此巨大体积的砂石而自己本身却没有完全消失呢？可是，现在我们不应该再有什么惊奇了，不应该再去怀疑万能的时间是不是会把高山，甚至是像安第斯山脉这样巨大无比的高山，磨碎成砾石和淤泥。

安第斯山脉的真面目，和以前所料想的情形不同。山腰的积雪和地面平行，而群山之巅似乎和雪线平行。只有在隔开一长段距离以后，才有一群尖顶的山峰或者单个的圆锥体升起，它们表明过去或现在在这里存在着火山。因此，山脉的形状很像一条连绵不断的高大的坚固城墙，在它上面添筑了炮塔，构成了一道最坚强可靠的防线的保卫这个地方。

为了开采金矿，差不多每座山都被钻探过了，开矿的热潮，恐怕已经使智利境内没有一个没被钻探到的地方了。今天晚上仍像昨夜一样，我和两个同伴围坐在火堆边一起谈天。智利的古阿索人相当于巴塔哥尼亚的高乔人，但是在个性方面却完全不同。从这两个地方比较看来，智利比较开明，因此这里的居民丧失了很多特有的个性。这里的社会阶级差别非常明显，古阿索人绝对不肯承认每个人是平等的，当我看到我的同伴不愿和我一同吃饭时，我感到非常惊奇。这种不平等的意识，正是当时存在着一种由财产定贵贱的制度的必然后果。据说，有几个最大的地主每年可以收入5000~10000英镑。我以为在安第斯山脉以东的任何一个牧畜区域里，绝不会有这种贫富不均的情况。一个旅行家在这里绝不会受到高乔人那样的殷勤招待，高乔人不接受一切酬报，旅客可毫无顾忌地尽情享受。在智利，差不多每家都肯接待你借宿，但第二天早晨，他们都希望收取一些小钱，甚至富人也会接受两三个先令。高乔人虽然是杀人的凶手，但仍不失为君子。古阿索人在某些方面虽然表现比较好，但同时又是粗俗的普通人。虽然这两种人都同样地受人雇用，但他们在习惯和服装上却不相同，都带有各自地方的特点。高乔人好像是自己的马的一部分，对于任何一种不骑在马背上的工作都很轻视，古阿索人却可以被雇作种田的长工。高乔人完全以动物性食物为生，古阿索人却差不多专以植物性食物来过活。在这里，我们看不到白色的马靴、宽大的衬裤和鲜红色的"奇里帕"——就是潘帕斯草原最美丽的服装。这里的普通裤子，都插进黑、绿两种颜色的羊毛线绑腿里。可是，这两种人普遍都披着土布穗饰披巾。古阿索人认为自己的踢马刺是最可以用来夸耀的东西，这种踢马刺简直大得可笑。我量过一只踢马刺，它的距轮的直径有6英寸，而距轮本身上面竟有30多个刺齿。马镫也很大，是用整块的方形木头雕成，中间挖空，可是它的重量仍达3~4磅。古阿索人大概比高乔人更会熟练地使用套索。但是从当地的地形特点看来，他们并不知道投石索的用处。

  8月18日——我们下山以后，途经几处美丽的地方，有清澈的溪水和碧绿的树林。当天住宿在上次住过的那个大农庄里，以后接连两天，我们骑马向基约塔河谷的上游走去，通经基约塔城，那里处处均似苗圃，绝不像一个城市。所有果园，桃花盛开，美丽动人。在一两处我还看见海枣树，这是一种最庄严的树木；我想，一片这种树林，要是生长在它们的故乡亚洲或者非洲的沙漠里，一定是很壮丽的。我们还经过圣费利佩，颇似基约塔城，散布着优美的房屋。这条河谷在这里伸展到一个大海湾或平原之中，一直和安第斯山脉的山脚相接；我已经讲到过，它们乃是智利风景中的一个奇特的部分。晚上（8月20日），我们到达查求尔（Jajuel）矿区；这个矿区位在大山脉侧面的深谷里。我在这里住了五天。我的屋主是矿区监督，他是一个精明但又没有知识的康沃尔矿工。他已经和一个西班牙女子结婚，不想再回英国了，他对康沃尔矿区赞叹不已。他向我提出很多问题，其中之一是："乔治·雷克斯已经死了，在雷克斯的王族里还有多少人活着呢？"他问的这个雷克斯，一定是指那位写过各种书的大作家菲尼斯的亲戚吧。

这里的矿区产铜，开采出来的矿石全部用船运到斯旺西冶炼。因此，矿区的情形比英国矿区洁静。没有灰烟，没有熔炉，也没有巨大的蒸汽机的嘈杂声破坏四周高山的寂静。

智利政府，或者更加确切地说旧西班牙法律，千方百计地鼓励人民去探查矿产。找到矿脉的人，只要缴纳5先令给政府，就可以在任何地方进行开采，甚至在没有缴款以前，也可以试掘20天，甚至还允许在别人的果园里挖掘。

众所周知，智利的采矿方法是最粗劣的。我的屋主说，外国人介绍过下面的两种主要改进方法。第一种是用初步烘烧的方法把黄铜矿还原；这种矿在英国康沃尔最普遍；当英国矿工来到这里的时候，看到当地人把它当作废物丢掉，感到非常奇怪。第二种是把老式鼓风炉里取出的矿渣磨碎洗涤；用这个方法可以提取到大量金属颗粒。我确实看到用骡子把这些矿渣包驮运到海边，然后再运到英国。可是，第一种情形最为奇妙。智利的矿工总是肯定，在黄铜矿里，连一颗铜粒都没有；他们嘲笑英国人愚蠢，可是，英国人用几块钱就买到了那些最丰富的矿渣，所以回过头来又嘲笑他们愚蠢。非常奇怪的是，在这个广泛开矿已有多年的国家里，却没有发现这种炼铜的简单方法——在熔炼以前缓慢烘烧矿石，以除去硫黄。虽然他们也应用几种机器来改进采矿工作，但是直到现在，仍旧还有几个矿区把矿里的水装入皮袋，人工运出矿井！

矿工们的工作非常艰苦，连吃饭时间都很少。不论冬天或夏天，他们总是在天刚亮就上工，直到天黑才离开矿井。他们所得的工钱是每月1英镑，伙食由矿主供给。早饭分给每人16个无花果和两小片面包，午饭吃煮熟的豆子，晚饭则吃烤熟的小麦碎粒。他们恐怕从来没尝肉味，因为他们每年拿的12英镑的工钱，必须用来购买衣服，维持一家人的生活。在矿穴里工作的矿工，每月可得工钱25先令，矿主还供给他们少量的"察尔规"（风干的牛肉片）。可是，这些人每隔两三个星期才能够离开阴森森的矿井，下山回家一次。

居住在这里的时候，我攀登附近的高山，得到了彻底的享受。正像我过去所预料的那样，这里的地质很有趣。这些碎裂的和被烧坏的岩石，被无数绿岩的岩脉切断，表明从前这些地层曾经发生过多次剧烈的变动。这里的风景极像基约塔河谷钟山附近的景色：全是干燥和裸露的山地，只有几处分散生长着的树叶稀少的灌木。此处生长着极多的仙人球，或者更加确切地说是仙人掌。我曾量过一棵圆球形的仙人掌，它的周长，连刺一起在内，为6英尺4英寸。普通圆柱形分支的仙人掌的高度从12到15英尺不等，而每个分支的周长（连刺在内）有3～4英尺。

最后两天，山上大雪，阻止了我有趣的考察旅行。这时我忽然起了去游湖的念头，当地居民根据一些不可理解的理由，认为这个湖泊是一个海湾。一次在干旱期间，有人提出要挖掘一条运河到海边，把水引进到附近地区来；但是教士们在讨论以后，宣布说，这件事太危险了，因为要是照大家所想的去做，把这个湖和太平洋连接起来，那么整个智利就要被海水淹没了。我们攀登到很高的地方，四面积雪，行走艰难，简直无法走到这个不可思议的湖边，就是连走回去也相当困难。我以为，这一次我们一定要丢掉自己的马匹了，因为我们丝毫没有办法准确估计雪堆的深浅，马匹只能跟随马夫跳着移动。乌黑的天空表明正有一场新的雪暴在集结，后来，我们终于避开了这场灾难。果然，当我们达到山脚时，雪暴开始袭来了；它没有在三个小时以前发作，我们真是非常幸运。

8月26日——今天我们离开查求尔矿区，再穿过费利佩的盆地。今天的天气是真正的智利的天气，阳光明亮得使人炫目，空气十分透明。又厚又均匀的新近降下的雪层，覆盖在阿空加瓜山主山脉上，显得十分壮丽。我们现在已走上了通往智利首都圣地亚哥的大路。我们翻越达尔根山，借宿在一个小茅屋里。主人向我们讲到智利的情形，并且把它和其他国家相比，很自卑地说道："有的人用两只眼睛看东西，有的人用一只眼睛看东西，可是我认为，智利人却是没有眼睛的瞎子。"

8月27日——翻过许多小山丘后，我们下到一个由陆地环抱的小平原，名叫吉特龙。这些像吉特龙一样的盆地的高度，都在海拔1000~2000英尺。在这些盆地里，两种金合欢树极多，从它们的形状看来，都发育不良，彼此间隔很远。在海岸附近，从来没有看到过这些树，它们使这些盆地的风景别具一格。我们又翻过一条低山岭，它把吉特龙平原和另一个有圣地亚哥城的大平原分隔开来。这里景色宜人，十分美好，非常平坦的地面上，有几处生长着金合欢树的丛林；远处有一座建在安第斯山山麓的城池，与山基平行，山峰积雪与落日相映，闪耀动人。一望到这幅景色，就可以十分明显地看出，这个平原是古时内海的一部分。我们走上平坦的大路以后，立刻催马急驰，天黑以前到达城里。

我在圣地亚哥住了一个星期，过得非常高兴。每日清晨，我骑马到平原游览，晚上和几个英国商人一起吃饭；他们素以热情招待客人而闻名于世。在城市中央，有一座小石山（叫作圣卢西亚山）；我每次爬上这座山时，总是非常愉快。从这座山上望见的风景，的确非常动人；正像我已经讲过的，它是非常特殊的。有人告诉我说，宽阔的墨西哥高原上的所有城市，都具有同样的特点。至于这个城市，却没有值得详述的地方，它既不如布宜诺斯艾利斯那样美丽，也没那样宽大，不过建筑形式彼此相同。我是从北面绕着圈子到这里来的，因此我打算向南走笔直的路，做一次更加长的旅行，然后回到瓦尔帕莱索去。

9月5日——今天中午，我们走过一座用兽皮做成的吊桥，横跨马伊布河，这是一条位于圣地亚哥城以南几里格的汹涌大河。这类兽皮桥的建造非常简陋。桥面依照着吊索的形状向下凹曲，用一捆捆木棍彼此贴紧在一起做成。这种桥面到处是窟窿，即使一个人牵着马走过，这个重量也会使它摆动得十分可怕。晚上，我们走到一处舒适的田舍，里面有几位非常美丽的小姐。我仅仅出于好奇心，走进她们的教堂去观望，她们见我到来，感到非常害怕。她们问我："你为什么不皈依天主教呢？我们的宗教可是确实可靠的。"我明确地告诉她们，我也是天主教的一个派别的教徒。可是她们不愿意听，根据我的话来问："你们的教士、你们的主教本人也不结婚吗？"她们对主教还能娶妻这种荒谬做法感到很惊讶，对于这样一种重大罪恶她们不知是觉得非常可笑还是非常可怕。

9月6日——我们向正南方向继续前进，当天住宿在郎卡古阿城。这一段道路通过一个平坦而狭长的平原，一边是高耸的山丘，另一边是安第斯山脉。第二天，我们转弯走到卡查普阿尔河的河谷，这里有考克内斯温泉，泉水有医疗功效，早已闻名于世。冬季河水低浅的时候，在交通不繁忙的地方，当地居民通常就把吊桥拆去。因此，这个河谷里的吊桥已经被拆去了，所以我们不得不骑着马渡河。这是一件不愉快的事情，因为泛着白沫的河水，虽然不深，却在它的大卵石河床里流得非常迅速，使人头昏眼花，甚至很难辨认自己的马究竟是在向前行走还是原地不动。在夏季山上积雪融化的时候，就没有办法渡过这些奔腾的河流了；这时候它们的力量和狂暴程度达到了极点，从它们当时遗留下来的痕迹，就可以明显地看出这一点。我们晚上到达温泉，住了五天；最后两天因为下大雨，无法动身。我们住的房子是几间方形的小茅屋，每间茅屋里只有一张桌子和一条板凳。这些房屋建在狭窄的深谷之中，正好紧贴在安第斯山脉主山脉的外侧。这是一个安静的偏僻地点，有很多美丽的风景可以欣赏。

考克内斯温泉，是地下水从一列断层中间穿过成层岩喷流而出的，整个岩层都受到高温的作用。大量气体随着温泉一起从石缝的出口喷出。这几个泉水的出口相隔不过几码长的距离，但它们的温度却相差极大；这大概是由于混合进去的冷水的数量不同而造成的，因为温度最低的泉水几乎没有矿质的滋味。1822年的大地震以后，泉水干枯，差不多整整一年没有水喷流出来。1835年的地震也大大地影响了它们，泉水的温度突然从48℃

下降到33℃。①看来地下的扰动对于那些从地壳内部上升的矿水，起着更加剧烈的影响。有一个被派来管理温泉的人很肯定地说，这里的泉水在夏季要比在冬季更加热些也更多些。我可以推想，夏季泉水更加热些的原因，是由于这个干旱的季节，冷水混合到矿水里去的数量减少；可是那时的水量反而更加多些的说法，就似乎是非常奇怪而且矛盾的了。这里的夏季从来不下雨，所以我认为，这时候泉水的周期性增加现象，只有靠山上积雪的融化才可能发生；可是，在这个季节，那些有积雪的高山都在距离泉水3~4里格的远处。这位告诉我泉水情形的管理人已经在这里住了几年，一定很熟悉这里的情形，所以我没有理由去怀疑他；倘使事情确实是这样的，那么这的确是非常奇怪的了，因为我们必须假定，雪水穿过疏松的地层而渗流到高热区，然后又从考克内斯的断层或地层的裂隙喷出地面；这种有规律的重复发生的现象，似乎又可以说明这个地区高热的岩层离地面并不很深。

有一天，我骑马沿着这个河谷向上游走到一个偏远的居民点。在这个地点的上游不远处，卡查普阿尔河就把它分成了两个巨大的深谷，它们都直接穿过主山脉。我爬上一个尖顶约6000英尺的高山。实际上像其他各处一样，这里景色的十分有趣。巨匪潘切拉就是经过这两个深谷当中的一个窜入智利，抢劫附近地区的。他就是我上面已经讲过的那个袭击内格罗河边的一个农庄的人。他是一个西班牙混血种的流氓，聚集了一大群印第安人在一起，盘踞在潘帕斯草原里的一条河边；被派去追剿他的军队都没有发现这个地点。他时常从这个地点突然出击，经过从来没有人走过的山路越过安第斯山脉，去抢劫农庄，把牛群赶入他的秘密巢穴。潘切拉是一个马术非常高明的人，他把所有周围的人都训练成像自己一样娴熟的骑士，如有任何人对他有二心，他一定把他杀死。罗萨斯针对他和其余漂泊的印第安人部落，进行了扫荡战争。

9月13日——今天离开考克内斯温泉，沿着大路回去，在克拉鲁河旁

---

① 参看卡德娄，《哲学学报》，1836年。

过夜。翌日，我们骑马到圣费尔南多城。在到达这个城市以前，经过最后一个盆地，盆地四周，环绕陆地，中间有一大平原，向南方伸展，一望无际；更远的安第斯山脉的白雪皑皑的山顶，恍如由海上耸出一般。圣费尔南多距离圣地亚哥40里格，是我走过的最南端的地点，由此转了一个直角，走向海滨。我们在亚基尔（Yaquil）的金矿借宿，有一位美国绅士尼克松（Nixon）先生在开采这个金矿；他招待我在他家里住了四天，盛情可感。翌晨，我们骑马前往矿区；这个矿区靠近一个高山的山峰，大约离此几里格。半路上，我们瞥见塔瓜塔瓜湖，湖中因有浮岛而出名，盖伊先生曾描写过这些浮岛的情形。①这些浮岛是由各种不同的已经死亡的植物茎干交织堆积而成，呈圆形，厚4～6英尺，大部分浸没在水面下，当有风吹来的时候，它们就从湖面的一边漂荡到另一边，并且时常可以当作渡船，载运牛马过湖。在它们的表面上还生长着许多其他植物。

我们到达矿区后，看到很多工人面色苍白，深受触动，因此向尼克松先生探问他们的生活状况。这个矿井有450英尺深，每个矿工一次背大约200磅重的矿石，还要沿着回转排列如梯的树干（上面刻有凹痕），爬出矿井。有些青年，18～20岁，还没长胡髭，肌肉也没有完全发育，也要背运同样重的矿石，从差不多同样深的洞里爬上来（他们的身上，除了穿一条短裤外，别无他物）。一个没有做过这种工作的强壮男子，就是只身爬出矿井，也会累得满身大汗。他们干着这样沉重的工作，却只吃一些煮熟的豆子和面包。他们讨厌豆子的味道，宁愿只吃面包，可是矿主们认为他们如果专吃面包，就干不了这样沉重的活儿，所以好像喂马一样，强迫他们吃豆子。在这些矿中，比查求尔矿区的工钱多些，每月有24～28先令。他们每隔三个星期才能离开矿区回家一次，每次可以在家里住两天。这个矿区，有一条工作规则非常苛刻，这显然是保护矿主利益的。矿工偷取金子的唯一方法，就是先把矿石埋藏起来，以后遇到机会，再偷运出去。因

---

① 《自然科学年报》，1833年3月。盖伊先生是一个既热心又能干的自然学家；他在那时候曾对智利自然史的各个方面都作了研究。

此，这条规则规定，要是矿区监督发现有一块矿石被埋藏起来，就要按照它的全部价钱作为罚金，在全体矿工的工钱里扣除；因此，他们除了全体结成同盟一起来干这件事以外，就不得不互相监视了。

矿石运到磨盘上以后，先磨成细粉，再用淘洗法除去所有比较轻的颗粒，最后用水银提取金砂（汞齐法）。根据记述，淘洗法似乎非常简单；可是，看到一股水流非常恰当地适合金子的比重，把金砂从其他废矿屑里很容易地分离出来，就令人感到美妙。从磨盘里出来的矿泥，被收集到矿池里，使之沉淀，再不断地把沉淀物掏取出来，倒在一起，成为一大堆。然后它进行各种不同的化学作用，各种盐类浮升到表面结成粉壳，下面的物质就变成硬块。把它搁置一两年以后再淘洗，就可以获得纯金；这种手续甚至可以重复淘洗六七次，不过每次所得到的金子的数量愈来愈少，并且所需要的搁置时间（就是当地人所说的产生出金子的时间）也较长。毫无疑问的是，上面所讲到的化学作用，每次都能够从某一种化合物里释放出新的金子来。要是能够发现一种方法，可以使矿石在第一次磨碎以前就释放出金子来，那么这种发现无疑会把金矿石的价值提高很多倍。这些分散在四周而没有被水冲走的微细金粒，最后竟能积聚成相当数量，真是一件奇事。不久以前，有几个矿工因为停工无事，得到矿主允许，刮取房屋和磨坊四周的泥土；他们在把这样收集在一起的泥土淘洗以后，竟能得到价值高达30元的金子。在自然界中，也同样有这种淘金现象。高山受到风化侵蚀而逐渐崩溃破裂，它们所含有的金属矿脉也随着销蚀。最坚硬的岩石被磨成微细的淤泥，普通的金属被氧化，即随淤泥而同被移去，可是，只有金、铂和少数其他的金属差不多没有受到破坏，并且因为它们的比重大，就下沉到谷底，留在它们的后面。在整个高大的山脉经过这种大磨盘磨细并且又被大自然的手淘洗以后，沉淀物就变成了金属的矿砂，于是人类认为值得继续干下去，完成这一分离工作。

无论矿工的生活条件看上去多么恶劣，他们仍很愿意接受这种采矿的工作，因为雇农的生活条件还要恶劣得多。雇农的待遇更低，差不多专靠吃豆子来过活。这种贫穷一定是由封建主义的制度所造成的，地主只给雇农一小块土地耕种，而且还要自己搭盖住屋。为了报答地主，这个雇农（或者是一个可以替代他的人）就要一辈子天天替地主做工，毫无报酬。必须等到这个雇农的儿子长大，能靠自己的劳动付清租金以后，他才能耕种自己的一小块土地；除了偶尔的假期以外，谁也无法照顾自己的土地。因此，这个国家的劳动阶层都穷苦到了极点，这是普遍的现象。

在这附近，还留存着一些古代印第安人的遗物。有人给我观看一块穿孔的石头，莫利纳说，在许多地方可以发现很多这种石头。它们的形状是扁圆形的，直径5～6英寸，在圆心处穿有一个孔。通常大家都认为，它们是被用来做棍棒的头部的，不过从它们的形状看来，好像并不完全适合于这种用途。柏奇尔说过，南非洲有几个部落用一根一头削尖的棍棒去挖掘树根；为了增加挖掘的力量和棍棒的重量，他们就用一块中央有孔的圆石头牢固地装在棍棒的另一头。古时候的智利的印第安人，大概也很可能使用过这种粗笨的农具。

有一天，有一位德国人来看我，他是博物标本采集家，叫勒努斯，还有一个老年的西班牙律师差不多也同时来看我。后来有人把他们两人之间的谈话告诉我，很有意思。勒努斯能说很流利的西班牙话，因此这个老律师误认为他是智利人。勒努斯暗指着我问他道，英国国王派出一个标本采集家到他们这里来采集蜥蜴和甲虫并且敲碎一些石块，他对此有什么意见？这个老绅士仔细地想了一会儿，于是说道："这不是好事情，总有一些说不出的原因在这里面。绝没有一个这样有钱的富翁肯派出一些人来采集这一类废物。我不喜欢这件事情；要是我们中间有一个人跑到英国去干这样的事情，那么你想，英国国王不是马上要把我们驱逐出境吗？"要知道这位老绅士，从他的职业来说，还是属于最有教育的知识阶层哩！两三年以前，勒努斯在圣费尔南多的一座房屋里养了一些毛虫，叫一个女孩喂饲它们，让它们变成蝴蝶。于是全城谣言四起，最后，教士们和总督在一起开会讨论，一致认为这一定是一种邪教。因此，在勒努斯回来的时候，就把他逮捕起来了。

9月19日——今天我们离开亚基尔，沿着一个平坦的河谷前进，这个河谷的形状和基约塔河谷相似，延德里迪卡河流入其中。在圣地亚哥以南几英里的地方，气候变得更加潮湿，因此这里有很多良好的牧场，牧草繁茂，无须灌溉。

9月20日——我们沿着这个河谷前进，前行愈远，谷地愈宽，最后竟扩大成为一片大平原，这个大平原从海边一直达到郎卡古阿以西的高山。我们走了不久，就再看不到树木，甚至连灌木也没有了；因此，当地居民也好像潘帕斯草原里的居民一样，找不到生火的木材。我以前从来没有听说智利有这样的平原，这次在智利遇见之后，就感到非常惊奇了。平原的高度不一致，还有宽阔的、底部平坦的河谷横贯其间；这两种情况，也和巴塔哥尼亚一样，显然表明海水对于逐渐上升的陆地的作用。沿河谷两侧的险峻悬崖上，有几个巨大的岩洞，它们显然是被海浪冲击而成，其中一个岩洞很出名，叫作主教洞，以前曾受到当地人民的祭祀。从今天起，我感到身体很糟，一直到10月底，都没有恢复健康。

9月22日——今天我们继续走过几个无树的绿草平原。第二天，我们到达纳维达德附近的一座房屋，这座房屋靠近海边，主人是有钱的大地主，他给我们提供住宿的房间。我在这里一连住了两天，虽然我的身体不好，但还是从第三纪地层里采集到一些海生贝类的标本。

9月24日——我们一直向瓦尔帕莱索行进，路上我遇到了很大困难，27日才到达那里。那以后我就卧床生病，直到10月底才病愈起床。生病期间，我住在科菲尔德先生的家里，他把我看作家人，非常关心我，使我感激不尽。

我在这里附带讲一些对智利的几种走兽和鸟类的观察结果。在这里经常可以遇到美洲狮，也就是南美洲狮。这种动物分布广泛，从热带森林起，通过巴塔哥尼亚的荒凉平原，一直向南到潮湿又寒冷的火地岛，即在纬度53°～54°的地方，都可以遇到它。在中智利的安第斯山脉一万英尺高度以上的地方，我看到过美洲狮的脚印。在拉普拉塔省，美洲狮主要捕食鹿、鸵鸟和其他小四足兽；它在那里很少攻击牛或马，更很少攻击人。可是在智利就不同了，它咬死了很多幼年的马和牛，这大概由于其他四足兽的数量不多的缘故，我还听到有两个男人和一个女人被美洲狮咬死。据说，美洲狮在杀死它的猎物时，总是先跳到猎物的双肩上，然后用一只脚爪把后者的头颈扭转过来，把脊椎骨折断。我曾在巴塔哥尼亚看到几具羊驼的骨骼，它们的头颈就是这样被折断的。

美洲狮在吃饱了以后，就用很多大型灌木覆盖兽尸，然后卧在近旁看守。由于它有这种习性，所以要发现它很容易，因为这时候康多鹰在天空盘旋，不断向下飞，想去分享这一次盛宴，可是美洲狮发怒了，咆哮着驱逐它们，因此它们只好一起飞走。智利的古阿索人这时就会知道，有一只狮子在看守它的猎物，于是发出信号，立刻有一群人带着猎狗赶去追捕它。黑德爵士说过，潘帕斯草原里的高乔人只要一看到有几只康多鹰在天空里盘旋，就会喊叫"狮子"。可是，我始终没有遇到过一个具有这种辨别能力的人。有人肯定说，要是美洲狮因为这样看守兽尸而被人发觉，并且又因此被追捕，那么它从此就永远不会再有这种看守兽尸的习惯了；它以后在吃饱到不能再下咽的时候，就永远地跑开了。美洲狮很容易被人捕杀。在空旷的地方，猎人先用投石索捆缚住它，然后再用套索套住它，拖在地面上跑，一直到这只野兽昏倒为止。在汤第尔（拉普拉塔河以南），我听当地人说，在3个月里，有100只美洲狮都是这样被捕杀的。在智利，通常把它赶到灌木丛里或者树上，然后用枪击毙，或放出猎狗把它咬死。这些专门追捕美洲狮的猎狗，属于特殊的狗种，叫作猎狮狗：这是一种身体瘦弱而轻快的动物，好像是长腿的小猎狗，他们天生具有猎狮的本能。据说，美洲狮是一种非常机警的野兽，当人们追捕它的时候，它时常依照原来的脚印逃回去，并在半路上突然向旁边一跳，埋伏不动，等到猎狗们追跑过去以后再逃跑；它是一种非常文静的动物，甚至在受伤时也不吼叫，只有在繁殖期间才有时哼叫一声。

在鸟类方面，有翘尾鸟属中的两个物种——长足翘尾鸟和白颈翘尾鸟最引人注意。第一个物种被智利人叫作土耳其鸟，它和鸫的大小相同，甚至和后者有些相似，不过它的腿较长，尾巴较短，鸟嘴则较坚硬，羽毛呈棕红色。土耳其鸟在这里很普遍。它栖居在地面上，时常躲藏在那些稀疏地生长在干燥荒凉的山丘上的灌木丛中。我们常常可以看到，它把尾巴翘得直竖起来，用高跷形状的双腿，非常灵活地从一棵灌木跳到另一棵灌木。实际上，我们用不着耗费多少想象力就可以相信，这种鸟因为自己的怪样子而感到害臊，它好像意识到自己的形状是非常可笑的。一个人在第一次看到这种鸟的时候，不免要高声喊道："这只讨厌的剥制好的标本，竟从博物馆里逃走，又活过来了！"它如果不用极大的力气，就飞不起来，而且也不会奔跑，只会跳跃。它躲藏在灌木丛中以后，时常发出各种不同的响亮叫声，这些叫声好像它的形状一样，使人惊奇。据说，它们把自己的巢建造在地下的深洞里。我曾解剖过几只这种鸟，发现它们的沙囊肌肉很发达，其中有甲虫、植物纤维和小石子。根据它的这个特征，还有它双腿的长度、喜欢抓搔的脚爪、鼻孔上的薄膜和又短又弯曲的翅膀这些特征看来，好像它在某种程度上是和鸡形目的鹑科的鸟有亲缘关系。

　　第二个物种白颈翘尾鸟的形状，大体上和第一个物种相似。当地人把它叫作塔巴科洛鸟，它的意思是"遮住后背"；这个名称用来形容这种不知道害臊的小鸟非常恰当，因为它不仅把自己的尾巴翘得直竖起来，甚至还向自己的头部反遮过来。我们时常可以遇到它，它常常躲在绿篱底下或那些稀疏分布在裸露山丘上的灌木丛里，别种鸟在这种地方未必能生活下去。它寻找食物和从灌木丛里迅速跳出跳进的方式，喜欢躲藏、不愿飞行和在地下筑巢的习性，都和土耳其鸟非常相似；可是它的外形并没有土耳其鸟那样滑稽可笑。塔巴科洛鸟是一种十分机警的鸟：如果有人惊吓了它，它就会躲藏在灌木底下，一动也不动；过一会儿，它就非常巧妙地爬到灌木的对面一边去了。它也是一种活泼的鸟，经常不断地发出噪叫声；这种叫声时常变化并非常奇怪，有时像鸽子的咕咕声，有时像热水的沸腾声，还有很多叫声简直找不出可以和它们比拟的声音来。当地农民说，它在一年里要五次改变自己的叫声，我认为它的叫声是跟随着季节的变化而变化的。①

---

① 有一件事情应该使人注意，就是虽然莫利纳很详细地记述了智利的所有鸟类和兽类，但一

在这里，时常可以遇到两种蜂鸟，其中一种是叉尾蜂鸟，在南美洲的西海岸绵延2500英里长的地带里，从利马的炎热和干燥的地区一直到火地岛的森林都可以遇到它。在火地岛上，可以看到它在暴风雪里翱翔。在森林满布的奇洛埃岛上，气候极其潮湿，这种小鸟就在潮湿的树叶丛里跳来跳去；大概它的数量要比任何其他种类的鸟多得多。我曾解剖过几只这种鸟，它们是在南美洲的不同地方捕获的；它们的胃里，像旋木雀一样，有无数的昆虫肢体。这种鸟在夏季向南方迁移时，就有另一种蜂鸟从北方迁移过来，代替它们。第二种蜂鸟（大蜂鸟）和它所属的蜂鸟科里的娇小的鸟比较起来，可说是很大的鸟了；它的飞行形状非常特别。它像同属的其他几种鸟一样，特别迅速地从一处飞到另一处，这种速度可以和蝇类中的食蚜蝇和蛾类中的天蛾飞行速度相比拟；可是，它在花朵四周飞绕的时候，却缓慢有力地拍动着双翅，完全不像大多数其他种蜂鸟那样急速地振动双翅，并发出嗡嗡的声音。我从来没有看到过这样的鸟，翅膀有这么大的力量（好像蝴蝶）。它在花朵四周飞绕的时候，尾巴不断地一张一合，好像一把扇子，它的身体几乎保持着直立的位置。这种动作，大概会使它的身体在双翅缓慢拍动时保持稳定并维持原来的位置。它经常从一朵花飞到另一朵花去觅食，但它的胃里却装满了很多昆虫的肢体，因此我怀疑它所找寻的食物主要是昆虫，而不是花蜜。这种鸟的叫声，也差不多像全科的蜂鸟一样尖锐。

次也没有讲到这个翘尾鸟属；这个属的两种鸟都是很普遍的，并且它们的习性应该使人注意。是不是他不知道这些鸟应该属于哪一类，因此他就以为最好把它们略去不提？这是一个很好的例子，说明了有些著作家总是对于那些很难推想的问题本身略去不提。

第十三章　奇洛埃岛和乔诺斯群岛

奇洛埃岛——一般情况——乘船旅行——印第安人土著——卡斯特罗城——驯顺的狐狸——爬上圣佩德罗山——乔诺斯群岛——特雷斯蒙蒂斯半岛——花岗岩山脉——沉船的水手——罗氏港——野生马铃薯——泥炭地层——沼地河狸、海獭和小鼠——丘考鸟和狗叫鸟——静鸟——鸟类学上的特殊性质——海燕

11月10日——比格尔舰今天从瓦尔帕莱索向南航行，测量智利的南部、奇洛埃岛、一块叫作乔诺斯群岛的破碎的陆地以及南边的特雷斯蒙蒂斯半岛等处。11月21日，我们停泊在奇洛埃岛的首府圣卡尔洛斯湾。

奇洛埃岛长约90英里，宽不满30英里。全岛满布丘陵，但无高山；除了茅草房四周的树林被人砍伐、出现少数绿色小草地外，全岛都被一片巨大的森林覆盖着。从远处望去，它的景色有些像火地岛；不过从近处看，它的森林却有难以比拟的美丽。很多种类不同的美丽的常绿树和热带性的植物，在这里代替了南美洲南部海岸幽暗的山毛榉树。冬季气候非常恶

劣，夏季稍佳。我想，在全世界的温带地区，恐怕没有几处地方的雨如此之多。这里风势强烈，空中差不多经常阴云密布；要是有一个星期连续晴朗无雨，那真是一件惊人的事了。安第斯山脉的面貌，向来难得一见；在我们第一次访问这里期间，只有一次在日出之前清晰地望见奥索尔诺火山，及至旭日升起，这座火山的轮廓才在东方天空的炫光中逐渐消失，这真是奇妙的景观。

根据岛上居民的皮肤颜色和矮短的身材可以知道，他们大概含有四分之三印第安人的血统。他们谦虚、温和并热爱劳动。虽然在这种由于火山岩风化而形成的肥沃土壤上，生长着茂盛的植物，但是对于任何需要吸收大量阳光才能成熟的植物，这种气候就不适合了。这里的牧草极少，很难养活较大的四足兽，因此当地居民的主要食粮是猪肉、马铃薯和鱼。所有居民都穿着厚实的羊毛呢衣服，每个人家都织造这种羊毛呢，并且用靛蓝把它染成深蓝色。可是，这里的工艺还处于最原始的水平，这一点可以从他们奇怪的耕作方式、纺织方法、磨谷和造船方面看出来。森林茂密得不通行人，因此除了靠近海边和附近的小岛，简直没有可以耕种的土地。有的地方，虽有小路，但因土地柔软潮湿，也不易通过。这里的居民也像火地岛人一样，主要是在海滩边行走，或者用小船划行。虽然这里的食物丰富，但是居民们仍旧非常穷困，谁也没有能力雇工，所以下层阶级甚至不能积蓄足够的金钱，去购买最便宜的享受物品。他们缺少流通的货币。我曾看到一个人背着一袋木炭，用它来购买一件小东西；还有一个人拖着一块木板，用它来交换一瓶酒。因此，每一个手艺工人也一定要同时做一名商人，把交换来的商品再出卖给别人。

11月22日——今天派出一只舢板和一条捕鲸船，在沙利文先生（现在已经升做舰长）的指挥下，去测量奇洛埃岛的东海岸即内海岸，根据命令，他们要在这个岛的南端和比格尔舰会合。那时，比格尔舰将沿着外岸行驶到这里，这样就可以测量全岛周长。我也参加了这次旅行，不过第一天我没有乘船，而是雇了一匹马骑行到查考，这个地方在岛的北端。这条路是沿着海岸铺筑的，时常穿过一个个生长着美丽树林的海角。凡树荫下的潮湿小路，都完全需要用方木一根紧贴一根地铺成。因为阳光穿不进常绿森林的叶丛下面，所以地面潮湿柔软，要是不采用这种铺砌方木的办法，人马都无法通行。我们小船上的一队人刚搭好露宿的帐篷不久，我也骑马到了查考村。

这个地方附近的森林，已经被开伐成一大块平地，在森林里，有很多静悄悄的美丽如画的角落。查考以前是岛上的主要港口，但是因为海峡里的水流和岩礁很危险，有很多船只遇险沉没，所以西班牙政府就把当地的教堂烧毁，专横地强迫大多数居民迁移到圣卡尔洛斯去。当我们在这里搭好帐篷不久，总督的赤脚儿子就跑到这里来察看我们的动静，他在看到舢板的桅杆顶上挂着英国国旗时，就用非常冷淡的态度问道，这面旗子是不是要经常在查考地区飘扬？有几个地方的居民，见到我们军舰上派来的小船，非常惊异；他们希望而且相信这艘军舰是西班牙舰队的先锋部队，到这里来是为了从智利的爱国政府手里收复这个岛的。可是，当地的所有政府要人已经事先知道我们这一次预定的访问，都表现得非常客气。当我们正在吃晚饭的时候，总督前来访问我们。他以前做过西班牙军队的陆军中校，可是现在却很贫穷。他赠送给我们两头羊，后来得到了我们的回礼——两块棉布手帕、几件黄铜制品和一些烟叶。

11月25日——今天下大雨，可是我们仍然想方设法沿着海边跑到了华比·列努，路程甚远。这里是一块平原，被河谷切割成很多小岛，并且完全被一片不通行人的深绿色森林所覆盖。在森林的边缘，有几块已经伐去树木的空地，由一些高屋顶的村屋所环抱。

11月26日——今日天气非常好，晴朗无云，但见奥索尔诺火山正喷出一团团浓烟。这座极美丽的火山，好似一个正圆锥体，山顶白雪皑皑，矗立在安第斯山脉的前面。还有一座大火山，山峰呈马鞍形，从它巨大的火山口喷射出一股股细小的蒸汽柱。后来我们又看到高耸而尖削的柯尔柯瓦多山，把这座火山叫作"著名的驼背人"，真是名副其实。因此，我们就在一个地点同时看到了三座巨大的活火山，每座火山高约7000英尺。除了这三座火山以外，在更远的南面，还有几座有白雪覆盖的高耸的圆锥形山峰，虽然不知现在是否活动，但起初必为火山无疑。在这附近一带，安第斯山不如在智利境内那样高，在各区域之间，也没有构成了一个完整的屏障。虽然这条大山脉从北向南成一直线，但是由于我们眼睛的错觉，看上去总是有一些弯曲；实际上每座山峰引到观察者眼睛里的直线，即收敛成半圆形的半径，都无法判定最远的山峰究竟有多远（这是由于空气的透明，其间又缺少别的物体作比较），所以它们好像排列成一个平面的半圆形。

我们中午上岸，遇见一家纯血统的印第安人。这一家父亲的面貌特别像约克·明斯特尔；几个年轻的男孩，面孔赤红，看上去会使人误认为是潘帕斯草原上的印第安人。我所看到的一切情形使我相信，美洲各个部落虽然讲着不同的语言，但彼此有着很接近的亲缘关系。这里的印第安人只能讲几句西班牙语，彼此交谈时还用自己的土语。这些当地土人自从被白人征服以来，在文化上都有相当的进步，程度虽不高，却可使人欣慰。我们再向南前进，看到很多纯血统的印第安人；实际上，有几个小岛上的居民，全都保留着印第安人的姓名。根据1832年的户口调查，奇洛埃岛和它的附属各小岛上的居民有42000人，其中大部分是混血种；有11000人保留着印第安人的姓名，但不一定都是纯血统的印第安人。他们的生活状况和其他贫苦居民一样，都是天主教教徒，可是，据说他们至今仍保留着一些奇怪的迷信仪式，常常假装和几个山洞里的鬼怪交往。以前凡是犯了这种罪的人，都要送到利马的宗教裁判所去受审。除了这11000个有印第安人姓名的人以外，还有许多居民无法从面貌分辨出他们是否为印第安人。列穆岛上的总督戈梅斯是西班牙的一对贵族夫妇的后代，由于几代连续和当地土人结婚，所以现在这个人已经变成了一个印第安人。另一方面，金兆岛上的总督还经常不断地吹牛说，他自己仍保留着纯粹的西班牙血统。

晚上，我们走到一个美丽的小海港，它在考埃岛的北面。这里的居民埋怨土地匮乏，不够使用。这个原因，一方面是由于他们不愿意清除地面上的树木，另一方面则是由于政府的限制，就是不论在购买怎样小的一块土地时，除了要付给土地测量员所规定的地价以外，还要附加每"夸德拉"（等于150平方码）2先令的测量费。在土地测量员估定地价以后，应该再举行三次拍卖手续；如果没有人加价，购买者才可以按照原定价格买到这块土地。所有这些苛刻的要求，足以阻止垦荒的进行，以致居民困苦不堪。在很多地方，用放火的办法清除森林并没有多大困难；可是奇洛埃岛的气候潮湿，树木种类特殊，不易燃烧，非得先行砍伐不可。这一点也就是奇洛埃岛在繁荣发展方面的重大阻碍。在西班牙人统治时代，印第安人不准有私有土地，如果有一家印第安人开垦一块土地，他们就可能被西班牙人驱逐出境，地产充公。现在智利政府正在推行一项公平的法令，赏给贫苦的印第安人土地，根据每个人的生活状况，分别发给一定数量的土地。没有开垦的土地的价格非常低廉。当地政府把圣卡尔洛斯附近的一块8.5平方英里的森林送给道格拉斯先生，以便偿付欠款（他是现在的土地测量员，上面这些情形就是他告诉我的），后来他把它卖出，得到350元，约70英镑。

以后两天的天气晴朗，我们在夜里到达金兆岛。这个地区在群岛中是开垦最多的地方，因为在主岛沿岸的一块宽阔的带形土地上，以及附近很多较小的岛屿上，差不多已经完全开垦。有几座农庄的房屋看上去好像非常舒适。我想去探听这些人究竟是怎样富有起来的，可是道格拉斯先生却说，在这些农庄里绝没有一个人有固定收入。一个最有钱的地主，说不定会在他一生的长期勤劳生活中积蓄1000英镑，可是全部的金钱都被埋藏在一个秘密的角落里，因为这里差不多每家都有一只埋藏在地下的钱坛或者钱箱，守财的风气普遍盛行。

11月30日——星期日的清早，我们到达卡斯特罗，此处是奇洛埃岛的古代首都，但现在已成为荒凉无人之地。在这里还可以看出西班牙城市的普通方形布置，但大街和广场遍生茂密的绿色草丛，有一群羊在那里啃食。那座矗立在城中央的教堂，完全是用木板建成的，气势庄严，形象如画。这里虽然有数百居民，但我们的队员却买不到一磅糖或一把普通的刀子，困苦状况，可想而知。他们没有一个人有表或钟，据说，有一个老人能够准确地断定时间，大家就雇他在教堂里用猜测的方法来撞钟。在这个十分偏僻的世界角落里,我们小船的到来乃是一件稀有的大事,差不多所有居民都跑到海滩看我们搭盖帐篷。他们非常客气,给我们提供一座房屋,甚至还有人送给我们一桶苹果酒。下午,我们去拜访肯督;他是一个喜欢安静的老人,从他的外貌和生活方式看来,并不比一个英国农民优越多少。夜里大雨如注,这样的大雨也很难把一大群来帐篷内围观我们的观众赶走。有一家印第安人,从开伦岛划着一只独木船来做交易,就露宿在我们附近。下大雨的时候,他们没有避雨之处。第二天上午,我向一个满身湿透的年轻的印第安人问道,他这一夜是怎样度过的。他好像对自己的处境十分满意,并且回答道:"很好,先生。"

12月1日——今天我们向列穆岛行驶。有人告诉我,这个岛上有一个煤矿,我急于去那里考察,考察之后发现,原来这是没有什么价值的褐炭,它埋藏在砂岩里面(大概是第三纪的产物),本岛就是由这种砂岩构成的。我们到达列穆岛的时候,正逢月初大潮急涨,陆上树林直达海边,竟然找不到一块可以搭帐篷的地方。过了不久,就有一大群差不多是纯血统印第安人把我们包围起来了。他们对我们的到来感到非常惊奇,互相说道:"难怪最近几天我们看到这样多的鹦鹉,而且丘考鸟(一种特别的胸部红色的小鸟,栖居在森林里,发出非常特殊的噪叫声)叫着'要当心',这并不是没有原因的。"他们很想和我们做交易。他们并不重视金钱,却十分急切地需要烟草。除了烟草以外,靛蓝在价值上开到第二位,再下去是辣椒、旧衣服和火药。他们购买火药的目的,完全不是用来杀人的。每个小教区都备有一支公用的毛瑟枪,在每个圣人节或者其他节日,他们就鸣枪致敬,所以需要火药。

这里的居民主要以贝类和马铃薯为生。除此以外,在每年一定的季节里,他们还用"畜栏",即水下围篱,捕捉很多鱼,这些鱼在退潮以后就被留在淤泥的海滩上。他们也有几个人饲养家禽,还有绵羊、山羊、猪、马和牛,上面所举出的这些动物的次序,是按照它们在这里的相对数目的多少排列出来的。这些人待人亲切和谦虚的程度,是我从来没有见过的。他们见到我们,总是开头先说他们是这地方可怜的土人,并不是西班牙人，他们急切需要烟草和其他生活用品。在开伦岛（最南面的一个岛），水手们用一束价值3.5便士的烟草换得两只家禽；一个印第安人说，其中一只的脚爪中间有皮肤，实际上是一只美丽的鸭子；他们又用几块价值3先令的手帕换得三头绵羊和一大捆洋葱。在这里，我们的舢板停泊在离岸稍远的地方，恐怕夜里有强盗来抢劫。由于这一点，我们的领港人道格拉斯先生通知当地的警察说，我们经常布置带有实弹枪支的哨兵，因为我们不懂西班牙语，要是在黑夜里看到任何人，就一定要向他放枪。这个警察非常恭敬地同意，并且答应我们，在这一晚上绝不准任何人离家外出。

在以后的四天，我们继续向南行驶。这一带的景色和以前的地方相同，不过人口更显稀少。在较大的汤基岛上，几乎没有开辟过的土地，树木的枝荫，伸展到全岛各处。一天，我注意到在砂岩的悬崖上长着一些叫作"庞克"的植物，它的形状有些像是大黄，但枝叶庞大。当地居民吃它的茎干，略带酸味，并且用它的根鞣制皮革和一种黑色染料。它的叶近于圆形，但边缘有很深的锯齿。我曾量过一张叶子，直径差不多有8英尺，因此它的周长至少在24英尺以上！它的茎干有一码多高；每棵这种植物都长着4-5张这样巨大的叶子，颇为壮观。

12月6日——今天到达开伦岛，它又叫"天主教世界的尽头"。第二天早晨，我们在莱列克岛北端的一间房屋里停留了几分钟，这是南美洲天主教国家的尽头，这间房屋实际上是一个可怜的小茅屋。这里的纬度是43°10′，比大西洋沿岸的内格罗河的纬度多2°。这些居住在尽头处的天主教教徒十分穷苦，他们时常用自己的困苦情形来乞讨一些烟草。我举出下面一个事实来证明这些印第安人的穷困情形：不久以前，我们遇到一个人，他步行了三天半，当然回程时还要走三天半，目的只是讨回一把小斧和几条小鱼的欠债。如果一个人要经受如此多的困难来讨这一点债，就说明要购买这些小物品一定非常困难！

晚上，我们到达圣佩德罗岛，看见比格尔舰正停泊在这里。在我们绕过海角的时候，曾派两名军官上岸用经纬仪测定周围各处的方位角。在这里的岩石上，正坐着一只黄腿狐，据说它是这个岛上特有的，非常稀少，是一个新种，它非常专心地凝视着军官们做的测量工作，因此使我可以偷偷地走到它的背后，用地质锤在它头上猛然一击把它打死。这种狐狸比大多数狐狸更加新奇，更有科学意义，但是不太聪明，现在我们已经把它陈列在英国动物学会的博物馆里了。

我们在这个港口停留了三天。有一天，舰长菲茨·罗伊带了一队人想要爬到圣佩德罗山的山顶上去。这里的树木和本岛北部的树木的形状有些不同。山上的岩石也不相同，是云母板岩。这里没有海滩，只有险峻的山坡一直延伸到水底。因此，它的一般景色更加同火地岛相似，却不像奇洛埃岛。我们本想爬到山顶，结果失败了。这里的森林非常茂密，任何一个没亲眼见过的人都很难想象到，到处都是活树和死树交织成密集的一团。我们的双脚经常接触不到地面，时常要在离地10～15英尺的树木上行走，因此我们的水手就说笑道，我们好像是在探测水深了。有时候，我们一个个互相跟随着从腐烂的树干底下爬过去。在这座山的低处，生长着名贵的文特尔玉桂树，一种形似黄樟和叶子有香味的月桂树，还有我不认识的一些其他树木，被很多蔓生的竹藤交织成为一个整体。我们在这里好像是一群在渔网里挣扎着的鱼，而不像任何一种哺乳动物了。在这座山的较高部分，灌木林代替了高大的树木，还到处散布着一棵棵红雪松，或者叫作阿列尔斯松。除此以外，在略低于1000英尺的山坡上，我高兴地又遇见了老朋友——南美洲南部的山毛榉树。可是，它们在这里变成了可怜的发育不全的树，因此我认为，从这里再向北不远的地方一定是这种山毛榉分布范围的北面界线了。最后，我们只好失望地放弃了爬到山顶去的想法。

12月10日——今天沙利文先生率领舢板和捕鲸船前往进行测量工作，只有我留在比格尔舰。第二天，比格尔舰也离开圣佩德罗岛，向南驶行。

12月13日——我们驶进了瓜雅特卡斯——就是乔诺斯群岛——南部的一条海峡。幸亏我们及时驶进这条海峡，不然就要遭到第二天突然降临的狂风暴雨，这次风雨之大可同前次在火地岛所遇到的相比。在深蓝色的天空里，堆叠着一层层浓厚的白云，一块块像黑色破布片一样的乌云迅速地穿过白云的旁边。一条条重叠的山脉好像是朦胧的黑影，落日的黄色微光，射入森林，很像酒精燃烧时所放出的火焰。无数飞溅的浪花把海水变成了白色，风吹过帆缆，一会儿平静，一会儿怒吼，这是一幅凶恶而又威严的图景。几分钟后，天空中显现出一条明亮的彩虹。浪花对它所发生的影响，使人感到非常惊奇；浪花在水面上散开时，就把普通的半圆形的虹变成了圆形。这条七色虹彩的带子，从普通的圆弧形两端的基部延长下去，穿经海湾，靠近到军舰的一边，形成了一个不规则的差不多又是闭合的圆环。

我们在这里停留了三天，天气仍同以前一样恶劣，但这一点并没有多大妨碍，因为所有岛屿完全不通行人。这里的海岸非常凹凸不平，要想沿海岸边走，就必须在尖角的云母页岩上不断地爬上爬下；至于森林，在我们仅仅试着穿进它的秘密禁地时，我们的脸上、手上和胫骨上就擦出许多伤痕，这足以明显地证明我们受到的"虐待"。

12月18日——今天我们驶入海面。

12月20日，告别南方，乘着顺风调转船头向北驶行。从特雷斯蒙蒂斯角起，我们非常愉快地沿着高耸的受到暴风雨侵蚀的海岸航行；这一带海岸，群山险峻，轮廓分明，即使在悬崖的斜坡上也密布森林，十分引人注意。第二天，我们发现一处海港，在这一带危险的海岸边，这个海港一定可以给遇难的船只很大的帮助。我们可以很容易地根据附近一座大约1600英尺高的山找到这个海港；这座山甚至要比里约热内卢著名的塔糖山更加接近于正圆锥体的形状。第二天，在我们下锚停泊以后，就成功地爬上了这座山的山顶。这次爬山，非常艰难，因为山坡非常险峻（这一幅图是根据比格尔舰上的地图绘制家所编制的地图资料而来），有些地方必须以树为梯而上。除此以外，还有几处生长着广大的倒挂金钟属丛林，它们正在开着美丽的倒挂花朵，可是，我们经过了很大困难，才爬过这些丛林。在这样荒野的地方，能够爬上任何一座山的山顶，都会使人感到非常高兴。一个人登上山顶之后，自然抱有想看看新奇事物的模糊希望，虽然有时难免受到挫折，但经过继续努力之后，却从未失望过。每个人一定都知道，高山的壮丽景色在我们心头都会引起一种胜利和骄傲的情感。在这种人迹罕至的地方，还能使你产生一种虚荣心，说不定会使你联想到自己曾经是爬上这座山顶和欣赏这幅风景的第一个人。

我总是有一种强烈的愿望去确定，这样荒僻的地方，以前是不是有人来过。也许会在这个地方拾到一块带着一只钉子的木片，研看以后，好像上面写满了象形文字。我抱着这种好奇的感情，发现在荒野的海岸边的一个凸出的悬崖下有一张铺着野草的床，于是发生了很大兴趣。就在这张床的旁边，可以看到火堆的痕迹，并且知道这个人曾经用过斧头。火堆、床和它们的位置，都表明印第安人的灵巧；可是他恐怕不是一个印第安人，因为这些偏远地方的印第安人早已绝迹了，这是由于天主教教徒要把他们一下子都变成基督教教徒和奴隶的缘故。这时我产生了一种怀疑，以为这个把自己的床设置在这个荒野地点的孤独的人，一定是一个遇难船只上的可怜水手，他在企图沿着海岸向北走去的时候，在这里睡下，度过了他凄凉的黑夜。

12月28日——天气仍旧非常恶劣，不过它还能让我们进行测量工作。当继续不断的风暴一天天阻碍着我们的行动时，我们总是感到时间过得特别缓慢。晚上，我们又发现了一个海港，于是停泊在那里。过了不久，看到有一个人在远处挥动着他的衬衫，于是派遣一只小船到那里去，带回了两个水手。他们一行六人，乘坐着一只小船逃离美国的捕鲸船，在稍南的一个地点登陆，可是这只小船不久就被巨大的海浪击碎了。他们只好在海岸边走来走去，流浪了15个月，找不到出路，也不知道他们究竟是在什么地方。如今我们发现了这个港口，这对他们真是一件特别幸运的事！要是没有这样一个机会，说不定他们会一直流浪到老，最后会死在这荒凉的海岸边。他们吃尽了苦头，其中一个人从悬崖上跌下死去。他们有时不得不分途寻找食物，上次见到的那个孤独草床，说明了他们流浪的情形。我想，他们对日期的推算还很正确，因为他们算出的日期和日历上的日期只相差4天。

12月30日——在特雷斯蒙蒂斯半岛最北端附近的群山脚下有一个舒适的小港，我们便停泊在那里。第二天吃过早饭后，我们有一队人爬上附近的一座高山，高度是2400英尺。山上风景非常惊人。山脉的主要部分，是由巨大、坚实、凸出的花岗岩岩块构成的，这些岩块好像是从世界开始时就和世界同时存在了。在花岗岩上覆盖着一层云母板岩，由于经过了很多世纪，这层板岩已被侵蚀成了奇异的手指形状的凸起物。这两种岩石层的外形虽然不同，但几乎都没有植物在上面生长。因为我们的眼睛已经看惯了连绵不断的深绿色森林，忽然看到这种不生草木的情形，未免感到奇怪。我非常高兴地研究这些高山的构造。复杂的高大山脉使人产生一种高贵的永久不变的印象，可是它对于人类、对于所有其他动物都一样没有利益。在地质学家看来，花岗岩是古典的地层，因为它的分布范围广，又有美丽致密的构造，所以它比多数其他岩石在更加早的古代就被人类认识了。花岗岩的起源问题，大概比任何其他地层的起源问题引起了更多的争论。我们通常把它看作基岩；不管它是怎样形成的，我们知道，这是人类所能钻探到的地壳里的最深的岩层。人类对于任何事物的认识都有巨大的兴趣，当认识与幻想更接近的时候，这种兴趣便随之增加。

1835年1月1日——这些地区的人们以其固有的仪式迎来了新年。强烈的西北风挟着暴雨，预示着来年的情景，真实的希望只有如此。感谢上帝，我们不要留在这里到年底了；但愿那时进入太平洋，那里的蓝天告诉我们那才是真正的天——碧空如洗，万里无云。

以后四天，西北风仍占优势，我们只能设法横渡一个大海湾，停泊在另一个安全海港里。我伴同舰长划着小船到一条深水的小河的尽头。一路上，我们看到多得惊人的海豹卧在每块平坦的岩石上和几处海滩上。它们显然具有互爱的性情，互相拥挤在一起熟睡，好像一群猪似的。它们满身污秽，发出恶臭，甚至猪也会由于这样而感到害羞。美洲兀鹰耐心但又恶毒的眼睛，正在探望着每一群海豹的动静。这种红顶秃头讨厌的鸟，养成了一种专吃腐烂东西的习性，它在西面海岸一带分布得很广；它们经常追随着海豹，从这一点就可以明白它们以何为生了。我们发现这里的水（大概只是表面的一层）近乎是淡水，这是由于无数急流产生的；这些急流，以小瀑布的形式，从险峻的花岗岩的高山上倾泻到海里。这种淡水吸引着鱼类，而很多燕鸥、海鸥和两种鹭鸶也追随着这些鱼类而来。我们还看见一对美丽的黑颈天鹅和几只小海獭，这种海獭的毛皮价值很高。在我们划回去的时候，我们又看到所有大大小小的海豹，在我们的小船划过它们身边的时候，都纷纷急忙冲进水中，这种情形非常有趣。它们没有长久地留在水下，一会儿又游到水面上来，伸长头颈追随着我们，表现出极大的惊讶和好奇。

1月7日——我们沿着海岸向北行驶，此后停泊在乔诺斯群岛北端的洛氏港，在这里逗留了一个星期。这里的岛屿也像奇洛埃岛一样，是由成层的和疏松的海岸冲积物所构成，因此也生长着美丽的茂盛的植物。岸上森林一直生长到海滩，树色苍翠，很像栽种在弹石路两旁的常绿树丛。从我们的停船地点望去，就可看到安第斯山脉的四个巨大的积雪圆锥形高峰，景色庄严，"著名的驼背人"（柯尔柯瓦多山）也在其中；这一段纬度的山脉不是很高，因此只能看见附近岛上山岭露出的少数峰顶。我们在这里遇到五个从"天主教的尽头"的开伦岛前来捕鱼的人，他们划着一只可怜的独木船，为了捕鱼而冒着极大的危险，往来于乔诺斯群岛和奇洛埃岛之间的海面。在不久的将来，这些岛屿极可能像奇洛埃岛沿岸一带的岛屿一样，成为人类的住所。

在这些岛屿上，凡是海滩附近的贝壳质沙土，都生长着大量的野生马铃薯。这种植物，最高的植株可达4英尺。块茎大都很小，不过我曾找到一个块茎，呈卵圆形，直径2英寸；这些块茎在各方面都同英国马铃薯类似，连气味也相同，但在煮熟以后，它们缩得很小，水分很多，淡而无味。这种马铃薯无疑是本地的土产，洛先生说，它们的生长地区，最南到南纬50°；那一带未开化的印第安人把它们叫作"阿规纳斯"，而奇洛埃岛的居民则又把它们叫作另外一个名字。亨斯洛教授曾经研究过我带回英国的这种马铃薯的干腊标本；他说，它们和萨宾在瓦尔帕莱索所记述的那些马铃薯相同，是一个变种，不过有几个植物学家认为它是一个特殊的物种。在6个多月不下一滴雨的中智利的荒瘠山地上，和南方岛屿的潮湿森林里，竟会遇到同样的植物，让人惊讶不已。

乔诺斯群岛中部（南纬45°）的森林性质，同西海岸合恩角以南600英里内的森林十分相似。在这里，没有遇到奇洛埃岛上的树状草类，但火地岛的山毛榉却生长得很高大；它在本地的森林里占有相当的比例，可是不像在最南方那样独占一方。这里的气候最适合于隐花植物的生长。我以前指出过，麦哲伦海峡一带的气候，看起来太寒冷潮湿，所以很难使隐花植物完全发育，可是在这些岛屿的森林里，苔藓植物、地衣和小型蕨类植物的种数之多，滋生之茂盛，真是十分特殊。[①]在火地岛，树木只生长在山坡上，而每一块平坦的陆地上总是不变地覆满着一厚层泥炭；可是在奇洛埃岛平坦的陆地上，却生长着最茂盛的森林。在乔诺斯群岛的范围里，气候的性质更加接近火地岛，却有别于北面的奇洛埃岛，因为这个群岛每一小块平坦的陆地，都生长着两种植物，它们腐烂以后，就形成了厚厚一层有弹性的泥炭。

在火地岛，森林地带以上的泥炭，主要是靠这两种植物里的一种形成的。这种植物的主根四周经常不断地生长出新叶，而下面的老叶很快就腐烂；如果追查根下的泥炭层，可以看出，还留在原来位置上的叶子正在通过各个分解过程，直到完全变成一堆混杂不清的物质。只有少数其他植物能和这种阿斯替利属植物生长在一起，例如到处生长着的一种小型的蔓生的桃金嬢属植物，好像英国的蔓越橘一样有木质的茎，并且结生甜美的浆果；还有一种岩高兰属植物，好像是英国的帚石南；还有一种灯芯草属的植物，所有生长在这种潮湿地面上的植物，差不多仅有上面这几个物种。这些植物虽与同属的英国物种极其相似，却不完全相同。在这里比较平坦的地方，泥炭土的表面被分裂成小池塘；这些池塘位于高度不同的地点，好像是人工挖掘的。地下的小水流完成了植物性物质的分解，而且使它们全部固结在一起。

美洲南部的气候显然对泥炭的形成特别适宜。在福克兰群岛上，差不

[①] 我曾用捕虫网在这些植物的生长地点捕到相当多属于隐翅虫科的小甲虫和另一些近于蚁塚虫属的小甲虫，还有一些微小的膜翅目昆虫。可是，在奇洛埃岛和乔诺斯群岛上比较空旷的地方，萤科不论在个体数目上还是种数上都是最有特征的一科。

多每一种植物,甚至那些覆满在全部陆地表面上的粗硬的草类,均可变成泥炭,没有任何地点可以阻止它的产生;有几处泥炭层的厚度竟达12英尺,底层的泥炭在干燥时变得非常坚硬,很难燃烧。虽然所有植物都在促进泥炭的形成,但是在多数情形下仍是阿斯替利属植物起着主要的作用。这里有一个很特殊的情形,它和我们在欧洲所遇见的情形不同,就是:无论我在南美洲的什么地方,都没有看到苔藓植物在腐烂以后会形成任何泥炭。这种特殊迟缓分解作用,乃是泥炭产生的必需条件,但此种作用实与气候有关:最北的限度,当以奇洛埃岛为极点(南纬41°~42°)。在那里虽有很多潮湿的土壤,但没有真正的泥炭;可是在它南面3°的乔诺斯群岛,我们就看到有很多泥炭。有一个曾经到过爱尔兰的西班牙人告诉我说,他曾在拉普拉塔河的东岸(南纬35°)多次搜寻这种物质,可是从来也没找到过。他只能找到一种最接近泥炭的物质,并且把它拿给我看过。这是一种黑色的泥炭土,还有植物根穿入其中,所以只能发生极其缓慢而不完全的燃烧作用。

乔诺斯群岛中各岛,星罗棋布,凌乱不堪,岛上的动物群非常稀少,这是一般人可以料想到的。这里的四足兽,有两个水生种类最为普通。一种是沼地河狸(形似海狸,但尾巴是圆的);众所周知,它是一种有美丽毛皮的动物,这种毛皮在拉普拉塔省一带是出口贸易的货物。可是,这里的沼地河狸特别爱好在咸水里栖居,有时可以看到,它的特性和我以前讲过的一种大啮齿动物水豚相同。还有一种是小海獭,在这里数不胜数;这种动物并不专吃鱼类,却像海豹一样,喜欢捕食大量的小红蟹,这些小红蟹时常游到浅滩边的水面上来。拜诺先生在火地岛上看见一只海獭在吃食一只乌贼,在洛氏港,有一只海獭在把一个涡螺的大贝壳衔到自己洞口去的时候,被射死了。在一处地方,我用捕鼠机捉到一只奇特的小鼠,大概它在这里的几个小岛上是很多的;不过到洛氏港来捕鱼的几个奇洛埃岛居民说,这种小鼠并不是在所有岛上都可以遇见的。这些小鼠分布到这些破碎的群岛上，不知要经过怎样一连串的偶然机会，①或者经过海面怎样的变化，才能够办到！

在奇洛埃岛和乔诺斯群岛的所有地方，②都有两种很奇怪的鸟，这两种鸟与中智利的土耳其鸟和塔巴科洛鸟有亲缘关系，并且在这里取代了它们。其中有一种被当地居民叫作"丘考"鸟，常住在潮湿森林里最阴暗、偏僻的地点。有些时候，虽然听到丘考鸟的叫声近在身边，可是无论怎样仔细地去找寻它，还是看不到它的踪影；也有些时候，当你站立不动时，这种红胸的小鸟会非常亲热地跑到离你身边仅几英尺的地方。那时你可以看到，它翘起小尾巴，非常忙碌地在一大堆杂乱的腐烂的竹藤和树枝周围跳来跳去。由于丘考鸟的叫声很特别又多变化，所以奇洛埃岛居民对它有一种迷信的恐惧。它有三种完全不同的叫声：一种叫声是"奇杜库"，据说是吉祥的预兆；第二种叫声是"惠特刘"，是有大祸降临的预兆；至于第三种叫声，我已忘记了。这几个名称都是按照它叫的声音译出来的，当地居民的日常活动竟完全受这种叫声所支配。奇洛埃岛居民确实选择了一种非常可笑的小鸟来当作自己的预言家。还有一种和丘考鸟相近而身体较大的鸟，被当地居民叫作"吉德吉德"，英国称之为狗叫鸟。这个名称很恰当，因为我可以很肯定地说，任何一个人在第一次听到这种叫声后，一定会以为有一只小狗在森林里的什么地方汪汪地乱叫。有时你听到它的叫声也好像丘考鸟一样近在耳边，可是却找不到它所在的地方，甚至敲打灌木丛，也很少有机会能够看到它，但在别的时候，又会看到吉德吉德鸟大胆地跑到你的身边。它的啄食方式和一般习性同丘考鸟非常相似。在海边一带，时常可以遇见一种灰黑色的静鸟。它爱好沉静的习性，非常显著；

---

① 据说，有些食肉的鸟类把捕捉到的活猎物带回鸟巢去。如果有这种情形的话，那么在很长一段时间里，就时常会发生猎物从鸟巢里的小鸟身边逃脱的事。这说明这些小啮齿动物能在那些彼此不很接近的岛屿上分布。

② 我可以举出一个事实，来证明这里海边一带有森林的地方和空旷的地方在各个季节里的情形有多巨大的差别：9月20日，在南纬34°的地方，这些鸟的小鸟已被孵化出来了；可在乔诺斯群岛，却要在3个月以后的夏季，这些鸟方才下蛋；这两个地方在纬度上相距约700英里。

它像阔嘴鹬那样，经常栖居在海滩上。除了这几种鸟以外，在这个破碎的群岛上，只有少数其他鸟类。我以前大致描述过，虽然在这些阴暗的森林里时常可以听到奇怪的鸣叫声，但仍然难以打破整个森林的寂静。吉德吉德鸟的汪汪声和丘考鸟的突然的吁吁声，有时从遥远的地方传来，有时则近在耳边；火地岛的黑色小鹟鹩也偶尔应和几声；跟着这些鸟类后，还不时听到旋木雀的尖叫声和啾啾声；同时可以看到蜂鸟急速地飞来飞去，好像昆虫那样发出刺耳的唧唧声；最后，还有从高大树顶上传来的白色冠毛大鹟的鸣叫，虽不清脆，却极平和。在许多地区看惯了某些普通鸟类的属，比如雀科的鸣禽等，在其他地域中的最普通鸟类被上述那些奇特的类型取代，最初免不了让人感到诧异。在中智利，也有这里的两种鸟，就是旋木雀和鹟鹩，不过为数极少。在这种情形下，有些动物在大自然的伟大计划里似乎只占微末的地位，而大自然为什么还创造它们，简直令人不可思议。

可是，同样也应该记住，说不定在另外一个地方，它们在自然界里占有重要的地位，或者在以前的某一个时期里曾经占有重要地位。要是美洲南纬37°以南的地方全部都下沉到大洋的水底，这两种鸟虽然仍旧可以在中智利长久存在，但是它的数目大概很难增加。以后我们还会看到，许多动物都是如此，这是不可避免的一种情形。

在这些南方的海洋里，时常有海燕的几个物种光顾，其中最大的一种叫作大海燕（"断骨"鸟）；在内海峡和大海里，时常遇到它。从它的习性和飞翔方式看来，它非常像信天翁；我们可以守望信天翁飞翔数小时，却看不见它捕食东西。可是，这种断骨鸟却是一种食肉的猛禽，因为有一个军官在圣安东尼奥港看到它猎取一只潜水鸟（凫），这只潜水鸟忽而潜水，忽而高飞企图逃脱，但见它不断下冲，最后猛击一只潜水鸟的头部而致其死亡。在圣尤利安港，我们看到大海燕捕杀并吞吃小鸥。第二种海燕是灰鹱，在欧洲、好望角和秘鲁的沿海一带都可以时常遇见它；它比大海燕小得多，但是它们的羽毛颜色相似，都是泥黑色的。它经常成群结队飞至内海峡。有一天，我在奇洛埃岛的东面，看到一群海燕，数量之多，为我平生所未见。它们不知有几十万只，成一条不规则的带形行列，向着同样的方向继续飞了几个钟头。当部分海燕降到水面上休息时，只见海面变成了一片黑色，它们传来的嘈叫声，像是远处人群的谈话声。

这里还有海燕的另外几个物种，现在只举一种别拉德氏海燕（Pelacanoides Berardi）来谈谈，它可以作为这些特殊情形的一个例子，就是：一种鸟明显地属于一个十分明确的科，可是按照它的习性和身体构造来看，却又和另一个完全不同的科有着亲缘关系。这种海燕从来不离开安静的内海峡。它一遇到外来的打扰，就钻进水里，向远处游去，然后露出水面，用同样的动作飞起，在用它的一对短翅膀朝着直线方向急速地飞行了一段距离以后，就好像是被打死一样直跌下来，钻到水里去了。它的嘴和鼻孔的形状、脚的长度和羽毛的颜色，都证明这种鸟是海燕；另一方面，它的短翅膀和因此而发生的飞行能力薄弱、它的身体形状和尾巴轮廓的特殊、脚爪上没有后趾、它的潜水习性和选择居住地点这些情形，又使人们怀疑它大概和海雀（auk）有亲缘关系。当你从远处看到它在火地岛的偏僻海峡里飞行、潜水或者安静地游水时，你就会毫无迟疑地误认为它是海雀。

第十四章　奇洛埃岛和康塞普西翁：大地震

奇洛埃岛的圣卡尔洛斯——奥索尔诺火山和阿空加瓜山与科西基那火山同时爆发——骑马到库卡奥去——不通行人的森林——瓦尔迪维亚——印第安人——地震——康塞普西翁——大地震——发生裂缝的岩层——以前遭到破坏的城市的景象——海面变黑和发生波浪的情形——地震的振动方向——旋转方向的石块——巨大的海浪——陆地永远上升——发生火山现象的面积——上升力量和喷发力量之间的关系——地震的原因——山脉缓慢上升

1835年1月15日——从洛氏港出发，三天以后，第二次停泊在奇洛埃岛上的圣卡尔洛斯湾。1月19日夜，我们看到奥索尔诺火山正在喷发。在子夜时分，值班军官看到有一个好像巨大星球一样的东西，体积逐渐增大，一直发光到三点钟左右，这时，它显现出一种非常庄严的光辉。我们从望远镜里看到，在鲜红色的闪光中，有一些黑色的物体接连不断地抛上天空，然后向下降落。这种闪光相当强烈，以致在水面上反射出一个长长的明亮的倒影。这一段安第斯山脉的火山口，大概时常喷发出大块熔化的物质。有人向我肯定地说，柯尔柯瓦多山在爆发时，把很多大块的物质抛掷到空中，可以看见它们在空中爆裂开来，显出各种不同的奇妙形状，例如有些形状很像树木；它们的体积一定很大，因为在距离柯尔柯瓦多山至少有93英里的圣卡尔洛斯的高地上也能清楚地看到它们。第二天早晨，奥索尔诺火山的就停止喷发了。

我后来听说，在480英里以北的智利的阿空加瓜山，也在同一天夜里喷发，这使我感到很惊奇。可是，更加使我惊奇的是，我又听说，科西基那火山（在阿空加瓜山以北2700英里）的大爆发，也是在上面提到的两处火山爆发以后不到6小时发生的，同时还发生了地震，在1000英里的范围内都有震感。这种互相附和的爆发情形尤其使人感到奇怪。因为科西基那火山已经有26年没有爆发过，而阿空加瓜山也没有表现出任何爆发的征象。甚至很难猜测这种情形是巧合？还是有着一种地下的联系？要是维苏威火山、埃特纳火山和冰岛的海克拉火山也在同一个夜晚一起爆发（这三座火山彼此相隔的距离，比上面所说的南美洲的三座火山彼此相隔的距离更近），那么大家一定会为这种相符的情形感到惊奇的；可是，现在我写到的这个情形更加使人惊奇，因为这三个火山口都位于同一条巨大的山脉上，而且那些沿着东海岸的广阔平原和西海岸的2000多英里长的新近上升的贝壳层，都证明这些上升力是多么均匀，它们互相有联系地起着作用。

舰长菲茨·罗伊因为很想在奇洛埃岛外海岸的几个地点测定方位，就决定派金和我骑马到卡斯特罗去，然后再从那里横过该岛到西岸的库卡奥教堂。我们租了马匹，雇了一个向导以后，于1月22日出发。上路不久，我们遇见一个妇女和两个男孩；他们和我们的目的地相同，于是和我们结伴同行。每个人在路上都"亲热得像一家人"，在这里可以享受很难在南美洲其他地方得到的特权，可以不带武器上路。起初经过的地方有很多山丘和河谷，到了卡斯特罗附近，地面就变得非常平坦。道路本身修得很巧妙：整个路面除了极少几段以外，都是用大木块铺砌成的；这些道路或者用宽阔的木块直铺，或者用狭长的木块横铺。夏季，这条路并不太坏；可是一到冬季，路面的木块因下雨而变得湿滑，这时行走起来就非常困难。在这个季节，沿路两旁的地面变成一片沼泽，时常泛滥，所以必须用斜木桩把直铺的木块固定在地面上，把木桩打入两侧的泥土里去。这些木桩对于一个从马上跌下的人很危险，因为你很有可能会跌落在木桩上。可是，奇洛埃岛上的马已经养成了非常灵活的习惯，这真使人感到惊奇。它们在跑过那些木块已经分散开的路面时，就从一块木块跳到另一块木块，差不多像狗那样的迅速和稳健。在路的两边，生长着高大的树木，这些树木的基部有竹藤互相交织在一起。当你偶尔沿着这条林荫大道向远处望去的时候，便觉得整齐无比：一条白色木块的带子，愈远愈窄，最后被阴暗的森林隐蔽，或者在尽头，盘旋曲折，引上了险峻的山丘。

虽然圣卡尔洛斯到卡斯特罗的直线距离只有12里格，但铺筑这样一条路一定是非常艰难的。我听说，以前有几个人试图穿过这片森林时就丢了性命。第一个成功地穿过这片森林的，是一位印第安人，他从竹藤中斫出一条路，走了八天才到达圣卡尔洛斯，西班牙政府因此奖励他一大块土地。在夏季，有很多印第安人在森林里走来走去（主要是在树木不十分密集的较高的地方），搜寻半野生的牛，这种牛以吃食竹藤和某些树木的叶子为生。几年以前，有一艘英国船在外海岸遇险；当时有一个猎这种牛的人偶然发现了它。这只船上的人因粮食不足而开始挨饿了，如果没有这个猎人前来救助，他们就不可能穿过这个难以通行的森林来解救自己。实际上，有一个水手在走进这片森林时因过度疲劳而死了。印第安人在森林里走路时，依照太阳判断方向，如果遇到一连几天的阴暗天气，他们就没有办法走路了。

这一天的天气非常好，无数正在开花的树木使空气里充满着香气。可是，即使是这种天气也没法让人消除森林里阴暗潮湿的印象。不但这样，还有无数已经死去的树干，好像骨骼一样直立着，使人不得不以为这种原始森林具有一种庄严的性质；在早已开化的地方的森林里，就看不到这种现象。太阳下山以后不久，我们就露宿过夜。我们的女同伴相貌相当美丽，她属于卡斯特罗的一个最高贵的家族，可是，她也像男子一样跨骑在马背上，而且不穿鞋袜。她和她的兄弟完全没有骄傲的神色，这使我非常惊奇。他们自己带食物，可是，在我和金先生每次吃东西的时候，他们总是坐着瞧我们，使我们感到很难为情，只好把食物分些给大家吃。夜空晴朗无云，我们仰卧在床上，欣赏景色，群星闪耀，照亮了黑暗的森林，这的确是一种极大的享受，其乐无穷。

1月23日——今天清早起身赶路，下午两点钟我们到达美丽的卡斯特罗城。老总督已经去世，有一个智利人来接替他的职务。我们带来一封介绍信给彼得罗先生，他非常好客、亲切可爱而且大公无私，这在南美洲的东岸一带是很少见的。第二天，彼得罗先生设法给我们找来几匹壮马，还要亲自相送。我们向南进发，大部分的路线是沿着海岸，经过几个小村落，都有一个好像仓库一样的木造大教堂。在维里皮里，彼得罗先生请求当地司令官给我们派一个向导。这位老年绅士竟愿亲自带路，可是，他总不相信，我们这两个英国人真的要跑到像库卡奥那样偏僻的地方。这样，我们当时有当地这两位最高贵的贵族陪伴，从所有贫苦的印第安人对他们的态度上，可以明显地看出他们的地位。到仲奇以后，我们笔直地越过一个岛，沿着羊肠小路前进，有时穿过庄严的森林，有时则经过优美的开辟过的田地，在这些田地上，谷物和马铃薯生长得很茂盛。这个丘陵起伏的森林地区，有一部分已经被开垦，这种景象使我想起英格兰的荒僻地区，因而眼花缭乱，神魂颠倒。在库卡奥湖边上的维林索村，只有少数土地已经被开垦，所有居民大概都是印第安人。库卡奥湖长12英里，从东向西延伸。由于当地的地形条件，在白天，海风极有规律地吹来，到夜里则寂静无风；于是奇谈怪论便由此发生，实际上，这种现象好像在圣卡尔洛斯讲述给我们听的那样，不过是一种真正的自然现象而已。

这条去库卡奥的路非常难走，因此我们决定乘坐"彼了瓜"（独木船）前往。这个司令官用最威严的口气，命令六个印第安人划船，送我们到对岸，甚至不屑和他们说明付不付船钱。"彼了瓜"是一种形状奇怪的粗劣小船，船上那几个人尤为奇怪；我想，世界上恐怕再也不会有六个比他们更加丑陋的矮子同坐在一条船上的了。可是，他们划得很好，而且很高兴。划尾桨的人用印第安语说着一些不清楚的话，并且发出奇怪的叫声，像是一个赶猪人在赶猪的样子。虽然我们在轻微的逆风下前进，但是到了库卡奥教堂，天色尚早。湖的两边，全是接连不断的森林。在我们坐的那一只"彼了瓜"上，还有一头母牛。初看起来，要把这样一头巨大的动物牵到这只小船上，好像是一件困难的事，可是，这几个印第安人在一分钟内就搞定了这件事。他们让母牛站在小船的一边，并且把小船向它倾侧过来，然后把两支木桨伸进它的腹部下，把木桨的一头放在船边上，于是靠了这两根杠杆，就把这头可怜的动物巧妙地翻身滚进船底，头朝下，脚朝上，用绳子捆起。在库卡奥地区，我们发现一个无人住的茅屋（这是一个教士的住处，他在访问当地教堂时就住在这里），我们在这里生起火来，做晚饭，感到非常舒适。

　　库卡奥地区是奇洛埃岛整个西部海岸唯一有人居住的地方。这里大约居住着三四十家印第安人，他们分散在沿岸三四英里的范围里。他们和奇洛埃岛的其余各地几乎完全隔绝，无任何贸易，不过有时用海豹的脂肪熬制油类，往来运销，但不是很多。他们衣服的质地很好，这些布料是他们亲自织造的，他们的食物也很丰富。可是，他们好像对自己的生活还不满足，仍旧十分自卑。我以为，主要是地方当局对他们采取粗暴手段和滥用权力才使他们变成这样。我们的同伴虽然对我们温文有礼，可是对那些可怜的印第安人却完全不同，竟把他们看作奴隶。他们命令印第安人预备食粮，使用他们的马匹，却从来不对原主说付费的问题。第二天早晨，当这几个可怜的印第安人单独和我们在一起时，我们立刻拿雪茄烟和马太茶送给他们，向他们示好。我们又把一大块白糖分送给所有的人，他们觉得特别甘甜。这些印第安人用下面的话来结束他们的一切怨言："这完全是因为我们都是可怜的印第安人，不懂什么事情，要是我们有一个国王，那情形就大不相同了。"

　　第二天早饭以后，我们骑马向北走了几英里，到王塔莫角。这条路沿着一个很宽广的海滩，即使一直是晴天，还有凶猛的拍岸浪冲到这个海滩。当地居民告诉我，强烈的风暴吹来以后，海浪的怒吼声极大，甚至在卡斯特罗城的夜间也能听到，其间距离不下21海里，而且中间还隔着山岳和森林。由于道路糟糕得难以行走，一到阴暗的地方，路面立刻变成一片泥沼，所以我们费了不少劲才走到这个海角。这个海角本身是一座裸露的岩石山。在这里广泛生长着一种植物；我认为它很接近凤梨属，当地的居民把它叫作"切坡涅斯"。在穿过这些植物丛爬上山坡的时候，我们的双手擦伤得很厉害。我们的印第安人向导小心地把自己的裤脚管卷起，他们认为裤子比自己的双腿还要贵重；这种情形使我感到非常有趣。这种植物的果实，形似朝鲜蓟，里面包着很多囊，其中含有滋味甜美的果肉，这里的人们很喜欢这种果肉。我曾在洛氏港看到，奇洛埃岛人就用这种果实制造"奇奇"，像是苹果酒。因此，洪堡说世界各地的人差不多都找到了一种用植物果实酿酒的方法，这真是千真万确的。可是，火地岛的野蛮人还没有那么进步，我认为澳大利亚的野蛮人大概也如此。

　　王塔莫角以北的一段海岸，非常凹凸不平，破碎不全，面前有无数的破浪石；海水永久不断地在它上面咆哮着。金先生和我急切地想回去，可能的话，就沿岸步行；可是，即使是印第安人，也说这是完全做不到的。他们告诉我们，曾经有人从库卡奥笔直穿过森林走到圣卡尔洛斯，可是从来没有人沿着这条海岸走到别的地方去过。在这些旅程里，印第安人只带炒熟的谷粒，每天吃两次，而且吃得不多。

　　1月26日——我们再乘"彼了瓜"渡过库卡奥湖回去，到对岸以后换马前进。奇洛埃岛全境的居民，利用这一周的特别晴朗天气，放火烧荒，开辟土地。因此，四面八方都有一团团浓烟盘旋上升。虽然当地居民到处放火烧林，非常热心，但我从未看到有一个火头扩展开来。我们和我们的朋友——司令官一道吃午饭，直到天黑以后，才到达卡斯特罗。第二天上午，动身很早。骑行了一段时间以后，我们在一座险峻的悬崖上，看到一片宽阔的大森林；在这条路上看见森林，真是难得。柯尔柯瓦多火山和它北面的一座高大的平顶火山，以骄傲的雄姿，矗立在远处的一片树木后面，这条漫长山脉的其他山峰，很少有积雪覆盖的。围绕着奇洛埃岛的安第斯山脉的庄严景色，在临别之前给我们留下了美好的印象，令我们永生难忘。当天夜里，我们露宿在无云的晴空下面；翌日上午，到达圣卡尔洛斯。我们那天到得很及时，因为傍晚以前就开始下大雨了。

2月4日——今天离开奇洛埃岛，向北航行。在前一个星期，我做了几次短途旅行。其中有一次是去考察一大片现存的贝类层，它已上升到海面以上350英尺，一大片森林直接在这种贝类层上生长起来。还有一次骑马到惠丘库奎角去考察。我带了一个向导，他对这一带非常熟悉，他一路不停地告诉我每个小海角、每条小河流和小海湾的印第安语名称。这里的印第安语，好像火地岛语似的，特别适合用来描述当地的特点，即使这些特点不显著，也能表达出来。我相信，谁都为离开奇洛埃岛感到高兴，不过，如果我们忘却冬季的阴暗和不停的落雨，奇洛埃岛还算是一个使人迷恋的地方。除此以外，这里穷苦居民的朴素和谦虚有礼，也是非常吸引人的。

我们这一次沿着海岸向北航行，由于遇到多雾的天气，一直到2月8日夜里才到达瓦尔迪维亚。翌晨，船向城市驶行，相距约十英里。我们依河道前进，有时经过几间茅屋，几块在茂密森林中开辟出来的土地，有时还遇到一只独木船，载着一家印第安人。这个城市位于河流的低矮岸边，完美地隐藏在苹果树林里，因此所有的街道简直都是果园的林荫道了。我以前从来没有看到过任何一个地方，像南美洲潮湿地区的苹果树那样繁盛；在道路两旁，有很多小树，显然是天然生长出来的。奇洛埃岛的居民有一种惊人的开辟果园的方法，非常简便。差不多在每根树枝的下部，都有一些圆锥形的褐色而有皱纹的小嫩芽尖头伸出；时常可以看到，只要偶然有泥浆溅到树上，这些嫩芽就会生出树根。早春，选取一根有大腿那样粗细的树枝，在生出嫩芽的下侧把它斫下来，除去其余的细枝，然后埋入2英尺深的泥土里。当年夏季，这段木桩便会生出很多细长的嫩枝，有时甚至还结生果实；我曾看到，有一棵树结生了23个苹果，这是很少有的。到第三季（秋季），这段木桩（我亲眼所见）就变成一棵良好的树木，上面挂满了果实。瓦尔迪维亚附近有一个老人，曾把自己采收的苹果做成几种有用的东西，并且用这些东西来证明他的格言："需要是发明之母。"他把苹果做成苹果露和苹果酒以后，再从苹果的渣滓里提取出一种白色的很香的酒精。他又用另一种方法可以得到甜蜜的糖浆，据他说这就是一种蜜。这个时节，他的孩子们和猪，好像几乎都是靠着吃果园里的果实来生活的。

2月11日——今天我带了一个向导出发，做一次短途的骑马旅行。可是，这次旅行我看到的当地的地质和居民的情形非常之少。在瓦尔迪维亚附近，已开辟的土地并不多；离城几英里有一条河，渡过之后，便走进一片森林，在到达夜宿的地方以前，只经过一个可怜的茅屋。这里和奇洛埃岛的纬度相差无几，只有150英里，可是这里的森林却有另一种景象，这种差别是由于树木种类的比例略有不同造成的。这里森林中的常绿树并不像奇洛埃岛那样多，因此森林色彩比较鲜明；也像奇洛埃岛上的情形一样，这里树木的下部都有竹藤缠绕；在这里还有另外一种竹藤（很像巴西的竹，高约20英尺），繁茂丛生，把几条河流的两岸装饰得非常美观。印第安人就用这种植物制造丘索枪（一种尖头的长矛）。我们借宿的房屋非常肮脏，因此我宁愿睡在门外。在这几次旅行里，通常总是第一夜过得很不舒适。因为初次对于跳蚤在身上搔爬和咬啮还不习惯，到第二天早晨，我确信，我的两条腿上凡是一个铜币（先令）大的皮肤，都会有一个小红斑，这就是跳蚤咬过的地方。

2月12日——我们继续穿过没开辟过的森林骑马前进，路上只是偶尔会遇到一个骑马的印第安人，或是一个骡队从南方的平原上驮运阿列尔斯松的木板和谷物到城里去。下午，有一匹马筋疲力尽，我们就在山坡上停下来歇息，在这里望见了一片美丽的"理阿诺斯"的景色。我们脱离了大片茂密树木的包围和遮盖以后，顿时感到这种旷野的景色非常使人心旷神怡，森林的单调景色立刻会使人厌倦。这一段西海岸，让我愉快地想起一望无际的巴塔哥尼亚平原，但我的心情有点矛盾，我仍旧不能忘怀森林的寂静和庄严。"理阿诺斯"在这一带，最为肥沃，人口也最稠密，它的最大优点在于这些地方差不多完全没有树木生长。在没有离开森林以前，我们穿过几片平坦的草地，它的四周围绕着一些分散的树木，好像是英国的公园；在森林覆盖的丘陵地区，我时常看到，有些平坦的地方却不生长树木，这真使我感到惊奇。因为马匹疲乏无力，我决定在库第科的教会住宿，我带来一封介绍信给这里的修道士。库第科是一个位于森林和"理阿诺斯"之间的中间地区。这里有很多村屋，周围有一块块种植谷物和马铃薯的田地，这一切差不多都是属于印第安人的。这些受到瓦尔迪维亚管辖的部落，"已经变成信仰天主教的人"。那些居住在更北的阿拉乌科和因彼略尔一带的印第安人，仍旧很野蛮，不信仰宗教，不过他们都经常和西班牙人来往。这里的教士说，这些信仰天主教的印第安人不大喜欢来望弥撒，但在其余方面都很虔敬。最困难的事是让他们遵守结婚仪式，这些野蛮的印第安人能养活多少妇人就娶多少个妻子。一个酋长有时要娶十多个妻子，到他家里去就可以根据分开的炉灶的数量知道他有几个妻子。每个妻子轮流与他同居一个星期，可是她们都要替丈夫编织外套和做其他家务。印第安妇女都想做酋长的妻子，以此为荣。

这些部落的男人都穿一种粗羊毛外套，那些居住在瓦尔迪维亚以南的人都穿短裤，而居住在它以北的人就穿一种像是高乔人的"奇里帕"那样的围裙。他们都留长发，并且用鲜红色的发带束起，除此之外，头部没有另外的遮盖物了。这些印第安人身材高大，颧骨高，从一般的外貌来看，很像他们所属的美洲的大种族。但是我认为，他们的面部和我以前所见到的其他任何种族的面部略有区别。他们的表情常常显得很严肃，甚至很严厉，而且表现出倔强的个性，或者可以把这种性格看作忠厚戆直，或者看作狂暴乖戾。他们的黑色长发、严肃而多皱纹的面貌和暗黑色的皮肤，使我想起詹姆斯一世老年时的肖像。在路上，我们遇到的人，都不如在奇洛埃岛上到处可以见到的那样谦恭有礼。有几个人向我们急速地喊着"马利马利"（早安），可是大多数的人好像都不愿意向我们表示任何敬意。这种傲慢性格的发生原因，大概在于他们对西班牙进行过长期战争，并且在美洲的所有种族里只有他们获得过多次胜利。

晚上，我和教士谈话，感到非常愉快。他非常亲切好客，他从圣地亚哥来到这里，并且设计完成几种舒适的物件布置在自己的周围。他是一个略微受过教育的人，因此向我们痛苦地诉说这里完全没有社交活动。这个人没有什么特殊的宗教热心，也没有什么事业可营，他的一生怎能不完全虚度呢！第二天，在我们回去的路上，我们遇到七个外貌很野蛮的印第安人，其中有几个是酋长；他们刚才从智利政府那里领到一小笔年俸，这是因为他们长期对政府忠诚不变而每年奖给他们的。他们都是整洁的男子，一个跟着一个骑马前进，带着非常阴郁的脸色。一个老年的酋长带领着他们走在前头，我猜想他一定比其余的人喝的酒多，因为他的样子不但非常严肃，而且怒容满脸。在遇见他们以前不久，有两个印第安人和我们结队同行，他们是从一个远处的教会来的，为了一件诉讼的事情到瓦尔迪维亚去。其中一个是善良的老人，但是从他很多的皱纹和没有胡子的脸孔看来，很像是一个老婆婆，而不大像是一个男子。我请他们两人抽雪茄烟，他们早有准备地迅速接受了雪茄烟，我确信，他们的心里是很感激的，但他们却不愿谦虚地向我表示感谢。假如奇洛埃岛上的印第安人接受了雪茄烟，他会脱下帽子，立即说："愿天主报答您！"行进途中，因为路面很糟糕，也因为还有无数倒下来的大树，我们只好跳跃过去，或者绕圈子走过去，因此我对这次骑马旅行感到很厌倦。我们在路上露宿，翌晨到达瓦尔迪维亚，此后我就从这里乘船前进。

过了几天以后，我和一队官员渡过海湾，在一座叫作奈勃拉的炮台附近上陆。这座炮台的建筑已完全毁坏，炮车也完全腐朽。威克姆先生对炮台指挥官说，他一炮就会击倒这些炮车打成碎片。为了要保留面子，这个可怜的指挥官竟严肃地答道："不，先生，我可以保证它们还经得起两炮呢！"以前西班牙人一定打算把这个地方筑造成一个难以攻破的据点。现在有一大堆像小山那样高的水泥堆放在院子中央；它的硬度可以和它下面的岩石相比。它是从智利运来的，价值7000元。由于革命爆发，这堆水泥被搁下来没有使用，现在它变成了一座西班牙垮台的纪念碑。

我想到一英里半以外的一座房屋里去，但是我的向导说，我们是不可能笔直地穿过森林的。可是，他又建议可以引导我依照牛蹄践踏出来的小路，走一条最短的路线，可是这条路线我们也至少走了三个钟头！这个人原是雇来寻觅失散的牛的，虽然他对森林非常熟悉，但是不久以前，他还在森林里迷了路，饿了两天。这些事实很好地说明了这一带的森林是不能通行的。我时常想到下面的一个问题：一棵倒下的树木留下的痕迹，到底可以保留多长时间呢？这个向导指给我看过一棵倒下的树木，它是在14年以前被一群逃亡的保王党人砍倒下来的。我以这棵树做标准，推测出一根直径1.5英尺的树干经过30年后就会变成一堆垃圾。

2月20日——在瓦尔迪维亚的编年史中，今天是一个值得纪念的日子，因为今日所发生的地震，其猛烈程度，即使是最年长的居民也未曾经历过。我当时正在海边，躺在森林里休息。这时地震突然发生了，一共持续了两分钟，但感觉时间要长得多。地面的摇动极为明显。我和我的同伴都觉得，这一次震波是从正东方向传过来的，但也有些人认为是从西南方向传过来的；我们很难判断震动的方向。这时直立站着并不困难，不过这种震动使我感到头昏眼花，有如坐在一只横逆微波而向前行进的小船，或者更加像一个人在薄冰上滑动，冰在他的身体重量下弯曲起来似的。

猛烈的地震马上打破了我们最根深蒂固的联想，地球这个坚固不破的象征，竟好像液体面上的一层薄膜一样在我们的脚底下摇动起来了，在这一刹那，我产生了一种奇怪的动摇不定的思想，这在平时是经过几个小时仔细考虑也不会产生出来的。在森林里，当微风吹动树叶的时候，我只是感到地面有些颤动，却看不到任何其他效果。这次地震发生之时，舰长菲茨·罗伊和几个军官正在城里，他们看到的景象非常惊人，房屋虽然是用木料建造的，没有倒塌，但是摇动得非常可怕，同时木板也跟着破裂喳喳地发响。居民非常恐慌，都冲到门外，这些连带发生的情景，也引起了人们对地震的恐怖感觉；任何一个亲自看到和感觉到地震的人，都会产生这种印象。而在森林里，并不会使人感到恐怖，反而觉得有趣。地震对海潮的影响也是非常奇特的。这次的强烈震动正发生在退潮的时候，当时有一个老婆婆正在海滩上，事后她告诉我说，海水非常迅速地流到高水位的标线地方，但没有产生巨大的波浪，后来又迅速地流回到正常的水位，这一点也可以很清楚地从海水浸湿的泥沙界线来判明。几年以前，在奇洛埃岛发生过一次轻微的地震，那时发生了同样迅速而又平静的涨潮情形，它引起了很多无谓的惊慌。晚上，又发生了很多次比较轻微的震动，好像在海港里引起了非常混乱的人潮，同时也发生了几次极强烈的震动。

3月4日——我们今天驶进康塞普西翁的港口。当我们的军舰冒着逆风进到停泊处的时候，我先在基利基那岛登陆。那里的农庄主管很快就骑马跑来迎接我，告诉我上月20日大地震时所发生的可怕情形："无论是在康塞普西翁或者在塔尔卡瓦诺（康塞普西翁的外港），所有房屋都倒塌了，有70座村庄遭到毁坏，巨大的海浪几乎全部卷走了塔尔卡瓦诺的废墟。"我很快就亲眼见到了关于后面这种情形的无数证据：海岸边到处散布着木梁和家具，好像有1000只大船在这里遇了险。这里除了横倒着无数椅子、桌子、书架以外，还有几个村屋的屋顶被海潮带到这里，差不多还是完整的。塔尔卡瓦诺的仓库也被地震毁坏，大袋棉花、马太茶和其他贵重商品都被散乱地抛弃在海岸上。我环绕这个岛步行一周，看见无数岩石的碎片上面附着有海生生物，可知它们在不久以前一定位于很深的海底，现在却被高高地抛到了海滩，其中有一块石头有6英尺长、3英尺宽、2英尺厚。

就在这个岛上，可以很清楚地看出地震的摧毁力量，正如海滩所表明的巨浪的力量一般。很多地方的地面发生了一条条朝着南北方向的裂缝；这大概是因为这个狭岛的两侧平行的险坡倒塌下去发生的。有几条靠近海边悬崖的裂缝，整整有一码宽。有很多巨大的岩块从悬崖崩落到海滩上，当地居民们认为，开始降雨后，还会发生更大的崩塌。坚硬的原始板岩是构成这个岛的基础，它所受到的震动影响，更为奇妙，有几条狭窄山岭的表面，完全裂为碎片，看上去好像是被火药炸毁似的。这种在新发生的破裂和翻动的泥土方面所表现出来的影响，应该只限于表面的地层，倘若不然，则智利全境将会连一块坚固的岩石也没有了；因为大家都知道，震动对于震动体表面的影响，和它对于震动体中心的影响有所不同。在很深的矿井里，地震绝不会发生我们所料想的那种可怕的破坏情形，就可以很好地证明这一点。我相信，这次地震的力量，一定把基利基那岛的体积缩小很多，若同平时海水和恶劣天气的剥蚀相比较，再过一百年，也不至如此。

第二天，我在塔尔卡瓦诺港上岸，此后骑马到康塞普西翁。这两个城市的景象，最为可怕，也最为有趣，是我平生所没有见过的。若是以前亲眼见过这两个城市情形的人，印象将更为深刻，而今断垣残壁，纵横杂陈，完全没有可以居住的地方，使人难以想象它们过去的情况。这一次地震是在上午11点半开始发生的。如果发生在半夜，一定有更多的居民死亡（这个地区有好几千居民），而不是只死亡100人左右了。因为他们在地面第一次发生颤动的时候，就照例飞奔出门外，保存了性命。在康塞普西翁城里，每一幢房屋或者每一排房屋，都在原地变成了一堆废墟或者一排废墟。可是在塔尔卡瓦诺港，由于受到巨大的海浪冲刷，除了一大堆砖瓦和木梁以外，只有几处可以见到残留下来的墙壁，其余就很难辨认出来了。从这种情形看来，康塞普西翁虽然没有全部毁灭，但其景象更加可怕，如果我可以这样说的话，更加生动逼真。第一次的震动是完全突然发生的。基利基那岛上的农庄主管人告诉我说，那一天他骑马外出，在路上忽然连马一起滚倒下来，这时他才第一次发觉是地震来了。他在站立起来的时候，又被震倒在地上。他还告诉我说，有几头母牛那时正站在岛上的险峻海岸上，因此被地震抛到海里去了。巨大的海浪毁灭了很多牛，在海湾尽头附近的一个小岛上，有70头牛被海水冲走淹死。通常认为这是智利前所未有的最猛烈的地震，但因为这些异常猛烈的地震要经过很长的时间才发生一次，所以不容易预测出来。可是，哪怕比这次强烈得多的地震也不会造成更恶劣的后果，因为现在这里的一切都变成了废墟。这次大地震后，接着还发生过无数次的微弱震动，在起初的12天里据计算至少有300次震动。

我看到了康塞普西翁的情形以后，无法明白为什么大多数居民得以安全脱险。很多地点的房屋都向外倒塌，在街道中央形成一堆堆小山丘一样的砖头和垃圾。英国领事罗斯先生告诉我说，那时候他正在吃早饭，当第一次震动到来的时候，他就警觉地逃出门外，在他还没有跑到院子中央的时候，房屋的一边已经轰隆隆地倒塌下来了。他那时的脑筋还很清楚，认为他只要爬上已倒塌的废墟，就可以平安无事了。但是因为地面还在摇动，身体不能直立起来，所以他就在地面上爬行过去。当他刚要爬上这个小堆的时候，另一边的房屋也倒塌下来了，同时大木梁沿着他的头边飞掠过去。一阵遮蔽天空的灰尘冲来，他的双眼不能睁开，他的嘴里也被灰尘塞满，最后终于跑到了街上。当时在几分钟之内，震动一个接连着一个发生，没有一个人敢走到废墟旁边去，也没有一个人知道他最亲密的朋友和亲戚有没有因为得不到救助而死亡。那些抢救出任何一些财物的人，又不得不经常守住它们，因为盗贼们在四周跑来跑去，他们在每次地面有小小的颤动时，就用一只手按住自己的胸口，并且喊道："上帝宽恕我吧！"而另一只手却尽力伸进废墟里去偷东西。茅草的屋顶倒塌到火堆上，到处都突然蹿起了火焰。数以百计的人变得一无所有，只有少数人设法弄到一些食物勉强度日。

　　单单地震已经足够把任何地方的繁荣消灭。假如英国现在地下休眠的力量，也像在过去地质时代那样明显地活动起来，那么会发生怎样剧烈的变化呢？那时，高大的房屋、人口密集的城市、巨大的工厂、美丽的公共建筑物和私人别墅，都会变成什么样子呢？要是这个新时代的灾祸在深夜里发生，这种大屠杀的情形该是多么可怕呀！那时，英格兰人民恐怕会立刻全部破产，所有文件、记录和账簿会同时毁灭，因而政府不能征收捐税，无法维持自己的权威，而行凶和抢劫的罪恶之手将毫无约束地到处活动，每座大城市之中都会有饥荒发生，传染病和死亡就会接踵而来。

　　这次地震以后不久，就有人看到，三四英里之外海面上掀起了巨浪，起初在海湾中心还算平静，可是一冲上海岸，村屋和树木尽被冲倒，以势不可当的力量向前奔腾。在海湾的尽头，它分散成一排可怕的白色激浪，要比最高的朔望潮高出23英尺。它们的力量一定非常巨大，因为在炮台上有一门炮，估计连同炮车的重量有4吨，竟被海浪向内推动了15英尺。在一堆废墟中发现一只小帆船，距离海滩200码。在第一次巨浪以后，又跟着来了两个巨浪，当它们退落时，带走了无数漂流的残物。在这个海湾的某一个地方，有一只大船被海浪抛掷到岸上很远的地方，继而又被冲入海中，此后再被抛上海岸，又被海浪带走了。在另一个地方，有两只大船互相靠近在一起停泊着，被海浪冲得旋转不停，因此它们的缆索就互相缠绕了三次；它们虽然下锚在36英尺的深水处，但在几秒钟内就搁浅在露出的海底。巨浪一定是缓慢地向前推进的，因为塔尔卡瓦诺港的居民还来得及跑到城背后的几个山丘上；还有几个水手把小船向大海划去，打算在巨浪还没有分散成激浪以前到达那里，安全地在上面通过，他们的希望真的实现了。有一个老婆婆带领着一个四五岁的小男孩，跑到一只小船上，可是没有人把它划出去，结果这只小船被海浪冲到一只铁锚上，碎裂成两半，老婆婆被淹死了，但是小孩因为抱住了小船的碎块，坚持几小时以后被人救起了。在房屋的废墟中央，还有海水积成的水塘，儿童们用破旧的桌子和椅子做成小船，放游其中，心情十分快乐，而他们的父母相反地却那么悲伤。但就一般看来，大家都表现得活泼愉快，这是始料所不及的。看到这种情况，使人感到非常有趣。可以确切地说，地震的破坏是普遍的，受灾无轻重可分，人人都是一样，谁也不会责怪朋友冷淡无情——这就是失去财富的最可悲的结果。罗斯先生那时带领了一大批受他悉心保护的人，在一个花园里的几棵苹果树下面露宿，度过了一个星期。起初，他们好像是在举行郊游似的，非常愉快，可是不久，大雨滂沱，因为无处躲雨，感到很不舒适。

舰长菲茨·罗伊在关于这次地震的卓越报告里曾经讲到，在海湾里看见两处爆发的情形：一处很像是一根浓烟的柱子，而另一处则像是一条大鲸鱼喷出的水柱。同时海水也好像到处沸腾起来了；它"变成了黑色，并且散发出非常难闻的硫黄气味"。在1822年的地震时，也有人在瓦尔帕莱索的海湾里观察到后面这两种情形；我认为，这是由于海底那种含有腐烂的有机物的淤泥受到震动而发生的。在一个风平浪静的日子里，我在卡亚俄湾里看到，当我们军舰的缆索拖过海峡的时候，在它经由的路上冒出一连串泡沫，可以证明海底有腐败的有机物分解。塔尔卡瓦诺城的下层阶级的居民们认为，地震是由于几个老年的印第安女巫引起的；她们两年以前受到了侮辱，因此就施用法术把安图科火山的火山口封闭住了。这种愚蠢的迷信非常奇怪，因为它表明，当地居民得到一种经验，观察出火山活动是和地面的震动有关系的。当他们的因果见解不适用时，就不得不乞求巫术来解决了；他们的因果见解，便是根据火山喷口的闭息做出的。他们的这种信念在这次更为奇特，因为按照菲茨·罗伊舰长的意见，地震对安土科火山并没有影响。

康塞普西翁城的建筑，是普通西班牙式的，所有街道相交成直角：第一组街道被布置成西南偏西的方向，第二组街道则成西北偏北的方向，第一组街道的墙壁肯定比第二组街道的墙壁更为坚固；大多数的砖墙都朝着东北方倒塌。这两种情形完全符合大家的意见，即这次地震的震波是从西南方传来的，当时从西南方确曾传来地下的噪声，明显可以知道第一组从西南到东北方向的墙壁，两端都对准震波的中心点；而第二组从西北到东南方向的墙壁，则应该依照它们的全部长度都在同一个时刻被震波推离开直立的位置而发生倾斜，所以第一组墙壁较第二组墙壁不易倒塌，因为从西南方传来的震波在经过墙基的时候，应该朝着西北和东南的方向伸展。上述可举例表明如下：把几本书直立放置在毛毡上，然后按照米切尔所提出的方法，模拟地震的波动。于是可以看出，这些书依照它们的方向和波浪的路线符合多少而或早或慢地倾倒下来。地面上的裂缝，虽然并不完全相同，但大都是朝着东南和西北的方向伸展的，因此同震波线或主要的阶梯褶皱线相符合。所有这些情况都清楚地表明，地震中心是在西南方。记住了这些情况以后，就会对下面的事实感到非常有趣，即在陆地普遍上升时，位在西南方的圣玛丽亚岛的上升高度几乎等于任何其他沿岸地区上升高度的三倍。

我们可以用康塞普西翁的大教堂的倒塌情形作为例子，来说明墙壁根据它们的方向不同而有不同的抵抗力。这座大教堂朝东北的一边有一大堆瓦砾，其中有很多门框和无数木梁直立着，好像漂浮在河流里一样。有一些砖墙的多角形碎块，体积很大，滚到了相当远的一片平坦的广场上，形似高山脚下的石块。两侧的墙壁（从西南到东北方向）虽然有极多裂缝，但仍旧直立着；而那些巨大的扶壁（它们和两侧墙壁成直角，所以和倒塌的墙壁互相平行），从很多情况看来，好像被凿子凿过一样，都倒在地下。地震把这些墙顶上的一些正方形装饰物移动了位置，瓦尔帕莱索、卡拉布里亚和其他一些地方，以及几座古代的希腊庙宇，在地震后，也发生过上述情形。①起初看来，这种扭转移动好像表明在地面的每一点下面都发生了一种旋涡运动的作用，但这是不可能的。这种情形是不是因为每块砖石会随着震波的路线，各自排列成一定的位置，好像很多针在一张纸面上受到摇动后所发生的那种现象？一般说来，圆拱形的门和窗要比房屋的所有其他部分来得稳固得多。但是有一个可怜的跛脚老头子，在遇到很轻微的地震时，总是爬到这种圆拱形的门口下面；可是在这次地震时，却被压得粉身碎骨了。

我在康塞普西翁亲身经历的感觉是无法充分表达出来的，所以在这里不打算详细讲述当地的情景了。有几个舰上的军官比我先到这个城市，可是他们虽然用了最生动有力的语言，还是不能使人正确了解这次毁灭的惨象。那里的建筑物耗费了人类这么多的时间和劳力，却一下子都被地震摧毁了，看到这种情景真让人悲痛和惭愧。然而，一般人往往认为经过若干年代的积累才能得到的结果，竟毁于一旦，不禁令人诧异，在诧异中，对居民的同情心也就立刻烟消云散了。根据我的意见来看，自从我离开英格兰以来，简直没有看到过如此深刻动人的情景。

据说，几乎在每次发生剧烈的地震时，附近的海水都会大吼搅动。从康塞普西翁的情形看来，这种搅动大概有两种：第一种就是在地震发生的时候，海水向海滩上缓慢高涨，此后又静静地退落；第二种，则是在地震已经过去一段时间以后，全部海水由海岸退落，此后又以具有毁灭力的海浪回扑过来。第一种运动大概是地震的直接后果，它对液体和固体起着不同的作用，因此海陆的相对表面高度略有变动；可是第二种情形却重要得多。已经有人确定，在大多数地震发生时，特别是在美洲的西海岸一带发生时，海水的第一次大规模运动就是后退运动。有几位著作家企图用下面的推测来说明这种现象，就是海水仍旧保持着原来的水面高度，而陆地却向上摆动，可是，靠近陆地的海水，甚至是在相当险峻的海岸边，也一

---

① 参看阿拉戈先生在L'Institut里的文章，还可参见米耶斯所著的《智利》和赖尔所著的《地质学原理》（第2卷，第15章）。

定会随着海底一起运动；还有，莱尔先生极力主张，在远离震波主线的岛屿，也发生过相似的海水运动；例如，约翰斐尔南得群岛在这一次地震时和马德拉群岛在著名的里斯本大地震时都发生过这种情形。我猜测（不过这个问题非常模糊），一个浪头无论怎样产生，总是把海水引开海岸，然后再冲激海岸；我曾看到一只小汽船的推进机的翼片所激起的小浪，就是这样的情形。值得注意的是，塔尔卡瓦诺和卡亚俄（在利马附近）两地都位于巨大的浅水海湾尽头，每次剧烈的地震发生，总要蒙受巨浪冲激的损害；可是瓦尔帕莱索紧靠深海旁边，虽然时常受到极厉害的地震摇动，却从来没有被巨浪毁坏过。因为巨浪并不在地震发生以后立刻跟着出现，有时甚至要经过半小时以后才出现，还有，因为在远处的岛屿，也像在靠近地震中心的海岸一带受到相似的影响，所以大概海浪起初是在海湾外面的大海里升起来的；其次，因为这是普遍的现象，所以它应该是由于同样的原因而发生的；我猜想，深海中受到很小扰动的海水，以及靠近海岸而随陆地一起运动的海水，彼此连接的地带，是巨浪最初发生的地方；在这种情形下，海浪的大小，大概由浅水范围的大小来决定，浅水原是和海底一起受到震动的。

这次地震最值得注意的结果，是陆地的持久上升，然而把陆地上升看作这次地震的原因，大概要正确得多。康塞普西翁海湾周围的陆地，无疑上升了两三英尺。可是值得注意的是，海浪把过去海潮在倾斜沙岸上留下的痕迹冲刷掉了，因而我无从发现这一事实的证据。不过当地居民共同证明，有一个多石的小浅水滩，以前在海水的下面，现已露出了水面。在圣玛丽亚岛（大约离开这里有30英里远），陆地上升得更高；舰长菲茨·罗伊在那里的一个地点，发现在海潮的高水位线以上10英尺的海岸上，有很多腐烂的贻贝的堆积层，仍旧附着在岩石上；而那里的居民从前常潜入春潮的浅水中，采集这些贝类。这个地区的陆地上升情形特别令人特别感兴趣，因为以前另外在这里发生过几次强烈地震，而且有大量的海生贝类散布到这里的海岸上，海岸至少高达600英尺，据我看来，甚至要达到1000英尺。我已经指出，在瓦尔帕莱索，也有同样的贝类位于1300英尺高的地

280

方；地面上升如此之高，无疑是由连续发生的小量上升而形成的，正如今年地震所引起的小量上升，还可以说，是由于一种感觉不到的缓慢上升而来，这种缓慢地上升确实在这一带海岸的几个地方经常发生。

在2月20日大地震时，距离这里西北360英里的约翰斐尔南得群岛，受到了强烈的震动，岛上树木互相碰撞，靠近海岸的水底有一座火山也随之喷发；这些事实值得注意，因为在1751年地震时，这个岛的震动比与康塞普西翁距离相同的其他各处更为猛烈；这显然表明该岛和康塞普西翁之间必有地下的联系。奇洛埃岛在康塞普西翁以南340英里，显然比这两地中间的瓦尔迪维亚地区受到更加强烈的震动，当时，瓦尔迪维亚附近的比亚里卡火山完全没有受到影响，可是在奇洛埃岛前面的安第斯山脉上，就有两座火山同时非常猛烈地喷发起来。这两座火山和邻近几座火山继续喷发了相当长的时间，10个月以后又受到康塞普西翁的一次地震的影响。在2月20日地震时，有几个人在一处火山脚下砍伐树木，虽然四周各地都在发生震动，可是他们却没有感觉到这种震动；我们可以知道，这里的火山喷发减轻了和代替了地震；根据下层阶级人民的迷信说法，以为要是安土科火山没有被巫术封闭住的话，那么在康塞普西翁也会发生这种减轻和代替地震的情形。过了2年9个月以后，瓦尔迪维亚和奇洛埃岛又发生大地震，比2月20日那次震动更加强烈，乔诺斯群岛里的一个岛永远升高8英尺。如果我们假定这些现象发生在欧洲的各个相应距离的地方（如第11章最后一段讲到的冰川情形），那就可以更好地了解这些现象的规模了。这样一来，所有从北海到地中海中间的陆地，都受到了猛烈的震动，同时英格兰的东岸连同几个外面岛屿的巨大地面也会永远上升，而在荷兰海岸就要有一处火山喷发，并且在爱尔兰北端附近的海底，也有一处喷发，最后，奥弗涅山脉、康塔勒山脉和多耳山上的古代火山口都要冒出一柱黑烟，长期猛烈地喷发。经过2年9个月以后，从法国中部直到英吉利海峡，又将受到地震的破坏而成为荒地，并且在地中海永久升起一个岛。

2月20日真正喷发出的火山物质，面积一边长720英里，另一边长400英里，两个边互成直角，极可能在这里有一个地下熔岩湖，面积大约比黑海面积大一倍。所有这一连串现象都足以表明，上升力和喷发力之间密切而复杂的联系，我们可以确信，这些缓慢的和用小跳跃方式把大陆升起的力量，是和历代从火山口把火山物质喷出的力量相等的。我相信这一带海岸经常发生地震的原因，是由于地层的断裂；而地层断裂的原因，则是由于陆地上升时的张力和熔岩注入这些已经形成的裂缝里的必然结果。这种断裂和注入如重复发生（我们知道，地震多次用同样方式对同样的地区发生作用），就会造成一条新的山脉；狭长的圣玛丽亚岛比附近地区升高3倍，它显然正在经历这种过程。我相信，一条坚硬的山轴和一座火山在构造上的不同之处，只是在于坚硬的山轴里多次有熔岩注入，而不是多次向外喷出。我还相信，像安第斯山脉这样的大山脉的构造，它的地层覆盖着注入的火成岩山轴，沿着几条平行的相邻的上升线而直立，如果不采用上面的观点，认为山轴的岩石是多次注入并且在相当长久的期间允许上面的部分或者楔形部分冷却和变成固体，那么就不可能说明这种山脉的构造。因为要是这些地层一下子被掀起，成为现在这样险峻的、直立的甚至倒转的位置的话，那么地球的内部物质就会向外奔泻出来，看不到在巨大压力下变硬的岩石的断裂山轴，同时在每条上升线上的无数地点会流出熔岩，奔流泛滥。①

---

① 关于那些伴随着2月20日地震一起发生的火山现象的详细情形，还有关于这些现象里所能得出的结论，可以参见《地理学报》的第5卷。

第十五章　越过安第斯山脉

　　瓦尔帕莱索——坡尔蒂洛山口——骡子的机敏——山地的急流——怎样发现矿——安第斯山脉逐渐上升的证据——雪对岩石的影响——两条主脉的地质构造、它们的起源和上升情形不同——巨大的下沉现象——红雪——风——雪峰——干燥和透明的大气——电——潘帕斯草原——安第斯山脉两侧的动物群——蝗虫——大臭虫——门多萨——乌斯帕亚塔山口——硅化木，随生随埋——印卡桥——山口的险恶情形被过于夸大——卡苏察（储藏塔）——孔布雷山——瓦尔帕莱索

1835年3月7日——我们在康塞普西翁停留了三天，就开船向瓦尔帕莱索出发。因为刮着北风，我们在傍晚时才驶达康塞普西翁的港口。又因为我们的军舰离开陆地很近，晚雾下降，所以抛锚停下。不久，有一只美国大捕鲸船突然在我们的船边出现，我们听到一个洋基责骂他的水手不要吵闹，让他可以静听碎浪的声音。舰长菲茨·罗伊用响亮而清楚的声音向他

高喊，要他在原地抛锚。这些可怜人以为声音是从岸上传来的，船上立刻响起一阵喧哗，每个人都高喊："快抛锚！放松锚索！收帆呀！"这种场面真是太可笑了！倘若全船的船员都是船长，没有一个水手，也不至于这样喧嚣地发布命令。后来我们又听到副船长在口吃地讲话，我设想，所有的船员都在帮他发布命令。

3月11日——我们在瓦尔帕莱索抛锚停泊，两天以后，我出发越过安第斯山脉。我先骑马到圣地亚哥，在那里受到卡德娄先生无比亲切的照顾，他想尽办法帮我准备好一切细小的事情。在智利这一带，有两个山口可通过安第斯山脉到门多萨去：一个位于较北的一面，被称作阿空加瓜山口或乌斯帕亚塔山口，平常通过这个山口的人最多；另一个位于较南的一面，被称作坡尔蒂洛山口，路线近些但更为高峻危险。

3月18日——我们今天出发去坡尔蒂洛山口。离开圣地亚哥以后，我们穿过一个宽阔的已经烧去草木的平原，这座城市就位于其上，下午到达马伊布河，这是智利的主要河流之一。通入安第斯山脉的第一条山麓的峡谷，两边都是高峻裸露的山地，它虽然不宽大，但很肥沃。这里有无数村舍，四周环绕着葡萄、苹果、油桃和普通桃树的果园，果实累累，丰满鲜艳，树枝大有被压断之势。傍晚，走过一所关卡，我们的行李受到检查。智利的边界有安第斯山脉作屏障，比海水的防卫还要安全。这里只有少数峡谷可以通到中央大山脉，山地的其他地方，即使驮运货物的牲畜也无法通过。关卡上的官员对我们非常礼貌，这大概是由于我的护照是智利共和国总统签发的，但我必须说明，差不多每个智利人都天生地有礼貌，足以令人敬重。在这方面强烈地表明了智利和大多数其他国家的各个相同阶层的人大不相同。我举出一件使我感到很高兴的事：在门多萨附近，我们遇见一个又矮又胖的黑人妇女，她像男人一样骑着一头骡子走过去。她生着一个大颈瘤，以致过路的人都要惊奇地向她瞧看；可是，我的两个同伴却好像很抱歉的样子，立刻脱下帽子，向她致以该国普通施行的敬礼。在欧洲的下层或者上层阶级中，有没有一个人会对一个弱小民族的一个有病而可怜的人表示这样同情的敬意呢？

夜里，我们在一座村舍投宿。我们的旅行方式是很愉快而自由的。我们在居住的地方购到一些木柴，租用一块牧场给我们的骡子吃草，并且在这块牧场的一个角落里搭盖起帐篷，和它们一起露宿。我们自己带了一口铁锅，在晴朗无云的天气里煮饭并进晚餐，真是无忧无虑。我有两个同伴：一个是马利雅诺·冈萨雷斯，他上次曾陪我在智利旅行；另一个是"阿利叶罗"（赶骡人），他带领着十头骡子和一头"马德利纳"（骡头）。"马德利纳"（"教母"）是一个极重要的角色，一头年老而忠实的母马，颈上挂着小铃，无论走到什么地方，这些骡子就好像听话的好孩子一样，总是跟着它走。这些骡子对"马德利纳"的爱情使我们省却了很多麻烦。如果有几大队骡子跑到一块牧场上吃草，那么到第二天早晨，赶骡人只要把几头"马德利纳"牵得稍远些，然后摇动它们颈上的小铃，这时虽然有两三百头骡子在牧场上，但每头骡子都知道它自己的"马德利纳"的铃声，立刻走到它那边去。惯熟骡子差不多不会失散，如果强力把它扣留几个钟头，它也会像狗一样靠嗅觉来追寻同伴，或者更正确地说是追寻自己的"马德利纳"。赶骡人认为"马德利纳"就是骡子的主要的恋爱对象。可是，这并不是什么感情上的关系。我可以十分肯定地说，任何一头挂有小铃的牲畜都可以担任"马德利纳"的工作。在一队骡子里，每一头在平坦的道路上可以驮运416磅的货物（大于29英石），在山地要少驮100磅；这些牲畜生着这样瘦弱而细长的四肢和不成比例的肌肉块，竟能驮运如此重物！在我看来，骡子是一种令人惊奇的动物。一个杂种动物比它的父母双方都更加聪明、更加有记忆力、更加顽强、更加有合群的感情、更加有肌肉的长久耐劳的能力和更加长的寿命；这种情况显然表明，人力已经胜过了自然。在我们的十头牲畜中，有六头被指定依次轮流作骑行用，其余四头则轮流驮运行李。我们带了大批食物，防备万一我们在半路上被大雪所阻，因为这个季节越过坡尔蒂洛山口已经过迟了。

3月19日——今天我们骑着骡子走到这个河谷里的最后的也是最高的一座房屋。一路上，居民已渐稀少，不过凡是可以灌溉的土地，都非常肥沃。安第斯山脉所有主要河谷的特征，就在于它们的两边都有一片粗糙成层和有相当厚度的砾石和沙土的边缘或台地。显而易见，这些边缘一度从河谷底部展开，再彼此接连；北智利的河谷底部没有水流的地方，就是被这样均匀的地层所填满。在这些边缘上，一般都有道路，地面随着平坦的河谷而逐渐斜上，因此容易灌溉耕种。边缘高达7000～9000英尺，都被不规则的碎石所遮盖。河谷的底处或谷口，即在安第斯主脉的山脚，它们的边缘便与周围由陆地环抱的平原（它们也是砾石构成的）相连接。在上一章，我已经讲过这些平原是智利风景的特征，并且显然是从前海水浸入智利时沉积下来的，现今智利南部海岸，仍有此现象。南美洲的地质，再没有比这些粗略成层的砾石台地更使我感兴趣的了。从它们的构造来看，它们好像是有急流的河谷里的冲积层；这些冲积层是由于在半路上遇到了任何一种阻碍物而沉积下来的，例如在下降到湖泊里或者海湾里的时候沉积下来的；可是现在这里的急流并没有把冲积物沉积下来，而是一直不停地在破坏着每条主河谷和侧河谷的所有两侧的基岩和冲积层。在这里不可能举出种种理由来说明这种现象；可是我确信，砾石台地是安第斯山脉逐渐上升时积累起来的，那时急流把挟带的岩屑沉积在逐渐上升的地面上和狭长的海湾顶端的低岸上；起初是沉积在河谷的上游，后来逐渐随着陆地缓慢上升而越来越向下游沉积。如果情形果真如此，我深信这条巨大的、被割裂的安第斯山脉，绝不是以前普遍流行的而且现在还在地质学家们中间传播着的观点所说的那样，是突然向上掀起来的，却是全部岩体逐渐缓慢地上升起来的；这种情形，正像南美洲过去发生而现在还在继续发生的大西洋和太平洋两岸的上升情形一样。根据这种观点，就可以简单地说明安第斯山脉构造上的事实了。

注入这些河谷的河流，理应叫作山地急流（山洪）。这些河道的倾斜度很大，所以河水带有污泥的颜色。当马伊布河的急流沿着大块圆石奔流过去的时候，它发出来的咆哮声简直和海水的怒吼相同。甚至在遥远的地方，日日夜夜都可以清楚地听到，奔腾的河水的怒吼声，夹杂着石块互相撞击的喧喧声。这种声音正在意味深长地对地质学家诉说心曲；成千上万的石块彼此撞击着，朝着同一方向冲奔过去，发出一种低沉的单调的声音。这好像光阴一样：每一分钟一滑过，就永不复返了。这些石块的情形也是如此；海洋是它们的归宿，在粗犷的音乐声中，每一个音调都在宣告，它们向着自己的归宿又进了一步。

有的事情，除非经过缓慢的过程，是我们的脑力所不能理解的，倘如一个结果是由一个原因反复作用而产生，那么这个概念是不易被人理解的，犹如未开化人用手指着他的头发，其含义难于确定一样。每次当我看到那些积累到好几千英尺厚的淤泥、沙子和砾石的地层时，都会惊叫，像现在的河流和现在的沙滩这些因素永远不可能磨制出和产生出这样巨大的冲积层。可另一方面，当我听到这种奔流的咆哮声时，不禁想起大批动物的种族从地球表面上消失，又由日日夜夜的水石相撞的鸣声，使我想起哪一条山脉、哪一块大陆能够抵挡得住这种经常不停的破坏作用呢？

这一部分河谷里每一侧的山都高达3000～6000英尺或者8000英尺，这些高山轮廓浑圆、山坡裸露险峻，岩层一般都呈暗紫色，有很分明的层理。这种景色即使不算美，也算得上雄伟壮观。今天我们遇到几群牛，看牛人正在把它们从安第斯山脉较高的河谷向下游赶去。这是冬季将临的预兆，我们不得不赶快在适宜于地质考察的时候做完我们的工作。我们借宿的一座房屋，在一座高山的山脚，山顶上有圣佩德罗·德诺拉斯科矿区。黑德爵士认为在圣佩德罗·德诺拉斯科山这样荒凉的山顶上竟会发现矿层着实出人意料。其原因如下：第一，这一带的金属矿脉一般要比周围的地层坚硬，因此随着山丘的逐渐风化，它们就开始露出地面。第二，差不多每个工人，特别是智利北部地区的工人都熟悉矿石。在科金博和科皮亚波两个巨大的矿区，非常缺乏木柴，当地的居民在每个山地上和山谷里到处搜寻木柴，因而将这一带最丰富的矿床差不多全都发现了。在察农西洛矿区，数年之间所开采的纯银，价值好几十万英镑；这个银矿是由一个赶驴的脚夫偶然发现的，当时驴子驮货，行走甚慢，脚夫便拾起一块石头向驴子身上投去，忽然他觉得这块石头非常沉重，于是再把它拾起，发现其中含有很多纯银；这条矿脉就在不很远的地方被发现了，它好像一个金属的楔一样凸出在地面上。有些矿工还时常在星期日，随身携带一根铁梃，去山地漫游，找寻矿脉。在智利南部，有些人赶着牲畜到安第斯山去，他们时常走到那些长着稀疏牧草的山谷里去放牧，因此他们也经常能发现矿脉。

3月20日——当我们沿着河谷向上游走去的时候，只看到少数高山植物的美丽花朵，其他植物非常稀少。至于四足兽、鸟类和昆虫更是少见。高耸的群峰，覆盖着少量的积雪，遥遥相对；河谷里填满了很厚的冲积层。如果把安第斯山脉和我所熟识的其他山脉作一对比，最打动我的是它的风景：第一，山谷的平坦"边缘"，时常浸入河谷两侧的狭长平原；第二，红紫两色耀眼光泽的斑岩，构成了寸草不生的陡峭山丘；第三，巨大连绵的像墙壁一样的岩脉；第四，一些明显分离开的地层，其直立的地方，形成了美丽如画和粗野的中央高峰，但是坡度较小的地段，就构成了主脉以外的群山；第五，沿着斜坡的圆锥形碎石堆，光彩夺目，理致平滑，和各山的基部成一高度倾斜角，有时高达2000英尺以上。

无论在火地岛或安第斯山脉，我时常观察到，凡每年大部分时间为冰雪覆盖的岩层特别容易破坏成多角形的小碎片。斯科尔斯比在斯匹次卑尔根群岛也观察到同样的事实。这种情形使我很难了解，因为那些被雪层覆盖的高山，所受到的多次重复的温度强烈变化的作用，比其他部分都少。我有时认为，地面和岩面所受雪水的作用，恐怕比雨水还小，[①]所以坚固的岩石在雪下较快崩解的现象，一定是靠不住的。可是，不管原因是什么，安第斯山脉上面崩裂下来的石块的数量是非常多的。有时在春季，偶然有大量碎石块从山上滚下来，覆盖在河谷里的雪堆上，因此形成了天然的冰库。我们骑骡前进时，曾途经一座这种冰库，其高度竟在雪线之下。

黄昏时刻，我们走到一块特别的平原，形似盆地，叫作耶索谷。平原之上有一小块干枯的草地，周围为石质荒地，有一群牛散布其上，景色悦目。在这个河谷里有一处巨大的白色石膏矿床，而且有些地方的石膏十

[①] 我听说，有人在施罗普郡看到，当塞文河因为长期下雨而洪水泛滥时，它的河水要比威尔士山地上的积雪溶解时产生的洪水混浊得多。道尔比尼在说明南美洲的各条河流里的河水有不同颜色的原因时指出，那些有蓝色的和澄清的河水的发源地，都是安第斯山脉的有积雪融化的地方。

分纯净，因此得到了"耶索"（就是"石膏"）的名称，依我看，这里的石膏层厚度至少有2000英尺。我和一队骡夫一起住宿，他们是驮运石膏来的，据说石膏可以造酒。翌晨（3月21日），我们很早就动身出发，继续沿着河流前进。在我们还没有走到山脚以前，河床变得非常狭小。这条山脉把河流分开，河水分别流入太平洋和大西洋。开始走过的一段路是好的，上坡缓而平，可是现在却变成了一条险峻的、曲折盘旋的小路。这条山岭就是智利和门多萨两个共和国的分界线。

我在这里非常简略地讲述一下构成安第斯山脉的几条平行山脉的地质情形。在这些山脉里，有两条山脉比其余山脉高得多，就是靠近智利那边的一条叫作佩乌克内斯山脉，海拔13210英尺，有道路在此通过，而靠近门多萨那边的一条叫作坡尔蒂洛山脉，海拔14305英尺。佩乌克内斯山脉和它西面几条大山脉底下的几层地层，由好几千英尺厚斑岩的巨大岩体所构成；这些斑岩是从海底流出的熔岩，并且和海底火山口喷出来的多角形、圆形的斑岩碎片交替地堆叠在一起。在山脉的中部，有一厚层红砂岩、砾石和钙质黏板岩，覆盖在这些交替堆叠的岩层上，它们又和巨大的石膏层结合起来，伸入石膏层中。这些山脉的上部地层，含有相当多的贝类，这些贝类属于欧洲的下白垩纪前后。这些以前在海底爬行的贝类，现在竟出现在海拔14000英尺左右的高山之上。这虽是一个古老的故事，但是听了总不免令人感到惊奇。这个大地层的底下几层，通过特种白色钠花岗岩的造山作用，已经断裂、焙烤、晶化而差不多融合在一起了。

另外一条主脉坡尔蒂洛山脉，和上述山脉的构造完全不同。它主要是由红色钾花岗岩的秃顶大山峰构成，西侧山坡，一直到底部差不多完全被砂岩覆盖，这种砂岩曾受过高温作用，已经变成了石英岩。在石英岩上，堆积着几千英尺厚的砾岩层，这些砾岩层又被下面的红花岗岩掀起，以45°向佩乌克内斯山脉方向倾斜。我惊奇地发现这种砾岩一部分是由佩乌克内斯山脉的含有贝类化石的岩层所产生出来的砾石构成的，而另一部分则是由一种和坡尔蒂洛山脉的花岗岩相似的红色钾花岗岩的砾石构成的。因此，我们必须得出这样的结论：不论是佩乌克内斯山脉还是坡尔蒂洛山脉，都在砾岩形成的时候，有一部分被掀起来，并且受到风化侵蚀；但是又因砾岩层已被坡尔蒂洛山脉的红色花岗岩（连同下面的受到它焙烤的砂岩在一起）掀起成45°的坡度，所以我们深信，一部分已经形成的坡尔蒂洛山脉的贯通和隆起现象，主要是在砾岩积累起来以后，在佩乌克内斯山脉上升很久以后才发生的。因此可以知道，这一部分安第斯山脉的最高山脉——坡尔蒂洛山脉——并不像那条比它低的佩乌克内斯山脉那样年代悠久。从坡尔蒂洛山脉东面山脚的一条倾斜的熔岩流，可以证明这条山脉的巨大高度是由之后的升高而来。至于说到它的最早起源，可知红花岗岩似于古代早已贯入白花岗岩和云母板岩的山脉之间了。我们或可断定，安第斯山脉的大部分或全部，每条山脉都是由多次重复的隆起和贯入两种作用所形成的；还有，几条平行的山脉各有不同的年龄。单单从我们知道的一段时间来看，已足以表明剥蚀作用对大山脉的影响；这些巨大的山脉，虽然比其他大多数山脉年轻，所受影响也较小，然而剥蚀的力量，令人吃惊。

最后，如上所述，佩乌克内斯山脉——最古老的山脉——地层里的贝类，证明了从第二纪起它已经上升到14000英尺。在欧洲，我们认为这个年代并不是很古老。可是，因为这些贝类原来生活在深度适中的海洋，所以由此可证明，现在被安第斯山脉所占据的地面，以前应该沉陷在海面下数千英尺，在北智利竟沉陷6000英尺，这样才可以使这样厚的海底沉积层积聚在这些贝类所居住的地层上面。我们可以像前面已经证明的情形一样来证明这一点，就是在巴塔哥尼亚的第三纪贝类生存以后的一个更晚的时期里，这里的地层一定沉陷过几百英尺，后来又再升高。地质学家们越来越相信，自然界里无论什么，即使天上吹的风，也比我们的地壳表面稳定。

关于地质，我再说明一点，虽然坡尔蒂洛山脉在这里比佩乌克内斯山脉为高，但是其间一些河谷仍有河流却由坡尔蒂洛山脉奔流而去。在玻利维亚的安第斯山脉东面一条最高的山脉上，也可以看到河流经过的同样事实，而且规模更大；在世界上其他地方，都可以观察到类似的事实。如果坡尔蒂洛山脉是后来逐渐上升起来的话，那么就能理解这种事实；这就是起先有一列小岛出现，在它们上升之后，即受海潮不断地冲刷，便在各岛中间形成愈来愈深和愈宽的海峡。即或在火地岛沿岸最偏僻的海峡里，那些和纵海峡相连的横水道里的水流也异常湍急，哪怕张帆的小船到一条横水道里去航行，水流也会把它冲得不停地旋转。

约在中午，我们开始艰难地爬上佩乌克内斯山脉，第一次感到呼吸有些困难。骡群每走50码，就要休息几秒钟，然后，这些可怜而温驯的牲畜自动一齐向前赶路。智利人把这种因空气稀薄而发生呼吸急促的情形叫作"普纳"；他们对于发生"普纳"的原因有一种非常可笑的说法。有些人说，"这里的所有河流都含有普纳"；还有一些人说，"凡是有雪的地方，就有普纳"；这种说法显然是正确的。这时我的唯一感觉就是，我的头部和胸部感到有些胀痛，好像由温暖的房间立马跑到严寒的天气里一样。可是，这不免有些心里作用的影响，因为我在这条最高的山脉上找寻贝类化石的时候，就高兴得完全忘掉了这种"普纳"。的确，步行所用的体力是非常大的，呼吸也因此变得更加困难；有人告诉我说，有些外地人在波托西（海拔13000英尺），虽说住了整整一年，还不能对稀薄空气完全习惯。当地的居民都介绍用洋葱医治"普纳"病，因为在欧洲有时也用这种植物来医治胸部的气喘病，所以在这里使用它，可能真正有效力。可对我来说，我发现再也没有什么药比贝类化石更加有效的了！

约在半山腰的地方，我们遇到一大队人，赶着70头驮运货物的骡子。耳听赶骡人野性的叫喊声，眼看一长列的牲口下山，真是悦耳怡情。在这里只有裸露的高山，衬托在高山之下，这些牲口显得非常渺小。靠近山顶，吹来的风通常猛烈而又寒冷。在山脊的两侧，我们必须走过宽阔的永久积雪的地带；现在不久又要添上一层新雪了。当我们走到峰顶，回眺来路，壮丽景色立即呈现眼前。耀眼的透明大气、蔚蓝的天空、深深的河谷、杂乱而断裂的山形、在很多世纪里堆积起来的乱石堆还有那些和静静的积雪高山相对的颜色鲜明的岩石，凡此种种，构成了一幅难以想象的景色。除了几只在高峰上面盘旋的康多鹰以外，再也没有什么植物或鸟类能够把我的注意力吸引开这个没有生命的世界了。高兴的是，我独自一人站在这里,这种沉静的感觉正如注视一阵雷雨,或者倾听大乐队伴奏的《弥赛亚》曲的合唱。

在几个积雪地点我发现了雪球藻,也叫红雪,这种情形在北冰洋的航海家的记载里常常看到。于是引起了我的注意,看到骡子走过以后留下的淡红色脚印,好像它们的脚蹄流血似的。起初,我认为这是由于周围山间的红色斑岩的粉末随风吹散所致,因为雪的结晶体有凝聚力,使得这些微小的植物颗粒看上去好像是相当大的团粒。只有在积雪迅速融解或者被偶然压碎的地方,它们才能使雪染上这种颜色。把它放在纸面上略微擦动,就在纸面上留下了略带砖红色的淡玫瑰色的痕迹。后来我又从纸面上刮下一些察看,发现它是由很多藏在无数被囊里的微小球体的团粒构成的,每个球体的直径只有千分之一英寸。

上面已经讲过,佩乌克内斯山脉顶峰的风通常总是势猛而奇寒。据说[①]它经常不断地从西面吹来,就是从太平洋方向吹来。因为这些观察主要是在夏季进行的,所以必须认为,这种风一定是高空逆气流。特内里费高峰比这里低些,位于北纬28°,那里也同样在高空逆气流的范围之内。在智利北部和秘鲁的沿海一带,信风竟这样猛烈地从正南方向北直吹过去,初次看到这种情形,不能不感到奇怪;但是如果我们想到安第斯山脉位于一条从北向南的线上,好像一条巨大的屏障,阻挡了全部下层气流,那么我们可以很容易了解,这种信风一定会沿着山脉而转向北方,朝着赤道区域吹去,因此就丧失了一部分向东的移动力;不然的话,它会因地球的自转而获得这部分向东的移动力了。据说,安第斯山东面山脚的门多萨,尽管天空里经常看似有雷雨情况,但是这里的气候却总是长期显得很平静。由此可以想象到,东面吹来的风被挡住就停了下来,它的运动也变得不那么规则了。

越过佩乌克内斯山脉以后,我们向下走到了两条主山脉中间的一块多

[①] 参见吉利斯博士的文章,《自然科学和地理学杂志》,1830年8月。作者在这篇文章里举出了各山口的高度。

山地区，并在这里安排住宿。我们现在已经到了门多萨共和国的国境。这里的高度大概不会低于11000英尺，因此植物特别稀少。这时风寒刺骨，我们用一种矮小植物的根当燃料，但火力太小。我因为整天工作而疲倦不堪，于是尽快把床铺好躺下睡觉。约在半夜，我看见天空突然乌云密布，于是叫醒赶骡人，询问这种坏天气对我们有没有危险，他答道，如果不打雷，就不会有严重的暴风雪。在这两条山脉中间，对于任何一个遇到坏天气的人都危险万分，因为到那时很难找到躲避的地方，只有一个山洞可以当作避难所。卡德娄先生以前曾在同月同日越过这条山脉，被大雪阻留了一段时间。在这个山口里，没有像在乌斯帕亚塔山口里那样的建筑"卡苏察"（储藏塔），就是避难所，因此在秋季，很少有人经过坡尔蒂洛山口来往。我在这里注意到，在安第斯山脉的主脉范围内，从不下雨，因为在夏季，天空晴朗无云，只不过在冬季里有暴风雪而已。

我们夜宿的地点，气压很低，所以把水煮开的温度比海拔较低的地方低；这种现象和帕平蒸煮器正相反。基于这个原因，我们把马铃薯放进这种沸水里煮几个小时，几乎与以前一样硬邦邦的。我们把盛马铃薯的锅整夜放在火堆上，第二天早上又煮沸了一次，可锅里的马铃薯还是煮不熟。偷听我的两个同伴讨论这种现象的原因之后才弄清楚这件事，他们的简单结论就是："这口该死的锅（然而它还是只新锅）就是把马铃薯煮不熟。"

3月22日——吃了一顿没有马铃薯的早饭之后，我们经过两条主脉中间的地区，来到坡尔蒂洛山脉的山脚。在仲夏时节，山下的居民们就把牲畜赶到这里放牧，但是现在早把它们全部赶回去了；甚至大多数羊驼，也都逃离这里，它们清楚地知道，如果在这里遇到一次暴风雪，那就等于落进了陷阱。群山在望，连绵不断，称为图蓬加托山脉——风景壮丽动人；遍山积雪，银装耀眼，更有蓝色斑点点缀其间，这无疑是一条冰川，为此间各山所罕见的美景。我们像以前攀登佩乌克内斯山脉那样，开始进行艰苦的长时间的爬山。左右两边都耸立着一个个险峻的圆锥形的红花岗岩山丘；在山谷里，有几块永久积雪的宽阔的土地。在一些地方，冻结的雪层，在融解过程里变成雪塔或雪柱。因为雪柱很高，彼此靠近，以致驮货的骡子很难通过。有一根冰柱，好像雕像的垫座那样，其上倒卧着一匹僵死的马，后脚跷在空中。我以为，这匹马一定是在四周都被积雪覆盖的时候，头部倒栽进雪窟内而死的，后来它周围的积雪融解，便成了现在的样子。

我们爬到坡尔蒂洛山脉的峰顶附近的时候，就被细小针状冰花的雾团包围起来。这使我感到非常不幸，因为雾团整天不散，把我们要看的风景完全遮挡了。这个山口所以有"坡尔蒂洛"的名称，是由于在最高山岭上有一道狭窄的裂缝，好像是大门，山路即由此通过。在天气晴朗的日子，由此望去，可见一片片广大的平原，连绵不断，一直伸展到大西洋的海岸边。我们从这里下山，一直走到植物的最高生长界线，于是在巨大岩块的遮蔽处，休息过夜。我们在这里遇到几名旅客，他们急切地向我们查问这条山路的情况。天色黑暗不久，天空里的云块忽然全部消散，四周景色非常鲜明，其效果真是奇妙得不可思议。在圆圆的月亮照耀下，高大的山脉好像悬挂在我们的四面八方，又好像垂悬在深渊之上。有一天很早的清晨，我亲眼看到同样动人的景色。云散之后，天气变得非常寒冷，不过没有刮风，我们睡得非常舒适。

在这么高的山地上，大气十分透明，所以星星和月亮愈发光亮。有些旅行家观察到，在高山峻岭中，对于山的高度、路的距离，因为没有参照物，所以无从估计。我认为这完全是由于空气的透明，它使远近不同的物体的形象混合在一起，无从辨别其远近，还有一部分原因，是由于在短期的体力运动时所发生的一种异常疲乏的不习惯的新奇感觉，因此习惯就和感觉器官中的形象互相对立起来了。我确信，如果空气极度透明，即可使景色产生出一种特殊的性质：所有景物好像出现在一个平面上，正如一幅图画或风景图一样。我认为是空气过于干燥导致空气变得透明。这种干燥可从下述情形得到证明：木制用具的干缩现象（由于我的地质锤给我不少麻烦，使我很快就发现了这个原因）；面包和食糖一类的食品变得非常坚硬；有些死在路上的野兽的毛皮和几部分皮肉没有腐败。由于天气干燥，特别容易激发放电。当我在黑暗里擦拭法兰绒背心时，即放出光芒，好像是涂上了一层黄磷一般；猎狗背上的每一根毛都会发出爆裂声，甚至是麻布褥单和马鞍上的皮带，在被手触摸的时候，也会产生电火花。

3月23日——由安第斯山脉的东面下山，虽然比靠太平洋一边的路程短些，可是很陡；换句话说，平原上的山，比智利高山区的山更为险峻得多。一片平坦发光的白色云海，从我们脚下展开，把同样平坦的潘帕斯草原景色遮住。不久我们就走到云海之中，整天都没有走出它的范围。约在中午，在阿烈那尔斯，找到一片放饲牲畜的草地，还有一片可做柴火用的灌木林，于是我们停下夜宿。这里接近灌木的最高生长界线，据我推测，高度在7000~8000英尺。

我感到惊奇的是，东面山谷里的植物和智利那一面山谷里的植物明显不同，然而这两处的气候和土壤种类差不多一样，同时经度也差别很小。四足兽也显著不同，鸟类和昆虫则差异较少。我可以举出鼠类为例：在大西洋海岸我搜集到13个物种，在太平洋海岸搜集到5个物种，但是这两个地区鼠的物种是完全不同的。我们必须把所有栖居在高山地区的物种或偶然跑到这个地区来的物种除外，还有几种向南分布到麦哲伦海峡一带的鸟类也必须除外。这种事实完全符合于安第斯山脉的地质史，因为自从现代各种动物出现以来，这些山脉就已经成为一道巨大的壁障而存在了；因此，我们不应该期望，安第斯山脉两侧的生物之间的关系，会比一个大洋相对两岸的生物之间的关系更加接近些，否则就要假定，在两个不同的地方，会同时产生相同的物种了。在这两种情形当中，那些能越过高山或者渡过大海一类障碍物的物种，自然应作别论。[①]

这里的大多数植物和动物，和巴塔哥尼亚的植物和动物是绝对相同的，或者是非常近似的。我们在这里遇见到刺鼠、犰狳的三个物种，鸵鸟、几种鹧鸪和其他鸟类；在智利从来没有遇到它们，但它们都是巴塔哥尼亚荒凉平原上的特有动物。我们在这里也遇到很多同样的（在一个不是

[①] 这些情形只不过说明了赖尔先生所定的几条定理，就是：动物的地理分布情形是受到地质变化影响的。全部判断，当然都是假定物种不变；否则这两个地区的物种差异，就要被看作（由于条件的差异而）逐渐发生的了。

植物学家的人的眼光看来）多刺的短小灌木、干枯的草类和低矮的植物。甚至是那些黑色的、爬行缓慢的甲虫，也和巴塔哥尼亚的甲虫很相似；我相信，经过极严格的研究，一定可以发现有几个物种是绝对相同的。以前我时常觉得可惜的就是在沿着圣克鲁斯河向上游旅行而将要达到安第斯山脉以前，我们不得不放弃登山的计划，因此我始终抱着一个潜在的愿望，要去看看此间地形的巨大变化；可是，现在我确信，非取道巴塔哥尼亚平原上山不可了。

3月24日——清晨，我从河谷的侧坡爬上一座高山，欣赏潘帕斯草原的远景。这原是我渴望已久的，可是现在却大失所望；最初一瞥，它非常像一片大洋的远景；可是，立刻可以看出，它的北方一带有参差不齐的轮廓。最打动人心的地形特点，就在于那些河流，它们正迎着东升的太阳，好像是一条条银丝，闪闪发光，这光芒又渐渐地消失在无边无际的远方。中午，我们下到河谷，走近一个茅屋；有一个军官和三个兵士驻守在这里，检查入境护照。其中一个兵士是潘帕斯草原的纯种印第安人，派他守在这里的目的，就因为他正好像是一只猎狗；不论是步行或者骑马的人，要想偷入国境，都会被他搜查出来。几年以前，有一个人企图经过邻近的一座高山绕一个大圈子偷越这个关口；可是这个印第安人偶然发现了他的脚印，于是整天在干燥的岩石山地上追踪，结果把躲藏在深谷里的人找出。我在这里听到后面来的人说，被我赞美过山顶上的银色白云，已经凝成大倾盆而降了。从这个地点开始，这个河谷逐渐展开；而前面的山丘，和背后的高大山岭相比，正如被水冲刷过的小土丘；后来，这个河谷展开成为一个略微倾斜的卵石平原，上面生长着低矮的树木和灌木。这个崩坏的岩石堆看上去虽是狭窄，但是在它没有同十分平坦的潘帕斯草原混合为一体以前，一定有十英里左右的宽度。我们在附近地区只经过一座孤零零的房屋——察夸奥农庄；到太阳落山的时候，我们找到一个舒适的角落，就在那里露宿过夜。

3月25日——当我看到地平面像海平面一样平坦，把东升的太阳隔断的时候，我不禁想起布宜诺斯艾利斯的潘帕斯草原。夜间浓露下降，这是我们在安第斯山脉从来没有遇到过的。我们所经过的路有一段笔直朝向东方，穿过一片低洼的沼泽，即与干燥平原衔接，转而向北，直抵门多萨。这一段足有长长的两天路程。我们第一天要走14里格到埃斯塔卡多，而第二天则走17里格到门多萨附近的卢克桑。全部路线都在平坦而荒凉的平原上，沿路至多有两三家人家。太阳晒灼得非常厉害，骑马前行，毫无趣味。在这个"特拉维尔西雅"里只有极少水源，在我们的第二天路程里，才遇见一个小水池。很少的水从高山上流下，立刻就被干燥而疏松的沙土吸去；因此，虽然我们走过安第斯山脉外侧的一条山岭达10～15英里之远，但我们始终没有遇到一条小溪。很多地面上覆盖着盐层，因此，其上生着一种喜盐植物，这种植物在布兰卡港附近非常普遍。从麦哲伦海峡起，沿着巴塔哥尼亚的全部东海岸，直到科罗拉多河，其间的景色，均无不同之处。在内地这条河所流经的地方，景色也无变化，远至圣路易以及向北一带，亦复如此。在这个弯曲地带的东边，有一块盆地，包含着布宜诺斯艾利斯附近的几处比较潮湿的绿草平原。门多萨和巴塔哥尼亚的贫瘠平原是由砾石层所构成，这种砾石由于海浪冲刷，而成平滑的圆形，积聚在这里；而潘帕斯草原则是由古代拉普拉塔河口的淤泥积聚而成的，其上生长着蓟类、车轴草和草类。

经过两天疲倦的旅行，远远望见一排排杨树和柳树环绕着村庄和卢克桑河两岸，精神为之一振。在到达这个地方以前不久，我们望见南方的天空有一片深红棕色的云块。起先我们以为，它大概是平原上某处大火所升起的一团浓烟；可是，我们很快就发现那是一大群蝗虫，正在向北方飞来，靠着微风的助力，它们以每小时10～15英里的速度赶上了我们。蝗虫群的主要核心部分在空间所占的厚度约20英尺，距地面2000～3000英尺，"而且它们的双翅发出的声音，好像万马奔腾，驰往战场一样"，或者我可以更加确切地说，它好像是一阵狂风，扫过军舰索具所发出的声响。透过蝗虫群的前卫部分向上望去的时候，天空好像是一块雕花铜板的图画，蝗虫群的主要核心虽黑压压无光，可是并不十分密集，即使我在空中前后挥动手杖，它们还会避开。当它们下降到地面时，数目竟比草叶还要多得多，地面立刻从绿色变为淡红色；蝗虫群一旦下降，个别的蝗虫就向四面八方飞散。蝗灾是这一带时常发生的灾害，在这个季节，已经有几小群蝗虫从南方飞到这里；它们在南方，也像在世界的其他地方一样，是在荒漠里生长繁殖的。可怜的农民们企图用燃烧火堆、大声喊叫和挥舞树枝的办法去驱赶它们，结果无济于事。这一个蝗虫的物种和东方的一种著名的飞蝗极为相似，说不准是同一个物种。

我们渡过卢克桑河；这是一条相当长的河流，它通向海边的河道已无人知晓，是经过平原时因蒸发而消失，还是因改道而消失，皆无从考证。我们在卢克桑村借宿，村子虽不大，但四周有果园环绕，并且是门多萨省最南的耕植区域，位于首都以南5里格处。夜里，我们受到了奔乔卡虫的攻击（在这里用"攻击"来表示，是最恰当不过的了），这是食虫桩象属的一个物种，是巨大的黑色潘帕斯臭虫。当这些柔软无翅，大约1英寸长的昆虫在一个人身体上乱爬的时候，使人感到非常厌恶。这些臭虫在没有吮吸血液以前，身体非常扁平，但在吸饱了血以后，就变成圆形，充满血液而胀大起来，这时，很容易把它们压破。我曾在伊基克地方捕捉到一只（因为在智利和秘鲁都可以遇到它们）；它的肚子里非常空。把它放在桌面时，虽然有很多人围绕着它，但只要把一个手指伸近它，这只大胆的昆虫就会立刻伸出它的吻突，向前进攻；如果你不躲避，它就吸起血来。咬伤以后，并不感觉疼痛。在吸血不到10分钟以后，它的身体就从薄煎饼一样的扁平形状变成了圆球形状，这种情形使人看了感到非常有趣。一只奔乔卡虫是靠了一个军官的血液而饱餐一顿盛宴的，吃了这顿饭以后，它一连4个月仍很肥胖；可是在第一次吸血之后，经过两星期，它又准备再去吸血。

3月27日——今天我们骑骡去门多萨。这一带开垦得很好，与智利相似。附近因出产水果而出名，这里除了茂盛的葡萄田和无花果、桃及齐墩果的果园以外，好像再也没有其他东西可以和它们比拟了。我们用半便士买了几只西瓜，个儿头很大，比人头差不多大两倍，非常清凉可口，气味芬芳。又用三便士买了半车桃子。这个省份开垦过的和围成果园的土地很少，只有在我们所经过的卢克桑和首都之间的道路一带，才比较多些。这里土地的肥力，也像智利一样，完全要靠人工灌溉来维持，一块贫瘠的荒漠土地由此竟变得如此丰饶，真令人惊异。

第二天，我们仍旧逗留在门多萨。最近几年来，这个地方已大大衰落。当地居民说："在这里居住是很安适的，但是要发财却很不容易。"这里下层社会的人民，也像潘帕斯草原的高乔人一样，懒惰而放荡；而且他们的衣服装束、马具和生活习惯也差不多和高乔人相同。根据我的印象，这个城市呈现着一片昏昏沉沉、凄凉的景象。无论是它出名的"阿拉密达"，或者一般景色，都比不上圣地亚哥；但是对于那些从布宜诺斯艾利斯来的旅行者来说，在刚穿过单调乏味的潘帕斯草原以后，看到这里的花园和果园，一定感到高兴。黑德爵士在谈到当地居民的情形时说过："他们吃饭，天气非常炎热，于是他们就去睡了——他们还能有什么作为呢？"我十分同意黑德爵士的说法：门多萨的居民的好运气，就是吃饭、睡觉和游手好闲。

3月29日——今天我们经过门多萨北面的乌斯帕亚塔山口返回智利。我们必须穿过15里格长、极贫瘠的荒漠地带。有些地方寸草不生，有些地方满布无数低矮的仙人掌，它的全身长满可怕的棘刺，当地居民把它们叫作"小狮子"。此外，还有少数低矮的灌木。虽然这个平原的海拔在3000英尺左右，但太阳的威力仍旧存在，炎热和一阵阵微细的尘雾，使路人感到极度疲倦。我们今天所走的路线差不多和安第斯山脉平行，但愈走和它愈接近。太阳落山以前，我们走进一个宽阔的山谷；更加确切地说，这些山谷就是海湾，由此再向前，则扩展为一片平原，更前更窄，最后收缩成一个深山谷；维辛西奥别墅就位于山上稍高的地点。我们骑行整天，没有喝到一滴水，人畜都非常渴，大家都急切地去寻找这山谷里有没有水流。后来，竟在这里找到一股水流。观察它渐渐溢出，十分有趣；这条河道在平地上是完全干枯的，在上游它就逐渐潮湿起来，此后现出一个个小水潭，潭与潭相连，逐渐在维辛西奥别墅汇成一条优美的小溪。

3月30日——所有经过安第斯山脉的旅客都讲到过这座题有"维辛西

奥别墅"庄严名字的孤独茅屋，我在这里和附近的矿区里停留两天。周围的地质非常奇妙。乌斯帕亚塔山脉，和我以前常常提到过的智利山脉相类似，有一条狭窄的平原，即盆地，把乌斯帕亚塔山脉和安第斯山脉的主脉隔离开，不过它的位置比较高，海拔6000英尺左右。若将乌斯帕亚塔山脉与安第斯山脉相比，它们的地理位置差不多是相同的；而坡尔蒂洛的高大山脉，也和前者的地理位置相同，但其来源，却完全不同：乌斯帕亚塔山脉的成分含有海底岩、火山质砂岩，以及其他显著的沉积层，互相交错而成；整个看来，它与太平洋沿岸的某种第三纪地层极相似。由于这种相似，我很希望在这里找到一些硅化木（木化石），硅化木是这类地层的一般特征，我的愿望实现了。在这条山脉的中央部分，大约7000英尺的高处，我在一个光秃秃的土坡上看到几根雪白的柱子突出地面。这些柱子就是石化的树木，其中有11棵是硅化木，还有 30~40棵已经转变成粗糙结晶的白色方解石。它们已经破碎不全，那些残留下来的树桩突出地面只有几英尺。树身的围长从3英尺到5英尺不等。它们彼此相隔有一小段路，但是构成了一个整体。罗伯特·布朗先生盛情满怀，替我细致地研究了这种硅化木；他说，这种树木原属冷杉亚科，但具有南美杉科的一部分特征，而且奇妙地与紫杉有亲缘关系。这些树木曾经被埋藏在火山质砂岩里，肯定是从这种砂岩的底部生长出来的。这种砂岩继续积累，遂成薄层，环绕树身，岩石上还保有这种树皮的痕迹。

我们要想了解所暴露出来的全部惊人的情形，就得具备些地质学的实际经验。不过我也得承认，起初我感到如此惊奇，以致我简直不能相信这种明显的迹象。我看到这样一个地点：当大西洋（现在已经后退了700英里）靠近安第斯山脉的山脚时，就在这个地点有丛丛的美丽树木，在大西洋的岸边摆动着树枝。我又看到，这些树木原生在由海底升出海面的火山质土壤之上。后来这块干燥的土地又连同上面的直立树木一起沉没到海洋的深处。在这么深的海底，这一块过去干燥的土地就被沉积层覆盖，这些沉积层又被海底的熔岩巨流覆盖，一次熔岩巨流的厚度为1000英尺，这些熔岩的洪流和水底冲积层交替堆叠，前后共有五次。只有非常深的大洋才能够容纳这样厚的地层，然而地下的推动力又施加到它们身上，于是就构成了一条7000多英尺高的大山脉。可是，那些对抗的力量并没有停止发生作用，它们时常进行剥蚀土地表面的活动：以前极厚的地层，全被很多宽阔的山谷所分隔；以前色泽翠绿、满布花芽的树木也为火山灰所覆没，然后变成二氧化硅的树木。现在，所有这一切都变得十分荒凉，再也无法复原，甚至连地衣也不能附着在这些古代树木的石质树皮上。一定发生过巨大而难以理解的变化，可是这全部的变化所经过的时期，若和安第斯山脉的形成历史相比，就是最近的事了。但安第斯山脉本身和欧洲及美洲的很多含有化石的地层相比，也要算是最近形成的。

4月1日——今天越过乌斯帕亚塔山脉，当晚在关卡借宿，它是这个平原上唯一的居住地点。离开这条山脉以前不久，我们看到一幅绝妙的佳景：红色、紫色、绿色和白色的沉积层，交替地和黑色熔岩堆叠在一起；还有从深褐色到最明亮的淡紫色的各种色泽的斑岩巨块，把上述岩层弄破而形成各种各样的杂乱状态。这真是我生平第一次所看到的景象，它确实很像地质学家所绘示的地球内部的美丽剖面。

第二天，我们穿过这个平原，并且沿着流过卢克桑村的同一条巨大的高山河道前进。这里的河水非常湍急，不能横渡；河里的水量显然要比下游低地上的水量多些，情况与维辛西奥别墅的小河相似。第三日傍晚，我们走到伐卡斯河；大家认为这是安第斯山脉的一条最难渡过的河流。这里各条河的水流急速，河道很短，而且都是由于积雪融解而成，所以水量在每天各个时间里有很大差异。晚上，河水混浊，充满河床；到了黎明，就变得比较清澄，流得不很急速。伐卡斯河的情形就是这样，所以我们在早晨渡河，没有遇到多大困难。

这一带的景色比坡尔蒂洛山口更是乏味，除了巨大平底山谷的光秃秃的岩石壁以外，很少看到别的东西，谷底只有一条路通达极高的山顶。这个河谷和庞大的岩石高山都非常贫瘠；前两天晚上，我们的骡子没有找到东西吃，地面上除了少数低矮的、含有树脂的灌木以外，很难见到其他植物。今天，我们走过安第斯山脉几个最险恶的山口，以前的人们显然把它们的危险性过于夸大了。我曾听说，要是步行走过这些山口，就会头昏眼花，要是骑骡，则没有余地可以跨下骡背，但是我从没有遇见这样险恶的地方——个人在那里不能转身走回头路，或者不能够从骡子的任何一侧跳下。有一个险恶的山口叫作阿尼马斯（"灵魂"）；我走过这个山口一天以后，才知道它是非常危险的。的确在这里有很多地点，要是骡子失足跌倒，骑骡的人就会跌到高深的悬崖之下，但是很少发生这种事情。我想，大概在春季，这些"拉德拉"（"山路"）由于每年有一堆堆崩落下来的岩屑铺在它们上面，确实非常难走，但在我看来并不会发生什么真正的危险。至于驮运货物的骡子，那情形就有些不同了，因为驮运的货物向两侧突出的距离非常之大，以致有时偶然彼此相撞，或者和路旁岩石的突出部分相撞，就会失去身体平衡，而翻跌到悬崖之下。我相信渡河也是很难的，在这个季节，虽不会有多大麻烦，可是在夏季就一定很危险了。我可以想象到，正像黑德爵士所描述的，已经渡过深渊时的感觉，和正在渡涉深渊的人的感觉并不相同。我还没有听到有人淹死过，但是驮运货物的骡子被淹死的情况时有发生。赶骡的人会告诉你怎样引着骡子走最好的路线，并且让骡子自动走过去；可是驮运货物的骡子常走险路，以致经常遇险丧生。

4月4日——从伐卡斯河到印卡帝桥，仅半天路程。这里有一块放牧骡子的草地，还有我要研究的地质材料，所以就在这里露宿过夜。当一个人听到这里有一座天然的桥的时候，就会在脑子里浮现出一个又深又狭的山谷，有一块奇特的大岩石曾经崩落下来而横跨在这个山谷上面；或者像一个巨大山洞的拱顶，其下穿空，可以容人通过。可是，印卡桥却不是这样的，它是一层砾石的外壳，由附近温泉的沉积物胶结而成。看上去好像是水流从岩层的一个侧面淘空了一条通道，留下一个悬垂的岩架，这个岩架又和对岸峭壁上落下的泥土和石子结合起来。的确，正像在这种情形下所应该发生的那样，可以十分清楚地看出，在它的一个侧面有一条倾斜的接缝。这样的印卡帝桥根本不配享受"帝桥"这类称号的。

4月5日——今天离开印卡帝桥，骑行终日，越过安第斯山的中央主脉到奥霍斯·德尔·阿瓜，此处靠近智利方面的最低处的"卡苏察"（储藏塔）。这些"卡苏察"是圆形小塔，外面有楼梯可以通到塔底的地板上，地板高出地面数英尺，以防被风吹集的雪堆所淹没。这里共有8座储藏塔，以前在西班牙政府统治下，储藏一批过冬用的粮食和木炭；每个军邮人员都带有一个开启各座塔的总钥匙。现在它们只是当作过路人避寒的洞窟，或者更加确切地说是地窖。它们都建筑在稍高的地方，和四周的荒凉景色彼此调和。有一条通到孔布雷山（是一条分水岭）的盘旋曲折的山路，非常陡峻，爬起来令人疲倦。据彭特兰先生测定，这座山的高度为12454英尺。虽然这条山路并没有通过常年积雪的地区，但我看见在它两旁都有积雪的地面。山顶寒风刺骨，但是为了要一而再地欣赏天空的光彩和大气的澄碧，不得不在这里逗留几分钟。这里的风景是壮丽的——西面群山秀丽，错杂纵横，其间为深谷所切裂。通常在这个季节以前，就已经雪花飘飘，甚至安第斯山脉在这时也完全被大雪封闭。可是，我们这一次非常幸运。天空日夜晴朗无云，只有少数几团圆形水蒸气在最高峰顶飘浮。当遥远的安第斯山脉隐藏到地平线下的时候，我们时常望见天空里这些小岛形状的云块，标明着这些高山的位置。

4月6日——今天上午，我们发觉一个贼偷去了我们的一头骡子和"马德利纳"（骡头）颈上的挂铃。赶骡人认为这头骡子一定会被贼藏匿在附近的一个山谷里，因此我们沿着河谷走了两三英里路，停留了一天看能不能找回那头丢失的骡子。这一带的风景具有智利的特点：山坡的低处稀疏地散布着浅淡的常绿的皂皮树和巨大的枝形烛台形状的仙人掌，这些地方如与光秃的东面河谷相比，确实值得我们赞美，可是几位旅行家对它们过分赞美，我却不能完全同意。我猜想我们非常高兴的主要原因就在于一个人从高山的寒冷地区逃身出来以后，他希望的只是一个暖和的火堆和一顿精美的晚饭，我相信我完全也是这种想法。

4月8日——今天我们离开了阿空加瓜山谷，下山时我们曾经到过那里。晚上，我们到了圣罗斯别墅附近的一个村庄，那里的平原土壤肥沃，令人非常高兴。秋天到来，很多果树正在落叶，有一部分果园的工人在自己的小屋顶上忙着晒干无花果和桃子，另一部分工人则忙着采摘葡萄，这真是一幅美妙的图景。可是对我来说，遥念英格兰的秋季，凄凉肃穆，呈现一片岁末的景象，我在这时是无法亲历的了。4月10日，我们到达圣地亚哥，在那里我再次受到卡德娄先生的热情招待。这次旅行历时24天，回忆在以往同样的行程中，我从来没有这样满意过。几天后我回到瓦尔帕莱索，借住在科菲尔德先生家里。

第十六章　北智利和秘鲁

通向科金博的海边道路——矿工们背运的沉重矿物——科金博——地震——梯形阶地——近代沉积物的缺失——第三纪地层的同时代形成物——沿着河谷向上游旅行——通往瓦斯科的道路——荒原——科皮亚波河谷——雨和地震——狂犬病——德波勃拉多河谷——印第安人的废墟——气候的大概变化——被地震拱弯的河床——寒冷的风暴——来自山上的声音——伊基克——盐类的冲积层——硝石——利马——不利于人健康的地方——被地震破坏的卡亚俄废墟——最近的地层沉陷——圣洛伦索岛上上升的贝类层及其分解——埋藏着贝类和陶器碎片的平原——印第安族的古物

1835年4月27日——今天我启程去科金博旅行，从瓦尔帕莱索出发到科金博，经过瓦斯科到科皮亚波，菲次·罗伊舰长亲切地提出，要在科皮亚波等我，然后送我到比格尔舰上。从瓦尔帕莱索沿海岸向北到科皮亚波的直线距离只有420英里,然而按照我采取的旅行方式这就是一段很长的旅程。我买了4匹马和2头骡子,这2头骡子每隔一天轮流驮运行李。我买这6头牲口一共用了25英镑,到了科皮亚波后我又以23英镑的价格把它们卖掉了。我们仍然像以前的旅行那样过着独立的生活,自己做饭,在野外露宿。我们骑着马奔往维诺·德尔马尔的时候,我依依不舍地回头看了一眼瓦尔帕莱索,告别了这个美丽如画、让人赞不绝口的地方。出于地质考察的目的,我从大路迂回来到基约塔的钟山脚下。我们经过一处富含金矿的冲积地带来到里马契城近郊,在这里过夜。这里每条小河流的沿岸都散布着无数茅屋,茅屋里住着靠淘金维持生活的居民,然而像所有那些没有固定收入的人一样,他们没有节约的习惯,因此极为贫穷。

4月28日——下午,我们抵达钟山脚下的一个村子,这里的田地都是居民世世代代继承的,这种世袭制度在智利是很少有的。果园和小块田地里的产物是他们维持生活的来源,这样的生活确实十分艰苦。由于缺少资金,他们为了购买下一年的必需品不得不把自己田里还没有收割的青麦预卖出去,结果小麦价格在这个产麦区反而高于这个商人所在的瓦尔帕莱索城。第二天,我们又走回直通科金博的大路。当天夜里,下了一场小阵雨,这是自去年9月11日、12日之后的第一场雨,上次我在考克内斯温泉碰见的那场大阵雨把我像犯人一样禁闭在那里。这两次下雨的时间间隔7个半月,然而智利今年的雨期比以往还要迟一些。遥远的安第斯山脉已经覆盖上了一层厚厚的白雪,好一派绮丽的景象。

5月2日——我们今天行驶的道路也沿着海岸线,而且离大海不太远。那些在中智利常见的几种树木和灌木到这里却骤然减少,取而代之的是一种高大的在外表上看起来有些像丝兰属的植物。从小范围看这一带的地面异常破碎、毫无规则,小平原或盆地上耸立着小而陡峭的岩石山峰。这一条曲折的海岸线和邻岸的海底镶满了碎浪石,如果以后变迁为干旱的陆地,和现在的陆地的现状一定很相似,我们骑马走过的地方毫无疑问发生过类似的变迁。

5月3日——今天我们的行程是从基里马利到孔查利。在此行程中越往前走土地变得越贫瘠，河谷里的水少得都没办法灌溉任何田土，河谷和河谷之间的土地光秃得连山羊都无法生存。在冬雨以后的春季，薄薄的一层牧草就迅速地生长出来，这时候居民们把牛群从安第斯山脉赶下来放牧一小段时间。令人非常好奇的是草和其他植物的种子是怎样适应这里的雨量并存活下来的，而这种适应是如此自然就像是已经成为习性一样。在极北的科皮亚波每降一次雨，对植物的效果就相当于在瓦斯科降两次雨，或在这个地方降三到四次雨。有这样一种奇怪的现象，在瓦尔帕莱索冬季干旱很严重，牧草受到损害，然而瓦斯科在同样干旱的情况下牧草却长得非常茂盛。继续向北行进，雨量似乎并不严格地依纬度的升高而减少。孔查利和瓦尔帕莱索之间的距离只有67英里，却一直到5月底才会下雨，可是通常在4月初瓦尔帕莱索就下雨了，不仅如此，由于雨季开始得较晚年降雨量也同样会成比例减少。

5月4日——我们越走越觉得沿着海岸线的道路没有任何意思，所以就折回内陆走向伊亚佩尔的矿区和河谷。也像智利其他各地的河谷一样，这个河谷平坦、宽阔而且非常肥沃，在河谷两侧要么是成层的砾石悬崖，要么就是光秃的岩石群山。在一条最高的笔直的灌溉渠上面，地面颜色都是和大路一样的棕色，然而在这条沟渠的下面却是一片铜绿色，因为这里的地面上生长着一片紫花苜蓿，就是车轴草属的一个物种。我们继续前进来到了另一个矿区霍尔纳斯，这个矿区所处的山就像个大蚁巢一样到处被钻着洞。智利的矿工在习性方面是一个特殊的人种，他们可以一起在最荒僻的地方待上数周。但是，当节日到来的时候他们就会下山回到村庄里，过度消费尽情享乐，根本不考虑他们的经济是否能够承担。他们有时候领到相当大的一笔工钱，就会像水手得到了奖金那样，用尽各种方法尽快花完这笔钱。他们生活毫无节制，嗜酒、大量地购买衣服，过不了几天就会身无分文回到那惨淡的住处，继续从事比驮运货物的牲口还要辛苦的工作。这种同水手们一般的欠考虑的行为显然是由他们同样的生活方式所造成的，矿主每天供给他们伙食，所以他们没有存钱或者理财的习惯。除此以外，还有一种诱惑和一种使他们屈服于诱惑的方法同时对他们产生了效力。相反，在英格兰的康沃尔和其他几个地区，那里的人们靠出卖部分矿脉生存，所以那里的矿工们被迫要精打细算，于是成为头脑灵活、品行端正的人。

智利矿工的衣服很特别而且相当别致，穿着一件长长的、用某种深色粗呢做成的衬衫上套着一条牛皮围裙，并且用一条颜色鲜亮的腰带把它们全部束在腰际。他们穿着肥大的裤子，戴着一顶恰好紧贴在头上的深红色小布帽。我们遇见一队这种着装的矿工，他们正抬着一个已经死去的矿友去下葬。他们四个人抬着矿友的遗体小跑着前进，大约每隔200码就轮换一次，然后把它交给另外一组人，而接着抬的这一组人早先就骑着马疾驰到前面去等了。他们就这样轮换着向前行进，并且以疯狂的喊叫来鼓励彼此，整个过程形成了最奇特的送葬仪式。

我们顺着曲曲折折的路继续向北走，为了考察地质有的时候也停留一天。这一带人烟稀少，道路很难辨认，我们很难找到要走的道路。5月12日，我们在一个矿区里停了下来，大家都认为这个地方矿石的品质不是特别好，但是由于这里矿石的蕴藏量很大，估计这个矿的价值有30000~40000美元（6000~8000英镑），可是竟被一家英国公司用黄金1两（3英镑8先令）就买去了。这正如我前面讲到过的一个黄铜矿，在英国人没有来以前，当地居民都以为这种矿石不含一点铜。也正如前面所举的例子一样，要说利益价值规模，他们所购得的是含有丰富铜粒的一堆堆的矿渣，但是众所周知，即使这个铜矿公司拥有这种利益丰厚的物资，也依然因不善经营管理而大蚀其本。大多数的总裁和股东愚蠢到了极点，每年都要花上千英镑在某些情况下去款待智利当局的官员，购买图书馆的地质学书籍、派遣矿工去探勘像锡之类在智利还没有被发现的特种金属。在没有奶牛的地方他们同矿工们签订供应牛奶的合约，在不能使用机器的地方装置了机器，还有近百种类似的事，都证明了我们英国人荒谬，直到今天当地人都还以此为笑柄。毫无疑问，在这些矿区如果很好地运用同样的资金，就可以获得巨大的回报，而这一切仅仅需要一个值得信赖的经理和有实际经验的矿工与化验师就足够了。

按照黑德舰长的描述，这些矿工们是真正的驮运物资的牲口，他们从最深的矿井背运出重得令人难以置信的矿石。我承认当时我认为这个描述恐怕太夸大了，因此我很高兴借此机会任挑一只背筐称重。那时，我正对着一只背筐站着，用了很大的力气才把它提起来。过磅称重后，这一筐矿石重达197磅，矿工背着它要从80码深的矿井爬上来。他们经过的道路，一些通道又险又陡，并且大部分是木柱，这些木柱向上通到矿井口，一根根排列成"之"字形，落脚的切口就刻在这些木柱上。按照这个地方的通常规则，在600英尺深度以内的矿井里，矿工不能在中途停下来休息。据说，矿工们大多数时候平均每次所背的矿石重量都在200磅以上，有人很肯定地对我说，在一次负重试验中，曾经确实有一个矿工背了三百磅（22.5英石）重的矿石，竟然还能从最深的矿井里爬上来！矿工们每天要从八十码深的矿井里背十二次出来，背出的矿石重量达到2400磅，而且还要在间隔时间里承担敲碎矿石和拣取矿石的任务。

这些矿工的身体都很健康而且心情也很愉快，除非他们遇到意外事故。他们身上的肌肉不太发达，因为他们每星期至多吃到一次肉，即使吃肉也是一种又硬又干的牛肉片而已。虽然我知道他们是自愿在这里做工的，然而当我看到他们从矿井里爬到矿井口的样子时还是感到十分愤慨。他们身子前倾，双臂扶着梯子，双腿弯曲，全身肌肉颤抖，汗水从脸上涌出直淌到胸口，鼻孔向外张开，嘴唇的双角用力向后紧缩，呼吸极其费劲。他们每次呼吸，总要发出音节分明的喊声："唉—唉"，这个喊声的最后一个音是由胸部深处升起的声音，这种声音有如军笛般尖厉。他们摇摇摆摆地走到矿堆旁边将大背筐里的矿石倒出来，在休息两三秒钟后，他们好像完全恢复了力气，揩拭一下额角上的汗珠又快步爬进矿井里去了。依我看这是一个习惯成自然的最好事例，矿工们之所以能承受这种劳苦，除了以上的解释之外，我还能说什么呢。

晚上，在我和矿主谈到如今分散居住在全国各地的外国人的数目时，他告诉我说，虽然他是一个年轻人，他记得当他还是一个在科金博小学读书的小孩子时，学校里有一次为了欢迎一艘到城里来和总督进行谈判的英国军舰的舰长就给他们放假一天。他认为当时连他自己在内的所有这所学校的小学生,不论如何都无法说服自己去接近这个英国舰长,因为他们对这种人早已有了很深的成见,他们以为和这种人接触后就会受到异教思想和不洁疾病的传染,甚至还会发生灾祸。到目前为止海盗们的恐怖行为还在他们中流传,尤其是把圣母马利亚画像抢走的那个海盗,一年以后他又回来把圣父约瑟的画像抢走了,并且说他来取这张画像是为了同情没有丈夫做伴的太太圣母马利亚而来的。在科金博我还听到一个老年妇人在吃午饭时讲述她在年幼时要是有人连喊两声"英国人",大伙就会携带比较值钱的东西躲藏到山里去,然而让人觉得不可思议的是她居然能够活到现在,并与一位英国人在同一个房间里吃饭。

5月14日——我们到达科金博,在这里停留了数日。这个城市除了十分安静之外没有什么出名的,听说这里有6000~8000个居民。 5月17日上午下了今年的第一场雨,历时大约5个小时,农民都在空气比较湿润、比较靠近海的地方种植谷物,这场雨后他们耕田犁地,等到下第二场雨后就开始播种,要是下第三场雨就会在春天有个好收成。这样微量水分产生的效果观察起来十分有趣。在第一次下雨后的12个小时,地面又如以往一样干燥。但是再过10天一层轻微的绿色就覆盖住所有的山丘,一英寸高的野草稀疏地生长在各地,细如发丝。但是在下雨以前,地面上到处都和大路上一样光秃荒凉。

所有到过科金博的人都知道爱德华兹先生这位英国侨民非常好客,晚上舰长菲茨·罗伊和我一起到他家里吃晚饭的时候,突然发生了一次强烈的地震。我听到了地震发生时的隆隆声,然而由于妇女人们的尖叫声,仆人们的奔跑声和几个绅士冲奔去门口的声音,我无法辨别这次地震的动向。尔后有几个妇女因为害怕哭了起来,一位绅士说整个晚上他都无法安然入睡,即使能睡他只要一合上眼睛就会梦见房屋倒塌。这个人的父亲最近在塔尔卡瓦诺的地震中失去了所有财产,他自己1822年在瓦尔帕莱索的地震中从屋顶垮塌的瞬间侥幸逃了出来。他讲述了当时发生的一件稀奇的巧合事,一次他和朋友在一起打牌时其中的一个德国人站起来讲,在这一带地区他始终都让门开着，因为有一次在科皮亚波他把门关上就差点丢了性命。当时他们所处的房间是关着的，他依旧去把房门打开，可是正当他去打开门的时候他就喊道："真的又地震了。"那次著名的大地震就这样发生了，和他一起打牌的朋友们也因此逃出去保住了性命。在地震发生的时候墙壁不停地抖动，门框会发生紧缩，这样就没有办法把门打开了，所以这个时候的危险并不是没有时间去开门而是门打不开。

有几个人在本地人和长久居住的侨民中是比较有名的遇事十分冷静的人，但是这次地震发生的时候他们依然觉得十分害怕。我认为，无论如何，这样的过度恐慌部分原因或许在于缺乏调节恐惧的心理，在他们看来这种恐慌并不是可耻的。事实上，一个表现镇静的人并不受当地人的喜欢。我听说有两个英国人，当这次强烈的地震发生的时候，他们正躺着在地面上睡觉，因为他们知道躺在地面上没有危险，所以地震发生后就没有站立起来，当地人就愤怒地喊道："你们看这些异教徒，他们竟然躺着一动也不动！"

我花了好几天时间去考察那些梯形的砾石阶地，最先注意到这种阶地的是霍尔舰长，莱尔先生认为它是在陆地逐渐上升期间由海水冲刷而成，他的这个解释完全正确，因为我在这些阶地上发现现存的无数贝类物种。这里有5个狭窄、缓慢倾斜、成带状的阶地一个接着一个地向上延伸，其中以由砾石构成的最为完善，它们朝向海湾沿河谷两侧伸展开来。这种现象在科金博以北的瓦斯科的规模更大，甚至一些本地居民也感到震惊。那里的阶地更为广阔，也可以称作平原，有些地方有6处阶地相连，但通常只有5处阶地连在一起，它们由海岸向内地伸延至河谷两侧，长约37英里。这些梯形阶地，或者边缘地，与圣克鲁斯河谷的地形十分相似，除了规模较小一点，这里的地形也很像沿巴塔哥尼亚的海岸线的大型阶地。毫无疑问，它们是在南美大陆逐渐上升的漫长地质年代里经由海水的浸蚀作用而形成的。

许多现存物种的贝壳不仅出现在科金博的阶地表面（高达250英尺），而且还镶嵌在疏松的石灰质地层里，这些地层范围不大但是厚达20～30英尺。这些最新形成的地层中的贝类已全部绝灭，在古代第三纪地层之上堆积着。这个大陆好几百英里的太平洋沿岸和它同样长度的大西洋海岸我都考察过，但是除了在这个地方和通瓦斯科道路北部的几个地点以外，我还没有看到过含有近代物种海生贝类很规则的地层。在我看来，这种情形是值得高度注意的，通常来讲，对缺乏某个时代的成层的化石沉积物的任何区域，地质学家做出的解释并不符合那里的实际，例如当时地面是干燥的陆地的说法就与实际情况不相符合。因为我们可以清楚地看到，这一带沿着东西海岸好几千英里的土地都散布着贝类，在疏松的沙土或植物性土壤层里也埋藏着贝类，这里不久以前是处在海水下面的。毫无疑问，必须在下面的事实中去寻求解释，那就是整个大陆的南部在很长时间里已经缓慢抬升，在沿岸浅海所有聚集的沉积层，应该都很快同时从水底上升起来而经常受到海滩上的海水的侵蚀。在海水比较浅的地方，大多数的海洋生物固然可以繁衍生息，但是在这样的海水里很明显不能够产生任何很厚的地层。只要去看一看巴塔哥尼亚现代海岸上的高大悬崖以及同一海岸线上抬升上去的一层层高度不同的陡坡或古海岸峭壁，就可以证明海滩上的海水对此的侵蚀力是十分巨大的。

古老而处于下层的科金博第三纪地层好像与智利海岸上的几处沉积层（纳维达德沉积层是其中最重要的一个）、巴塔哥尼亚的巨大地层属于同一个地质年代。在纳维达德或者在巴塔哥尼亚都有证据表明这两个地方被埋藏的贝类还活着时（福布斯教授已审阅了这些贝类的名称列表），那里地层沉陷下去数百英尺，后来又被抬升上来。自然而然地就会提出这样的问题，近代广大的含有化石的地层虽然在南美大陆东西两侧的海岸没有保留，在近代和第三纪地层之间的任何一个中间时期的地层也没有保留，但是在从北到南的1100英里长的太平洋海岸上的范围里与至少1350英里长的大西洋海岸的范围里，以及从东向西700英里长的大陆最阔部分的范围里，这种含有化石的沉积物已经在第三纪沉积下来并保留了，可那又是怎样发生的呢？我认为这个问题并不难解释，而且在其他各洲所观察到的类似的情形似乎也可以应用这种解释。很多事实都足以证明海水具有十分巨大的侵蚀力，当沉积层上升的时候不能持续很长的时间，因为此时它要受到海水的强烈冲击，除非原本它们的面积很大、厚度很厚。然而在这种深度不够深的海底，如果不通过下沉把位置退让给以后沉积下来的地层，即使大量生物的生存条件良好，也根本不可能积聚成很厚很宽广的沉积物的覆盖层。虽然巴塔哥尼亚南部和智利相隔1000英里，但是它们的地层看上去大约形成于同一时代。如果我后面研究大洋里的珊瑚礁时所坚信的那种说法值得采用的话，通常情况下在广大区域面积里的下沉现象几乎连续不断地同时发生着，或是我们放眼南美洲就可以知道下层和上升的运动都是宽广的，而且和现存的贝类都处于同一个时代，秘鲁、智利、火地岛、巴塔哥尼亚和拉普拉塔一带沿海地区由于上升作用而升起。由此看来，彼此相隔很远的地点在同样的时间里，含有化石的地层顺利地形成的条件一定具有适宜的广大面积和相当厚度的条件，而且这些能支持长久时间的沉积层一定可以抵抗海水的侵蚀。

5月21日——在爱德华兹先生的陪同下，我向科金博河的河谷上游前进，抵达阿尔科罗斯银矿。途中我们经过了一片山地，在天黑的时候才到达爱德华兹先生所经营的矿区。因为这里没有跳蚤，一整夜我都睡得十分舒适，这种体会在英国是没有的。在科金博所有的房间里都有跳蚤，然而跳蚤在3000~4000英尺高的地方就不能生存，这一定是其他原因消灭了这些令人生厌的昆虫，而并不见得是因为这里的气温稍低。从前，每年约有2000磅的银子产量从这个矿井产出，但是现在的状况确实很不好。有人说："一个人要是拥有了铜矿就会获利，拥有了银矿就可能获利，但是拥有了金矿就必定会亏本。"这种说法并不准确，因为在智利所有的大富翁都是从开采贵金属中发财的。不久以前，有一个从科皮亚波回到英格兰的英国医生，他随身带回了约有24000英镑的一个银矿的一份股本所得到的红利。毫无疑问，如果精心经营一个铜矿，一定是能够获利的，至于经营其他金属矿就和赌博一样，或者可以更确切地说等同于购买彩票。矿主经常损失很多贵重的矿石，因为没有任何好办法来防止偷窃。我听说有一个绅士曾经和另一个人打赌，如果他的矿工能在他面前把矿石偷走他就认输。

矿石运出矿场之前要先打碎，把无用的矿石堆砌到另外一边，有两个专职做这种工作的矿工，他们在工作时就像偶然地把两块矿石同时抛出去，还风趣地说："让我们看看到底是哪一块矿石滚得更远一点。"而此时，这个矿主以及和他打赌的朋友都在旁边，以一支雪茄为赌注。那个矿工看清楚了这块贵重的矿石在废矿堆的位置，在晚上的时候他捡回了这块矿石并拿给他的矿主，证明这原来是一块含银很多的矿石，并且向他说道："这就是让你赢到雪茄烟的那块矿石，因为它滚得太远了。"

5月23日——我们下山走进富饶的科金博河谷，一直沿着这条河谷走到了爱德华兹先生亲戚家的农庄，我们在那里待了两天。在那以后，我又骑马向前走了一天去考察化石贝类和化石豆，其实化石豆就是石英的小石子。我们经过了几座小村庄，村旁的河谷都得到了很好的开垦，那里的风景十分壮丽。那里靠近安第斯山脉的主脉，四周群山巍峨挺拔。北智利各处的果树靠近安第斯山脉较高地带的产量都比低处的产量高，这个地区的无花果和葡萄栽培面积很大，以品质优良而闻名于世。也许这个河谷是基约塔河谷以北产量最高的地方。我估计包括科金博在内的当地居民，大约有25000人。第二天，我返回农庄，随后和爱德华兹先生一起回到了科金博。

6月2日——我们沿着海岸到瓦斯科河谷，有人认为这条路没有另一条路荒凉。第一天我们到达名叫叶儿巴·贝纳的一处独居的房屋，这里有一块可供我们牧马的草地。我在前面讲过这里两周前下过一场雨，但那次下雨的范围只达到瓦斯科的半路，因此在前一半路程我们所经过的地方已经露出了浅浅的淡绿色，此后就立即消失了。即便是这个绿色最鲜明的地方，也没有春天的生气。当路过如此荒凉的地方时，人们一定会有被禁闭在阴暗的监狱里的感觉，渴望看见一些绿色，呼吸到一些湿润的空气。

6月3日——我们从叶儿巴·贝纳动身到卡利柴尔去。我们前半天穿过了一片荒凉的岩石山地，随后来到了一片面积宽阔、沙土深厚的平原，破碎的海生贝壳在这里的地面上散落着。这里的水很少，即便有，也是一些咸水，因此，整片土地从海岸一直到安第斯山脉都是杳无人迹的荒漠，在这里，我只看到了一种生物数量很多，那就是在最干燥的地点成堆积聚的螺轮蜗牛。春天里，这种蜗牛就以一种低等小植物抽出的几片叶子为食物。古阿索人以为这些蜗牛是从露水里生长出来的，因为它们只出现在清早露水还略微润湿的地面上，我在另外几个地方也观察到陆生贝类很适宜在干燥而贫瘠的石灰质土壤上生长。在卡利柴尔只有几座村舍、一些半咸水池和少量耕地，然而我们费了很大周折才在这里买到了一点喂马的谷物和草料。

6月4日——我们今天从卡利柴尔骑行到沙乌西，我们骑着马经过了几处有大群羊驼的荒凉平原，中途还经过了位于瓦斯科和科金博之间的察聂拉尔河河谷，虽然这里的土地最肥沃，面积却非常狭窄，牧草的产量很少，连喂马的草都难以买到。我们在沙乌西遇到一个正监管着一座炼铜炉的非常友善的老绅士，承蒙他的特别关照，我们出高价请他为我们买来了一捆肮脏的干草，可怜的马为我们跑了整整一天路，这一捆肮脏的干草就是它们今天的全部食物了。在智利现在运转的炼铜炉只有少数，因为这个地方的木材稀缺，而且炼铜的方法也很落后，因此为了有利可图，只有用船把矿石运输到斯旺西去提炼。第二天，我们翻越过几座高山，来到瓦斯科河谷里的弗连利纳。我们每天向北骑行，沿途的植物愈来愈稀少，甚至那些和枝形烛台一般的大仙人掌在这里也被一种小得多的仙人掌代替了。冬季里的几个月，在北智利和秘鲁的太平洋之上，天空中低低地悬挂着大片均匀的云层。从高山上望去一片洁白而灿烂的雾海徜徉在谷地之上，只露出岛屿和海角，就像乔诺斯群岛和火地岛沿海一带的景色，颇为壮观。

在弗连利纳我们停留了两天。瓦斯科河谷有四座小镇，谷口处是一个港市，紧靠它的周围没有淡水，那里已经完全荒芜了。弗连利纳坐落在往上五里格的地方，它是一座长条形村庄，房屋分散各处，粉白的墙壁显得非常体面。再向上走10里路就是巴列纳尔，再往上就是瓦斯科·阿耳托，那是一个以出产干果而闻名的园艺村。在晴朗的日子里，从山谷望出去的风景非常迷人，一条谷间空地直达远处白雪覆盖的安第斯山脉，山脉两侧无数的横条线融汇成美丽的雾带。它最显著的位置因为有很多平行的梯形阶地而独一无二，其间夹着一条长满垂柳的绿色河谷，在两旁光秃的山地的映衬下，别有一番景致。这一带地区十分贫瘠，最近13个月里没有下一场雨，这足够让人相信这里的贫瘠了。当地居民非常羡慕科金博已经下雨了，他们观察天象觉得有希望像科金博一样有好的运气，的确在两星期以后他们的希望变成了现实。那时我正在科皮亚波，在谈论着瓦斯科雨水充沛的情形时，那里的居民也带着同样的羡慕心理。这一带地区有时候接连两三年都非常干旱，其间最多下过一次雨，但是在干旱以后一个大雨的年份通常就会跟着来，这样的水灾甚至比旱灾给人们带来的损失更大。当河里的水上涨的时候，唯一适宜于耕种的狭带形河谷的地面就布满了砾石和沙土，用于灌溉的沟渠也被洪水冲毁，三年前的那场大灾荒就是因为水灾造成的。

6月8日——我们骑马到巴列纳尔，这个地名来源于爱尔兰的巴列纳赫—奥希金斯的家族故里，这个家族的人在西班牙政府统治时代，曾任智利总督和将军。巴列纳尔两侧的岩石高山常常笼罩在云雾之中，这里梯形的平原与巴塔哥尼亚的圣克鲁斯河谷十分相似。在巴列纳尔待了一天后，我于6月10日向科皮亚波河谷的上游前进。我们在枯燥无趣的地方骑行了整整一天，我已经厌倦了反复使用"寸草不生"和"贫瘠的"这类形容词了。然而，这些普遍被使用的字眼往往是具有比较意义的，我常用这些词来形容巴塔哥尼亚的平原，如果把它们那里还有多刺的灌木和丛生的草木和北智利比较，算得上是十分丰饶的了。这里连200平方码的土地也找不到，即使能找到简直也很难在那上面发现小灌木、仙人掌或地衣，土壤中处于休眠状态的种子正等着初次冬雨而萌芽抽叶。在秘鲁，荒漠占去了这个国家大片的面积。晚上，我们到达一处河谷，其间有一条小河的河床潮湿，我们沿着它向上游走去，找到了相当不错的水源，这条河里的水，在夜间蒸发得较慢，被土壤吸收得也比较慢，因此要比白天流往下游多1里格的路。这里有很多可以用作柴火的树枝，对我们说来这是一个很好的露宿地，然而对于可怜的马匹这里什么吃的都没有。

6月11日——我们马不停蹄地一直走到一座炼矿炉所在地，走了12个小时，这里有水有柴火，然而我们的马还是没有任何东西可吃，还被我们关在一个荒废的老院子里。沿路一带都是山地，远处的景色由于裸露的高山呈现出不同的颜色，非常有趣。看到这么好的太阳光照射在这寸草不生的地方觉得真是可惜，在这么好的天气下就应该有绿油油的田地和美丽的果园。第二天，我们到达科皮亚波河谷，这使我由衷地感到开心。整个旅程我都十分焦躁不安，吃晚饭的时候，我们的马因为饥饿就啃吃系缚它们的木柱，我听了非常难受，但没有任何办法可以消除它们的饥饿。但总体上讲，看不出它们已经有55个小时没吃到一点东西了，仍然十分活跃。

我有一封给宾利先生的介绍信，所以他非常亲切地招待我住在坡特列罗·谢科农庄里。这个农庄的土地非常狭窄，被一条河分开，两岸各有一块田的宽度，长度在20～30英里。由于几处过于狭窄，也就是说，在这些地段上它们好像四周岩石荒地那样毫无价值，因为它们不能引水灌溉。整个河谷可以耕种的土地数量很少，不仅因为地面凸凹不平而发生的灌溉不便利，还有水量太少的原因。今年的河水尤其充足，河谷的上游的河水涨到了马腹的高度，河面水流湍急处的宽度大约有15码，越向下游变得越浅，通常到最后就完全干涸了。曾经连续30年没有一滴河水由这里流到海里。当地居民见到安第斯山脉的暴风雪来临就会非常高兴，因为下一场好雪，一年灌溉用的水量就足可供给。这里的雨水比下游地区的雨水带给人们更多的好处，山上大约每两三年下一次雨，雨后不久小片牧草就生长出来，牛和骡子就可以上山吃一段时间草，自然十分有益。但如果安第斯山脉不下雪，整个河谷就要完全荒芜了。据历史记载，从前这里发生了三次大的旱灾，几乎所有居民只得移民到南方去。今年的水量充足，居民可以随意灌溉耕种凡是他们看中的土地，但必须经常派兵驻守在各处水闸，每星期按各个农庄的田地多少分别放水若干小时。据说，有12000人居住在这个河谷里，但是这里每年出产粮食只够他们3个月食用，还要从瓦尔帕莱索和南方各地运来接济。科皮亚波在察农西洛的著名银矿还没有被发现之前就很快衰落了，但是现在又有了兴旺的景象，这个过去被地震完全破坏的城镇又重建起来了。

在那些荒凉地带科皮亚波河谷像一条绿带伸向南方，距离它的发源地安第斯山脉相当遥远。我们可以将瓦斯科和科皮亚波两个河谷都看作狭长的岛屿，但与智利其余部分被岩石荒漠所分隔，而不是被海水分隔。这两个河谷以北只有一个被叫作帕坡索的非常可怜的河谷，大约有200人在这里生活，再过去就是真正的阿塔卡马荒漠，它形成了比最凶险的海洋还要凶险得多的障碍。我在坡特烈罗·谢科停留了几天以后，向河谷上游前进到别尼托·克卢兹先生的农庄，看了我给他带来的介绍信后受到了他非常热情的招待，实际上旅行者们在南美洲各地所得到的亲切关照就算是用最好的言辞也无法形容。第二天，我雇了几头骡子，沿着霍尔克拉峡谷骑行到安第斯山脉中心地带。第二天夜里，天气好像预告说将下一次暴风雪或者大雨，上床睡觉的时候我们又感到了一次轻微的地震。

地震和天气之间的关系常常备受争议。我对这个现在仍然没搞清楚的问题非常感兴趣。洪堡在他的《旅行记》里有一段说明，他认为对于那些长期居住在新安达卢西亚和下秘鲁的人来说，要否认这两种现象之间存在一些关系都是困难的，然而在另外一个部分里他似乎又认为这种关系是幻想出来的。在瓜亚基尔，据说往往旱季的一场大雨之后紧跟着就会发生地震。在北智利发生这种偶然巧合的可能性是非常小的，因为这里极少下雨，甚至是有下雨迹象的天气都很少。但是这里的居民十分坚决地认为大气的状态和大地的震动是有一定关系的，在我向科皮亚波的一些人提到科金博发生过一次强烈的地震时，他们居然立即大声说："好幸运呀！今年那里一定会长出大量的牧草。" 我听到后感到极为震惊，在他们看来地震就预示着一定会下雨，而下雨后就一定有茂盛的牧草生长出来。在发生地震的那一天确实是下了一场大雨，正如我前面所描述的，在雨后10天一层稀疏的绿草就覆盖了整个地面。在其他时候，地震过后马上就会下雨，在一年的时间里雨比地震还要稀奇。在瓦尔帕莱索1822年11月和1829年地震后就下过雨；在塔克纳，1833年9月地震后也发生过这种现象。只是对这些地方的气候稍微有点熟悉的人都知道，这些地方很少下雨，除非受到与普通天气毫无联系的规律影响。在火山大爆发的情况下，比如科西基那的火山爆发，在一年中本不该下雨的季节竟然下起了倾盆大雨，"在中美洲几乎是史无前例的"。对此我们不难理解，水蒸气的容量和火山灰的尘雾也许会破坏大气的平衡。洪堡曾经把这个观点推广到并不伴随火山爆发而发生的地震，然而我以为从地壳裂缝里出来的这种气态流体数量很小，不太可能产生出这样显著的后果。最初由斯克罗普先生提出的观点可能是正确的，他认为当气压下降而且有希望下雨的时候，广大范围地区的大气压力会即时减低，这就可能使人判断出准确的日期，在这一天地壳由于地下动力的推动而达到了应力的极限就裂开颤动了。可是，当没有伴随火山爆发时地震，也会在干旱季节里下几天暴雨，这种观点对上述情形究竟能解释到何种程度尚存疑问，不过这种情形似乎可以预示气象和地下区域有某种密切的关系。

我们顺着来时的路返回到贝尼托·克鲁斯先生家中，在那里只待了2天时间，因为这些山谷的风景没有什么趣味，我们只是采集了一些贝类化石和树木的化石就离开了。这里有为数众多的巨大的硅化树干，它们横卧着埋在砾岩层之中。我曾经测量过一根硅化树干的周长，为15英尺。硅石完全替代了巨大圆柱体里木质部分的每个原子，而且这些原子都已经被移走了，让人惊奇的是树干里的每一条输导管和每个孔隙仍旧维持不变。大约在我们欧洲的早白垩纪，这些树干生长得很茂盛，它们都属于冷杉亚科。当地居民差不多采用了一个世纪以前欧洲人所用的那一类用语来谈论我所采集的贝类化石的性质，那就是它们是否"天生就这样"，听到这种谈论让人觉得可笑。我在这一带考察地质时，智利人通常会感到十分的诧异，我花费了很大的力气来让他们相信我不是来这里寻矿的，但是他们还是不相信我。有的情况下，我甚至觉得这样的情形使我觉得很厌烦，我发现反问他们是解释我的工作的最好方法：为什么他们对地震和火山不感兴趣？为什么一些泉水是热的，而其余的泉水又是冷的？为什么在智利有很多高山，而在拉普拉塔省境内连一座小山也没有？大多数居民对这些简单的问题立刻就感到满意而安静下来，然而还有一些人（就像是某些知识落后了100年的英国人）却认为所有这些考察都是没有用处违背神祇的，他们坚信只要承认高山是上帝创造的，就完全可以解答一切了。

最近有很多狗发疯，有几个人被疯狗咬过而致死。当地政府就颁布了一道命令要把所有的野狗都杀死，因此我们看见路上有很多死狗。在这个河谷里，曾经流行过好几次狂犬病，值得关注的是这样奇怪而可怕的疾病在同一个孤立的地方居然会一次又一次地出现，有人谈到在英格兰有几个村庄也比其他地方更容易遭受这种流行病的危害。乌纳努埃医生指出说南美洲在1803年第一次出现了狂犬病，阿扎拉和乌洛阿在南美洲旅行期间从来没有听说过那里流行过这种病，这一点也能够证明乌纳努埃的说法属实。乌纳努埃医生说这种病首先发生在中美洲，后来又慢慢地扩展到南方，到1807年就蔓延到了阿雷基帕。听说虽然在阿雷基帕有几个人没有被疯狗咬过但还是被感染了，其中有几个黑人因为吃了一头死于狂犬病的阉牛的肉而发病了，在伊卡有42人得了这种病就这样不幸地死去。一般情况下，人被疯狗咬后在12~90天内就要发病，这种病例一发作总是会在5天内死去。1808年以后，一直都没有出现过这种病。我在范迪门地或澳大利亚调查了多次，没有听到有这种病发生。柏奇尔说他居住在好望角的5年时间里，从来没有听说过一例这种病。韦伯斯特肯定地说狂犬病在亚速尔群岛从来没有发生过，有人也肯定这种病在毛里求斯岛和圣海伦娜岛没有发生过。从气候条件来研究一下这种病发生的环境或许可以获得一些资料，因为这种病不可能是被疯狗咬过的狗带到这样遥远的地方的。

有一个陌生人在夜里来到贝尼托·克鲁斯先生家中借宿，他说他在高山中迷了路，走了17天都没走出来。他从瓦斯科出发，因为熟悉安第斯山脉一带的路况，所以认为他不会有什么困难就能够沿着路线走到科皮亚波，但是不久就陷进了山区的迷宫而走不出来。他的骡子掉下了悬崖，他的处境非常困难。他的主要困难是不知道在哪里可以找到水喝，所以只好一直沿着中央山岭的边缘行走。

我们沿着河谷向下游返回，于6月22日到达科皮亚波城。这个河谷的下段宽阔，构成一个像基约塔河谷平原一样富饶的平原。这个城市的占地面积相当大，每家人都有一处果园，但是屋子里的家具很简陋，是一个不太舒适的地方，每个人好像都只知道在这个地方想方设法挣钱，然后尽快搬迁到其他地方去。所有的居民或多或少都与矿区有直接关系，所以他们仅有的话题就是围绕着矿区和矿石。这里所有种类的必需品都十分昂贵，因为从这里到港口有18里格路，陆路运输成本极其高。一只鸡要卖5~6先令，肉的价钱与英格兰的肉价接近。木柴，更确切地说是树枝，是用驴子从安第斯山脉驮来的，需要2~3天的路程，然而这里的每头牲口所需的饲料每天要花费1先令，所有这一切费用对南美洲来说未免过高了。

6月26日——我雇了一个向导和8头骡子沿着一条上次没有走过的路线去安第斯山脉，由于这一区域十分荒芜，因此我们带去一包半大麦和碎秸秆的混合饲料在途中喂骡子。由这个城市出发，我们向上走了大约两里格的路以后，就来到一个叫作"德波勃拉多"的宽广河谷，也称无人谷，是我们曾经到过的一个山谷的分支。这个河谷有一条通向安第斯山脉的山路，虽然它的容积巨大，却十分干燥，仅仅在多雨的冬季才会例外地有几天时间有水流下去。在满布砂石的高山两侧很少有下陷的山谷，布满砾石的主山谷底部很光滑，也很平坦。这个砾石河床一定从来没有大的洪水流过，如果要是有洪水流过的话，如同南方的所有河谷那样它一定会有一条两岸有高大悬崖的河道了。我有很大的把握这一条河谷和旅行家们曾经提出的秘鲁河谷一样，都是在陆地缓慢上升的时候，受海水波浪的作用才成为今天我们所看到的情形。我看出这是在德波勃拉多河谷和一个山谷（在任何其他的山脉地带几乎都会把这种山谷称为大河谷）连接的地方，这里的河谷的河床尽管只是由沙子和砾石构成，也要比它旁边的山谷的底部的位置高一些。经过一个小时的流动后，仅仅是一条有水的小河流也可以冲刷出一个小的河床。很明显，很多世纪以来从来就没有小河流从这支山脉中流出过。在这里，如果可以用"机构"这个词语来描述，除了很少的特殊情况之外这种排水机构全部都保存得十分完整，但是让人觉得奇怪的是它却并没有受到过任何水流作用的痕迹。所有人都一定会注意到那些淤泥浅滩似乎是在水退后留下来的，好像山丘与溪谷众多的地方的雏形。在这里有一个由于大陆在海水长期后退时逐渐上升而形成的岩石的原始模型，这不是由潮汐作用所产生的。如果淤泥浅滩上降下一阵大雨，在干燥以后，它就会把原有的小沟壑的深度加深，连续数个世纪的雨水也会对由岩石和泥土所构成的浅滩起着相同的作用，那个浅滩被我们叫作大陆。

我们在天黑之后仍然骑着骡子往前走，一直走到有一口叫作苦水井的水井所在山谷的一侧。这口井的井水带有咸味，还带有无法忍受的腐臭和苦味，所以这个名称对它来讲是名副其实的，我们无法强迫自己去饮用这种水冲泡的马太茶。我想从科皮亚波到这个地点至少有25～30英里的距离，一路上我们没有一滴饮水，所以严格说来直接用"荒漠"这个名称来称呼这一带地方也不为过。离开这里约一半路程靠近戈尔达角的地方，我们从几处古代印第安人的废墟经过，我还看到在德波勃拉多河谷分支出来的几个河谷前面有两堆彼此相隔不远的石块，仿佛在标识这些小河谷出口的位置。这些石堆的意义连我的同伴们都不知道，当我问及他们时，他们只是冷静地回答我："谁知道呢？"

曾经我在安第斯山脉的好几个地方都看到过印第安人的废墟，其中保存得最完好的是乌斯帕亚塔山口的谭比洛斯废墟，在那里聚集在一起的方形小屋组成了各个分离的房屋群，有些由纵横的石条构成的高3英尺左右的门洞还完整地保留着。乌洛阿指出古代秘鲁民居的房门都很矮，这些房屋还完好的时候一定可以容纳相当多的人。相传，以前印卡族人翻越安第斯山的时候，经常在这些房屋里留宿。在其他很多地方也发现有印第安人房屋的遗迹，但是这些房屋恐怕不全是留宿之用的。废墟周围的土地都不适合栽培任何作物，例如谭比洛斯附近、印卡桥以及坡尔蒂洛山口的废墟都是如此。我听说在阿空加瓜附近的查求尔山谷也有古代房屋的遗迹，那里极其寒冷、贫瘠，没有一条过山的道路。开始的时候我认为大概最初西班牙人到这里时，这些房屋就是印第安人建筑的避难的地方，可后来我推测很可能这些房屋的荒废是由于气候发生了一些细微的变化。

在智利北部的安第斯山脉一带，据说印第安人的房屋特别多，如果在这些废墟中进行挖掘的话，毛织品的碎片、贵金属的用具和玉蜀黍穗都能够找到，有人送给我一个形状和现在火地岛土人所用的箭头完全相同的玛瑙箭头。我知道，秘鲁的印第安人现在经常在极高的荒凉地点居住，但是在科皮亚波一些长久来往于安第斯山脉的人十分肯定地告诉我，在几乎临近雪线附近的地方有很多的房屋，那个地方寸草不生，也没有山路可通，让人觉得更加惊奇的是那里连水源也没有。然而当地居民们以为（尽管他们也对这种情况十分困惑），看这些房屋的外形一定是印第安人当作常年居住的房屋。在这个河谷内的戈尔达的一片印第安人遗迹是由七八个见方的泥土筑成的小房屋构成，与谭比洛斯的废墟房屋相似，这样坚固的房屋无论是当地居民还是乌洛阿所说的秘鲁居民都筑造不出来。这些房屋位于平坦而宽广的谷底，它们毫无掩蔽，位置显露。离他们三四里格以内，只有数量极少、品质恶劣的一些水源和十分贫瘠的土壤，甚至连地衣这种附着在岩石上的东西也没有办法找到。即使是在今天可以用牲口搬运矿物，也很难获得利益，除非矿井的矿产十分丰富，但是这种地方居然是印第安人以前选择的居住地。如果现在这样经过很多年才下一次雨变成每年能够下两三次雨的话，可能就会有一条细小的河流流过这处巨大的河谷，这样的话就可以很容易地通过灌溉技术（印第安人很早就已经熟知这种方法了）把这种土壤改造成相当肥沃的土地，几家人的生活就可以靠这些土壤里的出产来维持。

我有充分的证据能够证明从现存贝类产生的时代以来，在南美洲大陆这一部分地区海岸附近的地面至少上升了400~500英尺，甚至有几个地点上升了1000~1300英尺，在较远的内地上升的高度更高。很明显安第斯山脉的高度造成了这里特别干燥的气候性质，因此在最近的几次抬升之前，大气一定没有完全失却它的水分，我们对此几乎可以确定无疑。这种逐渐进行的上升运动，必然也会使气候发生逐渐变化。我们可以判断，这些印第安人废墟的历史一定很悠久，因为从其他人居住了印第安人的房屋以来，这里发生了如此大的气候变化。我认为要保存这些房屋，从气候上讲智利是没有什么困难的。此外，我们还必须承认（不过有较大的困难），很久以前人类就在南美洲居住了，有陆地上升引起的任何气候变化必定是极其缓慢的。瓦尔帕莱索陆地的抬升在近220年来总共不到19英尺，在印第安人居住期间利马的海岸确实上升了80～90英尺，但是这样小幅度的升高对含有水分的气流发生的影响是没有多大的。然而根据伦德博士曾经在巴西的山洞里发现人的骨骼的形态推测，使人不能不相信在极早的年代里印第安族就已经在南美洲居住了。

当我在利马的时候，就曾和一位土木工程师吉尔先生谈论过这些问题，①他很熟悉南美洲内地的情形。他告诉我说关于气候变化的猜想有时候会在他的头脑里闪过，不过他认为这些规模大得简直不可思议的灌溉渠是印第安人建造的，后来因为年久失修和地震遭到了破坏，导致大部分土地不能耕种的并布满了印第安的废墟。在这里我要说的是秘鲁人确实凿穿了石山后开凿引水的隧道，将水引下来灌溉。吉尔先生告诉我他以前被聘请来考察过一条通道，他发现通道低小、狭窄、弯弯曲曲而且宽度不均匀，却相当长。当时的铁器和火药还没有为人类所用，居然会有这样让人感到吃惊的工程。此外，他还告诉我一件非常有趣的事情，据我所知这也是一件无与伦比的事，有个地方地质变化使排水渠改变了位置。有一次他从卡斯马旅行到华拉兹（这两处地方离利马都不太远），发现一个平原上面到处都是废墟和古人耕种过的痕迹，但是现在已经完全荒芜了。附近有一条相当大却干枯了的河道，这条河道就是以前灌溉时用来引水的。从河道的形状上看，几年前有没有河水流经这里是没有办法证明的，一些地方满是沙石，一些地方的坚硬的岩石被开凿成大约40码宽、8英尺深的沟渠。很显然，要是沿着河道向上游走，总是免不了要或多或少地爬坡。让吉尔先生觉得非常惊奇的是当他沿着这条古河床向上游走时，他发觉自己忽然又在向山下走，据他猜想这个地方倾斜的垂直高度是40～50英尺。我们在此处得到了一个确凿的证据，横跨在这条古河床之上的一个山脊上升抬高了，

---

① 坦普尔讲述到他在秘鲁（就是现在的玻利维亚）旅行的情形，曾经谈到从波托西到奥鲁罗沿途的景色："我看到很多已经变成废墟的印第安人的村庄和房屋，几乎连接到山顶附近，这就证明了这个地方过去人口很多，而现在完全就没有人迹了。"他在另外一处也指出了这种情形，然而我不知道这种没有人迹的现象到底是由于人口缺少还是由于当地条件的变化而造成的。

自从那时这个河床就变成了拱形，河水的回流就形成一条新的河道，附近的平原失去了灌溉的水流就变成了一片荒地。

6月27日——我们一大早就动身，中午就抵达了帕伊坡特山谷。一条小溪从这里流过，小溪旁边有少许植物生长，不远处甚至还有几棵属于含羞草亚科的角豆树。因为木材丰富，这里曾经建造了一座熔矿炉，我也见到了那个孤独的守炉人，猎捕羊驼就是他唯一的工作。到了晚上这里非常寒冷，但幸好我们有充足的木柴来烤火取暖。

6月28日——我们继续一步一步地往上走，河谷也变得很幽深。在白天，我们看到几头羊驼，还看到一种与羊驼非常相似的动物骆马的脚印，从习性上讲骆马是一种非常良好的高山动物，它生活的地方往往比羊驼高而且更加荒芜，很少来到雪线以下很远的地方。除了这两种动物，我们看到最多的是一种小狐狸，我猜想这种小狐狸是以鼠和其他小啮齿动物为食的。当这些极荒凉的地方稍稍有一些植物生长出来的时候，大量小动物就到这里觅食。除了露水以外，甚至在巴塔哥尼亚那些连一滴淡水也找不到的盐湖附近，也聚居着很多小动物。在地球上最小最干燥的地面上，除蜥蜴以外，或许只有鼠类能够生存了，它们甚至能在大洋中心的小岛上生存。

这里到处都是一片荒凉景象，晴朗无云的天空让这里的荒凉变得更加明显。这种景色一度让人觉得很是壮美，但因为它不能持久又很快让人失去兴致，这天夜里我们露宿于第一条分水岭的山脚下。然而这条山岭东侧的溪流并不流入大西洋，而是流入一处高地中央的盐湖，这样就在海拔大约10000英尺的高地上形成了一个小型的里海。在我们宿夜的地方有几个相当大的雪堆，但并非常年不化。高山地区的风向都遵循一定的规律，河谷上方的白天总是有清新的微风吹来，日落以后一、两个小时的夜里河谷上方的寒冷地带的空气就好像通过烟囱吹送下来。今天夜里，刮起了一阵大风，气温也降到零点以下，碗里的水很快就凝结成了冰。似乎没有衣服和被子能抵御住这样寒冷的风，我被冻得睡不着觉，早晨起床的时候整个身体似乎都被冻僵了。

安第斯山脉向南比较远的地方，总是有人在暴风雪之中丧生，但也有因为其他原因而葬身于此的。当我的向导还是个14岁的孩子时，他跟随一队人在5月中旬翻越安第斯山脉，到山脉中部时，突然狂风四起、飞沙走石，在骡背上骑行都十分艰难。那时万里晴空，气温十分低，也没有雪花飘落，可能温度计没有下降到零摄氏度以下很多，不过衣着单薄的人冷得几乎无法忍受，寒冷的程度一定与冷空气的流动速度成正比，冷空气流动的速度越快就越让人觉得寒冷。如此寒冷的大风刮了一天多，行路的人开始筋疲力尽，就连骡子也不肯继续前行。当时我的向导的兄弟试图往回走，却丢了性命，两年以后发现了他的手里还握着缰绳，他的尸骨和骡子的尸骨都倒卧在路边。这一队人中还有两个人失去了手指和脚趾，总共有200头骡子和30头牛，但只有14头骡子活了下来。据推测，很多年以前整个一大队人就是这样冻死的，不过到现在都没有找到他们的尸体。这里出现的晴朗无云、气温极低、风暴猛烈三种现象汇合在一起的天气，我认为在世界各地都非同寻常。

　　6月29日——我们怀着愉悦的心情向河谷下游前行，回到了前一天晚上露宿的地方，又从那里返回到苦水井附近。7月1日，我们抵达了科皮亚波河谷。让我们觉得愉快的是我们走过没有气味的干燥而贫瘠的德斯波勃拉多后，清新的苜蓿香气迎面扑来。我到这个城市的时候，几个居民告诉我一个关于附近的一座山的故事，这座他们叫作埃尔·勃拉马多尔的山有"咆哮者"或者"怒号者"的含义。当时这种叙述没有引起我足够的关注，但据我了解这座山满是沙子，沙子在有人爬上去的时候会滑动而发出响声。在西茨和埃伦伯格的书籍里详细地记载了类似的情形，他们认为在红海附近的西奈山有很多旅行者听到的声响就是沙子滑动发出的声音。一个人说他曾经亲耳听到过这种声音，他十分肯定地说，虽然他不清楚这样的声音是怎样产生的，但是发生这种声音的时候一定是有沙子从山坡上滑了下去。在干燥的粗沙地上，当一匹马走过的时候，由于沙粒互相摩擦沙子就会发出一种奇怪的唧唧声，在巴西海岸的时候曾经有几次我就注意到过这种情形。

三天以后，我听到比格尔舰到达了港口，距城里有18里格。这里的河谷下游只有极少的可以用来耕种的土地，在这片宽广的区域生长着让人觉得可怜、硬得连驴子都没有办法吃下去的坚硬草类，由于土壤含有太多盐分导致这里的植物十分稀少。港口附近贫瘠的平原边上，坐落着几间建在一起的可怜的小茅屋。目前，当地居民享受着只行走1英里半路就可以获得淡水的恩惠，因为河流携来的淡水水量很大可以流到大海了。大堆的货物在海岸边堆放着，活跃的气象弥漫着这处小小的港口。晚上，我向我的同伴玛丽亚诺·冈萨雷斯告别，我和他曾经在智利一起骑马行走了很远的路，我对他的陪伴表示衷心的感谢。第二天早上，我乘坐比格尔舰向伊基克驶去。

7月12日——我们在伊基克港停泊，伊基克港位于秘鲁海边南纬20°12′的地方。全城居民大约有一千人。这个小城就坐落在一块很小的沙土平原上，这个平原又处在一道2000英尺高的大石壁的脚下，海岸的一部分就是这道石壁构成的，呈现出一片荒凉的景象。好几年这里才下一次小雨，因此细小的岩屑积满了山谷，一堆堆白色细沙覆盖着山坡，甚至覆盖到1000英尺的高处。一年中这个季节厚厚的云层在太平洋的洋面上展开，但是很少有云层上升到海岸边的石壁上。这个小港口停泊着数艘小船，几座可怜的小屋排列在岸上，与周遭宏大的背景对比，极度卑微，很不相称。

这里居民的生活就像是住在船上的人，每样日用品都要从外地运来，就是淡水也要从北面40多英里以外的皮萨瓜用船运来，9个"利阿耳"（4先令6便士）才能购买18加仑一桶的淡水，我花了3个便士买了一酒瓶的淡水。这里的木柴也要从外地运进来，当然更不必谈所有的食品了。因此，能在这里生活的动物极少。接着那天上午，我要去硝石开采场，但是费尽周折用4英镑才雇到两头骡子和一个向导。伊基克的居民现在就是依靠开采硝石来维持生计的。1830年这种硝石第一次出口，每年总价达十万英镑的硝石在这里出产，然后都被运送到法国和英国。这里的硝石由于吸水性强、容易潮解，主要是用作肥料和制造硝酸，而不宜制造火药。这附近有两座银矿，现在产量极少，以前却极为丰产。

当我们的军舰到达这里的时候，在当地居民中引起了一阵惊慌。这时这个小镇的居民都觉得十分悲哀，他们都认为要大难临头了，因为他们的国家秘鲁此时正处在无政府状态之下，各个党派都大肆搜刮人民的钱财。他们国民内部也有一些麻烦，不久以前在同一个晚上，两座教堂的大门被法国木匠劈开，然后所有的金银器皿都被他们偷走。他们被捕后，其中有一个人招认了罪行，又追回了这些失物。几个犯人被押送到离这里200里格远这个省份的首府阿雷基帕，然而那里的政府认为这几个木匠很有用处，因为他们能够生产各种各样的家具，处罚他们很可惜，就借此理由就把这几个盗窃的木匠释放了。就出现了教堂的大门再次被劈开的情况，不过这一次没有追查到丢失的器皿。当地的居民们愤怒地说，胆敢这样"打劫全能的上帝"肯定是异教徒所为，于是他们就拷问了几个英国人，还想在拷问他们以后枪决他们，后来当地政府出面干涉才平息了这场风波。

7月13日——早上，我出发去距离这里14里格的硝石开采场。我们沿着蜿蜒曲折的沙土道路向上爬，当爬到险峻的沿岸高山以后，关塔佳雅和圣罗斯两个矿区就出现在我们眼前。这两个小村庄高高地位于山顶之上，也正好是在矿井出口的地方，景象比伊基克城更加荒凉，我们骑了一整天的马才穿过一个高低起伏、完完全全的荒漠，太阳落山以后我们才到达硝石开采场，这一路上到处都是因劳累而倒毙的运货牲口的骸骨和干硬的皮毛。除了美洲兀鹰这种专吃尸肉的鸟之外，我在这里就没有看到别的鸟类、四足兽、爬行类和昆虫。在这个季节，海拔大约2000英尺的沿海山地空中经常飘浮着云彩，稀疏的仙人掌生长在岩石裂缝里，疏松的沙土点缀着地衣仿佛浮在地面上似的。这种地衣有些像驯鹿地衣，属于石蕊属，在有些地方这种地衣数量极大，从远处的沙地看去仿佛是淡黄色的。接下来，我向内陆走去，走了14里格的路程后，我看到了另外一种在死骡骸骨上生长着的很小的黄色地衣。尽管这个荒漠是我看到的第一个真正的荒漠，但是对它我却没有深刻的印象。我以为我在骑马从瓦尔帕莱索向北经过科金博到科皮亚波一带旅行的时候，已经习惯了这一类景象。这一带地面上的景象异常奇特，因为上面覆盖着一层厚食盐和有层次的盐土冲积层的硬壳，似乎是在地面逐渐升高时，高出水面的时候就沉积下来最后形成了这样的硬壳。这种盐雪白而又坚硬结实，和大量的石膏、沙土混结在一起从土里突现出来。这种能够在这里的地面上存在下去的易于溶解的物质，好像是未曾消融的白雪，然而这种地面冲积物证明了这里特别干燥的气候一定持续了很长一段时间。

晚上，我借住在一个硝石矿的矿主家里。这里的土壤就像海岸附近一样贫瘠，用挖井的办法可以取得水，但水的味道却又苦又咸。矿主家中有一口36码深的水井，这里基本上不下雨，井的四周覆盖着盐质的硬壳，显而易见的是这种井水不是来自雨水，要是井里的水来自雨水的话那肯定跟海水一样咸。因而我们就可以得出这样的结论，这种水一定是从相距好几里格远的安第斯山脉经过地下渗透到这里的。朝向安第斯山脉的几个小村庄里的居民，他们拥有较多的水，可以用来灌溉小块田地，可以收获干草来喂养那些驮运硝石的骡子和驴。现在硝石的离岸价是每100磅14先令，这些费用主要是承担从矿区至海边的运输费用。大约两三英尺厚的坚硬的硝酸钠层构成了硝石矿，这些硝石矿的成分中混合有少量的硫酸钠和大量的氯化钠。它位于地面以下很浅的部位，分布在巨大的盆地或平原的边缘，长达150英里。从外形看，这个平原以前很明显是一个湖泊，更可能是以前远远地延伸进这一带的海湾，可以用这里含碘的盐层来推断出这种说法，这是一个超出太平洋洋面3300英尺高的平原。

7月19日——在秘鲁首都利马的海港卡亚俄湾，我们的军舰停泊在这里长达六个星期，但是当时由于这个地方正值政局混乱，因此这个地方我只考察了一小部分。在这个地方停留的这些时间里，这里的气候和平常相比非常令人不愉快。在最开始的16天时间，我只看到一次利马背后的安第斯山，因为经常有一片暗淡的浓云笼罩在这里。这些阶梯状的高山从云层中一排排向上升，在云朵的缝隙中若隐若现，真是一派庄严的景象。当地的居民差不多有这样的口头禅，秘鲁的低地是永远不会下雨的地方。但是，我们在这里访问的时候，这里几乎每天都烟雨蒙蒙，大街小巷满是泥泞，衣衫皆为细雨沾湿，这就是秘鲁露水，当地居民都喜欢这样来称呼这种现象。这个地方的房顶都是用很硬的泥土做成的，而且都是平屋顶，还有成堆的等候装船的麦子露天放在海堤上，可以连续几个星期都不遮盖，因此这里肯定不会下大雨。

我不能说我所见到的极小部分秘鲁令我喜爱，然而，据说这里的夏季气候比较舒适。一年四季，不管是当地居民还是外国人都易患严重的疟疾。这种病在内地没有，却在秘鲁整个沿海地带十分普遍，大家认为这种像是很神秘的疾病是由于遇到瘴气而发作的。很难从表面去判断一个地方是否有利于健康，要是有人想在热带选择一个有利于健康的地方的话，极有可能他会推荐这一代沿海地区。稀疏而粗硬的草类在卡亚俄近郊四周的平原上生长着，还散布着很小的死水潭。它跟先前的阿里卡城周围的环境相同，这里的水潭里也极有可能产生瘴气。那里的健康状况，在排干附近几个水潭的水之后就大为改观了。茂盛的植被不一定在气候炎热的地方引起瘴气，因为在巴西的很多地方，甚至那些有沼泽和植物茂盛的地方都比秘鲁贫瘠的地方更利于人们的健康。温带地区最茂密的森林，比如奇洛埃岛上的森林，对空气的卫生状况似乎没有丁点儿的影响。

我再提供一个例子，任何人都会以为佛得角群岛里的圣雅哥岛因为它的好位置而是一个很利于身体健康的好居处，可是实际情形却完全相反。我前面曾描述过，在这些光秃开阔的平原上，在雨季后不多的几个星期内就可以生长出一层稀疏的植被，这些植被很快就会变黄、干枯，空气在这个时候就变得有毒了，当地人也和外国人经常因为这里的空气有毒而感染很重的热病。另一方面，在太平洋里具有同样土壤、同样植物生长过程的加拉帕戈斯群岛，确实是一个有利于健康的地区。据洪堡说："在热带地区，例如韦拉克鲁斯和喀地基纳两处热带地区，在最小的泥沼周围如果有干燥的沙土，附近的空气温度升高的时候，那个地方就最危险。"然而秘鲁沿海一带的气温并不是特别高，因此在这个地方这种间歇性的热病也许不是最恶性的。在海岸露宿是所有不利于人类健康的地方中最危险的，到底是因为露宿时身体自身的状况呢还是因为瘴气在夜里滋生得特别旺盛呢？有种情况似乎可以肯定，那就是住在船上的人尽管离岸很近，但是在通常情况下他们比住在海岸上的人不那么容易发病。而且我还听到一件引人注意的事情，有一艘军舰上的船员在离开非洲海岸几百英里后发作起热病来，就在他们发病的时候，一种最可怕的导致大批死亡的流行病也在雷翁山一带开始蔓延。

没有一个南美洲的国家像秘鲁一样在宣布独立后遭受那么严重的无政府状态的苦难，有四个军阀在我们访问这里的时候正互相争夺政权，他们联合起来对付其中掌握最大权力的军阀，但是在取得胜利后他们之间又开始相互争斗起来。不久之前，总统亲自参加了秘鲁独立一周年盛大的纪念大会，正当唱着 "感恩赞美歌" 的时候，一大群人打着代替秘鲁国旗的黑旗，上面画着死人的骷髅。在这样盛大的典礼举行的时候，竟然有这样的示威行动在政府的指挥下发生，可以设想这个政府真是一个为私利而奋斗到死的典范！那时发生的这些事情对我而言是很不幸的，因为那阻止了我到离城较远的地方去考察。唯一可以安全散步的地方几乎就是那个构成海港的荒岛圣洛伦索岛了。这座岛屿的高处超过1000英尺，这个时节（冬季）它高耸入云，无数的隐花植物和少数开花植物遍布山顶。利马附近较此处稍高的小山上覆盖着一层苔藓植物，还盛开着一丛丛美丽的黄色百合花 "阿孟凯"。这种现象表明，虽然此地和伊基克的高度相同，但是湿度要高很多。在利马以北的气候变得更加潮湿，最后当我们走到接近赤道的瓜亚基尔海岸时，一片特别壮丽的森林就展现在我们的眼前。然而，由秘鲁的荒凉海岸到此处的沃野，其变化之突然，很像瓜亚基尔以南2°的布兰科角。

卡亚俄是一个建筑很差的、很肮脏的沿海小港口，像利马的居民一样，这里的居民呈现出欧洲人、黑人和印第安人的混血色彩，他们看上去都是腐化堕落的一群酒鬼。这里的空气里充满了特别强烈的恶臭，这种臭气几乎不同程度地弥漫在热带地区的城市里。科克伦勋爵军队长期包围的那座炮台十分威严，但是总统在我们住在这里的时候就已经卖掉了黄铜炮台，而且开始拆除炮台的其他部分。他解释拆除炮台的理由是他手下的军官没有一个可以值得信任来担负这样重要的任务，这是他自己臆想出来的好理由，因为他就是在掌管这座炮台的时候充当叛军后当上了总统。我们离开南美洲以后，他被征服了，成为俘虏后被枪毙了，受到了应有的惩罚。

利马建在海水逐渐后退的过程中形成的河谷里的一个平原上，距卡亚俄7英里，比卡亚俄高500英尺，然而这一段路看起来似乎很平坦，因为坡度上升得十分缓慢。因此，到了利马以后，就会产生洪堡也曾指出过的一种奇怪的错觉，那就是这个平原已经上升了甚至100英尺的高度，但是这真的很难使人相信。一道道笔直的土墙把这里的平原分隔成为大块的绿色田地，在平原的地面上突兀着陡峭、荒芜的像是岛屿一样的小丘。地面上除了少数柳树、偶然有一丛香蕉树和甜橙树，几乎没有别的树了。今天的利马城正处在十分衰败的时期，街道几乎都没有铺设路面，成堆的垃圾随处可见，黑色的大兀鹰在这些垃圾堆中间啄食尸肉，温驯得像家禽一样。这里的房屋通常都有楼，都是用涂有灰浆的木板建成，这样做是为了避免在地震时产生危险。但是有几座非常宽大的旧式房屋，现在几家人合住，从它们的一个个房间看来丝毫不逊色于任何城市的高大房屋。历代君王的京城曾经都设在利马，因此以前它一定是一个富丽堂皇的都市。这里的教堂很多，甚至在今天还有一种特殊的、动人的气象，从近处看这种气象更加凸显。

有一天，我和几位商人到附近郊区去打猎，但是这一次打猎的成绩非常可怜，不过借这个机会我看到了一处古代印第安人村落的废墟，这个废墟的中央有一个很像是天然山丘的坟堆。在从散布在这个平原上的房屋、围墙、灌溉渠和坟墓等遗迹完全可以推想出古代先民的发展状况和人口数量。对他们的陶器、毛织品、精雕细琢的石器、铜制工具、宝石饰品、宫殿和水利工程做了研究之后，我对印第安文明的巨大进步不能不由衷钦佩。那些巨大的坟墓叫作"华卡"，不过可能有些地方的坟墓也就是被印第安人钻凿而成的天然的山丘。

这个地方还有一处相当有趣且性质完全不同的废墟，也就是老卡亚俄废墟，它被1746年的大地震以及由此伴随的震波所毁坏，毁坏的程度很大，比之前塔尔卡尔的毁坏程度还要剧烈。墙脚差不多被大量的卵石完全遮盖住了，大量坍倒的砖墙在后退的海浪里就像翻滚的卵石。据说，陆地在这次令人难忘的地震期间曾经下陷，我没有找出这种说法的任何证据，但是，海岸的轮廓从这座老城建立以来一定发生了几次变化，因此这好像也有一定的可能性，因为现在没有一个理智的人愿意把自己的住房选建在像这种废墟所在的狭窄的卵石滩上。特迪先生在我们这一次航行以后把新旧两种地图进行比较，得出一个结论，他认为利马南北两面的海岸曾经确实有过沉陷。

我们可以在圣洛伦索岛上找到确凿的证据来证明，近期这里确实上升了，当然这个与随后发生的地面微微地下沉的说法就相符合了。这个岛面对卡亚俄湾的一面已经被重塑成三个模糊难辨的台地，三个中最低的那一个台地被一层东西覆盖了一英里长，这些覆盖在上面的东西几乎全是由如今还生活在附近海域的18种贝类构成的。覆盖在上面的贝壳层有84英尺高，其中很多贝壳都被深深地腐蚀了，看起来比那些高500～600英尺的智利海岸上的贝壳的年代还要久远，更加腐烂不堪。在这些贝壳中混合着大量的食盐和少量的硫酸钙（这两者可能都是随着陆地缓慢上升、水沫的蒸发而留存下来的），而且其中还混合有硫酸钠和氯化钙。它们留存在下面的砂岩碎块上，而且上面还被覆盖着几英寸厚的碎石。在最低的这个台地上比较高的地方，我们可以看到贝壳脱落成像鳞片一样的碎片。在上一层的台地上，差不多有170英尺高的地方，或者在更高的地方，我发现一层和盐的粉末状外观极其相似的物质，而且处在相同的位置。毫无疑问，上面一层本来是以贝壳层的形式存在的，就像85英尺高的岩石上的贝壳层一样，但是现在它没有包含任何有机物。里克斯先生为我分析了一下这种粉末，它是由硫酸钙、硫酸钠、氯化钙、氯化钠和极少量的碳酸钙杂质组成的。众所周知，相当数量的食盐和碳酸钙混合在一起，放一段时间后部分会相互分解，但是少量的溶液不会发生这种分解。因为在下面的已经处于半分解状态的贝壳与大量的食盐以及几种构成上一层盐层的盐类物质有联系，我强烈地怀疑在这里发生过双重分解，因为这些贝壳已经被明显地侵蚀而腐烂了。然而，这种合成盐应该是碳酸钠和氯化钙，但是只有后者，而碳酸钠却没有。所以，我只得这样想，通过一些无法解释的作用，碳酸钠化合成了硫酸钠。显而易见的是，盐层是不可能在经常下大雨的地方长期保存的。另一方面，这种情形乍一看似乎高度适宜于外露贝壳的长期保存，由于普通食盐不曾被冲刷掉，这种情形或许也是促使贝壳分解和早期腐败的间接方法。

让我觉得非常有趣的是，我居然在这个85英尺高的台地上发现了嵌入贝壳和海水所冲积的垃圾中的几段棉线、几条灯芯草瓣和玉蜀黍穗，我曾经把这些遗迹和从"华卡"——也就是古代秘鲁人的坟墓里挖出的相似的遗物进行过比较，发现它们外观上看起来完全一样。在圣洛伦索岛前面的那块大陆上，在贝亚维斯塔附近有一块差不多有100英尺高的既广阔又平坦的平原，它的下部由沙层和不纯的黏土层交替着构成，其中混杂着一些砾石。它表面那一层深度从3英尺到6英尺不等，都是由含有一些分散的海生贝类和许多红色粗糙的陶器小碎片上的淡红色壤土构成的，有些地方的陶片要比其他的地方多。最初，我倾向于相信，表面的这一层一定是在海水下堆积成这样的，从它的宽度和平滑度我们可以得出这样的结论。然而后来我才发现在有一个地方，它位于一块由圆石构成的人工建造的地面上。所以，看起来最有可能的是，在一段时期，也就是当陆地位于比较低的水平，有一块平原与现在围绕卡亚俄而且被卵石海岸保护的平原非常相似，只是比海面上升得稍微高一些。我猜想，印第安人在这下面有红色黏土层的平原上制作过他们的陶器，就像在1713年和1746年的卡亚俄附近的一样，在一次强烈的地震中那里的海岸被海水冲破了，那个平原就成了一个临时的湖。然后，海水就沉积下了淤泥，并且在淤泥中混杂了一些土窑里的陶器碎片，有些地方的陶片比其他地方的多，而且还夹杂有从海水中冲上来的贝壳。这处包含有化石陶器的地层，差不多和圣洛伦索岛的含有贝壳的台地比较低的那一层的高度一样，就在这一层嵌入了棉线和其他遗物。因此，我们可以很确定地做出以下结论，就像前面所提到的，在印第安人的时期，这个地方的海拔上升了至少有85英尺，但自从绘制好了旧地图后，靠近海岸的一些地方又往下沉陷了一些，因此原来的上升高度也略微降低了一点。虽然在我们这一次访问前的220年的时间里，瓦尔帕莱索陆地的上升高度都在19英尺以下，但是从1817年以来，那里的上升高度却有10～11英尺，部分是在不知不觉中上升的，还有部分是由于1822年的大地震而突然上升的。自从这些印第安人的古代遗物被埋藏以来，由陆地上升了85英尺来判断，这是很值得注意的，因为在巴塔哥尼亚的海岸上，当陆地比现在低85英尺的时候，马克鲁兽还生活在那里。但是，因为巴塔哥尼亚的海岸离安第斯山脉相当远，可能那里的海岸上升得比这里要慢一些。在布兰卡港，自从众多巨大的四足兽在那里被埋葬以来，海拔仅仅上升了几英尺。根据普遍承认的观点，在这些已经灭绝的动物还有幸存者的时候，人类尚未出现。但是，巴塔哥尼亚部分海岸的上升和安第斯山脉的上升或许并没有什么关联，却与拉普拉塔河东岸区的古代火山岩的山脉有着非常大的关系，所以它可能上升得比秘鲁那一带海岸慢许多。然而，所有的这些推测都是不确定的，因为谁也不愿意妄称在陆地上升的过程中不可能有几段沉陷期，也因为我们熟知沿着巴塔哥尼亚的全部海岸确实有很多长时间的停顿发生在上升力向上的作用中。

第十七章　加拉帕戈斯群岛

由火山岩形成的群岛——火山口的数目——无叶灌木——查尔斯岛上的殖民地——詹姆斯岛——火山口里的盐湖——群岛的自然史——鸟类学，奇特的雀科鸣禽——爬行类动物——巨龟的习性——食海藻的海栖蜥蜴——穴居的食草类陆栖蜥蜴——爬行类动物在加拉帕戈斯群岛的重要性——鱼、软体动物与昆虫——植物——美洲型的生物构造——各岛生物的种或族间的差异——鸟类的驯顺习性——动物的恐惧心理是一种后天获得的本能

1935年9月15日——加拉帕戈斯群岛一共包括10个岛屿，其中有5个岛屿面积比其他岛屿大。它们位于赤道线上，而且距美洲西海岸500～600英里。这些岛屿都由火山岩形成，即使有一些带有奇怪光泽且由于高温作用而变化的花岗岩碎块，这个几乎不能算是例外。有几个居于较大岛屿的火山口，面积非常大，它们比海面高出3000～4000英尺。无数的小喷火口遍布在它们的斜坡上，我几乎毫不犹疑地确定，在整个群岛上，火山口至

少有2000个。这些火山口有的是由熔岩渣组成的，有的是由细微的分了层的、像砂岩状的凝灰岩构组成的。那些由凝灰岩构成的火山口大都非常美丽、匀称，它们没有熔岩的火山质泥土喷发而形成的，在我们考察过的28个火山口中，每个火山口南面的斜坡要不就是比其他各面的斜坡更低些，要不就是完全崩坍被移走了，对于这种情况是值得我们注意的。由于所有这些火山口显然都是在海水里形成的，而那些被信风所激起的波浪和从太平洋来的巨浪就在这里聚集力量冲向各岛屿的南部海岸，所以这些由柔软、易被破坏的凝灰岩组成的火山口的破裂情况有着惊人的一致性就不难解释了。

加拉帕戈斯群岛

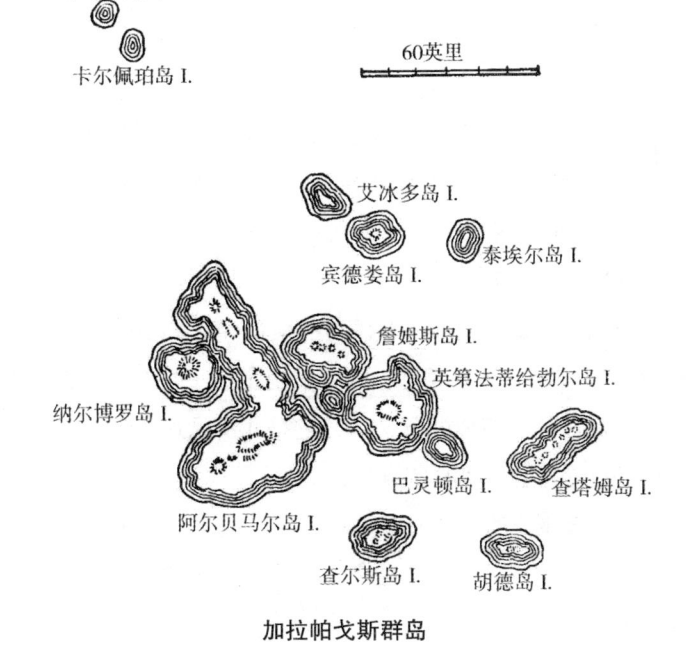

鉴于这些岛屿位于赤道上这一点，就可以知道这里的气候绝对不可能是极度的炎热。这似乎主要是由于四周的海水温度特别低，南极洋流把这些海水运到这里。除了在一年中很短一段时间外，这里的降雨量非常小，就算是在下雨的时候，雨量也是无规律的，但是天空中却经常很低地密布着云层。虽然岛上较低的土地很是贫瘠，但是在更高的地方，1000英尺或者1000英尺以上的高处却拥有潮湿的气候和相当茂盛的植物分布区域，这种情况在各岛迎风的那一面尤为明显，因为这些斜坡首先接收、凝结大气中的水分。

早上（9月17日），我在查塔姆岛登陆，像其他岛一样，这个岛在海面上呈现出一个柔和的圆形轮廓，但四周各个地方又被杂乱的山丘也就是以前的火山口遗迹给破坏掉了。我对这里的最初印象感到索然寡味。这里有一块黑玄武石熔岩构成的破碎地面曾被抛弃到非常凶猛的巨浪里，在上面有纵横交叉的巨大裂缝，并且到处布满了被烈日灼伤的矮小灌木，这些灌木看着都像没有什么生命迹象一样。被正午的太阳晒得又干燥又灼热的地面给人一种密闭而闷热的感觉，就像从火炉里散发出来的一样，我们甚至想象出这里的灌木丛闻起来都让人非常不愉快。虽然我不辞辛苦、想方设法地想要采集更多的植物，但是所得还是很少，这些可怜的小草更像是两极地区而非赤道上的植物。从近距离看，那些灌木像我们冬季的无叶树木一样，过了好一会儿我才发现不仅几乎所有的植物都生满了叶子，而且还有大多数灌木正在开花。这里最常见的一种灌木属于大戟科，金合欢树和巨大的形状怪异的仙人掌是这里唯一有树荫的植物。在大雨季节之后，据说这些岛屿短时间内出现了部分绿色。在费尔南多——迪诺罗尼亚岛的火山岛上，很多方面都在几乎相似的条件下，它是我所见过的唯一一个与加拉帕戈斯群岛的植物界完全类似的岛屿。

曾经比格尔舰围着查塔姆岛航行了一周，还在几处海湾停泊过。一天晚上，我在这个岛的某处海岸上住宿，在这里有非常多的黑色截顶圆锥形火山，我在一个小高岗上数了一下，有60座火山，它们的山顶上都有一个或多或少完整的火山口。大多数火山口只不过是由红色火山渣或矿渣凝结在一起的圆环，高出熔岩造成的平原有50~100英尺，没有一座火山在最近活动过。岛屿的这一部分表面被地下水蒸气所浸透，呈现出筛子的状态，各个地方的熔岩常常在柔软的时候被吹成大泡泡，并且在其他地方由相同的情形所形成的空泡顶部已经破碎倒坍，留下了一些有陡斜侧壁的圆坑。许多火山口的形态很整齐，它们给这个地方带来了一种人造的景象，这使我想起斯塔福德郡的风光，那里有很多巨大的炼铁炉。这一天非常炎热，我行进在凹凸不平的地面上，穿行于错综复杂的灌木丛中，觉得非常的劳累，但是万幸的是一片奇特的巨石式的景色给了我补偿。当我正在前行时，我遇到了两只大龟，每只重量至少有200磅，一只大龟正在吃一块仙人掌，当我靠近它的时候，它盯着我看了一会儿，然后慢慢地走开了，另外一只大龟发出了低沉嘶嘶声后就把头缩进去了。这些被黑色熔岩、无叶的灌木和巨大的仙人掌所包围的巨型爬行动物，使我幻想它们好像是某些远古时代的动物。少数羽毛深暗色的鸟看到我就像看到巨龟一样，毫不在意。

9月23日——今天比格尔舰向查尔斯岛驶去，这个群岛很早就有人去过，首先是海盗，之后便是捕鲸船，但是仅仅在最近6年的时间里，一个小殖民地在这里建起来了。居民的数量在200～300人，几乎全是有色人种，基本上都是从厄瓜多尔共和国流放到这里来的政治犯。基多是厄瓜多尔的首都。居民点被设置在距离海岸约4.5英里的内地，海拔大约为1000英尺。我们向居民点的方向走去，首先经过的是一片无叶的灌木丛，就像查塔姆岛一样。往上走，树林渐渐地变得越来越绿，当我们越过这个岛的山岭，一阵轻轻的南风吹来，让我们觉得凉快至极，还有又绿又茂盛的植物，令人神清气爽。岛屿的上部区域粗草和蕨类植物丰富，只是没有树蕨，我从来没有看见过这儿有任何棕榈科植物，360英里以北，像这样的树木特别多，椰子岛得名于那里生长很多椰子树。房屋不规则地散布在一块平坦的地面上，在这块空地上种植了甘薯和香蕉树。在我们看惯了秘鲁和北智利干旱的土壤之后，简直没法想象当我们看到这片黑色泥土的愉悦心情。尽管当地居民抱怨生活的贫苦，但他们不用费多大的劲就可以得到生活所需的资料。在森林里有许多猪和山羊，但是他们主要的动物性食物是大龟。因此，岛上大龟的数量也大大地减少了，但是这里的人还指望着两天的打猎就可以给他们提供一周的食物。据说，在以前一次被船只运走的大龟就有700只这么多，几年前有一艘军舰上的全体船员在一天内就捕捉了200只大龟并把它们运回了岸上。

9月29日——我们绕着阿尔贝马尔岛的西南角航行。第二天，我们在这个岛和纳尔博罗岛之间的海面上，因为无风而不能前进。这两个岛被裸露的黑色熔岩大洪流覆满了，从巨大的喷火口的边缘向外流出来，有的就像是从沸腾的锅中溢出的沥青一样，或者是从火山边坡上的较小喷火孔里喷射出来的，它们流向的路径已经遍布海岸很多英里的地面。据说，在这两个岛上火山爆发是众所周知的事情。在阿尔贝马尔岛上，我们看见一缕微烟从巨大的火山口顶端盘旋上升。晚上，我们就停泊在阿尔贝马尔岛的班克斯湾。第二天早晨，我上岸散步，在一个破碎的凝灰岩的火山口南面，那是比格尔舰停泊的地方，那儿有另一个美丽的匀称的椭圆形火山口，它的直径比1英里略小，深度大约是500英尺。它的底部有一个浅湖，湖的中央又有一个小小的火山口形成的小岛。今天热得让人无法忍受，湖水看起来既清澈又碧蓝，我沿着满是火山灰烬的斜坡急匆匆地走下去，路上飞扬的灰尘使我简直难以呼吸，很想去尝尝水的味道，但是令人伤心的是，我发现这里的湖水也跟海水一样咸。

有很多黑色大蜥蜴栖息在海岸边的岩石上，差不多都有3~4英尺长。而在山上，还有一个种很是普遍，那就是一种难看的淡黄又带点褐色的蜥蜴。我看到许多这类的蜥蜴，有的笨拙地爬到路旁去，其他的则慢慢地爬进它们的洞里。关于这两种爬行动物的习性，在后面我还要更加详细地描述。整个阿尔贝马尔岛的北部都非常贫瘠不堪。

10月8日——今天我们到达詹姆斯岛，这个岛和查尔斯岛一样，很早就用英国的斯图尔特皇族的皇帝名字来命名。当比格尔舰离开这里去寻找淡水的时候，拜诺先生、我和我们的仆人们带着食品还有一顶帐篷在这里停留了一个星期。在这里，我们遇到一队从查尔斯岛被派到这里来晒鱼和腌制龟肉的西班牙人。在距离海边大约有6英里的内地，有一所茅屋被搭建在高度差不多有2000英尺的地方，住在里面的两个人是被雇用来捉龟鳖的，而其他的人却在海边捕鱼。我访问过他们两次，而且还在他们的茅屋里借住过一晚。和其他的岛一样,这个岛屿在低处生满了几乎无叶的灌木,不过这里的树木比其他岛的树木生长得更大,有几棵直径达2英尺,甚至还有2英尺9英寸的。在那些被云雾湿润的高地上生长着一些绿色的茂盛植物,那里的地面也是如此的湿润,地面上大块地生着粗莎草,众多身体很小的水秧鸡就在此栖息和繁殖。当我们待在这个岛的高处的时候,我们几乎都吃龟肉,把龟的胸甲连肉一起烤熟(就像高乔人烤带皮的牛肉一样),味道异常鲜美,用小龟熬的汤也非常美味,但是这种龟肉并不合我的口味。

一天,我们乘坐一队西班牙人的捕鲸船跟随他们一同去了一处盐湖,从这个湖里获取食盐。在登陆之后,我们非常艰难地走在一片由近代熔岩构成的凸凹不平的地面上。熔岩几乎包围了附近的一座凝灰岩火山口,在这个火山口的底部就是盐湖了。湖水总共只有三四英寸深,水底有一层结晶良好的雪白食盐。这个湖的形状特别圆,被鲜绿色的多汁植物包围着,火山口附近陡峭的斜坡上覆盖着树林,这里的风景不仅美丽生动,而且非常稀奇。几年以前,在一个偏僻的地方,一只猎捕海豹的船的水手们谋杀了船长,在灌木丛里我们看到了他的头骨。

在我们逗留的一星期时间里,天空大部分时间都晴空万里,没有一丝云彩,如果信风停止一个小时,天气就热得让人难以忍受。接连两天,帐篷里的温度计一连几小时都显示出93℉,但是在风吹日晒的室外就只有85℉。沙土被太阳晒得极热,温度计被放置在棕褐色的沙土上时温度马上就上升到137℉,我不知道沙土的实际温度还能再升高几度,因为这是这支温度计刻度上的最高温度了。黑色的沙土甚至比棕褐色的沙土更热,即使穿上厚底鞋子在上面行走也非常难受。

这些岛上的自然状况非常稀奇,十分值得关注。大多数生物都是当地特有的,在任何其他地方都不可能见到它们,甚至这个群岛的各个不同岛屿上的生物也不尽相同,但是它们都显示着和美洲的生物有明显的亲缘关系,尽管这些岛屿与南美洲大陆之间隔着500~600英里宽的海面。这个群岛自身就是一个小小的世界,或者更进一步来说,就是美洲的一个附属岛屿,它曾从美洲大陆得到几个零星的生物,因此接受了大陆上土生生物的共有特性。一想到这些岛屿的面积非常狭小我们就会觉得非常吃惊，因为这个岛上的本土生物数量很多，分布的范围却非常有限。每个高地都有它的火山口，大多数的熔岩流仍有清晰的界限，我们相信这里在地质在近代时期，还是汪洋一片，未曾被破坏过。所以无论是在空间上或在时间上，我们似乎都不能不想到一个了不起的事实，那所谓神秘中之神秘也就是地球上初次诞生的新生物。

陆生哺乳动物中仅有一种鼠肯定是这里土生的，那就是加拉帕戈斯鼠，就我探知它属于这个群岛最东端的查塔姆岛，沃特豪斯先生跟我说过这种鼠属于美洲所特有的鼠科的一个类群。有一种家鼠生活在詹姆斯岛上，与沃特豪斯先生命名和描写的一种普通家鼠相比，这种家鼠很不相同，但是因为它属于旧大陆鼠科的一个种群，并且在最近这150年来这个岛屿被船只频繁造访，我几乎不怀疑这种家鼠是由于受到了新的特殊的气候、食物和土壤的作用而繁育出来的。虽然在没有明确的事实作为根据的前提下，任何人都不应该进行推测，但是提到查塔姆岛上的鼠就应该牢记在心，它大概是从美洲引进的一个物种。我在潘帕斯草原上人迹最罕至的地方看到生活在新盖好的茅屋顶上的一种当地鼠，因此这种鼠是被船运到岛上来的也并不是不可能，理查森博士在北美洲也观察到一些类似的事实。

我采集到了26种陆栖鸟类，所有的鸟类都是这个群岛所特有的，在其他任何地方都不可能找到。但是其中有一种雀却是从北美洲来的，形状类似云雀，它在北美洲的分布范围至北纬54°，而且通常在沼泽地带栖息。其余的25种鸟①构成如下：首先是鹰，在它的构造上奇妙地介于美洲兀鹰和食尸肉的卡拉鹰的美洲类群之间，至于各种习性甚至声调都与卡拉鹰非常接近。第二是两种小鸮，可以代表欧洲短耳的白色仓鸮。第三是欧鶲和三种

---

① 后来经过进一步调查已经证明这里有几个种过去曾经被我认为局限于栖息在这些岛屿上的鸟巢，也在美洲大陆出现过。卓越的鸟类学家斯克莱特先生告诉我，林鸮和霸鹟这两种鸟的情形就是这样，说不定还有角鸮和加岛哀鸽也是这样。所以这个地区所特有的鸟类的种数就减少到23种，说不定是减少到21种。斯克莱特先生认为应该把这个地区里的一个或者两个类型看作变种，而不应把它们看作种，我经常认为它们可能是种。

凶猛的鹟科食虫鸟，其中有两种属于霸鹟属，其中只有一两种被一些鸟类学家看作唯一的品种，另有一种鸽相似但又不同于美洲的种。第四是一种燕，虽然它不同于南、北美洲的紫燕，但也仅仅是羽色略为深暗些，身体小一些，身材瘦长些，但古尔德先生认为它是完全不同的种。第五是反舌鸫的三个种，是美洲极具特色的类型。剩余的鸟类形成了最奇异的一类雀群，由于嘴的构造、短尾、体型和羽毛相同，它们彼此有着亲缘关系，它们一共有13个种被古尔德先生分为4个亚群。所有这些物种都为该群岛所特有，整个类群也是如此，但是有一个例外，那就是最近从低群岛的巴乌岛引进的卡斯雀亚群的一个种。卡斯顿雀的两个种经常被看见在巨大的仙人掌树的花朵上面爬行，但这群雀的所有其他种都成群结队地在低处干燥而贫瘠的地面上寻找食物。全部雀科的雄鸟，至少是大多数，都呈乌黑色，而雌鸟（可能有一两个种例外）则都呈棕褐色。奇妙的是地雀属的各个不同种的喙有着大小上完美的级配，喙大的如锡嘴雀嘴，小的像燕雀嘴。如果古尔德先生把舍契德莺雀亚群列入主群之内是正确的话，则最小的喙应该属于苔莺。雀属中的最大鸟嘴如图1所示，而最小的鸟嘴如图3所示。但是在这两种鸟嘴之间，图2为中等尺寸，并非只有这一个中间物种，而是有

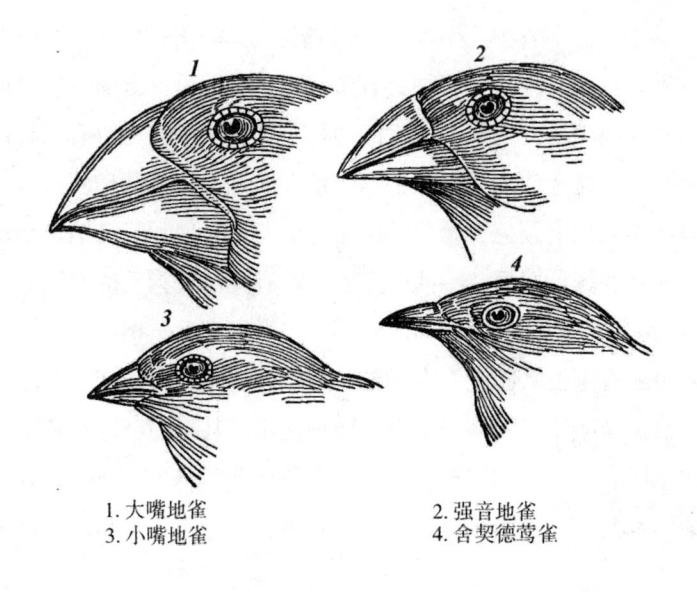

1. 大嘴地雀
2. 强音地雀
3. 小嘴地雀
4. 舍契德莺雀

6个这种喙部逐渐递减的种。舍契德莺雀亚群的喙被显示在图4中，卡斯顿雀的喙有些像欧椋鸟的喙，第四亚群卡马隆契雀的喙略有鹦鹉喙的形状。看了这些形小而亲缘关系密切接近的鸟类在层次和结构的多样性之后，人们确实会推想到，由于这个群岛原来缺少鸟类，后来一个种被引了进来，于是这个种为了各种不同目的发生了变异。与此类似，最初引进到这里的是一种鸢，它承担了美洲大陆的食尸肉卡拉鹰的任务。

关于涉水鸟和水禽，我能够采集到的只有11个种，其中只有3个种是新种（包含一种只栖息在群岛的潮湿山顶上的秧鸡在内）。就海鸥的漫游习性来看，让我觉得很吃惊的是这些种是这个岛所特有的，但和来自南美洲南部的一个种有亲缘关系。把陆栖鸟类（就是26个种中有25个新种，或者至少是新族）与涉水鸟和蹼足鸟相比较，可以一致地认为涉水鸟和蹼足鸟这两个目在世界各地的分布范围更为广泛。此后我们应该可以看到这样一条规律：在地球表面上的任意一个地点，不论是在咸水里或者是在淡水里，与陆生类型相比，同一纲的水生类型具有较少的当地特征，贝类很明显地证明了这一点，这个群岛的昆虫类也多多少少地证明了这一点。

这里有两种涉水鸟与其他地方的相同种相比要小一点，这里的燕子也比其他地方的要小些，然而让人怀疑的是它究竟与它的类似的种是不是截然不同的种。两种小鸮、两种凶猛的鹞科的鸟和一种鸽子也是小于同类但却是完全不同的种，这些种有着亲密的关系。另一方面，这里的海鸥比其他地方的同类要大一些。这里的两种小鸮、一种燕、所有三种反舌鸫、一种鸽子（不是全部羽毛而是个别颜色方面）、托塔纳鸟和海鸥，都比其他地方同类的羽毛颜色深暗些。然而这里的反舌鸫和托塔纳鸟却比同属的所有其他鸟的颜色要深暗一些。除了一种有美丽黄胸毛的欧鹟和一种有深红色冠毛和胸毛的凶猛的鹞鸟之外，再也没有羽毛鲜艳的鸟了，也许在赤道区域中还有生长。因此，有可能是那些使得外来物种变小原因，也会使得大多数加拉帕戈斯群岛所特有的物种变小，甚至使羽毛颜色变得更加深暗。这里所有的植物都呈现出一个悲惨的、杂草丛生的样子，我没有看到过一朵好看的花。这里昆虫的尺寸也很小，颜色也很灰暗，沃特豪斯先生告诉过我，没有一个在它们通常的外形上的特点能让他想到它们是从赤道地区采集的，这些鸟类、植物和昆虫都具有沙漠生物的特征，都没有南巴塔哥尼亚生物的颜色鲜明。所以我们可以推断热带生物通常的浓艳颜色，既和那地方的热没关系，也和那地方的光没关系，是由其他原因引起的，可能是那里的生存条件适合它们的生活。

我们再来看看爬行类动物，它使这些岛屿上的动物具有最惊人的特性。这一个类的物种数量不多，但是每个物种的数量却特别多。这里有一种小蜥蜴是南美洲的一个属，还有钝嘴鬣蜥属的两个物种（也可能更多），这种属只限于生长在加拉帕戈斯群岛上。这里有一种数量繁多的蛇，比勃龙先生告诉我它和智利的砂蛇雷同。①我认为这里的海龟类不止一个种，还有龟鳖类有两三个物种或族，我在下面要讲到它们。我在这里没有见到蟾蜍和蛙，这让我感到十分诧异，温和而潮湿的高地森林特别适合它们栖息。它让我回想起波利·德·圣文森特曾经说过的话，在所有大洋里的各个火山岛上都没有这一科动物。依据各种不同著作的记载，我所能确定的是在整个太平洋的所有火山岛上都没有这一科动物，就是在夏威夷群岛的大岛上也如此。然而毛里求斯岛却明显是一个例外，在那个岛上我曾经看到很多的马斯卡林蛙，听说这种蛙也生活在塞舌尔群岛、马达加斯加岛和波旁岛。但另一方面，德·布瓦在他1669年的《旅行记》里谈到除了乌龟以外在波旁岛上没有其他爬行动物，法国总督肯定地说，1768年以前有人想把蛙移植到毛里求斯岛上去却没有成功。我猜测这是为食用而移植的，所以蛙是否是这些岛上的原产种，是值得怀疑的。大洋里的各个岛屿上缺少蛙科动物，如与蜥蜴比较就更加值得注意，蜥蜴在大多数小岛上繁殖旺盛，这种差异是否因为蜥蜴的卵被石灰质的外壳保护着，比黏滑的蛙卵容易随海水流动而广泛分布呢？

我先来描述下经常被我提到的龟的习性（黑龟，以前叫印度龟）。我

---

① 贡特尔博士（Zoologicol Society，1859年1月24日）曾经说这种蛇是这个地区所特有的种，在任何其他的地区都没有见过这种蛇。

相信，这些动物在所有加拉帕戈斯群岛的岛屿上都很常见，当然数量也非常大。它们常常栖息在潮湿的高地上，但也偶尔栖息在干燥的低地上。在前面我已经讲过，从一天中可以捕到的数目我们可以看出它们的数量一定大得惊人，有一些龟长得非常巨大，这里殖民地的副总督、英国人劳森先生，跟我说他曾经看到过几只龟大得需要有6~8个人才能够把它们从地面上抬起来，有些龟可以提供200磅龟肉。老雄龟体型最大，很少有雌龟能长到雄龟那么大，由于雄龟的尾巴比雌龟长，所以很容易就可以把它们辨认出来。那些生活在没有水源的岛屿上或者生活在干燥的低地上的龟主要靠吃多浆的仙人掌存活，那些经常生活在潮湿的高地上的龟就吃各种树木的叶子、有酸涩滋味的浆果（番石榴）和悬挂在大树枝上的淡绿色丝状地衣。

龟类非常喜欢水，并且喝大量的水，还爱在污泥里爬行。只有大一点的岛才拥有水源，这些水源总是在岛的中心地带，而且在相当高的地方。因此，那些经常在低地生活的龟，当它们口渴的时候就必须得向上爬行很远一段距离。因此，从泉源到海边，到处都有被龟所踩踏出来的宽阔的路，以前西班牙人就是沿着这些道路往前走而发现了水源。我在查塔姆岛登陆的时候，我简直无法想象动物为何会很有规律地沿着这些选定的道路前行。在泉源附近我们可以看到一种奇观，那就是这些巨大的生物，一些伸着脖子急切地向前赶，另一些又在喝饱水后往回走。当一只龟走到水边时，它就根本不在意有没有旁观者，只顾把它的头埋进水里直至淹没它的眼睛，然后贪婪地大口地以一分钟十口的速度吞着水。据当地的居民说，在水源附近每只龟逗留大约三四天，然后再回到比较低的地方，然而它们到水源的频率也不尽相同，也许这种动物根据它们赖以生存的食物的性质来决定喝水的次数。但是，可以确定的是这些龟甚至在没有其他水源、只有短暂雨水期的岛上也能够生存下去。

我认为可以明确确定的是蛙的膀胱扮演着像贮水器一样的角色，能储存供其生存所需的水分，这似乎和龟类的情形一样。它们在泉源边逗留一段时间后，膀胱里就被液体充满了。听说渐渐地这种液体的体积就减少了，也变得不那么纯净了。当地的居民在低地区域行走的时候，为了克服口渴常常利用这种龟,如果它满肚子都是水的话他们就把这些水喝掉。我看到一只被杀死的龟的膀胱里的液体非常清澈,只是稍微有一些苦。然而,当地的居民杀死龟以后,总是先喝心囊里的水,他们认为这种水最好喝。

当龟要到一个地方去的时候,它们总是日夜不停地向前方某一处行进着,所以它们到达目的地的时间总是比我们所预料的早得多。当地居民从他们所观察过的被做了记号的龟得知它们在两三天内大约可以走8英里路。我观察过一只大龟,它10分钟内走了60码,每小时可以走360码,或者每天能够走4英里路,当然要除开它在路上停下来饮食的时间。在繁殖季节,当雌龟和雄龟交配时,雄龟就发出一种嘶哑的咆哮声或者吼叫声,据说这声音在100多码以外都能听到。雌龟从来都不发出声音,而雄龟也只是在寻找配偶时才发声,所以当居民们一听到这种叫声就知道龟在交配了。它们在这个时候(十月份)产卵,雌性的龟在沙性的土壤上把卵下在一起并用沙土盖好,要是地面都是岩石,它就随意地把卵下在任何一个洞穴里,拜诺先生曾经在一条石缝里发现七枚龟卵。龟卵是白色的球形,我曾经量过一枚周长为七又八分之三英寸的龟卵,比鸡蛋要大一点。刚刚从壳里面出来的幼龟,大部分都被食尸肉的鵟吃掉。老龟的死亡似乎通常都由于事故,比如从悬崖上跌落而死,至少好几个居民曾经告诉我他们从来没有发现过一只龟是没有明显的原因而死的。

当地居民认为这些龟绝对是耳聋的,即使有人从后面走来靠近它们,它们肯定都听不见。就因为这样,我总是觉得非常有趣,当这些巨龟缓步向前爬行的时候,为了看它们的反应有多快,我常赶到它们的前面,我一出现它们就突然把头和脚缩进龟壳里,并且发出一种深长的嘶叫声,重重地落在地上发出巨大的声音,就好像被打死了一样。我常常站在它们的背甲上,又在它们的甲壳后面拍打几下,它们马上就起来走开,但我发现身体保持平衡很困难。这种动物的肉通常都被居民用作食物,或是新鲜的或者是腌制的,而且从它们的脂肪中也可以获取一种非常优良的油。当一只龟被捉住之后,当地的人通常都在它尾部附近的皮肤上割开一条缝来观察它的身体内部，看它甲壳下面的脂肪是不是很厚，如果脂肪不厚的话这只龟就会被放掉，据说这些被放掉的龟很快就能从这种奇怪的切割手术中恢复。为了束缚住这种陆龟，不能只是像海龟那样把它们弄个四脚朝天就行了，因为它们常常还能翻过身来逃跑。

几乎可以毫无疑问地说，这种龟是加拉帕戈斯群岛的"土著居民"，因为我们在所有的或准确地说是几乎所有的岛屿上，甚至是在几个没有水源的小岛上都可以看到它们。倘若说它们是外来的物种，那么在没有人去过的岛上就不应该看到它们。而且，以前海盗们所看到的龟，数目要比现在还要多。1708年，伍德和罗杰斯也说过在西班牙人看来，除此之外在世界其他地方从未发现过这种龟。现在它已经分布得非常广泛，然而不知其他地方的龟是否是土生物种。毛里求斯岛的龟骨与那些已经灭绝的愚鸠的骨骼埋藏在一起，这种龟通常被大家认为是属于上述的一种龟。如果这是事实的话，那毫无疑问的是它一定是那里的土生动物，但是比勃龙先生跟我说过，他认为它是独一无二的种，而今天生活在毛里求斯岛的龟确实不同于加拉帕戈斯群岛的龟。

钝嘴鬣蜥属是一种不寻常的蜥蜴属，只在这个群岛上才有，它们一共有两个在外形大致相同的种，一种是陆栖的，而另外一种是水栖的。后面一个物种（冠状钝嘴鬣蜥），最早被贝尔先生记述过，贝尔很早就从它短而宽阔的头部和强壮的、长度相同的爪中做过正确的预言，他说这种动物应该有非常特殊的生活习性，并且不同于它最接近的亲系鬣蜥属的生活习性。在这个群岛的所有岛屿上这种蜥蜴都非常普遍，而且仅仅生活在多岩石的海滩边，从来不会在离水边10码远的地方看到它们，至少我从来没有看到过一只。它是一种丑陋的、污黑色的、愚笨的、动作迟缓的动物。成年的冠状钝嘴鬣蜥一般大约有1码长，但是有一些牙齿是自然的尺寸，但是就像被扩大了的一样，甚至能有4英尺长，有一只大蜥蜴的重量达20磅。在阿尔贝马尔岛上，它们似乎比任何其他岛屿上的蜥蜴要大一些，它们的尾巴两边都是平扁的，四只脚的趾间部分长有蹼。偶尔可以看到它们在距离海岸几百码的海水里游泳，舰长科尔内特曾在他的《旅行记》里这样记述过:"因为它们一群群地游到海里去捕鱼,还在岩石上晒太阳,因此它们也可以被叫作小型的鼍。"然而,不必假定为它们是以鱼类为生的。这种蜥蜴用它的身体和扁平的尾部弯弯曲曲地在水里悠闲而快速地游动,但它的腿一动不动地紧紧缩在身体的两旁。有一个在船上的海员曾经把一件沉重的东西系在这种蜥蜴的身上,想着能因此将它杀死,但是过了一个小时之后,他把系在它身上的绳子拉起来看,它仍然非常活跃。它们的四肢和强壮的爪子极其适合攀爬于崎岖的多裂缝的熔岩地面上,而这样的熔岩在这个群岛的海岸上到处都是。我们经常可以看到由六七只组成群的这种丑陋的爬行动物,伸着四条腿躺在离拍岸浪几英尺远的黑色岩石上晒太阳。

海鬣蜥 a.牙齿,左图为自然尺寸,右图为放大的尺寸

我曾经打开过几条这种蜥蜴的胃,发现它们之中大部分都被磨碎的海藻(石莼属)填满了,这种海藻是淡绿色或深红色的细带状叶子。我不记得我有没有观察到一定数量的海藻生长在潮汐冲刷的岩石上,我有理由相信这种海藻就生长在距离海岸不远的海底,要是情况属实,那么这些动物时常游到海里去的原因也就不言自明了。在它们的胃里,除了海藻之外,什么都没有。然而拜诺先生曾经在一只钝嘴鬣蜥的胃里发现过一只蟹的一个部分,不过这也许是它偶然吞下去的,我曾经在龟的胃里也同样发现过一条夹杂在地衣中的毛虫。它们的肠和其他草食动物一样都很长。根据这种蜥蜴的食物、尾巴和四肢的构造,以及它可以自由自在地在海里游泳这

三点可以确切地证明这种动物具有水栖习性，但是在这个方面也有一个非常反常的现象，也就是当它被惊吓的时候，它不会跳入水中。所以把这些蜥蜴驱赶到任何一个突出于海面之上的小地方是很容易的，它们并不跳下海去，因此立刻就可以抓住它们的尾巴。它们好像也不会咬啮外敌，只是当它们被吓得很厉害的时候，会从每个鼻孔里会喷出一滴液体。我曾经好几次全力将一只蜥蜴抛掷到一个退潮以后遗留下来的深水池里，但是不管我抛多少次，它总是直接游回到我站的地方。它用优雅的姿势快速地在海底附近游泳，有时用四肢来辅助自己游过那崎岖不平的海底。只要它一游到水边附近，身体仍旧在水里的时候它就想方设法躲藏在海藻丛中，或者是钻入岩石的裂缝。只要等到它觉得危险已经过去，它就会钻出水面向干燥的岩石上爬去，然后尽快地爬走。曾经有几次我都抓住同一只蜥蜴，然后把它赶到一个地方，虽然它拥有非常熟练的潜水和游水的本事，但是却没有任何东西能引诱它跳入水中，每当我把它抛进水里它都用我上面所说过的方式游回到岸上来。也许它们的这种愚蠢的行为是由于这种情况所造成的，那就是这种爬行动物在岸上没有什么敌人，可是在海里却必定是众多鲨鱼的猎物。因此，它很可能因为这种固执的世代相传的本能，认为岸上是他们安全的地方，无论有什么紧急情况它们总是把那里当作避难的地方。

我们停留在这里的时候（10月份），这种蜥蜴我见得非常少，一岁以下的蜥蜴我一只也没看见。从这个情况我们可以判断，似乎很有可能它们的繁殖期还没有开始。我问过好几个当地的居民，问他们是否知道这些蜥蜴在哪里产卵，他们说虽然他们非常了解这种陆栖蜥蜴产卵的事情，但是对这种蜥蜴的繁殖情况却一无所知，想到这种蜥蜴在这里分布得如此广泛，真是非常离奇啊！

我们现在转来谈谈陆栖种蜥蜴，它们有圆形的尾巴而脚趾间没有蹼连接着。这种蜥蜴并不像其他的一样，可以在所有的岛屿上看到，而只是局限于生活在群岛的中心地带，也就是在阿尔贝马尔岛、詹姆斯岛、巴林顿岛和英第法蒂给勃尔岛上。在南面的查尔斯岛、胡德岛和查塔姆岛上，以及北面的泰埃尔岛、宾德娄岛和艾宾东岛上，我从来都没有看见过也没听说过有这种蜥蜴，看起来就像这种蜥蜴是由这个群岛的中心地区冒出来的，并且只是由岛的最中心地带向外分散一定的距离。这种栖息在岛屿潮湿的高地上的蜥蜴，没有生活在沿海贫瘠低地上的蜥蜴多。除下面这个事例之外我不能提出一个更有说服力的证据来证明它们的数目之多，那就是当我们留在詹姆斯岛上的时候，为了搭设我们唯一的一个帐篷，我们找了好长一段时间都没找到一块没有这种蜥蜴洞穴的空地。它们就像它们的兄弟海栖种那样是一种非常丑陋的动物，它们身体的下部是黄橙色的，而上部是棕红色的，由它们低小的面角可以看出它们具有非常愚蠢的外表。它们的身体要小于海栖种的蜥蜴，但是有几条这种蜥蜴的重量在10～15磅。根据它们的动作来看，它们似乎很懒散，处于半睡半醒的状态，当没有受到惊吓的时候，它们总是缓慢地拖着尾部和腹部在地面上爬行，它们常常停下来，在灼热的地面上闭着眼睛伸展着后肢假寐一两分钟。

它们居住在洞穴里，这些洞穴有时就在熔岩的碎块之间，但更为普遍的是这些洞穴在类似砂岩的凝灰岩堆上。它们的洞穴显得不太深，经过很小的角度进入地下，因此当在这些蜥蜴洞穴的上面走的时候，泥土就会不停地倒塌，这样的话那些疲惫不堪的行路人就会觉得很讨厌。当这种动物在挖穴的时候，身体的两边轮流着工作，它会先用一边的一只前腿挖泥土，并把泥土向后腿的方向抛去，这时后腿正好等在那儿把泥土向洞口外面推去。当身体的一边累了的时候，另一边又接着工作，就这样交替着挖下去。我曾经观察过一只这种蜥蜴很长一段时间，直到它的半个身体都被埋在洞里，然后我就走过去拉着它的尾巴，在这之后它感到非常奇怪，立即爬出来看到底发生了什么事，随后盯着我就像在问："你为什么要拉着我的尾巴？"

它们在白天觅食，不会远离它们的洞穴，这样的话它们一旦受到惊吓就会用非常笨拙的步伐跑向洞穴。除了往下坡跑它们爬行的速度不是很快，这明显是由于他们四肢生长在身体的两侧。它们一点也不胆怯害怕，当它们全神贯注地盯着某个人看的时候就会卷起尾巴，用它们的前腿撑起自己，快速地垂直地点着头，看起来很凶猛的样子。但事实上它们并不是那么厉害，只是往地面上跺一跺脚，就会马上放下尾巴尽可能地拼命逃跑。我经常观察一种小型的食蝇蜥蜴，它们在注视任何东西的时候都用同样的方式点头，但是我根本不知道它们这样做的目的。假如这种钝嘴鬣蜥被抓住了，用棒子打它，它会狠狠地咬住这根棒，但是我曾经抓住过很多蜥蜴的尾巴它们却从来没有咬过我。如果把两只蜥蜴一起放在地上，它们就会互相打斗，啃咬到流出血来。

虽然大部分的食虫蜥蜴都栖息在比较低的地方，几乎一年到头都喝不到一滴水，但是它们可以吃很多富含水分的仙人掌，因为大风常把仙人掌的枝干折断倒在地上。好几次我向两三只聚在一起的蜥蜴抛去一块仙人掌，看它们像很多饿狗争夺肉骨头一样抢夺它，并且把它咬在嘴中带走，让人觉得甚是有趣。它们很谨慎地吃东西，但是却不会咀嚼。小鸟们都知道这些动物没有威胁性，我曾经看到在同样一块仙人掌上，一只厚嘴雀在啄取这块仙人掌的一头（所有生活在低地上的动物都很喜欢吃仙人掌），而一只蜥蜴在吃这块仙人掌的另一头，随后这只小鸟还肆无忌惮地在这只爬行动物的背上跳来跳去。

我曾经剖开过几只这种蜥蜴的胃，发现它们的胃里全是植物纤维和不同树木的叶子，尤其是一种金合欢的叶子。在较高的区域，这些蜥蜴主要以番石榴树的酸涩浆果为食，我曾经在这些树底下看到蜥蜴和大龟正在一起吃浆果。为了得到金合欢树叶，它们会爬到低矮的树上，如果你看到一对蜥蜴静静地坐在离地面几英尺高的树枝上吃着树叶，你不用觉得奇怪，因为这是再寻常不过的事了。当把这些蜥蜴煮过了之后，它的肉就变成了白色，就算是对食物有些挑剔的人都喜欢吃这种肉。洪堡这样说过，在南美洲的热带地区所有生长在干燥地区的蜥蜴都被公认是桌上的佳肴。那里的居民说那些栖息在潮湿的高地上的蜥蜴是要喝水的，但是其他的蜥蜴却不会像乌龟那样从低处贫瘠的地方爬上去喝水。在我们停留的这段时间，这些雌蜥蜴的身体里已经怀有许多大的、细长形的卵，它们把卵产在洞穴里面，居民们到处寻找这些卵来当作食物。

我在前面已经讲过，在一般结构和许多习性上这两种钝嘴鬣蜥都很相似。它们的行动速度都不像蜥蜴属和鬣蜥属的蜥蜴那么快，虽然它们吃的是截然不同的植物类，但它们都是草食性动物。贝尔先生由于它们的嘴吻短钝而给它们起了"钝嘴鬣蜥"这个属名，的确，它的嘴吻形状和龟嘴相比几乎相差无几，我猜想这种形状必与它们的吃草习性相适应。非常有趣的是我发现了一个具有特色的属类，这个属有海栖和陆栖两个物种，只是生活在世界上如此有限的一小块地方。在两种物种中，水生物种到目前为止是最不寻常的，因为这是现在活在世界上的唯一一种以海生植物为生的蜥蜴。当我初次考察这些岛屿的时候，在这个岛屿上的爬行类动物的物种还没有那么多，当我们说到这些爬行动物的个体数量时，我们就会想起这条小路是被成千上万的陆龟和很多海龟踩踏出来的，岛上还有大量的陆栖钝嘴鬣蜥的巨大的洞穴，还有一大群在各个岛屿海岸的岩石上晒太阳的海栖蜥蜴，所以它们个体数目是非常繁多的。我们必须得承认，世界上绝对没有任何其他地方如同这一目的动物那样，取代了草食哺乳动物。听到这里，地质学家也许会回想到第二纪时的情形，在那个时候不管是在陆地上还是在海洋里都有很多蜥蜴聚居在一起，其中有些蜥蜴是吃草的，而有些是肉食性的，说到这些蜥蜴的大小可能只有现在生存着的鲸鱼可能比得上。因此，这里是很值得观察的，这个群岛不能被认为是不毛之地，尽管这里没有潮湿的气候和茂盛的植物，但是赤道区域的气候还是相当温和适中的。

为了结束这段动物学的描述，下面我来谈谈在这里抓到的15种海栖鱼类，它们都是新种，被划分为12个属，所有的物种都广泛地分布在各个地方。除锯背鱼属外，有4种锯背鱼属以前就已经知道它们生活在美洲的东海岸边。我采集到16个陆栖贝类物种（还有两个明显的变种）。除了一种蜗牛属在塔希提岛曾经见过之外，以上提到的所有其他物种都只能在这个群岛上见到。田螺是在这里被发现的唯一一种淡水贝类，在塔希提岛和范迪门地岛上却非常普遍。卡明先生在我们航行之前，在这里采集到了90种海栖贝类，但还不包括那几种没有明确被验证的物种，也就是马蹄螺、蝾螺、单齿螺和织纹螺。他极为和善地跟我谈到他所研究出来的饶有趣味的成果，在90种贝类之中不少于47种是任何其他地方不存在的，这个结果真让人吃惊，因为海栖贝类一般分布很广泛。而其余的43种贝类在世界的其他地方都可以发现，其中生长在美洲西岸海里的有25种，在这25种中又有8种明显是变种。说到其余的18种（其中有一个变种），卡明先生曾经在低群岛上看到过，在这18种中有几种在菲律宾群岛也能见到。这里竟出现了生活在太平洋中央的各种各样的贝类，让人觉得非常不可思议，因为没有一种在太平洋各岛发现的贝类和南美洲西海岸的贝类是一样的。沿西海岸向南北的那一片汪洋被分隔成两个完全不同的贝类学区域，加拉帕戈斯群岛好像就位于这两个区域的过渡地带，这个地带创造出来了很多新的类型，分布在这个群岛两边的这两个贝类学区域又各自分送出几个物种到这里。还有美洲区域也把自己的代表物种送到了这里，因为在这里有单心贝属的加拉帕戈斯种，这种属类的贝壳只出现在美洲西海岸，而且漏斗介属和枘孔螺属的加拉帕戈斯种一般都在西海岸生活，但是它们（卡明先生告诉我的）在太平洋中部各岛却没有发现。另一方面，这里还有潮虫属和寄生角锥贝属的加拉帕戈斯种，在西印度群岛以及在中国和印度的沿海一带这个属都很普遍，但是不管是在美洲西岸还是在太平洋中部都没有它们的踪迹。在这里我可以补充一点，那就是在卡明和海因兹先生把美洲东、西海岸大约有2000种贝类拿来进行比较之后，发现只有紫荔枝螺这一种是这两个区域共有的，这个物种栖息在西印度群岛、巴拿马沿海一带和加拉帕戈斯群岛。所以，我们可以在这个地区看到三个大的贝类学海洋区域，它们是被从北到南的陆地或者大海的宽广区域划分开的，尽管彼此的生存环境如此相似，它们却有显著的差别。

我曾煞费苦心地在这里采集昆虫标本，然而，除了火地岛之外我从来没有看到过和这里一样缺乏昆虫的地方。即使在潮湿的高地，我也只捉到很少的昆虫，除几种微小的双翅目和膜翅目的昆虫外，大部分的昆虫都不是这个群岛独有的，而是遍布于全世界的物种。我以前曾经说过这样的话，生活在任何热带地区的昆虫都体形小、颜色暗。说到甲虫，我采集了

25个物种（除了因为船只的到来而带来的鲣节虫属和食骨虫），其中有2个种是属于哈尔帕科，2个种属于牙甲科，9个种分别属于异肢目的三个科，还有剩下的12种属于很多不同的科。这些为数不多的昆虫分别属于很多不同的科（我可以补充说植物也是这样的），我以为这是非常普遍的现象。沃特豪斯先生曾经发表过一篇有关这个群岛昆虫的文章，以上我所记述的事情都是来自这篇文章。他对我说在这个地方有几个新属，而且还说在那些新属之外只有一两个是属于美洲的属，剩下的在全世界都有分布。除开从美洲大陆输入的一种蛀食树木的阿帕特虫和一种或两种水生甲虫，所有的其他甲虫都是新种。

这个群岛的植物学和动物学一样都很有意思。不久之后，胡克博士就要在《林奈学报》上发表一篇报告，主要是关于这个群岛的植物区系，我在下面叙述的资料很多是由他提供的。在显花植物中，就现在所知道的有185种，而隐花植物也有40种，两种植物加起来就一共有225种，能够带回其中的193种对我来说已经非常幸运了。其中有100种显花植物都是新种，可能它们也是这个群岛所特有的。胡克博士确定这些植物不全是这个群岛的特产，在查尔斯岛的开垦地附近，最少有10种是从外面引入的。我认为，想到这个群岛和大陆的距离只有500～600英里，而很多美洲产的植物种却没能依靠天然方法被传播到这里来，我觉得这让人感到很吃惊，而且海水常常把漂流来的树木、种子、芦荟和棕榈树的坚果卷到东南面的海面上（根据科尔奈特所著的《旅行记》，第58页）。在这185种（除去那些被引进的物种就是175种）植物中有100种都是新种，我想单凭这一点就能够使加拉帕戈斯群岛成为一个非常独特的植物区系了，然而这个植物区系与圣海伦娜岛的植物区系相比并没什么特殊，而且我可以从胡克博士跟我说的情况得知这种植物区系远不及约翰·斐尔南得群岛的植物区系特殊。加拉帕戈斯群岛的植物区系的特点在某些科的植物中很好地体现出来，例如在21个菊科植物物种中，有20个物种都是只限于在这个群岛上生长的，这些植物分别属于12个属，而其中至少有10个属是这个群岛所特有的。胡克博士跟我说这个植物区系很明显具有美洲西部的特征，但是他却找不出它和太平洋那一带的亲密关系。如果除去从太平洋各岛引进的18种海生贝类、1种淡水贝类和1种陆生贝类，再除去雀科鸣禽的加拉帕戈斯类群的一个不同的太平洋物种，那么我们可以得知虽然这个群岛位于太平洋中，然而从动物学方面来说却是美洲的一部分。

如果这种特征仅仅是由于从美洲迁移来而形成的，那就不怎么引人注意了。但是我们明白陆生动物的绝大多数和超过半数的显花植物都是这个群岛上所特有的产物，围绕在你周围的全是你从未见过的鸟类、爬行类、贝类、昆虫、植物数不清的细微构造差异，甚至还有鸟类的鸣声和羽毛颜色，这一切都在我眼前生动地呈现出一幅巴塔哥尼亚的温带平原或北智利炎热干燥的荒漠景象。在最近的地质时期，为何海洋会淹没这些小块土地，而由玄武熔岩所构成的地面的地质特点为何与美洲大陆截然不同，并且还处于特殊的气候条件下呢？我再补充一点，为什么不管在种类上还是在数目上生存在这些岛屿上的土生生物都与大陆上的生物有着千丝万缕紧密的联系？它们以不同的方式互相作用，为什么它们又按照美洲生物的组织形式被创造出来？在所有的自然条件方面，很可能佛得角群岛与加拉帕戈斯群岛的相似度远远地超过了加拉帕戈斯群岛与美洲沿岸的相似度，但是这两个群岛上的土生生物却截然不同，佛得角群岛上的生物像是被烙上了非洲生物的印迹，然而加拉帕戈斯群岛上的生物却具有美洲生物的特性。

到目前为止，我还没有注意到这个群岛自然历史的卓越特征，那就是在各个岛屿都栖息着各种不同的生物。起初副总督劳森先生叫我把注意力放在这样一件事上，他宣称虽然不同岛上的陆龟类不尽相同，但是他能确定无疑地区分出所有龟的归属地。有段时间我对他这一说法并没有足够重视。我有时候会把从两个岛上采集到的标本混在一起，我做梦也没有想到这两个岛相距50~60英里，彼此相望可看到对方的大部分地面。两个岛上的岩石完全相同，也同处在十分相似的气候条件下，离海平面的高度几乎相同，但是生活在两个岛上的生物居然会不同，但是我们很快就明白情况确实如此。大部分旅行家的命运都是在一个地方还没有发现最有趣的东西就匆忙地离开了，然而，我却不同，让我欣慰的是我得到了足够的材料，可以确定生物分布的奇特事实。

就像我前面已经说过的,这里的居民陈述说他们能够区别出所有的陆龟分别是来自哪个岛屿,这些龟不但身材大小不同,在其他特征方面也不同。舰长波特在记述那些来自查尔斯岛和离查尔斯最近的胡德岛的陆龟时曾经这样记述过,这些龟的甲壳的前面是厚厚的,并且像西班牙的马鞍一样向上反弯,但是詹姆斯岛所出产的陆龟的甲壳则比较圆,比较黑,并且这些龟的肉在煮熟后更美味一些。比勃龙先生跟我说,他看到从加拉帕戈斯群岛运来的他认为是完全不同的两个品种的陆龟,但是他却不知道它们是从哪个岛上运来的。我曾经带回过幼龟的标本,也许是因为年龄太小,不论是格雷还是我自己都在它们的身上找不到任何的物种差异。我曾说过阿尔贝马尔岛上的海生钝嘴鬣蜥与其他岛上的同类相比要稍微大一些,比勃龙先生跟我说他曾经看到两个同属于这个属的不同的水栖物种,所以与陆龟一样,也许每个不同的岛屿都有它的钝嘴鬣蜥属的代表物种或变种。最开始引起我注意的是我和船员射杀的动物中反舌鸫数量最多,而且让我吃惊的是我发现来自查尔斯岛上的所有鸟都属于同一个物种——三环反舌鸟,来自阿尔贝马尔岛上的所有鸟都属于反舌鸟最小的物种,然而来自詹姆斯岛和查塔姆岛上的所有鸟(有两个在它们之间如同起连接杆作用的岛)都属于黑色反舌鸟。后面的这两种鸟都有着非常近的亲缘关系,一些鸟类学家认为它们能清楚识别的同族或是变种,而三环反舌鸟却是非常独特的。不幸的是大部分雀科标本都被我混在一起了,但是我有充足的理由怀疑,几个地雀属子群的物种只限于生活在个别的岛上。假如不同的岛上都有各自的地雀属代表,那么这个子群的物种在这个小群岛上为什么特别多就可以得到解释了,因为在这个群岛上有大量这种物种,它们全是靠它们的嘴的大小来定等级的。我们在这个群岛上捕捉到了两个属于卡斯顿雀子群的物种和两个属于卡马隆契雀子群的物种,另外在詹姆斯岛上发现了被四个标本采集人员射杀的无数属于这两个子群的鸟,它们都分别属于每一个子群的某一个物种,有无数在查塔姆岛或尔斯岛上射杀的鸟(因为从这两个地方得来的鸟都被混在一起了),却全部属于另外两个物种。所以我们几乎可以肯定，这两个岛分别都有它们的两个子群的代表物种。关于陆生贝类，似乎并不符合这条分布定律。我采集到的昆虫数量很少，根据沃特豪斯先生的说法，只要是标有栖息地点的昆虫，没有一种昆虫是两个岛上共有的。

假如现在转向植物区系方面，我们竟然发现不同岛上的土生植物迥然不同。以下我给出的结果是我根据我的朋友胡克博士的高度权威的资料所得出的。我可以提前做出说明，我任意从不同的岛上采集了所有开着花的植物，幸运的是我都是分别收藏它们的。然而，不可以对这种结果太过相信，因为其他一些自然学家并没有带回太多的标本，虽然在有些方面能得到证实，但很清楚的是我们应该做出更多努力来研究这个群岛的植物区系，到现在为止豆科植物的研究只是做个了大概。相关的研究情况如下：

岛的名称	物种的总数	世界上其他地方发现的种数	只在加拉帕戈斯群岛上特有的种数	只在一个岛上发现的种数	只在加拉帕戈斯群岛上特有的，不止在一个岛上发现的种数
詹姆斯岛	71	33	38	30	8
阿尔贝马尔岛	44	18	26	22	4
查塔姆岛	32	16	16	12	4
查尔斯岛	68	39	29	21	8

所以我们可以得出一个结论，那就是在38种加拉帕戈斯群岛的豆科植物中，或者说是在世界上所有其他地方都没有看到过的豆科植物中，居然有30个物种只在詹姆斯岛上生长，在26种加拉帕戈斯群岛的土生植物之中有22个物种只在阿尔贝马尔岛上生长，就目前所知只有4个物种在除以上岛屿之外的其他岛上生长。从上表可以看出，同样的情形也发生在查塔姆岛和查尔斯岛上。如果举些例子来说明，你会觉得更加吃惊，比如树菊属就是加拉帕戈斯群岛所特有的一个菊科特征非常明显的土生属，一共有6个物

种：1个物种长在查塔姆岛，1个物种长在阿尔贝马尔岛，1个物种长在查尔斯岛，2个物种长在詹姆斯岛，还有第6个物种长在最后三个岛的某一个岛上，但现在记不清到底生长在哪座岛上，这6个物种在任何两个岛上都不会同时出现。另外，大戟属是全世界分布最广的植物，在这里它有8个物种，其中7个物种是这个群岛特有的，在任意两个岛上你不会发现同样的一个物种。铁苋菜属和波利亚草属的分布都是在全世界范围里的属，这里分别有6个物种和7个物种，除了在两个岛上都有波利亚草属的一个物种外，其余在任何两个岛上都没有发现同一个物种。胡克博士向我提供了关于菊科的几个物种极具地方特征的例子来说明各个岛上的物种差异，他表明他提供的这条分布规律既适用于只在这个群岛上生存的属，也适用于分布在世界上其他地区的属，同样地我们看到不同的岛都有它们所特有的陆龟属物种，而且还有广泛分布的反舌鸫的美洲属和加拉帕戈斯群岛雀科亚群的两个物种，然而加拉帕戈斯群岛的钝嘴鬣蜥属大体上也一定是这种情况。

这个群岛的生物分布状况让人非常吃惊，比如，如果这个群岛中的其中一个岛上有反舌鸫，另一个岛上就有某一个完全不同的属；如果一个岛上有蜥蜴的一个属，那另一个岛上就有另外的不同的属，要么根本没有；或者，在不同的岛上并不是生长着同属植物的代表物种，而是属于完全不同的属，在一定程度上情况就是这样，詹姆斯岛上生长着巨大的浆果树，然而查塔姆岛上却没有它的代表物种就是一个例子。但是，有这样一种情况让我感到非常惊奇，那就是一些岛具有它们所特有的陆龟、反舌鸫、雀科鸣禽与众多植物的物种，这些物种一般都生活在差不多相同的地方，有着相同的习性，而且在这个群岛中占有同等的自然经济地位。可以大致猜疑，这些具有代表性的物种在此后也许可以证明它们只不过是有非常显著特征的种族，至少陆龟和某些鸟类就是这样一种情况，一个有哲学观点的博物学家对此也很感兴趣。我前面已经讲过，大多数的岛彼此距离很近，可以很容易就望到，我可以肯定地说查尔斯岛与查塔姆岛之间的最近距离是50英里，与阿尔贝马尔岛的最近距离是33英里。查塔姆岛与詹姆斯岛之间的最近距离是60英里，但是还有两个岛在它们中间，只是我没有去过。詹姆斯岛与阿尔贝马尔岛之间的最近距离是10英里，但是那两个我采集过标本的地点之间的距离是32英里。在此我不得不重申，不管是土壤的性质、地势高度、气候，还是有关联的生物一般特性和它们之间相互的影响，在不同的岛上它们都不会有太大的差别。要是气候有明显的差异，那在迎风的一组岛（查尔斯岛和查塔姆岛）与背风的一组岛之间一定有差异，但是这两组岛上的生物似乎并没有发生相应的变化。

我能够提出有关不同岛屿上生物间的重大差异的唯一见解就是如果就海水转移生物而言，两条向西方和西北偏西方流动着的强大洋流一定会把南北各岛分开。此外，在北部各岛之间可以观察到一条强大的西北洋流，它一定彻底地分开了詹姆斯岛和阿尔贝马尔岛，由于这个群岛从来没有受到过风暴的侵袭，因此鸟类、昆虫和更轻的种子都不可能被风从一个岛吹到另一个岛去。最后一点就是这些岛屿之间的海洋极深，它们还有非常明显的近期火山构造（地质学方面的近期），这些都能说明这些岛屿过去并不是互相连在一起的，在解释各岛上生物的地理分布方面，这一点可能比其他任何观点都重要得多。回顾我们以上探讨的这些事实，对于这些小小的布满了岩石的贫瘠岛屿上所展示出来的巨大创造力，假如允许这样表述的话，人们会感到异常吃惊的，而且更加让人吃惊的是这种创造力在它们彼此很近的地方发生了不同而又十分相似的作用。我曾经说过，可以把加拉帕戈斯群岛称为是附属于美洲的卫星，但是可能更准确的说法应该是附属于美洲的卫星群，它们自然条件相似而生长的生物却不同，可是彼此又有着亲缘关系，并且在较小的程度上它们也与广阔的美洲大陆生物有明显的亲缘关系。

我要总结一下这个群岛上鸟类非常温驯的特性来结束对这些岛屿自然历史的叙述。

温驯的性情在这里所有陆生鸟类中都是很普遍的，这些陆生鸟类包括反舌鸫、雀科鸣禽、欧鹟、凶猛的鹞科鸟类、鸽和食尸肉的鵟。它们经常都跟人的距离近得几乎可以用一根鞭子就把它们给打死，有时候我自己也尝试过用一顶帽子就能够把它们罩住。枪在这里几乎是多余的，我曾经用枪口就打下了一只停在树枝上的鹰。一天我躺着的时候，一只反舌鸫偶然停在了我握在手上的用一只龟甲做成的大水罐的边沿上，然后它静静地喝起水来，当它停在这个大水罐上的时候我把它连同大水罐一起从地面举起来，它根本就不飞走，我总是尝试着去抓它的脚，而且好几次它都差一点被我捉住。这里的鸟在以前似乎比现在更温驯大胆一些，考利（在1684年）说："斑鸠温驯到经常都停在我们的帽子和臂膀上，我们根本不费吹灰之力就可以把它们活捉住。以前它们从来不怕人，但是后来因为有人向它们开枪，才变得有些胆怯。"就在那一年，丹皮尔曾经也说过一个早晨散步的工夫一个人就可以在路上一连杀死六七打这样的斑鸠。尽管现在它们像以前那样温驯，但是已经不敢再落到人们的手臂上了，也不怎么容易大量地杀死它们。让人觉得吃惊的是这些鸟根本就没有变得更加野性，虽然最近150年以来经常来到这里的海盗船和捕鲸船上的水手们，在森林里找寻龟类的时候常常为寻欢作乐而残忍地将这些小鸟杀死。

现在这些鸟尽管依然遭受着更多的烦扰，然而它们还没有真正地成为野性的鸟，查尔斯岛已经被拓殖差不多有六年了，有一次我看到一个男孩手里握着一根树枝一直坐在井边，等到鸽子和雀科鸣鸟来喝水的时候用树枝把它们打死。他已经打死了一小堆小鸟来当午饭吃，然后他还说他已经养成了守坐在井边打鸟的习惯。显而易见到现在这个群岛上的鸟类都还没有意识到人类是比龟类和钝嘴鬣蜥更加危险的动物，它们忽视人类就像英格兰喜鹊漠视在田野上吃着草的牛和马一样。

在福克兰群岛上我们遇到了又一种有着相似性情的鸟，比尔内蒂、赖生和其他的航海旅行家都曾经说到过这种小静鸟非凡的温驯性情。然而，这种温驯的性情不是这种鸟所特有的，卡拉鹰、沙锥、高地区和低地区的雁、鸫、鸦，甚至一些真正的鹰都或多或少地具有这种温驯的性情。如果鸟在有狐、鹰和鸦存在的地方也具有这样的温驯性情，那我们就可以推断出加拉帕戈斯群岛缺乏肉食动物并不是造成这里的鸟性情温驯的原因。雁在福克兰群岛上的高地筑巢时所表现出来的警惕行为显示出它们在留心狐狸对它们造成危害，但是它们对人类从来不会这样。这些鸟的温驯性情，特别是水栖鸟类，与火地岛的同种鸟类的习性形成了强烈的反差，因为在火地岛上的鸟在过去的很长时间里都受到那里的野蛮人的烦扰。福克兰群岛上的猎人有时候一天就可以杀死很多只高地的雁，多得根本带不回家，然而在火地岛上就算是要想杀一只都很困难，困难得犹如想在英格兰射杀一只野雁。

比尔内蒂旅行到南美洲的时候（1763年），几乎那里所有的鸟都比现在温驯得多，他曾记述静鸟几乎都快要落到他的手指上了，而且仅仅在半小时内他就用棍子打死了十只鸟。在那段时间，生存在福克兰群岛上的鸟也一定像现在加拉帕戈斯群岛的鸟那样温驯。加拉帕戈斯群岛的鸟看起来似乎比福克兰群岛的鸟谨慎些。它们相比较福克兰群岛上的鸟拥有更多的经验，因为不但经常有船只航行到这个群岛周围，而且间或还有移民移居到这个地方。就算是在以前这里所有的鸟都是如此温驯的时候，据比尔内蒂的记载，在这里要想射杀一只黑颈天鹅却不可能，因为它是一种候鸟，可能在其他的地方学得更聪明了。

我再补充一点，根据德·布瓦的说法，从1571到1572年，除了红鹳和雁之外，波旁岛上的所有鸟类都十分驯顺，用手就可以捉到它们，或者也可以用棒子打死任意数量的鸟。除此之外，卡迈尔也详细地记述过只有两种陆栖鸟类鸫和鸫生活在位于大西洋南部的特里斯坦·达昆雅群岛上，它们都"温驯到可以用手网捕捉"。我认为通过这些事实我们可以推断出：第一，鸟类在面对人类时所表现出来的粗野特性属于一种针对人类的特殊本能，而不是由于惧怕别种危险而产生的小心谨慎；第二，这个本领个体的鸟不能在短期内学到，即使受到更多的烦扰时也不可能学会；但是，这种本能可以在连续几代的繁衍中逐渐遗传。关于家养动物，我们经常让其获取新的思维习得或心理本能，而且让它们变得可以遗传，然而处于野生状况中的动物则难以找到例子来证明后天获得的知识是可以遗传的。关于鸟类在面对人类时所表现出来的粗野特性，除了用遗传的习性来解释就没有别的办法了。不管在什么时候，都只有相当少的年幼的鸟在英格兰受到人类的伤害，但是几乎所有的鸟，甚至是雏鸟，都害怕人。另一方面，无论在加拉帕戈斯群岛还是在福克兰群岛上，虽然很多的鸟都曾经受到过人类的追击和伤害，但是它们却还没有学会害怕人类来保护自己。从这些事实我们可以做出推断，在土生动物的本能开始适应外来物种的狡猾和力量之前，任何新物种的到来都会引起浩劫。

第十八章　塔希提岛和新西兰

  穿过低群岛——塔希提岛——群岛的概貌——山地的植被——埃梅奥岛的景观——漫游岛的内部——深山峡谷——连续的瀑布——野生有用植物数目——当地居民的节制——居民的道德状况——议会的召集——新西兰——群岛湾——"希帕"——去怀马特旅行——传教机构——英国杂草现成野生种——怀阿米奥村——一位新西兰女性的葬礼——驶向澳大利亚

  10月20日——我们结束了在加拉帕戈斯群岛的勘察工作以后就朝塔希提岛驶进，又开始了我们3200英里的远距离航行。几天过后，我们驶出了这片阴暗的乌云密布的海洋，这种天气在冬天的时候会一直从南美洲的海岸扩展开来。然后，我们就享受着明亮的晴好天气，并在稳定的信风的推送下，每天行驶的路程范围基本上都是在150～160英里。更靠近太平洋中心部分的温度比靠近美洲海岸的温度要高一些。无论是白天还是夜晚，尾舱的温度都维持在令人非常舒适的80℉～83℉这个范围里，要是温度再高那么一两度，就会使人感到难以忍受。我们经过了低群岛，也就是危险群岛，看到几个刚好升上水面的最奇怪的珊瑚土壤的环形岛屿，这种岛也被称作礁湖群岛。一条又长又光亮的白色海滩边上镶上了一条绿色的植被，不管往哪边看去都快速地随着距离越变越窄，直至消失在地平线下。从桅杆顶上可以看到，在整个珊瑚岛的范围内都是一片广阔的平静的水面。这些比浩瀚的大洋渺小得多的低而空心的珊瑚岛，像是从水底突然上升起来，让人觉得奇妙的是这些弱小的入侵者，在这种被人们误称作太平洋的巨大海洋中从来不知疲倦的浪涛的冲击之下，竟然没有被淹没。

  11月15日——天刚刚要亮的时候，一个在所有到南海来的旅行家看来永远都是一流的塔希提岛映入我们的眼帘。它的景色从远处看并不是那么的有吸引力，在那种情况下它低地部分的繁茂植物还没有被呈现出来，当云雾散开的时候一座座荒凉而陡峭的山峰就从岛的中央显现出来。我们的军舰一停泊在马塔威湾里就被很多的独木船包围起来，在我们的军舰上今天是星期日而在塔希提岛上则是星期一，假如情形颠倒过来的话就没有一个当地居民会划船到我们的军舰周围来了，因为这里严格遵守着一条禁令在星期日不准船只行驶。在吃过饭以后，我们登上岸，欣喜若狂，因为我们第一次到一个地方所带来的新鲜感，特别是又是塔希提岛这样迷人的地方。塔希提岛的一大群男人、女人和小孩在著名的维纳斯角上聚集起来，带着愉悦的笑容等待着迎接我们，他们前前后后地领着我们向当地的传教士威尔逊先生的家里走去。威尔逊先生也在路上迎接我们，还热情地招待了我们，在他的家里待了很短的时间之后我们就各自四处游逛去了，但是在晚上我们都回到了威尔逊先生家里。

  这里仅在一条堆积在山脚下的冲积土地带才有少许可耕种的土地，这一带地区由于受到了珊瑚礁的保护没有被海洋里的波浪冲刷，这个珊瑚礁把整个海岸都包围着。在这个珊瑚礁里面有一处像湖一样既广阔又平静的水面，在这片水域里当地人可以安全地划着独木船，船只也可以在里面停泊。覆盖着漂亮的热带植物的低地下面是一块珊瑚砂的海滩，香蕉树、甜橙树、椰子树和面包树之间的空地被开垦为田地，那上面栽种着薯蓣、甘薯、甘蔗和菠萝。甚至灌木都是从外面引进的一种果树，也就是番石榴，由于它们过于丰茂已经变得像杂草一样有害了。在巴西，我常常赞美那些别样美丽的香蕉树、棕榈树和甜橙树交相辉映的样子，这里也有一种面包树让人觉得眼前一亮，它的叶子巨大、光滑、边沿成趾状。这些树丛把自己粗壮的树枝向外伸展，就像英国栎树那样的姿态，树上结满了硕大而营养丰富的果实。虽然一种物体是否有用不能只取决于你看到它们的舒适度，但在现在这些美丽树木的环境中，毫无疑问的是你一定会对它们那丰富的产量产生更加深刻的赞美之情。走在那些弯弯曲曲的林荫小道上你会觉得异常凉爽，它们通往各处散布的房屋，我们受到那些房屋的主人们热情的款待。

在塔希提岛我最喜欢的就是那里的居民，他们脸上的表情温和，有那么一刻会让你忘了他们是野蛮人，他们的智慧让你觉得他们正朝着文明的方向进步。当地一般的老百姓在工作时上身总是不穿衣服，这样的话就可以看到塔希提岛人的优点，他们身材高大、肩膀宽阔、体格强健、身体匀称。曾经有人这样说过，如果想要使一个欧洲人认为黑皮肤比他自己的白皮肤还要可爱、自然，那他得先养成一点习惯。一个白种人在一个塔希提岛人旁边洗澡的话，就像在一株经过园丁的技术被漂白了的植物旁边有一株鲜活的生活在原野中的深绿色的植物一样。这里大部分的人都文身，这些文身装饰与身体的曲线配合得如此的好，让他们看起来非常有品位。有一种很普通的文身花样，除了在细节方面有点差异，很像棕榈树的树冠。它是从背部的中线开始起笔然后向两边优美地卷绕着，这两边相似的花样非常富有想象力，然而在我看来一个画有这种花纹的人体就像一株被柔软的匍匐植物所缠绕的华贵的树身。

许多年长一点的人都会在他们的脚上画一些小小的图案，看上去就像是穿着一双短袜。然而这种花样一旦有些过时后，就会被其他的新式花样所替代。在这里，虽然流行的花样绝对不会保持不变，但是每个人都必须保持他年轻时所流行的花样。这样一个老年人年龄印记就永远地打在了他的身上，没有办法去追逐现在年轻人的风尚。这里的女人们身上刺绘着和男人一样的花纹，而且在她们的手指上也普遍刺绘花纹。一种不雅的样式现在几乎非常普遍，那就是剃掉头顶上的头发，剃成一个圆形，这样外面就留了环形的一圈头发。当地的传教士们想劝说当地人改变这种习惯，然而时尚就是时尚，在塔希提岛也像在巴黎一样，这样就算是对这个问题圆满的回答了。我对当地女性的个人形象感到非常失望，在装扮方面她们远没有男性那么好看。她们认为在脑后的头发上戴一朵白花或者红花，或者把它们插在两只耳朵上的一个小孔里面，那就很美丽，她们还戴一顶用椰子叶编成的花冠来遮阴，似乎这些女性在追求某种合适的服装方面比男人的要求更高。

几乎所有当地人都懂点英语，他们对常见物品的英文名字有所了解，正因为如此，他们加上手势就勉强能与外国人交流。晚上正要回船上时，我们目睹了一幅非常美妙的画面，平静的海面和周围的树木在篝火的映照下显得十分明亮，很多小孩子在沙滩边做游戏。还有一些围成圆圈唱着塔希提岛歌谣的孩子，我们加入了他们的派对，在沙滩上席地而坐。这些歌都是即兴唱出来的，我相信这肯定跟我们的到来有关，一个小女孩先唱了一节，剩下的小孩分批轮流唱下去，这样就形成了非常优美的合唱旋律。这全部景色使我们明确地意识到，我们是坐在世界闻名的南海中的一处岛屿上。

11月17日——今天在我们的航海日志上，不是记录为第16日星期一，而是记录为第17日星期二，这是因为到目前为止，我们都是一帆风顺地追赶着太阳向西航行。早餐之前，一个当地土著人的小独木舟船队围着我们的军舰，在我们允许他们上我们的军舰后，我想有不少于两百人爬了上来。一下子来了这么多人，不仅没有造成任何麻烦，而且还维持了良好的秩序，我们一致认为这是其他任何种族都难以办到的。每个土著人带着一些货物来卖，基本上都是贝壳，现在塔希提岛人已彻底地明白了货币的价值，他们更喜欢用自己的东西来换取货币而不是旧衣服或其他物品。然而，让他们很头疼的是英国货币和西班牙货币的不同面值让他们困惑，直到把那些小银币兑换成美元他们才放心。一些首领已经积累了相当大的一笔货币，不久前有一个首领愿出价800美元（大约160英镑）买一艘小艇，同时他们也经常以50~100美元的价差来购买捕鲸船和马匹。

　　早饭以后，我上了岸，然后去攀登最近的山坡，我爬到了两三千英尺的高度。这个岛外围的山都是由古老的火山岩所构成的，呈险峻而平滑的圆锥形。这些古老的火山岩像是被人工凿刻成了许多深沟，从岛中央的破碎地带向外扩散到海岸边。穿过一条狭长而低浅的、有人居住的肥沃田地，我沿着两条深山谷中间的平滑而陡峭的山岭前进。那里的植被非常稀奇，几乎都是矮小的蕨类植物，还夹杂着一些粗硬的杂草，这与威尔士山上的植物没有明显不同，然而这里又和海岸上的热带植物园如此接近，让人感到十分惊讶，我到达最高的山顶，又看到了树木。在植物比较繁茂的三个地带中，最低一个地带降水充沛，因为这里地势平坦，几乎没有超出海平面，水从高地缓慢流下来，因此出产丰富。中间区域和山顶区域不同，处在阴暗潮湿的空气里，因此土地贫瘠。山的上部区域很漂亮，蕨类植物取代海岸的椰子树。即使这样，绝不可认为这些树木和巴西的森林完全一样壮丽，根本不要指望南美大陆上所特有的数目无穷的天然产物会在这个小岛上出现。

　　我从到达的最高的山顶上，可以望见远处埃梅奥岛的优美风景，这个岛和塔希提岛都由同一个国王统治。在高耸的破碎山峰上堆积着大量的白云，在碧蓝的天空中形成了一个云岛，仿佛埃梅奥岛处在蓝色的海洋中。这个岛除了一个小通道之外，四面被珊瑚礁包围。由此望去，一条细狭的白带清晰可见，这是波浪第一次与珊瑚礁壁边界相交产生的界线。高山唐突地凸起在平滑如镜的礁湖边，细狭白带包围着礁湖，在白带的外面暗黑色的潮水此起彼伏。如此美景令人着迷，如画框中的浮雕一般，画框是惊涛拍岸，平滑的礁湖是画纸，而这个岛就是画中的风景。在晚上下山的时候，我遇到一个我曾经送给他一些小礼物的土人，他送给我带来的烤香蕉和一只菠萝。在炽热的阳光下步行后，天底下没有比这种果汁更美味的了。这里盛产菠萝，以至于当地人对它的浪费，就好像英国人吃萝卜一样，达到了一种不知爱惜的烂吃程度。这里的菠萝有一种特别的香味，或许比那些在英格兰精心培育的还要好，我相信这是任何一种水果享誉的最高赞美了。在上船前，威尔逊先生为我作翻译，替刚才给我礼物的塔希提岛人说我希望他和另外一个人陪我到山上做一次短途旅行。

11月18日——今天清晨我很早就上岸了，在包里装了一些食物和两条绒毡供我和仆人吃住。这两件东西分别扎缚在一根长杆的两端，由我的两个塔希提岛的同伴轮流用肩挑着。这些土人已经习惯于用这种方法挑运东西，长杆的每一端各缚50磅的重物，还可以挑一整天。我曾经预先就叫这两个向导自备食物和衣服，但是他们说山上食物很多，至于衣服，他们的皮肤就够了。我们的旅行路线是沿着提阿乌拉河谷中的一条小河前行，这条河在维纳斯角附近流入海中。这条河是这个岛的主要河流之一，它的发源地在海拔约7000英尺的最高山峰的中心地带。整个岛屿全是山地，沿着山谷行进是通达它内部的唯一道路。我们的路径，最开始是通过一片这条河流的两岸树林，道路两旁是向一侧飘舞的椰子树，当通过这条林荫道时隐约可以看见高高的中央山峰，真是如在画中一般。不久，山谷开始变窄，两边的山坡开始变得更加高耸险峻。在走了三四个小时之后，我们发现山谷的宽度几乎与河床的宽度一般狭窄。两边的峭壁几乎就是垂直的，只是由于两边的山壁是柔软火山质地层，因此每个突出的部分仍然有繁茂的植物长出来。这些悬崖肯定有几千英尺高，整个构成了一条天然的狭谷，比我以前看到的任何山谷都要雄壮。中午的时候，太阳高悬在笔直的深谷上，本来凉爽潮湿的空气变得非常闷热，于是我们坐在一个熔岩的石柱旁边，在岩石突出部分的阴影下吃午饭。向导们早已抓了一盘小鱼和淡水虾。他们在河水较深、有漩涡的地方像水獭一样跳进水里，睁大眼睛看到鱼群游到洞口和角落里去，就用绷在铁环上的一个小鱼网把它们捉住了。

塔希提岛人在水里就像两栖动物那样灵巧。埃利斯讲过一段趣闻表明他们在水中像在家里一样行动自如。1817年，有人运了一匹马来送给国王波马雷，在码头登岸时这匹马因为马缰断掉跌到水里，土人们立即从船上跳进水里想救出这匹马，结果空喊一阵白费力气几乎把马淹死。然而，当这匹马一爬上海岸所有人都逃之夭夭，想方设法避开这条"运人的猪"，当时他们就是这样给马命名的。

在一处比较高的地方这条河流分成了三条小支流，北面两条支流的两岸难以通行，因为它们是由一连串从最高的犬牙形山顶上倾泻下来的瀑布构成的，显然另外一条支流同样也难以通行，但是我们设法沿着一条不同寻常的道路向上游前行。河谷两边是几乎垂直的峭壁，但是在经常出现层状岩石的小块向外突出的崖石上面却生长着茂密的野香蕉树、百合科植物和其他硕果累累的热带植物。在这些向外突出的崖石中间，这两个塔希提岛人爬行着寻找水果，竟然意外地发现了一条小路，这样就可以登上这个陡峭的悬崖。从河谷往上的第一段路是非常危险的，因为我们必须靠随身携带的绳索来通过裸露岩石的一个险峻的斜面。简直难以想象这些人是怎样发现仅有的这条悬崖边上的让人心惊胆战的道路，随后我们小心翼翼地沿着一块突出的崖石前行，直到到达三条河流中的一条。在这些崖石形成的平台上，一条长达一百余英尺的小瀑布直泻而下，再往下又有一条很高的瀑布泻入下方河谷的主河流。为了绕开这些瀑布，我们从这个凉爽而荫蔽的山角上兜了一个大圈子才绕了过去。我们又像以前一样沿着突出的小崖石前行，一部分惊险的景象被茂密的植被遮掩住了。在一个崖石到另一个崖石间，出现了一处直立的岩壁。我们中那位活跃的塔希提岛人把一根树干靠放在岩石的侧壁上，借助树干爬了上去，然后借助岩缝到了崖顶。他把绳索牢牢地拴在一个突出的石头上，然后放下来把猎狗和行李吊了上去，我们又通过这条绳索爬了上去。那棵死树的崖石下面是五六百英尺深的悬崖，要不是被蕨类和百合遮住了其中的一部分，我一定会发晕，要那样的话什么东西也诱引不了我去冒这个险了。我们又继续爬山，时而顺着崖石，时而顺着像刀锋一样的山岭前行，在山岭的两边是万丈深渊。我在安第斯山脉见过更加宏大的山，但是要说险峻程度没有什么地方可以比得上这里。这条河流形成一连串瀑布往下流，我们又往前穿行，在傍晚的时候到达同一条河流岸边的一个小平地上，我们就在这里宿营。在每个山谷的两边都有一大片山地香蕉树，上面挂满了成熟的香蕉。这里的许多植物都有20~25英尺高，三四英尺粗的树干。塔希提岛人在数分钟内就为我们建好了精美的房子，他们把树皮做成绳索，用竹竿当房子的椽子，香蕉叶子搭建房顶，还用干枯的树叶铺成一张柔软的床。

然后他们开始生火做晚饭，把一截树枝较钝的一端插入另一根树枝的凹槽里，通过不断地摩擦，就像是要把这个凹槽钻得很深一样，直到摩擦时产生的木屑因发热而燃烧起来，通过这种方式就有了火种。一种特别白而轻的木材黄槿就是专门用来取火的，同时这种木材也被用来制成挑运东西的扁担和划船上的浮动支架。采取这种方法可以在几秒钟时间产生燃火，不过我发现一个不会这种取火技巧的人，要用这样的办法取得火种那要费很大的力气，但令我非常自豪的是我还是成功地让这些木屑燃了起来。潘帕斯草原里的高乔人取火的方法不同，他们取火的方法就像木匠用钻子一样，把一根长约18英寸的有弹性的枯枝抵在胸膛上，用削尖的一端插进一块木板的孔里使枯枝弯曲起来，然后使弯曲部分迅速转动。塔希提岛人用燃烧的树枝堆成小火堆后，在上面放了大约20块板球大小的石块，这些树枝大约燃烧了10分钟，这时候放在上面的石块就烧烫了。在这之前，他们把牛肉片、鱼、熟的和生的香蕉以及野海芋的尖头用树叶包好，接着他们在两层滚烫的石块中间放进用树叶包好的绿色小包食物，再在上面覆盖上泥土，那样的话烟气和水蒸气就全部被封在里面了。过了大约一刻钟，这些最美味的食物就烤熟了，他们挑出绿色小包食物把它们放在香蕉叶编织的餐布上，用椰子壳盛着流动的清凉的溪水，就这样来享受我们的野餐。

我情不自禁地要赞美四围这些呈现在我眼前的植物，香蕉林四处分布，尽管以不同的方式可以把香蕉制成食物，但地上还是有成堆腐烂的香蕉。在我们的面前有大片的野甘蔗林，一条小溪流淌在暗绿色的醉胡椒多节茎干的荫蔽下，这种植物过去一向以强烈的麻醉功效著称。我嚼了一小块，是一种辛辣得让人难受的味道，立刻会让人觉得它有毒。多亏了传教士，这种植物还只是生长在这些深山谷里，才不会对人类造成伤害。我在附近看到了野海芋，它的根烤熟后味美可口，它的嫩叶吃起来比菠菜还好吃。这里还有叫作野薯蓣和生长茂盛的叫作"荠"的百合科植物，"荠"

这种植物呈棕褐色，根部柔软，从形状和尺寸看很像是一段大木头，它甜得像糖酱一样，吃着让人觉得心情愉悦，我们可以把它做成餐后的甜点心。此外，这里还有几种另外可以吃的野生水果和蔬菜。这条小溪流，除了它的水凉爽之外，还产鳗鱼和小龙虾。当我把这里和没有开辟过的温带相比时，不得不赞美这里的风景。我在这里体会到这句话的魅力，人类，至少是未开化的人，哪怕是推理能力只发展了一部分，就是这些热带地区的骄子。

夜幕快降临的时候，我在香蕉树朦胧的阴影下散步，来到了小溪的上游。一条200～300英尺的瀑布出现在我面前，我就在此停了下来，还有一条瀑布从这个瀑布的上面倾泻下来。我之所以要提到这条小溪里的所有瀑布，主要是为了证明这里的坡度很大。溪水从这个小山坳里倾泻而下，但是却好像永远没有一丝微风吹来。被水花沾湿的香蕉树的大叶子仍旧完好无损，不像通常那样裂开成千百个碎条。从我们所处的位置看，几乎是高高地悬在山腰上，临近的山谷深处和中部山上高耸的尖峰尽收眼底，这些山峰像塔一样耸立在60度范围内的天际间，遮盖了一半的夜空。于是我坐下来，望着这庄严奇特的场面，夜色逐渐吞噬了最后面那座最高的山峰。

我们躺下睡觉之前，年纪较大的那位塔希提岛人跪在地上，双眼紧闭，用一段很长的他们民族语言做祷告。他带有相当的虔诚心像天主教徒一样在那里祷告，一点不担心他人嘲笑，也不卖弄他的虔诚。饭前如果不事先进行简短的祷告，就不会有人先动手吃饭。曾经有一些旅行家以为，塔希提岛人只有在传教士的面前才做祷告，如果今天晚上他们和我们一起在山坡上睡觉，他们一定不会再持有这样的观点。第二天早晨前，雨下得非常大，但是因为有用香蕉叶子做的屋顶的严密遮盖，我们身上都是干的。

11月19日——天刚亮，在做完了祷告后，我的两个朋友开始准备好和昨晚一样丰盛的早餐了。他们当然也加入进来而且还充当主力呢，我的确从来没有见过哪个人有他们那样大的饭量。我想，他们必须吃大量的食物，因为他们平时的食物大多都是养分不多的蔬菜和水果，所以才会有这样容量巨大的胃。我后来才知道，我的同伴不经意地让他们打破了一条规则。当时我带了一瓶白兰地酒,我请他们喝酒,他们觉得不好推辞喝了几口,但是在喝一点的时候总是把手放在嘴前,念出"传教士"这个词来。大约在两年前,尽管明令禁止饮醉胡椒汁,不过烈性酒输入后就非常流行饮酒了。传教士们说服了一些人,使他们意识到自己的国家正在迅速走向消亡,于是他们就和传教士联合成立了一个"禁酒会"。最后,所有的酋长和女王本人由于良好的意识,或许是因为惭愧的心理就全部参加了"禁酒会"这个组织。不久之后这里就颁布了一条法令,禁止酒类输入,如果出卖酒类和偷运禁品入境,都要一律处以罚款。为了维护法律的公道,在这条法令施行前,允许在一定期限内把原来存有的酒售出。但是,从法律实施的那一天起,他们就组织进行了包括传教士家里也不例外的一次全面的搜查,因此几乎所有的醉胡椒汁(当地人把所有的酒类都称呼成这个名字)都被倒掉了。我认为,不得不承认每一个善良的塔希提岛人都一定会深深地感激这个传教士,尤其是当一个人回忆起南、北美洲的土人因为过度饮酒所遭受的危害。当小小的圣海伦娜岛还在东印度公司的统治之下,由于烈性酒给人带来的伤害很大,曾经被禁止运入,但是葡萄酒可以从好望角输入。在塔希提岛的人民自愿禁酒的时候,出现了一件令人惊讶、同时又使人不高兴的事,就是圣海伦娜岛上却在同一年准许销售烈性酒了。

吃过早饭以后我们就又开始了我们的旅行。由于我的目的就仅仅是看一点这座山内部的真实景象,因此我们走上了另一条道路,通向更加低的主河谷地带。我们有一段路程是沿着一条构成河谷的山坡的错综复杂的小路行走,在不太陡峭的地段我们穿过了广阔的野生香蕉林。塔希提岛人头上戴花冠,身体赤裸,身体刺着花纹,在阴暗的香蕉丛下忙碌着,构成了一幅原始地带居住民优美的生活图画。我们沿着一条非常狭窄的山脊下山,有一段相当长的路像梯子一样陡,但全都覆盖着蔓蔓的植物。每迈出一步都非常吃力、感到疲乏,因为必须极度小心地保持身体平衡。我站在像刀刃一般的山脊上眺望远处险要的山谷和悬崖,情不自禁地生出无限的惊异之情,因为刀刃一般的山脊上支撑点很小,好像是在乘坐气球俯瞰,一切景象尽在眼底。我们从这条下山的路上进入主河谷的时候只用过一次绳索，晚上我们在昨天吃午饭时的那个岩石的突出部分下面睡觉，尽管夜色晴朗，但由于山谷狭窄幽长，所以显得极度暗黑。

没有亲眼看到这个地方之前，我总以为埃利斯所提到的两件事情很难理解。也就是在往日的屠杀战争之后，失败的残余土人就逃到山里去，在那里可以以寡敌众。确实如此，在昨天塔希提岛人靠放老树的那个悬崖上只要有六个人据守在那里，必能抵挡住上千人。其次，自从天主教传入这里以来，还有一些未开化的人就躲藏在山里，连比较开化的土人也不知道他们隐居的地方。

11月20日——今天早上我们很早就出发了，中午到达马塔威。在路上我们遇到一大队正要去采摘野香蕉的体格强健而又貌美的土人。我从他们那里了解到我们的军舰由于缺乏淡水已经驶向帕帕瓦港，因此我立即赶往那里。帕帕瓦港是一个相当美丽的地方，这个小港被珊瑚礁环绕，水平如镜，一块开垦过的土地比邻水边，上面生长着美丽的植物，还零零星星散布着村屋。

在来到这些岛屿以前，我曾经读过很多关于这个地方的记述，我很想根据自己的观察来对他们的道德状况做些判断，但我的这些判断未必那么完善，一个人的初次印象往往很强烈地取决于他先入为主的观念。我的观点是从一部令人钦佩和感兴趣的著作中获得的，就是埃利斯所著的《波利尼西亚研究》，然而不用多言，这本书的著者观察各种事物的观点都是采用赞许的方式。此外，我还从比契所著的《旅行记》和科泽布所著的《旅行记》中获得了知识，科泽布强烈地反对整个教会制度。我想，如果比较这三本著作，就会对现在塔希提岛人的状况形成一种相当准确的认识。我从最后两本著述里形成的对塔希提岛人的印象是，他们已经变成了一个阴郁的种族，生活在惧怕传教士的气氛之中。这个观点毫无疑问是不对的，因为我一点也没有看出他们存在这种心理，确实，如果把恐惧和敬重不加区分，那就会产生这样的说法。他们没有通常的不满，而是很愉快，这种具有愉快而高兴的面孔的人在同等数量的欧洲人群中，可能连这里的一半都没有。他们认为痛骂和反对禁止吹笛以及舞蹈的禁令是错误和愚蠢的，从这一点可以看出他们遵守安息日要比长老会教徒更加严格。关于这几点，我不敢妄下言论，也没有资格来反对长期居住在这里的人，因为我在这个岛上仅仅停留了数日。

　　大体说来，我认为这里居民的道德观念和宗教信仰是值得高度赞扬的。这里有不少人攻击传教士、传教制度以及它所产生的影响，甚至比科泽布还要尖酸刻薄，这些评论家既没有比较一下这个岛现在和二十年前的不同，也没有比较它与今天欧洲的情形，只是把它和《福音书》里描述的最高标准进行比较。他们期望传教士做到连圣徒们也难办到的事，因为当时条件下这些当地人远达不到这么高的标准，他们就对传教士所努力办的事情加以责备，而不是赞扬。他们或许是忘记了，或许是不情愿回想，祭司作为权力的崇拜者用活人当作祭祀品，那种在世界上任何其他地方都没有的肆意放荡行为；血腥的战争，战胜者连战败一方的妇女和儿童都不放过，所有的这一切都已经彻底废除了。天主教传入以后，那些虚伪、放纵的行为也大大减少了。一个航海家要是忘记了这些事情，他就难免有些卑鄙和忘恩负义了，因为假设遇到他的船只在某一个陌生的海岸损坏时，就必然非常虔诚地向上帝祈祷，请他让传教士的教义也传播到那里去。

　　就道德而言，常常有人这样说，这里妇女的品行是最受到非议的。但是，在过分严厉地谴责她们以前，确实要回想一下舰长库克和班克斯先生所描写的场景，这一代土人的祖母和母亲的扮演的角色。那些最苛刻的人应该想到在欧洲的妇女中，她们的道德有多少是因为母亲很早强迫女儿接受家规而铭刻心间的，又有多少个别情形是由于宗教的戒条而受到影响的。不过反对这些评论家是没用的，我相信如果人们发现这里的放荡状况没有从前那样严重时，他们就会失望了，然而他们不愿意认为这样的变化归功于他们不愿履行的道德，或归功于他们所低估的宗教，假如不是蔑视它的话。

　　11月22日，星期日——帕比特港，女王居住的地方，也可以认为它是这个岛的首都，同时它也是政府的所在地和船只的主要停泊处。今天舰长菲茨·罗伊带着一队人去教堂做礼拜，主教开始用的是塔希提语，后来又用我们国家的语言来祷告。这一次礼拜由这个岛的传教领袖普理查德先生主持,礼拜堂采用大而通风的木架结构建成,里面满是整齐而又穿戴干净的人,男女老少都有参加。我感到相当失落,因为他们对我没有明显关注,不过我相信这是我的期望值过高了,不管怎样从外表上看这个教堂很像英格兰的乡村礼拜堂。唱圣诗的声音毫无疑问令人愉悦,不过神职人员语言虽然很流利,声音却不太好听,有几个字经常不断地重复着,就像是"塔塔——塔,马塔——马伊",因此让人觉得毫无变化。用英语做祷告完后,我们步行返回马塔威,有时我们沿着海滩漫步,有时就在众多美丽的树木所形成的绿荫下闲走,这真是一次愉快的步行。

大约是在两年以前,那个岛群还是由塔希提岛女王统治,低群岛居民抢劫了一只悬挂英国国旗的小船。有人认为,那些抢劫犯的行为是受女王所颁布的几条不恰当的法律唆使的。英国政府要求索赔,后来双方达成一致,预定今年9月1日赔偿英国将近3000美元。菲茨·罗伊舰长这次奉驻利马的英国舰队司令官的命令去查明这笔赔款,要是还没有赔付,就要求女王履行。舰长菲茨·罗伊要求女王波马雷接见他,因为她曾受到法国方面的不友善的行为,所以召开国会来研究这个问题,当时岛上所有的重要的酋长和女王都参加了这次国会。对于这次谈判,这里就不再重复了,因为菲茨·罗伊舰长曾经写过一篇有趣的报道。这笔赔款似乎并未赔付,或许是双方的理由都相当模棱两可,不过我无法充分表达我们的惊奇,塔希提岛人判断力强、讲道理、节制、坦率并且决定果断。我相信所有人对塔希提岛人的看法,在进入会场时和离开会场时是截然不同的。当地酋长和民众决定用捐款的方式来补足缺少的钱,菲茨·罗伊当时劝他们说这样的方法是不恰当的,不能用岛上居民的私有财物去赔偿来自远处岛屿的居民所犯下的罪行。他们回答说他们十分感谢他的好意,然而波马雷是他们的女王,她有困难时大家会坚决帮助她。这个决议立即得到执行,在第二天清早公开了认捐的名册,结果很是圆满,表现出了他们的非同一般的忠诚和善意。

在重要讨论结束以后,有几位酋长趁机询问舰长菲茨·罗伊很多关于怎样对待外国军舰和外国人的国际间的惯例和法律知识问题。有几个问题在经过讨论后，马上就在口头上被定为法律。塔希提岛的国会开了几个小时的会议，散会以后，舰长菲茨·罗伊特别邀请女王波马雷去参观比格尔舰。

11月25日——今天晚上，我们派了四只小船去迎接波马雷女王，比格尔舰装饰了很多旗子，水兵们排列在舰上迎接女王登舰。在众多酋长们的伴随下女王登上了舰，他们的举动大方得体，也没有提出什么要求，看起来对舰长菲茨·罗伊的礼物似乎很满意。女王身材肥硕，行动笨拙，一点美丽、优雅或高贵的形象也没有。随时随地都保持着冷漠的表情，就是她唯一的王族特质，这种特质甚至让人觉得是一种阴郁的神态。塔希提岛人放出了让人赞叹的烟花，每当一支烟花放出以后岸上就爆发出一阵深长的"啊"音，在黑暗的海湾里回荡。水兵们的歌声也值得赞美，女王说她认为最喧闹的歌声一定不会是圣歌！女王和她的随从们直到午夜才离开军舰回到岸上。

11月26日——夕阳西下，我们告别了这里的山山水水，塔希提岛赢得了每个航海者衷心的赞美。晚上乘着一阵陆上吹来的微风，比格尔舰开始了驶向新西兰的航程。

12月19日——在晚上，我们远远地就看见了新西兰。这时我们几乎是在横渡太平洋了，只有经过它的洋面才能体会到这个大洋的浩瀚。几个星期以来，我们都连续迅速地向前航行，但是除了一片蓝色的、深不见底的大洋，我们什么也没有看到。甚至在群岛中间航行，看上去也仅仅是一些彼此相隔甚远的斑点。我们对于陆地和宽广无边的海洋面积的比例是如此渺小并没有正确的判断，因为以前我们看惯了极小比例的地图。当我们经过了澳大利亚和新西兰的子午线之后，每走一里格就靠近英格兰一里格，这让我们非常高兴。新西兰和澳大利亚唤起了孩童时期的怀疑和惊奇的记忆。不久前的一天，我还把这看不见的障碍当作返回祖国的起点，可是当我现在到达了这个起点，便觉得这一切幻想都虚无缥缈，就像是捉不到的影子。在持续了几天的风暴过后，不久前我们才有空来计划今后回国的航程，而且热切地盼望着这次航程的终点。

12月21日——今天一大早，我们就航行到了群岛湾。因为湾口附近没有风而不能前进，所以在那儿停留了几个小时，直到中午才到达停泊的地方。这一带到处都是山，但海岸平滑，从海湾伸出无数小海湾分割其间。远远望去地面上好像长满了粗硬的牧草，但实际上是蕨类植物。在更加遥远的山地上的一些山谷里，有相当大的一片森林。这里的色彩并不是鲜绿色，就像智利的康塞普西翁向南一点的那些地方。就在海湾附近，一直到海边都散布着整洁的方形房屋的小村落。停泊在港湾里的是三只捕鲸船，另外还有一只小划船时不时地从一个海岸摆渡到另一个海岸。除了这些以外，整个地方都弥漫着一种极端静谧的氛围，只有一只小划船向我们的船划来。这整个景色，与我们在塔希提岛所遇到的欢欣而热闹的欢迎场面相比，真是天壤之别，令人感到非常不痛快。

在下午我们乘小划船上岸，到了一个有很多房屋的地方，但是这个地方几乎还不能被冠以村庄的名字。它的名字是帕希亚村，而且它是传教士们的住处，这里只有仆人和工人是土著居民。在群岛湾附近，英国侨民和他们的家属在这里居住，一共有200~300人。这些大部分被刷白了的看起来很干净的房屋都属于英国人，而当地人的茅屋又矮又丑，从远处很难看见。在帕希亚村，让人觉得非常愉悦的事是可以在房屋前面的花园里看到英国的花卉，其中有几种玫瑰、金银花、茉莉花、紫罗兰和满篱笆的野蔷薇。

12月22日——清晨，我本打算出去散步，但是我很快就发现这个地方很难通行。山上都被高大的蕨类植物浓密地覆盖着，还生长着一种和蕨类混杂在一起的跟柏树很像的低矮灌木，只有很少的土地被开辟出来耕种。然后，我又试着沿着海滩寻路，但是无论从哪一侧都没法通行。因为都有盐水湾和深河阻碍。这个海湾各个地方的人们几乎都是靠小划船来当来往的交通工具（跟奇洛埃岛上一样）。让我感觉很奇怪的是我发现几乎在我所爬过的山上都有一些过去建筑的防御工事的痕迹，在山顶上修建成阶梯的形状，也就是一块块连续的梯田，而且还经常都有保护着它们的壕沟。我后来还观察到就算是在内陆的重要山地上，也能看见人工建筑的外观，这些建筑被称为"帕"，我们的舰长库克先生也经常提到它，并把它叫作"希帕"，这两个名称的区别只是在于"希帕"比"帕"多了个冠词。

这些"帕"在以前用处是相当大的，很明显它们是由贝壳堆和地洞构成的。我曾被告知这些地洞里过去都储藏着甘薯，因为这些山上没有水源，所以守卫者们不能抵御长期的围困，只能够抵抗抢掠者突如其来的攻击，而这些彼此相连的梯地应该能为抵抗这一类进攻提供良好的防卫。战争的方式从枪炮大量输送到这里后就发生了根本的变化，于是山顶上的裸露阵地现在变得有百害而无益了。结果"帕"就一直建造在平地上，它们由两排高大的粗木柱所构成，木柱排列成"之"字形木栅，因此，周围的任何地方都可以用侧面射击的战术来保护。有矮土墙修建在木栅里面，在土墙里面防御者们可以安全地休息，也可以把它当掩护向外射击。在矮土墙里的地面上向下挖有几处小拱形通道，有时候刚好通过这面防护墙，防御者们可以通过这些通道爬到木栅边去侦察敌人的情况。在牧师威廉斯给我讲这些情况之后，他又补充说他在一个"帕"里看到有一种山坡或拱壁的工事，突出于土墙内侧的防卫部分之外。当威廉斯牧师问及它们的用处的时候，酋长回答说如果在打仗的时候有两三个士兵被打死后，在旁边的士兵们就不会因为看到自己的战友的尸体而士气低落。

新西兰人认为"帕"是非常完美的防御工事，因为进攻的军队绝不会如此训练有素，全队人员都冲进木栅然后把它砍倒而侵入"帕"的进口。在一个部落作战的时候，酋长是没办法指挥他的队伍一队人往那边，另一队从这边的。每个人都按照自己的意愿去打仗，这样的话独个去进攻这种有火力保护的木栅，很少有能活下来的。我以为，在世界上没有任何的民族像新西兰人那样好战。舰长库克曾经描述他们在第一次看到军舰的时候就会有这样的行动，他们会一齐用石块向这个他们不认识的巨大的奇怪的东西抛去，而且蔑视地吼道："快点到岸上来吧，我们要全部杀死你们，吃掉你们"，这表明了他们非同寻常的勇敢精神。在他们的很多风俗习惯方面也明显有这种好战的影子，甚至表现在他们的极小的动作上面。如果有人打了一下新西兰人，哪怕是开玩笑，他都会马上还击，我曾经看到我们舰上的一名军官也遇到过类似的情况。

如今随着文明的进步，除了南部的几个部落之间还有零星战事，这个地方很少看到战争了。我听说不久之前在新西兰南部发生了一件特别的趣事。一个传教士发现一个酋长和他的部落正准备一场战事，他们的毛瑟枪又亮又干净，而且火药已经准备好了。这位传教士跟他们讲了很长时间的道理，说明战争百害而无一益，根本就没必要打下去。最开始，这个酋长都开始想要改变主意了，似乎开始考虑有无作战的必要性；但是后来他忽然想到有一桶他所储藏的火药正在变坏，在不久之后就会完全失去效果。就是这个他觉得不可辩驳的理由让他要立刻宣战，他根本没法想象他的如此好的火药就这样变质，所以他们就定下了这个事，准备战斗。这个传教士还对我说过一个叫作尚吉的酋长，他曾经访问过英格兰，他各种行为唯一的、经常的刺激素就是他一生的好战热情。他所统领的那个部落曾经受到来自泰晤士河河边的另一个部落的压制，于是他部落的男人们都庄严宣誓，将来等他们的子孙长大后一定要足够强大，永远不要忘记这些耻辱，并且洗刷掉这些耻辱。可能是为了要完成这个誓言，所以，尚吉就到英格兰去了，那就是他去英国的唯一目地。礼物只有它可以转变成武器才显得贵重，他感兴趣的技术也只是和军火生产相关的一些技术。在悉尼的时候，尚吉与泰晤士河河边敌方部落的酋长在马斯登先生家偶然地相遇了，两个仇人相见虽然互相都很谦恭，但是尚吉却对他的仇敌说等到他回到新西兰后一定要向他宣战，并出兵到他们的领地上作战，尚吉的仇敌也接受了他的挑战。紧接着，在尚吉回到新西兰后就确实像他所说的一样向敌人进攻，敌军部落被打得大败，而且那个在英格兰接受尚吉挑战的酋长也被杀死了。据说，尚吉其实是一个善良的人，只是一心想着仇恨和雪耻的事。

晚上，舰长菲茨·罗伊、传教士贝克先生与我一起去参观科罗拉第卡村。在村庄四周散步的时候，我们遇见了许多村民，男女老少都有，并且我们之间还有交谈。一看到新西兰人，人们就会自然而然地将他们与塔希提岛人对比，因为他们属于同一个人种。但是，结果表明新西兰人比塔希提岛人差远了。也许，除了在体力方面新西兰人要强一些以外，其他各方面都不如塔希提岛人。你只需要看他们脸上的表情就会知道新西兰人是野蛮的，而塔希提岛人是文明的。在整个新西兰都找不出像塔希提岛老酋长乌塔姆那样的面容和神采的人来。毫无疑问新西兰人所使用的奇特的刺花纹方式，使他们的面貌变得让人看着就不舒服。他们的整个面孔都刺绘着复杂而且对称的图形，如果没有看习惯的人就会觉得眼花缭乱。此外，还有那些深深的刀疤印，这些刀疤破坏了他们脸上的肌肉的运动能力，使他们的表情僵硬呆板。他们的眼睛闪闪发光，除了显示他们的狡猾和残酷之外什么都没有。他们身材高大，但举止不及塔希提岛的劳动阶层优雅。

他们的身体和住所很脏而且还有恶臭味，在他们的脑袋中根本就没有洗澡和洗衣服的概念。我曾经见到过一个酋长，他穿着一件发黑的满是污渍的衬衫，我问他为什么衬衫这样脏，他很诧异地回答我说："难道你就没有看出它是一件旧衣服吗？"在他们当中有的男人有衬衫，但他们大部分人穿的是一条或者两条大毡子，一般都又黑又脏，披在肩上让人看起来觉得既不方便又不合适，而且丑陋至极。有几个最重要的酋长有几套得体的英国西装，但只在盛大的场合中才会穿上这些西装。

12月23日——在岛上东西两岸之间的半路上有一个地方叫作怀马特，大约离群岛湾有15英里，传教士们为了种植农作物在这里买了一些土地。有人曾经给我介绍牧师威廉斯，在知道了我想去他那里游览后，他邀请我一起前往。英国领事布什比先生借给我他的小船，于是我就沿着一条小河划行，这样不但可以使我看到一处美丽的瀑布，而且还可以缩短我的行程，他还替我找了一个向导。我向附近的一个酋长请求雇一个工人，这个酋长却自愿来做这份工作，然而他根本不懂货币的价值，他起初问我会付给他多少英镑的工钱，我给了他两美元他就心满意足了。当我把一个想要带去的很小包裹拿给他时，他觉得大人物不应背轻东西，坚决要另雇一个奴隶干这件事。这种傲慢的性情现在开始消失了，那要是在以前一个酋长宁死也不愿背一个最小的包袱，认为这是一种耻辱。我这个同伴身上披着一条肮脏的毡子，是一个灵巧而活泼的人，他的脸上全文饰着花纹。据说他以前曾是一名勇敢的战士，好像对布什比先生十分忠诚，就算是这样他们两个也大吵大骂过好几次。布什比先生说，小小的拐弯抹角地嘲讽就能让任何处在暴怒状态的土人安静下来。一次，这个酋长在去见布什比先生的时候，表情傲慢地大声喊道："一位大酋长、大人物，我的好朋友，已经到这里拜访我了，你得把最好的东西拿出来给他吃，还要送给他很好的礼物。"在听完他所说的话后，布什比先生冷静地说道："你还有什么事情要吩咐您的奴隶去为您效劳吗？"这个人就立刻显出非常滑稽的脸色，停止了吹牛。

就在不久前，布什比先生遭到了一次非常严重的袭击。有一个酋长率领着一队人想要在半夜里入室抢劫，然后发现这并不是很容易的事，就用毛瑟枪猛烈地扫射起来。布什比先生受了轻伤，但这一队人最终还是被赶走了。没过多久，就查出了这个抢劫的酋长，于是各酋长被召集起来开了一次全体大会来讨论这件事。因为这是在黑夜中袭击，布什比太太还病卧在床，所以新西兰人认为这是一种非常残暴的行为，大家认为在这种情形下，为了尊严，病人也应该受到很好的保护。酋长们商定没收了那个抢劫者的土地送给英国的国王。然而，整套审判和处罚这个酋长的程序是史无前例的，而且这个抢劫者在他的同阶层的酋长中失去社会地位，而且在英国人看来它所产生的后果要比没收他的土地的意义重大得多。

就在我们的小船快离开岸边的时候，又有一个酋长来到船上，他只是想借助我们的船在这条小河上来回观光。我从来没有见过哪个人的面部表情像他那样凶恶可怕。一看到他我一下子就觉得好像在哪里见过长得像他这样的人，应该是在雷茨希给希勒的《弗利多林歌谣集》所作的插图里看到过，在那张插图里有两个人正要把罗伯特推进火红的熔铁炉里去，这个人就像把手抚在罗伯特的胸前的那个恶人。相貌确实可以展示一个人的内心真相，这个酋长以前是个臭名昭著的杀人犯，而且还是个声名狼藉的胆小鬼。就在我们停船的地方，布什比先生陪着我在路上走了几百码，我简直无法不佩服这个白头发老恶棍的厚颜无耻，因为就在我们上岸的时候，他仍旧躺在船里冲着布什比先生大声喊道："你不要耽搁得太久，我可不愿意在这里等你们。"

我们现在开始向前走，这是一条被人踩得十分平坦的道路，两旁生长着高大的蕨类植物，这里到处分布着这类植物。我们在步行了几英里之后，来到了一个小乡村，在这个小乡村里有几座小茅屋聚集在一起，还有几块种有马铃薯的田地。马铃薯的引入给这个岛带来了最必不可少的利益，现在马铃薯的消费量高于这个岛上所有的蔬菜。自然界给予了新西兰一个最大的恩赐，那就是覆盖在地面上的蕨类植物，这种植物的根虽然吃起来不怎么可口，但是却营养价值极高。当地人都是靠这种植物的根还有满布于海滩上的海贝壳来生存。在村庄里，有一个平台最能吸引人的注意，它们架设在四根木柱上面，离地有10～12英尺，是用来存放田地里收获的产品以备各种不时之需。

就在我走进其中一个茅屋的时候，让我感到非常有趣的是看到他们很正式的擦鼻子仪式，或者被叫作碰鼻子仪式。当我们第一次到的时候，这里的女人们便开始发出一种最悲痛的声音，然后她们就蹲下去，昂起她们的脸，而我的同伴就一个一个地站到她们面前，成直角把自己的鼻梁和她们的鼻梁靠近，开始进行这种仪式。这种动作比我们热情的握手时间要稍微长点，他们在碰鼻子的时候跟我们握手一样有轻有重。在碰鼻子的时候，他们发出一种舒缓的哼哼声，就像两只彼此用身体摩擦时发出哼哼声的猪一样。我注意到，就算是在大酋长的面前奴隶们也毫无顾忌地和所遇到的人碰鼻子。尽管在这些未开化的人们中，酋长拥有对自己奴隶们生杀予夺的绝对权力，但是在他们之间根本没有所谓的礼节。柏奇尔先生以前观察到南非洲野蛮的巴察平人也有这样的情景。在文明达到一定高度的地方，不同的社会等级之间就产生了复杂的礼节，就像在塔希提岛上，以前所有的人在国王面前都不穿上衣，一直要裸露到腰间。

与所有在场的人如期地完成了碰鼻子仪式以后，我们在一个茅屋前面围成一个圈坐着，然后在那里休息了半小时。所有茅屋的形状和大小几乎都是相同的，而且非常脏。这些茅屋有一侧是敞开的，稍稍往里面就会看到一个间壁，把茅屋里面隔成了阴暗的两间屋，只留个方形小孔在墙壁上，让人觉得非常像牛棚。当地人把他们所有的财产都放在这个房间里，当天气冷的时候也在那里睡觉。但是，他们却在前面敞开的房间里吃饭和休息。我们等到向导抽完了烟后，又继续往前走。我们穿行的小路所在的地面同样呈波浪式起伏，所有的地方也都长满了蕨类植物。有一条弯弯曲曲的小河在我们的右边，河的两岸都是一排排树木，小树林也散布在山坡上，整个景致中虽然有些绿色，但还是觉得荒凉。在你看到如此多的蕨类植物，你一定会觉得此地的土壤肯定贫瘠不堪，但是事实却并非如此，因为就算是蕨类植物茂盛地生长到人的胸部的地方，也可以被开垦出来耕种成肥沃的良田。有几个移居到这儿的人有这样的想法，他们认为这一大片地方以前一定是茂密的森林，经过了一场森林大火的燃烧后，就变成了现在这个样子。据说，经常可以在最贫瘠的地方发现从新西兰松树干流出来的一团团的松脂。土人们之所以放火烧光这个地方的森林，很明显的是因为这种以前作为他们主要食物的蕨类植物，只有在没有森林的空旷的地上才能够生长茂盛。那些构成这座岛屿上植物界显著特点的草本植物在这里几乎完全没有，或许也说明了这块陆地最初都覆满着森林。

这里都是火山质的土壤，我们在经过了几处布满矿渣状熔岩的地方可以清楚地看到在附近几座山上有火山口。虽然在途中根本没什么美丽的风景，只是偶尔会看到一些美丽的地方，我仍然很享受这一次徒步旅行。如果我的同伴，也就是那个酋长，要是没有那么多的话，我一定会更享受这次旅程。我只知道三个新西兰土语"好"、"坏"和"是的"，所以我只好用这三个字来回答他的所有的评论，其实我根本听不懂他所说的话。就算是这样都已经够了，由此可以看出我是一个善于倾听的人，一个让人愉悦的人，所以他就从没打算停止他的高谈阔论。

我们终于来到了怀马特，在通过了好几英里了无人烟的荒凉地区以后，就像魔法师的魔法棒一挥，英国式的农家房屋和长着茂密庄稼的田地突然出现在我们面前，使人感到异常兴奋。虽然威廉斯先生不在家，可是我受到了达维士先生一家人的热情款待。在和达维士先生一家人喝完茶后，我们一起在农场附近散步。在怀马特有三座大房屋，这三座大房子里分别住着传教士威廉斯、达维士和克拉克三位先生，而在他们的附近是当地劳工的小棚屋。你可以在邻近的坡地上看到结满穗的优良的大麦和小麦，在另一个部分的土地上是马铃薯田和车轴草田。但是，我简直无法形容我所看到的，这里还有英格兰也出产的果树和蔬菜的大规模的园林，而且很多都属于比较温暖气候地区的植物，例如芦笋、菜豆、黄瓜、大黄、苹果、无花果、桃、杏、葡萄、橄榄、醋栗、茶藨子、啤酒花、篱笆上的荆豆和英国栎，还包括很多种类的花。田庄的院子四周建有马厩、备有风车的打谷房、打铁炉，地上放着犁铧和其他农具，院子中央有成群的猪和家禽快乐地卧在一起，这是一片英国农庄的气氛。几百码开外，有一条筑有堤坝的小河，水被引进到一个小池塘里，在那里有一个又大又坚固的水磨。

　　所有的这一切都让人感到非常惊奇，五年前这里除了生长着茂盛的蕨类植物以外什么也没有。后来当地土人在传教士的教导下，实现了这么美好的变化，传教士的教导堪比魔术家的魔杖。房子被盖起来了，窗框架起来了，田地也开垦出来了，甚至连树新西兰人也会嫁接了。在磨坊里，我看到一个和英格兰磨坊里的面粉工人一样的新西兰工人全身被面粉染成白色。当我看到这整个景致的时候，我感慨万千。这个地方不仅仅是把英格兰生动形象地呈现在我面前，而且当夜幕降临的时候，屋子里的谈话声、玉米地和远处生长着树木的波状起伏的地面都会让人产生错觉认为自己正身处故乡，这并不是因为看到英国人所达到的效果而产生的扬扬得意的感觉，而是对这个漂亮的岛屿的将来的发展所寄予的殷切希望。

　　有几个本是奴隶而被传教士赎出来的年轻的土人在农场上耕作。他们身着衬衫、短外套和长裤，有着体面的外表。我可以从下面这件微不足道的事判断出他们肯定很诚实，当走在田地里的时候，一个年轻的工人走到达维士先生身边，给他一把小刀和一根螺丝锥，说是他在路上发现的，不知道到底是谁的。这些年轻人和男孩看起来都非常高兴，快乐。晚上，我看到他们一群人在玩板球，当我想到有些人指责传教士太过严厉，而又看到有一个传教士的儿子也积极参加这个游戏的时候，就不禁觉得这真是无稽之谈。一种明显的令人愉快的改变发生在家里扮演女仆角色的当地青年妇女的身上，她们的清洁、整齐和健美的外貌，好像英格兰挤牛奶女工的样子，与科罗拉第卡村的住在肮脏的茅屋里的妇女形成了强烈的对比。传教士的妻子们曾试着劝她们不要文身，但是一个从南方来的著名的刺绘者来到这里的时候，她们说，"我们真的只是在嘴唇上刺绘几条线，不然的话当我们老的时候，我们的嘴唇就会皱缩起来，这样我们将会很丑的"。与以前相比，现在已经没有那么多的人文身了，但是这是酋长和奴隶们区别的标记，因此这种风气可能要长久地保持下去。传教士告诉我说，甚至在他们的眼中也觉得一张没有刺绘花纹的面孔好像是低劣的，不像是个新西兰有身份的人，可见任何新思想都不可能一下子就变成习惯。

我在很晚的时候，才到威廉斯先生的家，并在那里过夜。我在那里看到很多儿童聚集在一起，准备庆祝圣诞节，他们围坐在桌子边喝茶。我从来没有看到过一个比他们更好和更愉快的一群人了，想一想这里可是吃人、杀人和各种各样的兽性罪行而臭名昭彰的中心啊！这种真挚和幸福是如此鲜明地洋溢在这群人的脸上，并且就连这里年长的人的脸上也一样闪现着这样的表情。

12月24日——今天早晨，全家人都用他们的母语来念祷告词。在吃过早饭之后，我漫步于果园和农田附近。今天是赶集的日子，附近乡村的当地人带着马铃薯、玉蜀黍和猪来到这里交换毡子和烟叶，有时经过传教士的劝告也拿来交换肥皂。达维士先生的大儿子管理着他自己的一个农场，而且还在这个集市上经商。传教士的孩子们都是很小的时候就到这个岛上来了，所以比他们的父母更明白当地的土语，同当地人解决问题也更容易。

在快接近中午的时候，威廉斯和达维士先生陪我一起走到附近的一个森林里，向我展示着著名的新西兰松。我量了量其中的一棵很挺拔的新西兰松，发现它根部以上的周长为31英尺，就在这附近还有一株周长为33英尺，但是我没有看到，我还听说有一株周长不少于40英尺。这些松树的树干可以长到60英尺高，有的甚至达90英尺，而且直径几乎相等，没有枝丫，而这些松树正是因为这种光滑的圆柱形的树干而引人注目。松树顶端的树冠太小与树干相比很不成比例，树叶和树枝相比也同样显得太小了而不成比例。这个树林几乎全都分布着新西兰松,这些最大的树与旁边的树平行就像巨大的圆柱形的木头挺立在那里。新西兰松的木材是这个岛上最有价值的产品,而且大量的松脂从树皮流出来,他们以每磅一分的价格把松脂卖给美国人,在那个时候,他们还不知道它的用途。一些新西兰的森林在某种程度上是不能通过的,马修斯先生曾对我说过,有一片把两个居民区分隔开来的森林,仅仅只有34英里宽,但是直到最近才第一次有人穿过这片森林。他和另外一个传教士每人各带一队50人组成的队伍,着手去开辟一条路,但是这居然花费了他们不止14天的时间!在树林里,我看到极少数鸟。说到动物,在南北长700多英里、很多地方东西宽达90英里的如此大的一个岛上,有着各种各样的地理位置,很好的气候条件,而且地面高度各不相同,最高的有1.4万英尺,最低的地带是海边,但是让人觉得最不寻常的是这里除了一种小鼠以外竟然没有一种土生的动物。有种恐鸟属的几种物种似乎代替了哺乳纲的四足兽,这种状况类似加拉帕戈斯群岛上的爬行类动物。据说,有一种普通的挪威鼠只是在短短两年的时间里,就在这个岛的最北部消灭了新西兰种的鼠。我在很多地方都看到了几种杂草,使我误以为它们也像挪威鼠那样,是本地的生物。这里到处都是韭葱,让人觉得很厌烦,听说最初是由一条法国船作为给当地人的一种恩惠带入的。还有一种分布很广的普通酸模,这将永远成为英国人恶行的证据,因为他们曾把这种种子当作烟草种子卖给这里的人。

在我们愉快地散完步后,一回到房屋里我就和威廉斯先生一起吃饭,然后我骑着他借给我的马就返回了群岛湾。他们很热情地招待了我,所以在我向这些传教士告别的时候,我向他们表达了我对他们的感激之情,而且对他们高贵的、有益和正直的性格表达了崇高的敬意。我想要找出一群比他们更适合做他们现在所做的崇高的事业的人简直太难了。

圣诞节——再过几天,我们离开英格兰就整整四年了。上船后的第一个圣诞节是在普利茅斯度过的,第二个圣诞节是在合恩角附近的圣马丁湾度过的,第三个圣诞节是在巴塔哥尼亚的德塞阿多港度过的,第四个圣诞节是在特雷斯蒙蒂斯半岛的一个荒野的港口里度过的,第五个就在这里度过了，我相信天意，下一个圣诞节一定会在英格兰度过。我们到帕希亚的小教堂去做礼拜，一部分讲辞用英语，一部分用本地的土语。在新西兰的时候，我们没有听到任何最近的关于吃人的事情，但是在停泊地方的附近的一个小岛上，斯托克斯先生发现过被烧焦的人骨在火堆周围到处都是，但是这些"安逸的宴会"的遗迹可能已经在那里好几年了。这里居民的道德状况很可能将会得到快速的提升，布什比先生讲过一段令人愉快的事情，可以证明至少是有几个信仰天主教的土人的真诚。他有一个年轻的仆人虽然离开他了，但还是经常读祷告文给其余的仆人听。几个星期之后，他在深夜经过一个茅屋门口时，亲眼看到也听到他的其中一个仆人借助火光勉为其难地给其他人读着《圣经》。听完《圣经》以后，这一群人就跪下来做祷告，在他们的祷告词里他们提到了布什比先生和他的家属，还分别提到他的教区里面其他传教士的名字。

12月26日——布什比先生提议，让沙利文先生和我坐着他的小船到上游几英里远的卡瓦卡瓦，并提议我们随后步行到有一些奇怪的石头的怀阿米奥村。我们沿着海湾的一条支流划行了，享受着令人愉快的划船游览的乐趣，穿过美丽的风景地带，划到一处村庄船就不能再划过去了。这里的酋长和一队土人自愿陪我们走路到离这里4英里的怀阿米奥村。听说，这个酋长此刻是相当的声名狼藉，因为最近他的一个妻子和奴隶通奸，他就把他们绞死了。当时有一个传教士去劝阻他，他似乎觉得很奇怪，而且说他正是按照英国的方式来处理那件事的。在英国女王受审的时候，老尚吉恰好在英格兰，他对全部程序极度不赞成，他说他有五个妻子，他宁愿把她们的头都砍下来，却不想因为任何一个妻子而面对这样多的麻烦。我们离开这个村庄以后又经过了一个村庄，走了一小段路以后我们就坐在山边歇息。五天前，有一个酋长的女儿死了，这个酋长不信天主教，他们把女儿死前住的房屋烧掉，用两只小船闭合像棺材一样把她的尸体装起来直立在地上，四周排列着他们所信仰的木雕的神像来保护她。因为这整个都被刷上了鲜红色的油漆，所以从很远的地方都能明显地看清。她的衣服被固定在棺材上，她的头发被剪了下来撒在棺材脚下。那家人的亲戚都抓破了自己手臂、身体和脸上的肉，所以他们的身上血迹斑斑,那些年老的女人看起来最让人觉得肮脏、恶心。第二天,几个军官来参观这个地方,还发现这些妇女们在哭哭啼啼,而且还在抓破自己的皮肤。

我们继续往前走,很快就到了怀阿米奥村。这里有奇特的石灰岩土堆,与荒废了的城堡很相似。长久以来,这些岩石地面一直被拿来当作坟场,所以大家都觉得阴森而不敢靠近。然而其中一个年轻人却高声喊道:"喂,让我们都鼓起勇气吧!"于是他就冲在队伍的最前面,但是在还没跑到一百码的时候,整个队伍的人又重新考虑后决定不再跑了,于是中途停了下来。然而在完全不影响我们的情况下,他们让我们考察了这整个地方。在这个村庄我们休息了几个小时,在这几个小时里我们和布什比先生作了一段长时间的讨论,讨论土地的出卖权问题。一个年老的也看起像是个很精通的族谱专家,通过插在地上的一根根树枝来解释土地的继承人。在我们离开这个村庄之前,我们每人都得到了这里的人送的一小篮烧熟的马铃薯,依照当地的习俗我们也都把烤马铃薯带走,还在路上吃。我注意到,有一个男奴隶混在这些被雇用来做饭的妇女中,在这种好战的地方,一个男人被雇用去做这最低贱的妇女所从事的工作,这一定是一件可耻的事情。奴隶们是不被允许上战场的,但是这个也许根本就不是一种苦难。据说,在战争的期间一个往敌方跑的可怜的奴隶被他在路上遇到的两个人给捉住了,但是他们无法在这个奴隶属于谁的问题上达成一致,每个人都握着一把石斧,举到奴隶的头上,看起来像是都做了决定,另一方绝不能把活着的奴隶带走。这个可怜的人快被吓死了,幸好有酋长太太的干涉他才得救。在这之后,我们愉快地散着步回到小船上,直到晚上又才回到军舰边。

12月30日——今天下午,我们离开群岛湾开始了前往悉尼的航程。我相信大家都因离开新西兰而感到高兴。因为这并不是一个令人愉快的地方。在这里的土人中,缺乏一种可以在塔希提岛上遇到的那种让人迷恋的纯真,而且这里的大部分英国人都是社会上十足的无用之材。这个地方本身也没有任何魅力,当我回想它的时候,认为这里只有一个吸引我的地方,那就是居住着天主教居民的怀马特。

第十九章　澳大利亚

悉尼——去巴瑟斯特旅行——森林的景色——一队本地土人——土人逐渐消亡的原因——由于和健康人往来而发生的传染病——蓝山山脉——海湾状的大河谷景色——大河谷的起源与形成——巴瑟斯特，低阶层人民的礼貌——社会状况——范迪门地——霍巴特镇——土人完全被消灭——惠灵顿山——乔治王湾——当地的荒凉景色——秃山，树干的钙质浇铸物——一个土人部落——离开澳大利亚。

1836年1月12日——清晨，一阵微风把我们吹进杰克逊港的入口处。映入我们眼帘的，并不是精美的房屋散布在葱翠的田野上，而是一排直线形、淡黄色的悬崖，使人不禁想起巴塔哥尼亚的海岸景色。只有一座孤零零的用白石砌筑的灯塔告诉我们，快到一个人口众多的大城市了。驶进海港，便觉得既优美又宽广，两岸为一层层平铺的沙石悬崖。差不多平坦的地区，生长着稀疏的矮树木，表明这里的土地非常贫瘠。可是，继续向港湾深处驶行，两岸的景色就好得多了，在岸边的浅滩上到处散布着美丽的别墅和漂亮的村舍远处两三层高的石屋和岸边的风车，就好像在向我们说明马上就要到澳大利亚的首都了。

最后，我们停泊在悉尼湾里。在这个小小的海湾里停泊了很多大船，岸上四周都是仓库。晚上，我步行穿过这个城市，然后满怀着对全市景象的赞叹而返回舰上。这是不列颠民族威力的一个最可以夸耀的证据。在这样少有希望的地方，只不过几十年的时间，英国人就干出了不少成绩。如果与西班牙人在南美洲经营几个世纪的结果相比，真不知要高出多少倍。我的第一个感觉，就是我生为一个英国人而感到非常庆幸。后来，我对这个城市作了更加深入的观察以后，虽然我对它的赞叹或许略为有些减少，但仍觉得这个城市很美。市内的街道整齐宽阔而又清洁，公共秩序非常良好；房屋相当高大，商店里陈列的货品很充足。这种情况是可以同伦敦以及英格兰少数其他大城市的广大郊区相比的。可是，甚至在伦敦、伯明翰附近地区，也看不到这种飞速发展的情景。刚落成的高大房屋和其他建筑物的数量，的确多得惊人；不过这里的每个人都在抱怨房租太高，租房子很困难。在南美洲的城市里，每一个有资产的人都为大家所熟悉。但是，我从南美洲到这里以后好奇的是，就是街上的自备马车也不能一下子弄清楚究竟是谁的。

我雇了一个人和两匹马，打算让他们把我带到巴瑟斯特，这是一个距离海岸大约120英里的村镇，一个大牧羊区的中心。我希望通过这次旅行对这一带地方的外貌能掌握个大概，我于1月16日清晨出发。第一天我们到达巴拉马他，这是一个小乡镇，除悉尼外这里算是最重要的了。沿途道路状况非常好，是用麦克亚当方法铺成的，筑路用的黑硅石，是从几英里以外运来的。从各方面看来，这里的情形很像英格兰的乡镇，只是这儿的酒店要多得多。至于脚镣队，就是在这里犯了罪的囚犯的苦工队，和英国的情形完全不同了：他们在荷枪实弹的哨兵监视下戴着刑具做苦工。当地政府有权对犯人实行强制劳动，所以很快就在全境内开辟出很好的道路；我相信，这是这个殖民地所以能够很快繁荣起来的一个主要原因。今天夜里，我在鸸鹋渡口的一个很舒适的小旅馆里住下，这里离悉尼35英里，靠近蓝山山脉的山脚。在这个殖民地中，这条路线上的来往行人最多，移住到它两旁的居民也最早。因为农民们种植的绿篱还没有长成，所以这里的土地都是用高栅栏分别围住的，有很多坚固的房屋和良好的茅屋散布在四周；虽然有相当数量的土地已被开辟耕种，但还有大量土地仍保持着原始状态。

新南威尔士大部分地区的景色中的一个最不寻常的特点就是所有植物都极其相似，显得均匀协调。到处都是开阔的林地，在一部分土地上，生长着很稀疏的牧草，隐隐地显出绿色。差不多所有树木都属于同一科，而且它们的大部分树叶的排列都是向上直竖的，不像欧洲树木的叶子那样近乎水平的；树上的叶子很稀少，带有特殊的淡绿色，没有一点光泽度。因此，树林内显得非常明亮且没有阴影；虽然在这样的烈日下行走对游客来说很难受，但对于农民却很重要，因为在这种树林里容许草类生长，否则树下的草类恐怕不能滋长了。这里的树叶并不定期同时脱落，这个特点大概是整个南半球树木的普遍现象，例如在南美洲、澳大利亚和好望角都是这样的。南半球和热带的居民，大概也就因此看不到世界上最华丽的景象之一，就是枝头发出新叶的初春景象，而在我们看来，这种景象就显得很平常了。可是，他们也会这样说，你们为了看到这种景色，所付出的代价太高，你们的地面必须盖上几个月的枯枝衰草，才能换得这一点光辉。这种说法的确完全正确，可是我们付过代价之后，却获得了春日到来、草木呈青的美妙感觉，而热带居民，虽然长年饱享炎热气候下的华丽风光，却不能体会春日的滋味。除了一些蓝橡胶树以外，大部分树木都长得不很粗大，却高而且直，彼此相隔甚远。有些桉树的树皮每年脱落，有时这些枯树皮像一条条长布条一样挂在树上，随风飘动，使树林呈现凄凉而杂乱的景象。从各种情况来看，瓦尔迪维亚或奇洛埃岛的森林跟澳大利亚的森林完全不同，我再也想象不到比这种差异更为明显的事例了。

太阳要落山时，大约有20个黑人结队经过这里，每人照例带着一只长矛和其他武器。我给领队的青年人一个先令，他们全体立即止步，投掷长矛，供我欣赏。他们半身裸露，其中有几个人能说几句英语，相貌和善，心情愉快，完全不像平日所见的那些卑鄙的家伙。论到他们的技艺，那真是令人赞不绝口。他们把一顶帽子放在30码远的地方，靠了投杆的帮助，以离弓之箭的速度把长矛投掷出去，即可穿透这顶帽子。当他们追踪野兽或敌人的时候，表现出极其惊人的机敏，我听到过关于他们的几种说法，都表明他们的动作相当敏捷。可是，他们不愿耕种土地，不盖房屋，也不愿定居在一定的地点；甚至送给他们一群羊，他们也不知如何照顾。总之，就我的看法，他们的文明程度只是比火地岛人略微高一点而已。

有一种让人感到很奇怪的现象，那就是有一群并无恶意的土著人穿插在文明人中，并不知道每晚住宿的地方，而且只靠在森林里狩猎为生，一个白种人要去内地，就得通过几个部落的地区。这些部落四面虽然都是白种人，但仍旧保持着自己从古代传下来的特性，有时还互相交战。最近发生过一次战争，使人料想不到的是，交战双方竟选定巴瑟斯特村的中心当作战场，这对战败一方是有利的，因为逃亡的武士可以到兵营里去躲避。

当地的土著人的人口在急速减少。在我骑马走过的这所有路程中，我除了遇见过几个被英国人抚养的男孩以外，就只遇到过一队土人。土人减少的原因，显然烈性酒的输入是一部分原因，其次就是欧洲疾病的传播（甚至像麻疹这种比较轻的病症[①]也威胁着他们的生命），同时还有野兽的逐渐灭绝。据说，因为受到这些土人的流浪生活方式的影响，经常有很多他们的后代在很小的婴儿时期就死亡了；还因为获取食物的困难增加，他们流浪的程度也跟着增加。因此，虽然没有显著的饿死现象，但他们的人口下降很快，同各文明国家的人口相比，他们的人口下降速度要快得多。在文明国家里，做父亲的即使劳累过度，只不过伤害他本身一个人，却不会毁灭他的后代。

---

① 值得注意的是，同一种疾病在不同的气候地区就会发生不同的变化。在小小的圣赫勒拿岛上，猩红热自从被传布进来后，就像瘟疫那样可怕。在一些国家里，本地人和外国人对某些传染病所受的影响极不相同，就好像施加在两种不同的动物身上一样，这些事例曾经在智利发生过。据洪堡说，这种状况也在墨西哥发生过（参看《关于新西班牙王国的政治论文集》，第四卷）。

造成土人人口剧减的显著原因之外，好像还有一个一直在起作用的更加神秘的因素，凡是欧洲人所到之处，死亡就好像跟着来危害那里的土人。我们考察过南、北两美洲、波利尼西亚、好望角和澳大利亚这些广大的地区，到处都发现同样的结果。可是，不单单白种人扮演着这样杀人的角色；在东印度群岛的几个地区里，马来血统的波利尼西亚人也同样地驱逐了本地的黑人。不同种的人彼此互相倾轧，也好像不同种的动物之间相互残杀一样，总是强者把弱者连根拔起。我曾经在新西兰，听到一个健康而又充满活力的土人说，他们知道这块土地注定要在他们孩子的手里断送掉，这真使我感到痛心。每个人都听说过，自从舰长库克航行到塔希提岛以后，这个美丽的气候适宜的岛上，就发生了离奇的人口减少的情形。按理说在塔希提岛，我们对它的人口增长有所期望，因为过去特别广泛地流行的杀婴的恶俗现在已经被遏制，放荡的行为也大为减少，也不再经常发生屠杀性的战争了。

牧师威廉斯在他写的一本有趣的书里曾提到，欧洲人在和土人们初次接触以后，"就一定会把热病、痢疾或者其他疾病传染给他们；这些疾病夺去了很多人的生命"。他又肯定说："当我居住在这些岛上的时候，大部分在那里流行极盛的疾病都是从船上带来的，这是不可辩驳的事实。让人觉得不可思议的是：在带入这种毁灭性疾病的船上的船员们却没有患这种疾病的现象。"这一段话初看起来很奇怪，但实际上并不奇怪，因为在有关最严重的恶性热病大流行的记载里，就有几个这一类的例子，说明这些人虽然是传染疾病的媒介，但自己本身却没有发病。乔治三世统治初期，有四名警察用马车把一个关在地牢里的犯人押解到审判官面前，虽然犯人本身并没有害病，但是这四名警察却都因为传染上急性斑疹伤寒而死，不过这种传染病没有再蔓延。从这些事实，差不多可以明显地看出，好像一小群人被关闭在某一个地点，他们身上带有的毒气就像处在潜伏期一样虽然完全停止活动若干时日，但被别人嗅到以后，却可发生作用。假使嗅到这种毒气的人是其他种族的人，那么它的毒性可能更加厉害些。在我看来，这种情形无论怎样神秘，但不见得比下述情形更会使人惊奇，这就是一个刚死不久而还没有腐烂的人的尸体，也时常特别具有这样的一种毒性，以致单单在把解剖这种尸体的工具在活人身上刺出一个小孔以后，对那个活人来说都是致命的。

1月17日——清晨，我们乘渡船过尼比翁河。虽然在这个渡河地点，河床宽而深，但全河流水量极少。穿过河流对面的一片低地，就到达了蓝山山脉的山坡边上。上山的路算不上陡峭，这条山路是精心在砂岩绝壁边缘上开凿出来的。山顶上，有一片差不多是平坦的平原，向西的高度缓慢上升，高达3000英尺以上。蓝山山脉具有这样堂皇的名称，加之绝对高度很大，我以为必是一条横跨全境的险峻高山，可是事实并非如此，在我面前的是一块倾斜的平原，缓缓地延伸到海岸附近的低地。从第一道斜坡上望去，可以看到一片向东伸展的森林，非常动人，周围的树木既粗壮又高大。可是，一走上砂岩的台地，风景顿时变得特别单调，道路两边生长着常绿的桉科矮小树木；除了两三个小客栈以外，再也没有其他房屋或田园，不但这样，这一条路的本身，也是凄凉寂寞的，路上最常见的只是载运一包包羊毛的牛车而已。

当天中午，我们在一个名叫檐板的小客栈里喂马。这里海拔2800英尺，离开这里大约一英里半的地方，有一处非常值得一游的风景区。沿着一个小河谷的小溪下行，在沿路的树丛里忽然现出一个巨大的海湾，深约1500英尺。如再向前走几码路，就会走到一个巨大的悬崖的边缘上，如果向下看就可看到一个大海湾，被厚厚的森林覆盖着，因为我不知道到底该把它称作什么，那就干脆把它叫作"海湾"吧。这时，你好像站在海湾的最前面，两边皆有一排悬崖，一个个接连着的地岬展现在陡峭的岸边。这些悬崖皆由一层层水平的淡白色砂岩构成，非常之陡；在很多地点，一个人站在悬崖上，把一块石头向下抛掷，就可以看到这块石头击中深渊里的树木。这排悬崖，连绵不断，要想走到这条小溪所形成的瀑布脚下，据说必须绕行16英里。往前走距离这里大约5英里的地方，又有一排悬崖伸出，这样，看起来整个河谷就完全被悬崖所包围。所以，给这个巨大的圆形注池命名为"海湾"是再适合不过的了。假使我们想象有一片曲折的海港，其中海水很深，港的周围有陡峭的悬崖般的海岸环绕着，等到海水干涸之后，就有一片森林在砂土港底生长出来——这个地方的外观和结构这个时候就展现在我们面前了。这种类型的风景对我来说，十分新奇，而且又非常壮丽。

晚上，我们到达黑石南客栈。这个高原是由砂岩形成的，高达3400英尺；和以前在其他地方所见到的一样，这里也生长着同样的矮树；在这一段路上，也偶尔可以望见一个像前面所说的性质相同的深谷，但由于谷边悬崖又高又陡，几乎不能看到河谷的底部。"黑石南"是由一个老年士兵开设的非常舒适的客栈，它使我想起了北威尔士的那些小客栈。

1月18日——今天清早，我走了大约3英里，去高维特断岩游览，这里的风景和檐板客栈附近的风景差不多，不过更加宏伟。这个时候因为天色还早，所以有那么薄薄的一层蓝雾笼罩着整个"海湾"。这层薄雾虽然让这个"海湾"的景色看起来不那么清楚了，但是它却使我们脚下的一片森林伸展开来的河谷变得更加深远了。最让人觉得赞叹的是，这些河谷长期以来都是无法渡越的障壁，正好拦阻了想要深入内地的那些胆大妄为的殖民者的野心。从主谷时常分出几个像手臂一样的巨大"海湾"，上端宽阔，伸进砂岩台地；另一方面，砂岩台地也时常把地岬伸进河谷，甚至还把几乎是孤立的大块岩体留在河谷里。倘若从这等河谷走下，就必须绕行20英里；另外还有几个河谷，只在最近才有测量人员深入其中，殖民者们还没有本领把他们的牛群赶进这些河谷里去放牧。可是，在构造上最引人注意的特征是，虽然它们的顶部有几英里宽，但谷口通常十分狭窄，以致到了不能通行的程度。总测量师米切尔爵士想穿过格罗斯河和尼比翁河汇合处的隘口。在滑坡下来的巨大的砂岩碎块中他先步行后又爬行，但还是没能穿越过去。可是，我亲眼所见格罗斯河河谷的上部是一个几英里宽、平坦的大盆地，绝壁环绕着它的四周，每处绝壁的高度都至少在海拔3000英尺以上。沿着一条一半是天然一半是地主所修筑成的小路（我走下去的那条小路），把牛群赶进伏尔冈河河谷里面去以后它们就无法逃走了，因为河谷的其余地方都为笔直的悬崖所包围。那下游8英里的地方，这个河谷从半英里的平均宽度就收缩为一条人或野兽都不能过去的一条窄缝。米切尔爵士说，汇合了柯克斯河和它的所有支流的大河谷和尼比翁河相接的地方就收缩成了一个宽2200码、深约1000英尺的峡谷，这类情况还有很多。

我看到河谷两边互相对应的水平地层以及圆形的大洼地时，我的第一印象是，它们也像其他河谷那样是由河水的冲刷作用而形成的。如果有人想到这里有多得无数的石块，如果真有河水冲刷的作用，这些石块一定会从峡口或狭缝被冲走了，那么他就自然会发出这样的疑问：这些洼地是不是由于地层下陷而形成的呢？但是，再想到不规则分支的河谷形状以及从台地伸进河谷的狭长地岬形状，我们又不得不放弃这种想法。要是认为这些深坑是由于近代的冲积作用而形成的，又觉得非常荒谬，而从崖顶平地排下来的水流绝不会落到河谷的上部，而是落到它们的形似海湾的凹地的某一侧，我在檐板客栈附近观察到的情形就是这样。有几位当地居民告诉我说，他们从来没有见过形似海湾的凹地具有向左右两旁伸出的地岬，总是由于它们和一条陡峭的海岸相像而感到惊奇。事实的确是这样的；不但如此，在新南威尔士的现在的海岸上，有无数优美的分支很多的海港，通常是由于在砂岩的绝壁上冲刷出一道从一英里到四分之一英里宽的狭窄海口而和海洋互相连通；这些海港虽然面积较小，却和内陆的巨大河谷的形状相像。可是，在这里立刻产生出一个重大难题：为什么海水会在宽阔的台地上冲刷出一片四周下倾的大洼地，而且又留下狭窄的峡口，通过这些峡口，把大量的被冲刷成粉末状的全部物质移走呢？对此我所能提出的唯一解释是，在几个海域里，例如西印度群岛的某些部分和红海里，现在正在形成一些形状最不规则的海岸，同时这些海岸也是极其陡峭的。因此我被引导做出这样的假定：这些海岸是由沉积物所形成的，而这种沉积物则是被强烈的洋流挟带到这些形状不规则的海底上来的。海水有时候并不能均匀地分布沉积物的层次，而是在海底的岩礁和岛屿的周围堆积，对此研看了西印度群岛地图以后，就不会让人怀疑。波浪有形成高而陡峭的绝壁的能力，就是在那些四周有陆地包围的海港里也如此，在南美洲的很多地方我都看到过这种状况。我想，要把这些概念应用于新南威尔士的砂岩台地上，可以认为这些地层是因为强烈的洋流和大海的波动作用而堆积在形状不规则的海底。遗留下来的这些形状像河谷而没有被填塞的空间，在陆地缓慢上升的时候那些陡峭的斜坡就被侵蚀成绝壁，而冲刷下来的砂岩碎屑要么海潮退落时冲出狭窄的峡口被海水带走，要么后来随冲积作用被移走了。

离开黑石南客栈以后不久，我们沿着维多利亚山的山道从砂岩台地往下走。为了修好这条山路，必须凿去大量的石头，无论是从设计还是从筑路的方法上来看，这条山道都丝毫不逊色英格兰的任何道路。我们现在来到了一处差不多比台地低1000英尺由花岗岩构成的地方，岩石被凿走了，植物的生长环境也得到了改善：树木变得更加美丽了，彼此的间隔也更加远了，林木间的牧草也更加葱绿绿、更加茂盛。到哈桑堡，我离开大路绕一个小圈子去了瓦尔拉旺农场，我带了一封一位悉尼的农场主写给这里的管理员的介绍信。布朗先生盛情邀请我第二天还住在他那里，我十分愉快地接受了他的邀请。这个农场是新南威尔士殖民地一个典型的大农场（更加确切地说是个大牧羊场），这里有几条河谷是比较湿润，生长的牧草也比较粗壮，所以这里的牛马比一般农场就稍为多些。房屋周围有两三块平地已被开垦出来种上了谷物，农民们正在收割，但小麦种得不多只能维持这个农场雇工们的一年口粮。通常大约有40个苦役犯被政府派在农场里劳动，不过现在忙于收获，苦役犯稍多。虽然农场里准备着很多种日用必需品，但看上去这里的生活不够舒适，因为在这里居住的人群里找不到一个妇女。晴天的落日把幸福满足的光辉照耀在所有景物上，但在这个幽闭的农场上，四周树林的色彩虽极鲜明，却不能使我忘记那40个长年做苦工的犯人，这时他们结束了一天的劳动，他们的情形跟非洲的奴隶一样，但他们甚至连奴隶应该享受的神圣的被怜悯的权利都没有。

第二天黎明，副管理员阿彻尔先生热心地邀请我一起去狩猎袋鼠。我们骑马跑了大半天，却没有任何收获：不要说袋鼠了，我们连一只野狗都没看到。几只细躯猎狗把一只袋兔赶到一个树洞里去，我们从树洞里把它拉了出来，这种动物有兔子那样大，但形状却像袋鼠。前几年，这里的野兽很多，可是现在连鸸鹋都被赶到很远的地方去了，因此袋鼠也少了很多，这两种动物都遭到了英国细躯猎狗残酷的摧残。虽然这些动物的灭绝要经过很长一段时间，但它们的命运已经注定了要遭到绝灭。本地土人总是渴望向农场借用猎狗，移民们就拿以借用猎狗、赠送宰杀动物时所剩余下来的内脏和肉屑以及一些牛奶，作为和平的礼物以便一步一步地深入到内地。这些头脑糊涂的土人，由于这些小恩小惠的蒙蔽，竟然很高兴白种人的侵入，似乎白种人应该来继承本该由他们的孩子们继承的土地。

虽然打猎的收获不大，但骑马出游却是一种享受。这里的森林地区普遍都非常开阔，可以骑马疾驰穿行。有几个平底山谷，横贯林中；这种河谷有碧绿的草地，但不生长树木，风景幽美，好似公园里的景色。在这一带的土地上，很少看到一处没有火烧的痕迹；火烧的痕迹是新的还是旧的，树桩的颜色是深黑的还是浅黑的，是这里景色的唯一变化，旅行者看到这些，自然感到厌烦。森林里的鸟类不多，可是，我却看见几大群白鹦鹉在麦田里啄食谷类，还有最美丽的鹦鹉数只。有一些乌鸦，很像英国的寒鸦，在这里也很普遍，还有一种鸟，有些像喜鹊。黄昏时，我沿着一连串的池塘散步，在这个干燥的地方，这些池塘代表了河流。我的运气很好，看到了几只著名的鸭嘴兽，有时潜水，有时在水面上嬉戏，但它们的身子露出水面上很少，很容易使人把它们错看成水鼠。布朗先生用枪射中一只鸭嘴兽，它确实是一种很特别的动物，当把它制成标本后，他的头和喙就会跟活着的样子完全不一样，会变得又硬又皱缩。[①]1月20日——我们今天骑行一整天，终于到达巴瑟斯特。走上大路以前，我们沿着唯一的小路向前骑行穿过森林。这一带除去租地的牧羊人的几间茅屋，四周显得十

---

① 我感到很有趣的是我在这里发现了蚁狮或某种其他昆虫的圆锥形陷阱。开初有一只苍蝇掉到这个预先设计好的斜坡下面去，并且马上就消失了，后来又掉进了一只粗心大意的大蚂蚁；这只蚂蚁用尽全力乱爬着想逃出这个陷阱；正像科尔比和斯彭斯所描写的那种情形，蚁狮很快就用尾巴把一股奇怪的细小沙流抛射到这只大有希望的牺牲者身上。但这只蚂蚁所遭到的命运要比那只苍蝇好一些，终于从隐藏在圆锥形陷阱底下的死神的双颚中逃出了性命。这种澳大利亚的蚁狮陷阱只有欧洲的蚁狮陷阱的一半大小。

分荒凉。这一天，我们经受了一场像非洲热风那样的澳大利亚热风，它是从内地炎热的荒漠吹过来的。这时从四面八方卷起了一阵阵尘雾，使我们感到这种风如同从炉火上面刮过来的一样。后来我听说那时的室外温度高达119°F，室内温度也达到96°F。下午，我们看见了巴瑟斯特的高地，这一带地面虽有起伏，仍不失为平坦的平原，但完全不生长树木，有些奇特。在这些平原上面，只生长一些稀疏的棕褐色的牧草。我们骑行穿过这个地方有几英里，然后到达巴瑟斯特镇；它位于一个既可以叫作宽阔的河谷、也可以叫作狭窄的中心地带。在悉尼的时候，有人告诉我，不要只根据沿路一带的景象，就提出对于澳大利亚太坏的判断来；也不要单单根据巴瑟斯特的情况，就提出对澳大利亚太好的意见来，对于巴瑟斯特的判断，我绝不会有什么偏见。的确，这时正是大旱季节，这一带的景色不是很好；可是，我又听说，两三个月以前，这里的情形更加坏得无法形容。巴瑟斯特的棕褐色牧草，在陌生人的眼里看来，好像多么糟糕，但对于羊群却是最良好的饲料，这就是巴瑟斯特所以能够很快繁荣起来的秘密。巴瑟斯特镇靠近麦夸里河的岸边，海拔约2000英尺；这是流进广大而未被人知的大陆内部的河流之一。一条分水岭把内陆河流和海岸河流分开，它的高度大约是3000英尺，走向从南向北，距离海岸为80～100英里。在地图上看，麦夸里河是相当大的一条河流，而且是在分水岭这一边的流水量最大的一条河流。可是，使我惊奇的是，我发现它不过是一连串的水塘，由几乎干燥的土地分隔其间。通常它只是一条小河流，但有时它高涨成汹涌的洪水。虽然整个地区都缺乏水，但是越往内陆走水就越稀少。

1月22日——今天我开始返回了，沿着一条叫作洛克叶路的新路线前进，沿途丘陵相当多，风景如画。我骑了一整天的马，我希望能借宿在离大路相当远，而且又不容易被找到的那种房屋里。这一次，也像其他很多次的情形一样，我受到了由下层社会的人民带给我的非常普遍而又自愿的礼貌；要是你看到他们现在和以往的情况，你绝对不会预料到他们会如此文雅。今天晚上我在两个年轻人的农场里过夜，他们也是到这不久，然后过着移民人的生活。他们并不在乎这里生活的单调，缺乏享受。因为，他们知道在不远的将来这里会变得繁荣昌盛的。

第二天，我们骑马走过一片正在燃烧着的地带，股股浓烟不断地飘过路面。中午前，我们又回到了原来的老路，登上了维多利亚山。当晚在檐板客栈借宿，天黑前我又一次去那个圆形洼地散步。在回到悉尼的路上，我和舰长金一起在敦西夫德愉快地度过了一个夜晚，然后结束了在新南威尔士殖民地的这一次短途旅行。

上层社会的状况，犯人们的情形，以及吸引人们移植到这里来的条件是我来到这之前最感兴趣的三件事。当然，在这样短期的访问后，我是很难提出有价值的参考见解的，但是要我没有自己的想法，那就跟要做出个正确的判断一样难。整体来说，据我所耳闻的事实（它们比我亲眼所见到的情况更多一些），我对这里的社会状况是很失望的，整个社会几乎在每个问题上都分裂为不同的敌对派别。有很多人的生活状况是最好的，但是他们大多数都公开过着荒淫无耻的生活，因而值得尊敬的人都不愿和他们接近。因为有钱的流刑犯总是认为正直的移民是争夺他们利益的侵犯者，被释放的有钱的流刑犯的小孩们和自由移民的小孩们之间存在着很深的隔阂，所有居民不论贫穷还是富有，都在追逐财富。在上流社会中，羊毛和牧羊是永恒的话题。原本最舒适的家庭生活种却有许多不安逸的地方，其中最主要的要算由一群以前曾经是罪犯的仆人围着。当一个仆人昨天才因为犯了一点小错被你告发而受到鞭打，而如今却又要他来伺候你，这真是一件让人讨厌至极的事。当然女仆就更坏了，家里孩子们因此都学了一些最下流的话语，倘若思想上没有变得同样下流，就已经算是十分幸运了。

在另一方面，一个人的资金在这个地方投入的话会很轻松地得到在英格兰投入的三倍。要是再经营得好，就肯定能变得非常富有。在这里有大量的生活奢侈品，只比英格兰贵一点，但是大部分的食物都比英格兰便宜。这里的气候非常适合人居住，有益于人的身心健康，但是为什么这么好的地方不能吸引人呢？在我看来，主要是这里的风景不够迷人。移民们有一个有利条件，就是他们的儿子在很年轻的时候就能开始替他们工作，他们常常在16～20岁时到就能去管理遥远的牧场。但这样就得让他们的儿子和犯罪的仆人们完全混在一起，熏染一些恶习。我不觉得这种社会风气有什么特点，但我相信，纵容这样的坏习气，缺少理智的追求，这样的社会最后免不了要归于毁灭。我想在我来说，如果没有什么迫切的需求，我是不会移居来这里的。

在不了解上述各种事实以前，这个殖民地的迅速繁荣和将来的远景使我感到很困惑。羊毛和鲸油是这里主要的输出品，但是两种产品的输出量都受到一定的限制。因为这一带的运输根本不适宜走水路，而陆路运输的路线又不能走很远，超过了一定界限以后，一车羊毛的价钱还抵不上剪羊毛和牧羊的耗费。各地牧场都很瘠薄，移民们因此都已深入内地很远了。不但这样，愈向内地，土地愈为贫瘠。这里气候干旱，农业永远也不可能大规模地发展起来。据我推测，澳大利亚最终一定会转变为南半球的商业中心，或许将来还会成为一个工业地区。澳大利亚有煤矿，因此它能够获取常规能源。由于能够居住的地方都分布在沿海一带，居民又都从英国移来，因此澳大利亚一定会发展成为一个海洋国家。以前我曾认为澳大利亚会发展为像北美洲那样强大有力的国家，而现在它这种宏伟的远景显然是值得怀疑的。

说到犯人们的状况，我能做出判断的机会，比其他问题更少。我提出的第一个问题就是：犯人们的状况算不算是一种惩罚？我想，没有人会坚持流刑是一种非常严厉的惩罚。可是，我认为流刑如果还能在国内让犯人产生畏惧，那么惩罚的重与不重就没有什么关系。犯人们的物质要求能够得到比较好的供应，未来的自由与舒适生活离他们也不遥远，只要有良好的行为表现就确定会实现。根据服刑的年限按一定比例的服刑以后，犯人如果有良好的表现就能够获得"释放证"，如果犯人不再有嫌疑和重新犯罪就可以在一定区域内自由行动。即使是这样，无论先前的监禁和艰苦的流放情形如何，我相信在判定的服刑期间他们一定过得不满意、不愉快。一位有学问的人告诉我，犯人除了肉欲以外，不知道有其他娱乐，但他们在这方面是得不到满足的。政府在释放犯人时，要收取大量贿赂，再加上与世隔绝的充军地带来的深刻恐怖，便可破坏犯人之间的攻守同盟，并且阻止他们重新犯罪。这里的人大概都不知羞耻，我曾亲眼看到几种非常奇怪的情形，可以证明这一点。虽然是很奇怪的事，但却常常有人告诉我说，犯人们的性格非常怯懦；他们有些人时常自暴自弃，认为生命毫不重要，他们也很少能实施一项需要头脑冷静和持续勇气的计划。整个情况最糟的是：虽然从法律上来说，可以认为他们已经被改造过了，并且很少再犯法律上所规定的罪行了，但是好像根本谈不到任何道德上的改造。一个有名望的人跟我说，一个人要是希望进步就不可以和一个被判服苦役的仆人生活在一起，否则他的生活就会过得痛苦难忍，就会受到困扰。无论是在英格兰，或者在这里，载运犯人的船和监狱的污秽，使人难以忘记。总之，把这里作为惩罚人的地方，是很难达到目的的。大概也和任何其他计划一样，流刑作为真正的改造制度已经失败了。但是把犯人改造得表面诚实——把北半球上最无用的流氓变成南半球上的活跃的公民，因而建成一个美丽的新国家、一个伟大的文化中心——在这方面，犯人船和监狱的成就是史无前例的。

1月30日——今天，比格尔舰向范迪门地的霍巴特镇航行，我们用了总共6天才到。在最初几天天气还有些晴朗，但是之后几天又冷又伴随有风暴。2月5日，我们驶入风暴湾口，这里的天气真是配得起"风暴湾"这个名字。德文特河的河水流进风暴湾的顶端，因此与其把它叫作"湾"，还不如把它叫作"河口"或者是"三角港"。在它的进湾口附近，有几块广阔的玄武岩台地，再往上则山峦蜿蜒，到处都是轻木树林。沿着海湾两岸边缘的山脚一带，都被开辟成了田地，从远处望去，金黄色的麦田和深绿色马铃薯田呈现一片繁茂的景色。晚上，我们停泊在塔斯马尼亚岛的首都霍巴特的一个很舒适的小港湾里。粗略地看去，这里与悉尼的景象远不能相比，悉尼可以称为城市，而霍巴特只能算是一个城镇。霍巴特镇在惠灵顿山的山脚下，这座山的高度有3100英尺，却并没什么美丽的风景，不过山上有优质的泉水可给霍巴特镇的居民使用。有几座很好的仓库在小湾四周的沿岸，还有一座小炮台在小湾的一边。西班牙政府十分重视在殖民地构筑堡垒，而英国的殖民地当局似乎非常看不起这种防卫设施。在把霍巴特和悉尼作比较时，最打动我的是，这里的高大房屋比较少，不管已经建成的，或正在建筑中的，都是一样。据1835年的户口统计，霍巴特的人口有13826人，塔斯马尼亚的所有人口是36505人。

范迪门地的移民享受着没有土著居民的好处，因为他们已经把这儿的土人全部迁移到巴斯海峡里的一个岛上了。好像他们是不可避免地要对黑人采取这种最残酷的手段，因为这也好像是一种阻止黑人一再地抢劫、放火和杀人等恐怖行为的唯一办法，这些土人迟早会因为这些恐怖行为而全部毁灭。我想，毫无疑问，这一系列的不幸和后果，都源于我们英国人的一些不名誉行为。30年是一个短短的时期，而在其间全部土人被赶出本岛，这个岛的面积几近爱尔兰。很有趣的是在这一问题上我国政府和范迪门地当地的政府之间都会有公文往来，虽然在每隔几年就会有一次的小规模战斗中，会有很多土人被枪杀或者是关押起来，但显然这根本没有使他们深深觉悟到我们所具有的这种无上的威信。到1830年，全岛实行战时管制法，命令全体白人协助当局捕捉全部黑人，迫使他们放弃祖宗传下来的河山。这一次所采取的计划，很像在印度实行的大围猎，布置了一条横跨全岛的战线，要把土人赶进塔斯曼半岛的"口袋"里去。但是，他们的如意算盘打错了，这些土人们把他们的狗捆了起来，趁夜偷偷地过了他们的战线。如果你了解土人们具有非常敏感的感官和他们追踪野兽的爬行方法，那你就不会对他们能逃出白人的像大围猎一样的围捕感到奇怪了。我听过有人肯定地说过：这些土人甚至能把自己隐藏在几乎是光秃的地面上，人们很容易把他们漆黑的身体错看成一根根枯焦的树干散布在地面上，要不是亲眼见到，简直让人难以相信。曾经有人对我说过，一群英国人和一个土人曾做过这样一个试验：这个土人站在一座光秃秃的山坡上很显眼的地方。大家都能很清楚地看得到他。紧接着在这些英国人闭眼不到一分钟的时间里，这个土人蹲了下来，然后这些英国人就再也没有把这个土人从周围的树干中给找出来。然后，我们再来谈谈"围猎"，土人懂得这种战术厉害的程度让人感到十分惊讶，因为他们可以立刻知道白人的人数以及其威力。在那以后不久，有13个来自不同的两个部落的土人，当他们意识到自己完全失去了防卫的力量的时候，就会很失望地选择投降。最后，有一个能干的心慈仁善名叫鲁滨孙的人，毫不畏惧地一个人往一个对英国政府仇恨最深的土人部落里去，正因为他的勇敢和努力，最后全部的土人都被劝服了，一起投降了。后来，政府就把他们迁移到一个小岛上，并给他们提供衣食。斯特席列斯基伯爵说："在1835年他们被放逐的那段时间里，这里土著人的总数为210人。然而到1842年，也就是过了7年以后，他们一共就只剩下54个人了。又比如在新南威尔士的内地，每一个土人的家庭在没有跟白种人接触之前，家里都是儿女成群的；而在8年的时间里，弗林德斯岛的土著人口，却只增加了14个人！"

在比格尔舰在这里停留的十天里，期间我做了几次短途旅行，所幸的是都还比较愉快。这几次旅行的主要目的是考察附近的地质结构。有如下三个方面使我非常感兴趣：第一个就是属于泥盆纪或石炭纪的含有大量化石的地层；第二个就是这里的陆地最近有些抬升的一些证据；第三个就是在一片孤立的浅黄色石灰岩或者钙质凝灰岩的表面，印有极多树叶和现在已经绝迹的陆生贝类的痕迹。唯一记录着过去的某一个地质时代的范迪门地植物很有可能还被埋在这里的一个小石坑里。

正因为这里相对于新南威尔士来说，气候要潮湿些，所以土地也就比较肥沃。肥沃的土地使这里的农业很发达，已经开垦出来的土地看起来都很肥沃，菜园里到处都是蔬菜而果园里也满是果树。有几处农民的房子，处在偏僻的地方，却显现出非常吸引人的姿态；粗略看来，这里的植物和澳大利亚的很相似，非要说出差别那就是它要更加绿一些，更加可爱一些，树木中间的牧草也生长得更加茂盛。有一天，我到市镇对面的海湾沿岸去溜达，这真的是一次长距离的又耗时的旅行，我先乘坐汽船摆渡过去，有两只汽船在两岸间来回对开。有一个汽船的全部机器，都是由这个殖民地自制的；其实这个殖民地从建立起到现在，只有33年！另有一日，我去攀登惠灵顿山，这次我带了一个向导同去，因为在第一次登山时，由于树木太密而没成功。我们的向导是一个愚蠢的人，他把我们领到这座山朝南的潮湿山坡上去；由于那里的植物茂盛；由于地面有无数腐烂的树干，在这次登山耗费的力量，几乎要和在火地岛或智利登山时所耗相等；在登上山顶前，我们耗费了5个小时半的艰苦爬山时间。在山上有很多地方，都有生长得非常高大的桉树，这些桉树形成了一片宏伟的森林。在几个最湿润的峡谷里，树蕨用非一般的方式被滋养着；我看到过一棵距离根部至少有20英尺高的树蕨，它的枝干的周长刚好有6英尺。这些树蕨的叶子形成了一把把最优雅的遮阳伞，产生了一片树荫，就好像天黑前的黄昏。山顶上既宽阔又平坦，由大块尖的光秃秃的绿岩所构成。它的海拔为海平线上3100英尺。由于天气特别晴朗，我们享受着非常开阔的视野；向北望去，出现在我们眼前的是由茂密树林所覆盖的群山，与我们所站的地方不但高度一致，而且其平淡乏味的轮廓亦与之相似；向南望去，这些破碎的陆地和海面形成了很多错综复杂的海湾，清楚明了的映射在我们面前，就好像地图一样。在山顶待了几小时以后，我们找到了一条比先前更容易行走的小路下山；经过一天的艰苦奔波，到晚上8点钟我们才回到比格尔舰上去。

2月7日——比格尔舰从塔斯马尼亚出发，在下一个月的6号我们到达了离澳大利亚西南角很近的乔治王湾；我们在这里一共停留了8天；在我们航行期间从没度过比这更无趣和乏味的日子了。从高处向周围远望，映入我们眼帘的好像是一块森林平原，在这块平原上，到处耸立着圆形的或是一部分光秃秃的花岗岩山丘。有一天，我和一群人一起出去，想去看看袋鼠是怎样被猎捕的，我们在这一带走了好多英里的路。所到之处，我们看到的都是沙化的而且贫瘠的土壤，在这样的土壤上要么生长着稀疏而矮小的灌木和草，要么就是生长着一些长势不好的树木。这里好像蓝山山脉的砂岩高台地的景色；木麻黄属的植物（这是一种略像苏格兰松的树木）在这里到处都是，占绝大多数；而桉树则比较少。还有很多草树生长在空旷的地方；这种植物从外形上来看有些像棕榈树，不过没有像棕榈树那样带有华贵复叶的树冠；它所能炫耀的也只是像粗糙草类一样的一小丛叶子，这些翠绿色的灌木丛和其他植物从远处看去都好像生长在非常肥沃的土壤中一样。然而，只需到那个地方去走一趟，就足够让你的这种幻想破灭。

大凡与我有相同看法的人，都绝不会再到这样一个乏味的地方来散步的。

有一天，我陪同舰长菲茨·罗伊去很多航海家都曾提到过的秃山旅行。有的人说好像在这里看到了珊瑚，另外一些人说看到了树木化石，那些树木化石还矗立在它们过去生长时的原地。按照我们的观点，这里的地层是由风吹来的细沙形成的，这种细沙本是由贝壳和珊瑚的微细的圆形颗粒组成的。在构成这种地层的过程中，沙土逐渐把树木的枝干和根部连同很多陆生贝类一起埋在地层里。后来，全部这些东西由于含钙的物质渗入，而结成一体，树木腐烂以后，便留下中空的圆柱体，这样便被硬化的假钟乳石所填满。紧接着，由于天气的原因，上面比较松软的部分被消磨掉了，因此表面上就只剩下树根和树干坚硬的圆柱体钟乳石钙化物。非常的迷惑人，让人觉得那就是被砍伐后的灌木丛的树桩。

当我们还在这个殖民地停留的时候，有一个叫作白鹦鹉族的本地土人大部落，正好也迁移到这里来。这个部落的人和那些属于乔治王湾的土人部落，由于都受到出售大米和糖的引诱，到这里来举行"柯罗别利"，就是盛大的土著歌舞会。天刚要黑的时候，他们就点燃起一个个小火堆，这些土人男子就开始化妆，在自己身上画上一些白色的斑点和线条。当一切都已准备好后，就燃起一堆大营火，土人的女人和小孩们就成为观众，围绕营火四周；白鹦鹉族人和乔治王湾来的土人男子们分别围成两个圈子，通常都是用这一圈和那一圈相互配合的方式跳着舞。通常说来他们要么就是成一列横队要么就是成一路纵队，跳入开阔的场地，列队前进时，双脚用力跺地。沉重的脚步声，并且还伴随着一种哼哼声，还一起击棒击矛。还有其他各种各样的动作，比如伸展手臂，扭动身体。这是一种十分粗暴和野蛮的表演，在我看来，一点意义都没有。可是我们却观察到，那些黑种女人和小孩们却看得兴高采烈。这些跳舞当初可能表现的是一种像战争和胜利这一类的动作。有一种鸸鹋舞，在跳这种舞的时候，每一个人都伸出臂膀弯成像鸸鹋的脖子的样子。还有一种舞蹈，一个男人模仿袋鼠在森林里吃草，而另外一个人则偷偷地爬行过去，装作要用矛刺他的样子。当这两个部落一起加入一个舞蹈的时候，地面因他们的沉重脚步而颤动起来，空气里弥漫着他们粗野的吼叫声。看上去，他们都极度兴奋，这一群几乎裸体的土人映射在熊熊的火光中，用一种可怕的和谐的动作跳着，形成了一种最低等的野蛮人浓烈的节日气氛。在火地岛，我们曾经见过很多野蛮生活的奇怪场景；但我觉得，没有一种土人像他们这样兴高采烈，如此的轻松自在。在舞蹈结束以后，所有的土人围成一圈坐在地上，令他们非常高兴的是，可以分到煮熟的米饭和糖。

在因为乌云密布的天气而很乏味地停留了几天之后，我们于3月14日高兴地离开了乔治王湾，直向基林岛驶去。再见了，澳大利亚，毫无疑问的是你这个正在成长的小孩终有一天会成为南半球伟大的公主。但是，你因欲望太大，奢求太多而不能得到别人的敬仰。我离开了你，不带一点悲伤和懊悔。

第二十章　基林岛：珊瑚岛的形态

　　基林岛——该岛的特殊景色——贫乏的植物区系——种子的传播——鸟类与昆虫——井水的涨落——死珊瑚地带——由树根卷带来的石头——巨大的蟹——蛰人的珊瑚——吃珊瑚的鱼——珊瑚岛的形态——礁湖岛，或者叫作环礁——造礁珊瑚在海面下所能生活的深度——低珊瑚岛的分布——珊瑚岛地基的下沉——堡礁——裙礁——裙礁变成堡礁和环礁——海平面变化的证据——堡礁的裂口——马尔代夫环礁群和它的特殊形态——死礁与沉没礁——下沉地带和上升地带——火山的分布——下沉的缓慢和巨大的数量

　　4月1日——基林群岛已映入我们的眼帘。基林群岛亦称科科斯群岛，位于印度洋，距离苏门答腊岛大约有600英里。这是一种珊瑚所构成的礁湖岛（或被叫作环礁），和我们所经过的低群岛相似。在我们的军舰开进海峡入口的时候，有一个英国侨民赖斯克先生乘船前来迎接我们。有关这里

居民的历史，我用尽量简洁的话给大家描述如下，大约在9年前，黑尔先生，一个不值一提的人物从东印度群岛运来大量的马来西亚奴隶，如果把孩子包括在内的话已超过了100人。不久之后，以前曾经坐着他的商船来过这些群岛的罗斯船长，从英国带着他的家眷和物品到这里来定居。和他一起来的还有在他以前船上做过助手的赖斯克先生。这些马来西亚奴隶不久就从黑尔先生居住的岛上逃离，加入罗斯船长这一队。因为此事，黑尔先生最终只好离开这个地方了。

这些马来西亚人现在名义上算是处在自由的状态，从他们个人待遇来看，也确实如此，但在其他的很多方面，他们仍被当作奴隶。他们的状况并不富裕，从他们不满的状态来看，从他们再三地从一个岛搬到另一个岛的情况来看，也许可以从他们的管理不善找到原因。除了猪以外，这个岛上就没有其他家养的四足动物了，而且椰子是主要的出产植物。这个地方的繁荣全取决于椰子树，唯一的出口产品是椰子油和椰子，这些东西被运到新加坡和毛里求斯岛，主要是磨碎后制成咖喱粉。全身都是脂肪的猪也都依靠椰子来生存。鸭和其他的家禽也同样用椰子做食料。在这里，甚至有一种巨大的陆生蟹，大自然也赐予它工具来剥开和享用最富营养的椰子。

线形小岛覆盖在大部分礁湖岛的环形礁上。在北部或者是背风面，有一个可以容许船舶进去停泊的缺口。一驶入这个缺口，奇特又相当美丽的景色就展现在我们面前。然而，它的美丽完全取决于周围闪耀的颜色。当阳光垂直射到水面上时，因为礁湖里水浅、清澈又平静的水底有白色的沙，呈现出翡翠绿的颜色。这片闪耀的几英里宽的宽阔水面的要么是被一条雪白色的碎浪从大海澎湃的黑色巨浪中分开，要么是被由树顶平坦的椰子树覆盖着贫瘠土地从蓝色的苍穹中隔开。与各个地方的白云与蔚蓝色的天空形成了令人愉悦的对比一样，在礁湖里，一群活珊瑚也把翠绿色的海水变得更加暗绿了。

在我们停泊后的第二天早晨，我在方向岛上岸。这一带的干燥土地只有几百码宽，靠礁湖的一边有一个白色的石灰质海滩，在这样闷热的天气下，那个海滩所发出的热气让人难以忍受。在远离海岸一侧的外面的地方，有坚硬而宽平的珊瑚岩，可以用来击败远海的海浪的侵犯。这里的陆地完全由珊瑚的圆形碎片组成，除了在靠近礁湖的地方有一些沙地以外，在这样松散干燥的石质土壤上，只有在这种热带气候地区，才能生长出有活力的植物。一条闪闪发光的白色沙滩形成了这些像仙境一样的边缘。

我现在将给出一个关于这些群岛上的自然历史的概貌，由于这些自然物的缺少，所以特别能引起人们的兴趣。第一眼看去，像是椰子树构成了整片树林，然而事实上却有五六种其他的树种。其中有一种树可以长成参天大树，但是由于这种树的木材极其松软，所以它并无用武之地。其中的另外一种树是造船用的极好的木材。除了这些树木以外，还有数量非常有限的植物，这些植物主要是由微不足道的野草组成。我认为在我的几近完美的植物收藏中，不算上苔藓、地衣和真菌，都有20种物种。有两种树种必须被加在我的这些收藏中，一种是不开花的植物，还有一种我只是听说过但从未见过，后一种树是一种单独的树种，在海边生长，毫无疑问的是这种树种的种子肯定是被海浪给冲上岸的。假老虎筋（豆科）也仅仅只生长在这些岛屿中的一个岛上。在上面我收藏的植物清单中我没有把甘蔗、香蕉、几种其他蔬菜、果树和输入的草本植物包括在内。因为这些岛屿完全由珊瑚组成，而且以前有一个时期一定是被海水所冲刷的暗礁，所以它们的陆生植物一定全部都是由海浪传播到这里来的。基于这样的原因，这个植物区系完全具有外地种子前来避难的特征。亨斯洛教授告诉我说，在20种植物中竟然有19种分别属于不同的属，这些属至少又分别属于16个科！

A·S·基廷先生在这些岛上居住了12个月，在霍尔曼的《旅行记》里，如下的话是参考基廷先生撰写的关于这个岛的书面记录的。他曾提到，有各种种子和其他物体被海水冲到岸上来。苏门答腊和爪哇的种子与植物被拍岸浪冲到各岛迎风一面的岸上。其中有苏门答腊和马来半岛的特产基米利树，从形状和大小一看便知是由巴尔西漂来的椰子树。还有一种达达斯树，马来西亚人常把它和胡椒藤种在一起，胡椒藤的茎上生有刺棘，可以缠绕达达斯树的树干。更有皂角树、蓖麻、西谷椰子以及马来西亚人也不认识的各种种子，均在这些岛上安家。听人说，这些种子和植物都是先被西北季风吹到新荷兰的海岸边,然后再从那里被东南信风吹到这些岛上来的。除此之外,还有大量爪哇柚木和香槐以及新荷兰的巨大红雪松、白雪松和蓝桉树,它们的生命力都十分顽强。所有硬壳的种子,例如伏地植物的种子,仍然跟它以前一样能顺利发出芽来。但那些壳比较软的种子,例如,倒捻子素的种子,根本就到不了岛上,在半路上就死去了。偶尔也会有几只捕鱼的小独木船,一看就是被风从爪哇岛给吹到这个小岛的海岸上的。当我看到通过了无边无际的大海从各处漂来的种子,觉得甚是有趣。亨斯洛教授曾经对我说过,他认为几乎所有的我从那些岛上带回来的植物,都是在东印度群岛沿海一带所产的普通物种。还有,根据风和洋流的方向来看,这些植物不大可能是直接从一个地方漂过来的。如果真如基廷先生所说,那很可能它们是先被吹到或漂到新荷兰海岸,然后再跟那里的很多种子一起漂流到这个岛上来的。这样的话,这些种子在发芽以前,已经旅行了1800~2400英里的路程了。

在描述位于太平洋西部额拉达克群岛时,夏米瑟曾说过:"海水把很多以前这里从未有过的树的种子和果实带到这些岛上。这其中的大部分种子呈现的状态都是还能发芽。"据说有些热带的棕榈、竹子以及北冷杉的树干,都被海水冲到了岸上,冷杉一定是从很远的地方被冲过来的,这些事实听起来都非常有意思。毫无疑问的是,如果正好有陆栖鸟类在种子刚被海水冲到岸上来的时候就把它们衔走了,或是又有一种比松散的珊瑚岩更适合于它们生长的土壤,那么在这个最荒僻的礁湖岛上的植物区系将会比现在丰富得多。

在这些岛上,陆栖动物的数量比植物要少得多。有几个小岛上都居住着被一艘毛里求斯岛开到这里来的失事船只所带来的老鼠。沃特豪斯先生认为,这些老鼠和英国的是同一种类的,只不过这些老鼠的身体要小一些,毛色也要亮一些。这里没什么真正的陆栖鸟类,尽管沙锥和秧鸡完全栖息在干草里,然而应该它们属于涉水鸟目。听说,在太平洋上的好几个又低又小的岛上,都居住着这一"目"的鸟。有人曾在没有陆栖鸟类的阿森松岛的山顶上捕获了一只紫水鸡,后来才发现,原来这只是一只独自流浪到这个岛上来的鸟。在卡迈克尔看来，只有两种陆栖鸟生活在特里斯坦·达昆雅群岛上，除此之外，还有骨顶鸡。从这些事实中我有理由相信，在继大量的蹼足物种之后，涉水鸟通常是第一批迁移到这个孤立的小岛上的鸟类。也许我可以做点补充，无论什么时候我注意到鸟类，只要不是属于在海洋中生活的而又生活在远离大陆的海洋里的物种，它们总是属于这一类的。所以，它们自然就成了所有那些小块遥远陆地上的最早移居者。

关于爬行动物，我只见过一种小蜥蜴。至于昆虫，我历尽千辛万苦把每一种昆虫都搜集到了。在这个小岛上如果除去数量很多的蜘蛛不算，一共有13种昆虫①。成千上万的小蚂蚁聚集在既松散又干燥的珊瑚块下，蚂蚁才是唯一一种真正称得上是数量繁多的昆虫。尽管这个陆地上的产出物是如此的缺乏，但是如果我们能考虑到周围的海域，那我们会发现有机生物还是非常丰富的。夏米瑟记述过拉达克群岛里的一个礁湖岛上的博物种类，引人注意的是那里的生物无论是在数量上还是在种类上都与基林岛上的生物非常相似。在那里有一种蜥蜴还有两种涉水鸟，它们分别是沙锥和麻鹬。说到植物，包含一种蕨类植物在内在那个地方共有19个物种。虽然这里离拉达克群岛极其遥远，甚至属于另一个大洋，可是让人吃惊的是这两个地方的有些物种居然是相同的。

长条的陆地形成了这些线形小岛，刚好上升到可以让海面冲上来的珊瑚块堆积起来，还有可以让风把石灰质沙粒堆积在上面的高度。因为珊瑚岩的外面是坚固平坦的，而且也非常宽，所以可以缓和波浪的初次剧烈攻击，如果不是这样的话，海浪在一天内就会把这些小岛连同它上面的生物全部卷走。海洋和陆地看起来似乎是要为争统治权而一决高下，虽然陆地已经有了根基，但是海栖生物认为它们所提出的合理要求至少应该得到尊

---

① 这13种属于下面的几个目：（1）一种极小的叩头虫，属于鞘翅目；（2）一种蟋蟀和一种蜚蠊，属于直翅目；（3）一个种属于半翅目；（4）两个种属于同翅目；（5）一种丝蜻蜓，属于直脉翅目；（6）两种蚂蚁，属于膜翅目；（7）一种蝶类和一种羽蛾，属于鳞翅目；（8）两个种属于双翅目。

重。所到之处你会遇到远不止一种寄居蟹，[①]它们把由邻近海滩上猎取来的贝壳背在背上。你走在树林里，抬头往上望，会看见大量的海燕、军舰鸟和燕鸥，还有许多的鸟巢，使空气中充满着臭气，所以很多人都把这个地方称作海上贫民窟。塘鹅窝在它们粗鄙、简陋的鸟巢里，用愚蠢而又愤怒的神情盯着从下面路过的人。白顶黑燕鸥，就像它们名字所表达的意思一样，是种愚蠢的小动物。但是，在这个岛上也有一种迷人的鸟，那就是娇小雪白的燕鸥，它通常是平稳地翱翔在比人的头顶高几英尺的天空中，睁着黑色的大眼睛，冷静而好奇地掠过你的神情，你只需要用一丁点儿的想象力，就可以想象到肯定有什么闲游的仙灵寄居在这种轻巧而又精美的小鸟的身体里。

4月3日，星期日——在宗教仪式后，我就陪同菲茨·罗伊船长一起来到了一个距离我们先前待的地方几英里之外的小岛，在这个小岛上有很多高大茂密的椰子树。罗伊船长和赖斯克先生住在一个两边都敞开的像谷仓一样的大房屋里，这个住所的顶上只是用树皮编成的席子遮住的。马来西亚人的房子都排列在礁湖沿岸，这里整个地区都显得相当荒凉，像一个了无人烟的地方，因为这里没有任何标志着耕种培育的田地。这些土著人属于东印度群岛中的各个不同岛屿，但是却说着相同的语言。我们看见这里有婆罗洲人、西里伯斯人、爪哇人和苏门答腊人，他们的皮肤颜色很像塔希提岛人，脸型也与塔希提岛人没多大差别。然而，有些妇女看起来却又带有很多中国人的特点，我喜欢她们平时说话时的表情和声音。他们看起来十分贫穷，因为屋子里没什么家具，可是从小孩子肥胖的体形来看，就可以知道椰子和海龟所提供的营养绝对少不了。

船通常从坐落在岛上的井里取水。第一眼看去，淡水有规律地随着潮水而涨落，让人感到异乎寻常，甚至有人猜测，沙子有把盐从海水中过滤出来的能力。这种随潮水涨落的井在西印度群岛中一些地带低的岛上比较

[①] 有几种寄居蟹，也就是大鳌，它们将身体缩进贝壳后差不多完全是本来就长在这只软体动物上的壳盖一样，把壳口完好地封闭起来。有人肯定每种寄居蟹常常寄居在一定种类的贝壳里；根据我自己的观察，我也看到过这样的情况。

普遍。被压缩了的沙子还有很多孔的珊瑚像海绵一样吸收了海水。还有，下到井表面上的雨水肯定是下沉到了附近海水的相同水平，然后在那个地方积聚起来进而代替了被沙子和珊瑚吸收了的同量的海水。在井表面上的淡水会随着像海绵一样大量的珊瑚下部分的海水涨落。如果这种珊瑚岩相当密实，足够抵挡剧烈的机械性的混合作用力，那么井水就经常可以保持是淡水，倘若那里的陆地是由疏松和有明显空隙的大珊瑚块组成，那么在这种地点挖井以后，就如我所预见的，井里的水就带有咸味。

在吃完晚饭后，我们继续待在那儿看马来西亚女人表演的古怪的半迷信性质的舞剧。一个大的木勺被人们穿上衣服，带到一个死人的坟墓前。在满月的晚上，他们假装受到了鼓舞，又唱又跳。在恰当充分的准备后，这个木勺在两个女人的操控下，跟随着周围小孩和女人们的歌声又踩又跳。这真是世界上最愚蠢的奇特表演了，可是赖斯克先生坚持认为许多马来西亚人都相信这是一种灵魂舞蹈。他们的这种舞蹈要等到月亮升起来才开始，我们留在那里看着明亮的月亮静静地透过椰子树的枝干洒下月光，轻柔的晚风摇曳着树枝，此情此景美不胜收。如此美丽的热带场景简直可以和像我们这样的游子所牵挂的家乡的景致相媲美，让人流连忘返。

第二天，我自己一个人去实地考察这些岛上充满趣味、十分单一的结构和起源。海水超乎寻常的平静，我涉水经过死珊瑚岩的外侧平台，一直走到活珊瑚堆，远海的浪一扑到活珊瑚堆上就原路返回了。在有些壕沟和凹洞里有漂亮的彩色的鱼，还有很多植虫的形状和色彩，简直让人赞叹不已。热带海域里的数不胜数的有机生物非常吸引人，然而，他们用非常华丽的辞藻来描述水底洞穴里成千上万的美丽生物，让我不得不承认这些自然学家太言过其实了。

4月6日——我与菲茨·罗伊船长一起来到了位于礁湖顶部的一个岛屿，这是一条错综复杂的通道，蜿蜒地穿过精致多枝的珊瑚堆。几只海龟及捕捉海龟的两只小船映入了我们的眼帘，虽然有一只海龟想通过潜入水底来逃过人们的追捕，但是由于清澈而又低浅的湖水再加上手段极其高明的捕鱼者，它们并没有幸免于难。追捕者们拉起帆篷快速地追赶起来，在他们赶上这只海龟的时候，他们中的一人早已站在船头做好了准备，他看准时机立马跳入水中趴到海龟的背上，两手紧紧抓住海龟颈边的甲壳，让海龟驮着他一起游泳。当海龟的体力消耗殆尽的时候，就轻而易举地被他们抓到船上。两只小船在水面上看起来毫无目的地绕来绕去，再加上船上的人纵身跳下水，死命逮住海龟并与它一起游动，如此追逐情景，甚是有趣。莫尔斯比船长曾对我说，在印度洋的查戈斯群岛上，当地土人剥取活龟甲壳的方法相当残忍可怕。他说："他们把烧红的炭覆盖在海龟的背壳上，在海龟甲壳因遇热而向上卷的时候，尽快用刀子把它割下来，并趁热用木板把它夹平。这只海龟被这些土人残忍地剥壳后，为了重新长出新的甲壳而不得不强忍受长时间的痛苦，因为新的背壳必须经过相当长的一段时间才能够长出来。新长出来的背壳太薄，以至于用处不大，至此之后，这只海龟就日渐衰弱，病魔缠身了。"

在到达礁湖的前面时，我们越过一个狭长的小岛，发现了一排巨浪向迎风一面的海岸扑来。在我看来这些礁湖岛外侧海岸的景致非常壮丽，但你要问我原因，我就无法解释了。这些起屏障作用的海滩景色就比较单调乏味了，首先因为海滩处在绿色灌木丛和高大椰子树的边缘，有坚固的死珊瑚岩平台；其次巨大的疏松碎块到处散布在海滩上，还伴随着狂暴的碎浪。巨浪都从礁湖的两边环绕过去，从海洋中打向宽阔的珊瑚礁的巨浪，就像是一个攻无不克、战无不胜的敌人，虽然这么说，但是我们知道它仍然是可抵抗、可攻克的。攻克它的力量第一次看起来似乎是软弱无能的，这并不是大海饶恕了珊瑚岩，这些散布在珊瑚礁上又堆积在这条生长着高大椰子树海岸上的巨大碎块，就很明显地表明海浪是多么残酷无情。海洋是永不停息的，这种看似温柔但从不停息的信风在广阔的海面上总是吹向同一个方向，它能使巨大海浪冲到岸边产生碎浪，这种拍打在岸上的海浪的破坏力是能够与温带地区的一场大风暴相提并论的，但值得一提的是这种风暴不是一阵的，而是永不停息地咆哮着。在了解这些海浪后，你就不再怀疑，就算是由最坚硬的岩石所构成的岛，甚至是由斑岩、花岗岩或者石英岩所构成的岛，都难逃被这种难以抵御的冲力所征服和毁灭的命运。

然而，令人吃惊的是，这些低矮而微小的珊瑚小岛却在大风大浪中挺住了，并且获得了胜利，这是什么原因呢？主要是因为也加入了这场战争的有机生物的力量，这种有机生物能从白沫四溅的碎浪里，一个接着一个地分离出碳酸钙原子，然后把它们组合成一种对称的结构，那就让飓风把它们撕裂成千万块碎片吧，然而同无数"建筑师"不分昼夜、经年累月所积累的工作相比，那又算得了什么呢？从这里我们看到一种珊瑚水螅体柔软的胶质身体，通过生命的规律，正在与像机械运动一样的波涛骇浪做巨大的斗争。这种海洋中有机生物的力量，既不是人类技能所能抵抗，也不是大自然无生命的工作所能克服的。

我们在礁湖里逗留了很久以至于到太阳落山了才回到船上。在礁湖里，我曾研究珊瑚田和巨大的刺偏口贝，如果一个人把手伸入活的刺偏口贝的贝壳中，就根本别想把手缩回来。我吃惊地发现，在礁湖的顶部大约一英里见方的一大块水面上，遍布着一片缀满精致枝条的珊瑚林，虽然它们亭亭直立，但是已经全部死亡变腐了。起初我不清楚个中缘由，后来我才知道，造成这种腐烂的罪魁祸首应该是当时非常奇怪的环境。首先要给大家解释清楚的是珊瑚在阳光照耀下，哪怕是只照那么一会儿都是不能存活的，所以海水低潮时的最低水面就是它能生存的最高的地方。我们从几幅旧的航海地图可以发现，这座长形岛是处在面向风的一面，过去曾被几条宽阔的海道分成好几个小岛，从现在所看到的岛上的小树林就可以知道了。我们分析珊瑚礁过去的情况就能知道，只要有很强烈的一阵风，就能激起浪把更多的水打到堡礁里面去，这样的话，礁湖里的水面就会上升起来。而现在的情况却完全不是那样的，礁湖里的水面不但没有因为被浪拍打进来的水而提升，反而还由于风的力量，把礁湖里的水吹到外面去了。从这点我们可以知道，吹大风的时候，靠近礁湖顶部的潮水根本没能达到风平浪静时湖水的高度。尽管礁湖里外水面高度的差异很小，然而我认为这么小的差异却足以促使小珊瑚林死亡。以前，这些珊瑚林和外围的珊瑚礁彼此相隔得较宽的时候，它们已经向上生长到了最高限度。

有一个小环礁位于基林岛向北几英里的地方，珊瑚泥几乎填满了整个礁湖。船长罗伊发现了一块比人头稍大一些的圆形绿岩的石头，这个石头混杂在海岸外侧的砾岩里。船长罗伊和跟着他来的人都感到很奇特，所以他们把这块绿岩石带了回去，像宝贝一样把它收藏了起来。让人感到非常困惑的是，在这块石头的周围，其他石头都是石灰质的。在这之前几乎没有人来过这个岛，也不可能有船在这里沉没。在没有更合理的解释之前，我想这块石头必定是被夹在大树根里而带到这里来的。但是，我又想到这个岛周围的陆地都离它相隔甚远，就算是这个石头被夹在树根里，然后从陆地上被带到海里，经过非常远的海上漂流，最后完好无损地漂到这个岛上，并且位于这么容易让人发现的地方，所有的这一切才能构成我的猜想，让我开始有点不敢肯定我先前的猜测了，因为所有的这一切曲折的过程让人觉得不可思议。科泽布对真正著名的博物学家夏米瑟说过一件让我感到非常有趣的事，他们说有一群位于太平洋里的礁湖岛叫作拉达克群岛，群岛上的居民为了磨制工具，在冲到岸上来的树根里寻找石头。显而易见的是，这样的情况肯定发生过很多次，因为那里曾经颁布过这样的法律，明文规定这种石头属于酋长，要是有人把海边的树根里的石头带回家，那就视为偷窃，是要受到惩罚的。我们考虑到处在辽阔海洋中的这些小岛孤立位置——它们离其他任何陆地都很遥远，与它们比较近的就只是珊瑚结构的岛屿。我们怎么知道它们是如此的遥远，那是由勇敢的航海者们带回他们认为有价值的石块这件事来证明的。[①]考虑到辽阔海洋的缓慢海流，那么石块还是这样来到岛上的话，就真是太奇妙了。也许其他岛上的石头也都是这样被带去的，倘若它们并非是由海水抛送并被堆积在珊瑚构成的岛上，而是被抛送到在别的物质所构成的岛上，这样的话人们就不会留意到它们了，它们的来源人们也永远猜测不到了。除了这点以外，还由于这些树木，尤其是那些夹带着石头的树木一般都是漂流在水面之下的，所以几乎没有人可以看到树木在海上漂的现象。位于火地岛的海峡

[①] 几位被科泽布携带到堪察加半岛去的土人曾经在那里收集了一批石头，并把它们带回到他们的本土。

里，就有大量漂流的树木被抛送到海滩上，但很难看见一棵树木在洋面上漂浮。也许用以上的这些事实我们就可以说明会偶然发现单独存在的石头的原因所在，不论它们是有棱角的还是圆形的，或者是被夹杂在细小的泥沙沉积层里。

有一天，我去西岛游览，也许这个岛上的植物比其他任何岛上的植物都更为繁茂。通常，这些椰子树都是不成片的，间隔很远，小椰子树生长在高大的如父母般的大椰子树的下面，用它们狭长而弯曲的叶子形成最荫蔽的阴凉之地。唯独只有那些曾经亲身经历过的人，才能够体会在这种树荫下坐着喝口清凉的椰子汁是多么的怡然自得。岛上有一大片由极细的白沙构成的像海湾一样的地方，非常平坦，在涨潮的时候才刚刚被海水淹没，有一些比较小的港湾，从这个大海湾一直延伸到四周的森林里。大海湾里闪闪发光的白沙，从远处望去就像流动的水一样，再陪衬着摇曳的大椰子树的树枝，形成了一幅独特而又绚丽的景象。

在前面我已经说到过有一种以椰子为主要食物的蟹，我们可以经常在干燥的陆地上遇见这种蟹，它那庞大的身躯，与椰蟹非常相近，也许它们是同一种物种。这种蟹的前爪顶端既大又牢固，而那对后爪的顶端比起来要弱小得多。据说这种蟹能剥开由棕皮紧紧包裹着的坚硬的椰果，我刚开始听到觉得十分不可思议，但是赖斯克先生向我保证说，他见到过很多次。这种蟹首先把椰子上的棕皮一丝丝地剥掉，并且每次都是从有三个眼孔的那一端开始剥，它把棕皮剥完之后，就用它那对笨重的大螯敲打椰子壳上的其中一个眼孔，要一直到打出一个大洞为止。在这之后，它转过身去，背对着椰子，用自己的臀部稳住椰子，再用它那对与前爪比起来更瘦小的后爪，掏出椰子里富含蛋白质的那层白色的东西。在我的记忆里，从未听说过有这种本能的奇怪动物，人们很难把大自然中的蟹和椰子想到一起，认为他们是八竿子打不着的两种生物。但是，让人感到非常奇怪的是，在构造上他们居然这么有默契。从椰蟹的习性我们可以得知，它们一般都是在白天活动的，但是听说它们会在每天夜里爬到海里去一次，目的是把鳃湿润一下。椰蟹是一种卵生动物，在小蟹孵出之后，会在岸上生长一段时间。椰蟹喜欢把它们的家安在树根下，它们在树下挖很深的洞，然后把多得让人吃惊的椰子皮的纤维堆在这里，并把这些纤维当作床睡在上面。马来西亚人正好利用这一点，到蟹洞里去收集纤维，用来制作绳索。这种椰蟹吃起来非常鲜美，并且还可以用大的椰蟹臀部下那一大块脂肪来熬油，有时甚至可以熬出一夸脱装的澄清的油。我记得有些自然学家说过，椰蟹可以爬上树去偷椰子，但是对于这点我是持怀疑态度的。我想如果是爬露兜树，可能会容易许多吧。赖斯克先生曾告诉过我，这些岛上的椰蟹都是吃落在地上的椰子。

莫尔斯比船长曾对我说过，只有在查戈斯群岛和塞舌尔群岛上才能找到这种蟹，在附近的马尔代夫群岛上，就没有这种蟹。以前在毛里求斯岛上它们繁殖得非常多，可是到现在却只剩下几只小蟹了。我还听说，在太平洋里，这种蟹或者是另外一个与它的习性非常相似的生物，在社会群岛北面的一座孤立的珊瑚岛上生活。我用一个例子来证明这种蟹的前爪有多么惊人的力量，莫尔斯比船长曾经把一只椰蟹关闭在坚固的铁皮饼干筒里，而且还用铅丝把筒盖绑紧，但是这只蟹居然把饼干筒的边缘反卷开来溜走了。这只蟹在铁皮上凿了相当多的小孔，才把饼干筒的边缘反卷开来！

让我感到非常吃惊的是，千孔虫属的两种珊瑚居然能够蜇人，这些珊瑚枝或者板片就像石头一样，它们刚从水里捞出来的时候，虽然散发着强烈的难闻的臭气，但是却让人感到又粗又硬，一点都不像想象的那样又黏又滑。不过，不同的生物蜇人的方式有所不同，假如把一块珊瑚压在脸上或者手臂的柔软皮肤上，或在它们上面摩擦，只需要几秒钟的时间，你就会感到刺痛，只是这种刺痛持续不了多久，几分钟而已。但是有一天，我用一根珊瑚枝接触了下自己的脸，就像寻常一样马上就有了疼痛的感觉，过了几秒钟以后，疼痛得更加厉害了，而且最剧烈的疼痛继续了好几分钟，半小时之后还感觉到有些隐隐作痛。被有刺的植物刺着好像也有这种感觉，让人觉得很不舒服，与被鲣鱼帽刺到时的情形就更相像了。就在这时，有一大片一颗颗的小红疹出现在手臂的柔软皮肤上，就像要长出一个个水疱来的样子，但是事实上这种事是不会发生的。我也曾听科阿先生说过关于千孔虫属珊瑚蜇人的事情，据说，在西印度群岛也有几种具有刺螫力的珊瑚。好像有很多的海栖动物都会蜇人，除了鲣鱼帽以外，很多水母和佛得角群岛的海兔都具有这种蜇人的能力。在《阿斯特罗拉比号航行记》里，记载着两种具有这种防御或者攻击能力的生物，一种是海葵，还有一种是柔软的就好像海桧叶一样的的珊瑚。听说，还有人在印度洋东部海域发现了一种能蜇人的海藻。

在这里最常见的是两种绿属的鱼，它们的主要食物是珊瑚。它们一身蓝绿色，甚是美丽，其中一种栖息在礁湖里，而另一种则栖息在外面的碎浪石中。赖斯克先生曾很肯定的对我们说过，他经常看见一整群的这种鱼用它们坚硬的硬骨嘴啃食珊瑚枝的顶端，我曾经解剖过几条，剥开它们的肠子，却发现里面满是淡黄色的石灰质沙土。还有一种黏滑的、让人恶心的管海参，据说，这种食物中国人爱吃。阿伦博士也曾经对我说过，这种鱼是靠吃珊瑚存活的，由此可见，它们身体里的硬骨器官也正是为了适应这种特殊的生活方式而生的。那些铺在礁湖的水底和岸上的白色细土，很大程度上是由这些吃食死珊瑚石的管海参、鱼类和无数会钻孔的贝类与沙蚕科动物所产生的，然而艾伦贝格教授还发现这种沙土在潮湿的情况下很像是捣碎的滑石粉，其中部分是由具有硅质外壳的浸液虫所组成的。

4月12日——今天早晨在离开礁湖后，我们驶向法兰西岛，到了这些群岛我们非常高兴，因为这些群岛上的地质构造和景色简直让人叹为观止。菲茨·罗伊舰长用7200英尺长的绳索测了一下，居然在距离海岸仅仅2200码的地方都测量不到海底，那么由此可以断定这个岛是由一座高耸的海底高山形成的，并且这座山的陡峭程度要比最险峻的火山锥还要厉害。碟形峰顶的直径大约是十英里，虽然这座山是一个比其他的礁湖岛都小的大石堆，然而构成它的每一个原子，①从最小的微粒到最大的石块，都经历着有机的布局。当我们听到到处旅游的人跟我们讲宏伟的金

---

① 当然我并没有把从马六甲（马来半岛）和爪哇驶来的船只运来的那些泥土和被波浪冲来的一些浮石的小碎块包含进去。另外，在岛北部的一块青石也该除外（浮石的比重低，能够在水中漂浮起来）。

字塔和其他名胜古迹的时候，我们甚感惊奇，但是如果把这些由各种小小的柔软的动物堆积起来的石山来跟金字塔等相比，那你会觉得金字塔也没什么大不了的！这简直是一种奇迹，我第一次看的时候，并没有被震动的感觉，但是在经过一番思索之后，却会让你眼前一亮，你就会懂得它的神秘和伟大了。

现在我来对环礁、堡礁和裙礁这三大类珊瑚礁作简单的说明，并且用我自己的见解[①]来阐释它们的形成原因。几乎所有的横渡过太平洋的旅行家都对礁湖岛，或是我以后用印度名称来称呼的环礁，感到无比的吃惊，而且都尝试着想找出发生这种现象的原因。甚至早在1605年，皮拉尔·德·拉伐尔就感叹地说："这些小环礁的四周环绕着巨大的石坡，所有的环礁都是那样美轮美奂，绝非人工建筑物可比。"这里附有一幅太平洋里降灵节岛的草图，取自船长比契卓越的《旅行记》，这幅图只能表明一种粗浅的概念来显示环礁的独特外貌。这是那些最小环礁中的一个，它包含着很多狭长的小岛，这些小岛连接在一起构成一个圆圈。礁湖之外，浩渺的海洋，激荡的波涛，同礁湖之内的波平浪静、碧波绿水，形成了鲜明的对照，如不身临其境，实难想象出其风貌。

对于珊瑚礁的形成，以前的旅行家们就曾有过这样的幻想，说是有一种动物为了保护自己自觉地修建了一个圆形的大围墙，这样就可以栖身躲藏了，但是这种说法跟实际情况根本就不符合。因为珊瑚各自有适合自己的生活环境，那些在礁湖外围海岸上生长的珊瑚是不能在礁湖内生存的，几种有柔嫩枝条的珊瑚是在礁湖内生存的。根据这一点，我们可以猜测，各种异属和异科的很多物种都可以为了一个共同的目的而联合在一起，但事实却是整个自然界都找不到像这样的联合情况。一般最为普遍的说法是，认为这种环礁是修建在海底火山口上的，但是只要我们研究一下某些环礁的形状、大小、数量、相似之处以及与其他环礁相关的位置，那么这

[①] 我曾经在1837年5月的地质学会上第一次宣读过这些见解，那以后又发行了单行本《珊瑚礁的构造与分布》。

降灵节岛的环礁

种凭空的猜测就不可能成立了。例如，苏地瓦环礁的直径最宽处达44地理里，最窄处为33地理里；李姆斯基环礁的直径最宽是54英里，最窄是20英里，而且还有一个特别曲折的边缘；巴乌环礁的直径为30英里，而平均宽度只有6英里；门契柯夫环礁则由三个连接在一起的环礁组成。除以上几点外，印度洋的北马尔代夫环礁也根本不是那么回事，其中有一个环礁的长度是88英里，而宽度则在10～20英里，因为这些环礁是由无数单独的小环礁围绕着的，而不像普通的那些环礁那样由狭长的礁围绕着。还有一些小环礁则突出于一块类似礁湖水面的中心。至于第三种理论，是夏米瑟提出的，这种理论看起来是比较合理的，他认为因为珊瑚暴露在大洋方面的那一部分生长得较快，这也是一个事实，所以一般说来外面的部分就要比其他部分先长出来，这样就形成了环形或者帽形的结构。可是我们马上可以察觉出，这种理论也忽略了一件最重要的事，就像火山口的理论一样，就是这些没法生活在深海底的造礁珊瑚，到底是在什么基础上建筑出这么巨大的结构？

菲茨·罗伊舰长曾多次仔细地在基林环礁陡峭的外面一侧的坡上测量过水深。测量前，先在用于测量的铅的底面上涂上了一层油脂，结果是在10英寻以内把测铅拿出来的时候，发现都被印上了活珊瑚的痕迹，并且非常干净，就像落在草毡上一样。越往深海测量，这种痕迹就越少，然而附着在测铅上的沙粒却更多。最后，显而易见的是，海底是由一层平坦的细沙构成的。我们可以拿草地来做类似的推理，土壤越瘠薄，草叶越细小，直到土壤瘠薄得在它上面不能生长任何东西为止。我们也可以从别人已经证实的事情中很肯定的推断出，能够有条件让珊瑚造礁的最深的地方是20～30英寻。这种深度在太平洋和印度洋里都有很宽广的区域，在这些区域里，你所看到的每一个单个的岛都是由珊瑚构成的，而且高度都差不多，正好到波浪能够把珊瑚碎块拍打上来和风能够把沙子堆积起来的高度。比如，拉达克环礁群呈不规则的四方形，长520英里，宽240英里；低群岛是椭圆形的，长径是840英里，短径是420英里。这两个群岛之间，还有其他小群岛和单独的低岛构成了一条长长的空间，这条空间绝对有4000多英里长，在这之中没有任何一个岛能够高过上面所描述的岛。在印度洋里，也有一块长1500英里海面，包含着3个群岛，处在这些群岛中的所有的岛都很低，而且全部都是由珊瑚构成的。我们可以非常肯定地做出判断，在所有海洋中的所有珊瑚礁的根基都在海下20～30英寻处。因为造礁珊瑚不能在海洋更深的地方生长。最让人觉得不可思议的是，这些宽阔、高耸、孤立、边缘陡峭的沉积洲，成群、成行地排列达到数百里格长，居然能在离各个大陆都十分遥远、海水又十分清澈的太平洋和印度洋中央的最深地点形成。同样让人觉得不可思议的是，我们可以猜想是不是浮力在海洋中把无数大岩石洲举起到海面以下20～30英尺或者120～180英尺的高度，并且举起的所有岩石洲的尖峰都没有超出海平面。我们究竟能不能在这个地球上的任何地方找到一条单独的山脉，哪怕是只有几百英里长的山脉，几乎所有的山脉的山峰都在规定的高度范围之内，互相都差不了几英尺，其中没有任何一个峰顶超过这个范围呢？还有，如果那些生长造礁珊瑚的基地并非由沉积层形成，又或如果它们不是被海水的浮力举起到所需的高度，那它们就肯定是下沉到这个高度的，那么这个难题就迎刃而解了。这样就会源源不断地给珊瑚礁提供新的生长基地，因为一座座山，一个个岛，会慢慢地下沉到水面下。我不可能把牵涉这个解释的所有细节都面面俱到地写出来，但是我敢反对①任何人的其他阐释，不然的话，下面

---

① 值得注意的是莱尔先生甚至在他的著作《地质学原理》的第一版里就已经得出结论，太平

这些情况就无法解释了。面积广大的大洋分布着无数岛屿，所有这些岛屿都那么低，所有的岛又都是由珊瑚所构成的，而且基地又必须在水面以下一定的深度。

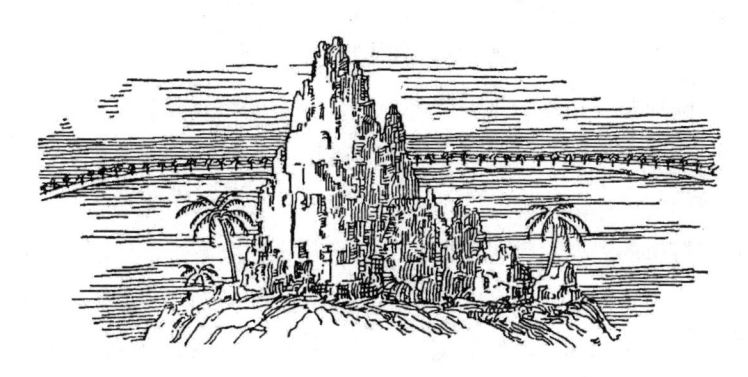

博拉博拉岛的堡礁

在解释那些构成环礁的珊瑚礁是如何长成这种非比寻常的构造之前，我们要来说一说珊瑚礁的第二大类，也就是堡礁。这些堡礁一般是呈一条直线伸展在大陆或大岛的海岸前面，也有些是围绕在小岛的周围。不管是不是上面所说的那种情形，它们总是被一条宽阔而相当深的海道与陆地隔开，这种海道和环礁里的礁湖相似。让人感到吃惊的是，以前几乎没有人注意到这种环形堡礁，但是它们的构造却令人震惊。上面所附的草图是一个环绕在太平洋里的博拉博拉岛周围的堡礁的一部分，这是从岛中央的一个高峰上所看到的景象。这个堡礁里面，整排的珊瑚礁都已经变成了陆地，然而暗黑的涨落不停的海水和礁湖海道里的淡绿色水面一般都有一条雪白的长链似的巨大拍岸浪地带让它们区别开来，而在拍岸浪地带只有少数地区显露出长满椰子树的低矮的孤立小岛。海道里平静的海水常常冲刷着低处冲积土边缘，上面生长着最美丽的热带植物，这个地带位于荒凉险

洋里下沉的程度一定超过了上升的程度，因为陆地面积比促使它形成的因素——也就是比珊瑚的生长和火山的活动要小得多。

峻的中央高山的山脚边。

有各种不同大小的环抱堡礁，直径范围在3～4英里以上，其中有个堡礁共400英里长，这个堡礁不但与新喀里多尼亚岛的一面正对着，而且还环绕到它的两端。那些高度不一致的岩石岛三三两两地一起被一个个堡礁包围着，最多的有12个单独的岛屿被包围在一个堡礁里面。堡礁与被包围在里面的陆地都会相隔一定的距离，并且沿着这些陆地而伸展。在社会群岛，这种距离的范围一般都是在1英里到3～4英里；但在霍戈留岛，它的堡礁和被围绕的岛的距离，在岛的南端是20英里，但在相反的北端是14英里。礁湖海道的深度也不尽相同，它的平均深度应该是在10～30英寻，可是在凡尼科罗岛每个礁湖海道的深度都至少有56英寻，有些甚至达到了336英尺。堡礁向里的那个侧坡有两种情况，有的朝着礁湖海道平缓地倾斜下去，有的是一个直立的峭壁。这种峭壁在水面下有时达到200～300英尺的高度，而堡礁向外的那个侧坡，就像从深海突然耸立起来一样，十分陡峭，与环礁的情况非常相似。相信世界上没有任何东西比这种构造还要奇特了吧？我们看见了一个岛，可以把它比作一座位于海底山顶上的城堡，它被珊瑚岩构成的巨大城墙护卫起来，这种城墙的外侧面总显得很陡峭，它的内侧面有时也是这个样子，而它的上面却平坦宽阔，在有些地方就分裂成狭窄的通道，最大的船只也能从这些通道驶进这条被城墙围绕着的又宽又深的沟壕。

无论是说到大小、轮廓和组合方面，还是在构成的非常细小的部分，真正的珊瑚礁，像堡礁和环礁之间，都几乎没有区别。地理学家巴耳比曾经很明白地说过，一个环形的岛，堡礁，也就是一个在礁湖中有高地突出水面的环礁，要是把它里面的陆地移去，那么就只剩下一个完整的环礁了。

但是，这种珊瑚礁与它所包围的岛的距离如此遥远，那究竟是什么原因使它们升起的呢？造成这样的原因肯定不是因为珊瑚不能在靠近陆地的地方生长，因为在礁湖海道的内侧岸边，只要没有冲积土的围绕，那么边缘上就会有活珊瑚生长。由此可见，这种珊瑚礁是另外一个品种的珊瑚礁，由于它们把大陆和海岸密切地连接起来，我们把它们叫作裙礁。还有，这种不能在很深的海水里生活的造礁珊瑚，它们究竟将环形的构造物建筑在什么样的基础上的呢？这好像是一个很难解决的问题，常常被人们所忽视，难解的成因也正与环礁的成因相当。参看下面的剖面图，就可以更加明白无误地领会到个中源由。这几个剖面图是依据凡尼科罗岛、甘比尔岛、穆罗阿岛与它们的堡礁按照南北线的剖面而绘制出来的，图上的垂直距离和水平距离是按照四分之一英寸作为一英里的比例来绘制的。

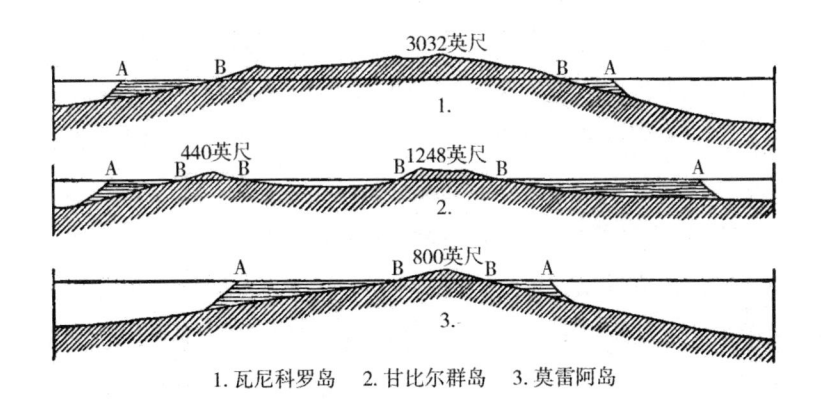

1. 瓦尼科罗岛　2. 甘比尔群岛　3. 莫雷阿岛

沿水平方向的阴影线表示堡礁和环礁湖的通道。沿海平面（A-A）以上的斜向阴影线表示陆地的真实形状；而海平面以下的斜向阴影线则表示陆地在水面下可能的延伸部分。

我们可以知道的是，不管我们从哪个岛或者是从这些岛的哪个方向来画剖面图，绘出来的图形通常都是相同的。假如现在去考虑造礁珊瑚不可能生活在水面以下20~30英寻，并且我们采用的比例尺又是如此小，这样右边的测铅所表示的深度就有200英寻，让人遗憾的是这些堡礁究竟建立在什么地方的呢？也许我们可以进行这样的猜测，所有的这样的岛屿都分别被环形的海底岩石丘陵所包围，或者是被一片非常大的、刚好在珊瑚礁终止的地点也突然中断的沉积洲所包围呢？如果这些岛在受到珊瑚礁保护以前，就已经被海水侵蚀得很厉害，继而就会在水下留下一个环绕着它四周的浅滩，那么现在的海岸就是倚靠着高大悬崖的了，但是这种情况发生的概率也太小了。除此之外，为什么这些珊瑚在最外缘的地方疯狂地生长，就像一堵城墙，还有为什么在它们里面经常都能见到一个既宽阔又深的水面，让珊瑚很难在里面活下去，想要用上述这种说法来解释根本不可能。而且，我们上面所猜测的积累起来的包围着岛屿的广阔的沉积洲，也许面积越大包括的岛屿越小，如果我们考虑到它们在海洋中心最深处所显露的位置，就很容易得出这样的结论，那就是不可能有这种的积累的。新喀里多尼亚岛的堡礁伸出岛北150英里，还在西海岸外边沿着一条与这条海岸方向相同的直线延伸。更让人匪夷所思的是一个沉积洲居然能在海洋中沉积在一个高大的岛屿面前，而且还与岛的顶端有这么远的距离。最后，如果我们去勘察、研究一下其他的与这些岛的高度、地质构造相同但是却没有被珊瑚礁所包围的海洋岛，根本就没有周围深度只有30英寻的岛，除非是与海岸边靠近的岛。因为陆地通常能从海洋里陡峭地升起，正和大部分被珊瑚礁所围绕的或者没有被围绕的海洋岛一样，也会陡峭地沉入水中。我再重复一次我上面提过的问题：这些堡礁究竟是在什么基础上建立的呢？为什么它们可以矗立在与他们所包围的陆地距离那么远的地方，并且它们之间还隔着一条像壕沟一样宽而深的通道呢？从后面的内容我们可以知道，这些看似很难的问题其实也挺简单的。

接下来我们再来介绍下第三大类裙礁，只需要简单地说明下就足够了。裙礁只有几码宽，处在陆地陡峭地下降到水面下的地方，就像一条细带或者一条窄边在海岸边围绕一样。如果陆地向下倾斜得不是那么厉害，那样的话裙礁延伸得就比较远，有的时候甚至延伸到远离陆地一英里开外，可是在这种情况下对裙礁外侧所做的水深测量，通常显示出向海底伸展的陆地是缓慢倾斜的。而实际情况是这些裙礁最多能够从海岸向外扩展到这样一段距离，即使是在这段距离里它们的生长基地离海面也不会超过20～30英寻。构成裙礁的珊瑚礁与形成堡礁或形成环礁的珊瑚礁，几乎没有多大的差别，但是，因为裙礁比其他两种礁要狭窄一些，所以在裙礁上形成不了多少小岛。因为珊瑚在外部生长得较快一些，再加上被海水冲积到内部来的沉积物的毁灭作用，因此裙礁的外侧边缘就变为最高部分，这样一来在裙礁和陆地之间常常形成一条好几英尺宽的浅沙沟。在海岸或沉积洲沉积到接近海面的地点，这里的边缘有的时候就会镶上了珊瑚，比如在西印度群岛的一些地方，因此在某种程度上与礁湖岛或环礁相似，同样的道理，裙礁围绕着那些海岸坡度低缓的岛屿，在某种程度上又与堡礁类似。

只要是没有涉及以上提到过的三大类珊瑚礁的所有关于珊瑚礁构成的理论，都不能被认为是让人满意的理论。我们不但已经知道而且我们还必须相信那些面积非常大的地区曾经下沉，有很多像那样的低岛散布在这些下沉的地区，没有一个低岛的高度可以比风浪把一些物体抛送到岛上来的高度更高，而且这些低岛都是由动物所构成的，因为它们需要一块不能太深的基地。我们以一个由裙礁环绕、结构又不太复杂的岛屿为例，并且假设这个密实的黑线在剖面图上所指示的岛屿和它的礁在慢慢下沉。不管是一次就下沉个几英尺，还是下沉慢得让人几乎难以察觉，然而只要是当这个岛向下沉陷时，我们就可以通过大家都很熟悉的上面介绍过的珊瑚生长规律的良好条件来做出肯定的结论，这些处在珊瑚礁边缘还被海浪所冲刷的有生命的动物群体，也就是珊瑚，会很快地不断生长从而又长出水面。但是海水是一直日夜不停息地、逐渐地冲到海岸上来的，因而岛变得越来越低，也越来越小，可是在珊瑚礁的内侧边缘与岛岸海滩之间的地带反倒越变越宽了。在下面的附图里，虚线指示珊瑚礁和岛屿在下沉几百英尺之后达到这种状况时的剖面图。我们假设在珊瑚礁上已经有珊瑚小岛形成，并且有一只船在礁湖海道里停泊，这个海道的深浅程度是依据陆地下沉的速度、沉积物在海道里沉积的数量以及那些能够在这里生活带有漂亮枝条的珊瑚的生长状况所决定的。就这种情况而言它的剖面图方方面面就跟一个珊瑚礁环绕着的岛屿的剖面图相似，而这就是太平洋上博拉博拉岛的实际剖面图（比例尺是0.517英寸比1英里）。正如上面所疑惑的为什么围绕着的堡礁与它们所面对的海岸的距离是那么的远，由此我们马上就可以得到解答。我们还能够知道从新礁外侧边缘向下画一条铅垂线到原来的裙礁下面的基岩上，这段直线长度所超出这种活珊瑚所能生活的深度就等于陆地下沉的英尺数，这些小小建筑师在整个地基下沉以后就在其他珊瑚同它们所凝结成的碎块所筑成的基础上建起巨大的像城墙般的礁体，这样一来，这个难以解决的难题也就消失了。

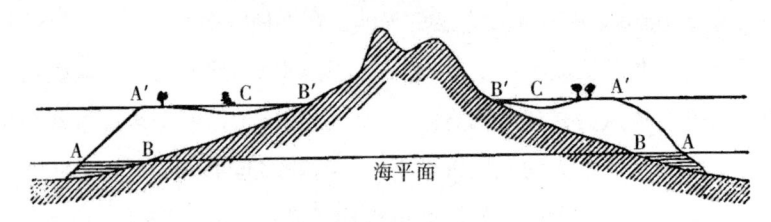

博拉博拉岛的剖面图

AA—海平面上裙礁的外侧边缘

BB—裙礁岛的海岸

A′A′—珊瑚礁在陆地下沉期间向上生长后的外侧边缘，目前它已经变成了一个中间有一些小岛的堡礁了

B′B′—环礁湖岛的海岸

CC—环礁湖的通道

注意：在这幅图和下一幅图里陆地的下沉情况只是用海平面的近似上升情况来表示的。

我们暂且不说那些岛屿了，来谈谈带有礁边的大陆海岸，我们来假设大陆海岸已经下沉，那么非常明显的是它也会与澳大利亚或新喀里多尼亚岛的海岸外侧的堡礁一样形成巨大而又整齐的堡礁，还与陆地隔着一条又宽又深的海道。

我们一起再看一看新的环形堡礁，剖面在附图中用黑实线表示，我在前面说过这是博拉博拉岛的实际剖面图，假设现在它在继续向下沉陷，随着堡礁向下又缓又慢地沉陷，珊瑚也继续旺盛地向上生长，可是正因为岛屿下沉，海水就会一点一点逐渐地向海岸上前进并漫过海岸，这样各自分离的山在最开始的时候就会在一个大珊瑚礁上形成彼此分离的多个岛屿，最后甚至连最高的山峰也沉没到海水里去了。一旦一座山峰泡到海水里，就会形成一个完整的环礁，我以前讲过如果把高出水面的陆地从环形堡礁中移去，余留下来的就是一个环礁，现在这块陆地就被移去了。此时此刻我们就能明白这些环礁是从环绕着的堡礁里生长出来的，如果我们可以把环礁的图形叫作原先伫立在那里现在却已经下沉的岛屿的粗略外形图，那就是因为这两类珊瑚礁的大小、形状、组成礁群的方式以及成单行或双行的排列方面通常都类似。我们也进一步明白为什么太平洋和印度洋里的环礁都是成排地并且主要沿这两个大洋里的高大岛屿和长海岸线平行地扩展。所以我可以肯定地说，按照珊瑚在陆地下沉时期向上生长的理论，① 我可以将长期激起旅行家们关注的那些礁湖岛或环礁，以及那些同样奇妙的环绕着岛屿或沿大陆海岸延伸数百英里长的堡礁的主要特点都简单明了地解释出来。

可能会有人问我能否有什么证据提出来证明堡礁或环礁在下沉，但是，大家一定要记住的是其实我们是很难观察海下运动的。即使是这样，我也曾在基林环礁上面，还有在礁湖的沿岸各处，看到被海水冲刷的老椰子树，还在一个地方看到了一间茅屋的基柱。我们曾向当地居民打听过，他们都很肯定地对我说过，这些基柱在7年以前刚好处在最高水位上面一点，但是如今却在水面下被潮汐天天冲刷着。从这次打听中，我还知道了原来这里在最近10年里发生过三次地震，而且还有一次是严重的。在那些被堡礁所包围的高山的山脚下，冲积土根本就堆积不起来，因为凡尼科罗岛有非常深的礁湖海道，那些由碎块和沙土堆积而成的小岛也非常少，因为堡礁就像城墙一样，根本就不容易堆积起来。所有上述的一切，让我相信这个岛一定是最近才下沉的，而珊瑚礁也是最近才向上生长的，再加上，这里经常发生严重的地震。另外，社会群岛的礁湖海道几乎完全被淤塞了，很多冲积土的低地在这里堆积起来，堡礁上面的有些地方形成了狭长形的小岛，这些情况都证明这些岛在最近没有下沉过，在这里只发生过

---

① 我在美国南极大探险队里的一个自然学家库托伊先生的小册子里看到一段让我感到十分满意的记述："当我亲自观察了很多珊瑚岛，并在那些有海岸边的珊瑚礁（裙礁）和有一部分环绕形式的珊瑚礁（堡礁）火山岛上居住了8个月以后，我可以大胆地说根据我的观察我确信达尔文先生的理论是正确的。"然而这个探险队的自然学家们在谈到珊瑚岛构造的一些问题时，和我有不同的见解。

博拉博拉岛的剖面图

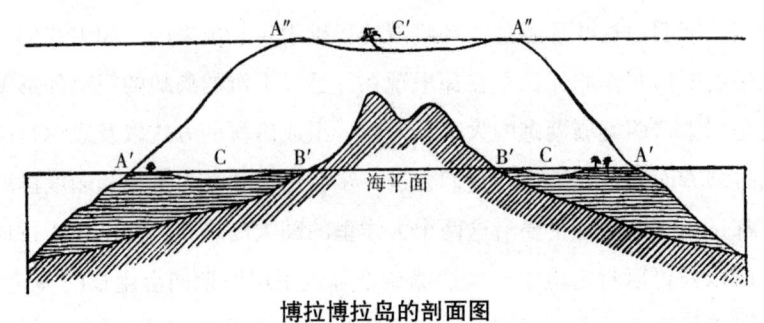

A′ A′——海平面上堡礁的外侧边缘，在它中间有一些小岛

B′ B′——环礁湖岛的海岸

CC——环礁湖的通道

A″ A″——珊瑚礁的外侧边缘，目前它变成了一个环礁

C′——新的环礁的礁湖

注意：按照实际比例这幅图的礁湖海道和深度都画得有些偏大。

极少几次略有震感的地震。在珊瑚地层方面，陆地和海水都在争夺统治权，必然难以确定究竟是由于海潮上升还是由于地基的些微下沉而引起的变化，但有一点是肯定的，那就是有很多的礁和环礁都曾经发生过某些变化。让人觉得奇怪的是，在有些环礁上面小岛好像最近增加了很多，而在另外一些环礁上面小岛好像被部分或全部冲走了，在马尔代夫群岛上的一些当地居民居然连几个小岛初次形成的日期还记得非常清楚。现在珊瑚在有些地方特别是在受到海水冲刷的礁上长得非常的茂盛，从前曾经有人在这些地方居住过，因为在那里有一些作为墓穴用的土坑。大洋里的海潮是经常变化的，这一点让我们难以置信，然而，我们从一些环礁上当地居民所回忆到的地震方面和从其他环礁上观察到的巨大裂缝，都能发现海底曾经发生过变化和波动的清晰证据。

从我们所得出的理论来看，那种相当明显的下沉现象是不可能发生在那些单单被珊瑚礁所围绕的海岸上的，这一点是再清楚不过的了。所以，自从它们上面的珊瑚生长以来，它们肯定要么是固定不动的，要么是向上升高的。当前值得注意的是由于上升的生物遗骸的出现，那是多么广泛地表明了那些有珊瑚礁生长在边缘的岛屿都曾升高，这一点也间接地证明我们的理论。特别引起我注意的是在我惊奇地发现科阿先生和盖马尔德先生所发表的意见，只能用来解释裙礁而不能用来解释一般的珊瑚礁，然而，我随后在一个特别偶然的机会里发现各位优秀的博物学家所考察过的岛屿都曾在最近的地质时代中上升过。

堡礁和环礁在构造上有很特别的特征，它们在形状、大小以及其他性质方面都有相似性，我们都是可以用陆地下沉的理论来说明，并且它们很多构造上的详细部分和特殊情形也可以用这个理论来简单地说明。我们就不得不承认这个理论，因为根据我们的考察结果，珊瑚是必须在一定的深度范围里找到生长基地的。在这一方面，我觉得只需要举出不多的事例就可以说清楚。说到堡礁，有一种情况一直都让人觉得不可思议，就是那些穿过珊瑚礁的水道恰与礁内陆地上的山谷相对，即使在礁与陆地之间隔着一条宽阔的、比通道本身深得多的礁湖海道时，也有这种情况。但是，我们所看到的情况就是不管是这些少量的从河谷里流出的水，还是由河水冲下来的冲积物，想要损坏这些珊瑚礁上的珊瑚好像都不怎么可能。如今，狭窄的出口会出现在裙礁中的每一个珊瑚礁，甚至在一道小溪前面。这些小溪一年中的大部分时候都是没有水的，照理说珊瑚应该不会因为水泡而不能生存，但是珊瑚是会被那些有水时被冲刷下来的泥沙或者石子覆盖着而不能生存致死的。因此，当一个带着这样缺口的裙礁的岛下沉的时候，即使这些狭窄的大部分出口可能被向外或向上生长的珊瑚所堵塞，但是那些没有被堵塞的通道仍会朝向那些河谷的上部，而且必定会有几个通道由于礁湖海道内的沉积物和不洁净的水向外流出一直开启，而谷口上原来在基底上的裙礁也破裂开口了。

在经过连续不断地长期下沉后，一个面向堡礁的岛，或一个一端有堡礁、另一端或两端都被堡礁所围绕着的岛，如何变成一个像城墙一样单独的珊瑚礁，如何变成一个或两三个带有突出的大横岭的环礁，珊瑚礁像直线一样连在一起，这是例外但又可以遇到的情形。我们不必对环礁和堡礁出现的几处并不完整的造型感到吃惊，由于造礁珊瑚需要的食物会被其他动物捕食，在疏松的海底并不能附着，有的时候也会被压死在沉积物下，并且也很容易把他们冲刷到深海里去，这里他们就不能再生长了。这样不完整且发生了好多处断裂的巨大堡礁，在新喀里多尼亚岛就是这种情形。所以，这个大堡礁在经过陆地的长期下沉以后，只会成为几乎和马尔代夫群岛的那些环礁一样大小的一列环礁或环礁岛群，一个长达400英里的大环礁是不可能再形成了。此外，假如洋流和海潮可能直接从一个环礁相对的两面发生的裂口通过，珊瑚要把这两个缺口两边联系起来，就十分困难了。但是裂口的两边不能再连起来，一个环礁在中央岛全部下沉后就分裂成两个或更多的环礁。马尔代夫群岛里有着各个在位置上联系密切但彼此都被深不可测的或很深的海道分隔开来的环礁，比如罗斯环礁和阿里环礁之间的海道相距150英寻，南、北两尼兰多环礁之间的海道相距200英寻。从它们的地形分布来看，我不得不相信它们曾经更加密切地在某个时候联系在一起。同时，这一个群岛里的马洛斯–马多环礁被100～132英寻的一条分岔海道分隔开。如此说来，很难断言是该叫它三个分离的环礁还是一个环礁还没有全部分裂开来。

有很多与珊瑚礁有关的详细情况我不想再多提了；但是我不得不说的是，有关北马尔代夫环礁让人匪夷所思的构造（值得注意的是海水可以自由地通过它们的破碎边缘进入），我们是可以通过珊瑚向上和向外生长的事实来简单说明的。就跟在普通的环礁里所见到的情况一样，这些珊瑚起初生长在自己礁湖里的各个分离的小礁上面，或者好像是在所有普通形状的环礁边界上的情况那样，这些珊瑚生长在那些线形边缘珊瑚礁的破损部分上面。说到这方面，我必须再次谈谈这些复杂构造的奇特形状，在深不可测的大洋中，陡峭地升起一片砂石的内凹盘地，盘地中央有一块广大的地面，边缘上又为椭圆形珊瑚岩的盆地对称包围，这珊瑚岩刚好露出海面，有时上面生长草木，而且每个圆面上都有一湖清水！

在此有一个问题值得我们更加详细地加以考察，前面我已提过，所以大家也都知道有这样一个现象，那就是处于相邻位置的两个群岛，其中一个群岛上生长着非常茂盛的珊瑚，可另一个群岛的情况却恰好相反，因为像我上面说到过的有很多条件都影响着珊瑚的生存。所以，让人匪夷所思的是造礁珊瑚居然能够在土地、空气和水质都经常发生变化的情况下，丝毫不受影响地永远在某一个地点或者某一个地区一直存活下去。此外，如若根据我们的理论，那我们肯定时不时地会在堡礁和环礁下陷的地方发现死亡的珊瑚礁和沉没的珊瑚礁。在所有的珊瑚礁里面，因为沉积物会从礁湖或者礁湖海道里被冲到下风向处去，因而在下风向的一面就最不利于珊瑚长久旺盛地生长，所以死亡的珊瑚礁也就经常会在这一面见到，尽管这些死亡的珊瑚礁依然保持着正常的城墙一样的形状，现在却也已经有好几处地方沉没在水面以下几英寻了。也许是由于查戈斯群岛下沉得太快，或者是其他原因，它上面的珊瑚礁生长得远不如以前那么好。我们看到的一个环礁上差不多有9英里长的珊瑚礁的边缘部分不但死亡了而且还沉没了，我们看到的第二个珊环礁上露出海面的只是极少的而且还非常小的活珊瑚，更厉害的是第三个和第四个环礁已经全部死亡和沉没了，而最惨的是第五个环礁，它的结构轮廓几乎都消失不见了，而剩下的部分却只是一堆碎块而已。在所有的这些情况中，让人觉得非常奇怪的是不管是死了一部分的珊瑚礁还是完全死了的珊瑚礁都好像在以同等的速度向下沉陷一样，总是位于海面下6～8英寻处那样同等的深度。莫尔斯比船长所称的"半沉没的环礁"中（非常感谢他能提供很多有关这方面的非常珍贵的信息给我），有一个是大型的，它的长径达90海里，短径为70海里，这个大型的环礁在很多方面看起来都是非常有趣的。从我们的理论中可以得出这样的结论，新的环礁一般都是在每块新下沉的区域上形成的，如果这样的话就会出现两个严肃的反对意见，也就是，在数量上环礁必然会无限地增加，其次，如果不能举出环礁有时也会被破坏的证据，那各个分离的环礁的厚度在先前下沉的区域里也必然会无限地增加。因此我们所追溯的珊瑚岩，这些巨大的圆环的历史就是从它们最初的起源开始，经过它们在生存期间的正常变化和偶尔出现的意外情况，到它们死亡直至最后消失。

我附了一张地图在我写的《珊瑚岛的构造》里，在这张地图上我用深蓝色来标注所有的环礁，用浅蓝色来标注所有的堡礁，用红色来标注所有的裙礁。裙礁就算不是在陆地固定不动的时候形成的就是在陆地缓慢上升的时候形成的，就像上升的生物残骸经常出现所表明的情形一样。而在另一个方面恰恰完全相反的是环礁和堡礁生长于陆地的下沉运动过程中，这种运动必然极为缓慢，同时在环礁形成的时候下沉运动的范围十分广泛，这样一来所有的山峰都必定沉没到辽阔的大洋水面之下了。我们可以在这张地图上看到，那些用浅蓝色和深蓝色标注的珊瑚礁由于是由同一种运动产生的，所以很明显的是它们一般都彼此紧紧地靠在一起。我们还可以从这张地图上看出，这两类用蓝色标注的珊瑚礁都位于那些用红色标明的很长的海岸线旁边，而且它们占据着非常宽广的海面区域。我们可以从以上两种情况很自然地得出这样的结论，珊瑚礁的性质可以由地壳运动来支配。我们应该注意的是远不止一个地方的单个的红色和蓝色的圆点彼此紧靠在一起，我能够证明这里的地壳发生过震动，因为在这种情形下一些红色圆点，即那些表明裙礁的圆点，是由一些环礁构成的，根据我们的理论来看它们最初是在下沉的过程中形成的，但是后来又隆起了。另外，还有一些浅蓝色圆点，即那些表明堡礁的圆点，是由珊瑚岩构成的，在沉陷发生之前这些珊瑚岩必定已经抬升到了目前的高度，在此期间现存的堡礁就会向上生长。

　　让很多自然学家感到奇怪的是，在几个广大的海洋区域里属于最普遍的珊瑚结构的环礁，却在像西印度群岛那样的其他海洋里，根本就没看到过，作者对于这一点也感到颇为奇怪。但是我们马上就可以找出出现这种现象的原因，那就是因为在那些区域里根本就没有发生过下沉现象，所以不能形成环礁；正如大家所了解的一样，甚至于西印度群岛和东印度群岛的有些地区，不但没下沉反而曾经上升过。地图上红色和蓝色的较大面积都有伸长的形状，此外在这两种颜色之间居然出现了一个地方上升另一个地方就下沉的这种强烈程度的交替变换。假如我们注意到那些有裙礁的海岸和其他没有珊瑚礁的海岸（在南美洲就有这样的例子）最近向上抬升的情况，那就可以得出大部分广阔的大陆都在上升这样一个结论，基于珊瑚礁的特性，广阔的大洋中部区域是下沉的。东印度群岛，这块世界上最破碎的陆地，它的大部分区域都在上升，但是可能不止一条狭长的下沉区域围绕和渗透到这个群岛。

在这一张地图上，我把所有的为人所知的活火山用深红色的点标注了出来。让人觉得不可思议的是深、浅蓝色的区域里居然没有一个深红色的点，也就是说在所有的浅蓝色或深蓝色的广大下沉面积上，一个活火山也没有。同样让人吃惊的是主要的火山居然和红色的部分恰好完全重合在一起，那我们就可以由此得出这样的结论，这些用红色标注的陆地除了一部分是从以前到现在都长期保持不动以外，其他的部分都是最近才上升的。尽管个别的蓝色圆点附近有几个深红色的点，然而那个深红色的点所代表的活火山都是处在与一个群岛或者甚至与一小群环礁距离几百英里开外的地方。所以更加奇怪的是我们在历史上就已经清楚，那个被一群上升的、在现在已经有一部分遭到破坏的环礁所组成的友谊群岛里有两座火山，也许不止两座，还有更多的火山，在过去曾经活动过。另外，即使在太平洋中大部分堡礁围绕着的岛是因为火山爆发而形成的，而且也可以看出它们还留有火山口的遗迹，但是却没有人弄清楚它们中的无论哪一座在过去哪一段时间曾经爆发过。所以，综上所述我们可以得出这样的结论，火山爆发以后很快就随着这一地区所发生的上升或下沉运动而熄灭了。我们可以举出大量的事实来证明以上这种情况，生物残骸升起的现象在有活火山的地方是十分普遍的。然而在依然没法证实在沉降区域完全没有火山或者是火山不活动这种情况以前，不论火山的分布依存于地球表面的升降这个推论是否可能，它都是一个非常冒险的说法。但是如今，我觉得我们可以坦然地承认这个重要的推论了。

最后，我们再来一边看着这张地图，一边来回顾一下与生物残骸抬升相关的阐释，特别让我们感到吃惊的是，居然有那么广阔的区域在地质上不算很远的时期里都经历过上升或者下沉的变化。除此之外，我们还看出，他们几乎是根据同一规律在上升和下沉的。我们可以知道，这种下沉程度的规模肯定是在所有广阔的布满环礁的区域里展开的，因为我们可以看到露出海面的峰顶一个也没有。此外，不论下沉是持续的还是周期性的，但珊瑚总有充分时间把它们活的建筑物筑得高出水面，因此这种下沉必然是极其缓慢的。这个结论可能是在研究珊瑚的形成时得出的最重要的结论，想用其他的方法得出这个结论是很难想象的。还有一点是我必须提出来的，那就是有一些地方以前极有可能存在过由高大岛屿构成的巨大群岛，而如今却只有一些珊瑚岩所构成的小圆环在影响着那里广阔海面的单调景色。但是，以上正好可以给在大洋中互相离得很远的高大岛屿上的生物分布，做出合理的解释。造礁珊瑚真正构造和保存了海底上下震动的神奇的纪念碑，每个堡礁都可以说是该处陆地下沉的证据，而且每个环礁也是已经消失的岛屿的纪念塔。所以，我们好像是一个已经活了一万岁的地质学家，保留着过去所出现的地质变化的记录，并且还能够洞悉这种宏大的系统，正是基于这种系统，地球表面遭到破坏、陆地与海洋互换位置的现象才得以发生。

第二十一章　从毛里求斯岛到英格兰

毛里求斯岛，漂亮的外观——巨大的形似火山口的环形山脉——印度人——圣·海伦娜岛——植物界的变化史——陆生贝类绝迹的原因——阿森松岛——外来老鼠的变异——火山弹——浸液虫地层——巴伊亚——巴西——壮观的热带景色——伯南布哥——奇异的珊瑚礁——奴隶制度——回到英格兰——对环球旅行的回顾

4月29日——清晨，我们从毛里求斯岛，或是法兰西岛的北端经过。从我们的角度看去，这个岛完全与我们所想象的对漂亮景色的所有描述相符，庞普勒穆斯的斜坡平原在毛里求斯最显著的位置，在这个平原上散布着一些房子，一大块亮绿色的甘蔗田点缀着这里的原野。因为这种绿色仅仅在非常短的距离就能看见，所以我们从舰上看去就更是光彩夺目，漂亮非凡了。在岛的中间地带，繁茂的树木所覆盖的群山，在细细耕作过的平原上矗立着，它们有着和我们经常见到的古代火山岩一样凹凸不平的最尖

锐的高峰，高峰的四周汇集着片片白云，就像专门提供给游客欣赏一样，美丽非凡。整个岛上沿岸的斜坡地带和中央的高山配合得十分优雅，这是一幅让人觉得多么和谐动人的风景啊！

在第二天，我大部分时候都是在城里散步，还与各种各样的人进行交谈。这个城市的街道看起来很清洁整齐，听说这个城市很大，居民可能有两万人左右吧。虽然英国政府统治这个岛已经好多年了，但这个地方仍然保持着法国的很多特点，比如英国人对他们的仆人说话用法语，还有这里所有的商店都是法国人开的，相反我倒觉得法国的加来或者布洛涅这两个城市具有更多的英国特色。这里有一座歌剧演得特别精彩的小剧院。另外，让我们非常惊奇的是这里有几家陈列着很多书架的大书店，音乐和书籍预示我们已经接近了文明的旧世界，因为无论澳大利亚还是美洲那些地方都是新世界。

路易斯港上有一个有趣的景象，那就是在街道上来来往往的都是各种不同种族的人。目前大约有800个印度罪犯被流放到这里一直到终老，并服役于各种公共事业。在看到这些人之前，我从来没有想象过他们的外貌看起来是如此的高贵。他们有着非常暗黑的皮肤，还有很多老印度人留着雪白的胡须，所有这些再加上他们像火一样热烈的表情，使他们的风采十分动人。他们大多数人被流放到这里都是因为犯了谋杀和最严重的罪行，而其余的人却是因为一些甚至都不能称为是道德上的错误，比如因为不同的宗教信仰而违抗了英国法律。他们通常都是些文静、品行端正的人，从他们的待人接物、他们的爱好清洁以及他们忠实遵从他们的特殊宗教仪式这些方面来看，我们不应把他们同新南威尔士的英国的可耻罪犯相提并论。

5月1日，今天是星期天。我静静地走在这个城市北面的海岸上，看着还完全没有被开垦过的平原，它是由一片黑色熔岩构成的、又粗又硬的草类和灌木满满地覆盖在上面，这些灌木主要属于含羞草属植物。这里的景色特点可以说是介于加拉帕戈斯群岛和塔希提岛两地的景色之间，但是很少有人对我的这种说法有明确的概念，虽然这个地方没有塔希提岛那么秀丽，也没有巴西那么宏伟，但是它还是一个很可爱的地方。我第二天登上了拇指山，这座山怎么会有这么个名字呢？主要是由于它好像拇指般地突出在地面之上，它在城市背后屹立着，高达2600英尺。岛的中部是一块巨大的台地，台地的四周围绕着一座古老而破碎的玄武岩山脉，山脉的岩层都向海边倾斜着。这块中央台地由比较近期的火山喷出的熔岩流所构成，呈椭圆形，它的短径为13地理里。那条外面围绕着它的山脉，是那种称作"高海拔火山口"的构造，这种火山口被认为是由显著而突然的上升造成的，而不是像普通火山口那样产生的，在我看来，我拿来反对这种说法的理由是无懈可击的。从另一方面说，这让我简直无法相信，在这一种或另外几种情形下，这些边缘的形状像火山口的山岭只不过是大火山一般的残余物，而火山的山峰要么就是已经被风蚀，要么就是被地下的深渊吞没了。

从我们所站的很高的位置，我们欣赏着整个岛屿漂亮的风景。这边的乡村看起来都耕种得相当好，它们被分成一块一块的田地，而且田地中点缀着农民的房屋。然而，我曾被人肯定地告知过，在整个岛上处于出产状态的土地还不到一半，如果真是这种情况的话，就现在大量的食糖出口来看，等到将来人烟稠密的时候，这个岛是会很有价值的。自从英国占领它后仅仅25年的时间，据说食糖的出口量已经增加了75倍。这个岛繁荣的一个很大的原因就是这里有极好的道路状况，而在这个岛附近的波旁岛，现在仍然在法国政府的统治下，所有的道路仍和几年以前这里的情形一样，处在同样非常糟糕的状态下，虽然法国居住者肯定已经很大地受益于这个岛的日益繁荣，但是英国政府却还是很不受人欢迎。

5月3日，今天晚上著名的勘测巴拿马地峡的总测量师劳埃德大尉，邀请斯托克斯先生和我到他位于威尔汉平原的边缘、距港口大约6英里的乡间别墅去做客。我们在这个令人愉快的地方停留了两天，站在海拔差不多有800英尺的地方，这里的空气既凉爽又清新，无论在这里的任何方向散步，都是令人愉悦的。在这附近，有一个深达500英尺的巨大峡谷，横穿过一条稍微倾斜的从中央平台流来的熔岩流。

5月5日，劳埃德大尉把我们带到黑河，这条河离城市南面有几英里，在那里我可以勘察一些已经升起的珊瑚岩石。我们经过几个令人愉悦的园林和长在大块熔岩中间优良的甘蔗田。紧挨着路的两旁都是由含羞草构成的树篱，此外，在很多房屋的附近都是枙果树形成的林荫道。放眼望去，尖尖的丘陵还有已耕种的土地一起构成了一幅极其生动、如画一般的景色，我们禁不住大声喊道："要是在这样安静的地方度过一生，那是多么惬意啊！"劳埃德大尉饲养的一头大象驮着我们走了半程路，使我们享受了一次真正印度风味的骑行。让我觉得最奇怪的事是大象那悄无声息的脚步，这是现在岛上唯一的大象，听说还要运来几头。

5月9日，今天我们从路易斯港出发，中途停靠好望角。①7月8日那天，我们到达圣·海伦娜岛，这个岛上那令人生畏的地貌经常被人们描绘，它就像是从大洋里突然升起的一座巨大的黑色城堡。在城镇附近，就像是为了补充自然防御力的缺乏，在高低不平的岩石与岩石间的空白处布满了一些小堡垒和炮台。这个城市是沿着平坦而狭窄的山谷修建起来的，这些房屋看起来数量繁多，其间点缀着非常少的绿色树木。当我们在接近停泊的地方的时候，一道惊人的景色映入我们眼帘，一座形状不规则的城堡耸立在高高的山顶上，四周围绕着散乱的冷杉，映衬在天空下，非常的显眼。

第二天，我在离拿破仑墓还不到一块石头能抛到的距离找到了住宿的地方，而且这个地方在岛的中心位置，我不管去什么方向旅游都很近。在这四天里我一直待在这里，从早到晚都在这整个岛上闲逛，考察这个岛的地质史。我住的地方是位于大约海拔2000英尺的高地，这里天气寒冷恶劣，经常有阵雨，岛上的景象常常笼罩在浓云之中。

海岸附近完全裸露着坑坑洼洼的熔岩，在岛中央比较显眼的地方，有很多亮色的宽宽的地带，那是因为被风化后的长石质岩石上产生了一种黏土，使植物不能在表面生长。在这个季节，地面经常都会因为下雨而变得潮湿，然后长出一片亮绿色的牧草，越低的地方，草地也越浅，乃至最

---

① 以前提到拿破仑墓时总是使用不同的修辞语，甚至提到他的坟墓也是危险的。一个现代旅行家在他的12行文字里，就使这可怜的小岛负载了众多的头衔：一座坟、一块墓碑、一座金字塔、一片墓地、一个家、一座陵墓、一具石棺、一座教堂的尖塔、一座陵庙。

后消失。让人觉得奇怪的是在南纬16°和海拔1500英尺这样稍微高一点的地方，居然能够看到一种具有明显英国特性的植物。一片片形状不规则的欧洲赤松林覆盖着这些山顶，一丛丛开满鲜黄色花朵的金雀花浓密地布满在整个斜岸上。小河两边的垂柳随处可见，还有结满浆果的黑莓形成的树篱。现在在岛上所发现的植物共有746种，其中只有52种是本地物种，剩下的都是从外面引进来的，而且大部分都是从英国引进的，当我们想到这一点，我们就会知道这里的植物都带有英国特性的原因了。很多引进到这里的英国植物长得比它们在原产地英国还要茂盛，一些从与之相反的南半球澳大利亚引进来的植物，在这里也长得非常好。许多从外面引进来的物种肯定已经消灭了一些本地物种，如今本地植物群只有在最高和最陡峭的山脊上才占有生长优势。

许多村舍和白色小屋都保持着英国，或更准确地说是威尔士景观的特征，有些房屋隐藏在最深的山谷底部，可其他房屋却坐落在高耸的山顶上。这里有几处景色是很不同寻常的，比如从多夫顿爵士住宅附近，可放眼越过一片暗黑的冷杉林望见险峻的洛特峰，整个景色在南岸被水侵蚀的红色山岭的映衬下美丽至极。如果从高处眺望全岛，道路和堡垒的数量是最让人动容的。起初这个岛是被英国作为监狱使用的，如果有人忽略了这一点，那么耗费在这些公共工程方面的劳动似乎就没什么价值了。这里几乎没有平原和可用的土地，大约有5000人口，这真是让人觉得奇怪的事，因为这么多的人口居然能够在这样的条件下生活下去。我认为这些所谓解放了的奴隶的低人群层其实是非常贫穷的，他们抱怨没有工作可做。由于东印度公司撤离了这个岛，岛上的办公人员数量也减少了，还有很多富人也纷纷离开这个岛了，这样贫困现象就更可能加剧。米和少量咸肉是当地劳动阶层的主要食物，但是本地都不出产，必须用钱去买，所以微薄的工钱对穷人的影响也就非常大了。既然这里的人已经享有一种我认为他们非常重视的权力，那就是自由，那么看来他们的人口可能就会快速地增长，如果真是这样的话那这个小小的圣·海伦娜岛将会是什么样子呢？

我的向导是个上了年纪的人，因为他小的时候放过羊，所以他知道山间所有的小路。他是一个经历数代不同种族通婚的混血人种，虽然他的肤色略微显黑，却不像黑白混血儿那样长得让人看着不舒服。像大部分低级阶层的人一样，他是一个有礼貌又安祥的老人。我简直不敢相信自己的耳朵，当我听说一位满头白发、穿着体面的人，谈到他做奴隶的那段时光时却异常的冷漠。每天，我的这个同伴都要和我走很长距离的路，因为所有河谷下游的水都是含盐的，所以他携带着我们的食物和一牛角淡水，那是十分必要的。

在岛的较高的地方和中心地带的绿色圆形植物带下面，有很多又荒凉又无人居住的山谷。就地质学家而言这些都是极有价值的景色，因为这里展现了一系列地质变化和复杂的地质干扰。在我看来，圣·海伦娜岛在很早的地质时代起就已经存在了，然而，现在还存在一些关于陆地上升不甚明了的证据。我认为山峰的中间和最高部分形成了大火山口边缘的各个部分，但是这个火山口靠南面的部分完全被海浪冲走了。而且，这里还有一道黑色玄武岩外壁，类似毛里求斯岛的海岸山脉，与中部的那些火山熔岩流相比它的形成年代更早一些。有很多贝壳埋在岛上较高区域的那些泥土里，很长时间以来大家都认为那些是海生贝类，现在证实它是陆生贝类的一个物种，就是一种形状很特殊的陆生贝类。①我在这里又发现其他6个种类，在另一个地点发现了第8个物种。让人觉得不可思议的是我们发现的这8个物种全都灭绝了，造成它们灭绝的原因可能是在上个世纪初期发生的整个森林的毁灭，随之使它们也失去了食物和栖息地。

按照比特森将军对这个岛的记载，长林和死林这两个已经抬升上来的平原所经历的地质变迁，是极其古怪的。听说，以前这两个平原都被茂密的树林覆盖着，因此它被称为大森林。就在1716年这里还有很多树木，然而到1724年绝大部分老树都倒了，山羊和野猪深受其害，在岛上到处走动，这样就使所有的幼树都被践踏致死了。并且根据官方的记载又出现了

---

① 值得注意的是我在某一处发现的这种贝类的众多标本与在别处采集到的一组标本有着明显的区别。

这样一种现象，过了几年之后，出乎人们意料的是这里的所有树木都被一种名为狗根草的植物所代替，并且蔓延到整个岛上。比特森将军补充说现在这个平原"已经被优良的草地所覆盖，变成了这个岛上最好的牧场"。在以前的一段时间，估计被茂密的树林所覆盖的土地面积大概不少于2000英亩，但是如今在同样的地方简直一棵树也找不到。还听说在1709年的时候，桑迪湾这个地方有大量的死树，但是如今这个地方却完全是一片荒凉，要不是这个已经得到证实的记载，我简直无法相信那里曾经有树木生长。实际的情况就是山羊和野猪把所有的刚萌芽的幼树都扼杀在摇篮中，而经过一段时间那些它们根本没法攻击的老树却随着年龄的增长而枯萎了。山羊在1502年被引进这个岛，在86年以后的卡文迪什时代，众所周知它们的数量已经十分繁多了。在那之后又过了100多年，到了1731年，当这种不幸已经变得完全无法补救的时候，政府公布了一道命令，必须杀掉这些四处乱走的动物！这样一来我们发现，在1501年把这种动物运入圣·海伦娜岛以后，也就220年的时间，这些动物就改变了这个岛的全部面貌。因为1502年山羊的引进，据说到了1724年 "老树多半都倒了"。植物界的这一次巨变不仅影响了陆生贝类，导致了8个物种绝灭，而且也同样影响了大量的昆虫。

　　远离所有的大陆的圣·海伦娜岛位于一片大洋的中央，激发我们好奇心的是它拥有一个特别的植物群，那8种尽管已经绝灭了的陆生贝类和一种现在生活在这里的琥珀贝，是在其他地方都找不到的罕见物种。然而卡明先生告诉我说有一种英国蜗牛在这里很普遍，这一定是蜗牛卵随同很多外来植物被夹带到这里来的。就卡明先生所了解的，在他曾经在海岸上所收集到的16种海生贝类中，有7个物种仅限于这个岛上才能找到。如预料的一样，鸟类和昆虫类的数量极少，①确实我认为所有鸟类都是在最近的几年

---

① 在这些少数的昆虫中，让我很惊讶的是我发现了一种小的蜉金龟（新种）和一种犀角金龟，这两种都栖居在粪堆下，而且数量很多。刚发现圣赫勒拿岛的时候，岛上除了可能有老鼠以外就没有其他的四足兽，所以使人难以解决的是要确定这些食粪昆虫究竟是不是以前偶然被输入的，假如它们是岛上的土种，那么它们以前又是靠什么食物为生的呢？在拉

里被引进来这个岛上的。这个岛上的鹧鸪和雉的数目多得让你无法想象，但是岛上的居民与英国人太像了，都不受严格的打猎法规所限制。我听说过一条甚至在英国都从未听说过的不公平的法令，穷人们过去常常去烧生长在海岸岩石上的植物，然后从灰烬里提取苏打，但是出台了一条禁止这种行为的强制命，给出的理由竟然是松鸡就要没有地方筑巢了。

我在散步的时候不止一次经过那块四周都是深谷的草原，那儿紧靠着长林。从近点的地方看去，那里好像是值得人尊敬的有身份的人的庄园，庄园的前面有几块耕地，耕地的后面有一座被称作旗杆山的光滑小山，山上有彩色的岩石，还有一块方形的高低不平的黑色大石块，人们叫它谷仓岩。总体说来，这里比较荒凉，很是让人觉得乏味，在我散步期间唯一的麻烦就是这里风太大。我有一天注意到了一种奇怪的事情，我站在一个尽头是一个深约1000英尺的大悬崖平原的边缘上，在迎风几码远的地方我看到一只燕鸥正在与一阵强风搏斗，而我站立的地方气流却相当平静。在我走近悬崖边沿的时候，狂风又由崖面偏向上方吹去，我伸出手臂马上就感到风力的猛烈，在这只有两码宽的地方，一条无形屏障就把完全平静的空

普拉塔河沿岸一带，因为牛马众多，尽管美丽的绿草平原上到处都是粪堆，却找不到那些在欧洲能遇见的大量食粪甲虫，我只见到一种犀角金龟（这一属的昆虫在欧洲通常靠食腐败的植物性物质为生）和两种彩虹蜣螂。在奇洛埃岛的安第斯山脉对面，另一种彩虹蜣螂的数量也很多，它们把牛粪埋藏在地下的大土堆里。我们有理由相信在家畜没有被输入到这里以前，这种彩虹蜣螂属的昆虫替人类起了清道夫的作用。在欧洲，那些为了寻找食物而对于其他生物和大动物的生活有利益的甲虫数目很多，估计大约有100多个种。在考虑到这一点并观察到拉普拉塔河流域的各个平原上所遗留下的这种食料的数量如此众多时，我就想象我似乎看到了人类毁坏了一条使很多动物互相联系在它们原产地的锁链。然而我在范迪门地曾经发现Onthophagus嗡蜣螂属的四个种、蜉金龟属的两个种和第三属的一个种在牛粪下面特别多，不过牛输入到这里来才33年的时间。这以前四足兽就只有袋鼠和几种其他的小动物，这些动物的粪在性质上和后来输入的牛马的粪极不相同。在英格兰，大多数食粪甲虫都有自己特定的"口味"，也就是说这些食粪甲虫并不随意吃任何另一种四足兽的粪来维持自己的生活，所以在范迪门伦德岛上的甲虫发生的生活习性上的改变一定是特别明显的。以上各种昆虫的名称都是有牧师霍普提供的，我对他很是感激，同时希望牧师霍普能允许我称他为我的昆虫学老师。

气和狂风分离开来。

我非常享受在圣·海伦娜岛的岩石间和山岭中漫步。非常遗憾的是我必须在7月14日早晨下山回城去。我在中午前上了船，随后比格尔舰就起锚出发了。

7月19日——我们抵达了阿森松岛。那些见过位于干燥气候下的火山岛的人，头脑中立即就能想象出阿森松岛的外观。他们会想象出普遍都被截顶的鲜红色的圆锥形山丘分别从凹凸不平的黑色熔岩的地平线上升起来，位于岛中心的一座主山似乎是那些较小的圆锥形山丘的前辈，人们称它为绿山，因为每年的这个时候，从停泊地就可以远望它那极淡的绿色。像是为了让这个荒凉的景色发挥到极致，汹涌而狂暴的海水拍打着海岸上的黑色岩石。

住所是设在海滨附近的，而且是由一些分布参差不齐的房屋和军营组成，但是都用白色的毛石块牢固地修建起来。这里的居民要么是海军，要么是一些从奴隶船上释放的黑人，这些黑人都由政府付给工资和供给粮食。没有任何普通老百姓住在这个岛上，很多海军似乎对他们的境况十分满足，他们认为无论过什么样的生活，在陆地上服务21个年头总是要比在军舰上好些，如果我是水兵，那我也会从心里赞成这样的安排的。

第二天早晨我登上了绿山，这座山有2840英尺高。然后我从那里横穿全岛走路到它迎风的一端，在那有一条很好的公路，从海岸边的人居住的地方一直延伸到中部山峰附近的住宅、果园和田地。公路旁有里程碑，而且还有水池，在这里每一个口渴的过路人都可以喝到一些洁净的水。类似的关怀备至体现在这些设施的每一部分上，尤其是在泉水的管理方面，一滴水也不会流失，实际上整个岛可以被比作井然有序地停在海面上的一艘大船。当我崇拜用这种方法所创造出来的东西的同时，又深感可惜在这样可怜而无关紧要的目标上花去那么多的钱财。曾经莱生先生公正地评论说只有英国人有意把阿森松岛建成一个生产性的场所，其他国家的人不过是把它看作大洋中的一个堡垒而已。

在海岸附近寸草不生，再往内地走去偶然可以看见一些绿色的蓖麻树，也许还可以见到荒野的真正朋友，也就是几只蚱蜢。有一些草零星地分散在岛中央上升地区的地面上，整个样子与威尔士山上的最糟糕的地方相似。尽管这里的牧草看上去很稀少，以这些牧草为生的600多头绵羊、许多山羊和一些牛马却非常茁壮。说到这岛上的土著动物，陆生蟹和家鼠成群结队，数量繁多。老鼠是不是这个岛上真正土生土长的，还有诸多疑问。就沃特豪斯先生的描述，这里的家鼠有两个变种，一种是黑色的，毛色好而光滑，生活在百草丛生的山顶上；另一种是棕色的，毛比较长，毛色较暗，生活在海边居民点附近。这两个变种要比普通黑鼠小三分之一，它们在其他方面没什么不一样，只是毛皮的颜色和特性都和黑鼠不同。我对这些家鼠（像已经野化了的普通家鼠）是从外地输入的几乎没有什么怀疑，它们就像在加拉帕戈斯群岛那样因为暴露在这种环境下，受到新环境的影响而产生了变化，所以山顶上的变种和海岸上的变种有所不同。这里没有土生的鸟类，但是却有大量从佛得角群岛输入的一种珍珠鸡，而且普通的家禽也同样被野化了。最初是被用来捕捉家鼠和野鼠的猫，由于数量增多已经变成了巨大的灾害。岛上完全没有树木，在这一方面以及其他诸多方面，阿森松岛都远远逊色于圣·海伦娜岛。

我众多旅行中的一次是去阿森松岛的西南角。那天天气晴朗、炎热，我望着这个岛并没有因为它的美丽而微笑，而是呆呆地凝视着它裸露的丑陋地貌。熔岩流被小丘覆盖着，这种高低不平在某种程度上从地质学的角度上来说都难以解释，一层层浮石、火山灰烬和火山凝灰岩隐藏在它们的中间地带。当在海中经过岛的这一端时，我简直无法想象使整个平原呈斑点状的那一个个白色的斑点到底是什么，到现在我才知道原来它们都是海鸟，它们在无忧无虑地睡大觉，那样在中午任何人都可以走过去捉住它们，这些海鸟是我这一整天所看到的唯一生物。虽然海风只是轻轻吹着，但是海滩上的巨浪还是不停地拍打着破碎的火山熔岩。

从很多方面来看，这个岛的地质都非常有趣。我在几个地方都看到火山弹，所谓的火山弹就是大块的熔岩还是液体状态的时候被火山喷射上天，结果就凝成球形或梨形的石头。不只是火山弹的外部形态，在一些情况下就连它们的内部构造都以一种非常奇怪的方式表示它们是旋转着在空中飞行的。当击碎其中一枚火山弹，它的内部结构就非常精确地像剖面图所表现的那样，它的中部呈粗大的多孔状，这种气泡越往外部尺寸就越小，在外部有一层由坚硬的石质构成的差不多三分之一英寸厚的贝壳状的物质，在这一层的外面还覆盖着一个极细的气泡状熔岩的外壳。我认为毋庸置疑的是首先火山弹的外壳快速地冷却成我们现在所看到的形状，其次内部仍然呈流体状的熔岩被火山弹的旋转所产生的离心力压向已经冷却的外壳而形成坚实的石质硬壳，最后由于更靠近火山弹中心部分的压力减轻，离心力就使灼热气体的气泡膨胀，从而一个有粗大气泡的中心部分就形成了。

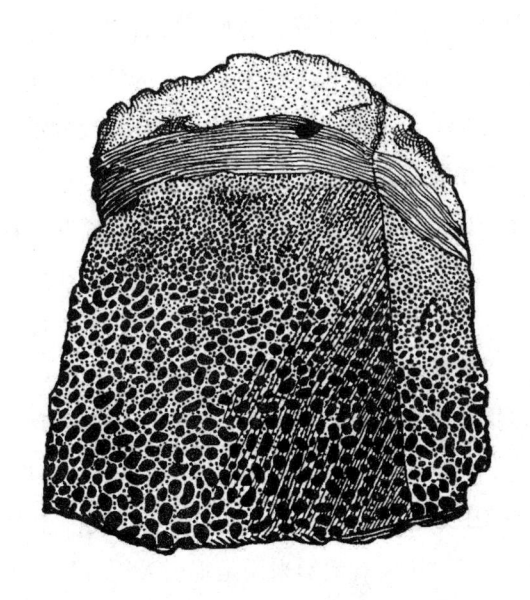

火山弹的剖面图

一座由一连串的老火山岩所形成的小山曾经被人错误地认为是火山口，这座小山非常不同寻常，因为连续不断的一层层火山灰烬和熔岩渣填满了整个宽阔微凹的圆形山顶。那些碟子形的灰层出现在小山的边缘上，形成许多不同颜色的圆环，给山顶增添了一种奇妙的景象。其中一个圆环是白色的，而且相当宽阔，类似一个已经赛过马的圆形跑马场，所以这座山被称为"魔鬼的马术学校"。我从其中的一块桃红色的凝灰质岩层中取了一些标本带回去，最离奇的是艾伦贝格教授发现这种标本差不多完全由有机体的物质组成，他在岩石中检测出一些具有硅质硬壳的淡水浸液虫类和至少25种不同植物（主要是草本植物）的硅质组织。艾伦贝格教授从缺乏所有的含碳物质这一点相信这些有机体都曾经历过火山的火焰的灼烧，而且这些有机体从火山口以我们现在所看到的状态喷射出来。这些岩层的外观诱使我相信它们曾经堆积在水底，虽然这里气候极其干燥，但我不得不想象也许在某次发生巨大的火山爆发之时这里大雨倾盆，然后一个火山灰烬融入其中的临时性湖泊就形成了。但是现在也许会产生质疑，觉得这些湖泊并非临时性的。不管怎么样，我们可以肯定的是在某一个从前的地质时代里阿森松岛上的气候和物产一定与今天的情况大相径庭。我们能否在地球表面找到这样一个地方，在我们对它进行细致的观察时，却不能探知地球在过去、现在以及将来总会经历无休无止的循环变化的征兆。

  为了完成这一次全世界的精密时计测定，我们离开阿森松岛后就朝着巴西海岸的巴伊亚驶去了。我们在8月1日到达那里并在那里停留了四天，在此期间我有好几次长距离的徒步行走。我很高兴地发现了我对热带风景的喜爱，丝毫也没有因为新奇事物的缺乏而减少。风景中的各个要素如此简单，所以值得把它们提出来作为证据，精致的自然美取决于多么微小的细节。

  这个地方被描述为是一片海拔大约300英尺的平原，到处都被侵蚀成平底的河谷。这种构造对花岗石地形来说是很引人注目的，然而对于经常形成平原的那些较疏松的地层来说它却又差不多是普遍的。这里的整个地面被各种各样的大树覆盖着，其间点缀着一块块耕地，这些耕地附近矗立着农屋、修道院和教堂。在热带地区，自然界中的生物哪怕是在大城市附近都是生机勃勃的，这一点我们要铭记于心，因为生长在绿篱和山坡上的天然植物在画面效果方面超过所有的人工培育的植物。所以这里只有极少数的地方呈现出鲜红色土壤，与大片的绿草地形成强烈的对比。我们可以从这个平原的边缘看到远处的风景要么是一片海洋，要么就是一个岸上长满了矮树林的大海湾，海湾中的水面上漂浮着很多大大小小的扬着白帆的船只，除了这些景观外，其他的景致寥寥无几。当你走在平坦小路上，在道路两旁只能向下去望那树木繁茂的山谷。我可以补充说这里的房屋，尤其是教堂，都是用一种既独特又奇妙的建筑风格来修建的，所有的房屋都被粉刷成白色，所以在中午强烈的阳光照耀下，映衬着与地平线相接的淡蓝色天幕，这些真实的建筑物就像是幻影一般。

这些就是这个地方的风景的元素，但是指望去描绘出这些景致的大体效果那只是徒劳。一些有学问的博物学家通过给各种物体命名，还通过提及每种物体的特征来描绘这些热带景色，对于一个有学问的旅行者来说这些描述可能可以传达一些他们心中明确的概念，但是其他的人有谁在植物标本馆里看到一种植物时就能够想象出它在所生长的土地上的外观呢？谁在温室里看到了一些精选出的植物品种以后在头脑中就能够将这部分精选植物扩大为一大片森林的模样却将另外的扩大为拥挤在一起的密林呢？谁在昆虫学家的小陈列室里观察了美丽的异国蝴蝶和奇异的蝉类标本以后，就能够把那些没有生命的东西与安静炽热的热带正午必然伴随像蝉类不间断的嘶鸣声和蝴蝶的翩翩起舞的那些景象联系在一起呢？当太阳升到天空最高处的时候，我们就会看到杧果树稠密而灿烂的枝叶正用它深黑色的树荫遮盖着地面，而高处的枝条在阳光的照射下闪烁着绚丽的亮绿色。温带地区的情形就有所不同，那里的植物没有这样暗绿也没有这样繁茂，当落日斜照时便映出红色、紫色或嫩黄色的光线，为这些地方的景致增添了无限亮丽的色彩。

当我静静地沿着树荫下的小径慢慢散步并赞赏着连续不断的景色时，我多么希望能找到合适的词语来表达我此刻的心情啊！我筛选了一个又一个的词语，然而这些词语都无力让我把我亲身感受到的愉悦心情传递给那些没有来过热带区域的人。即使我曾经说过温室里的植物不能够准确传达植物界的真实境况，但是我还是必须得重新提一提。土地就是自然界替自己创造出来的一所温室，它荒凉宏大、杂乱无章、葱郁繁茂，然而却被人类占据着，装饰着漂亮的房子和整齐的花园。每一个热爱自然的人心中都有一个多么巨大的愿望，可能的话，去看看另一个行星上的风景。但是老实地说，每一个欧洲人在距离他的家乡只有地球仪上几度的地方就会看到另一个世界的美丽景色。在最后一次散步时，我一次又一次停下脚步观赏各处的美景，竭力把它们永恒地固定在脑海中。我们即使清晰地记得这里的甜橙树、椰子树、棕榈树、杧果树、树蕨和香蕉树的形态，但是我们肯定迟早会忘却这些由各种各样的美景所构成的美轮美奂的画面，然而好像童年时期所听到的故事一样，它将会留给我一幅朦胧却又美丽的图画。

8月6日——今天下午，我们开始从海上出发打算直接开向佛得角群岛，然而一阵阵逆风却迫使我们延迟了行程。到8月12日，我们抵达巴西海岸上的大城市伯南布哥，它处在南纬8°。我们在礁石外面下锚，但是过了一会儿一位领港人把我们领入内港，我们的军舰就在靠近城市的位置泊船。

伯南布哥这座城市建立在狭长而低矮的沙岸上，这些沙滩被咸水的浅水道分隔为数段。城市的三个部分是由铺在木桩上的两座长桥连接起来的。狭窄的街道，铺得很差的肮脏路面，高大而阴沉的房屋，这个城镇的所有地方都令人讨厌。这时候，大雨季节尚未结束，四周郊区高出海面不多，都被洪水淹没了，所以我想散步的所有企图都落了空。

伯南布哥矗立在一片平坦的湿地上，被一道距此地几里以外的半圆形低山丘围绕着，更精确地说是被海拔200英尺的陆地边缘围绕着。古城奥林达就位于这道山丘的一端，一天我坐划艇沿着一条水道去奥林达古城参观。我发觉这座古城由于位置良好要比伯南布哥悦人一些，也要干净一些。我第一次遭到了无礼对待，在受到两户不同人家的沉闷拒绝后，我好不容易得到了第三户人家的允许，穿过他们的园林到一个未经开垦的山上去眺望整个乡野的景色。我很高兴这件事是发生在巴西人的土地上，因为我对这个至今还存有奴隶制度、道德修养低下的地方从来就没有好感。假如他是西班牙人，一想到拒绝陌生人这样的请求或者用这种粗暴的态度对待陌生人，他一定会感到羞耻的。我们往返奥林达古城所经过的水道两岸都长满了红树，这些树林好像一个从肥沃的淤泥滩上生长出来的小型森林。这些灌木丛的翠绿色总是让我想起教堂墓地里繁茂的野草，这两种植物都是通过腐烂的物质来获取营养的，一个是指"死亡已经过去"，而另一个通常是指"死亡即将到来"。

那个形成海港的石礁是我在这附近看到的最稀奇的景象，我在想世界上还有没有任何其他自然构造在外观上如此像人工的杰作。这处离海岸不远的石礁伸展成一条与海岸平行的笔直堤岸，有好几英里长，30～60码宽。石礁的表面平坦而光滑，并且由层次模糊的坚硬砂岩构成。涨潮时海浪从石礁上面翻滚而过，在退潮时石礁的顶部干燥无水，所以常常被人们误认是一道被独眼巨人手下的工人筑成的防波堤。在这条海岸线上，海潮常常把散沙冲积成长沙洲或沙堆堆放在陆地的前面，伯南布哥城部分地区就位于其中一个沙洲上。以前就有一块这种类型的长沙洲由于石灰质物质的渗入而结成一体，在那之后逐渐向上升起，外围的疏松部分在这个上升的过程中因为海水的冲击力而被摧毁了，就像我们现在所看到的一样，只留有坚固的核心部分。虽然混合着沉积物的大西洋海浪夜以继日地冲击着这一道石壁外部的陡峭边缘，但是就算最年长的领港人也从来没有听说过关于它的外观有所变化的传说。在岩壁历史上，这种持久性是岩壁历史上最稀奇的事实，因为外面有几英寸厚的石灰质外层，所以它非常坚固持久。这外层完全是由连续不断地经历生死的小软体动物（比如龙介虫）的贝壳夹杂着少量海生介和石珊瑚藻形成的，这种坚硬的、组织很简单的海生动物石珊瑚藻在保护破浪石后面、里面以及珊瑚礁的上部表面起着同等重要的作用。这里真正的珊瑚已经死亡了，因为在礁体向外生长时珊瑚暴露在阳光和空气里。这些微不足道的有机体，尤其是龙介虫，已经为伯南布哥城的人民做出了很大的贡献，因为如果没有它们的保护作用这一条砂岩形成的防护带在很久之前就不可避免地被冲毁了，如果没有这一条防护带也就不会有这座海港了。

8月19日，我们终于离开了巴西海岸。感谢上帝，我绝不会再去一个还存有奴隶制度的国家了。直到今天，只要我一听到远处发出一声惨叫，就会勾起我痛苦的回忆，当我经过在伯南布哥附近的一所房子时，听到了一阵阵最可怜的呻吟声，我就不由得去怀疑这是一个可怜的奴隶在遭受虐待。然而我知道我又像一个小孩一样无能为力，甚至都不能提出抗议。我猜想这些呻吟声是来自一个受折磨的奴隶，因为我曾被告知过这种情况。我曾经在里约热内卢附近住在一个老年妇女的对门，她备有螺丝夹子用来夹女奴隶的手指。我曾经借住过有一个年轻的混血仆人的家里，那个仆人每时每刻都在挨骂、挨打、受虐待，到即使是最低级的动物都精神崩溃的地步。我还看见过一个男孩，大约六七岁，因为递给我的那杯水不是特别干净，三记马鞭立马就打在他的光脑袋上（在我干涉之前），我看见主人只是看了这个小孩的父亲一眼他就吓得发抖。我在这个西班牙殖民地上亲眼见证了这些残酷的行为，然而总是有人说那里的奴隶受到的待遇已经比在葡萄牙、英国或者其他欧洲国家好多了。我在里约热内卢看到一个身体强壮的黑奴竟然不敢避开就要打到脸上的耳光。我在一个场合看到一个慈善家把很多家庭内长久共同生活在一起的男女老幼拆散。本来我根本不愿意提那些我亲耳听到的那些令人厌恶的暴行和以上我所诉的那些罪恶，但是有些人只因看到黑人善意的笑容就不辨是非地说奴隶制度是一种可以容忍的罪恶。通常这些人只出入于上层阶级的人家，只管家务的奴隶所受到的待遇一般比较好一些。他们从来没有像我那样在下层阶级中间生活过。这类有关奴隶生活状况的调查只是去询问奴隶们本人，然而他们忘了这个奴隶不会傻到不去考虑他的回答可能会传到主人的耳朵里。

　　有人辩称利己主义可以防止过度的残酷，就好像利己主义会使得奴隶主们去爱护自己的家畜，而下贱的奴隶反而比这些家畜更会导致他们的野蛮主人发怒。著名的人物洪堡先生就长期带着高尚的心灵用突出的事例来加以反驳。为了试着掩饰奴隶制的黑暗，人们总是将奴隶的生活状况与我们更贫穷的国人对比，他们诡辩说如果那些穷人的贫困不是受自然界规律的制约而是由于我们的制度造成的，那就是我们的罪过了。然而，这和奴隶制度究竟有什么相关呢，我真有些不明白。他们解释说，在其他地方也有人遭受着同样可怕的疾病的折磨，妄想用这种理由来为这个地方使用夹手指的螺丝夹子的事情辩护。有些人从未尝试设身处地地为奴隶着想，因为他们对待奴隶主时很温和，而对待奴隶却非常冷酷，那些奴隶惨淡的前景毫无改变的希望。试着换位想想吧，有人将你的妻子和你的孩子们——奴隶也被赋予了把他们叫作亲人的权利——从你身边拉走，把他们像牲畜一样卖给出钱较多的人，如果你永远摆脱不了这样的处境你会是怎样的感觉！其实，正是那些自称待人如己、信奉上帝、祈祷上帝实现他的愿望的人在做这些残忍的事，并且还为自己辩护。一想到一直乐于炫耀自由的英国人以及我们的美国同宗无论是过去还是现在都罪大恶极就让人热血沸腾、心脏颤抖，但是让人觉得有点慰藉的是我们做出了至少一次比其他任何国家都无法相比的巨大牺牲来弥补我们的罪行。

8月里的最后一天，我们再次停靠在佛得角群岛的普拉雅港，然后从那里出发继续向亚速尔群岛航行，我们在亚速尔群岛停留了6天时间。10月2日我们回到了英格兰的海岸，在法尔茅斯港我离开了比格尔舰，我差不多在这艘状况很好的小军舰上待了5年。

我们的旅行已经结束，我将简短地回顾一下这次环球航行的利弊、痛苦和快乐。假如有人就准备长途旅行来听取我的建议，我的答案会取决于他是否对某一专业知识感兴趣，或者是否可以通过这种方法来增进他的专业知识。毫无疑问的是当看到不同的国家和许多不同种族的人的时候，旅行者能异常满足，但是那种快乐并不能抵消当时所遭受的痛苦。无论那是多么遥远的事，我们都有必要期待收获，因为果子一旦成熟，我们就可以大快朵颐了。

在旅行时显然要蒙受许多损失，比如离别亲朋老友、看不见勾起亲切回忆的乡土。尽管如此这些损失还是可以在渴望已久的回家那天从无穷的喜悦中减轻些许。诗人们常说人生若梦，我可以肯定地说这正是旅人们度过漫漫长夜时的梦幻。虽然刚开始的时候其他损失根本感觉不到，但是过了一段时间后就会让人有强烈的感受，比如对房间、安静处所和休息的需求，还有因为经常匆忙赶路的劳碌疲倦，物质享受的缺乏，不可能与家人经常相聚，甚至没有音乐和其他娱乐。你可以清楚地从上面提到的这些中明白海上生活除了诸多意外，还有许多真正苦闷的事。在短短的60年里，远距离航行的船上设备与以前相比已经大大地改进了。甚至在库克所处的时代，想要离家远航对我们来说还显得非常困难。而如今，如果你够奢侈，甚至可以开着游艇环游世界。除了船只和航海用具的巨大改进以外，整个美洲西部海岸已全部开发，澳大利亚也已经成为新兴大陆的最重要的国家。与库克的时代相比，如今如果在太平洋上遇到海难情况就大不相同了，自从库克先生航行以来已经有半个地球加入到了文明世界。

假如一个人经常遭受晕船的折磨，那他就必须得权衡一下远航这件事了。从我的经验来说，它不是微不足道的事，因为要想治愈起码得一个星期。在另一方面，倘若他很喜欢航海，那么确定无疑的是他的这种爱好将得到极大满足。但是一定要铭记于心的是在一次漫长的旅行里，与在港口上停留的时间相比，在海上的日子要占据更大的比例，在了无边际的大海上能有些什么值得夸耀的事啊，就像阿拉伯人所描述的，那里是单调乏味的荒地，是由水形成的沙漠。毫无疑问的是海上也有令人愉快的景色，在晴空万里、月色皎洁的晚上，暗黑的海面上由于月亮的照耀闪闪发光。海面上点点白色的船帆因轻轻吹来的信风而胀满着温和的空气，风平浪静的海面像镜子一般，除了偶尔听到船帆的拍打声之外万籁俱寂。哪怕有一次能看到海面上波涛汹涌、狂风大作甚或像山一样高的海浪，都让人欣喜若狂。然而，我承认我的想象力把真正的狂风暴雨描绘得更宏伟、更可怕。在海中向岸上看去，随风摇曳的树、自由飞翔的鸟、暗黑的阴影、明亮的灯光、瓢泼大雨一起构成了一幅无与伦比的场面，所有的这一切都表明了各个自然因素在相互争斗。海面上信天翁和小海燕在飞翔，好像暴风雨是它们的安乐窝。海水的日常工作不外乎是潮涨潮落，好像自然力愤怒的对象只是船和船上的乘客。在历尽沧桑的荒凉海岸上，风景确实不尽相同，然而它所带来的恐惧感却远胜于内心的欢愉。

我们现在一起来看看过去几年里那些美好的方面，我们的快乐来源于我们参观过的风景和各个国家的基本概况，这种快乐当然是旅途中最经常、最高度的享受了。欧洲很多地方的风景像图画一样，其美丽程度大概要超过我们所看到过的其他地方的景色。然而，如果把不同国度风景的特点加以比较就能使乐趣大增，在某种程度上与仅仅赞叹它的美有所不同。如果你能注意到这整个景色中的各个细节部分，那你就能获得这种乐趣。令我坚信不疑的是，比如说音乐，如果一个人有一定的音乐鉴赏力，懂得音乐中的每一个音符，那么就更能完全地欣赏整首歌曲；同样的道理如果一个人能对一处风景的每个部分细细品味，那也就能充分领略这处景色的完整或者组合在一起的效果了。所以一个旅行家应该具备一个植物学家的素质，因为植物是一切风景的首要元素。数量繁多、形状怪异的裸露岩石群，即使有时看着觉得雄壮伟岸，但是不久以后就会因为单调而令人乏味。要是能像北智利一样，用各种各样鲜明颜色涂在岩石上，它们就会变得奇妙无比，岩石上再覆盖一层植被它们就一定能够构成一幅即使不是很漂亮、但也算得上相当体面的图画。

除了那独树一帜的热带风景外，我认为欧洲很多地方的风景都比我们在其他地方所看到的风景要漂亮很多，以上这两种风景是不能一起拿来作比较的。在前面的章节中我已经反复地叙述过热带地区的雄奇风景，我对热带地区的具体印象可以说基本上是来自洪堡的《旅行记》，这本书给我的印象是最深刻的，也许有先入为主的原因吧，最重要的还是此书描绘得异常生动，这部书比我读过的所有有关热带地区的书都有价值。我非常着迷于洪堡精炼的思想，无论是我第一次还是最后一次在巴西上岸，我一点都不觉得失望，因为我在此之前曾认真拜读了他的那部著作。

在那些给我留下深刻印象的风景里，没有一种景色能够在庄严方面超过这种未经人类砍伐的原始森林，不论是在"生命之神"所统治的巴西，或是在"死亡"和"腐变"盛行的火地岛都是如此。两者都如庙宇一般，充满了"大自然造物主"的各种产物，没有人站立在那些荒无人烟的地方会无动于衷，在那些人身上你不会发现除了呼吸以外的任何其他东西了。当我回忆起过去的种种图像时，尽管别人认为这些平原贫瘠无用，然而巴塔哥尼亚的平原却经常浮现在我的眼前。在我们的脑海中，形容这些平原的词汇都是不好的，比如，这里没有人居住、没有水、没有树木、没有高山，你在这儿所能看到的只有极个别的又矮又小的植物。那么，为什么在我的记忆中会一直存有这种干燥贫瘠的荒原的印象呢？而且还不止一次有这种情况。还有，为什么我没有对人类有用的更平整、更葱翠和更富饶的潘帕斯草原产生与之相同的印象呢？我简直不能解释这些情感，但是我猜想一定是在一定程度上巴塔哥尼亚的平原可以使我们的思绪任意飘飞，由于人们几乎不能通过这个茫茫无边的平原，所以我们对这个平原的情况还一无所知。它们已经拥有了长久存在的迹象，并且还要永存下去。如果像古人们所猜测的那样，平坦的地球环绕着一条宽阔而不能通行的水域或者是热得让人无法承受的沙漠，没有人会不以深厚又模糊不清的感觉来注视着这人类所不知的渺茫世界的。

最后，虽然从某种意义上来说雄伟的高山在自然风光中并不怎么美丽，但是却让人难以忘记。当我从安第斯山脉的最高山峰往下眺望时，眼中根本就容不下那些细微的景色，只有周围那雄伟壮丽的景致。

关于单独的事物，也许没有什么比第一次看到处于人类发展过程中最低级、未开化状态下的野蛮人的住所更能令震惊的了。看到这一切我就不由自主地想象难道几个世纪之前我们的祖先就是这个样子吗？对我们来说这些人的手势和表情比家里饲养的动物还难理解，这些人没有家里饲养的那些动物的本能，也没有吹嘘说有人类的理性，或者说至少没有随理性而产生的为人处世的方法。我认为我们根本说不出也记述不出来文明人和野蛮人之间的区别，这只能被说成是野生动物与被驯养过的动物之间的区别。当每一个人看到野蛮人所引起的那一部分兴趣，与看到荒漠中的狮子、丛林中正在撕扯猎物的老虎和非洲荒凉平原上漫步的犀牛所引起的兴趣是一样的。

以下是我为我们见到的其他不寻常的景致所做的大致排名：南十字星座、麦哲伦星云以及其他南半球的星座；水龙卷，它具有蓝色冰流的冰川以峭壁形状突出于海面之上；环礁湖岛，由造礁珊瑚建造起来的；活火山；剧烈地震，会引起毁灭性的后果。我对后面的这些现象特别感兴趣，也许是因为这些现象和世界上的地质构造有密切关系吧。然而，让人们永生难忘的恐怕还是地震，在我们还是小孩的时候我们一直觉得地球是很坚固的，但是它震动起来好像是我们脚下的是一层薄壳，当看到人类的劳动成果瞬间遭到毁灭时，我们会觉得人类所引以为豪的力量简直微不足道。

曾有人说对追逐感的喜爱是人类与生俱来的，这是一种从祖先传下来的本能情感。要是这样的话，可以相信的是，生活在野外以天为庐、以地为席的乐趣也是与之相同的情感的一部分，这是回到野蛮人的野性和与生俱来的习性。每当我回想起我们的航行和陆地上的旅行，通过那些人迹罕至的地方，我都会觉得极其高兴，这种高兴不是任何文明地方的景色可引起的。我丝毫不会产生怀疑的是，每一个旅行者一定会记得他第一次登上文明人几乎不曾踏过、或许永远也不会踏上的外国土地，呼吸着那里的空气的那种强烈情感。

在长途航行中，除了上述所说的还有若干个更合理的乐趣的来源。世界地图不再是空白的了，它变成了一幅充满各式各样的、生动活泼的物体的图画了。每一部分都能呈现它们合适的大小，大陆将不会再被当成岛屿，也不会把岛屿看成是小斑点了，事实上欧洲的许多国家都还没有这些岛屿大呢。非洲、北美洲或南美洲都是很好发音又很好听的名称，但是要直到沿着它们的海岸的一小部分海面航行数周，才能完全确定这些名字所包含的地方在我们这个无边无际的地球上占据了多大的比例。

从所见的现状来看，我们对这差不多整个半球的将来的发展寄予了高度的期望。在历史记载中有一席之位的是南海各岛屿因为天主教的传入而引起的进步，让人觉得更震惊的是，有着极好的判断能力的库克也没有预见到这种改变，然而仅仅在60年之后这些改变现在已经由英国的乐善好施精神实现了。

在地球的另一个半球上，澳大利亚正在兴起，或者更确切地说它已经长成了一个巨大的文明中心，并且在不远的将来澳大利亚将如女皇一样统治整个南半球。对一个英国人来说，看着这些遥远的殖民地，如果没有高度的自豪感和满足感那是绝不可能的，只要升起英国国旗，财富、繁荣和文明似乎就会随之而来。

总而言之，在我看来再也没什么事能比去遥远的国家旅行更能使青年自然学家得到启发的了。它可以一方面加重、一方面部分地减轻赫谢尔爵士所谈到的那种需求和渴望，尽管当一个人在各种物质的感官都得到满足的时候，仍然会感受到这种需求和渴望。它能同时增强而又部分地缓和那种像赫谢尔爵士指出的要求和欲望，就是一个人甚至当各种生理感官都已得到满足的时候，仍能感受到这种要求和欲望。因为事物的新奇感所带来的兴奋感和成功的可能性都可以激发一个人去增添自己的活力，而且随着大量孤立的事物让我们很快就兴趣全无，我们喜欢对比的习惯就让我们去总结、概括。另一方面，因为旅行家只在一个地方停留很短的时间，所以他对那些地方的描述就只能是个大概，而不能详尽地观察。因而在我付出一定的努力之后，常常倾向于用些不准确的、肤浅的假设来填补自己知识的不足。

　　但是，我十分欣赏这次航行，并且竭力向各位自然学家推荐，尽管他们不能指望有我这样的好运遇到这么好的同伴，假如可能的话，抓住一切机会去陆路旅行，否则的话就去长途航海。他可以确定的是不会遇到什么困难和危险，除了极少的情况他会遇到事先所没有预料到的恶劣境况。在道德方面，旅行能教会旅行者一种愉快的谦让，帮助他摆脱以自我为中心的习惯，让他养成自我照料的习惯，并妥善处理好每件事情。简而言之，他应该具有大多数水手所具有的典型的素质。旅行还教会他不能轻信，但同时他又会发现众多真正心地善良的人随时都准备给予他最无私的帮助，或许这些人以前跟他没有任何交往，或许以后也不会再有机会与他有进一步的往来。